एकदा नैमिषारण्ये

एक सांस्कृतिक उपन्यास

एकदा नैमिषारण्ये

एक बार नैमिष में

एक सांस्कृतिक उपन्यास

अमृतलाल नागर

लोकभारती प्रकाशन

लोकभारती प्रकाशन
पहली मंजिल, दरबारी बिल्डिंग, महात्मा गांधी मार्ग
प्रयागराज-211 001

वेबसाइट : www.lokbhartiprakashan.com
ईमेल : info@lokbhartiprakashan.com

शाखाएँ : 1-बी, नेताजी सुभाष मार्ग, दरियागंज
नई दिल्ली-110 002
अशोक राजपथ, साइंस कॉलेज के सामने
पटना-800 006
1, अनमोल सोराबजी संतुक लेन, धोबी तलाव,
मरीन लाइंस, मुम्बई-400 002

लोकभारती संस्करण : 2008
चौथा संस्करण : 2024

मूल्य : ₹995

मुद्रक : बी.के. ऑफसेट
नवीन शाहदरा, दिल्ली-110 032

EKDA NAIMISHRANYE
by Amrit Lal Nagar

ISBN : 978-81-8031-299-1

अपने ३७ वर्षों के साथी
डॉक्टर रामविलास शर्मा
को
उनकी ६०वीं वर्षगाँठ पर
सप्रेम भेंट

—अमृत

अपनी बात

सन् '४५ में दो फ़िल्मों के संवाद लिखने के वास्ते मद्रास गया था। लगभग पाँच महीने वहाँ रहा। मेरी वह दक्षिण भारत की यात्रा मेरे दो उपन्यासों से ऐसी जुड़ गई है कि उसे भूल नहीं सकता। उन्हीं दिनों में श्रद्धेय पंतजी और बंधुवर श्री नरेन्द्र शर्मा के साथ श्री अरविन्द के दर्शनार्थ पांडिचेरी जाने पर मुझे एक सोने-जवाहरात का दलाल मिला, जिसके हावभाव और बातें देख-सुनकर मुझे अपने नगर के ऐसे ही दलालों की याद आई। बोली-बानियों जैसे अनेक अन्तर देखते हुए भी मुझे भारतीय जन की एकरूपता के ही अधिक दर्शन हुए। 'बूँद और समुद्र' उपन्यास का नाम और कथावस्तु वहीं सूझी। इसी के आस-पास किसी समय मद्रास के एक मंदिर में दर्शन करने गया था। मण्डप में एक पुराणवाचक तमिल भाषा में कथा सुना रहे थे। उनके कथा कहने के ढंग में मुझे फिर अपने यहाँ के कथावाचकों जैसे ही लटके दिखलाई दिये। मौज में आकर थोड़ी देर के लिये वहीं खड़ा हो गया। पुराणवाचक महोदय ने 'एकदा नैमिषारण्यत्तिल. . .' कहा, तो मेरे मन में अपनेपन की फुरफुरी-सी दौड़ गई। लगा कि हमारी गोमती नदी के तट पर राष्ट्रीय महत्त्व का कम से कम एक पावन क्षेत्र तो है ही, जहाँ सारे पुराण, भागवत, महाभारत आदि ग्रंथ सुनाये गये थे। 'बूँद और समुद्र' की विषयवस्तु सामाजिक होने के कारण जल्द ही अपना पकाव पा गई, पर नैमिष के संबंध में केवल यह प्रश्न ही अरसे तक मन में उठता रहा कि अयोध्या, काशी, प्रयाग, हरद्वार और मथुरा जैसे सरनाम तीर्थों को छोड़कर सूत-शौनकादि ने सारे पुराण आखिर वहाँ क्यों बाँचे? यह चौरासी हज़ार संतों का मेला किसने आयोजित किया था?

इसके कई बरस बाद डॉ० काशीप्रसाद जायसवाल लिखित 'अंधकार युगीन भारत' में भारशिवों और वाकाटकों के शासन काल में एक महान् सांस्कृतिक-सामाजिक आंदोलन चलाये जाने की बात पढ़कर फिर नैमिषारण्य के ८४००० संतों वाले मेले की याद आई। सोचा, हो न हो यह मेला उसी समय जुड़ा होगा। बात को ऐतिहासिकता का कुछ सहारा मिला, तो वह क्रमशः ज़ोर पकड़ती गई। सबेरे नहाते समय पढ़े जाने वाले 'गंगा बड़ी गोदावरी कि तीरथ बड़े प्रयाग' या 'गंगा सिंधु सरस्वती च यमुना गोदावरी गण्डकी' अथवा 'अयोध्या मथुरा माया काशी कांची ह्यवंतिका' जैसे सप्त नदियों और सप्त पुरियों के श्लोक, जो तब तक अनगिनत बार अनेक धार्मिक लोगों से सुने थे, सहसा एक नया राष्ट्रीय अर्थबोध लेकर सामने आये। विष्णुपुराण का भारत गीत 'गायन्ति देवाः किल गीतकानि धन्यास्तु ये भारत भूमि भागे' पढ़कर तो मेरी यह धारणा पक्की हो गई कि चौरासी हज़ार संतों का पौराणिक सेमिनार कोरा धार्मिक तमाशा या गप नहीं है, इसके पीछे राष्ट्रीय महत्त्व का कुछ इतिहास भी है। मुल्ला की दौड़ मस्जिद तक— जब तब मिलने पर हम बंधुवर डॉ० रामविलास शर्मा के कान खाने लगे। डॉक्टर शर्मा ने एक बार कहा कि जब इतना बखानते हो तो लिख क्यों नहीं डालते, पर तब तक लिखने लायक मन के बानक नहीं बन पाये थे। हाँ, लिखने के लिये आग्रह अधिक बढ़ गया। संयोग से उन्हीं दिनों के आसपास स्व० जवाहरलाल नेहरू ने भावनात्मक एकता का नारा बुलन्द किया। इससे नैमिष की कथा-यूनिवर्सिटी के संबंध में मेरे विचारों को और भी अधिक स्फूर्ति मिली। ख़ैर, 'अमृत

और विष' उपन्यास लिखकर पूरा करने के बाद मैंने इसी काम को हाथ में उठाया और एक बार नये सिरे से महाभारत, भागवतपुराणादि पढ़े। इसी प्रसंग में डोनाल्ड मैकेंज़ी द्वारा लिखित और सम्पादित विश्व के विभिन्न देशों की पुराण कथायें भी पढ़ीं। उसके मिस्त्र तथा असीरिया-बैबिलोनिया वाले खण्डों ने विशेष रूप से मेरे मन में अनेक भारतीय देवी, देवताओं और पुराण कथाओं के अन्तर्राष्ट्रीय नाते उजागर कर दिये। यह जानकर कि आर्य सभ्यता और संस्कृति केवल भारत की ही बपौती नहीं, वरन् उसका संबंध सोवियत यूनियन, मध्य-एशिया, मिस्त्र, ईराक़, ईरान और योरप के कतिपय भागों से भी है, मैं इतिहास ग्रंथों का अध्ययन करने लगा। इंद्र मध्य एशिया से लेकर भारत तक के आर्यों का मुखिया नज़र आया। 'इन-दुर, इन-दर, इन-थोर' महाराज की पाँच हज़ार बरस पुरानी एशियायी मूर्ति के दर्शन चित्र में किये। मेसोपोतामिया के पुरोहित-राजा गुडेया या गुडिया और अपने राजा गाधि, विश्वविजेता राजा सगर और ईराक के सर्गोन महान्, किश नरेश उकुसी या अक्षक के बेटे बकुस या बेकस, निमि और टंटन तथा अपने इक्ष्वाकुतनय विकुक्षि निमि और दण्डक में एकता दिखलाई देने लगी। हमारे पुराणों में वर्णित महाप्रलय की कथा ईसाइयों और मुसलमानों के पुराणों से मिलती-जुलती है। पर्शिया के इतिहास से जाना कि पुरातत्त्ववेत्ताओं ने महाप्रलय की भूमि का एक भाग वहाँ प्राचीन 'सूसा' नगरी के पास खोद निकाला है। कोसंबी की पुस्तक से पता चला कि यम उर्फ़ यिम से संबंधित सात हज़ार वर्ष पुराना स्थान उज्बेकिस्तान की खुदाई में निकला है। आज़रबैजान का मूल नाम अत्रिपत्तन है और वहाँ हिंदुओं की बड़ी ज्वालामाई का मंदिर है। इनमें बहुत-सी बातों पर इतिहासकारों में मतैक्य है और बहुत-सी अब तक शाब्दिक पटा-बनेठियों का कारण बनी हुई हैं। बहरहाल इस पढ़ाई से जहाँ एक ओर मन का दायरा छोटे से बड़ा हुआ, वहाँ ही दूसरी ओर यह सवाल भी जागा कि जिन आर्य राजे-महाराजों ने यहाँ कभी राज नहीं किया उन्हें भी भारतीय बनाने का उपक्रम आखिर क्यों किया गया। पुराण-रचना और भारतीय राष्ट्रीयता का क्या संबंध है? आर्य सभ्यता बाहर से भारत में आई या भारत से बाहर फैली? इस तरह के कई प्रश्न परेशान करने लगे।

यह 'आर्य' समस्या अठारहवीं शताब्दी के अंतिम काल में उपजी थी। सर विलियम जोन्स ने पहली बार यह बात उठाई कि संस्कृत, ग्रीक, लैटिन, जर्मन और कैल्टिक भाषाओं में बड़ा साम्य है, इसलिये आर्यों का मूल निवास स्थान भारतवर्ष है। यहीं से आर्य लोग विश्व भर में फैले। इस बात को कुछ अन्य विद्वानों ने नकारा। किसी ने ईरान, किसी ने एशिया-माइनर को आर्यों की मूलभूमि बतलाया। कई विद्वान आर्यों की आदिभूमि को लेकर योरप की वकालत करने लगे। लोकमान्य तिलक ने उत्तरी ध्रुव को वेदों की आदिभूमि बतलाया। पंडितों की धमाचौक में हम जैसे अनाड़ियों के सिर गुनाह बेलज़्ज़त फूटना मामूली-सी बात है। लेकिन हम अपने आपको चूँकि यथासाध्य सतर्कता से आगे बढ़ा ले जाना चाहते थे इसलिये लिखने की जल्दबाज़ी में न पड़े; थम कर बातों को तौलते रहे। भाषा-विज्ञान और मानस-शास्त्र की मदद भी ली। योरप के कुछ भागों और आर्मीनिया का आर्य चौड़ी खोपड़ी वाला है तथा कुर्दिस्तान और हिंदुस्तान का आर्य लम्बी खोपड़ी वाला। भाषा की दृष्टि से यह सभी आर्य-भाषा परिवार के हैं। इसलिये आर्य कोई जाति या कबीला न होकर एक सभ्यता का नाम है और उसका पारस्परिक आदान-प्रदान दोनों ओर से हुआ

है। भारतीय-संस्कृति का सब कुछ भारत देश में ही नहीं उपजा, बहुत कुछ का उद्गम स्रोत भारत के बाहर भी है। इसी तरह बाहर वालों ने भी अपनी संस्कृतियों में भारत के बहुत-से संस्कार ग्रहण किये हैं। इतिहासकार विल ड्यूरेंट के अनुसार 'आर्य' शब्द मितन्नियों की एक शाखा 'हर्री' का ही बिगड़ा या सुधरा हुआ रूप है। उनके अनुसार यह शब्द कश्यप सागर के तट और उसके आस-पास अथवा वहाँ से चलकर इधर-उधर बस जानेवाले लोगों के लिये व्यवहृत होता था। मितन्नी, हिट्टी, मेद, पर्शियन और वैदिक हिन्दू अर्थात् इंडो-योरोपियन लोगों की पूर्वी शाखा के लोग ही मुख्यत: आर्य कहलाये। महापंडित राहुल सांकृत्यायन ने 'मध्य एशिया के इतिहास' में दो 'आर्यनेम वैजो' का उल्लेख किया है। आर्यनेम वैजो अर्थात् आर्यों का घर वर्तमान कज़ाकस्तान और किर्गिज़स्तान के कुछ भागों से लेकर ताजिकिस्तान और बल्ख़ तक फैला हुआ था। इनमें भी कोई उत्तरवाले भाग को असली आर्यभूमि मानते हैं और कोई दक्षिणवाले हिस्से को। एक तीसरा हिस्सा हमारे संकल्प मंत्र 'जम्बूद्वीपे भरतखण्डे आर्यावर्तैकदेशांतर्गते' में भी झाँकने लगता है। यह भरतखण्ड का आर्यावर्त दूसरी शती ई० पू० पतंजलि के काल में केवल किष्किन्धा तक ही फैला था। किष्किन्धा को लेकर भी विद्वानों में मारामारी है, कोई उसे उत्तर प्रदेशीय गोरखपुर के पास का खोखोंद मानते हैं और कोई कर्णाटकस्थ, रामायण प्रसिद्ध किष्किन्धा को। बहरहाल यह सिद्ध है कि पूरा भारतवर्ष पहले आर्यावर्त नहीं कहलाता था और यह भी सिद्ध है कि उत्तरी भारत से लेकर क़ज़ाकस्तान तक का भूभाग 'आर्यनेम वैजो' अथवा आर्यावर्त था। हमारे पौराणिक वर्णनों के अनुसार सुमेरु के उत्तर में उत्तर कुरु और देवकुरु नामक पावन भूखंड थे और उसके दक्षिण में भरतखण्ड। सुमेरु को याद 'सोने के पहाड़' अर्थात् अल्ताई का ही पुराना नाम मान लिया जाय तो आर्यनेम वैजो से आर्यावर्त तक का जुगराफ़िया सटीक बैठ जाता है। इसमें भी जिस भू-क्षेत्र में सभ्यता का प्रारंभिक विकास हुआ वह मध्य एशिया का दक्षिणी भाग ही था। नव पाषाणकाल से लेकर ताम्रयुग तक स्थायी बस्तियाँ इसी हिस्से में बसीं। विश्व सभ्यता में ताम्रयुग, या कहूँ कि विज्ञान-युग लाने वाली उम्मा की खान, बल्ख़ या वाह्लीक के पास, यानी भरतखंड में थी। संक्षेप में भरतखण्डवालों ने ही सभ्यता को जन्म दिया और उत्तरकुरु-देवकुरु वाले घुमंतू कबीलों से उनका संघर्ष ताम्रयुग और उसके बाद वाले दिनों में निरंतर होता रहा। उत्तर के घुमंतू कबीले आते और उनमें से कुछ वहाँ के शासकों को खदेड़कर आप बस जाते थे। इसी क्रम में जातियों का सम्मिश्रण और सम्मिश्रण से नई जातियों की उत्पत्ति तथा संस्कृतियों का आपस में घुलना-मिलना बराबर बढ़ता गया। मध्य एशिया में जो जातियाँ उजड़ीं, उनमें से बहुत-सी भारत में आ बसीं। उन्होंने यहाँ के लोगों को खदेड़ा, दास बनाया या अपने में मिला लिया। यह क्रम सदियों चला। नवागंतुक आर्यों और पुराने आर्यों में खूब-खूब कटा जुज्झ हुए, यहाँ तक कि बहुत समय बाद जो लोग मुसलमान बन कर आये वे भी अधिकांश में आर्य थे, भले ही हमने उन आक्रमणकारियों को म्लेच्छ और अनार्य घाषित किया हो।

मानवशास्त्रियों ने भारत में नीग्रिटो, प्रोटो-आस्ट्रोलायड, भूमध्य-सागरीय, मंगोल किरात और काकेशियन 'इंडो-आर्य' तत्त्वों का सम्मिश्रण हुआ बखाना है। काले नीग्रिटो लोग हड्डी-पत्थरों के अनगढ़ हथियार बना लेते थे। पुरा निर्माण और बट पूजा भी इन्हीं के संस्कार माने जाते हैं। डॉ० डी० एन० मजुमदार का ख़याल है कि यह लोग भारत के मूल निवासी थे, लेकिन कुछ लोग इन्हें भी बाहर से आया हुआ बतलाते हैं। जिन्हें आदि द्रविड़,

आग्नेय, निषाद या प्रोटो-आस्ट्रोलायड कहा जाता है वह नीग्रिटों लोगों से अधिक अच्छे पत्थर के औजार बना लेते थे। इसके अतिरिक्त चाक से बर्तन बनाना, खेती आदि करना भी वे जानते थे। डॉ० मजुमदार विंध्य पर्वत के पूर्वी भाग में बसी संथाल, मुंडा, भूमिज, बिरहोर, असुर, अगर, कोरवा आदि प्रजातियों को प्रोटो-आस्ट्रोलायड बतलाते हैं। श्री सुनीतिकुमार चाटुर्ज्या का कथन है कि इन्हीं लोगों ने वाण, लकुट, शाल्मली, गज, तांबूल, कदली, कृकवाक, बैतगन (बैंगन); पूर्ण चंद्र के लिए राका और नवचंद्र के लिए कुहू आदि शब्द संस्कृत भाषा को दिये। कच्छप अवतार इन्हीं आग्नेयों की कल्पना है। नाग, मगर, बन्दर आदि की पूजा भी इन्हीं से चली। सुनीति बाबू 'गंगा' शब्द को भी इन्हीं का मानते हैं। उनका कथन है कि भारत से लेकर चीन तक गंगा से मिलते-जुलते कांग, खोंग आदि शब्द आग्नेय परिवार के ही हैं। इस तथ्य के प्रकाश में कथा-सरित्सागर में उशीनर गिरि से गंगा खोदकर बहानेवाला कनखल का कांचनपात नामक दिग्गज भी शायद इसी परिवार का व्यक्ति सिद्ध हो।

भूमध्यसागरीय द्रविड़ या भूरी जाति के लोगों ने शिव-उमा आदि पत्थर के देवी-देवता, उपासना पद्धति, नैवेद्य-अर्पण, सिंदूर, घंटा-घड़ियाल, धूप-दीप, नाचना, गाना, देवभोग वितरण आदि के चलन चलाये। नार्डिक-काकेशीय-एल्पाइन अथवा इंडोआर्यन नामों से विख्यात लोगों का धर्मग्रंथ वेद और देवता इन्द्र, वरुण, पूषा, नासत्य, अग्नि, सोम आदि थे। तथा यज्ञ इनका कर्म-काण्ड था। भाषाशास्त्रियों का कहना है कि भारत की वर्तमान संस्कृति में वैदिक संस्कृति का प्रभाव केवल २५% ही है बाकी ७५% अवैदिक है।

नैमिष आन्दोलन को ही मैंने वर्तमान भारतीय या हिन्दू संस्कृति का निर्माण करने वाला माना है। वेद, पुनर्जन्म, कर्मकाण्डवाद, उपासनावाद, ज्ञानमार्ग आदि का अंतिम रूप से समन्वय नैमिषारण्य में ही हुआ। अवतारवाद रूपी जादू की लकड़ी घुमाकर परस्पर विरोधी संस्कृतियों को घुला-मिलाकर, अनेकता में एकता स्थापित करने वाली संस्कृति का उदय नैमिषारण्य में हुआ, और यह काम मुख्यतः एक राष्ट्रीय दृष्टि से ही किया गया था। कूर्म, मत्स्य, वराह, वामन, नृसिंहादि अलग-अलग दई-देवतों को माननेवाली, आपसी जय-पराजयों से उत्पन्न ऊँच-नीचपन भरी और अपने आपको सबसे निराला मानने वाली छोटी-बड़ी गणतांत्रिक जातियाँ-प्रजातियाँ आपस में मारकाट मचाती और प्रबल शत्रुओं के आक्रमणों से पिस-पिस जाती थीं। इनकी फूट से सारा देश तबाह होता था। हर एक अपने देवता को बड़ा और दूसरे देवों को छोटा मानकर एक दूसरे के लिए घृणा का प्रचार करता था। भारत की दो मुख्य सांस्कृतिक धारायें ब्राह्मण और श्रमण आपस में कहीं मिल ही नहीं पाती थीं। ब्राह्मण संस्कृति वेदों को अपौरुषेय मानती थी और चार वर्ण, चार आश्रम, पशु बलि, यज्ञादि में विश्वास करती थी। श्रवण परंपरा में यज्ञ-यागादि कर्मकाण्ड के बजाय आत्मविद्या की महिमा थी। आत्मचिंतन, संयम, समभाव, सत्य, अहिंसा, तप, दान, उपवास, संन्यास आदि श्रमण संस्कृति की विशेषतायें हैं। नैमिष-छाप महाभारत पुराणादि में इन दोनों ही सांस्कृतिक धाराओं का संगम है। ब्राह्मणों का एक वर्ग जो उपनिषद् उपासना, ब्रह्मयज्ञ, वाग्यज्ञ, मनोयज्ञ तथा कर्मयज्ञ को, आग में घी, बकरे और जौ-धान आदि डालकर स्वाहा-स्वाहा चिल्लानेवाली

यज्ञ विधि से कहीं अधिक श्रेष्ठ मानता था, उसी ने श्रमण संस्कृति को वेद परंपरा से आवश्यकतानुकूल जोड़कर एक नया रूप दे दिया। यह ब्राह्मण, यूनानी स्ट्राबो द्वारा उल्लिखित उस मदान्ध-धर्मान्ध सत्तालोलुप वर्ग का नहीं था, जो स्त्रियों और शूद्रों को वेदाधिकार नहीं देते थे, धोखे से भी वेदमंत्र सुन लेने पर जो शूद्रों के कान में गर्म सीसा पिघलाते अथवा जीभ काट लेते थे। यह ब्राह्मण संभवतः आरण्यकों का ब्राह्मण था, जो सिकंदरों की उपेक्षा करता था; भागवत् धर्मी था और दलित-दीन दुर्बलों, साधुजनों का हिमायती था।

प्रस्तुत उपन्यास मेरी इन्हीं सब वैचारिक हलचलों से उपजी कल्पनाओं का कथा-समुच्चय है। मैं इन सब चित्रों की सम्पूर्णता का दावा नहीं करता। अपने मन से मैंने इसे भारतवर्ष के एक काल विशेष का रेखाचित्र ही माना है। फिर भी इतना अवश्य कह सकता हूँ कि नैमिष-आन्दोलन की भावनात्मक एकता वाली समन्वयकारिणी नीति को मैंने पूर्ण निष्ठा के साथ यथामति जानने और यथाशक्ति उजागर करने का प्रयत्न किया है।

महाभारत और गीता के रचनाकाल के सम्बन्ध में एक सफाई देना आवश्यक है। वर्तमान महाभारत को श्री सुकठणकर ने भार्गवों द्वारा रचित बतलाया है। वैद्य महोदय ने 'महाभारत मीमांसा' में 'जय' ग्रंथ को व्यास रचित, 'भारत' संहिता को वैशम्पायन रचित और महाभारत संहिता को सौति रचित बतलाया था। सुकठणकर ने काशी नागरी प्रचारिणी पत्रिका में अपने अकाट्य तर्कों से वैद्य महाशय का सौतिवाला अनुमान रद्द कर दिया; उन्होंने कहा कि सौति कथा बाँचते भर ही थे। दामोदर धर्मानन्द कोसंबी भी सुकठणकर के समर्थक हैं। वासुदेवशरण अग्रवाल ने पाणिनि की अष्टाध्यायी में भारत और महाभारत दोनों ही संहिताओं का मौजूद होना बतलाया है। बाद में भारतसंहिता तो एकदम से लुप्त हो गई और महाभारतसंहिता की प्रतियाँ घटती-बढ़ती श्लोक संख्या के साथ मिलती रहीं। वैद्य महाभारत का रचना-काल अशोक का जमाना मानते हैं। कुछ विद्वान् उसे शुंगकालीन मानते हैं; कुछ ईस्वी सन् की तीसरी चौथी शताब्दियों तक उसमें संशोधनों का क्रम बाँधते हैं। मैंने गणेशजी द्वारा लिखे जाने की बात पकड़कर उसे गिरागुरु गणपति नाग के काल में लिखा जाना मानकर ही अपनी कथा की कल्पना की है। इसी तरह डॉ० कोसंबी ने गीता की रचना का काल समुद्रगुप्त का उदयकाल ही माना है। उनके तर्क मुझे जमे। साथ ही 'सर्वोपनिषदो गावो दोग्धा गोपालनन्दनः' वाली गीत महिमा से भी यह लगा कि गीता बाद में ही रची गई होगी। तिथियों के संबंध में विद्वानों के तमाम मतभेदों के बावजूद श्रीकृष्ण उपनिषद् काल से कम-से-कम एक हज़ार वर्ष पहले पैदा हुए होंगे, फिर वे उपनिषदों को गाय बनाकर कैसे दुह सकते थे। यह काव्य उन्हीं के किसी अनन्य भक्त कवि-दार्शनिक ने अवश्य ही बाद में जन को कर्मयोग की ओर प्रेरित करने के लिये रचा होगा।

इस उपन्यास के बहाने से मेरा मन पठन और मनन में खूब रमा, इसलिए समय सुख से बीता। इसे लिखने के लिये वेद, पुराण, विलड्यूरेण्ट, डोनाल्ड-मेकेंज़ी, वैडल, फ्रेज़र, कोसंबी, सुमन शर्मा, भगवद्दत्त शर्मा, काशीप्रसाद जायसवाल, वासुदेवशरण अग्रवाल, मोतीचंद्र, हजारीप्रसाद द्विवेदी, राहुल सांकृत्यायन, केतकर, रामविलास शर्मा आदि श्रेष्ठ विद्वानों के प्रसिद्ध ग्रंथों का आभार बार-बार मानकर भी, मैं सन् '२४ की 'माधुरी' में

प्रकाशित आचार्य रामचंद्र शुक्ल के एक लेख 'गोस्वामी तुलसीदास और लोकधर्म' के प्रति भी अपनी श्रद्धा प्रकट करता हूँ। उस लेख के पहले पैराग्राफ ने मेरे मन में अवरुद्ध इस पुस्तक का मूल ढाँचा अचानक खोल दिया था।

पुस्तक नवंबर, सन् '६७ में, गोकुलपुरा, आगरे में आरंभ होकर, ३१ जनवरी सन '७१ को नैमिषारण्ये के श्रीगौड़ीय मठ में पूरी हुई। इसका प्रारंभिक भाग गणेशशंकर त्रिपाठी को बोलकर लिखाया और अंतिम कुछ परिच्छेदों को छोड़कर बाकी उपन्यास भगवतप्रसाद पाण्डेय को।

अंत में अपने नैमिष प्रवास की व्यवस्था कर देने के लिये सीतापुर के श्रद्धेय डॉ० नवलबिहारी मिश्र तथा नैमिष में अपनी देख-रेख के लिये श्री परमहंस गौड़ीय मठ के भावुक संन्यासियों, वैद्य धर्मचन्द्र हसीजा, चि० रामेश्वरप्रसाद वर्मा आदि सभी गुरुजनों, प्रियजनों का हृदय से आभार मानता हूँ। प्रूफ संशोधन आदरणीय बंधु श्री देवीदयाल चतुर्वेदी 'मस्त' ने किया। बंधुवर श्री ज्ञानचंद्र जैन अनेक पुस्तकालयों से मेरी इच्छित पुस्तकें बराबर लाते रहे। इन लोगों का आभार मानना मेरे लिये सहज नहीं है।

—अमृतलाल नागर

९ दिसम्बर '७१,
चौक, लखनऊ-३

१

●

●

"अरी मैया तेरे पायँ लागूँ, मोकूँ क्षमा करदे, जाइबे दे। मेरो बड़ो अकाज ह्वै रह्यो है। नारायण तेरो अपार मंगल करेंगे।"

लेकिन हाथ में साँट लेकर खड़ी हुई हट्टीकट्टी लंबी-तड़ंगी तुलसी मैया की पुजारिन, महर्षि नारद की इस गिड़गिड़ाहट भरी चिरौरी पर पत्थर से बोल मारती हुई बोली : "मैंने तुमसे एक बार कह दीनी म्हाराज, दस बार कह दीनी के जे चबड़-चबड़ अब बन्द करो अपनी, जामें कछु लाभ नायँ धरो—अरी मौड़ियों, खड़ी-खड़ी म्हौ का देखो हौ मेरो, छीनो इनकी बीना और खड़ाऊँ। और जो ये न पहरें चोली घँघरिया तो मार-मार के इनको भुरतो बनाय डारो हाल के हाल।"

पन्द्रह गोरी-साँवली कलाइयाँ हवा में कोड़े लहराते हुए लचकने लगीं। नारदजी सबके हाथ जोड़ने लगे, कहा : "अरे पहरूँ हूँ, पहरूँ हूँ, मेरी मैयो, मेरी मैयो की मैयो। मोपै साँटें मती बरसैयो, मेरे रोम-रोम में नारायण वासुदेव को निवास है। विन्हें चोट लग जायगी। मैं तिहारी सबकी हा हा खाऊँ, चिरौरी करूँ, पैयाँ परूँ।"

परंतु दो-चार करारे कोड़े उनकी देह पर बरस ही गये। नारद की चिरौरियों से वे सोलहों तुलसी-वृन्दाएँ, विशेष रूप से मुख्य पुजारिन एक क्षण के लिए भी पसीजने को तैयार न थीं। पिछले दो वसंत बीत गये। कोई पुरुष इनके इलाके में आया ही न था। पुजारिन सुहाग सुख की भूखी थीं। वह नारद को मुक्त करने की बात तक सुनने को तैयार न थी। काम वृन्दावन के इस पोखर में स्नान करती हुई नग्न वृन्दाओं को देख लेने वाले पुरुष को फिर स्त्री बनकर ही रहना पड़ता है। पहले किसी काल में यह वृन्दाएँ सामूहिक रूप से ऐसे पुरुष को एक वसन्त ऋतु से दूसरी वसन्त ऋतु तक पति रूप से भजती थीं। फिर उससे सन्तान पा लेने के बाद वे उसका वध कर दिया करती थीं। उसका मुंड धरती में गाड़कर उस पर तुलसी का बिरवा बो दिया करती थीं। मुख्य पुजारिन के ऋतुमती होने तक विधवाओं की तरह वे शोक के दिन बिताती थीं। तीर्थ में स्नान करने के बाद वे विधवा से फिर क्वाँरी हो जाया करती थीं। लेकिन अब इस प्रथा में इतना परिवर्तन अवश्य आ गया था कि पुरुष की पतिरूप में सेवा करने के बजाय वे उससे दासवत् पूरे वर्ष भर तक अपनी सेवा कराती थीं। पुजारिन का उस पर विशेषाधिकार रहता था। पूर्ण पितृ-सत्तात्मक समाज से अपने इलाके में घुस आनेवाले नर को दण्डस्वरूप नारी के वेश में रखकर वे उसके अहम् को अपने अंकुश में रखती थीं। अंधेरे में यह नारी-वृन्द पुजारिन के आदेशानुसार उस बन्दी पुरुष का उपभोग तो करता था, पर उसे नग्न देख लेना उसके लिए घोर पाप था—और उस पाप का दण्ड था मरण—स्त्री का नहीं, पुरुष का। "यह पुरुरवा और उर्वशी के काल से होता चला आया है। कोई आज की रीत तो है नहीं।" यह उनका सीधा तर्क

था। काण्व नारद ऐसी ही काम-वृन्दाओं के सनातन धार्मिक मकड़-जाल में आ फँसे थे। अपने रस्ते से चले जा रहे थे। सहसा नारी-कण्ठ के सामूहिक संगीत की भीनी पर तेज भनक नारद के कानों में पड़ी। संगीत-प्रेमी नारद का मन लहरा उठा, खिंचे चले गये। क्षण भर के नयन-श्रवण सुख का लोभ पूरे एक वर्ष की कैद का दण्ड बनकर उन्हें मन-ही-मन दहला रहा था। नारी-वस्त्र लेकर नारद उन्हें पहनने के लिए कुटी की ओर दुखी मन से चले। मध्य एशिया की एक दीर्घकालीन यात्रा करके सप्तनद से सप्तसिन्धु तक शकार्य संस्कारों के सूत्र बटोरते हुए जब वे तक्षशिला पहुँचे, तो अपने परम मित्र और सहयोगी भार्गव व्यास का तुरन्त मिलने का गुप्त आदेश और पता-ठिकाना पाकर नारद वहाँ से मथुरा आये थे। वासुदेव की जन्म-भूमि के दर्शन करते हुए वे रेणुका-क्षेत्र में अपने मित्र भार्गव व्यास से मिलने जा रहे थे।. . . किन्तु फँस गये इस मकड़-जाल में। चोली-घँघरिया पहनते हुए मन में उमड़ते, उफनते लाज, क्रोध, ग्लानि, विवशता के भावों और विचारों के महाबवण्डर में भी हँसोड़ नारद को अपनी इस स्थिति पर सहसा जोर की हँसी आ गई। उनका मन संयत होकर चलने लगा। इस स्थिति से अपने को मुक्त करना ही पहला कर्म है। उनकी सहज हँसोड़ वृत्ति ही इस समय उनकी ढाल भी बन सकती है और तलवार भी। नारद से नारदी बनकर नारी-वेश में घूँघट काढ़ कर मटकते हुए वे कुटी के बाहर आये किन्तु वृन्दाएँ न हँसीं। कठोर मुद्रा में उन्हें घेरकर वे खड़ी हो गईं। घूँघट हटाकर उनके नख-शिख की जाँच की। नारदज़ी अपनी चोली के नीचे नकली छातियाँ लगाना भूल गये थे। दंडस्वरूप उनके गाल पर एक तमाचा पड़ा; फिर छातियाँ लगाई गईं। फिर घुटी खोपड़ी पर चपतें पड़ीं; चोटी खींची गई, चूड़ा पहनाया गया, चन्दन की बिन्दियों से मुख-मण्डल चीता गया, तुलसी की छोटी-बड़ी मालाएँ पहनाई गईं, मुण्डित केशवाली शिखाधारी खोपड़ी पर माला की तीन लड़ें जमाकर मोर-पंखियाँ खोंसीं और उन्हें पूरी सावधानी के साथ जमाए रखने का कड़ा आदेश दिया गया। इस बीच एक-आध चपत और भी पड़ी। धमकियों की चौमुखी बौछारें भी पड़ती रहीं। पुजारिन पूरी कसाइन है, पुरुष से जरा भी कोई चूक हो जाती है तो वह उसे साँटों से मार-मारकर बताती है। 'याद रखो, वह दो वसन्तों से सेवा और सुहाग-सुख की भूखी है।' नारद की समझ में आया कि समूह की और सभी स्त्रियाँ तो अपना इच्छामत सुहाग साधन ढूँढ़ भी लेती हैं; पर पुजारिन का सुहाग उनके जैसे बन्दियों पर ही अवलम्बित रहता है। दिन भर पुजारिन बैठी-बैठी नारद से घर-गिरस्ती का सारा धन्धा पिटवायेगी। वृन्दाएँ अपने दैनिक आखेटों के लिए निकल जाएँगी और उनके साठ बच्चों की रें-रें पे-पें भी नारद ही को सँभालनी पड़ेगी। पुजारिन को इन दो वर्षों में अकेले ही यह सब करने के कारण बड़ा कष्ट सहना पड़ा है। एक रसीली वृन्दा ने उनके सजे मुख-मण्डल को बड़ी भूखी-प्यासी आँखों से देखते हुए सहसा उनके दोनों गालों को चुटकी से पकड़कर 'नारदी' को समझाया, धमकाया. . . "पुजारिन को हर प्रकार से सुख पहुँचाना। हमारी सबकी सेवा करना। जब-तब लकड़ी बीनने के बहाने हमारे साथ वन-विहार भी करना होगा तुम्हें। हम सोलह तुम एक। यह मत भूलो कि यह कामवन है। यहाँ से पुरुष की ठठरी ही बाहर निकलकर जाती है।" किन्तु नारद का कर्म-सचेत मन इन धमकियों के लिए अब चिकने घड़े के समान हो चुका था। वेद-उपनिषद, पूर्व-उत्तर मीमांसा, स्मृति छन्द,

ज्योतिष, व्याकरण आदि अनेक शास्त्रों के पंडित, इतिहास-पुराणों के व्याख्याता, राजनीति और व्यवहार-शास्त्र के मर्मज्ञ महर्षि नारदजी संगीत और नृत्य के महापण्डित और निपुण कलाधर थे। पुजारिन को रिझाने के लिए कुटिया से बाहर निकलते समय उन्होंने फूलों से भरी चंगेर हाथों में उठा ली और गाते हुए चले। वृन्दाएँ आनन्द और अचरज से उभचुभ होकर उन्हें देखने लगीं। तुलसी मण्डप के पास कुछ वृन्दाएँ पुजारिन का शृंगार कर रही थीं। पुजारिन की ओर उन्मुख गाते और बीच-बीच में नृत्य लीला करते रसीली चितवनों से ताक-ताक कर जिस-तिस को फूलों से मारते हुए नारद ने वातावरण को अपनी कलारस मोहिनी से बाँध लिया। उनकी हृष्ट-पुष्ट देह, गौर वर्ण, सुन्दर नाक-नक्श और जवानी कई वृन्दाओं के कलेजे में एक-सी चुभ गई। उनके प्रति कठोरता का भाव शिथिल पड़ने लगा और उनमें से कइयों के मन शिथिल यौवना पुजारिन की पुलक से भरी मुख छवि देख-देखकर ईर्ष्याभाव से कसने भी लगे। इस सुन्दर स्वस्थ कलाकार युवक से विवाह करने का पहला अधिकार इस बूढ़ी वनमानुषी को क्यों मिले—यह अधिकार हमें मिलना चाहिए, मुझे मिलना चाहिए, मुझे, मुझे, मुझे।

●

नारद के सरस मादक नृत्य संगीत ने सोलहों वृन्दाओं के मन रिझा लिये। अब उनकी हँसी-मसखरी भरी बातों का उचित प्रभाव भी पड़ने लगा। नारद जान-बूझकर पुजारिन की थोड़ी-बहुत उपेक्षा कर रहे थे। इससे पुजारिन की ईर्ष्या और उतावली क्रमशः बढ़ती जा रही थी। दिन ढल रहा था। अभी तुलसी और नारद का विवाह होना था। बिना उसके नारद पर पुजारिन का अधिकार न होगा। नारद ने जब यह रीति सुनी तो बोले : "अरी मैया, ये कैसो धरम है तिहारे लोगन को, नारी को नारी सों विवाह? ये कैसी अनरीत करो हो तुम लोग!"

"अनरीत कैसी, हमारी पुरखिनों की रीत है ये। चलो-चलो, जल्दी करो, अबेरिया ह्वै रही हैगी।"

"अरी भलीमानस, तू तो रात को दिन बनावे है। बात को म्हौं से यों निकालना चाहिए कि जैसे धनुष से बाण छूटे और लक्ष्य पै टक से जाके लग जावे हैं. . . जे तिहारी लाल-पीली अँखियान पै बलि-बलि जाऊँ वृन्दा सखी, पर तू खरी मान, तुम सब षोडश मातृकाएँ और तुम्हारे साठ पूत और हजार भतार मिलिकैं मो पै मार लगावैं तौऊ टस सों मस नायँ होऊँगो। चिताए दऊँ ऊँ।"

नारद की इस धमकी से उन सबों के मनों में, विशेष रूप से पुजारिन के मन में भी ज्वालाएँ भड़कीं। जो बात वो समझी ही नहीं, उसके लिए किसी की धमकियों के आगे भला वे क्योंकर झुक सकती हैं। नारद की वे धमकियाँ भले ही सच्ची हों, पर उनका अपना सच भी तो है। वह सत्य अपना अधिकार माँगता है। क्रोधावेश में पुजारिन और कुछ वयस्क वृन्दाओं के चें चाँ में भरे उद्‌गार फूटे : "होऊँगी बोल, होऊँगी—अब तू मरद नाय रह्यो। हमारो कह्यो कर।"

इस स्थिति का सामना करने के लिए नारद मानो पहले ही से तैयार थे। यह स्थिति शायद उन्होंने जानबूझकर ही उत्पन्न की थी। वृन्दाओं की शब्दाग्नि भड़कते ही उन्होंने एक झटके में अपनी ओढ़नी सिर से खींचकर फेंकी फिर दोनों हाथों से चोली चीर डाली और

तन कर खड़े हो गए। कहा : "पुजारिन सखी, वर्षन से तुम विधवा हौ—विधवा तौ तुम्हारी बृन्दावन की रीति के अनुसार या सबरी हैं, पै इन्हें तौ गुप्त रूप तैं पूर्ण सुहाग सुख सदा मिल्यौ ही करत है। एकमात्र तुम हौ जो इन सबके वैधव्य कौ वृन्द भार ढोय रही हौ—सत्य कहूँ हूँ के नायँ? मैं तोकौं सुहाग दउँगो, खरो सुहाग दउँगो। पर या तिहारे सनातन पति पुरखान के नर मुंडन तै नारी बनिकैं अपनो ब्याह नईं रचाऊँगो।"

नारद की बात तीर-सी ठीक ठिकाने लगी, पुजारिन आगे बढ़कर बोली : "मेरो सुहाग मिलैगो।"

"निश्चय मिलैगो।"

"पर हमारो धर्म कैसे निभैगो। ब्याह कौन कों कौन से होयगो? काहू नर तें हमारो ब्याव तौ है नाहीं सकत। धरम की बात है।"

"हमसे पूछौ। साँचो धर्म बतलाऊँ हूँ। अबै इतै काम वृन्दावन में आइबे तैं पहले मैं श्री निज वृन्दावन धाम के दर्शन करिबे कूँ गयौ हुतो। तौ वाँपे मैंने जे सुनी के यहाँ कोई गोकुल गाम वारौ नन्द जसोदा कौ लाड़िलौ देवकी पुत्र वासुदेव श्री कृष्ण कन्हाई—"

"कन्हैयो, अजी वो तो हमाए गीतन में, बातन में, मन में, प्रानन में समायो है। कान्हा की बातैं तुम का सुनाओगे हमें।" कइयों के उद्‌गारों का एकत्र अर्थ यह था।

नारद बोले : "मैंने निज की वृन्दान सों सुनी हती के कृष्ण कन्हाई को तुलसी मैया सों बड़ो प्रेम हुतो। वा वृन्दाएँ जो उनकी निज की ह्वै गई हुतीं—"

"निज न फिज—" पुजारिन् ने साधिकार सरोष कहा : "सबरी वृन्दाएँ मिलिकैं आज हूँ चैत्र को महारास रचे हैं। कन्हैयो हमारो सब को परम सखा है।"

वैष्णव वासुदेव धर्म के महान् प्रचारक और परम-भक्त महर्षि नारद वृन्दाओं की यह सरल सहज प्रेममयी निष्ठा देखकर मन-ही-मन मुग्ध और भाव-विभोर हो उठे, किन्तु नीतिवश वही स्वर साधते हुए कहा : "तब तौ फिर सबरी बात बन गई। तिहारौ सबको धरम हू रह गयो और मेरो भी। नारायण सबै मंगल करतु हैं। जौ कान्हा तुम्हारो सबको ऐसो लाड़लो है वोई हमारो भगवान है। यासों मेरी मानो। हमारे धरम में कही है कि एक बार रास मंडल में भगवान श्रीकृष्ण वासुदेव के बाम अंग तैं देवी प्रकट भई। सो तुलसी देवी हतीं। कैसी हतीं देवी कि अतीव सुन्दरी श्यामा न्यग्रोध परिमण्डला। सो इन तुलसी देवी के बाएँ अंग सों लक्ष्मीजी प्रगट भई और दाहिने सों राधा। या तुलसी मैया को ऐसो माहात्म्य हैगो। अब समझीं तुम! श्रीकृष्ण नारायण भगवान और श्रीतुलसी मैया कौ ब्याह हाल के हाल रचाय डारौ फटाफट। मंत्र मैं पढ़ूँगौ। तुम देखौगी कि साक्षात् धर्म तिहारे या उत्सव की साक्षी ह्वै के ठाढ़ो है जायगो। कृष्ण तुम्हें मैं दऊँ हूँ। नेक मेरी झोली दे दो मोय।"

झोली से काले चिकने पत्थर की एक छोटी-सी गोल बटिया निकाली। शालग्राम क्षेत्र की शालि गोपियों को, जो अति हीन जाति की होने के कारण धान के खेतों में चिड़ियाँ उड़ाने का काम करती हैं, इसी काली गोल बटिया को भगवान रूप में पूजते देखकर नारद ने उसमें विष्णु का तादात्म्य स्थापित कर दिया था। शालग्रामियों को वैष्णव बनाकर वहीं से एकत्र की हुई बटियों में से एक में नारदजी ने यहाँ पर श्रीकृष्ण वासुदेव को स्थापित कर दिया। मंत्रोच्चार, बड़े मंगलाचार से तुलसी और शालग्रामी श्रीकृष्ण नारायण का विवाह

सम्पन्न करा दिया। एक नयी प्रथा का जन्म हुआ।

तुलसी वृन्दावन बिहारी के विवाहोत्सव से वृन्दाओं में एक नए उत्साह का जन्म हुआ। सदियों पहले सत्ता के क्षेत्र से पिछड़ते हुए मातृवृन्द ने पुरुष को अपने क्षेत्र के पवित्र पुष्कर में स्नान करने पर अथवा स्नान करती हुई नग्न स्त्रियों को देख लेने पर स्त्री बनाकर रखने का जो दूसरा राजनीतिक रंग का झूठा दम्भ साध रखा था, वह आज समाप्त हुआ। पुजारिन का 'धार्मिक' वैधव्य समाप्त हुआ।

चलते समय नारदजी की बाँह पकड़कर पुजारिन बोली : "यों नईं जान दउँगी तुम्हें। मेरो सेज सुहाग दै जाओ तब जाओ।"

"तब फिर मेरे साथ चल," नारदजी ने न्यौता दिया। महावन का मणिभद्र यक्ष धनाढ्य और विधुर था। उमर में पुजारिन की जोड़ी का था—"सोने-चाँदी से लद जाएगी। दासियाँ तेरी सेवा में रहेंगी। तू वाके घर बैठ जा! बोल, राजी है!"

पुजारिन सहमत हो गई। शीघ्र रेणुका तीर्थ पहुँचने के लिए नारद को नौका का प्रबन्ध करना था। मणिभद्र और पुजारिन को पारस्परिक सुहाग देकर नारद नाव का भाड़ा पा जायँगे। नारद इससे प्रसन्न थे। नारायण, नारायण!

●

२

●

●

जीर्णशीर्ण इन्द्रप्रस्थ के नौकाघाट पर पहुँचकर महर्षि नारद का विरक्त मन मोह-रंजित होकर सहसा भर उठा। दूर-दूर तक टीले-ही-टीले दिखलाई पड़ रहे थे, और उन टीलों पर छोटी-बड़ी, कच्चे-पक्के मकानों की कुछ श्रेणियाँ भी दिखलाई पड़ रही थीं। पाण्डुनन्दन धर्मराज युधिष्ठिर की राजधानी उस लुटे हुए श्रेष्ठि-सी लग रही थी, जो कल रात्रि तक नारदजी के साथ ही नौका पर यात्रा कर रहा था—ठीक वैसी ही नष्ट वैभववाली, राख ढके अंगारे-सी अपने मैलेपन में भी दमकती हुई, वैसी ही सुनसान और गंभीर। फगुआ बयार उस दिन सबेरे से ही भक्कड़ बनकर डोलने लगी थी। विशाल नौकाघाट की ऊँची सीढ़ियाँ चढ़कर नारदजी ने बड़े-बड़े दालानों में अन्न के हजारों बोरे छत की कड़ियों तक लदे हुए देखे। चुंगी का युवक अधिकारी एक बड़ी चौकी पर मस्त भैंसे के समान चित पड़ा पाँच दासियों से अपनी शरीर-सेवा कराने का सुख लेता हुआ खर्राटे भर रहा था। नारद को उस दृश्य से घृणा-मूलक दुःख हुआ। सवेरे का समय हरिभजन और चेतनता का है। सन्तुलित समाज में विलासी व्यभिचारी लोग भी पुनीत प्रातःकाल को कर्मोदय काल मानकर इस समय चैतन्य हो जाते हैं। किन्तु यहाँ? नारायण नारायण! दरिद्र सेठ विष्णुदत्त ने उनसे ठीक ही कहा था कि इन्द्रप्रस्थ अब असुरप्रस्थ हो गया है। नारद ने दासियों की ओर देखकर सरल भाषा में पूछा : "माताओ! यहाँ किसी भगवद्भक्त सज्जन का पता-ठिकाना बता सकती हो? नारायण तुम्हारा मंगल करें।"

एक दासी उनके सुन्दर और गठे हुए शरीर को मस्त नज़र से देखकर बोली : "सजन की सजनी ?"

"अरे कोई हो। घड़ी-आध घड़ी का विश्राम और स्वल्पाहार—साधु को और क्या चाहिए ?"

काले भुजंग विशाल भैंसाकार युवा चुंगी अधिकारी की लाल डोरे चमकती बड़ी-बड़ी आँखें खुलीं, एक बार महर्षि को आँख गड़ाकर देखा, और अपनी दाहिनी टाँग उस ओर बैठी हुई चरणदासी के कन्धे पर रखकर फिर आँखें मीच लीं।

सोते स्वामी पर एक दृष्टि डालकर उस चुलबुली दासी ने पूछा : "नेती, धोती, बस्ती का ज्ञान है साधूजी ?"

"हाँ, ज्ञान तो अवश्य है किन्तु—"

दूसरी चट से बोली : "तो इन्हें सुनन्दा सेठानी का घर बता दे। उसके साथ बजरोली साधनेवाले जोगी को जब से बाघ उठा ले गया, बिचारी उदास रहवे है।"

"वज्रोली ? नारायण ! यहाँ की सेठानियाँ ऐसे कर्म करती हैं ?"

चपला वामांग सेविका ने नाक चढ़ाकर कहा : "छिः घबरा गया। नपुंसक है।" सभी दासियाँ निर्लज्ज होकर खिलखिला उठीं।

महर्षि अपने मन के धुर भीतर तक करारा झटका खा गए। "नारायण नारायण" कहते हुए वे तुरन्त वहाँ से चल पड़े। उनके पीछे से पुरुष की भारी भरकम आवाज आई "ए साधूजी सुनो, इधर आओ।" किन्तु नारद इतने खिन्न हो चुके थे कि अनसुनी कर गए। तभी उनके कानों में पुरुष की दूसरी आज्ञा गरज पड़ी—"जाओ, घेर लाओ इन्हें।" स्त्रियों के घेराव से अपने को बचाने के लिए नारद पलट पड़े। उन्हें पास आते देखकर वह अधिकारी सावधान होकर बैठ गया। नारदजी का तेजवान सुन्दर स्वरूप देखकर उसकी आँखों में हल्का-सा श्रद्धा भाव भी झलका, बोला : "बिराजो महाराज, तनिक मेरे एक परशन का उत्तर देते जाओ।"

नारद ने किंचित् रूखापन झलकाते हुए कहा :—"तुम्हारे प्रश्न का उत्तर मैं खड़े-खड़े भी दे सकता हूँ।"

"अरे, बिराजो भी महराज,! सुना है कि हमारे धरमराज जुधष्ठर जब नरक की सैर करने को गए थे तो विन्हों की साँस की बयार से नरक की दुर्गन्ध दब गई थी। आओ, जरा हमारे नरक में भी दो-चार पल बिराजो तो सई।"

उस काले भुजंग भैंसाकार मनुष्य के मुख को पहली बार नारद ने ध्यान से देखा, उसकी भयानकता में भी एक सौन्दर्य छिपा हुआ था। धरती झाड़कर अपना आसन बिछाया और नारदजी बैठ गए।

युवक चुंगी अधिकारी ने अपनी दासियों को आदेश दिया कि नारदजी के लिए अर्घ्य, पाद्य, दूध, फल आदि का शीघ्र प्रबन्ध किया जाय।

"पाँव मेरे धुले ही हुए हैं। अभी तो नौका-से उतरा हूँ। अपना प्रश्न बतलाओ।"

"परशन यही है कि महराज कि बिरामणों ने पापियों पर दया करना क्यों छोड़ दिया ?"

नारद उसका आशय समझकर बोले : "तुमने सच कहा भगत, बहुतों ने छोड़ा है परन्तु मैंने नहीं। मैं तो केवल अपने मन की पाप-छायाओं से बचने के लिए चला गया था।"

"जिन दासियों ने तुम्हें ऐसी निलज्जताई दिखाई, उन्हें ये पता भी नईं है के उन्होंने तुमसे कुछ बुरा ब्यौहार किया। ह्याँ पै तान्तरिक साधुओं का राज हैगा। वो सब ऐसी ही बातें करें और समझे हैं। हमाए इन्दलपत में अब एकाध दो घर ही ऐसे बचे होंगे, जहाँ की लुगाइयाँ अपने भतार की सच्ची होवें तो होवें। यहाँ की लुगाइयाँ खुले आम साधुओं से रमण जोग साधे हैं। इन तन्तिरियों के तो धरम में ही लिखा है कि चाम के चाम में परवेश करने से कोई दोख नहीं होता।"

"नारायण नारायण!"

"हमाए बचपने में तुमाए जे नारायणजी इन्दलपत में भी रहवें थे। अब उनके मन्दल में विशुनदत्त सेठ की सेठानी भैरवानन्द महराज के साथ बजरोली साधे है महराज। सेठानी और सिद्ध महराज जो कुछ करते हैं वो सब तुमाए नारायणजी और शंकरजी और बाशुकी जी की साखी में ही सारे नगर की भली-भली लुगाइयाँ बिना किसी लाज के ऐसे जोग साधती हैं।"

"और उनके पुरुष?"

"बेचारा बिशुनदत्त तो भाग ही गया। बहुत से धरमातमा भी लाज और दुख के मारे संसार त्यागकर चले गये। जो थोड़े-भौत बचे हैं, वो सब साधुओं की दलाली करे हैं. . . हमने सुनी है कि हमाई इसी नगरी में द्रोपदी महारानी का चीरहरण हुआ था।" कह कर वह अधिकारी युवक ठठाकर हँसा। दासियाँ दूध-फल लेकर इठलाती हुई आ गईं। अधिकारी ने डाँटकर उन्हें संयत ढंग से चलने को कहा। नये प्रकार का आदेश सुनकर दासियाँ सहम गईं। फलों की डोलची और कटोरे ढँका दूध का लोटा पीढ़ा बिछाकर सामने रखा और पीछे हटकर अपने स्वामी के पास जा खड़ी हुईं। अधिकारी बोला : "बिरामणों की शुधताई की एक बात और याद आ गई महराज, सो भी तुमसे कह दूँ। मैं भी बिरामण का पुत्तर हूँ, पर मेरी माँ चाण्डाली थी। आपको मेरे यहाँ के दूध फल गिर्हण करने में कोई दोख तो नहीं लगेगा?"

नारद के मन ने एक हल्का-सा सांस्कारिक झटका तो खाया, पर अपने को सँभालकर उन्होंने कहा : "प्रेम में सब कुछ शुद्ध हो जाता है भाई।"

अधिकारी ने एक ठण्डी साँस ली और कहा : "ये बात अपने बचपने में एक बिरामण के मुख से सुनी थी। मेरा बाप तो बिरामण होकर भी निरा जल्लाद था महराज। उसके किसी भी पाप का डंड नहीं था और वह जिससे चाहे डण्ड लेवे था। छिमा करना महराज, मैं तो कहूँगा, उन्हीं के पाप से बेचारा सेठ बिशुनदत्त यों डूब गया।"

फल खाते हुए नारदजी ने सहसा पूछा : "बुरा न मानना भाई, जिज्ञासावश ही पूछ रहा हूँ, तुम्हारे इस पद पर बैठने से यहाँ के सवर्ण व्यवसायियों को आपत्ति नहीं होती?"

अधिकारी हँसा, बोला : "वरण की बात पूछो हो महराज? इस्तिरियों को सबसे उत्तम कामसुख जो दे सके, उसी का वरण सबसे शिरेष्ठ है। याँपै निरबल पुरुष ही शूद्दर होवे हैगा महराज। और वैसे तो बिरामण का बेटा बिरामण, मेरी जात क्या किसी से कम हैगी।"

इन बातों से नारद का मन अघा गया था। घृणा और प्रेम के भाव अन्तर्मुखी होकर आपस में लड़ रहे थे। इस बेचारे का दोष क्या! अपने जन्म और संस्कारों के लिए यह व्यक्ति दोषी नहीं। पिछले डेढ़-दो सौ वर्षों में शकों और कुषाणों ने इस देश की सामाजिक व्यवस्था को जानबूझकर छिन्न-भिन्न किया है। संस्कार-हीन मनुष्य पशु के समान होता है! मनुष्यों की अपेक्षा पशुओं पर आसानी से राज्य किया जा सकता है। कुषाण सम्राट् कनिष्क के महाक्षत्रपों ने यहाँ के सारे ब्राह्मणधर्मी संस्कार नीतिवश नष्ट किए। युद्ध में विष्णु के समान तेजस्वी, किन्तु देखने में दाढ़ी-मूँछबिहीन हिजड़े जैसे महाक्षत्रप बनस्पर ने चुन-चुन कर यहाँ के ब्राह्मण और क्षत्रिय वंशियों का नाश किया था। उसने नये ब्राह्मण और नये क्षत्रिय वर्गों की सृष्टि की। हीन जातियों के क्रूर पुरुषों को राज्याधिकारी बनाकर उनके सामने सवर्ण लोगों की नित्यप्रति अपनी नाकें रगड़ने के लिए बाध्य किया। तब से सारा खेल ही बिगड़ चुका है। विदेशी कुषाण राजा चाहे बौद्ध बनकर आये या शैव बनकर, हमारे समाज को तोड़ने में उनकी नीति एक ही जैसी रही। सामाजिक अस्थिरता लाने में सभी वैदिक-अवैदिक मतों, अचिन्तक स्वार्थियों और कुटिल शासकों का हाथ रहा है। यही लोग सम्पूर्ण नैतिक, वैचारिक और सामाजिक अराजकता ले आए हैं। एक स्वार्थी हठयोगी तांत्रिक अपनी कामना-सिद्धियों के लिए एक पूरे समाज को नष्ट कर सकता है और नारद जैसे सचेत व्यक्ति उसके प्रतिकार में कुछ भी नहीं कर सकते। अनास्था से अनैतिकता और सामाजिक विघटन उत्पन्न हो रहा है। समाज को विशृंखलित करने के हेतु स्त्री-पुरुषों को काम-सम्बन्धों की खुली छूट दे देना ही सामाजिक चेतना का लोप करने की पहली सीढ़ी है। और उस चेतना को लोप करनेवाला पाता क्या है?... यह सब सोचते-सोचते सहसा नारद के मन में एक प्रश्न उठा, उस अधिकारी से पूछा : "यहाँ का व्यवसाय अब किसके हाथ में है?"

"अरे, अब वो पैले जैसा व्यौपार ही कहाँ रहा महराज। वैसे अब तौ सारा व्यौपार याँ की सेठानियों और ललाइनों का हैगा महराज। वो सब सिद्धजी की हैं। और हम सब सिद्धजी की सेना में ही भर्ती हैं समझो। हमसे काम-काज कराने औरतें आवें हैं। कह तो दीनी महराज जो सबल पुरुष, वोई याँ का अधिकारी है। नपुंसक या अर्द्ध नपुंसक मानस या तो याँ पै शूद्र का काम करे हैं या फिर छोड़ के भाग गये।" कहते-कहते रुककर एकाएक उदास होकर बोला : "तुमसे बातें करके आज मेरा मन उदास हो गया महराज।"

"क्यों भाई?"

"अपने बालपन के दिन याद आ गये। एक बात सच्ची कहूँ महराज। मेरी माँ जनम की चाण्डाली भले ही थी, पर सच्ची बिरामणी वोई थी महराज। मेरा बाप नईं था। मेरा बाप जज्ञ, हवन करके अपने बाप-दादों के धरे ढेर सारे पोथी-पत्रे बाँचके भी निरा बाणिया था। उसने अपने बिरामण बेटे को इसी बिशुनदत्त सेठ के याँ पै महाजनी काम में डाला। जब वो चेत गया तौ मेरा बाप ही इस जोगीराज जी को सेठानी के पास लाया था। भले, धारमिक और बड़े बुधमान सेठ बिशुनदत्त को और उनके साथ-साथ इस इन्दलपत की अनाज मण्डी को ही चौपट कर गया मेरा बाप। सज्जन लोग यह खेड़ा छोड़कर भाग गये और ये सिद्धजी मेरे बाप के भी गुरुघण्टाल निकले। मुझे याँ पै अधकारी बनने से पहले उसने मेरे बिरामणी के जाए भाई को बिख देकें मरवाया, पीछे उनकी बिरामणी पतनी-पतोह

से मेरे बाप की दिन रात दुर्गत करवाई। डरके मेरा बाप भाग गया; और उसके साथ कौन गई, जानो हो, मेरी अम्मा। वो सती रई। जब नगर भर की छोटी-बड़ी जातों की औरतें सिद्धजी के परताप से खुला खेल खेलने लगीं, तब भी वो सती रई। सच पूछो तो मेरी माँ जैसी शुध बिरामणी थी, मेरा बाप वैसा ही शुध चाण्डाल था।"

एक दीर्घ निःश्वास लेकर नारदजी ने उसकी बात का समर्थन किया। बोले : "तुम्हारी बात एक जगह मुझे सच्ची लगती है भाई! समय की बलिहारी है। क्या कहा जाय। नारायण! मैं अब तुम्हारे इस खेड़े में प्रवेश नहीं करूँगा भाई, मुझे ऐसा रास्ता बता दो जो मुझे नहान पहुँचा दे।"

"जा री ओ सोनजुई, दो नपुंसकों को महराज के साथ कर दे। इन्हें बाहर-ही-बाहर उत्तर की राह दिखा देंगे। अच्छा महराज, भले पधारे, पर साथ ही साथ मेरा बुरा भी कर चले।"

"क्यों भाई ?"

"इस समय मुझे लगे है महराज, मन के द्वार एक बार जब खुल जावें हैं तौ पीछे उनका बन्द होना कठिन हो जावे है, और जब तक बन्द रहवे हैं तब तक उनका खोलना कठिन लगे है।"

"कली अपने नियत समय पर ही खिलती है, और एक बार खिलकर फूल बन जाने के बाद वह फिर बन्द नहीं हो सकती। वह या तो मुरझाकर अपना स्वाभाविक अन्त पाएगी या फिर संस्काररूपी गन्धी के उपचार से सुगन्ध रूप में उसकी आत्मा सदा महका करेगी।"

संध्या के समय नारदजी का पड़ाव जिस गाँव में पड़ा, वह एक दूसरी समस्या लेकर सामने आया। उस गाँव में उनके आगमन से घड़ी भर पहले ही एक घटना हुई थी। नारदजी का यथोचित स्वागत करने के बाद उसी घटना को उनके सामने बतलाया गया।

एक सम्पन्न किसान मंगल अपने गाँव के सभी सभ्य जनों की तरह ही अपनी माता का बड़ा भक्त था, किन्तु उसकी माता बड़ी क्रूर थी। मंगल की पहली बहू को उसने बहुत कष्ट दे-देकर उसे क्षय रोगी बना दिया और वह मर गई। अपनी मातृभक्ति के कारण झूठी शिकायतों पर अपनी पहली बहू को मंगल भी बहुत मारा-पीटा करता था। उसकी दूसरी पत्नी की भी यही दशा हुई; पर मंगल की दूसरी पत्नी गूँगी गाय नहीं थी। वह रँभाना भी जानती थी। उसने अपने पति को सचेत करके उसके सामने यह सिद्ध भी कर दिया था कि माँ झूठी, कर्कशा और विकट अत्याचारिणी है, किन्तु मंगल तब भी अपनी माँ के विरुद्ध संस्कारवश कुछ न बोल सका। दुख सहते-सहते एक दिन ऊबकर दूसरी भी कुएँ में डूब मरी। मंगल उस पत्नी को चाहने लगा था, इसलिए उसके मरने पर वह लोगों के सामने अपनी माता पर आरोप लगाने से रुक न सका। लोगों को विश्वास न आया। उसकी माँ बाहर से बड़ी मिठबोली और धरम-करमवाली थी। हारकर मंगल ने एक युक्ति सोची। एक दिन काठ की दो बड़ी-बड़ी पुतलियाँ सजा-बजाकर डोले में घर ले आया और एक कोठे में उन्हें बन्द करके ताला जड़ दिया। अपनी माँ से कहा कि ये बहू तुम्हारी तरफ नहीं आवेगी, लड़ाई-झगड़े का मौका भी कभी न आएगा। माँ चुप रही। बहुत दिन मन-ही-मन घुटी कि कहीं से बहू की एक झलक ही देख ले पर असफल रही। लड़का जब कोठे में होता तो झाँझ-पायलों की झनकार से बहू के चलने-फिरने का भ्रम होता। बन्द दरवाजे पर सास

अपने बेटे की अनुपस्थिति में लड़ आती; बहू तब भी न बोलती। तपकर बुढ़िया ने बहू को लड़ाका कहा। मंगल ने भी तपकर सबके सामने कहा कि मेरी माँ झूठी है और अपनी ईर्ष्या और निर्बुद्धिता के कारण मेरा घर बिगाड़ती है। मंगल ने कोठे का ताला खोलकर काठ की बहू और काठ की दासी सबको दिखला दी। माँ का दोष लोक-उजागर हो गया। मगर अब मंगल इस बात पर तना बैठा है कि ऐसी माँ को मैं घर में नहीं रखूँगा। और यदि माँ घर में रहेगी तो मैं ब्याह नहीं करूँगा, भले ही मेरे पुरखों को पानी न मिले। पंचायत की यही समस्या महर्षि नारद के सामने उपस्थित की गई।

नारद ने बुढ़िया को समझाने का प्रयत्न किया परन्तु वह तो क्रोध की अटारी पर चढ़ चुकी थी। उसका कहना था कि माँ के पास कपटजाल खेलनेवाले पुत्र को वह अब सात जन्मों तक चैन से गृहस्थी नहीं करने देगी। गाँव के बड़े-बूढ़ों ने जब उसे डाँटा-धमकाया तो वह अपनी उग्रता की सीमा पर पहुँचकर धरती पर अपना सिर पटकने लगी, सभी को कोसना आरंभ किया। बुढ़िया न तो अपना घर छोड़ेगी और न अपने बेटे को ब्याह करके अपना घर ही बसाने देगी; उसने बस एक ही रट पकड़ी, 'मेरी लोक-निंदा कराने के लिए इसने कपट किया।' मंगल मरने चला तो वह उसके पैरों से लिपट गई कि देखूँ मेरे रहते तू कैसे जान देता है।

रात गाढ़ी होने लगी थी। नारद के आग्रह से गाँववालों ने किसी प्रकार माँ-बेटे को समझा-बुझाकर घर भेजा। वातावरण शान्त हुआ। नारद सोचने लगे कि यह संसार मिथ्या है, दुखमय और कुरूप है। ईश्वरभूत जीव और जीवभूत ईश्वर की इच्छा यहाँ परस्पर द्वन्द्व करती है। माँ अपने पुत्र को न तो सुख से जीने ही देना चाहती है और न मरने। न हाँ, न ना। इस द्वन्द्वमय जीवन-ताप से मुक्त होने के लिए केवल दो ही उपाय हैं, या तो एकरस, एकरूप नारायण के चरणों में लिप्त हो जाये और यदि यह न सम्भव हो तो माया के नृत्य मण्डप के समान इस संसार में जैसा वह नाच नचाए, वैसा ही नाचता रहे। संसार के सुख-दुख दोनों ही माया हैं, मिथ्या हैं, सुन्दर-असुन्दर दोनों ही रूपों में कुरूप हैं। इनका त्याग ही मनुष्य के लिए अपने जीव की द्वन्द्व-मुक्ति का अन्यतम साधन है। जो द्वन्द्व में पड़ा रहता है, वह इस मंगल किसान के समान ही न सुख से उबर पाता है और न दुख से।

●

३

●

●

कर्म विरक्त किन्तु प्रेम उछाह भरा मन लेकर नारद जिनसे मिलने जा रहे थे, उन व्यास पदवीधारी भार्गव सोमाहुति की नौका मिस्सकवन के क्षेत्र में प्रविष्ट हो चुकी थी। रेणुका तीर्थ से चलकर एक पखवारे की नदी यात्रा के बाद अपने गन्तव्य स्थान के निकट पहुँचकर सोमाहुति का मन हरा हो गया। गोमती के दोनों तटों पर फल-फूल लता-वृक्षों से आच्छादित इस सरम्य तपोवन को देखकर भार्गव सोमाहुति के मन में कविता लहराने लगी। प्राचीन

काल में पुरगा, सिध्रका, अग्र, शारिका, कोटरा आदि छह प्रसिद्ध वनों में इस मिश्रका वन का माहात्म्य ही सबसे अधिक बखाना जाता था। कहावत प्रसिद्ध थी 'मिस्सकं नन्दनं वनम्'। बेर, इंगुदी, पाकर, श्यामाक, आँवले, बेल, कंकोल, पीपल, पलाश, कदली, आम, पारिजात आदि मनोहर और उपयोगी वृक्षों से दर्शनीय, ठण्डेजलों के प्राकृतिक कुण्डों तथा गोमती से शोभित एक लाख पेड़ोंवाले इस महावन के प्रति प्राचीन काल ही से योगियों, तपस्वियों तथा एकान्त साधकों को बड़ा लोभ था। नदी के दक्षिण तट पर ऊँचे टीले पर बना हुआ शौनकाश्रम दिखलाई देने लगा। भार्गव को लगा कि उनका सौभाग्य झलक रहा है। महर्षि शौनक भी परम प्राचीन और पवित्र भृगुवंश ही के एक रत्न थे और सोमाहुति अपने दुर्भाग्य-मोचन के हेतु बड़ी-बड़ी आशाएँ लेकर यहाँ आये थे।

नाव शौनकाश्रम के टीले के पास आ गई। टीले के नीचे घाट पर एक 'कूलधमग' जोर-जोर से शंख फूँक रहा था। 'कूलधमग' साधक नदी किनारे भोजन करते थे और आने-जाने वालों को उधर से रोकने के लिए पहले शंख बजाते थे। सोमाहुति ने मुख्य नाविक से कहा : "थोड़ी देर रुक जाओ भाई। ये कूलधमगजी भोजन करेंगे।"

उपेक्षा प्रकट करते हुए नाविक बोला : "अरे महराज, इन कूलधमगों, संखधमगों की चिन्ता करें तो हमारा आना-जाना ही रुक जाये। दिन भर शंख बजाना दिन भर जनावर की नाईं चरना—भला इनका भी कोई धरम है।"

नाव को आगे बढ़ते देखकर कूलधमगजी क्रुद्ध होकर और जोर से शंख फूँकने लगे, किन्तु नाव घाट की ओर बढ़ती रही। लाल-लाल आँखें निकालकर कूलधमग बोले : "अरे तोर आँखी, कान का फूट गए हैं रे! देखत नाहीं कि हमार संख बज रहा है।"

नाव घाट पर लाते हुए नाविक ने ठण्डे स्वर में कहा : "अरे भोजनै तौ करै का है न तुमका। तनुकुं ठहर जाओ। महतमाजी उतरि जायँ, पाछे खूब संख बजायो।"

"तऊ हम का कोऊ ते कम हन। हमहू महातमा हई। हमार संख बज चुका है। नाव लौटाय लै जाओ।"

भार्गव नाविक से बोले : "नाव को थोड़ा आगे बढ़ाकर खड़ी कर लो भाई? व्यर्थ में रार क्यों बढ़ाते हो।"

"अरे, इनके जैसे बहुत देखे हैं महतमा जी। उतरैं आप।" फिर मल्लाहों के मुखिया ने अपने अनुचरों को आदेश दिया : "भण्डार केर सामान उतारि कै ऊपर पहुँचाओ। जल्दी करौ, अबहियैं लौट के जाय का है।"

भार्गव सोमाहुति नाव से उतरकर घाट पर आये। कूलधमग ने परीक्षण की पैनी दृष्टि से उन्हें देखा, फिर नाव से उतरनेवाले मटकों की तरफ स्निग्ध दृष्टि से देखते हुए मुख्य नाविक से पूछा : "इनमा का लावा है रे?"

"लेड़ुवा"

"लेड़ुवा!" कूलधमग की आँखों में चमक आ गई, मुँह की लार घोटते हुए पूछा : "मोतीचूर के आँय?" मुख्य नाविक उन्हें उत्तर न देकर अपने अनुचरों को आदेश देता रहा। कूलधमग ने फिर पूछा : "को पठाइसि है रे?"

"लखनऊ के महासेठ।"

"भला, भला। बड़ा भगत मानुस आय तुम्हार सेठ। भगवान वहिका मंगल करैं। औ तुम्हारौ मंगल होय। मंगलं भगवान बिस्नो मंगलं गरुड़ो धुजा. . . लाओ, लाओ, चार ठई लेड्डुआ हमार पत्तल पे धरि जाओ।"

"ऊपर जायके कुलपती महराज से माँगौ।"

"अरे उयि तो याक ठई थमाय देहैं। दै जा रे, तोहिका आसिरबाद देब।"

लेकिन मुख्य नाविक ने कूलधमगजी पर यह दया न की। चार साथियों के सिरों पर मटके लदवाकर ऊपर चढ़ने लगे। कूलधमगजी का पारा चढ़ गया, चीख-चीख के कहने लगे : "अरे तोर सत्यानास जाय सारे। हमार भूखी आतमा का सताय के जाय रहा है सारे।"

टीले के ऊपर ढलान के पास पाँच-सात बूढ़े साधक अपने पास पानी के बड़े-बड़े मटके रखे भोजन करने से पहले अपने हाथों को मिट्टी से मलमलकर धो रहे थे। कोई ग्यारह बार धोता था, कोई इक्कीस, इक्यावन, एक सौ एक, पाँच सौ एक बार। भोजन से पहले और बाद में अथवा किसी अस्पृश्य वस्तु को छू लेने के बाद यह साधक अपने हाथ धोते थे। जो जितनी अधिक धुलाई करता था, वह अपने को उतना ही बड़ा साधक समझता था। टीले से पानी बहा-बहाकर इन लोगों ने इतनी रपटन कर दी थी कि भार्गव को ऊपर चढ़ना दूभर हो गया था। इन महात्माओं के हाथ धुलानेवाले चेले गिनतियों का हुल्लड़ मचा रहे थे : "एक कोड़ी एक. . . छै कोड़ी. . . दस कोड़ी पाँच. . .।" भार्गव सोमाहुति को ऊपर आते देखकर सभी साधकों और उनके चेलों का कौतूहल बढ़ा। सोमाहुति ने एक से पूछा : "महात्मा शौनकजी किस मण्डप में विराजते हैं?"

"कुलपती महराज तौ इत्ती बिरियाँ खाले के छत्र माँ हुइहैं। बाकी समुहे चले जायँ आप। धनंजय ठाढ़ है उयि बताय देई।" चेले ने अपने गुरु के हाथ धुलाना रोककर बतलाया। गुरुजी गरजे : "अच्छा अच्छा, हुइगा। हाथ धोवाव। हमार गणना भुलाय गई। कित्ती बार धोवा?"

"चार बीसी अउर, अउर—अउर तौ हमहूँ भूल गयेन गुरुजी।"

"अरे तोहिका भवानी खायँ दुष्ट। हमका जोर की भूख लागि है और तू गिनती भूलि गवा।" भूख की ज्वाला से दग्ध होकर गुरुजी अपने शिष्य को मारने खड़े हुए ही थे कि अपने ही पानी की कीचड़ में फिसल गये। जोर की काँव-काँव मची। सोमाहुति ने घूमकर देखा, गुरुजी उठाये जा रहे थे। वे आगे बढ़ गये, सोचने लगे, इस महाजन्तुशाला में शौनक जी भला किस प्रकार से रह पाते होंगे। कैसा होगा उनका स्वभाव, उनके आचार-विचार?

एक सौम्यमुख जटाधारी युवक उन्हें देखकर आगे बढ़ा। भार्गव का नाम जानकर उसने बड़े आदर से उन्हें नीम के वृक्ष तले एक चौकी पर बिठलाया। अर्घ्य, पाद्य, नैवेद्य आदि श्रद्धापूर्वक अर्पित कर, साष्टांग प्रणाम करके बोला : "आपकी सुख्याति से परिचित हूँ आर्य! आपके दर्शन पाकर कृतार्थ हुआ। कुलपतिजी भी आपका शुभागमन सुनकर निश्चय ही प्रसन्न होंगे। वे नीचे गये हैं, आते ही होंगे।"

कुलपति शौनक एक बार स्वयं जाकर अन्नछत्र की व्यवस्था देखते थे। मिस्सक वन में उस समय भी लगभग तीन [illegible] तीन हजार वानप्रस्थ तपस्वियों का अखाड़ा जमा हुआ

था। सबके अपने-अपने नियम और आचार थे। 'अश्मकुट्ट' साधक पत्थर से अन्न या फल-मूल कूटकर खाते थे; दन्तोलूखली दाँतों से चबा-चबाकर कच्चा अन्न खाते थे। होत्तिय अग्निहोत्र करते थे, कोत्तिय जमीन पर सोते थे और पोत्तिय कपड़े पहनते थे। संमज्जक नदी में कई गोते लगाते थे, उमज्जक केवल एक गोता लगाते थे। निमज्जक नदी में थोड़ी देर तक खड़े रहते थे। संपक्खाल अपना शरीर मिट्टी से रगड़कर स्वच्छ करते थे। हुबौट्ठ कुण्डिका लेकर चलते थे, उड्डुंडग डंडा उठाकर चलते थे; थालई अपना सामान सदा साथ लेकर चलते थे। दिसापोक्खी फल-फूल इकट्ठा करने के पहले दिशाओं में पानी छिड़कते थे। बकवासी वल्कल पहनते थे। जलवासी जल में रहते थे, बिलवासी गुफाओं में अथवा धरती में बिल खोदकर रहते थे और रुक्खमूला वृक्षों की खोखली जड़ों में रहते थे। स्थण्डिलशायी जाड़े गर्मी बरसात में सदा खुले में ही रहते थे; अम्बुखावी पानी पीकर जीते थे। बाउभक्खी हवा खाकर तपस्या करते थे; मियलुद्धय जीवहत्या करते थे। किसी का धर्म किसी से नहीं मिलता था। सब अपने-अपने राग-रंग में मस्त थे। शौनक के आने तक सोमाहुति आस-पास घूम-घूमकर यही तमाशे देखते रहे। मिस्सकवन एक बहुत बड़ा धार्मिक पागलखाना लग रहा था.।

भार्गव शौनक भार्गव सोमाहुति से मिलकर परम प्रसन्न हुए। कहा : "तुम्हारा यश सुनकर तुमसे मिलने की मेरी बड़ी इच्छा थी। आशुतोष तुम्हारा मंगल करें। हस्तिनापुर से आ रहे हो?"

"रेणुका तीर्थ से, आर्य पितृव्य! दुर्भाग्यवश हस्तिनापुर छूटने पर प्रातःस्मरणीय भार्गव जननी का पुण्य प्रताप ही मेरा रक्षा-कवच बन सकता था।"

"तुम्हारे पिता व्यासेन्द्र महात्मा सोमवर्ण के दर्शनों का सौभाग्य वर्षों पहले अपने नवयुवा-काल में मुझे प्राप्त हुआ था। वे आयु में मुझसे लगभग चौदह वर्ष बड़े थे। मैं अब सत्तासी वर्ष का हूँ।"

"हाँ आर्य, मेरी मातुश्री ने मुझे बतलाया था। हमारे नैमिषीय तीर्थवाले आश्रम में आपका शुभागमन हुआ था।"

"हाँ। पुण्यतोया सरस्वती के तट पर नैमिषीय तीर्थ में ही तुम्हारे माता-पिताश्री के दर्शन हुए थे। और अब इतने वर्षों के बाद नैमिषारण्य में तुम्हें देख रहा हूँ।"

"यह मिस्सकवन ही वह नैमिषारण्य है?"

"हाँ, काल के प्रभाववश वह प्राचीन नाम अब लुप्तप्राय हो चला है। यहीं के महासत्र से लौटते समय अनेक ऋषिकुल सरस्वती तट पर जिस जगह बसे, उसका नाम नैमिषीय तीर्थ रख लिया गया।... किन्तु तुम तो व्यासजी के कनिष्ठ पुत्र हो न?"

"जी हाँ आर्य, परलोकवासी अग्निवर्ण मेरे ज्येष्ठ भ्राता थे। नैमिषीय पर जब आपका शुभागमन हुआ था, तब मेरी माता के कथनानुसार भाई पाँच वर्ष के थे, किन्तु अब वे नहीं रहे।"

अग्निवर्ण का नाम सुनकर शौनक के चेहरे पर उदासी आ गई। एक क्षण के लिए आँखें कहीं दूर देखने लगीं। फिर कहा : "हाँ पुत्र, सुन चुका हूँ। आततायी महाक्षत्रप की हत्या का प्रयत्न करने के अपराध में उस बेचारे को शूली दे दी गई थी। हा हन्त, आर्या भार्गवी को कितना दुख भोगना पड़ा!"

"आर्या मुझसे कहती हैं, सोमाहुति, आवश्यकता पड़ने पर तुम भी उसी प्रकार हँसकर प्राण देना, जैसे तुम्हारे भाई ने दिये थे।"

"धन्य है देवी! प्रसंगवश तुम्हारी इस बात से यह जानकर सुख पाया कि वे अब भी जीवित हैं। जहाँ तक मुझे स्मरण है वे मुझसे एक या दो वर्ष बड़ी हैं। वे स्वस्थ और सानन्द हैं?"

"मन से वे निश्चय ही ऐसी हैं आर्य पितृव्य! केवल मेरे दुर्भाग्य की छायाएँ पड़ते रहने के कारण उनका तन अब बहुत क्षीण हो गया है।"

"तुम्हें क्या कष्ट है वत्स! मुझसे कहो? संभव है कि मैं तुम्हारे सौभाग्योदय में सहायक हो सकूँ।"

"इसी आशा से आया हूँ आर्य! तीर्थरूप पिताजी कहा करते थे, कि मेरे पूज्यपाद पितामह महाभारत संहिता के प्रचार के लिए शुंग राजों के काल में भी नैमिषारण्य में ऋषि-मुनियों का वैसा ही महासत्र आयोजित करना चाहते थे, जैसा कि पाण्डवकुल भूषण महाराज अधिसीम कृष्ण के काल में हुआ था। उनकी इस इच्छा पर नियति ने तुषार-कुषाणों के आक्रमण से तुषारपात कर दिया। पितृदेव उस अमूल्य संहिता और सहस्रों ग्रन्थों को बर्बर अत्याचारियों के हाथों से बचाने की चिन्ता में नैमिषीय तीर्थ से हटकर हस्तिनापुर में जा बसे।"

"हाँ, मैंने यह सुना था। उस समय मेरा भी यह स्थान छूटा हुआ था। वह काल ही ऐसा था वत्स! तुम्हारा जन्म कदाचित् हस्तिनापुर में हुआ होगा?"

"जी हाँ, मेरा जन्म भाई की मृत्यु के दो वर्ष उपरान्त हुआ। तेईस वर्ष की आयु थी जब उन्होंने मथुरा में भगवान् के जन्मस्थान मंदिर के मुख्य पुजारी का व्यर्थ अपमान करनेवाले महाक्षत्रप वनस्पर पर आक्रमण करके मृत्यु-दण्ड पाया था।"

"तेजस्वी था अग्निवर्ण। यथा नाम तथा गुणः।"

सोमाहुति अपने न देखे हुए भाई की स्मृति में भावाबद्ध थे। माता से अपने बड़े भाई के विषय में बहुत कुछ सुना था। पिता ने उनके आगे केवल एक बार अग्निवर्ण का नाम लिया था। मरने से कुछ घड़ी पहले केवल एक वाक्य कहा था : "सोमाहुति, तू ही अग्निवर्ण है, यह न भूलना।" तीन दिन और दो रातें शूली द्वारा अपने शरीर छेदन की अनन्त यातना को वे अन्तिम क्षण तक आत्मशक्ति से व्यर्थ सिद्ध करते रहे। 'वासुदेव, जन को आततायियों से मुक्त करो। वासुदेव अपना तेज आलोकित करो। वासुदेव, वासुदेव... वासुदेव।' अन्त तक अहर्निश अविराम, जब तक वे चेतना-शून्य न हुए लोक-मंगल ही मनाते रहे। अग्निवर्ण की मृत्यु का आघात सहकर भी महर्षि सोमवर्ण नये पुत्र की कामना से, जीवित रहे—उसे अपने गुरु-पुरखों की धरोहर सौंपने के लिए वे जिये। उन्होंने सोमाहुति को तुतलाती शैशवावस्था ही से महाभारत संहिता याद कराना आरम्भ कर दिया था। व्याकरण, निरुक्त, छन्द आदि की विधिवत् शिक्षा देते हुए भी उन्होंने सोमाहुति को एक लाख श्लोकोंवाली संहिता कण्ठाग्र कराई। उनकी अन्तिम परीक्षा लेने के उपरान्त सोमवर्ण ने सन्तुष्ट होकर केवल इतना ही कहा : "आज मेरे जीवन का उद्देश्य पूरा हुआ।" उसी रात वे ज्वरग्रस्त हुए और तीसरे दिन देह छोड़ दी।

शौनक की जिज्ञासावश सोमाहुति उन्हें अपनी रामकहानी सुनाते रहे। पिता की मृत्यु

के बाद उन्होंने हस्तिनापुर में ही रहकर शिष्यों को पढ़ाना आरम्भ कर दिया। कुछ वर्ष निर्विघ्न बीते, किन्तु इधर पिछले चार-पाँच वर्ष से वे अपने एक सगोत्रीय बन्धु की दुष्टता से पीड़ित हैं। सोमाहुति का समवयस्क भृगुवत्स एक अनाथ भार्गव बालक था। महर्षि सोमवर्ण उसका पालन-पोषण करने के लिए ले आये थे। कुशाग्र बुद्धि होते हुए भी वह आलसी, दुर्हठी और क्रूर था। आरम्भ ही से वह सोमाहुति की अध्ययनशीलता और सद्‌गुणों से ईर्ष्या करने लगा था। आज के नारद उस समय कण्ववंशीय देवदत्त के नाम से जाने जाते थे। चौदह वर्ष की आयु में विमाता के अत्याचारों से प्रपीड़ित होकर वे घर से भाग निकले और संयोगवश हस्तिनापुर में आचार्य सोमवर्ण की शरण में जा पहुँचे थे। देवदत्त और सोमाहुति में मैत्री स्थापित हो गई जो क्रमशः प्रगाढ़ होती गई। भृगुवत्स दोनों ही से घृणा करता था। जवानी के बसन्ती दिन आने पर उसके स्वभाव के नये पंख भी निकले, पास के गाँव में दो-एक लड़कियों से छेड़छाड़ की। उसके कलंक उलाहने आने लगे और एक दिन एक ऐसे ही प्रसंग के बाद वह फिर सोमवर्ण के यहाँ लौटकर न आया। उसके बाद वर्ष डेढ़-वर्ष के भीतर ही आचार्य सोमवर्ण भी परलोकवासी हुए। समय अपेक्षाकृत शान्त जानकर सोमाहुति का ग्रन्थागार मुक्त हुआ। उनका गुरुकुल भी बढ़ने लगा। इधर चार-पाँच वर्ष पहले कुषाण सम्राट् वासुदेव ने व्यास सोमाहुति की प्रशंसा सुनकर उन्हें मथुरा बुलाया था। दरबार में उन्होंने वर्षों के बाद चीवरधारी मुंडित भृगुवत्स को देखा। वह उस समय तक हुविष्कबिहार के वृद्ध महास्थविर का अनन्य विश्वासपात्र हो चुका था। भृगुवत्स को सोमाहुति का यह मान-सम्मान फूटी आँखों न सुहाया। मथुरा में इस भेंट के चार-पाँच मास के बाद ही एक दिन अनायास भार्गव सोमाहुति के आश्रम पर लुटेरों का आक्रमण हुआ। बहुत कुछ नष्ट हुआ, पर ग्रन्थागार बचा लिया गया। उसके बाद वर्ष-डेढ़ वर्ष के भीतर ही दो बार आक्रमण हुए। ग्रन्थागार तो दोनों ही बार बचा लिया गया, पर तीन आक्रमणों में अनेक छात्रों के मारे जाने से उनमें आतंक फैला और छात्र-संख्या क्षीण हो गई। सोमाहुति जानते थे कि पीछे कौन है, पर विवश थे। भृगुवत्स का मथुरा के अनेक राजपुरुषों, राजमहिषियों और महास्थविर पर बड़ा प्रभाव था। जगत्सेठ वसुमित्र सोमाहुति के प्रति अत्यन्त श्रद्धालु थे। उन्होंने ही गुप्त योजना बनाकर रातोंरात उन्हें हस्तिनापुर से निकालकर दूर, गंगा-यमुना पार, रेणुकातीर्थ के भग्न मन्दिर के टीले पर बसा दिया। भार्गव परशुराम की माता के क्षेत्र में पहुँचकर भार्गव सोमाहुति निरापद तो हुए पर निकम्मे हो गए। अपने ग्रन्थागार की सुरक्षा के लिए उनका अख्यात होकर रहना आवश्यक था।

सारी कथा सुनाकर सोमाहुति ने शौनक से कहा : “जिस व्यक्ति के पास चित्रगुप्त, ब्राह्मी आदि प्राचीनतम लिपियों में लिखे, सन्तों, चारणों और पुराण पुरुषों से संकलित, अनेक शताब्दियों में प्रातः-स्मरणीय भृगुवंश-रत्नों की व्यास-परम्परा के द्वारा कठिन श्रम से अर्जित अमूल्य दर्शन-ग्रन्थ, राजवंशावलियाँ उनके इतिहास और धर्म-संस्कारों का संग्रह हो—वह व्यक्ति यदि लगन रखकर भी उनका अध्ययन न कर सके, शिष्यों को विद्यादान देकर लोकमानस को प्रबुद्ध न कर सके, तो उसका सारा जीवन ही धिक्कार है।”

“इस प्रकार हताश होने की आवश्यकता नहीं वत्स! सत्य और श्रम से सकलार्थ सिद्ध

होते हैं, और तुम्हारे पास दोनों हैं। भृगुवंशियों ने मानव-सभ्यता को प्राचीन काल से ही अपने सत्यज्ञान और अथक परिश्रम से सदा प्रगति प्रदान की है। भृगु ने ही लोक को अग्नि से पका भोजन करना सिखलाया। भार्गव शुक्राचार्य ने नीतिशास्त्र रचे। च्यवन के समान महान् ओषधि-विद हुए। परशुराम ने पितृ सत्तात्मक समाज को प्रतिष्ठा दी, ऋभु ने तीव्रगामी रथ का आविष्कार किया। शुनक के समान शास्त्रज्ञ और ब्रह्मज्ञ भृगुवंश ही में हुए हैं। कहाँ तक गिनाऊँ वत्स, तुम स्वयं विज्ञ हो। तुम्हारा निश्चय ही कल्याण होगा।"

महर्षि शौनक से आश्वासन पाकर सोमाहुति का मन खिल उठा। श्रद्धाविभोर होकर उन्होंने वयोवृद्ध पितृव्य को साष्टांग प्रणाम किया। उनकी आँखें भर आईं। कुछ कहना चाहते थे, पर वाणी उस समय भावावरुद्ध हो गई। स्नेह से उनका मस्तक थपथपाकर शौनक बोले : "वत्स, तप को तप से और साधना को साधना से ही शक्ति मिलती है। सद्पात्रों को सदा इसका दान करते ही रहना चाहिए। यह स्थान इस समय निस्तेज है। अतएव तुम्हारा प्रस्ताव मेरे लिए भी शुभ है। इसी क्रम से लोक-शक्ति जोत-सी जागती है और परिस्थितियों के द्वन्द्व से विकसित होकर चहुँ ओर सिद्धि-सी व्याप्त होती है। इसी लोकनारायण को भजो, इसमें तुम्हें अपने विराट् वासुदेव के प्रत्यक्ष दर्शन होंगे।"

सोमाहुति का भीतर-बाहर एक तीव्र ऊँची उत्ताल आनन्द लहरी की लपेट में आकर कुछ क्षणों के लिए बूड़ गया। फिर संयम से आवेग पर अंकुश रखकर स्वभाव साधते हुए बोले : "आर्य पितृव्य ने मेरे पूर्व संकल्प को अपने उपदेशामृत से नवजीवन प्रदान किया है। आभारी हूँ।"

"हाँ वत्स, यह भार तुम्हें वहन करना ही है। तुम्हारे गोलोकवासी पिता के समान मेरी भी इच्छा है कि मेरे जीवनकाल में एक बार इस पवित्र नैमिषारण्य में फिर से द्वादशवर्षीय महासत्र हो जाय।"

"इस बार एक लाख श्लोकों की महाभारत संहिता का पाठ ही इस महासत्र का उद्देश्य होना चाहिए आर्य पितृव्य ! हमारे चिरवन्दनीय पुरखों ने उसे समस्त ज्ञान का विश्वकोष बना दिया है।"

"तथास्तु। तुम्हारे लिए यहाँ उत्तम पर्णकुटी बन जायगी। अपने ग्रंथागार और परिवार सहित यथासंभव शीघ्र ही यहाँ आ जाओ।. . . और यहाँ से लौटते समय पहले अयोध्या जाकर महायोगिराज नागेश्वरजी से मिलना। वे इस क्षेत्र के विघ्नेश्वर हैं। उन्हें सन्तुष्ट करना आवश्यक है।"

सोमाहुति को शौनक के रूप में जीवन की उपलब्धि हुई। घोर दुश्चिन्ताओं से भरे इन बीते वर्षों में उन्हें दो ही उपलब्धियाँ हुईं : पहली अयाचित और अनायास—इज्या। दूसरी याचित और परिपूरित—यह शौनक-भेंट।

४

●

●

व्यास सोमाहुति की नौका जिस समय नैमिष मिश्रकावन पहुँची थी, लगभग उससे डेढ़ पहर पहले, बड़े भोर-ही नारदजी शुंग-काल में बने और लगभग सौ वर्ष पहले कनिष्क-काल में तोड़े गए रेणुका मन्दिर के टीले के पास बसी हुई गोप-बस्ती में एक डंड लगाते लड़के से पूछ रहे थे : "गोपाल महात्मा के आश्रम पर जाना चाहता हूँ। बता सकोगे ?"

अपने दोनों पंजे कमर पर रख, तिरछी पैनी दृष्टि से नारद को देखकर उस तेरह-चौदह वर्षीय गोप-किशोर ने रूखे स्वर में प्रश्न फेंका : "आप कहाँ से आये हैं ?"

बालक के तेवर देखकर नारद भी हँसकर बाल-मुद्रा में आँखें नचाकर बोले : "मैं सीधा स्वर्ग से आ रहा हूँ।"

"सरग ! अरे कांहे महतमा होके झुट्ठ बोले है।"

"अरे नईं सच्ची। तू जाके गोपाल महात्मा से कह कि स्वर्ग से नारदजी आये हैं।"

"गोपाल दादा नहीं हैं।"

"कहाँ गये हैं ?"

"पता नहीं। कई दिन से गये हैं।"

"और आर्या ?"

"अइया ! गुपाल दादा की महतारी ?"

"हाँ।"

"वो भी नहीं हैं।"

सुनकर नारद खिन्न हुए। सामने की झोपड़ी से एक बुढ़िया सिर पर मटकी लिये निकली। लड़के ने जोर से कहा : "अजिया री ? ये गुपाल दादा को, अइया को पूछ रहे हैं।"

बुढ़िया पास आई। पूछा : "कौन हो महराज ?"

"नारद हूँ मैया ! गोपाल महात्मा से मिलने—" बात पूरी भी न हो पाई कि बुढ़िया ने झट से मटकी उतारकर धरती पर रखी और सादर उनके चरणों में झुककर फिर अपने अधपोपले मुख से गद्गद स्वर में कहा : "अरे महराज, तुमी—तुमी तो थे जो सरग में भगवान के दरसन करने गये थे। माताजी बताती थीं।"

"हाँ मैया, मैं ही गया था।"

"तो तुम्हें भगवान् के दरसन हुए ?"

"भगवान् तो अब यहाँ आ गए हैं मैया। बृन्दावन में मोगँ मिले थे। बड़ी छेड़खानी करी हमसे।"

"सच्ची, भगवान् यहाँ आ गये हैं। तो नारद महतमा, मुझे भी तू एक बार उनके दरसन करा दे। तेरा बड़ा जस गाऊँगी।"

"पहले तू मुझे यह बतला मैया, कि आर्या और गोपाल महात्मा कहाँ गये हैं?"

"गुपाल महराज तो कहीं दूर गये हैं। कोई एक महीना हुआ उन्हें गये। बाकी माताजी तो यहीं मण्डी में गई हैं। मणीकरण बाणिये की माँ को चुड़ैल ने झोंटे पकड़ के मारा सो उसे जर आ गया है। उसे ही देखने गई हैं। पर चिंता न करो, ऊपर ईजा है और माता जी भी थोड़ी देर में आ जायँगी। सीधे ऊपर चले जाओ।"

"ईजा? ईजा कौन? सोमाहुति और आर्याभार्गवी के अतिरिक्त यह तीसरा कौन?" नारद शंकित हृदय से टीले पर चढ़ने लगे।

नीचे से बुढ़िया ने पूछा: "अभी तो रहोगे न महराज?"

"हाँ-हाँ।" कहकर वे टीले पर चढ़ने लगे। सामने भार्गव की गोशाला दिशाई पड़ने लगी। एक युवती गाय दुह रही थी। नीचे से जाती हुई बुढ़िया बोली: "भगवान के दरसन कराना। मैं अभी आती हूँ।" परन्तु नारद का ध्यान अब उधर न था। वे सामने देख रहे थे।—फूलछड़ी-सी देह, गौर वर्ण, आँखें अग्नि और अमिय से भरी बड़ी-बड़ी कटोरियों जैसी, उनमें ज्योति रस बनकर छलक रही थी। नारद की टकटकी बँध गई। वे अवाक् देखते ही रह गये।

युवती के रसमग्न नेत्रों में देखते ही श्रद्धा उमड़ी और पलकों के तट पर आकर लय हो गई। बस, इतने ही से प्रणाम कर लिया। हाथ अपना काम करते रहे। वह बोली, उसका स्वर नारद को सरस्वती कण्ठाभरण-सा मनोमुग्धकारी लगा। उसने कहा: "प्रणाम, महामुने! मैं पहचान गई। आप कथा मण्डप में विराजें। यह कपिला बड़ी मानिनी है। छोड़ दूँ तो दूध चढ़ा जाएगी, फिर खाएगी भी नहीं।"

"मेरी चिन्ता न करो बड़भागिन। मैं तो एक बार जाके तीर्थ-स्नान करूँगा। माहात्म्य तो सुना था कि इस तीर्थ में स्नान करने से मनुष्य की रूपकांति चन्द्रमा-सी हो जाती है, पर अब तुम्हारे मुखचन्द्र ने प्रमाण भी दर्शा दिया है। कौन हो देवी तुम?"

"इज्या।" केवल स्वर ही इधर आया, मुख भी हाथों के समान ही काम पर लौट गया था।

नाम सुनकर नारद का विनोद जागा, कहा: "भला, भला, गऊ हो तुम भी।"

"नहीं, बिम्ब हूँ।"

"तब फिर प्रतिबिम्ब कौन, सोम? उन्हें यह दान किसने दिया?"

इज्या एक बार इधर देखकर मुस्कुराते हुए बोली: "यह चारों अर्थ मुझ पर लागू तो होते हैं महामुने, पर मैं वस्तुतः बलि हूँ शब्द का पाँचवाँ अर्थ।"

यह उत्तर नारद के लिए रहस्य बन गया। पर फिर कुछ पूछे बिना ही आगे बढ़ गए। कथा-मण्डप में अपनी वीणा और झोली एक ओर रखकर नीचे जाने से पहले फिर गोशाला की ओर बढ़े। कपिला दुही जा चुकी थी, इज्या उसकी पगही खोल रही थी। नारद ने पूछा: "सोमाहुति कहाँ गये हैं?"

"मिस्सकवन। महर्षि शौनक जी के पास! अइया केवल मण्डी तक ही गई हैं, थोड़ी

देर में आ जायँगी ! किन्तु आप चिन्ता न करें, सेवा में किसी प्रकार की त्रुटि—"

"छेः, यह प्रश्न ही नहीं उठता। जिस घर में अब पाँच अर्थोंवाली साक्षात् कामधेनु आ गई हैं, वहाँ मेरे पाँच सुख सुरक्षित हैं। दो, गृहिणी और पुत्र-सुख तो नारायण की कृपा से कभी चाहे ही न थे।"

इज्या फूल-सी खिल और खिलखिला उठी। नारद की मुग्धता भी मानो सहज प्रतिबिम्ब-सी खिली। तब तक इज्या बोली : "आपके बन्धु ने अभी कुछ ही दिनों पहले महाकाल और हमारी स्थूल काल गणना को माया का निरूपण करते हुए मुझे नारद मोह की एक बड़ी रोचक कथा सुनाई थी। आपके दो सुखों को तिलांजलि देनेवाली बात मेरे मन में उस कथा से ऐसी जुड़ी कि बरबस हँसी आ गई। क्षमा करें, अन्यथा न मानें।"

"सोमा ने सुनाई थी, अरे वोई तौ हमारौ घर-बिगाड़ू है। वाके कारन ही नारद बन्यौ। हाँ, तो वह कथा क्या थी, मैं भी सुनूँ।" कथा में नारद ने तीव्र उत्सुकता दिखलाई।

"आप स्नान तो कर आयें। मैं तब तक दूध गरमा लूँ।"

"तुम समान सतर्कता से एक समय में दो काम साध लेती हो, यह मैं अभी देख चुका हूँ। मटकी उठाओ, चलती चलो, सुनाती चलो।"

"आप तो बालहठ साध रहे हैं।"

"तुम्हारा देवर हूँ।" नारद मटकी उठाने के लिए झुके, उनसे पहले ही इज्या ने मटकी उठा ली और मुड़ते हुए कपिला की पीठ पर नेह भरे हाथ का पुचारा देकर कहा : "अभी वर ही कहाँ हैं?—हाँ तो, कथा सुनिए—"

इज्या को मार्ग देने के लिए नारद बढ़े ही थे कि उसके पहले वाक्य को सुनकर ठिठक गए। तब तक इज्या बड़ी फुर्ती से मूल विषय पर आ गई। इससे नारद में एक क्षण के लिए किंकर्तव्य-विमूढ़ता आ गई। इज्या ने फिर हँसी बिखेरते हुए लताड़ा : "अच्छा अब आगे गति कीजिए महात्मा देवर जी ! कथा भी तब तक खड़ी रहेगी।"

नारद हँस पड़े। गोशाला से बाहर आकर पूरब की ओर ऊँचान पर रसोईघर था। गोशाला की ढाल से ऊपर चढ़ते हुए सहसा इज्या ने कहा : "आप बैठकर सुचित्त से कथा सुनने का नियम पालन नहीं करते मुनिवर?"

"बैठनेवाला तो चित्त ही है न, वह मधुमक्खी के समान अपने मधु स्वाद में ही लवलीन है। फिर काया के चलने या न चलने से हमारा प्रयोजन ही क्या है? वह तो आवश्यकतानुसार आज्ञा चक्र के सिद्ध संचालन से यंत्रवत् संचालित है। हाँ, अब कथा कहो।"

नारद का यह कथाग्रह मन को गुदगुदा कर भी आदरास्पद था। स्वयं 'वे' भी केवल व्यासपीठ पर ही बैठकर कथा सुनने-सुनने का आग्रह कभी-कभी छोड़ देते हैं। कहते हैं, समर्थ को दोष नहीं लगता। कथाग्रह में नारद उनके प्रतिबिम्ब हैं, यह सोचकर मन भावभीना हो गया। कहानी सुनाने लगी—

"ऋषिकुमार सुनाते थे कि एक बार नारद परम्परा के एक प्राचीन पुरुष ने भगवान् विष्णु के दर्शनार्थ बड़ी कठोर तपस्या की। प्रसन्न नारायण प्रत्यक्ष पधारे। श्रीचरणों में माथा नवाकर कहा कि हे प्रभु, भक्ति की महिमा यथार्थ है, इसका प्रत्यक्ष अनुभव कर रहा हूँ।

इसके बाद भगवान् ने नारद को वरदान माँगने को कहा। नारद बोले : आप सदा मेरे पास रहिए, यही वर चाहता हूँ।"

रसोई मण्डप में पहुँच गए। मटकी एक ओर रखकर सुलगते कण्डों की भूभल कुरेदकर दो चार नये कण्डे डाले। कहानी चलती ही रही—

"भगवान् बोले, हे नारद, मेरी माया मेरी भक्ति से भी बड़ी है। इसे न भूलो। तप, वन्दना, उपासना से जब मेरी माया को भी सिद्ध कर लोगे तब मैं सदा तुम्हारे पास रहा करूँगा। नारद जी बोले, भगवन् मैं नहीं मानता कि आपकी माया आपके सच्चे भक्तों का कुछ बिगाड़ सकती है। और यदि आपके मन में ऐसा ही सन्देह है तो दिखलाइए अपनी माया की शक्ति। मैं भी श्रीचरण कृपा से उसे आपकी भक्ति की सिद्धि का स्वाद चखाऊँगा।"

दूध छाना और दूसरी मटकी में कण्डों की भट्ठी पर चढ़ाया जा चुका था। राख-धूल से बचाने के लिए उस पर कपड़ा बाँधा जा चुका था। इज्या भट्ठी के पास ही बैठी सुना रही थी। नारद द्वार के तनिक आगे गर्दन झुकाए बैठे हुए कहानी सुन रहे थे। घूमते-फिरते के काम सम्पन्न हो जाने से इज्या के स्वर का सधाव अब और अधिक बढ़ गया था। वह सुना रही थीं :

"तो हुआ यह कि भगवान् ने नारदजी की अटल भक्ति के प्रति बड़ा आदर प्रकट किया और कहा कि हे नारद, पृथ्वी पर जन्म लेने से मुझे भी अपनी माया के वशीभूत होना पड़ता है। बस, इसी से समझ लो कि मेरी माया बड़ी शक्तिशालिनी है। नारदजी बोले, अरे महाराज, आपका यह छलावा मेरे साथ न चलेगा। भगवान् बोले—देखो, मेरी माया का प्रताप कि तुम्हारे कारण धरती पर आते ही मेरी भ्रमण की इच्छा जागी है। मैं अपनी माया से बच नहीं पा रहा हूँ। नारद बोले कि जैसी श्रीनारायण की इच्छा। मैं तो आपका पद-रज अनुगामी हूँ। अस्तु ! दोनों चलने लगे। चलते-चलते मरुभूमि आ गई। भगवान् ने कहा, हे नारद मुझे बड़ी प्यास लगी है। कहीं से जल लाओ। नारद तुरन्त कमण्डलु लेकर दौड़ पड़े। भगवान् प्यासे थे; भक्त नारदजी दौड़ते हुए पास के गाँव में पहुँचे। रास्ते में यह विचार भी आया कि देखो हरि-भक्ति की महिमा कि यह मरुभूमि तक मुझे प्यासा न बना सकी। भक्त से हर विघ्न दूर भागता है। यह सोचते हुए वे गाँव में पहुँच गए। जो पहला घर मिला, उसका कुण्डा खटखटाया। द्वार खुला। नारदजी के सामने रति के समान आकर्षक एक तन्वंगी नवयौवना खड़ी थी। उसे देखकर महाभागवत नारदजी की सारी सुध-बुध ही बिसर गई। उनकी आँखें उस रूप-दर्शन की ऐसी प्रबल प्यासी हो उठीं कि उन्हें अपने भगवान् की प्यास ही बिसर गई।" इज्या के मुख पर यह कहते हुए मुस्कान की एक गहरी रेखा खिंच गई, परन्तु नारद यथावत सिर झुकाए सुन रहे थे। इज्या ने फिर संयत स्वर से कहना शुरू किया :

"उस कन्या ने पूछा, आप क्या चाहते हैं। वे बोले कि सुन्दरी, मैं तुमसे ब्याह करना चाहता हूँ, तुम्हारे बिना अब रह नहीं सकता। कन्या बोली कि मेरे पिता से मिलकर बात कर लीजिए। कन्या का पिता तो एक योग्य वर की तलाश में था ही, गोरे-चिट्टे हट्टे-कट्टे सुन्दर और पढ़े-लिखे नारदजी के साथ अपनी बेटी की भाँवरें फिरवा दीं। गृहस्थी जमने लगी। बूढ़ा बाप परलोक सिधारा। एक-एक करके उनके तीन बेटे भी हुए। खेती-पाती बढ़ी और अपनी पत्नी के प्रति नारद का प्रेम ऐसा बढ़ता गया कि उनका बस चलता तो उसे आठों

पहर अपनी आँखों के आगे ही बिठाए रखते। ऐसे ही एक युग बीता। फिर एक दिन प्रलय की वर्षा और आँधी आई। नारद का गाँव बह गया। खेती-पाती डूब गई। घर डूबने लगा, पत्नी को बचाएँ तो बच्चे बहे जाते हैं और बच्चों को बचाएँ तो किस-किसको बचाएँ। बेचारे नारदजी बावलों-से रोते-चिल्लाते पानी में इधर-उधर हाथ-पाँव मारते रह गए किसी को न बचा पाये। बहते-बहते आप जिस किनारे लगे तो वहाँ देखा कि पेड़ तले भगवान् बिराजे हैं। नारद जी भावावेश में रोते हुए भागे कि गुहारें, प्रभु आपके रहते मुझ अटल भक्त की गृहस्थी का यह सत्यानाश क्योंकर हुआ। परन्तु पास पहुँचने पर उनके कुछ कहने के पहले ही भगवान् ने कहा : 'अरे भक्त शिरोमणे, मैं आधी घड़ी से प्यासा बैठा हूँ और तुम पानी भी नहीं लाये। कहाँ थे?' सुनकर नारदजी चक्कर में पड़े कि अरे, मेरा तो जेठा पुत्र ही बारह बरस का था और यह कहते हैं कि मुझे यहाँ से गये केवल आधी घड़ी ही बीती है। चारों ओर दौड़ने लगे, न मरुभूमि, न प्रलय, न वृक्ष और न भगवान् ही कहीं दिखलाई देते थे।"

"अरे इज्या! कहाँ है री?"

"हाँ अइया!"

"अरे सुना है, मेरा देवा आया है!"

आर्या भार्गवी की आवाज सुनकर नारद तुरन्त रसोई-मण्डप से बाहर आ गए और कथा-मण्डप के आगे तुलसी चौरे के पास माता भार्गवी को देखकर भक्ति और उल्लासपूर्वक उनके चरणों में साष्टांग प्रणाम किया। आर्या का वात्सल्य भाव उमड़ पड़ा। झुककर नारद को उठाया और अपनी बाँहों में कसकर देर तक उन्हें बाँधे रहीं। उनकी आँखें भर आईं। स्नेहावेश का एक उबाल थमने पर दूसरी लहर में उन्होंने नारद का मुखमण्डल अपने दोनों हाथों से बाँध लिया और जी भरकर देखने के बाद उनके कपोल पर चुम्बन अंकित कर उनका मस्तक सूँघा, फिर दुबारा भर आने वाली आँखों को आँचल से पोंछते हुए बोलीं : "धरती का स्वर्ग ही भला। वहाँ जानेवाले अपने पुत्र को सकुशल लौटकर आया हुआ देखना भी माँ के लिए संभव हो जाता है।... जियो मेरे बच्चे, चिरंजीवी हो!"

नारद जान गए, माँ को अपने स्वर्गीय बेटे अग्निवर्ण का अभाव भी उनके आगमन के हर्ष वर्षण में बिजली-सा तड़प उठा है। माँ के मन को तनिक हल्की धारा में बहा लेने के लिए नारद बोले : "तुझे देखकर तो अब ऐसा लगता है माँ कि मानो मैं कहीं गया ही नहीं था। इज्या की कथा वाले नारद की भाँति ही मेरे भी यह बीते पन्द्रह वर्षों का महाभ्रमण अपनी कालावधि में इस समय कुछ यों सिमट आया है कि लगता है, जैसे कल गया था और आज आ गया।"

"हाँ बेटा, यही तो भगवान की माया है। अरी इज्जो, मेरे देवा को तूने कुछ कलेऊ करा दिया कि नहीं!"

इज्जा ने हँसकर कहा : "अभी कहाँ! अभी तो ये तीर्थ-स्नान करके अपने मुख पर चन्द्रकांति लाने जा रहे थे, फिर मेरी एक बात पकड़कर कथा सुनाने का हठ ठान बैठे।"

"अरे, जनम के कथा-खोरे हैं ये मेरे दोनों के दोनों। सोमा को टोको तो वह कहता है कि अब बात-बात में आठों पहर कथाएँ कहने-सुनने का चलन चलेगा।"

"वाह, बड़ी बढ़िया बात कही है सोमा ने। लोक-मानस को शीघ्र प्रबुद्ध बनाने के

लिए इससे अच्छा कोई उपाय ही नहीं है।"

"अच्छा, तू स्नान कर आ। तेरे लिए मैं कलेऊ बनाऊँगी आज।"

"अच्छा भाभी, मुँह धो रखो अपना। अभी चौगुनी सुन्दरता लेके आता हूँ।"

"भगवान् की माया को न बिसारना मुनिराज! कहीं तुम्हारा भी उन नारद जैसा ही हाल न हो, जो भगवान् के पास गये तो थे उनका रूप माँगने, पर मिला. . ." कहकर पल्ले से मुँह ढँककर इज्जा हँसने लगी।

नारद और अइया को भी हँसी आ गई। नारद बोले : "यदि देवर वानर हुआ भाभी, तो वर को भी वही होना पड़ेगा। माँ के राज में पक्षपात नहीं हुआ करता।" नारद नहाने चले गये। माँ के सामने जानबूझकर उन्होंने इज्या को भाभी कहकर पुकारा था जिससे कि लौटने पर वह उनसे भार्गव और इज्या के पारस्परिक सम्बन्ध का स्पष्टीकरण पाने का अवसर साध सकें। 'वर ही कहाँ है', कहकर इज्या ने उनके मन में जिज्ञासा जगा दी थी। कौन है यह इज्या? कहाँ से आयी?

नारद का भाभी कहना आर्या भार्गवी के मन में भी टीस उठा गया। माँ चाहती हैं, भार्गव भी सहमत हैं, किन्तु इज्या कहती है कि होतव्यता तो यही है, पर अभी समय नहीं आया।

इज्या के लिए अपना और सोमाहुति का नाता स्थिर कर पाना अभी तक संभव नहीं हो पाया। अबोध जीवन में बीते बाईस अकेले वर्ष ही उसकी बाधा और विकट पहेली हैं। भार्गव उसके रक्षक हैं। जैसा स्नेहभरा आदर वह उन्हें सहज रूप से दे पायी है, वैसा अपने पिता को छोड़कर उसने अन्य किसी को नहीं दिया। बल्कि भार्गव के प्रति उसके भाव में अपूर्व अनोखापन। ऐसा प्रबल आकर्षण, आँखें चार होने पर लाज-पहेली बँधे मन का बरबस छूट-छूट पड़ना उसने पहले कभी अनुभव ही नहीं किया था। पिता मेरे थे, वह वन मेरा था, गाय-बैल मेरे थे अथवा यह घर, यह माँ, यह देवर, यह सब-कुछ मेरे हैं—यह सब सोचने में उसे विशेष संकोच नहीं होता; पर 'वह मेरे हैं' सोचते ही इज्या का मन आनंद सिन्धु में ऐसा बूड़ता है कि वह आपे में नहीं रह पाती। और इसी चरम बिन्दु पर आकर भार्गव के प्रति अपने अन्तिम स्वार्पण के अबूझ विधान की पहेली से वह मूढ़वत् सिहर-सिहर उठती है। माँ या भार्गव के द्वारा ब्याह की बात चलाने पर बचाव के लिए सोमाहुति का केवल एक वाक्य है जो उन्होंने प्रथम मिलन के समय, यहाँ आते हुए मार्ग में कहा था : "मैं अपना गुरुकुल स्थापित न होने तक ब्रह्मचर्य-व्रत धारण करने का विचार रखता हूँ।" इज्या यही कह देती है। सोमाहुति दो-एक बार एकान्त में उस पर झुँझला तक उठे, एक बार कहा भी था : "मैंने यह तो नहीं कहा था कि ऐसी प्रतिज्ञा कर चुका हूँ। मैं केवल विचार कर रहा था।" इज्या ने उत्तर दिया था कि "मैं न आती तो आपका विचार अवश्य संकल्प बन जाता। इसलिए जब तक वह संकल्प सिद्ध नहीं होता तब तक मैं आपके जीवन में न आने के समान ही रहूँगी।". . . . इज्या अपने को बचा रही है और यह भी जानती है कि बच नहीं पाऊँगी। इज्या के मन की जंगली हठभरी काल्पनिक लाज-संकोचशीलता को अब क्रमशः एक प्रशंसाभाव धीरे-धीरे धुँधलाने लगा है कि ऐसे विद्वान्, संयमी और सुन्दर सोमाहुति मेरी इच्छा का मान रखने के लिए अपनी इच्छा को दबा लेते हैं। उनके सारे सुखों का मूल अब मैं और मेरा सुख है। वे कहते हैं कि मैंने आकर

उनके जीवन को नवोत्साह और प्रेरणाओं से भर दिया है। ऐसे विद्वान् महापुरुष इतने बलिष्ठ और सुन्दर . . . . वे इज्या के हैं—मेरे—मेरे—मेरे—मेरे हैं। मैं तो उनकी अब हूँ ही। "जाने कब आयँगे वे ? उनके बिना कितना सूना है सब-कुछ ! ईश्वर करे, काम सिद्ध करके आएँ।"

नारद के नीचे और अइया के रसोईघर में जाने के बाद इज्या नीम तले खड़ी-खड़ी सुख-चिन्तन में खोई रही, फिर नये उत्साह में अपने काम से लगते हुए कथा-मण्डप बुहारा, नारद की झोली और वीणा एक चौकी पर रखी, दूसरी आसन सहित नारदजी के लिए बिछाई। चंगेर में फूल लाकर रखे। फिर भार्गव का शयनकक्ष स्वच्छ करने गई। पर्णकुटी में घुसते समय उसके हाथ ने उसका चटाई मढ़ा द्वार भी भीतर से उड़का लिया। इस घर में अपने निवास के पिछले डेढ़-पौने दो वर्षों में आज पहली बार यह भार्गव सोमाहुति की चौकी पर बैठी है, उनके तकिये पर धीरे-धीरे हाथ फेर रही है और सकुचा कर उसकी उँगलियाँ बीच-बीच में थम भी जाती हैं। आनन्द की बढ़ती डोर के सहारे मन-पतंग मुक्त आकाश में उड़ती तो है, पर लाज-भय की चुटकी उसे थामकर नीचे उतार लेती है। लाज और आनन्द के इस दुहरे चक्रव्यूह में भटक चकराकर सहारे के लिए उसे याद भी उन्हीं की आ रही है, जिनके कारण यह सारा ऊहापोह है। हाय राम, क्या करूँ क्या न करूँ !

●

किशमिश बादाम चिरौंजी पड़ा रवे का मोहनभोग और दूध ग्रहण करके सन्तुष्ट मन से नारद बोले : "वीतराग पुरुष को तुमने फिर अपने मोहपाश में बाँध लिया अइया।"

"मोह तो महामाया का कर है वत्स ! पृथ्वी के हर प्राणी को यह कर चुकाना ही पड़ता है। संन्यासी भी किसी-न-किसी का बेटा होता है।"

"आश्चर्य आर्या ? ठीक यही वाक्य मैंने सुदूर शिविर देश में भी एक भरतवंश की मंगोल वृद्धा के मुख से सुना था।"

"भरतवंश के लोग क्या वहाँ तक बसे हैं ?" आर्या ने साश्चर्य पूछा।

नारद के चेहरे पर भावभीनी मुस्कान की रेख खिंच गई, जो आर्या के वात्सल्यभाव को अपनी ओर खींचनेवाली, सुहानी लगी। नारद बोले : "लगभग पन्द्रह वर्षों तक दूर-दूर की भूमियों में भटकते हुए मुझे यह एक श्रेष्ठ सत्य रत्न हाथ लगा कि अति प्राचीन काल में किसी एक ही परम तपोनिष्ठ ज्ञानगुरु चेतन मानव-समूह ने सारी पृथ्वी के मानवों को सभ्यता के संस्कार दिये थे। उसे खेती का वैभव दिया, ताँबे, पीतल, सोना, चाँदी, लोहे आदि दिव्य धातुओं का वैभव दिया, उनकी उपयोगिता सिखाई। वह एकजिह्व महाबाहु परम गुरुज्ञान नारायण ही आज अनंतजिह्व अनन्तबाहु होकर सब लोकों में व्याप्त है। सर्वत्र उसी की माया है। मैं उससे बचके तो निकल आया, पर अब अपनी महामाया स्वरूपिणी माँ के श्रीचरणों के मोहपाश से स्वयं को कैसे छुड़ाऊँ, यह नहीं समझ पा रहा हूँ।" कहकर नारद भावावेशी बालक के समान अपनी चौकी से उछलकर उठे और आर्या की चौकी के नीचे बैठकर उनके पालथी बँधे पैर के तलुए से अपना सिर टिका दिया और कहने लगे : "जन्म देनेवाली माँ को न देख पाने की पीड़ाकुण्ठा से तो हस्तिनापुर में तुम्हें पाकर मैं सदा के लिए मुक्त हो गया था, इसलिए परदेश में जब कभी अपने प्रति स्नेह की इच्छा जागी तो तुम्हीं याद आई।"

स्नेह से देवव्रत की ओर देखती हुई, फिर हँसकर उनकी घुटी खोपड़ी पर एक हल्की चपत जड़कर अपने पोपले मुँह से हँसते हुए कहा : "अरे जा जा, मुँह चुपड़े! नारदों में निगोड़े गपोड़िये बहुत हुए हैं। इसी से तो उनमें तेरी भी खपत हो गई। कब से ये मूड़ मुड़ा रखा है तूने?"

नारद खिलखिलाकर हँस पड़े, बोले : "इसके लिए मंत्रणा तो सोम ही ने दी थी अइया, और उसी की वाणी को सुफलित करने के लिए भगवान् से आगे चलकर ऐसे बानक भी बना दिये। विचित्र लीला है नारायण की।"

"क्या सोमा ने तुझसे नारद बनने को कहा था?"

"हाँ। जब मैं नन्दनवन, सुमेरु पर्वत आदि प्राचीन और परम पवित्र स्थानों के दर्शन करने की लालसा बारम्बार व्यक्त करता रहा तो एक दिन सोमाहुति ने कहा था कि नारद बन जा। नारदों के सम्पर्क से ही तेरी मनोकामना पूर्ण हो सकती है। उनके सूत्र दूर-दूर तक फैले हैं। तब मैंने गम्भीरता से इस बात पर विचार ही न किया था, पर श्रीहरिनारायण की इच्छा भी अन्ततोगत्वा यही निकली।"

"इच्छा ही गति है पुत्र। सोम की भविष्यवाणी तेरे ही भावी संयोग की कुनमुनाहट थी। पर बालक बने कैसे सो बता!" आर्या ने पूछने में कौतूहल दरसाया।

"बाह्लीक देश में उसी के नाम से महानगर में माँगते-खाते जाते समय भटककर कुक्कुटागिरि की ओर पहुँच गया। वहीं सरयूतट पर एक वयोवृद्ध नारदजी मिल गये।"

"सरयू नदी तो अयोध्या में है न?"

"एक सरयू वहाँ भी है। वहाँ के लोग 'स' को 'ह' उच्चारते हैं, अतः वहाँ हरयू अथवा हरीरुद कहलाती है। वहाँ वाले 'क' को 'ख' भी बना देते हैं, बाह्लीक बलख अथवा बल्ख हो जाता है, और 'ख' की ध्वनि भी उनके कण्ठों से 'ख़' बनकर फूटती है। विचित्र हैं देश-देश के स्वर . . . . "

"अच्छा, फिर क्या हुआ?"

"नारदजी पैर के घाव से पीड़ित होकर एक सूनी पर्णकुटी में असहाय पड़े थे। वहाँ किसी हठयोगी साधक का निवास था। वह अपने गुरु की सेवा में गया था। कह गया था कि जब तक घाव ठीक न हो तब-तक मटके में भरे आटे से भौरियाँ बना-बना कर खाना, फिर चले जाना परन्तु दैवसंयोग से नारदजी का घाव ठीक न हुआ। जब मैं वहाँ पहुँचा तो वे बेचारे दो दिनों के भूखे थे। पैर में पीड़ा भी अधिक थी। टूटी-फूटी संस्कृत भाषा में उनसे बातें हुईं। मैंने उनका घाव धोया, उनके लिए वन के फल लाया—मन से सेवा की। वे मुझसे इतने प्रसन्न हो गये कि अपने गुरु महाराज की दी हुई वीणा बजाने की आज्ञा भी मुझे दे दी। मेरा वीणावादन सुनकर वे आनन्द-विभोर हो गये। वे बेचारे उसे कभी बजा न सके थे, सीखा ही न था। केवल गुरु-प्रसाद और अपने मत का प्रतीक चिह्न मानकर वे उसे सदा अपने पास रखते थे। मुझसे बोले, 'तू मेरा शिष्य हो जा, मेरी गद्दी सँभाल ले।'

मैंने कहा कि मैं तो क्षीरसागर, नन्दन-कानन सुमेरु पर्वत आदि के दर्शन करने निकला हूँ। वे बोले, 'अरे, मैं तुझे अत्रिपत्तन की जाग्रत ज्योति तक के दर्शन करा दूँगा। मेरे भक्त श्रेष्ठि व्यापारी गण दूर-दूर तक फैले हैं, मैं स्वयं इन सब स्थानों को बार-बार घूमकर देख आया हूँ। तू मेरा शिष्य बन जा, मैं सब व्यवस्था कर दूँगा।' किन्तु मुझे इसी का तो संकोच था।"

"क्यों ?"

"महापण्डित महर्षि सोमवर्ण के शिष्य को एक अपेक्षाकृत कम पढ़े-लिखे व्यक्ति का शिष्यत्व ग्रहण करने में संकोच स्वाभाविक ही था। वे महात्मा नारदजी आपाद-मस्तक हृदय-ही-हृदय थे और मैं तब पण्डित था।"

"फिर क्या हुआ ?"

"पहले वे बोले कि तू मुझे बलख पहुँचा दे। वहाँ ले गया तो रोने लगे। मुझसे कहा कि मेरा अन्तकाल अब निकट है। यदि किसी को अपनी गद्दी सौंपे बिना मर गया तो स्वर्ग में मुझे श्रेष्ठ स्थान नहीं मिलेगा। मैं उनके प्रेम के प्रति श्रद्धानत होकर उनका शिष्य हो गया। उन्हीं की कृपा से वसुरा (बसरा), भगदात् (बगदाद), अंगिरा (अंकरा), सुषा (सूसा), निप्पुर, श्रीनार (शीनार), वृक (वर्का), प्रस्कण्व (फरग़ना), अत्रिपत्तन (आजरबैजान) आदि दूर-दूर के नये-पुराने स्थान देखे; सुमेरु पर्वत देखा, कश्यप सागर देखा, क्षीरसागर पार किया—कहाँ तक गिनाऊँ अइया, सब कुछ देखते-देखते लगा कि नारायण अनन्त स्वरूप हैं। वे हर जगह विद्यमान हैं, किन्तु उनका स्वरूप अपने ही पास है। यही वृन्दावन गोकुल मथुराधाम हमारा स्वर्ग है। यहाँ पुरखों ही का स्वर्ग था। देश-काल परिवर्तन में, सबसे अधिक महात्मा ज़रथुस के इन्द्र विरोधी उग्र आन्दोलन के कारण यह श्रीनारायण का श्रीनार, इन्द्र का नन्दन-कानन, भृगुओं की अंगिरा नगरी आदि अब हमारी नहीं रही। वहाँ बौद्धों, यह्वों और पाशुपत शैवों का प्रभाव है। वहाँ के नये इतिहास ने पुराना बहुत-कुछ बदल दिया है। वह पुरानापन केवल यहाँ आनेवाले पुरखों के मोहवश हमें ही संस्कार होकर मिला है; वह अब केवल हमारा है। जहाँ वह उदय हुआ था, वहाँ अब उसके नामलेवा उँगलियों पर गिने जाने भर ही को रह गए हैं। सोमाहुति के हस्तिनापुर छोड़कर किसी अज्ञातवास में जाने की बात मुझे जगत्सेठ वसुमित्र की तक्षशिला वाली कोठी के माध्यम से प्रस्कण्व में मिली थी। वहाँ से मैं एक महात्मा के साथ फिर उत्तर की ओर जानेवाला था। इस बार ठेठ आदि-वेद भूमि पवित्र ध्रुवदेश तक जाने का विचार कर रहा था, परन्तु सोमा के अज्ञातवासी होने के समाचार से मन उखड़ गया। बस, स्वदेश की ओर लौट पड़ा।"

"भला आया।. . .आ तो गया मेरे लाल! तुझे देखकर आँखें तो जुड़ा सकीं। अब दोनों गुरुभाई मिलकर अपने पूर्वजों का ऋण चुकाओ। सोमा तुम्हें बहुत याद करता था। उसके मन में बड़े-बड़े स्वप्न और शुभ संकल्प हैं. . ."

इज्या आ गई, बोली : "अइया, दाल होने को आई। कढ़ी के लिए बेसन घोल दिया है. . ."

"भला भला! तू चल, मैं आयी।" आर्या भार्गवी का आदेश सुनकर इज्या वैसे ही लौट गई। आर्या बोली : "अच्छा देवा, अब मैं रसोई-मण्डप में जाऊँगी। इज्या अभी पाक-विद्या में निपुण नहीं हुई। ठेठ प्रकृति कन्या है।" कहकर वह हँसीं और धरती पर दोनों हाथ टेक कर धीरे-धीरे उठने लगीं।

"अइया, ये देवी इज्या कहाँ से आयीं! कौन हैं यह ?"

आर्या फिर मुस्कुराई, कहा : "संयोग।" इज्या नारद के लिए पहेली ही बनी रही।

५

●

●

सोमाहुति नैमिषारण्य से अहिवन के शेष तीर्थ लखनऊ में लौट आये थे। शेष तीर्थ पर लक्ष्मण जन्मोत्सव का मेला लगा था। त्रिवर्णों के लोग अपने-अपने निर्धारित रंगों के वस्त्र और पगड़ियाँ पहनकर भीड़ को मानो एकता में अनेकता का रूप दे रहे थे। ब्राह्मण गृहस्थ श्वेत वस्त्र, राजन्य वर्ग के लोग नीले, सूत जन पीले तथा हल्के लाल रंग के परिधान पहने हुए अपनी चहल-पहल से रामानुज के विशाल मन्दिर की भव्यता को अपने रंगों से और अधिक भव्य बना रहे थे। केयूर (बाजूबन्द), कुण्डल, मालाओं और मुँदरियों से अलंकृत उनकी धातुओं, सोने-चाँदी-राँगे आदि से अपनी-अपनी हैसियतें झलका रहे थे। चन्दन, तुंग, तगर, नागकेशर, कृष्ण अगुरु आदि गंधों तथा वेणीमालाओं के पुष्पों की महक से भीड़ की मानुसगंध दबी हुई थी। तेल से चुचुआते काकपक्षों (काकुलों) पर माड़ से तनी, नागफनों जैसी उठी हुई कलगियों वाले रंगीन मुरैठे बाँधे, मद्य या सोमरस से अनुरंजित दृगोंवाले युवा वृन्द पान रचाए, एक दूसरे के हाथ में हाथ डाले, हँसते-बतियाते हुए इधर-उधर डोल रहे थे। भाँति-भाँति के जूड़े बाँधे जुल्फें सजाए कजरारी आँखोंवाली कामिनियाँ उनके आकर्षण का केन्द्र थीं। इठलाती चाल चलनेवाली छबीली पतुरियों से उनकी बोली-ठोलियों भरी चुहल भी होती चलती थी। इससे बेचारे मुंजमेखला, दण्ड, जटा, यज्ञोपवीतधारी ब्रह्मचारियों के मन डोल-डोल जाते थे।

पवित्र शेषकूप के निकट बायीं ओर ठीक पूर्वाभिमुख लक्ष्मण मन्दिर था। कूप के दाहिनी ओर भव्य काष्ठ मण्डप तले बीचोंबीच एक बड़ा लम्बा-चौड़ा और गहरा पत्थर का कुण्ड बना हुआ था। उसमें सैकड़ों विकराल विषधर लहरा रहे थे। कुण्ड की दीवारों में चारों ओर छोटी-छोटी गुफाएँ बनी हुई थीं। उनके आगे संगमर्मर जड़ी दो चक्राकार नहरें थीं। एक मदिरा भरी दूसरी दूध की। यह केवल इतनी ही गहरी थीं कि साँप तैर सकें, मगर मदहोश होकर डूब न जायँ। कुण्ड के ऊपर कटहरे के एक ओर पक्के चबूतरे में लगे दो नलकों से इनका सम्बन्ध था। श्रद्धालु वहीं से इन्हें दूध-मदिरा चढ़ाते थे। कुण्ड के बीचोंबीच पत्थर की चार तोरणों, तीन डंडोंवाली चहारदीवारी के भीतर सोने की विशाल जलाधारी में स्फटिक का ऊँचा शिवलिंग स्थापित था। कुण्ड भर में भक्तों द्वारा चढ़ाये गए अक्षत, मछलियाँ, फूल और चन्दन की कीच फैली हुई थी। मदिरा की नहर के किनारे गेंडुली मारकर सोते, मस्ती में फन फैलाकर झूमते, दूध की नहर में लोटते, भोग ग्रहण करने के लिए झपटते, चहारदीवारी के डण्डों से लिपटते, तोरणों और शिवलिंग पर चढ़ते-उतरते या चावल-चन्दन की कीच से सने झूमते-झामते अपनी गुफाओं में आते-जाते हुए साँपों को देखकर पूजार्थी भक्तों की आँखें भव और श्रद्धा की मोहिनी से बँध जाती थीं।

नैमिषारण्य से लौटते समय इस उत्सव को देखने के लिए ही सोमाहुति यहाँ एक दिन के लिए रुक गए थे। अपने सारे ब्रह्मकर्म सविधि सम्पादित करके वे भी अब दर्शन मेले की

मौज-बहार लेने के लिए आये थे। श्रीरामपंचायतन, वीरासन से विराजमान महाराज लक्ष्मण की भव्य मूर्ति तथा पवित्र शेषकूप के दर्शन करने के उपरान्त वे अब इस नागमण्डप का दृश्य देख रहे थे। कटहरे के चारों ओर नागभक्तों, नर-नारियों और बच्चों का ताँता लगा हुआ था। नई भीड़ को गति देने के लिए पुजारी पुरानी सर्प-मोहित भीड़ की ललकार आगे बढ़ाते जाते थे।

भार्गव के पास ही एक दुबली-पतली बड़े सुन्दर नाक-नक्शेवाली साँवली युवती आकर उन्हें धक्का देती हुई खड़ी हो गई। उसके धक्के से सचेत होकर वे तनिक सरक गए और उसकी ओर शंकित दृष्टि से देखा।... नहीं, उस स्त्री ने जान-बूझकर उन्हें कोई 'तिरिया चरित्तरी' धक्का नहीं दिया। यह आत्मलीन है, कदाचित् किसी गहरी वेदना में डूबी है। 'उँह, होगा। चलो।'—चलने का विचार आया। भार्गव कटहरे से हटे ही थे कि उन्होंने देखा, वह स्त्री कटहरे पर अपने दोनों हाथ टेककर बड़ी फुर्ती से उचकी, उसका धड़ कुण्ड की ओर झुका और पैर धरती छोड़कर ऊपर उठ गए। 'अरे, वह तो विषधर सर्पों के कुण्ड में कूदने जा रही है।'—उसके पैर धरती से कुछ ऊपर उठे ही थे कि बिजली की फुर्ती से सधे हाथों भार्गव उसके दोनों पैर पकड़कर बैठ गए। स्त्री का धड़ कटहरे के दूसरी ओर झुक चुका था; परन्तु वह अब गिर नहीं सकती थी।

कटहरे के चारों ओर आगे-पीछे खड़ी हुई भीड़ में हाय-पुकार मच गई। भीड़ घटनास्थल में धँस पड़ी। धक्कों से भार्गव का एक हाथ लड़खड़ाया। वे चिल्लाये : "अरे हटो! हटो!!" जटाधारी ब्राह्मण के गर्जन का प्रभाव पड़ा। पुजारी उस पार से बोला : "अरे, ये तो भारत की बहू है।"

"दो स्त्रियाँ कृपा करके आगे आयें और इस देवी की बाँहें पकड़ कर खींचें।" सोमाहुति की पुकार पर भीड़ में हलचल हुई। दो की जगह कई स्त्रियाँ बढ़ीं। तमाशा देखनेवाली भीड़ के एक भाग के लिए तमाशा और करुणाभरी हाय-हाय ही सर्वाधिक महत्व का काम थी, किन्तु दूसरों की डाँट-फटकार भरा हुल्लड़ अन्ततोगत्वा उन्हें पीछे हटाने में सफल हुआ। स्त्रियों ने आगे बढ़कर उस स्त्री को कमर से पकड़कर खींचा, उसने प्रतिरोध न किया, चार स्त्रियों के सहारे वह काठ की तरह खड़ी हो गई। चेहरा सूना, मौन गहरा। सोमाहुति ने एक बार देखने के लिए ही उसे देखा, परन्तु दूसरी बार फिर देखने की इच्छा हुई, फिर हुई। मनरूपी हाथी जब तीसरी बार मचला तो वे एकाएक सजग हो गए। क्रमशः भीड़ में पीछे चले गए। आसपास सहानुभूति-जनित काँव-काँव मच रही थी—बड़ी समझदार, बड़ी अच्छी औरत है, पर इसका पति नाग भारतचंद्र बड़ा निकम्मा है। बहुत घूमने और पढ़ने से वह पगला गया है। बहू को बेहद सताता है। बड़े महन्तजी का बेटा है, कोई कुछ बोल नहीं सकता। स्वयं महन्तजी अपनी पतोहू को आँखों की पुतली समान रखते हैं। फिर भी नाना क्लेशों-यातनाओं से वे उसे बचा नहीं सके। कहते हैं कि कल उसने एक नाग की बलि दी थी तो आज सबेरे इसका बेटा मर गया। हाय, दुखियारी बिचारी!

बड़े महन्तजी की बात थी, इसलिए नाग-मण्डप के अधेड़ पुजारी ने तुरन्त ही इस कटु-करुण-प्रसंग पर रोक लगाई। अपनी चौकी पर खड़े होकर दोनों हाथ आगे की ओर बढ़ाकर गरजे : "भला-भला, बहुत हो गया। हटो यहाँ से। अपने-अपने काम पर लगो। मज्ञा, घर जा बेटी। तिष्यरक्षित, बहूजी को घर पहुँचा आ।"

सेवकों और पुजारियों ने भीड़ को फिर क्रम-बद्ध करके अपने पुजापे का चरखा चालू किया। एक पुजारी, तिष्यरक्षित, बावले भारत की सौभाग्यवती अभागी पत्नी के पीछे खड़ा हो गया। अधेड़ पुजारी ने कहा : "जाओ बहू, आज क्या हो गया है तुम्हें? अपने नाम को लजा रही हो।"

प्रज्ञा के जड़ मुखमण्डल पर चेतना का संचार हुआ। वह चल पड़ी। उसके आगे-पीछे नर-नारियों की सहानुभूतियाँ भी बढ़ने लगीं। सोमाहुति का लौहमन, उसके चुम्बक से चिपका हुआ भी अपने ही से कहीं अचेतन में भयभीत और सतर्क, उन्हें घटनास्थल से क्रमशः दूर ले जाते हुए मंडप की सीढ़ियों पर स्तंभित हो गया था—आकर्षण छूटता ही न था। परन्तु ज्योंही वह उधर आती दिखाई दी, भार्गव अपना मन छुड़ाकर तेजी से सीढ़ियाँ पारकर भीड़ में मिल गये। वे मन्दिर में भी न रुके।

घड़ी सवा घड़ी बीत चुकी; प्रज्ञा सामने न थी, पर भार्गव की आँखों में अब भी समाई थी। उनकी बहिर्काया लखनकोट के बाहर विशाल मैदान में लगे मेले की हलचल में डोल रही थी पर अंतर्काया नागमण्डप में बीते क्षण के बीते कर्म ही में अब तक संलग्न थी, हथेलियों और कलाइयों में अब भी तनाव और प्रज्ञा के चरणों का स्पर्श बँधा हुआ था। कभी-कभी फेरा लेने के लिए मन यह क्षण छोड़कर वह क्षण साध लेता था जब प्रज्ञा औरतों की बाँहों से जकड़ी मूर्तिवत् खड़ी थी—वेदना, करुणा की साक्षात् मूर्ति!

"पातकी है जी! जो पराई पत्नी के फेर में पड़े...

किसने कहा? भार्गव सोमाहुति ने चौंककर सिर उठाया। उनके बिल्कुल पास से दो अधेड़ व्यक्ति बातें करते हुए निकल गये थे। बात का सम्बन्ध उनसे न था। मन आश्वस्त हुआ, पर दूसरे प्रश्न तुरन्त ही चंचल हो उठे, 'भय क्यों हुआ? पराई पत्नी का चिन्तन कर रहा था। सच है। प्रबल आकर्षण है, यह भी सच है। परन्तु कामासक्ति वह कदापि नहीं। इज्या के प्रति ही दोहरे आकर्षण से मन खिंचता है। यह आकर्षण सौंदर्य का है। साँचे में ढली तन्वंगी श्यामा देह में, सुघड़ नाक-नक्श में निश्चय ही सौंदर्य है, पर मूल रूप से आकर्षण उसके भाव सौंदर्य में है। करुणा मानो शरीर धारणकर सामने आ गई हो और अपने सम्पर्क में आनेवाली हर वस्तु को आत्मवत् बना रही हो, जिससे दृष्टि और दृश्य का भेद ही मिट गया हो।'

गोमती नदी के तट पर फैला विशाल मैदान मेले की रंगीनियों से भरा बड़ा कोलाहलपूर्ण था। कहीं कुश्ती, कहीं अस्त्र-शस्त्र प्रतियोगिता, कहीं दौड़ की होड़—और इसमें जीतनेवालों के लिए बीच-बीच में उठनेवाली जनोल्लास की लहरें दसों दिशाएँ गुँजा देती हैं। बड़ा आता-जाता मजमा जुड़ा है।

यों तो भार्गव को शान्त वातावरण ही प्रिय है, पर हल्ले-गुल्ले भरी भीड़ से उन्हें झिझक नहीं होती; अवसर पाने पर वे उसमें भी आनन्द पाते हैं, पर इस समय उनका मन सन्नाटा चाहता था। वह अपनी ही हलचलों से भरा हुआ था। सोमाहुति गोमती के कौंडिन्य-घाट की ओर चल दिये। शेषतीर्थ के महन्त की ओर से वहाँ साधु-सन्तों के ठहरने का उत्तम प्रबन्ध था। भार्गव के सम्पर्क-सूत्र सेठ शेषदत्त ने उनके ठहरने की व्यवस्था वहीं कराई थी।

"महात्मन्!" एक समवयस्क जटा-त्रिशूल-सर्पधारी तापस ने मार्ग में आगे बढ़कर पुकारा।

"नमोनमः! मुझे पुकारा?" भार्गव ने घूमकर उसे देखा। चेहरा निस्तेज था और सतेज भी, जैसे राख की पर्तों में लिपटा हुआ मद्धिम अंगारा।

"हाँ आर्य, मेरा अनुमान है, आप ही वे दिव्य पुरुष हैं जिन्होंने नाग-मण्डप में बड़े महन्तजी की पुत्र-वधू के प्राण बचाये थे।"

"वह तो एक मनुष्योचित कर्तव्य मात्र था।"

"किंकर्तव्य विमूढ़ों के लिए यही तो चमत्कार की बात है। कर्तव्य-पालन करना अब दैवी गुण माना जाता है, मानवीय नहीं। मेरे सिवा और किसी के मन में आपको खोजने की बात तक न उपजी। सब जने महन्तजी को घेरे हुए बड़े आडंबरयुक्त शब्दों में बखान रहे हैं कि स्वयं धनुर्धारी भगवान् लक्ष्मण ने तापस वेश में अचानक प्रकट होकर कैसे उनकी पुत्रवधू को बचाया! हः हः हः! आप एक बार मेरे साथ चलकर महन्तजी का यह भ्रम निवारण कर दें तो...."

"इसकी तात्कालिक आवश्यकता ही क्या है?"

"किसी आवश्यक कार्य से जा रहे हैं?"

"विश्राम करूँगा।"

"आप बड़भागी हैं जो विश्राम पा लेते हैं। अच्छा, जब आपकी काया सोती है तो मन भी सो जाता है।"

"नहीं, मन तो इस समय सोया हुआ है। जब काया सोयेगी तो मन जागकर पहरेदारी करेगा।"

"हूँः! और कभी काया के जागते में ही मन भी भड़भड़ाकर जाग उठता होगा। होता है कभी?" तापस ने परीक्षक की मुद्रा में तनकर पूछा।

भार्गव सावधान हो गये; सच बोले। "हाँ, जाग उठता है, कभी-कभी।"

"तब तो बड़ा दुन्द मचता होगा दोनों में।"

"मन और कायारूपी अश्वों की वल्गा जिस संस्कृति-सारथी के हाथों में है, वह इन दोनों से अधिक शक्ति-सम्पन्न है।"

"छिः पुरुष होकर स्त्री के आदेशों पर चलना क्या गौरव की बात है? मैंने शक्ति का त्याग किया है, मैं शिव का भक्त हूँ।" तापस ने बड़े दम्भ से कहा।

राह चलते-चलते ही घूमकर सोमाहुति ने तापस को एक बार ध्यान से देखा, उसका दंभ भरा खोखला गाम्भीर्य देखकर हँसी आई, बोले : "पर भाई, शिव हों या स्वयं वासुदेव नारायण, शक्ति बिना सभी फीके हैं।"

"हूँः! आप सुविचारक हैं। कहाँ से पधारना हुआ आपका?"

"नैमिषारण्य से।"

"वहीं निवास है?"

सोमाहुति किंचित् हँसे, कहा : "मेरा निवास इस समय एक ऐसे स्वप्न में है, जो अभी साकार नहीं हुआ।"

सुनकर तापस ज़ोर से हँसा, बोला : "चलो, एक और फँसा। हाः हाः हाः हाः।"

भार्गव एक डग थमकर उसका चेहरा देखने लगे। हँसी दीवानी थी। शान्त भाव से पूछा : "आपका तात्पर्य ?"

"मैंने भी अनेक स्वप्न साम्राज्य बनाये थे। अतल, वितल, सुतल, तलातल, महातल, रसातल और पाताल—फिर मेरा पाताल ही इन सबके बोझ से धसक गया। बस, खेल समाप्त ! हाः हाः हाः।"

तापस की बात, चमकती हुई आँखों और हँसी ने भार्गव सोमाहुति को फिर चौंकाया। कुछ-कुछ अनुमान भी लगा, परन्तु व्यक्ति पर अधिक सोचने के बजाय उनकी यह इच्छा हुई कि इसके साथ इसी के रंग से खेलना चाहिए, बोले : "किन्तु मेरे लोक तो भूः भुव स्वः आदि हैं; न पाताल धसकने का प्रश्न उठता है और न खेल ही समाप्त होने का। आपने सच्चे सपने नहीं चुने थे।"

तापस तनिक भी हतप्रभ न हुआ। अनुभवी की भाँति सिर झटकार कर बोला : "ना ना, यह मिथ्या भ्रम है। खेल तो समाप्त होगा ही, क्योंकि प्रज्ञा हर लोक में अपनी सम स्थिति चाहती है। स्वप्न में भला यह कौन दे सकता है उसे !"

"मैं दे सकता हूँ।"

"आप देंगे ?"—स्वर कठोर हुआ : "तब आप इन लोकों को कदापि नहीं पा सकते।"

"क्यों ?"

"पति के रहते पराई स्त्री को कुछ देनेवाले आप होते कौन हैं ?" तापस के स्वर में अंगार सुलग उठे थे।

"अहो ! तो आप ही प्रज्ञापति भारतचंद्र हैं ?"

"पति ?. . . था।"

"अब ?"

"अब मैंने मुक्ति का वरण कर लिया है।" भारत ने बड़े दर्प के साथ कहा, जिसे देखकर भार्गव मन ही मन हँसे। सन्तोष भरे किंचित् नाटकीय स्वर में कहा : "चलिए तो मैं भी युक्त हुआ। आपकी प्रज्ञा को अब साधिकार ग्रहण कर सकता हूँ।"

भारत की आँखें लाल हो उठीं। वह खड़ा हो गया, अपने गले में पड़े नाग के फन पर हथेली मारकर क्रोध में बोला : "मेरे इस नाग को देख रहे हैं न ?"

"देखा, देखा, इसका फन भी आपके मुख के समान ही निस्तेज है।"

"हः हः हः"—वह इस प्रकार निर्लज्ज हँसी हँसा, मानो वही उसका बल हो। फिर कहा : "सुन्दरता केवल तेज ही में नहीं होती मुनिराज, तनिक हमारी निस्तेजता को भी सराहिए।"

"वह सराहनीय वस्तु नहीं है।"

"तब फिर दया कीजिए।"

"उसके लिए पात्र-कुपात्र देखना चाहिए।"

"कुपात्र ! मैं ?—जिसने धरती के सोते फोड़कर तुम्हें जल पिलाया, तुम्हारे घर नगर बसाये; जिसने पृथ्वी के गर्भ में प्रवेश करके ताँबे, सोने और लोहे का विपुल वैभव तुम्हारे लिए अर्जित किया; जिसने योग द्वारा सृष्टि के विधान में गति करके तुम्हारे लिए परमात्मत्व

को पहचाना—"

"वह भारत अब परिस्थिति रूपी शत्रु से पराजित, और खण्डित होकर बिखरा पड़ा है। पूजा तप और तेज की होती है भाई, वह नष्ट हुआ तो सब नष्ट हो गया समझो।"

भारत के चेहरे और आँखों में उग्रता और विवशता के ताण्डव और क्रन्दन की लहरें क्षण के अंशों में भर उठीं। पूरा मन भीतर से उमड़कर मानो मुख पर आ गया था। भार्गव की बात पूरी होने के साथ ही उसकी गर्दन गंभीर भाव से नीचे झुक गई। मन की बेशर्मी ने बहुत खींचकर स्वर निकाला; फीकी हँसी हँसकर वह बोला : "हाँ ऽऽ, यह मैं भी समझता हूँ। समझ नहीं खो सका। इसीलिए तो यातना पा रहा हूँ।".... कहकर भारत लौट पड़ा। भार्गव को लगा कि वे उसके प्रति अपने व्यवहार में कुछ अधिक कठोर हो गए थे। मन को पश्चात्ताप हुआ फिर कारण खोजने लगे—'मन व्यर्थ ही कठोर नहीं होता। कहीं की छाया कहीं पड़ती रहती है। तत्क्षण मन को अपना रंग देने के लिए बहुत-सी अगली पिछली छायाएँ आ सिमटती हैं। विवेक से काम लो सोम! तुम्हें यह क्या होता जा रहा है?... जहाँ इतने वर्ष बीते, वहाँ कुछ समय और सही।'

डेरे पर लौटकर हथियार रखे और हाथ-पैर-मुँह धोने के बाद दो घूँट जल पिया और पुआल की चटाई पर लेट गए। शरीर कुछ निढाल था। मन भी ऐसा ही था। सोमाहुति की आयु अब चालीसे की लपेट में आ चली, किन्तु उन्होंने स्त्री सुख अब तक नहीं जाना। माता-पिता के पारस्परिक व्यवहार की छाप उनके मन पर आरंभ ही से ऐसी छपी कि फिर दूसरा रंग चढ़ न पाया। पिता ने एक उद्देश्य-पूर्ति के हेतु उन्हें जन्म दिया था; उन्होंने बालक के होश सँभालते ही उसे अपनी तरह से ढालना आरंभ कर दिया था। सोमाहुति और कुछ नहीं, केवल उद्देश्य थे। वे वैसे ही बन भी गए। बचपन में भृगुवत्स कभी-कभी 'गन्दी-गन्दी बातें' सुनाता तो सोमाहुति झिड़क देते थे, उसके न मानने पर उठकर चले जाते थे। उनके पिता ने तीनों बच्चों की जिज्ञासाओं को कुराह पर जाने से रोकने के लिए इस रहस्य को शिक्षात्मक रूप से उद्घाटित कर दिया था। काण्व देवव्रत, आज के नारद, संयमी तो थे, पर कभी-कभी ऐसी बातों में अपना रस किंचित् चलायमान् करने से नहीं चूकते थे। पिता की मृत्यु से पहले ही भृगुवत्स भाग गया, देवव्रत उनकी मृत्यु के बाद गये। अपना गुरुकुल जमाने और स्वलक्ष्य प्राप्ति के लिए यश अर्जित करने के उत्साह में और किसी इच्छा की ओर मन ही न गया। फिर भृगुवत्स की दुष्टता के कारण अपना स्वप्न भंग होने से उत्तप्त रहे; और उन्हीं उत्तप्त दिनों में संयोग से इज्या—एक नया, तब तक के जीवन में बिलकुल नया, उत्ताप बनकर संयोग की नसैनी से उनके जीवन आँगन में उतर आई।...

काँगड़े की ज्वालाजी से लौट रहे थे। भरी दोपहरी। वन मार्ग में एक कुएँ की जगत् पर फलाहार करके विश्राम कर रहे थे, तभी जिस मार्ग से आये थे, उसी ओर कुछ दूर से उन्हें नारीकण्ठ की चीख सुनाई दी। भोजन के समय उतारकर रखा अपना धनुष-तरकस और फरसा उठाकर तरकस के बन्द कसते हुए भागे।

वन में एक खुला घोड़ा विचर रहा था। पास ही कहीं संघर्ष के स्वर भी उठ रहे थे। दौड़कर झुरमुट पार किया और दृश्य सामने था। एक मैला गेरुआ वस्त्रधारिणी गौरवर्णा तेजोमयी युवती सिंहनी की भाँति एक राजसी वेषधारी युवक के आक्रमणों से जूझ रही थी। भार्गव ने ललकारा। फरसे और तलवार का लोहा बजा। आठ ही दस पैतरों में खेल का अन्त हो गया; परशुराम कुलनन्दन का परशु ऐसे सधे हाथ से पड़ा कि आततायी का मुण्ड

काटकर गेंद की तरह उछला और रुण्ड लहू का फुहारा छोड़ते हुए नाचकर गिर पड़ा, थोड़ा तड़पकर निश्चेष्ट हो गया।

फिर दोनों ने एक दूसरे को निर्द्वन्द्व होकर देखा।

"मैं काश्यप गोत्रीय महात्मा भूदेव की पुत्री इज्या अपने कृपालु उद्धारकर्ता के प्रति श्रद्धानत हूँ, कृतज्ञ हूँ।"

"इसकी आवश्यकता नहीं। आप इस दुष्ट के घेरे में कैसे आ गईं?" जीभ उत्तर दे रही है; आँखें रूप से चिपकी जा रही हैं।

"भाग्य चक्र से। आप न मिलते तो मैं मनुष्यता से घृणा करके ही मरण पाती।"

"मारनेवाले के केवल दो और बचानेवाले के अनन्त बाहु हैं। वासुदेव ही सबके रक्षक हैं। निश्चिंत रहें। इस मृत काया की अन्त्येष्टि सम्पन्न करके मैं आपको आपके गन्तव्य स्थान तक छोड़ आऊँगा।" एक मन उत्तर दे रहा है, दूसरा रूपाकर्षण से कुछ 'अजब अजब' हो रहा है।

इज्या के होंठों पर बुझी हुई मुस्कान की एक रेखा खिंच गई, खिसियाए-थके स्वर में कहा : "अपना गन्तव्य मैं स्वयं नहीं जानती।"

सुनकर भार्गव सध गए। एक बार गहरी सतर्क दृष्टि से उसे देखा। बड़ी-बड़ी आँखें ऐसी लगीं, मानो काँटे में फँसी मछलियाँ हों। सरलता और निश्चलता की छाप यातनाओं से पिटे हुए सुन्दर चेहरे पर भी स्पष्ट झलकती थी। सोमाहुति ने पूछा : "आगमन कहाँ से हो रहा है?"

"इसी महावन से।"

"अनजाने बीहड़ वन में जाने का कारण?"

"इस वन से बाहर आने का कारण मेरी पिछले दो वर्षों की घुटन है। पिताजी की मृत्यु के बाद किसी मानव-मुख को देखे बिना मैं जीवन्मृत हो गई थी। वैसे यह वन ही मेरी जन्मभूमि है।"

"आपकी माता—"

"मेरी आयु के दूसरे वर्ष में ही उनका देहान्त हो गया था।"

"और कोई नहीं?"

"श्री राम हैं, पर उन्हें कभी देखा नहीं। पिता को छोड़कर आज से पहले मैंने अन्य कोई मानव आकृति ही नहीं देखी थी।"

"आश्चर्य है।"

"बाबा कहा करते थे, मनुष्य के दो रूप हैं—एक श्रीराम का, दूसरा रावण का। आज दोनों ही एक साथ देख लिए।" कहकर उसने सोमाहुति की ओर पलकें उठाकर देखा। सोमाहुति का आभ्यन्तर एक बार ठिठका, पर बँध गया। श्रद्धा की सहज रिझवार श्रद्धेय के मन को अनोखे असह्य आनन्द से बाँध गई। बँधने की बेहोशी, फिर उलझन, फिर झटके से दो आँखों के झुकने और दो के पलटने की क्रियाएँ लगभग एक साथ ही हुईं। फिर भार्गव के कलेजे में प्रश्न रूपी नाग पर गुलगुला फूल-सा सौन्दर्य भार अतुल होकर नाचने लगा।..

सोमाहुति आज भी अपना और इज्या का वह पहला क्षण भूल नहीं पाए हैं। अपने

कक्ष में लेटे-लेटे, उस क्षण की स्पष्ट झलक के तराजू पर जब उन्होंने प्रज्ञा के चुम्बक को तोला तो भाव खुल गया। जो अनुभूति इज्या की चुम्बकीय शक्ति से हुई थी वह प्रज्ञा से क़दापि नहीं होती। केवल एक प्रकार का आकर्षण मात्र है। 'आश्वस्त हो मन। तू निष्पाप है। तेरे लिए तेरी इज्या के अनेक अर्थ हैं। प्रज्ञा का केवल एक ही उजागर अर्थ है। किन्तु उजागर होते हुए भी वह रहस्यमय है, और आकर्षण केवल उस रहस्य के प्रति ही है।... रही तुम्हारी भारत के प्रति अनायास कठोरता—वह रहस्य नहीं है। वह अप्राकृतिक अथवा असुन्दर भी नहीं है; चिन्तनीय भी केवल काव्य की दृष्टि से ही है। चाहो तो अपनी प्रिया की निष्ठुरता को अपने उलाहने भरे अधीर शब्दों से सँवार लो!' सोचकर चेहरे पर मुस्कान आ गई।

चौथे पहर स्नान, ध्यान, व्यायामादि नित्य कर्मों से निवृत्त होकर सोमाहुति बैठे थे। दूर से सुनाई पड़नेवाला तुरही भेरी स्वर क्रमशः पास आते-आते उनके निवास स्थल के नीचे सुनाई देने लगा। उसके कुछ ही क्षणों के बाद भारत उन्हें ऊपर आता दिखलाई दिया, लेकिन इस समय उसके हाथ में त्रिशूल और गले में नाग न था।

"महात्मन्, शेषतीर्थ के बड़े महन्त, मेरे पिता श्री वसुनाग आपके दर्शनार्थ पधारे हैं। क्या उन्हें सेवा में उपस्थित होने की आज्ञा है?"

"मैं स्वयं उनके स्वागतार्थ चलता हूँ।" कहकर सोमाहुति नीचे आये। रथ पर एक वृद्ध कृशगात कौपीनधारी साधु विराजमान थे। भार्गव को देखकर उतरने लगे, भार्गव ने स्वयं लपक कर उन्हें सहारा दिया। तपःपूत गेहुँआ रंग। सिर प्रायः गंजा था, केवल कुछ श्वेत-भूरी लटें लटक रही थीं। दाढ़ी, भवें, यहाँ तक कि रोओं के अधिकांश बाल भी सफेद हो चुके थे। उनकी आँखें विशेष रूप से ध्यान आकर्षित करती थीं। भवें सघन और नीचे की ओर झुकी हुईं और पलकें इतनी बड़ी थीं कि उठने पर भवों के बालों से मिलकर एकाकार हो जाती थीं। आँखों के कोटर छोटे और पुतलियाँ अपेक्षाकृत बड़ी थीं जिसके कारण वे ऐसी लगती थीं, मानो मनुष्य के चेहरे पर प्रकृति ने बकरे की आँखें जड़ दी हों। किन्तु यह हास्यास्पद दोष उनकी पुतलियों की चमक से छिप जाता था। वे जिसे देखते, उसे ऐसा अनुभव होता था मानो वे उसके भीतर तक पैठ गए हैं। सोमाहुति को अपने प्रति सत्कार व्यस्त देखकर महन्तजी स्नेहाभिभूत होकर अपने पोपले मुख से थोड़े-थोड़े हुए जानेवाली मुद्रा में गद्‌गद होकर देखने लगे। भार्गव को लगा जैसे उनकी आँखों से प्रेम के फुहारे उड़ रहे हैं और वे आत्मविभोर हो गए। उन्हें यह भान न हुआ कि कब वृद्ध पुरुष ने उनसे अपनी बाँह छुड़ाकर उनके चरणस्पर्श करने के लिए झुकना शुरू कर दिया। जब सहसा उनका ध्यान गया तो तुरन्त दोनों हाथों से उन्हें उठाते हुए कहा : "वासुदेव! कृपया उल्टी गंगा न बहाएँ।"

"मैं इस शेषतीर्थ का महन्त हूँ। ब्राह्मण के चरण छूकर अपने को पवित्र कर लेता।"

"अहो, तप तेज में आप किस ब्राह्मण से कम हैं? ऋषि परम्परा के जनों से मैंने सुन रखा है कि नागों के दर्शन देवों को भी दुर्लभ हैं। इस दृष्टि से बड़भागी हूँ। मैं तपोनिधि वेद पुराण सम्पन्न व्यास सोमवर्ण का पुत्र भार्गव सोमाहुति—"

"बस बस, शेषदत्त सेठ से आपके संबंध में सब कुछ जान चुका हूँ। कल भारत ने जब आपसे भेंट होने की बात कही तो मैंने उन्हें बुलवाया। आपके शुभागमन के सम्बन्ध में वे ही मुझसे कहने आये थे।"

सेवकों ने चबूतरे पर आसन बिछा दिए थे। महानाग और भार्गव विराजे। भारत दूर ही खड़ा रहा और थोड़ी देर में आँखों से ओझल भी हो गया। महानाग बोले : "मेरे किसी अर्जित पुण्यफल के स्वरूप श्री लखनलाल ने कल आपको वहाँ भेज दिया, नहीं तो मेरी पुत्रवधू की देह से कुचलकर अनेक पवित्र सर्प चुटीले होते, मरण पाते। मेरा धर्म नाश होता। जिस पवित्र गद्दी पर मैं बैठा हूँ, वह सदा के लिए कलंकित हो जाती।"

"यह सब वासुदेव की लीला है। बड़भागी हूँ कि आपकी धर्मरक्षा के निमित्त उन्होंने मुझे बहाना बनाकर वहाँ भेज दिया।"

"साधु, यह वचन दिव्य पुरुषों के योग्य हैं। आरम्भ में मेरा भारत भी बड़ा सुगुण सम्पन्न था .... विद्या सम्पन्न, कर्मठ साधक .... परन्तु कुछ वर्ष पहले जब से लुटेरों ने इसे बहुत मारा-पीटा था, तब से यह आत्मविश्वासहीन, अकर्मा, विद्यादंभी और पलायनवादी हो गया है। दुर्घटना से केवल एक वर्ष पहले ही इसका विवाह अयोध्या के महायोगिराज की भतीजी से हुआ था। बहू जैसा प्रज्ञा नाम वैसी ही सर्वगुणसम्पन्ना बुद्धिमती भी है। बड़ा सुखद वैवाहिक जीवन था इनका। एक बच्चा भी हुआ। कल प्रातःकाल जाने कहाँ से एक विषधर नाग सोते बच्चे की खाट पर चढ़ आया और मेरे घर का उजाला बुझ गया।" विचित्र बनावट की आँखों से दो बूँद आँसू ढुलक पड़े।

सोमाहुति ने सहानुभूति में उनकी बाँह पर अपना हाथ रखकर कहा : "शान्तम् पापम्। आपकी पुत्रवधू की अगाध कुण्ठा का कारण अब समझ में आया। हरि हरि!"

महन्तजी ने कुछ कहना चाहा, पर ठिठक गए, एक क्षण के लिए उनका सिर नीचे झुका, फिर तुरत ही सधाव भी आ गया। गंभीर स्वर में बोले : "अभी नहीं आर्य, हम तब समझेंगे जब आप यह जान लेंगे कि मेरे मुनौवे को मारने के लिए, अपनी निर्दोष पत्नी का एकमात्र सुख छीनने के लिए—"

"भारत ही वह सर्प लाये थे!"

"हाँ आर्य।" महानाग की आवाज भर उठी थी, कहा : "उसकी विकृतियाँ अब सीमाएँ लाँघ चुकी हैं। और मेरी आयु भी अब इस जन्म के भोगों के साथ चुकने पर आ गई है।"

"आप इतने हताश न हों।"

महानाग हँसे, कहा : "मैंने आजीवन कोई व्रत, जप, यज्ञादि नहीं किए। निपट बचपन से अपने पिता के साथ श्रीराम पंचायतन की सेवा की, श्री लखनलाल को ध्याया। मंदिर में झाड़ू लगाने के कार्य से आरंभ करके इस पद तक पहुँचा हूँ। मन, वचन, काया से कभी किसी का अनिष्ट नहीं किया। केवल नीतिवश दो बार असत्य भाषण किया है, और कोई पाप नहीं किया। मेरी चेतना शुद्ध है, वह मुझे चेता रही है। होतव्यता को पहचानकर ही आपसे यथार्थ कह रहा हूँ। और इस समय उसी यथार्थ बोधवश अपने महान् उपकारी से एक और उपकार की भीख माँगने आया हूँ। मैं हताश होकर यहाँ नहीं आया।"

"मैं आपकी क्या सेवा कर सकता हूँ?"

"मैंने सुना है, आप महायोगिराज नागेश्वर के दर्शनार्थ अयोध्या जा रहे हैं?"

"हाँ, कल प्रातःकाल जाने के लिए मैंने सेठ शेषदत्त से कह रखा है।"

"उन्होंने लवण के एक व्यापारी के साथ आपके जाने की व्यवस्था की है। मैं एक

दूसरा प्रस्ताव लेकर आया हूँ। मैं अपनी पुत्रवधू को उसके मायके भेज रहा हूँ। मेरी इच्छा है कि वह आपके संरक्षण में जाए। नागेश्वरजी को आप सारी स्थिति सहानुभूतिपूर्वक समझा देंगे। भारत अपने वश में नहीं है। वह उपचार का पात्र है, दण्ड का नहीं। उनकी बेटी को हमारे घर जो कष्ट दुर्भाग्यवश भोगने पड़े, उनके लिए, कह दीजिएगा कि मैं क्षमा याचना करता हूँ।"

"आप निश्चिन्त हों महात्मन्! आपकी पुत्रवधू सकुशल अयोध्या पहुँचेगी; किन्तु भारतजी को क्या आप पूर्व सूचना दे चुके हैं? वे कोई आपत्ति तो न करेंगे?"

"वह आज मंदिर में, घर में प्रविष्ट ही नहीं किया गया। कल रथों के पास वह फटक भी न सकेगा। वैसे भी उसे इस समय सुरक्षा की अतीव आवश्यकता है। लोकमत उसके विरुद्ध जा रहा है।. . . . हः हः, आप भी कहेंगे, यह बुड्ढा पगला गया है, मरन किनारे आ गया, पर मोह नहीं छूटा। इसी एक आँच की कसर से मेरा तप अपूर्ण रह गया। क्या कहूँ, अब तो मोह ही मेरी सिद्धि है। मेरे जीते-जी मेरे भारत पर कोई आँच न आ सकेगी।"

महन्त श्री वसुनाग की विचित्र-सी लगनेवाली आँखों में आत्मविश्वास की जोत जगमगा उठी।

●

६

●

●

महन्तजी का रथ बड़े भोरहरे ही भार्गव को लाने के लिए कौण्डिन्य-घाट पहुँच गया। महन्तजी का घर शेषतीर्थ के पीछे वाली गली में था। गली के मुहाने पर दो रथ और पन्द्रह सवार खड़े थे। स्वयं महन्तजी भार्गव के स्वागतार्थ उपस्थित थे। हाथ जोड़कर बोले : "जाने से पहले एक बार वह स्थान पवित्र कर दें, जिसे आज तक मैंने अपना घर माना है।"

"घर तो वह सदा आप ही का कहलायेगा महन्तजी।"

"कुलदीपक ने मेरे भविष्य में आग लगा दी, कुललक्ष्मी वर्तमान से विदा ले रही है; अब घर कहाँ आर्य? हाड़-मांस की परिधि में जैसे यह निस्तेज जीव अपनी नियत अवधि तक फड़फड़ाने के लिए बाध्य है, वैसे ही इस घर में अतीत की स्मृतियों से पीड़ा पाने के लिए मैं भी अब से बाध्य हूँ।"

वृद्ध महन्त की उदासी ने सोमाहुति के मन को बहुत स्पर्श किया, पूछा : "भारतजी कहाँ हैं?"

"नागेश्वर के कालदण्ड की पहुँच से दूर एक सुरक्षित स्थान में है।. . . परन्तु कब तक उसे सुरक्षा दे पाऊँगा? अब तो चाहने पर भी बहुत दिनों तक जीवित नहीं रह सकता।"

"इतने हताश क्यों होते हैं आप? योगिराज अपनी भ्रातृपुत्री की माँग का सिन्दूर

कदापि न मिटाएँगे।"

"दोष करने पर नागेश्वर न्याय के लिए अपने हाथ से अपनी गर्दन काट सकते हैं। उनके अनुशासन और शक्ति से कान्तिपुरी के नाग सम्राट् तक थर्राते हैं।"

तभी एक दासी ने आकर फलाहार आरोगने की प्रार्थना की। दोनों पास वाले कक्ष में चले गये। स्वयं प्रज्ञा थालियाँ लेकर आयी। थालियाँ रखकर ससुर और अतिथि देव के चरणों में अपना मस्तक नवाया। महन्तजी के चेहरे पर अपने विगलित मन को कसने का प्रयत्न स्पष्ट परिलक्षित था। रुद्ध कण्ठ से कहा : "मेरे लिए नहीं... ना... ना!"

"राम जाने, भविष्य में सेवा का यह अवसर मुझे मिले कि न मिले। दासी के अन्तिम अनुरोध की रक्षा करें।"

"दासी नहीं, बेटी... तुम तो मेरी कुललक्ष्मी हो... जो आज विदा हो रही है।"

फिर कोई कुछ न बोला। अनिच्छा रहते हुए भी महन्तजी आसन पर बैठ गए। प्रज्ञा उन्हें पंखा झलने लगी और दासी भार्गव को। प्रज्ञा का चेहरा निर्विकार, स्तब्ध था।

फलाहार करना दूभर हो गया; भार्गव को लगा कि दूध के एक-एक घूँट में वे एक संतप्त परिवार के अश्रु पी रहे हैं।

घर से प्रज्ञा की बिदाई बड़ी कारुणिक थी। संयम से सधे सोमाहुति का मन बहुत रोकने पर भी द्रवित होकर आँखों में झलझला उठा। चेलों और दास-दासियों की भीड़ मानो गूँगी हो गई थी। महन्तजी अपने तप ताप और जरा से जीर्ण कृश गात को महारथी योद्धा की भाँति ताने खड़े थे। प्रज्ञा सिर झुकाए घर से बाहर निकली; एक बार घूमकर द्वार की देहरी पर माथा टेका और तेज चाल से गली पार करके रथस्ता (रास्ता) पर खड़े रथों तक आ गई। बीच का रथ गंगा-जमुनी, राजसी सजावट का था। एक दासी के साथ प्रज्ञा उसमें बैठ गई। खड़े हुए लोगों को हाथ जोड़कर प्रणाम किया और स्वयं अपने ही हाथों से सामने वाला सुनहरे कामवाला भारी परदा गिरा दिया। हर आँख से आँसू बह रहे थे। महन्तजी भार्गव को लिये हुए आगे वाले मृगचर्म-मण्डित रथ तक आये, कहा : "योगिराज से कह दीजिएगा कि पुत्र प्राणों के मोहवश ही पुत्रवधू को पीहर भेज रहा हूँ। मेरे मान्य और परम प्रतापी समधी यदि इस पर भी मेरे भारत को दण्डित करने का हठ ठानेंगे तो... कह दीजिएगा कि मेरे अहिवन के लाखों भूखे सर्प बोरों में भर-भरकर सतरिख से अयोध्या तक उनकी प्रत्येक छावनी में पहुँचा दिये जायेंगे। मेरे नागों से लड़ने की शक्ति स्वयं नागेश्वर में भी नहीं है।... उनसे कहिएगा कि मेरी आयु के इने-गिने शेष दिनों को संत्रस्त करके मेरा अभिशाप न लें। अपने दुर्भाग्य से मैं स्वयं दण्डित और पीड़ित हूँ।"

रथों के घोड़े दौड़ने लगे। कल प्रातःकाल की दुर्घटना होने से पहले तक वृद्ध महन्त या उनकी पुत्रवधू की कल्पना में भी यह बात न आई होगी कि आठ पहर में उनका घर ही उजड़ जायेगा। एक कुलदीपक ने ही कुल में आग लगा दी। पला-पोसा, दादा और माँ के जीवनाधार, अपने ही नन्हें-मुन्ने की जान पिता के द्वारा एक चमड़े की थैली में बन्द करके लाये गये क्रुद्ध सर्प ने थैली का मुँह खुलते ही ले ली, फिर उस सर्प के फन पर भी छुरा फिर गया।... फिर प्रज्ञा के महाशोकवश आत्महत्या करने के प्रयत्न महन्तजी के घर का कलंक उजागर हो गया। एक निर्दोष वृद्ध, एक सती युवती पर अचानक इतना बड़ा

दुर्भाग्यपात्। लेकिन भारत—उसका भी भला क्या दोष है? उग्र अध्ययन, उग्र तप, उग्र विरोध, पराजय, उग्र मद्यपान और उग्र रतिभोग ने उसे संस्कारक्षीण नपुंसक बना दिया है। भारत अपने भूतकाल की महत्ता और वर्तमान की लघुता से पीड़ित, प्रचण्ड अन्तर्द्वन्द्व से त्रस्त, जर्जर हो रहा है। यह संसार दुःखमय है। अपने-पराये किसी को देखो, कोई भी दुःख से मुक्त नहीं। संयम, नियम, व्यायाम, प्राणायाम, यज्ञ कर्म, प्रचण्ड अध्ययन, मनन आदि संस्कारों की सुदृढ़ चारदीवारी में पलने वाले, महात्मा सोमवर्ण के पुत्र, हुतात्मा अग्निवर्ण के अनुज व्यास सोमाहुति का जीवन भी इन भौतिक दुःखों की पीड़ा से अलिप्त नहीं। वासुदेव, पीड़ा हरो प्रभु, जन मन को अपने आलोक से सँवारो। . . .

वंश वृक्षों की छाँव में पंक्तिबद्ध बैठे हुए, बाँसों को बीच से चीरते, काटते, तराशते और उनके धनुष बनाते हुए धानुकों और छप्पर छाते, बाड़े, चारपाइयाँ, बाँसुरियाँ आदि बनाने योग्य बाँस छाँटते काटते हुए बँसोर डोमों के गाँव जब आने को होते हैं तो भार्गव को दूर ही से उनकी एक पूर्व सूचना मिलने लगती है। डुम्बों (डोमों) जैसी संगीत प्रेमी, स्वच्छ और प्रकृतिमग्न जाति भार्गव ने कम ही देखी थी। सिरकियों तिनकों के रंगीन डले, डलियाँ, सूप, आसन, पंखे, चटाइयाँ और गहने बनाती हुई सलोनी साँवली कोकिल-कंठी डोमिनियाँ अपने मधुर गीतों की गुंजार से जादू का समाँ बाँध देती हैं। उनकी लिपी-पुती-चित्रकारी, सजी आकर्षक झोंपड़ियाँ, बाँसों के आकर्षक तोरण और बाड़े देखकर यह लगता था कि कला का वैभव आर्थिक दरिद्रता को दृष्टि-ओझल करने में कितना अधिक समर्थ होता है।

नागों की कुछ बस्तियाँ तो अनुभवी रथवालों के बतलाने पर ही भार्गव की समझ में आती हैं। सम्पन्न नागों के घर प्रायः भूमिगत होते हैं। बड़ी-बड़ी बावड़ियों और इन्दारों के भीतर उनके दो दोमहले पक्के भवन होते हैं। इनके भीतर जाने के द्वार गुप्त और प्रायः बड़े-बड़े बिलों के आकार के होते हैं। इन्दारों के चारों ओर भी घने खर पतवार और जंगली वृक्ष आदि इस तरह से उगा दिये जाते हैं कि सहसा उनका पता न लग पाये। इन्दारों की दीवारों में चारों ओर झरोखे होते हैं, जिनसे हवा आती जाती है। नागों के जल में रहने तथा वैभव सम्पन्न भोग-विलासी जीवन व्यतीत करने का प्रत्यक्ष प्रमाण सोमाहुति को मिला। भूमि के ऊपर बसे हुए उनके गाँव भी ऐसे घने पेड़ों के झुरमुट में छिपे रहते हैं कि सहसा उन्हें देख पाना संभव नहीं होता। असुर और पासीजन दारू बनाने, सुरंगें खोदने, धनुप चलाने और चौर्यकला के काम में परम निपुण होते हैं। अवध में इनकी भी घनी बस्तियाँ हैं।

इनके बीच-बीच में ही सम्पन्न क्षत्रियों, ब्राह्मणों, श्रमणों के पक्के मकानों की बस्तियाँ तथा हठयोगी साधुओं के तपोवन भी मिलते चलते थे। शकों-कुषाणों के बर्बर आक्रमणों की प्रतिक्रिया स्वरूप स्वधर्म और स्वजन की रक्षा के लिए सैनिक साधुओं का यह संगठन हुआ और दिनोंदिन दृढ़तर होता गया। अयोध्या ही उनका प्रधान केन्द्र था। यह तपोवन पहरे की चौकियों और हठयोग के शिक्षालयों का काम एक साथ करते थे। कसरत, कुश्ती, योगासन अस्त्र शस्त्राभ्यास के साथ अनवरत 'ॐ रामाय नमः' जप का अभ्यास ही इन तपोवनों की विशेषता थी।

तृण-पात-लता-वृक्षों से ढँके भव्य भग्नावशेषों के व्यापक क्षेत्र, प्रिया इज्या के इष्टदेव

भगवान् श्रीराम की नगरी में प्रवेश करते समय भार्गव सोमाहुति का अन्तर आह्लादित होकर भावधारा में तैरने लगा। परन्तु ध्यान में राम का बिम्ब न उभरा; नित्य ध्याये वासुदेव ही प्रकटे. . . कुरुक्षेत्र में अर्जुन को कर्मयोग का उपदेश देते हुए कानों में शब्द गूँजने लगे—"इमम् विवस्वते योगं प्रोक्तवानहमव्ययम्. . ." वासुदेव का रूप ध्यान से सरकने लगता है। इज्या सामने आती है। खिली धूप चाँदनी जैसी दृष्टि, जिसमें तेज पूरा किन्तु ताप तनिक भी नहीं। वह दृष्टि पूरे ध्यान बिन्दु में, पूरे मन प्राण में पैठती चली जाती है; पैठने का क्रम बड़ा सुस्त चल रहा है, रेंग-रेंगकर, रेंग-रेंगकर, आह्लादिनी तरंगों की यह जड़ता उबाती है, पर सुख तो रम ही रहा है। फिर अनायासता की चेतना के साथ इन तरंगों में हलचल आती है। इज्या अपने पूरे आकार में प्रकट होती है, खिलखिलाकर हँस रही है, गालों में गड्ढे पड़ रहे हैं, उनमें भार्गव के प्राण लुढ़के पड़ रहे हैं। सहसा इज्या हाथ उठाकर संकेत करती है—सामने हैं उनके चक्रधर वासुदेव धनुर्धर रूप में मुस्कुराते हुए।. . . भार्गवांग इज्यांग संयुक्त, पूरा मन अपने इष्टदेव के ध्यान में प्रणत हो गया। कुछ देर के लिए भार्गव की भावरूप समाधि लग गई।

रामकोट की फरफराती ध्वजाएँ अब दूर पर दिखलाई पड़ने लगी हैं। अयोध्या में कुछ पक्के मकान और मन्दिर हैं तो सही, पर बाबा-बैरागियों की कुटियाँ सैकड़ों हजारों की संख्या में दिखलाई पड़ रही हैं। इनके सात अखाड़ों का अपना-अपना पशुधन—गाय, बैल, हाथी, घोड़े, ऊँट आदि—इधर-उधर बँधा चर रहा है। हृष्ट-पुष्ट साधुओं में बातें भी चल रही हैं, और 'ॐ रामायनमः' का स्वर भी हवा में गूँज रहा है। भार्गव, प्रज्ञा और उसकी अनुचरियों के रथ सरयू तट की ओर बढ़ रहे हैं।

सहसा रथों को रुकना पड़ा। चार सैनिक साधु रास्ते में खड़े हाथ उठाकर उन्हें बढ़ने से बरज रहे थे।

"राम-राम !" (फिर होंठों पर मंत्र की बुदबुदाहट)

"राम-राम।"

"पाछे वाले दुइ रथन मा कौन है ?" (बुद्बुद)

"लखनऊ के महन्तजी की पतोहू।"

"सवारी लौटाय लै जाओ। (बुद्बुद) रिखी महराज का म॰ होय तउ पधारैं।" (बुद्बुद, बुद्बुद, बुद्बुद)

सोमाहुति के लिए यह आदेश एक धक्के के समान था, अपमान से उनका चेहरा तमतमा उठा। रथ से उतरकर खड़े हो गए, पूछा : "श्रीराम की अयोध्या में शरणागत को प्रवेश न मिले—यह कैसी अनरीति है ! किसका आदेश है यह ?"

"जोगीस्वर महाराज क"—(बुद्बुद) प्रज्ञा देवी ते कहि दीन जाय महराज अकि ससुरारे लौटि जायँ। (बुद्बुद) उनका भतार नाग हत्या किहिस है, तौन हियाँ बड़े-बड़े जोगी सुनि के बड़े रिसाने हैं। (बुद्बुद, बुद्बुद)

प्रज्ञा रथ से नीचे उतर आई; चेहरा शान्त, संयत और बहुत हद तक आत्मलीन। भार्गव को लगा कि उसकी हिरन जैसी काली बड़ी-बड़ी करुण भोली आँखों की पुतलियों में इतनी एकाग्रता है कि जिसे देखती है, वह बँध जाता है। उसके रूप सलोने मुख-मण्डल पर

ऐसी दिव्य आभा है, जो सामने वाले के मन पर नैतिक जादू डालती है। यंत्रवत् मंत्र बुदबुदाते चारों ब्रह्मचारी सैनिकों की सारी अकड़ फूँ गुम हो गई, बुदबुदाना तक बिसर गया, मुँह खुल गए। एक ने सहसा श्रद्धा से गद्‌गद होकर हाथ जोड़े; बाकी तीनों भी उसी मुद्रा में आ गए। प्रज्ञा देवी ने शान्त भाव से कहा : "काकाजी से जाकर यह कह दें कि प्रज्ञा अपनी जन्मभूमि से अब केवल शव के रूप में ही बाहर जा सकती है।" सामने से एक छोटी बैलगाड़ी दौड़ती हुई आ रही थी। उस पर बैठी वृद्धा तपस्विनी को देखते ही प्रज्ञा देवी की आँखों से जोत के फूल झड़ने लगे। भार्गव सोमाहुति व्यास ने उसका आश्वस्त, उत्फुल्ल चेहरा पहली बार ही देखा था। लढ़िया से गैरिक वस्त्रधारिणी तेजस्विनी वृद्धा उतरी। चारों ब्रह्मचारियों ने उनके सामने धरती पर लेटकर साष्टांग प्रणाम किया और प्रज्ञा झपटकर उनसे जा लिपटी। भरी आँखों दोनों एक-दूसरे से कुछ पल चिपटी खड़ी रहीं, फिर वृद्धा ने आलिंगन से निकलकर आँखें पोंछते हुए आगे बढ़कर सोमाहुति से कहा : "बुढ़िया के मोहचंचल मन के फेर में अतिथि देव का स्वागत करने में मुझसे चूक हो गई, बुरा न मानो। मैं वाशिष्ठी हूँ।"

प्रणाम करके उठते हुए एक गद्‌गद ब्रह्मचारी ने हाथ जोड़कर कहा : "सरजू मैया।"

सोमाहुति सुनते ही प्रणत हो गए, कहा : "अम्ब, महात्मा सोमवर्ण व्यास का पुत्र भार्गव सोमाहुति आपके दर्शन लाभ से गद्‌गद और अपने अन्तस्तल से श्रद्धानत है।"

सरजू मैया मुस्कुराईं, कहा : "तुम्हारे तेजस्वी कुल और व्यास सोमवर्णजी की सुख्याति ही नहीं, तुम्हारा यश भी यहाँ तक पहले ही फैल चुका है। ऋषिपुत्र, आयुष्मान् हो। तुम्हारा तप-तेज और यश बढ़े। तुम्हें देखकर मैं अति प्रसन्न हूँ।" फिर मुख के भाव क्रमशः कठोर होने लगे, बोली : "नागेश्वर के आदेश की सूचना मुझे अभी अनायास ही मिली। मैंने भी कहा चलूँ देखूँ तो सही, कौन शिवद्विजा का जाया निपूता मेरी बेटी को यहाँ आने से रोकता है।"

आयु को देखते हुए उनके स्वर में बड़ी कड़क थी। कमर कुछ झुकी होने पर भी बात और बात कहने के ढंग से सोमाहुति यह तो समझ गए कि सरजू मैया योगिराज के प्रभाव क्षेत्र से परे हैं, परन्तु उन्हें यह विश्वास न हो रहा था कि वे प्रज्ञा देवी को अपने यहाँ अधिक देर तक शरण दे पाएँगी। रास्ते में प्रसंगवश प्रौढ़ सारथी ने कहा था कि 'काले नाग के काटे का मन्तर है, पर नगेसर महराज का काटा कोई बच नहीं सकता।' इसीलिए सरजू मैया ने जब उन्हें अपने आश्रम पर चलने के लिए कहा तो वे नीति विचारकर बोले : "आज्ञा दें अम्ब, मैं एक बार योगिराज नागेश्वरजी से शिष्टाचार बरत आऊँ। यदि वे मुझे अपना आतिथ्य स्वीकार करने को कहेंगे तो कल प्रातःकाल आपकी सेवा में उपस्थित हो सकूँगा, अन्यथा उन्हें अपना परिचय देकर आज ही आपके आश्रम में आ जाऊँगा।"

सुनकर बोलीं : "ठीक है। मेरी ओर से नागेश्वर को जतला देना ऋषिपुत्र कि मैं केवल प्रज्ञा ही को अपने साथ नहीं रखूँगी, गोलोकवासी यज्ञेश्वर के जामाता को भी यहीं बुला रही हूँ।"

"भारतजी को?"

"क्यों नहीं। वह अविचारक दंभी योगी धर्म के नाम पर ईश्वरीय सृष्टि को तोड़ने पर उतारू है। बुद्ध देव का रोपा दातून वृक्ष उखड़वा दिया। सरावगियों के आदिनाथ मंदिर की चढ़त छीन लेता है। अपने को बड़ा सनातन धर्म का रक्षक मानता है। मूर्ख! उससे कह

देना कि सरयू वाशिष्ठी के रहते अयोध्या की प्रजा और अयोध्या की इस बेटी का सुख-सुहाग कोई न उजाड़ पाएगा।"

मैया अपनी लढ़िया पर ही प्रज्ञा को बिठलाकर चल दीं। दोनों रथ भी उनके पीछे-पीछे वशिष्ठाश्रम की ओर बढ़ते चले। सोमाहुति जब अपने रथ पर आसीन होने लगे, तो चारों बुदबुदानन्दी सैनिक उनकी ओर धाये। एक ने उनके पाँव पकड़कर कहा : "हे दयानिधान, आप साखी हैं, हमार कउनौ अपराध नाहीं बाटै। सरजू मैया ते तौ जोगीस्वर महाराजौ कुछु नाहीं बोल पावत हैं। महराज के कालडंड ते हमका आपै बचाय सकत हौ तपोनिधे। हमार पंचन कै परानन की डोर अब आपै के हाथ में है।"

सभी की आँखों में थोड़े या बहुत आँसू थे, सभी भिखारी के समान दीन बने हाथ जोड़े खड़े थे। इस समय चारों बेचारों का मंत्र तक बिसर गया था। द्रवीभूत होकर भार्गव बोले : "मैं कह दूँगा, परन्तु मेरे कथन से अधिक मंत्र पर विश्वास रखिए। मंत्र को हृदय से जपिए, केवल होंठों से नहीं।"

पूँछ मरोड़ते ही चल पड़ने वाले कोल्हू के बैल की तरह चारों बुद्‌बुदानन्दियों का मंत्र फिर चल पड़ा।

७

●

●

योगिराज नागेश्वरजी इस देश के आदिकालीन पुरोहित नरेशों के समान नागेश्वरनाथ महादेव के मंदिर के निकट एक पर्णकुटी में रहते थे। भार्गव सोमाहुति को मंदिर के एक खुले दालान में ठहराया गया। साधु सेवकों ने पूरा आदर प्रदर्शन किया। सरयू स्नान करते हुए उन्होंने इज्या के नाम की डुबकी भी लगाई। जब प्राणायामादि कर्मों से निवृत्त होकर वे दालान में आकर बैठे ही थे कि एक सेवक ने आकर सूचना दी, योगिराज उनसे मिलने के लिए प्रस्तुत हैं। भार्गव उठकर बाहर आये। कठिन योगाभ्यास से कसे हुए पुष्ट शरीर वाले, मझोले कद और गेहुँए रंग के कौपीनधारी, 'अयोध्यापति' महायोगिराज नागेश्वर का व्यक्तित्व निस्सन्देह भव्य और आकर्षक था। उनके सिर की अर्द्ध श्वेत जटाएँ रुद्राक्ष और शंख की गुरिया से बँधी हुई थीं। ललाट पर भस्म लिपटी थी। फटे हुए कानों में स्फटिक के कुण्डल और एक हाथ में लोहे के कड़े पड़े थे। कण्ठ में रुद्राक्ष की छोटी-बड़ी अनेक मालाएँ पड़ी थीं। उनकी काली सफेद दाढ़ी छाती पर लहरा रही थी। मटमैले रंग की पुतलियों में कठोर स्थिरता थी। थोड़ी देर आँखों में आँखें डालकर दोनों ने एक-दूसरे को जमकर देखा। भार्गव को समझ पड़ा कि नहीं, यह अपना पानी नहीं है। निस्सन्देह यह कायसम्पत् सिद्ध कर चुका है, पंचमहाभूतों पर इसका वश है, पर अहंकार अब भी रजतम में अधिक रम रहा है। यह मुझे अपनी सम्मोहिनी विद्या से न बाँध सकेगा। योगिराज ने सचमुच ही अपनी दीठ दूसरी ओर फेर ली और दालान के भीतर प्रवेश करते हुए कहा :

"मुझे सूचित किया गया है कि आप महर्षि शौनक के द्वारा यहाँ भेजे गये हैं।"

"उन्होंने मुझे आपसे मिलने के लिए आदेश दिया था।"

"हेतु?"

"भार्गववंश की व्यास परंपरा ने सैकड़ों वर्षों के कठिन श्रम से प्राचीन ऋषि और राजकुलों की वंशावलियों और उनके सद्धर्मों एवं शुभाचरणों का इतिहास पुराण संकलित किया था। इसके अतिरिक्त अठारह विद्याओं, सात सिद्धान्तों, तीन सौ शास्त्रों और सत्तर महातंत्रों से संबंधित ग्रन्थों का संग्रह मेरे पूज्य पुरखों ने किया था। मेरा एक दुष्ट प्रभावशाली सगोत्री बौद्ध स्थविर कई बार उस अमूल्य रत्न भाण्डार को नष्ट करने का उपक्रम कर चुका है। ग्रंथागार की सुरक्षा के हेतु इस समय रेणुका क्षेत्र में अज्ञातवास कर रहा हूँ। महर्षि शौनक ने मुझे नैमिषारण्य में बसने के लिए प्रेरित किया है। एतदर्थ आदेशानुसार आपसे संरक्षण माँगने आया हूँ।"

अपने शब्द-चयन में भार्गव ने वैश्य नीति का अनुसरण किया। योगिराज के रजोरूप पर सन्तोष की आभा आयी, बोले : "विदेशी शासकों के क्रीतदास इन बौद्धों का बीज नाश करके ही भरत खण्ड के सनातन धर्म की समुचित रक्षा हो सकेगी।"

"आपका यह विचार मुझे उलझाता है योगिराज, धर्म के नाना-रूपों की आड़ लेकर व्यक्ति एक-दूसरे का नाश अवश्य करते हैं, पर धर्म के नाश से भला धर्म की रक्षा कैसे होगी? उसके मौलिक तत्व तो एक हैं।"

सोमाहुति के उत्तर से योगिराज का चेहरा कस गया, दूसरी ओर दृष्टि फेरते हुए रूखे स्वर में कहा : "राजा और योगी अपनी बात केवल एक ही बार कहा करते हैं। मैं दोनों पदों से संयुक्त हूँ।"

"दो अव्यक्त किम्वा दो पुरुषों के संसर्ग से सृष्टि रचना नहीं होती महात्मन्। राजा और योगी के कर्तव्य एक दूसरे को काट देते हैं।"

"बकवास है। हठ दोनों की आधार शिला है, और वह नियमानुशासित है।"

सोमाहुति ने देखा कि योगिराज चिढ़ गए हैं, इसलिए बात बदलते हुए कहा : "मार्ग में आपके तपोवनों को देखकर मुझे स्फूर्ति तो निश्चय ही मिली, किन्तु एक प्रश्न भी जागा। पूछने की आज्ञा है?"

"पूछो।"

"हठयोग की सामूहिक साधना का अर्थ क्या है?"

"अपनी काया को देखो, वह कितनी अस्थियों, नाड़ियों, स्नायुमण्डल, रक्त, मांस, मज्जा, मस्तिष्क आदि का समूह है। इसे सम्पूर्ण रूप से स्वानुशासन में लिये बिना क्या तुम्हारा आत्मा मुक्त हो सकता है?"

"साधु आपका मत योगमार्ग को प्रशस्त करता है, प्रशंसनीय है, प्रणम्य है।" भार्गव ने देखा कि योगिराज फिर सन्तोषानंद में आ गए हैं, इसलिए विनम्र भाव से अपनी बात का सूत्र फिर सँभाला, बोले : "किंतु प्राचीन राजर्षि अन्य धर्ममार्गों की तोड़फोड़ नहीं किया करते थे। मुझे ऐसा लगा कि आप अपनी इस हठ सेना के आतंक से बौद्धों, श्रावकों आदि को पनपने नहीं देना चाहते।"

"बस्ती बसाने के लिए जंगल काटना ही पड़ता है।"

"योगिराज, गुरु परम्परा में मेरे पूर्वज व्यास देव महाभारत संहिता में कह गए हैं कि जो धर्ममार्ग दूसरे धर्ममार्गों का बाधक है, वह कुमार्ग है—"

"यह कुमार्ग है?—और जब दंभी नीच बौद्ध महास्थविरों के कुत्सित संकेतों पर शकों, कुषाणों के द्वारा तुम वेदवादियों के तथाकथित सुमार्ग जूतों तले रौंदे जा रहे थे तब शकारि विक्रमादित्य को प्रकट करने वाला मार्ग कौन-सा था? आन्ध्र के गौरवशाली शकारि सातवाहन किस तेज से प्रकटे? यह गंगा, यमुना, सरयू, सायन्दिका और गोमती से सिंचित ऋषियों और देवों की भूमि आज किसके शिष्यों की कृपा से मुक्त है? दलित भरों के कन्धों पर शिव का भार डालकर आज किसने उन्हें इतना समर्थ धर्मरक्षक बना दिया? मैंने, मेरे पूज्य गुरुदेव, और मेरे प्रातःस्मरणीय दादा गुरु स्वयं शिव हरसू ब्रह्म ने।" उत्तेजनावश नागेश्वर का चेहरा लाल हो उठा।

सोमाहुति ने फिर ठण्डा छींटा मारा, बोले : "उत्तर भारत के समस्त ऋषिकुल इसके लिए आपके अत्यन्त आभारी हैं। आपकी छत्रच्छाया में सुरक्षित स्थल जानकर ही मैं अपना क्षेत्र छोड़कर नैमिषारण्य में बसने का विचार कर रहा हूँ। हे आर्य रत्न"—

"मुझे इस शब्द से चिढ़ है ऋषिवर, कहना ही है तो भरतरत्न कहिए।"

सोमाहुति योगिराज के इस झक्कीपन से पीड़ित हुए, कहा : "किन्तु भरत जन भी आर्य ही थे। आप इस शब्द का अपमान क्यों करते हैं?"

"अपमान किया है तुम्हारे पछैंये वैदिक कर्मकाण्ड वाले कुरु-पांचालों ने, जो अपने से सहस्रों वर्ष पहले यहाँ आनेवाले स्वकुल के आर्यों से शत्रुवत् लड़े। जिस देश के उग्र कश्यप गोत्रीय भरत, आदित्य, इक्ष्वाकु आदि के महावंश ने सूर्योदय के देश से लेकर सूर्यास्त के देश तक सारी पृथ्वी पर ज्ञान का प्रकाश फैलाया, जिनके रचे हुए अनेक मंत्र तुम्हारे वेद में संकलित हैं; असुरों से घबराकर तुम्हारे अनेक इन्द्रों ने जहाँ के प्रतापी राजाओं से सहायता पाई थी, उन्हीं के वंशजों को बुरे दिनों में तुमने पददलित किया! हरी-भरी भरत भूमि में फूट के बीज बोए। मैं घृणा करता हूँ तुम्हारे इन वैदिक क्रियावादी कुरु पांचालों से।"

"दुखी हूँ तपोनिधे, मेरे शब्दों ने आपको उत्तेजित कर दिया। मैंने यह कल्पना भी नहीं की थी कि कदाचित् एक सहस्र वर्षों से भी पहले की बातों को आप अब तक अपने मन में इतना महत्व देते होंगे।"

"इतिहास की चोटें और बदले पीढ़ी दर पीढ़ी याद रखे जाते हैं।"

"परन्तु यज्ञ तो आप भी कराते हैं। आपके शिष्य भारशिव सम्राटों ने कितने अश्वमेध, रुद्रयागादि किए।"

योगिराज चुप रहे। भार्गव ने फिर कहा : "अच्छा छोड़िए इसे, अचेलक और बौद्ध धर्म तो आप ही के भरत, इक्ष्वाकुओं के ही हैं। वैवस्वत मनु की अयोध्या में सबको जीने का अधिकार है। इन्हें तो विशेष रूप से है।"

"तो जाएँ जहाँ मनु वैवस्वत की अयोध्या हो।"

आश्चर्यचकित होकर भार्गव ने पूछा : "वह अयोध्या कहाँ है?"

कठोर मुख पर एक बार विद्रूप के बहाने विनोदी लहर आई, थोड़ा लहक कर कहा : "ढूँढ़िए जाके सिन्धु देश में कहीं सरयू तीरे जहाँ वैवस्वत मृगया के लिए डोला करते थे; जहाँ पड़ोस के गौरी वन की माताओं के धर्मजाल में फँसकर उनके युवराज को नारी वेश और नाम धारण करने के लिए बाध्य होना पड़ा था।" (हँसी)

सोमाहुति के मन को फिर धक्का लगा, किन्तु सँभलकर बोले : "विधाता को भी अपने बनाए नियमों से बँधना पड़ता है। माताओं के जिन धार्मिक विधि-विधानों को कदाचित् पितृव्यों का पूर्ण संरक्षण प्राप्त होगा, उनके विरुद्ध मनु भी नहीं जा सकते थे।"

"चाहे उनकी आड़ लेकर उनका सेनापति इन्द्र स्वयं उन्हीं की सत्ता को तहस-नहस करने के षड्यंत्र में सफल क्यों न हो जाए। वाह ! माताओं से कैसा घृणित समझौता करने को बाध्य हुए थे तुम्हारे वैवस्वत मनु। (विद्रूप हँसी) मातृवन में प्रवेश करने का दण्ड भोगने के लिए युवराज सुद्युम्न एक महीने नारी वेश में रहेंगे और राजकाज चलाने के हेतु दूसरे महीने पुरुष वेष में। छेः, ऐसा राजा भला अपनी प्रजा पर अंकुश रख सकता है ! किसी मनु को क्या ऐसा समझौता करना शोभा देता है। अति हो गई कि माताओं को उकसाकर किसी अज्ञात कुल की अदिति में बलात्कार से उत्पन्न कुशिक पुत्र इन्द्र ने प्रख्यात आदित्य कुल के इला नामधारी सुद्युम्न के विवाह का नाटक सोम के जारज और नपुंसक पुत्र बुध से कराके वैवस्वत की नाक तक कटवा दी। मनु का पद सदा के लिए निस्तेज हो गया और पुरंदर इन्द्र की महिमा बढ़ गई। यह था तुम्हार अन्तिम मनु—कायर कहीं का।"

सोमाहुति चुप रहे, किन्तु दबी जिज्ञासा ने उन्हें चुप भी न रहने दिया, फिर पूछा : "तब यह अयोध्या किसकी है ?"

"स्वायंभुव मनु के प्रपौत्र, ब्राह्मण वर्ण संस्थापक परम योगेश्वर परम प्रतापी चक्रवर्ती सम्राट् भरत की, जिन्होंने आसमुद्र क्षितीश इस विशाल भूखंड को कर्मानुशासन में लाकर इसे भारतवर्ष नाम दिया; जिन्होंने इससे भी और आगे अपने देव पुरखों की भूमि तक को पुनः अनुशासित किया।"

"योगिराज बचपन में रटाए गए मेरे जड़ ज्ञान को आज आपकी बातों से प्रश्न के पहिये मिले हैं। कृतज्ञ हूँ। परन्तु चाहता हूँ कि देश के अन्य धर्मों के प्रति अपनी नीति पर आप कृपापूर्वक एक बार—"

"निश्चय में बदल जाने पर विचार उसी प्रकार नहीं लौटता जैसे एक काया से दूसरी में प्रवेश कर जानेवाला जीव अपनी पूर्व काया में नहीं लौट सकता।"

"आपने वैष्णवों से संधि की।"

"कब ?"

"योगेश्वर शंकर की भक्ति के साथ-साथ श्रीराम की भक्ति भी—"

"ऋषिवर, आपको किसने बहका दिया कि राम और शिव एक दूसरे के आराध्य नहीं। महात्मा चाणक्य को श्रीरामचन्द्र के प्रति श्रद्धा ही इसलिए हुई कि अनेक श्रेष्ठ गुणों से विभूषित होने के साथ ही साथ देवाधिदेव परम योगेश्वर शिवजी के अनन्य भक्त भी थे।"

"श्रीरामचन्द्र भगवान् विष्णु के अवतार हैं—"

"मैंने सुना अवश्य था कि कुरु पांचालों ने हमारे रामचंद्र को भी अपना पक्षधर सिद्ध

करने के लिए उन्हें शिव के शत्रु का अवतार घोषित करना आरंभ कर दिया है। यह नहीं चलेगा। रघुपति शिव के और शिव उनके उपासक हैं।"

"और विष्णु भगवान् भी हैं।"

"असंभव। हरिहर के युद्धों की कथाएँ हम प्राचीन काल से सुनते आ रहे हैं। हमारी काशी को तुम्हारे वासुदेव ने उजाड़ा था।"

"यह सत्य है महाराज कि इन दो देवदलों में भ्रान्तिवश वैमनस्य की कड़ी गाँठ पड़ गई थी, पर वह तो कब की खुल भी चुकी। हरिहर वस्तुतः एक ही हैं। प्राचीन पौर्वात्य राजे भी वस्तुतः कुरु पांचाल ही थे। यह लोग देवकुरु से और भी पहले यहाँ आये होंगे।"

"होगा। मुझे कुरु पांचालों की प्रत्येक युक्ति से घृणा है। और इन विषयों पर विचार करने के लिए अभी हमें अवकाश भी नहीं है। आप अब वशिष्ठाश्रम जा सकते हैं। अयोध्या में जब तक जी चाहे रह सकते हैं, किन्तु बौद्धों और श्रावकों को आपकी बातों से बल नहीं मिलना चाहिए। और—(वाक् थम गया और चेहरे पर घृणा की मरोड़ें उठ आईं) सगर, त्रय्यारुणि, कल्माषपाद, हरिश्चन्द्र, रामचन्द्र आदि अपने ही यजमानों को नीचा दिखलाने वाले कलंकित पुरोहित कुल की उस खूसट बुढ़िया से कह दीजिएगा कि भारत को यहाँ बुलाएगी तो मैं उसके आश्रम की ईंट-ईंट खुदवा दूँगा। नमस्कार।"

योगिराज सहसा उठकर चले गये। सोमाहुति के मन पर योगिराज के इस झक्कीपन का प्रभाव अच्छा न पड़ा। कुछ चिढ़ भी हुई। व्यक्ति अहंकारी है, सत्ता से दुर्हठी है। यह मेरी कल्पना के महाजातीय संगठन का ठीक उल्टा विघटनकारी अहंकार है। कितने दिन निभ पाएगी मेरी इनकी ?. . . किन्तु आज तो निभाना ही है। अपने से भी निभाना है और इनसे भी। एक युवक साधु उन्हें वशिष्ठ आश्रम तक पहुँचाने के लिए आ पहुँचे। भार्गव ने रथारूढ़ होकर चलने के बजाय पैदल ही चलने की इच्छा प्रकट की।

●

८

●

●

अयोध्या नगरी इस समय प्रशासकीय रूप से न अयोध्या ही कही जाती थी और न साकेत। उसका वर्तमान नाम विशाखा था। कुषाण महाक्षत्रप वनस्पर ने प्राचीन नगरी को एकदम ध्वस्त ही कर डाला था। फिर भी प्राचीन बस्ती के एक भाग के साथ नई बस्ती का निर्माण हो चुका था, यद्यपि नगरी में कोई चमक और बहार न आ पाई थी। मार्गदर्शक साधु उन्हें हनुमान, नलनील, सुग्रीव, जाम्बवान् आदि के नामों से जोड़ दिये गए सम्बन्धित टीलों को दिखलाता चल रहा था। मार्ग में एक जराजीर्ण कुण्ड के किनारे पर एक जगह कई भिक्खु बैठे पाठ कर रहे थे। भार्गव के पूछने पर सेवक-साधु ने बतलाया : "हमारे त्रिकालज्ञ

गुरु भगवान् का कथन है कि यहाँ रघुकुल मुकुटमणि भगवान् श्रीरामचन्द्रजी नित्यप्रति दतुअन कुल्ला करै के निमित्त पधारते रहे।"

"धन्य हैं यहाँ के भिक्खुगण, जो इस स्थल की पवित्रता को पहचानते हैं।"

सेवक साधु के मुख पर घृणा की कठोरता उभर आई, बोला : "नहीं महात्माजी, यह मुण्डे अपनी दुष्ट बुद्धि के कारण ही यहाँ आते हैं। इन पापियों में भला श्रीराम की पवित्र भक्ति का उदय हो ही कैसे सकता है। शान्तन् पापम्।"

"तुम्हारी बात का अर्थ अभी स्पष्ट नहीं हुआ।"

"ये जहाँ मण्डलाकार बैठे हैं न, वहाँ एक बिरवा रहा, तौ ये पंच ढोल पीटैं कि बुद्धमुनि यहाँ दतुअन करते रहे, सो एक बार उन्होंने दतुअन गाड़ दी तो बिरवा उग आया। हमारे पूज्यपाद त्रिकालज्ञ गुरु भगवान् ने उनके इस असत्य को निर्मूल करा डाला है।"

"अर्थात् वह वृक्ष उखड़वा दिया?"

"हाँ, महात्माजी। यह मुण्डक बड़े दुष्टबुद्धि हैं। आजकल नित्य प्रति श्रीरामजी भगवान् के मन्दिर से ये दीपकों का घी बाती चुरा ले जाते हैं और अपने मन्दिर में उजेला करते हैं। फिर लोगों के आगे डींग हाँकते हैं कि इनके देवता हमारे यहाँ दीप जलाने आते हैं।"

"आप उन्हें दिये चुराते हुए पकड़ क्यों नहीं सके?"

"यही अभी तक संभव नहीं हो सका महात्माजी।"

"आपके त्रिकालज्ञ गुरु महाराज भी न जान सके?"

"गुरु ब्रह्म सर्वज्ञ हैं, किन्तु न पकड़ पाने के कुछ कारण हैं। उनके सम्बन्ध में अधिक कुछ कह पाना मेरी सामर्थ्य से बाहर की बात है ऋषिवर।" इसके बाद दोनों चुपचाप चलते रहे।

अस्ताचलगामी सूर्य वशिष्ठ आश्रम की अमराई में उतर रहे थे। तोतों और अन्य पक्षियों के झुण्ड के झुण्ड चारों दिशाओं से अपने-अपने रैनबसेरों के लिए लौट रहे थे। उनके कलरव से लाल आसमान लरज रहा था। झुण्ड आते हैं, आकाश में मँडरा कर अपने-अपने वृक्ष पहचानकर उनकी ओर ऐसे टूटकर आते हैं, मानो बहुत देर से बिछड़े बच्चे अपनी माँ की बाँहों में जा रहे हों। हर एक की डाल और डाल पर भी नित्य का स्थान निश्चित है, उस पर कोई दूसरा जोड़ा या अकेलेपन का मारा कोई फुट्टैल पंछी आ बैठता है तो जोड़ा उसे चोंचों से चुटीला करके हँकाल देता है।

देखते हुए भार्गव अमराई की सीमा में पहुँच गये। योगिराज का मुख्य पार्षद, जो उन्हें छोड़ने के लिए आया था, वहीं रुक गया; हाथ जोड़कर बोला : "विनय है प्रभु, आज्ञा दें।"

"वासुदेव तुम्हारा सदैव मंगल करें।"

पार्षद ने लौटने के लिए पीठ घुमाई, फिर लौट पड़ा, हाथ जोड़कर कहा : "मेरा एक कल्याण और करें प्रभु, सरजू मैया से कहैं कि कान्यकुब्जेय उपमन्यु गोत्रीय जटाधर ने आपको रामराम और पालागन कहा है और अरदास की है कि कल राम कोट में अधिक देर तक न ठहरें!"

कहनेवाले तेजस्वी और बलिष्ठ युवक की आँखों की पुतलियों में चौकन्नेपन का फैलाव और फिर भक्तिजनित सिमटाव देखकर सोमाहुति की पैनी बुद्धि ने उसका मन पढ़

लिया; पूछा : "मैया और पूत के बीच में मुझे माध्यम बनाने का कारण ?"

जटाधर ने उत्तर देने के लिए क्षण भर अपने मन को साधा, फिर गौर मुख की घनी काली दाढ़ी-मूँछों में एक दयनीय मुस्कान खिली, उसने कहा : "अयोध्या में अब अपनी ऋतु में भी वसन्त नहीं आता पूज्यवर। इसीलिए मैया का यह अधम पुत्र इतना ठिठुर गया है कि उनके पास जाने की शक्ति नहीं है, क्या कहूँ। प्रणाम।" कहकर वह लौट गया।

भार्गव सोमाहुति को लगा कि सरजू मैया और नागेश्वर योगिराज में इस समय किसी कारणवश वैमनस्य भाव है। इस जटाधर में स्वामिभक्ति और सत्य भक्ति को लेकर द्वन्द्व चल रहा है। रामकोट में सरजू मैया को कल अधिक देर न रुकने की चेतावनी दे गया है। अवश्य ही कोई गहरे भेद की बात होगी।

अमराई पार हुई। खुले मैदान में आ गए। वशिष्ठ कुण्ड के दो ओर पक्के घरों की पंक्तियाँ थीं। सायं प्रार्थना चल रही थी। वेद ध्वनि से गगन निनादित था। वशिष्ठ मैत्रावरुण ऋषि द्वारा रचित विश्वेदेवा की स्तुति हो रही थी— "...ज्योति मुख अग्नि हमें शांति दे, मित्रावरुण शांति दें। अश्विनी हमारे लिए सुखद हों। गमनशील वायु सुख दे। पुण्यात्माओं के पावन कृत्य हमें शांति दें।..."

सोमाहुति धीरे से आकर कोने में बैठ गए। प्रार्थना समाप्त होने के बाद जब वे सरजू मैया के सामने आये तो वे बोलीं : "मैं जानती थी कि नागेश्वर तुम्हें यहीं भेज देगा। तुम प्रज्ञा के साथ आये हो न ?"

"पर वे तो उनकी भतीजी हैं।"

"नागेश्वर केवल पक्ष या विपक्ष ही को ध्यान में रखकर सोचता है। भारत के पिता महन्तजी का प्रभाव ऐसा था कि उनसे संधि किए बिना और कोई चारा ही नहीं था। परन्तु जब से भारत बेचारा दुर्भाग्य ग्रस्त हुआ और महन्तजी स्वयं अपने मन से ही टूटने लगे, तब से यह दुष्ट उनके प्रभाव को छिन्न-भिन्न करने में लगा है, बूढ़े के दुर्भाग्य ने विकृत भारत में नागहत्या और शिशुहत्या करा दी तो इसके षड्यंत्रों को उजागर होकर धर्म के उजले चोले में भटकने का अवसर मिल गया।" सरजू मैया का प्राणवेग उनके मन, वचन और काया में एक साथ प्रवहमान होता है। इस आयु में भी उनके मुख के बत्तीस दाँतों, आँखों और कानों की शक्ति में कोई कमी नहीं आयी। वे तनकर झपाटे के साथ चलती हैं। सरजू मैया की बातें सुनते हुए सोमाहुति उनके व्यक्तित्व की विशेषता और सतेजता का ध्यान भी कर रहे थे। यह भी उनकी समझ में आ रहा था कि सरजू मैया और योगिराज में तीव्रतर पारस्परिक विरोध है। प्रश्नों के सहारे उन्होंने मैया से बहुत-कुछ जान लिया।

नागेश्वर के दादा गुरु हरसू ब्रह्म काशी के परम प्रतापी पूर्णभद्र यक्ष के पुत्र थे। हिंसाशील क्रूर और अन्यायी यक्षों के स्वभाव के विपरीत वह परम तपस्वी और महान् शिवभक्त थे। कुपित होकर उनके पिता ने उन्हें त्याग दिया था। हरसू अथवा हरिकेश के आस-पास के क्षेत्रों की दबी-कुचली हीन नाग और दैत (दैत्य) जाति के लोगों को शक्ति और भक्ति की विभूतियाँ प्रदान करके प्रचण्ड बना दिया। शकों को नीचा दिखलाने वाले आन्ध्र के प्रतापी शकारि सातवाहन महाराज को इन नव ज्योतिधारी वीरों ने बड़ी सहायता दी थी। दलित भरों के कन्धों पर शिव का भार रखकर उन्होंने महान् उत्तरदायित्वशाली

प्रचण्ड शक्ति बना दिया। हरसू ब्रह्म की योजनानुसार काशी के समस्त यक्ष, देवता, त्र्यक्ष, दण्डपाणि, उद्भ्रम, संभ्रम, नंदी, चण्डघण्ट, घण्टाकर्ण आदि भगवान् शिव के पार्षद बना दिये गए। नागेश्वर के गुरुजी मूलतः दक्षिण के निवासी शिवनंबी ब्राह्मण थे। उन्होंने अयोध्या को अपना केन्द्र बनाया और उन्होंने ही शिव और राम की अनन्यता पर विशेष बल देकर कोसल, काशी के अनेक नाम जपव्रतधारी कुलीन विरक्त साधुओं का आशीर्वाद भी अपने संगठन के लिए प्राप्त कर लिया। काशी, कोसल और कोशांबी में अत्याचारी कुषाणों से निरन्तर मोर्चा लेने तथा अन्त में मघ राजाओं के सहायक बनकर उन्हें इस क्षेत्र से खदेड़ने में उन्होंने विशेष सफलता प्राप्त की। वे बौद्धों, ऋषभ्-पार्श्वनाथियों और इन्द्र पूजकों के कट्टर शत्रु थे। उन्हीं के जीवन काल में भारशिवों का राजवैभव बढ़ा। उन्होंने भृगु, पुलह, क्रतु, अंगिरा, मरीचि, दक्ष, अत्रि और वशिष्ठ अर्थात् ९ आदि ब्राह्मण कुलों के वंशजों को पूर्वीय क्षेत्रों में निस्तेज करना आरंभ कर दिया। असुरों, नाग, गन्धर्वों, दैत्यों, विद्याधरों, द्रविड़ों आदि दबाई गई जातियों के ब्राह्मणों को ऊँची स्थिति मिली। उन्होंने वेद को तो मान्यता दी, किन्तु इन्द्र तथा उसके सहायकों की वन्दनाओं को बहिष्कृत कर दिया। नागेश्वर अपने गुरु की नीतियों का अधिक उग्रता से पालन कर रहे थे। ऋग्वेद की यह ऋचा उसका मंत्र थी : "यथा दासान्यार्याणि वृत्रा करो वाजिन्सुतुका नाहुषाणि।"—आर्य और दास दोनों ही के प्रति घृणा प्रज्वलित कर, नहुष के अस्त्रों को विजय दें।

आजन्म ब्रह्मचारिणी, तपस्विनी और सुपंडिता सरयू वाशिष्ठी इसी अन्याय के विरुद्ध संघर्ष कर रही थीं। नागेश्वर के गुरु महाराज ने वशिष्ठ आश्रम को मिलनेवाली आर्थिक आय के, अपनी जानकारी में सारे मुहाने बन्द कर दिये थे, पर इससे आश्रम पर पिछले बीस बरसों में तनिक-सी भी आँच न आ पाई। अयोध्यावासियों के लिए वशिष्ठ कुल अति पूज्य था। उस गुरुगद्दी की वर्तमान उत्तराधिकारिणी सरयू लोक-मानस में इसी नाम की पावन नदी का साक्षात् अवतार थीं। उनकी करुणा, गुप्त दान, उनकी अशरण-शरणशीलता आदि विशेषताएँ लोक किम्वदंतियों की विषयवस्तु बन चुकी थीं। अपरोक्ष रूप से उन्हें हानि पहुँचाने के हर संभव प्रयत्न करते हुए भी नागेश्वर अथवा उनके गुरु कभी प्रत्यक्ष रूप से उन्हें अपमानित या दण्डित करने का साहस नहीं कर सके। और सरजू मैया जब किसी बात पर उबल पड़ती हैं, तो जी चाहने पर भी सीधे नागेश्वर की कुटी के सामने खड़े होकर उन्हें खरी-खोटी सुना आती हैं।

सरजू मैया की जोश भरी धाराप्रवाह बातों में सोमाहुति को बहुत प्रकाश मिला। मन में अनेक प्रश्न भी उमगते चले। यह कहती हैं कि ब्रह्मा के नौ मानस पुत्रों की सन्तानों का प्रभुत्व नागेश्वर ने समाप्त कर दिया है, परन्तु शौनक तो अब भी नैमिषारण्य के कुलपति हैं, नागेश्वर ने भार्गव सोमाहुति के प्रति उपयुक्त शिष्टाचार दिखलाने में कोई कमी नहीं रखी। नागेश्वर से वे अभी-अभी मिलकर आ रहे हैं। उनका जड़ हठवादी पक्ष तो सोमाहुति के सामने है ही, साथ ही उनके विद्रोह में सत्य की लपटें भी दिखलाई देती हैं। . . . सरजू मैया से इस समय नागेश्वर योगिराज की कठिन लड़ाई बँधी दिखाई पड़ती है। जटाधर की चेतावनी ध्यान में आई। भार्गव बहुत देर से चुप भी बैठे हुए थे, इसलिए मैया के वाकप्रवाह को नया गति देने के लिए बोले : "योगिराज के पार्षद औपमन्यव जटाधर ने

आपको सविनय प्रणाम कहा है और यह प्रार्थना भी की है कि श्रीरामकोट में आप कल अधिक देर न ठहरें।"

"उसका गुरु मेरा बिगाड़ ही क्या सकता है? उस अस्पृश्य ब्राह्मण में इतना तपोबल कहाँ कि वशिष्ठी सरयू को एक तिनके से भी छू सके। भला है जटाधर, पर दुःख इस बात का है कि उसके समान श्रेष्ठ ब्राह्मण बालक भी ऐसे विगत ब्राह्मण की सेवा करते हैं।"

"मैया, मेरी जिज्ञासा शान्त करें। क्या योगिराज—"

"वह शिव द्विज है। दक्षिण के अम्बलवासी, तंत्री, भरत भट्टारक, अग्रिम और श्लाघ्यवक्कु आदि शिव के पुजारी होने के कारण कृत युग से ही श्रेष्ठ ब्राह्मणों के द्वारा त्याज्य रहे हैं।"

"क्षमा करें अम्ब, विष्णुपूजक ब्राह्मण भी पूर्वजों के द्वारा एक समय में अप्रतिष्ठित थे।"

"अब भी हैं। केवल वे यज्ञाचारी ब्राह्मण ही श्रेष्ठ हैं, जो वैदिक देवत्वों का स्तवन करते हैं।"

यज्ञाचारी भार्गव के भक्त मानस को झटका लगा, वह विनम्र होकर बोले : "किन्तु अम्ब, आपके इष्टदेव भगवान् श्रीराम और मेरे भगवान् वासुदेव भी विष्णु के ही अवतार हैं।"

"रघुपति श्रीरामचंद्र हमारे यजमान कुल के मुकुटमणि के समान थे। वे नरोत्तम थे। वे हमारे कुल के शिष्य भी थे। उनके प्रति हमारे मन में महत् भाव है. . . किन्तु भार्गव, तुम्हीं कहो अर्यमा, भग, नाराशंस, धाता, अग्नि, वरुण आदि की वन्दना करने वाले देवता मित्रावरुण के वंशज भला किसी मानव को अपना इष्टदेव मानेंगे? वेद में किसी वशिष्ट के द्वारा तुमने राम का स्तवन किये जाते हुए सुना है? श्रीराम के प्रति हमारी भक्ति जनपदिन है। वे इस कोसल जनपद के स्वामी, इक्ष्वाकु, विकुक्षि, मान्धाता, विश्वसह, दिलीप, रघु आदि श्रेष्ठ क्षत्रियों के दिव्य कुल के रत्न थे। उनके प्रति भक्ति रखना हमारा राष्ट्रीय धर्म है।. . . पर देख रे भार्गवी के जाये, तू चट से समझ जाएगा मेरी बात, वह दुराग्रही नागेश्वर नहीं समझ सका—अरे, मैं पुरोहित कुल की हूँ। इक्ष्वाकु वंश के जन चाहे कर्म से क्षत्रिय हों या वैश्यवृत्तिशील, सनातन काल से मेरे यजमान हैं। माया-मोह स्वरूपोऽसौ शुद्धोदन सुत साक्य मुनि भी इक्ष्वाकु थे। महाराज इक्ष्वाकु के पूर्वज महान् द्वादश आदित्यों के महान् मातामह कुल में जन्मे स्वायंभुव मनु के प्रपौत्र, महाराज नाभि के यशस्वी, महामति, जितेन्द्रिय, आत्मज्ञानी, निःसंग, नग्न त्रिगुणविरहित परमहंसपुत्र ऋषभदेव, उनके पुत्र भरत और पौत्र सुमति के लिए भी मेरे मन में जनपदिन् भक्ति अनिवार्य रूप से है। मैं इनमें से एक भी धर्मसंस्थापक पूज्य पुरुष का अपमान कदापि नहीं सह सकती, भले ही इनसे मेरा मत विरोध हो। मैं इस हीनतपा शिवद्विज के मिथ्या दंभ को मिट्टी में मिला दूँगी।"

ये बूढ़ा माई तो गजब की बोलक्कड़ हैं। अपने आगे इन्होंने कभी किसी को ठहरने नहीं दिया होगा। अपनी युक्तियों को ऐसे भोले पक्षपात से सजाती हैं कि सामनेवाला भी धोखे में आ जाए। इन्हें अपने ब्राह्मणत्व का इतना अभिमान है कि रामादि श्रेष्ठ क्षत्रियों को भगवान् का अवतार मानकर झुक नहीं सकतीं। शिव और विष्णु की तो बात ही न्यारी है,

यक्ष, भूत, पिशाच, नदी, वृक्षादि की पूजा को भी यह कतिपय परम श्रेष्ठ यज्ञाचारी ब्राह्मणवंश के लोग अपने तेज-तप से रोक न सके, सत्ता भी अब इनके हाथ से प्रायः छिन चुकी है, इनकी आत्मा भी अब ऊपर-नीचे के दो खण्डों में बँटकर बोलने लगी है और तब भी यह लोग अपनी रूढ़ संकीर्णता को नहीं पहचान पाते।. . . फिर भी हमारी ये बोलक्कड़ और परम कूटनीतिज्ञ सरजू मैया योगिराज नागेश्वर से कहीं अधिक उदार हैं। इन्हें मीठे वचनों से प्रसन्न करना उचित होगा।—यह नीति विचारकर सोमाहुति ने कहा : "अपने यजमानों का इतना भला चाहनेवाले ब्राह्मणों के दर्शन अब भाग्य ही से होते हैं मैया। आपकी बातों से मैं अपनी वैचारिक गति विधि के लिए उचित स्फूर्ति पा रहा हूँ।"

सरजू मैया सन्तुष्ट हुईं। धीमे गूढ़ स्वर में कहा : "जटाधर ने जो संकेत दिया है, वह मैं समझ गई। मुझे रामकोट में अटका कर यह बस्ती में कोई उपद्रव करेगा।"

"आपकी बात से मेरा मन और भी ऊँची आशंका में फँस रहा है मैया।"

"वह मेरी हत्या कराएगा? रामकोट में?" मैया आश्चर्य और उत्तेजना से उचक पड़ीं।

"पशु में विवेक नहीं होता मैया।"

"ऋषिपुत्र, तू खरा उपकारी है। जटाधर भी श्रेष्ठ ब्राह्मण है। तुम दोनों मेरे लिए इस समय दो आँखें बन गए।. . . भला, भला, भला!" शब्द बड़बड़ाते हुए वे गहरी चिन्ता में डूब गईं।

भार्गव अब विश्राम करना चाहते थे, किन्तु मैया ध्यानमग्न थीं। अनुमति के लिए प्रतीक्षा करते हुए अचानक प्रश्न उठा, इन्होंने प्रज्ञा देवी को स्वार्थवश शरण दी या प्रेमवश? प्रज्ञा देवी जिस प्रकार इनसे भेंटीं, उससे तो लगता है कि उनके प्रति इनका प्रेम भाव है। यह भारत को यहाँ बुला रही हैं। इनका यह कार्य कोरा नीतिवश होगा या उसमें भारत की सुरक्षा की भावना है?

सहसा मैया बोलीं : "ऋषिपुत्र, मेरे प्रति एक उपकार करोगे?"

"आज्ञा दें। सेवक हूँ।"

"मेरी प्राणरक्षा के निमित्त क्या कल प्रातःकाल काशी जा सकोगे?"

"आपकी प्राणरक्षा के लिए अपने प्राण तक सहर्ष उत्सर्ग कर सकूँगा।"

"आयुष्मन्, तुम्हारे प्राणों का मोह मुझे अपने प्राणों से कहीं अधिक है। अपनी सुरक्षा तो केवल उस क्षण तक के लिए ही चाहती हूँ जब तक इस नागेश्वर के विषदंत नहीं तोड़ पाती। अस्तु, काशी के महाश्रेष्ठी धनक की कोठी पर जाकर कहना कि धरती मैया ने चन्दू सेठ के लिए सन्देश भेजा है।"

"मुझे किसी विशिष्ट पुरुष से मिलना है?"

"मेरे यजमान मगध के महाराज श्रीगुप्तनंदन घटोत्कच के प्रतापी पुत्र तथा स्व० कण्याण वर्मन के दत्तक पुत्र चंद्र काशी निगम के महाश्रेष्ठी धनक के यहाँ इस समय छद्म रूप से रह रहे हैं। मेधावी और परम तेजस्वी युवक हैं। उन्हें तुम चाणक्य और मौर्यचन्द्र का सम्मिलित अंशावतार ही समझो।" अपने यजमान के कुलदीपक की प्रशंसा करते हुए सरजू मैया का मुखमंडल गर्व की आभा से चमक उठा।

भार्गव ने पूछा : "क्या यह सज्जन ऐक्ष्वाकु हैं ?"

प्रश्न सुनकर मैया एक क्षण के लिए ठिठकीं, फिर समझाने की शैली में कहा : "इन्द्र ने जब भरत गोत्रीय क्षत्रियों को परास्त करके उनके कुलों को छिन्न-भिन्न होने पर बाध्य किया तो वे यत्र-तत्र अनेक क्षत्रिय कुलों में भटक कर खो गए। अनेक वैश्यवृत्तिप्रधान हो गए। चंद्रगुप्त धारण गोत्रीय कारस्कर है; परन्तु मैंने चन्द्र और उसके पिता में श्रेष्ठ आर्यत्व और ऐक्ष्वाकत्व के लक्षण पाये हैं। मैंने इसकी जन्म-कुण्डली देखी है। मैंने वैशाली के लिच्छवियों से इसका विवाह सम्बन्ध पक्का कराया है। इस आपद्काल में वैशाली के लिच्छवि, यह चंद्र और इसके पिता ही पिछले बीस वर्षों से मेरे आश्रम की आर्थिक सहायता करते रहे हैं। नागेश्वर अपना फन पटक-पटककर थक गया, पर आज तक जान नहीं पाया कि मेरे पास धन कहाँ से आता है। ऐसे चतुर और श्रेष्ठ उपकारी से मिलकर तुम स्वयं कह उठोगे ऋषिपुत्र कि आर्यावर्त का भविष्य उज्ज्वल है।"

"उन्हें क्या सन्देश देना होगा मैया ?"

"चन्द्र राजा से मेरे आशीर्वचन कहकर कहना, काशी में अब उनके प्रकट होने का समय आ गया है। यह भी कहना कि धूर्त नागेश्वर ने श्रीराम की जन्मभूमि में निरीह इक्ष्वाकुओं का रक्त बहाने की घृणित योजना बनाई है। श्रीरामकोट के दिये चुराने का आरोप लगाकर वह बौद्ध विहारों को ध्वस्त करेगा और उसका प्रतिरोध करनेवाली इक्ष्वाकु प्रजा का भी नाश करेगा।" कहकर सरजू मैया अपने आसन से उठीं।

सोमाहुति भी तुरंत खड़े,हो गए, कहा : "काशी से फिर मैं अपने आश्रम—"

"नहीं। तुम्हें चन्द्र के साथ एक बार मुझसे मिलने आना ही होगा। उनसे यह भी कह देना कि काशी कोसल के विजेता बनते ही अगली पूर्णिमा को लिच्छवी लोग काशी में उसके राजतिलक के अवसर पर तिलक लेकर आयेंगे।"

"ऋषिवर नारदजी अपनी स्वर्गयात्रा से लौटकर मेरे आश्रम में पहुँच चुके होंगे। मेरी माता भी मेरे लौटने की बाट जोह रही होंगी।"

"यहाँ भी माता ही तेरी बाट जोहेगी। चंद्र राजा के साथ तेरा यहाँ लौटकर आना आवश्यक है बेटा! अभी तूने अवधपति श्रीरामचंद्र के दर्शन नहीं किये हैं। चंद्र राजा की उपस्थिति में श्रीमद्वाल्मीकि ऋषि के वंशज को भी तेरे साथ ही श्रीराम के दर्शन कराऊँगी। डुम्ब होने के कारण नीच नागेश्वर ने उनका अयोध्या में प्रवेश तक वर्जित कर रखा है। अरे मैं इसके विषदंत तोड़कर ही रहूँगी। तू यहाँ आएगा, भला मैं तेरे लिए शीघ्रगामी रथ अथवा उत्तमोत्तम अश्व की व्यवस्था, जैसा तू चाहेगा कर दूँगी। घबरा मत।"

भार्गव फिर कुछ न कह सके। अपने विश्राम कक्ष में भी उनके मन में सरयू मैया के व्यक्तित्व को लेकर ही विचार चलता रहा। एक ओर वे कितनी उदार हैं और दूसरी ओर उतनी ही कठोर भी। उनका ब्राह्मणत्व एक जगह तो इतना श्रेष्ठ हो जाता है कि क्षत्रिय रामचंद्र को पूर्ण ब्रह्म नहीं मान पाता, दे उन्हें जनपदिन भक्ति ही दे पाती हैं। किंतु दूसरी ओर से बौद्धों, श्रावकों को ही नहीं, डुम्ब आदि-कवि के वंशज को भी सम्मान दिलाने के लिए परम उत्सुक हैं। दाक्षिणात्य शिवद्विज नागेश्वर से घृणा है और प्रजा तथा उसके प्रति के प्रति प्रेम। मुझे भी अपने टोने से बाँध लिया है बूढ़ामाई ने। नारद इज्या दोनों की यादें

सोमाहुति को अपने घर पहुँचने के लिए उतावला बना रही थीं। नारद अब निश्चित रूप से मेरे यहाँ रेणुका में पहुँच चुके होंगे। इज्या भी मेरी बाट ही देख रही होगी। बड़ी विकट है मेरी वह काश्यपी भी। मेरे एक वाक्य को पकड़कर उसने उसे स्वयं ही कसौटी बना दिया।. . . अरे, अब पूरा ही होता है वह स्वप्न, जिसे साकार करने के आग्रह में मेरे जन्मजात संस्कारों के आग्रह भी इतने अवश्य दब गये कि जिनसे मैं स्वयं अपने ही आगे लज्जित हो जाऊँ।

भार्गव का मन स्वयं अपने ही इस 'अपराध' को लेकर पानी-पानी होने लगा। करवट कभी इधर कभी उधर पर चैन नहीं। मन अपने से भागा तो वशिष्ठों को अपने ध्यान लोक में घसीट लाया। अपना न्याय-परशु तौलते हुए भार्गव उनके इतिहास की चीरफाड़ करने लगे। मेरी इज्या के श्रीराम को वे निश्छल प्रेमयुक्त ब्राह्मण स्तवक न मिले, जो मेरे वासुदेव को सहज सुलभ हुए। भगवान् आदिव्यास श्रीकृष्ण द्वैपायन देव ने वासुदेव के रूप में ज्ञान, कर्म एवं उपासना के त्रिमार्ग का एक ऐसा सुन्दर साकार समन्वय प्रस्तुत कर दिया कि वे जन-जन के लिये सहज आदर्श बन गये। श्री वासुदेव जितने मेरे निकट हैं या श्रीराम इज्जा के जितने निकट हैं, क्या वे हमारी इन वशिष्ठ कन्या सरयू मैया के लिए भी उतने ही आत्म-संबंधी हैं?—ना। अर्यमा, भग, नाराशंस, धाता, अग्नि, वरुण, आदि की वन्दना करने वाले, देवता मित्रावरुण के वंशज भला किसी मानव को अपना इष्टदेव मानेंगे? वेद में किसी वशिष्ठ के द्वारा उनका स्तवन किये जाते हुए देखा है ? श्रीराम के प्रति हमारी भक्ति जनपदिन है। वाह री वाशिष्ठी की 'कूटनीतिक' भक्ति। मन से एक विद्रूप भरी हँसी की फुरफुरी छूटी। उस समय उन्हें अपना भार्गव कुल वशिष्ठ कुल से बड़ा लगने लगा। जिस कुल के आदिपुरुष के जन्म को लेकर ही शंकाएँ हों, उसके सम्बन्ध में भला और क्या सोचना, वशिष्ठ ब्रह्मा के मानसपुत्र भी हैं और उर्वशी-पुत्र भी हैं। वे त्रित्सु वंशोद्भव भी हैं और अग्नि से भी जन्मते हैं तथा मैत्रावरुण से भी अपना नाता जोड़ते हैं। वाह रे, इनके आदि पुरुष के जन्म का गोलमाल। जिस व्यक्ति को अथवा उसके वंशजों को अपने मूलस्रोत के सम्बन्ध में ऐसी शंकाएँ हों, उसका संकीर्ण स्वार्थी और मेधावी होने पर परम कूटनीतिज्ञ होना स्वाभाविक ही है।—अपने वशिष्ठ चिन्तन से भार्गव सोमाहुति को एक ईर्ष्याजन्य सन्तोष का नशा चढ़ रहा था। इस समय परछिद्रान्वेषण की वृत्ति से ही उनका स्नायुचक्र विश्राम पा रहा था। वशिष्ठों और विश्वामित्रों के झगड़े ध्यान में आने लगे। आज ही योगिराज नागेश्वर ने वशिष्ठों के संबंध में जो कुछ कहा था वह कटु होने पर भी सत्य था। ये अपने यजमानों के भी कभी सच्चे न रहे। इक्ष्वाकुवंश के युवराज त्रय्यारुणि विद्यावान् भी थे और प्रभावशाली भी। उनमें यदि कोई दोष था तो केवल इतना ही कि स्त्रियों के सम्बन्ध में तनिक कच्चे थे। नौजवानी की झोंक में किसी ब्राह्मणी का बलात् सुख भोग लिया, पीछे पश्चात्ताप कर लिया तो भी उसे जाति और कुल से निकलवाकर चांडालों में बसने के लिए बाध्य करना क्या उचित था? वशिष्ठ यदि चाहते तो उसका अपराध उसके धर्मात्मा पिता से क्षमा भी करवा सकते थे, पर नहीं। वशिष्ठ को तो अपने यजमान कुल का बण्टाधार करने में ही सदा सुख मिला है। बूढ़ा राजा बेचारा दुख से टूटा; राजनीतिक शक्ति के रूप में परम तेजस्वी त्रय्यारुणि चाण्डाल होकर, वन में गया और वशिष्ठ राज्य के संरक्षक बनकर बिना मुकुट के महाराज बन गये। वाह रे वशिष्ठ! बेचारे कल्माषपाद को जात बाहर करके राक्षस धर्मी बना दिया और कल्माषपाद बेचारे निर्दोष थे।

उन्होंने जब वशिष्ठ के शाप पर प्रतिशाप देना चाहा, तो उनकी रानी मदयन्ती ने उन्हें शाप देने से रोक दिया। तब श्रेष्ठ क्षमाशील कौन माना जाये? कल्माषपाद या वशिष्ठ? हम क्यों न मानें कि कूटनीतिज्ञ वशिष्ठ ने अपने यजमान के राज्य तथा उसकी रानी को हथियाने के लिए यह शाप का दुश्चक्र रचाया था। जातिच्युत राक्षस हो जाने के कारण बेचारा धर्मनिष्ठ कल्माषपाद स्वयं अपनी पत्नी में अपनी सन्तान उत्पन्न करने का भी अधिकारी नहीं रह गया था। पुरोहित वशिष्ठ उसकी रानी में संतान उत्पन्न करते हैं। ऐसे वशिष्ठों की कुल परंपरा में श्रीरामकालीन वशिष्ठ भला अपने उन ब्रह्मस्वरूप यजमान के प्रति न्याय कर ही कैसे सकते थे।... और तुम अपने पिता के प्रति कितना न्याय कर रहे हो सोमाहुति? नारद की प्रतीक्षा करते-करते सहसा नैमिषारण्य की यात्रा क्यों की? तुम्हारी इस इच्छा के मूल में अपना कर्मयज्ञ करने की प्रेरणा थी या इज्या का शीघ्रातिशीघ्र वरण करने की लालसा।—सोमाहुति का मन बहानों में इधर-उधर भटक कर फिर अपने से जुड़ गया; लज्जा अनुभव हुई। चैतन्य में मन ने अपने-आपको बकवास भरी चिन्ताओं से मुक्त किया। 'दूसरों का छिन्द्रान्वेषण छोड़कर अपने को देखो सोमाहुति, कर्म को भजो और इस समय सो जाओ। सबेरे काशी जाना है।' परन्तु काशी जाने की बात के साथ ही साथ इच्छा हुई कि सबेरे स्थान छोड़ने से पहले उस घाट पर सरयू स्नान किया जाये, जहाँ श्रीराम ने जल समाधि ली थी।

अपने इष्ट, इज्या के इष्ट धनुर्धारी, मुरलीधर वासुदेव-श्रीराम के मनोबिम्बों को एक रूप, एक भाव में देखने का प्रयत्न करते-करते भार्गव क्रमशः नींद के लोक में चले गये।

●

९

●

●

रात का तीसरा पहर था। वशिष्ठ आश्रम की चहल-पहल से भार्गव की नींद उचट गई। भवन के निचले खण्ड में उसके मुख्य द्वार से लगा हुआ ही वह कक्ष था, जिसमें भार्गव सो रहे थे। मशालों के साथ कुछ लोगों की आवा-जाही से चौकन्ने होकर सोमाहुति कक्ष के द्वार पर खड़े हो गए। चार दासियाँ अन्दर चली गईं, फिर तीन आदमी पालथी मारे और हाथ सिर पर बाँधे, लेटे हुए एक व्यक्ति को अपने हाथों में उठाए हुए मुख्य द्वार में प्रविष्ट हुए। मशाल के प्रकाश में भार्गव ने देखा कि अरे, यह तो भारत है। उसके इतनी शीघ्रतापूर्वक पहुँच जाने से वे आश्चर्यचकित रह गए। अनायास ही कह उठे "अहो, भारतजी?"

"अरे आप?" फटाफट पालथी खुली और पैरों तथा हाथों ने झटके लिये जिससे कि सँभालनेवालों के हाथ लड़खड़ा गए। भारत चंद्रजी जसतस उठकर खड़े हो गए। लगभग अठारह घण्टों तक पालथीवत् बँधे हुए पैर अभी खड़े होने लायक शक्ति नहीं पा सके थे।

वे बोले : "पूरे छह प्रहरों से इसी आसन पर मैंने अपना हठयोग साधा है ऋषिवर! ससुराल-वालों के हठात् बुलाने पर मुझे भी अपना हठ प्रदर्शन करना ही चाहिए, है न ऋषिवर।"

सोमाहुति उनकी बातों को सुनने से अधिक सरजू मैया की संगठन और कार्यशक्ति पर आश्चर्य कर रहे थे। कितनी शीघ्रता से उन्होंने भारत को यहाँ बुला लिया। वे बोले : "मैंने कल्पना तक न की थी कि आपको इतने कम समय में ही यहाँ देख पाऊँगा।"

"अरे, मैं तो अपना विमान निर्मित करके इससे भी कम समय में आ सकता था ऋषिवर। इन्होंने मुझे पहले यह बतलाया ही न था कि चचिया ससुर को चूना लगाने के लिए अयोध्या चलना है।"

"अच्छा, अब पधारिए, विश्राम कीजिए चलकर।" भारतचन्द्र को उठाकर यहाँ तक लानेवाले आश्रमवासियों में से एक ने कहा।

भारतचन्द्र तेवर चढ़ाकर संस्कृत में बोले : "रे मूढ़, जीव और ब्रह्म के बीच में तू क्यों अहंकार-सा अड़ता है? इस समय मैं अपने गुरुजी के पास हूँ। श्रीगुरुचरणकमलेभ्यो नमः। मेरे श्री गुरुजी के सामने ये नागेश्वर और बुढ़िया वाशिष्ठी ही क्या, स्वयं राजा रामचन्द्र भी नहीं बोल सकते। वो सब ससुर हैं और मैं जामाता हूँ और ये मेरे भी मान्य हैं। जा भाग।"

भारत की खोखली अकड़ देखकर भार्गव हँस पड़े, आश्रमवासी से कहा : "यह चन्द्र ज्योति मेरे ही कक्ष में रख जाओ। भारतजी थोड़ी देर मेरा ज्ञानवर्द्धन करेंगे, ये महापंडित हैं। इन्होंने देश-देशान्तरों का भ्रमण करके भगवती भारती की महिमा को चतुर्दिक् फैलाया है। आइए भारतजी।"

सोमाहुति द्वारा की गई अपनी प्रशंसा से भारत कुछ-कुछ फूल उठे। भार्गव उनकी बाँह थामकर कक्ष की ओर चले। उनके सुस्थिर होकर बैठने पर सोमाहुति ने पूछा : "रास्ते में कहीं आपकी गाड़ी रोकी नहीं गई? किसी ने टोका नहीं!"

"बात ये है महात्मन् कि ये जो मेरी ददिया सास है न, आप तो जानते ही हैं, श्रेष्ठ ब्राह्मणी है। और ब्राह्मण जितना श्रेष्ठ होता है, उतना ही कुटिल होता है। फिर उनकी ब्राह्मणियाँ—अरे महाराज, हमारे भगवान् शेष नाग की दो हजार जिह्वाओं को एक ब्राह्मणी अपनी एकमात्र जिह्वा की शक्ति से बाँध देती है।"

भारत की बकवास से भार्गव का मनोरंजन तो हुआ, किन्तु वे इस समय जिज्ञासु थे। थोड़ी देर में उन्हें चला जाना होगा और उससे पहले ही वे सब-कुछ जान लेना चाहते थे। उन्होंने कहा : "मेरी एक जिज्ञासा है।"

"मेरी तो लाखों हैं ऋषिवर! जब से मेरे बँटे हुए सूत्र बिखरे हैं, तब से मेरी जिज्ञासाएँ अनन्त हो गई हैं। बड़ा दुखी कर रक्खा है उन्होंने मुझे, आपसे सत्य कहता हूँ ऋषिवर! अपना यह अनबूझा जीवन मुझसे जिया नहीं जाता।" कहते हुए भारत की आँखें और गला भर आया। पागल की अन्तर्वेदना भारत के इस वाक्य में ऐसी मुखरित हुई कि सोमाहुति भीतर ही भीतर हिल उठे। उनकी इच्छा हुई कि रोते हुए भारत को अपने आलिंगन में बाँधकर उन्हें सान्त्वना दें, पर तुरन्त ही विचार आया कि इस रूप में उनसे सहानुभूति पाकर भारत के आँसू कहीं बाढ़ का रूप न धारण कर लें। सोचकर कहा : "भारतजी, आप विज्ञ हैं,

सुपंडित हैं अतः आपको पहले यह बतलाना चाहिए कि आप महन्तजी की आज्ञा से यहाँ आए हैं ?"

"अरे, उसी बुड्ढे खूसट ने ही तो पंचबाणों से बिंधवाकर मुझे यहाँ भेजा है। रस्ते भर मेरे हृदय में कामना के कोयले दहके। हाय, मैं अभागा उन्हें ताप भी न पाया। सारे मार्ग में ठिठुरता ही चला आया। क्या कहूँ महात्मन्, मैं इस समय बड़ा ही दुखी हूँ।"

इस पहेली को सुलझाने के लिए भार्गव ने फिर नया प्रश्न किया : "आप रथ पर आये हैं या बन्द गाड़ी में ?"

"बन्द, बन्द महाराज, बिलकुल बन्द। सालियों ने मुझे स्त्री घोषित किया। मार्ग में जहाँ-जहाँ पहरुए टोकें, वहीं सालियाँ कहें कि सतरिख की चम्पा सेठानी रुग्णा हो गई हैं और उपचार के लिए मणिराम वैद्य के पास लिये जा रहे हैं।"

सोमाहुति बोले : "अच्छा, जब मार्ग में पहरुए टोकते थे तब आपने उनसे ये क्यों न कह दिया कि आपकी सालियाँ झूठ बोलती हैं।"

"अरे महाराज, इन सालियों से वे साले और भी विकट थे। यह तो मेरी कामनाओं को ही दग्ध करती थीं, किन्तु वे पा जाते तो साले जीते-जी ही मेरी काया को चिता पर चढ़ाकर दग्ध कर डालते।"

भार्गव हँसे, कहा : "जब इतने भले बुरे की पहचान आपको है तो अभी रो क्यों रहे थे भाई ?"

"रोऊँगा नहीं महाराज, पाँच-पाँच सुन्दरी कामिनियाँ और वह भी कौन ? (निःश्वास) सप्तऋषि नगरी की काम कन्दलाएँ। वे ऐसी प्रवीणा होती हैं महाराज कि श्रृंगी ऋषि को चूना लगाकर दशरथ के पुत्रेष्टि यज्ञ में यही ले गई थीं। आपसे सत्य कहता हूँ ऋषिवर, रस्ते भर श्रेष्ठ कापिशायिनी सुरा पिला-पिलाकर यह मुझे मतवाला बनाती चली आईं। मेरी असमर्थता मुझे मार्ग भर मन ही मन रुलाती चली आई। सालियों के सम्मुख योग का ढोंग साधना पड़ा। हाय रे भारत तेरा दुर्भाग्य, जब सत्य का सुदृढ़ सहारा था तब असत्य की चाहना करता था। और अब जब यह जीवन ही असत्य हो चुका है तब सत्य चाहता है। न मिलने पर उसका ढोंग करता है। मैं बहुत दुखी हूँ आर्य।" भारत फूट-फूटकर रो पड़े। उसी समय द्वार पर प्रज्ञा आयीं। भार्गव उसे देखकर सँभल गए, कहा : "पधारें देवि, आपके पति लम्बी और शीघ्रगामी यात्रा से तनिक शिथिल हो गए हैं और कोई बात नहीं।"

रोते हुए ही भारत बोले : "शिथिल ! अरे, मेरी तो नस-नस बोल गई है, हड्डी-पसली का चूरा-चूरा हो गया है । ढाई-ढाई कोस पर घोड़े बदलवाए हैं महाराज । वे ऐसे दौड़ते थे मानों इन्द्र के उच्चैश्रवा की जारज सन्तानें हों। ये प्रज्ञा मुझे बहुत नचाती है महाराज। इसे यहाँ से चले जाने को कहिए।"

"प्रज्ञा के बिना कहीं गति है भारतजी ?"

"ना-ना-ना, मुझे इससे भय लगता है।"

प्रज्ञा मूर्तिवत् खड़ी रही। भारत उसकी ओर उँगली उठाकर भयभीत दृष्टि से देखते हुए कह रहे थे : "यह मेरे लिए सुमेरु के समान है । कभी यह मेरे लिए प्रकाश ही प्रकाश थी—सुमेरु के दीर्घकालीन दिवस जैसी, और अब यह उतनी ही लम्बी रात हो गई है।

हिमाच्छादित दुर्लंघ्य सुमेरु में इस अनवरत रात की यात्रा से लुढ़कते, चोटें खाते, लहू-लुहान होते-होते अब मैं थक गया हूँ। यह हिम मुझे गलाती भी तो नहीं ।"

"मैं आपके सामने प्रतिज्ञा करती हूँ महात्मन् यह जो चाहेंगे वही मैं करूँगी। कृपया इन्हें शान्त हो जाने को कहें।"

"मैं पूर्ण शान्त, पूर्ण काम, पूर्णमदः पूर्णमिदम् पूर्णात्पूर्ण . . ."

"कोई पुरुष अपने अर्धांग के बिना पूर्ण नहीं होता।" सोमाहुति ने किंचित् डपटकर कहा।

"आप पूर्ण हैं।"

"हाँ वाग्दत्त हूँ, शीघ्र ही मेरा विवाह होनेवाला है।"

"तो मैं भी अपना विवाह करूँगा।"

"पर आपका विवाह तो हो चुका।"

"पिछले जन्म में हुआ था, इस जन्म में अभी होना है।"

"पर अभी आपका जन्म ही कहाँ हुआ है भारतजी । पिछली काया त्यागने के बाद आपका जीव अभी कीट, पतंगों, तृण, लता, गुल्मों में भटक रहा है। प्रज्ञारहित जीव भला कभी उपयुक्त काया पा सकेगा भारतजी।"

"तो क्या मैं भूत हूँ ? ठीक ही कहा आपने, मैं भूल-भूल जाता हूँ।"

"भूलने से काम न चलेगा भारतजी, सदैव स्मरण करें। अपने शिव संकल्प का स्मरण करें—ॐ कृतोस्मर, कृतं स्मर. . .।"

भारत फिर कुछ सावधान हुआ बोला : "ठीक है, मैं शिव हूँ, मैं शाश्वत हूँ। परन्तु यह मेरी सती तो दग्ध हो चुकी है। अब मेरा इसका साथ कहाँ।"

"मैं आपकी पार्वती हूँ, आपकी सती का नवजन्म।"

भार्गव बोले : "धन्य है भारतजी, प्रज्ञा देवी के समान अर्द्धांगिनी बड़े ही भाग्य से मिलती है।"

एक आश्रमवासी ब्रह्मचारी द्वार पर उपस्थित हुआ। उसे देखकर सोमाहुति ने पूछा : "क्या चाहते हो भाई ?"

"आपका लै चलै का आए हैं महाराज ।"

"क्या आप कहीं जा रहे हैं।" भारत ने चौंककर पूछा।

"हाँ, सूर्य को आमंत्रित करने जा रहा हूँ भाई। लौटकर आऊँगा।"

"तब ठीक है, सूर्य को मेरे ही कक्ष में ले आइएगा। मैंने बहुत दिनों से उजाला नहीं देखा है।"

सरयू स्नान के लिए जाते हुए सोमाहुति के मन में भारत का यह वाक्य बराबर चुभता रहा।

●

१०

●

●

वशिष्ठ आश्रम से बाहर निकलते हुए सोमाहुति ने पथ-प्रदर्शक ब्रह्मचारी सुमंगल से कहा : "आयुष्मन्, मुझे उस घाट पर ले चलो, जहाँ भगवान् श्रीरामचंद्र ने जल-समाधि लेकर अपनी लीला संवरण की थी।"

सुमंगल तनिक ठिठका। संकोच और आदर के द्वन्द्व में शब्द अटक-अटककर उसके मुख से निकले। वह बोला : "किन्तु महर्षिजी, आपके जाने की व्यवस्था तो जानकी घाट से हुई है।"

मन में रमते भाव को तनिक-सा झटका लगा। भार्गव ने पूछा : "दोनों स्थानों के बीच में अधिक अन्तर है ?"

"हाँ आर्य!"

"फिर भी तुम मुझे वहीं ले चलो। इस पवित्र भूमि को जीवनदान देनेवाले सूर्यदेव शताब्दियों से सरयू के बाहर नहीं प्रकटे। यह धरती उनके तेज के बिना मृत हो रही है। यहाँ शताब्दियों से उजाला नहीं हुआ।"

सुमंगल भार्गव की बात का अर्थ न निकाल पाया। आदेशानुसार मार्ग बदल, उन्हें दूसरी ओर ले चला। ढलती चाँदनी में उगती उषा की पूर्वाभा मिल चली थी। दूर कहीं मुर्गा बाँग दे रहा था। रात के पहरुए श्वान इस चौथे प्रहर में प्रायः सो रहे थे; कहीं-कहीं इनकी आहटों से चौंककर उनका भूँकना भी सुनाई पड़ जाता था। तेज चाल चलते हुए वे एक सूने घाट पर पहुँच गए। सुमंगल ने बतलाया कि प्रचलित किम्वदंती के अनुसार चक्रवर्ती सम्राट रघुकुल तिलक श्रीराम ने इसी स्थल पर जलसमाधि ली थी। भार्गव का मन इज्या के ध्यान में रम गया। रामकथा के प्रसंग सुनाते-सुनाते वह जब आत्मविभोर हो उठती है, तब उसका चेहरा बड़ा जाना-पहचाना होकर भी सोमाहुति के लिए नया और अलौकिक हो जाता है। भावरूपी काया स्थूल काया से असंपृक्त होकर ऐसी लगती है, मानो एक देह से दूसरी देह उमगकर उठी हो। इन छायातेज की कायाओं का निरन्तर द्वन्द्व बिन्दुओं के रूप में भार्गव के समाधिस्थ क्षणों में अब प्रकट होने लगा है। भार्गव को इज्या की वह भावस्थिति इसीलिए कुछ-कुछ ईर्ष्या भी जगा देती थी। इस नारी ने विधिवत् योग की शिक्षा ग्रहण न करके भी समाधि का वह सुफल कितनी सहजता से प्राप्त किया है। भाव की शक्ति कितनी महत् है और सोमाहुति इज्या की उसी शक्ति को इस समय अपनी शक्ति के रूप में प्रस्फुटित करने के लिए व्यग्र हो रहे थे। श्री राम का ध्यान अभी उनके मन में इज्या के बिना नहीं आता। राम उन्हें इज्या के भाव ही से मिले हैं। तेईस-चौबीस वर्ष काँगड़े के निर्जन वन में स्वभूमि से विस्थापित इज्या के पिता ने अपनी एकमात्र सन्तान को इतनी

जनपदीय भक्ति से भरा कि न देखी हुई अयोध्या, इज्या के भावलोक में एक जगह साकार होकर रमती थी और उस अयोध्या का केन्द्रबिन्दु थी श्री रामकथा— और कथा का केन्द्रबिन्दु थे श्रीसीताराम।

निर्जन नदी-तट पर पहुँचकर जल में पाँव रखने से पहले सोमाहुति ने आचमन लिया। प्रथम ध्यान वासुदेव का ही आया। फिर मन के आग्रह से वासुदेव राम बने—मन ने फिर और आग्रह किया, पर सीताराम-रूप सही न उभरा। राम वासुदेव थे, पर सीता में इज्या झलकने लगी और इज्या के वामांग में आते ही राम वासुदेव विलीन होकर जटा दाढ़ी परशु-धनुर्धारी भार्गव सोमाहुति उस स्थान पर दिखलाई दिए। अहंकार के इस उदय से भार्गव के मन में लज्जाजनित क्षोभ आया। उन्होंने मन को तुरन्त समेटा। श्रीराम को ही दूसरे आचमन में हृदयस्थ करके वे जल में पैठ गए। गहरे में पहुँचते ही डुबकी लगाके उबरने का भाव लेकर आया हुआ उनका मन लहरों में रम गया। भूल गया सारा उत्तरदायित्व, राम, वासुदेव, इज्या सब कुछ, केवल तरंग थी, केवल आनंद था। छपाछप हाथ-पैर चल रहे थे। उनके तैरने की तेजी से नौजवान ब्रह्मचारी उस समय होड़ न ले पाया। भार्गव की आनंद लहरी में मँझधार पर एक आघात आया। उस पार से किसी की तैराकी के छपाके इधर आ रहे थे। एक स्वर भी आया : “अहो भद्रजन, यदि आप द्विज हों तो कृपया मेरे स्पर्श की तरंगों से दूर रहें।”

सोमाहुति को आश्चर्य हुआ। शिलष्ट संस्कृत भाषा में बात कर रहा है और अपनी तरंग के स्पर्शों से बचने को कहता है। प्रश्न किया : “क्या आप इन तरंगों को मंत्रपूत कर रहे हैं।”

“मैं इनसे पवित्र हो रहा हूँ आर्य। किन्तु आप इस समय इनके स्पर्श से कहीं अपवित्र न हो जायँ, मैं डुम्ब हूँ।”

“आश्चर्य, महदाश्चर्य! मैंने किसी डुम्ब के इतनी सुन्दर संस्कृत बोलने की स्वप्न में भी कल्पना न की थी।”

ब्रह्मचारी सुमंगल तब तक तैरता हुआ पास आ चुका था, बोला : “महर्षि, ये वाल्मीकिजी हैं।”

“आदिकवि—”

“जी हाँ, उन्हीं के वंशज गद्दीधर।”

“अहो, मैं धन्य हुआ। ब्रह्मन्, अब आपकी जाति मुझे आपको इस सम्बोधन से रोक नहीं सकती। भला आदिकवि के वंशज को अस्पृष्य बनाने वाला नियम-विधान इस देश में कौन बना सकता है।” कहकर सोमाहुति तेजी से वाल्मीकि की ओर बढ़े। दो ऋषिपुत्र सरयू के जल में ही एक दूसरे से खड़े-खड़े तैरते हुए आलिंगनबद्ध हुए। सोमाहुति ने कहा : “ऋषिवर, आपसे भेंट कर मेरा यहाँ आना सार्थक हो गया। महदाश्चर्य, श्रीराम के अनन्य यशोगायक आदि-कवि के वंशज को अस्पृश्य माना जाए।”

“काल के हेर फेर होते ही रहते हैं महात्मन्।”

“मेरे ग्रन्थागार में प्राचीन ब्राह्मी लिपि में लिखा हुआ वह अनुपम काव्यग्रन्थ भी है, जो आपके यशस्वी पूर्वज ने रचा था; किन्तु दुर्भाग्यवश वह अधूरा है, उसके आदि और अन्त

के काण्ड हमारे पूर्वजों को न मिल पाए थे।"

वाल्मीकि बोले : "हमारे वंश में एक किम्वदंती चली आ रही है कि प्राचीनकाल में नैमिषारण्य के महात्मा रुरु ने हमारे पूर्वजों से श्रीमद्वाल्मीकीय रामायण की एक प्रतिलिपि कराई थी।"

"मैं उन्हीं भार्गव महात्मा रुरु का वंशज सोमाहुति हूँ। वे नैमिषारण्य नहीं, अपितु पुण्यतोया सरस्वती के तट पर नैमिषीय तीर्थ में रहते थे। वहीं हमारा आश्रम था।"

"ऋषिवर, आपके दर्शन करके आज मुझे जो सुख मिला है, वह अवर्णनीय है।"

सुमंगल ने याद दिलाई : "आपके चलने का समय आ गया है।"

"हाँ हाँ", सोमाहुति को जैसे यह याद दिलाना कुछ-कुछ खला, फिर वाल्मीकि से कहा : "ब्रह्मन्, कार्यवशात् कुछ दिन बाहर रहकर मैं पुनः अयोध्या आऊँगा। अब तो आपके रूप में मेरे लिए यहाँ एक प्रबल आकर्षण भी उत्पन्न हो गया है।"

व्यास के लिए यह वाल्मीकि मिलन आज के दिवस के श्रीगणेश में एक अत्यन्त आह्लादकारी घटना बन गई थी।

●

११

●

●

चैत की पूनो का दिन। दोपहर का समय। घर के चौके-चूल्हे से निबटकर छोटी कलसी का बचा पानी नीम तले डालकर उसे हाथ में लटकाए इज्या घाट पर चली आई है। रेणुका कुण्ड के चारों तट निर्जन हैं, जैसे उसके चिन्तन की चौहदी में इस समय कोई नहीं है, न 'वो' न वह स्वयं, न कोई। घाट की दीवार का टेका लगाए, बायाँ पैर सीढ़ी पर टिकाए और दाहिना पानी में लटकाए वह अपने सूनेपन में सिमटी बैठी है। धूप अब चिलचिलाती है, सहने जोग नहीं रही, पर मन के विरह ताप के आगे इज्या को उसका भान तक नहीं हो रहा। वातावरण की निर्जनता पेड़ों की निचली छाँवदार डालों पर बैठी चिड़ियों की चहचहाहट से गूँज रही है, पर धूप की तेजी के कारण वे प्रायः उसी तरह सामने नहीं आ रहीं, जैसे उसकी सुखद मनोकामनाएँ किन्हीं पर्तों में चहचहा तो रही हैं, पर विरहदग्ध मन के खुले आँगन में प्रत्यक्ष नहीं हो पा रहीं। आठ-दस मोर परली पार के पेड़ों से लेकर धरती तक डोल-डोलकर अपने रंग छिटका रहे हैं।

थोड़ी खोई बैठी रही, फिर सहसा एक मोर जोर से 'मेआव मेआव' बोल उठा। 'आव-आव'—पीरनिदाए मन प्रिय को मानो सपने में बरबस पुकार उठा। अपनी ही लाज से इज्या होश में आ गई। एक बार चारों ओर गर्दन घुमाकर देखा; आश्वस्त हुई। सामने के मोरों पर ध्यान गया, चार मोर अपने पूरे पंख फैलाए नाच रहे थे, उनकी मोरनियाँ भी उनके

आस ही पास डोल रही थीं। देखकर इज्या के चेहरे पर आनंद की आभा आ गई। चटक रंगों में 'वे' सामने आ गये। मन को हूक भरा सुख मिला। कहाँ होंगे वे? ...परन्तु इस प्रश्न का उत्तर उसके मन में सदा अस्पष्ट ही रहा। बेचारी ने अपनी जन्मभूमि के जंगल और रेणुका की उस गोपबस्ती को छोड़कर और देखा ही क्या है। आर्या के साथ दो-तीन बार मण्डी की बस्ती अवश्य देख आई है। वहाँ के पक्के घर, हाट-बाट ही उसके सामने भव्यता का आदर्श बनकर आते हैं। यात्रा पर जाने से पहले सोमाहुति से मथुरा नगरी का प्रसंग चलने पर इज्या ने जब उसकी भव्यता का अनुमान मण्डी की भव्यता से लगाना चाहा, तो वे खूब हँसे थे। मथुरा, कोशाम्बी, प्रयाग, काशी, मिस्सक वन—जाने कहाँ होंगे। देखी हुई जगहें होतीं तो इज्या का मन उनके साथ-साथ डोलता; ऐसे तो अंधेरे में छटपटा कर ही रह जाता है। ...पाँच सप्ताह हो गये। दो मास के भीतर ही लौट आने को कह गये हैं। इधर आर्या ने जेठ के दशहरे का दिन ब्याह के लिए निश्चित कर दिया है। इज्या अब ना नहीं कह सकती; कहना भी नहीं चाहती। आर्या का यह निश्चय जब से जग जाहिर हो गया है, बस्ती की सभी बराबर वाली सुहागिनें सबेरे-साँझ घाट पर छेड़छाड़ करने लगी हैं। चार-छह दिन पहले तक इन सब बातों से बड़ी लाज, बड़ा अटपटापन लगता, वह अब निकल चुका है और लाज सुहाती है।

'बहरे बाबा आऽये, बतासे लाऽये। बाबा हमें दो—हमें—हमें।' कुछ दूर पर मचनेवाले इस हुल्लड़ से इज्या का ध्यान बँटा। महात्मा सौति आये हैं। सुप्रसिद्ध पुराणवक्ता महात्मा लोमहर्षण के वंशज हैं। आयु में वे भार्गव सोमाहुति से शायद एकाध बरस ही छोटे हैं, परन्तु उनको चूँकि अपना गुरु बनाया है, इसलिए बड़ा आदर करते हैं। इज्या के प्रति भी उनका वैसा ही पूज्यभाव है, उसे दण्डवत् प्रणाम करते हैं, माता कहकर पुकारते हैं, सौति मण्डी के दूसरे छोर पर एक देवालय में रहते हैं, गल्ले के व्यापारी समाज को कथा-वार्ताएँ सुनाते हैं और एकांत में मनन किया करते हैं। प्रति पूर्णिमा को वे तीसरे पहर भार्गव के चरणों में शमीपत्र अर्पित करने तथा उनका प्रवचन सुनने के लिये यहाँ आते हैं। ध्यानमग्न रहने के कारण उनके कान बाहरी आवाजों से प्रायः अछूते ही रहते हैं और इसी कारण से भार्गव उन्हें उग्रश्रवा तथा जनसाधारण बहरे बाबा के नाम से पुकारता है। उनकी झोली बतासों से भरी रहती है, उन्हें वे बच्चों को बाँटते चलते हैं। बच्चे उन्हें घेरकर कहानियाँ सुनते हैं और वे आनन्द-मग्न होकर सुनाते हैं। बहरे बाबा के आगमन का शोर सुनकर इज्या झटपट हाथ-मुँह धोकर कलसी माँज और भरकर ऊपर चली आई। अइया सो रही थीं। नारद कथामंडप में ध्यानमग्न बैठे थे। इज्या कलसी रखकर नीम तले छींका बुनने बैठ गई। ऊपर आने पर भार्गव की अनुपस्थिति का समाचार पाकर सौति उदास हुए। फिर न जाने क्या सोचकर मुस्कराये और शमीपत्र इज्या के चरणों में अर्पित करके पुनः साष्टांग प्रणाम किया। इज्या को न लाज लगी, न संकोच हुआ और न वह उस समय इज्या ही रह पाई। वह उस समय मन के भार्गव सोमाहुति की प्रतिमूर्ति बन गई थी, गंभीर भाव से कहा : "नारद जी पधारे हैं, उनसे मिल लीजिए।"

दिन के तीसरे पहर कथामण्डप में चौकी पर विराजमान नारदजी से सूतजी सविनय बोले : "हे महर्षि, पूज्य आचार्य पाद से मैंने यह सुन रक्खा है कि आप सनातन काल के

ऋषियों की भाँति समस्त पृथ्वी मण्डल की परिक्रमा के उद्देश्य से अनेक द्वीपों और खंडों की यात्रा करने के हेतु गये थे। हे महाभाग, सृष्टि, प्रवृत्ति, संहार, धर्म और मोक्ष प्रयोजन को पहचानने के लिए आपके दिव्य अनुभव हमारा मार्ग प्रशस्त कर सकते हैं। कृपा करके हमें स्वानुभव का प्रसाद दीजिए।"

सूतनंदन उग्रश्रवा की मीठी बात से संतुष्ट होकर नारद बोले : "हे सौति, महात्मा लोमहर्षण के सुयोग्य वंशधर होने के नाते आप वन्दनीय हैं। मेरे परम सखा के शिष्य होने के नाते आपके प्रति मेरा ममत्व भाव सहज है। अपनी इस जम्बू द्वीप की महायात्रा में मैंने जो अनुभव-रत्न अर्जित किये हैं, वह मैं सहर्ष आपको अर्पित करूँगा, क्योंकि आपके द्वारा वे अनुभव लोक में प्रसार पाकर जग का कल्याण करेंगे। हे सूत तनय, हमारे प्रातः स्मरणीय पवित्र एवं पूज्य देव ऋषिपितरों की आर्यभूमि अपने उत्तरी सीमान्त में हिम और पर्वतों से घिरे हुए पृथ्वी के ध्रुवबिन्दु पर स्थित है। उसे सुमेरु कहते हैं। क्षेत्र परम दुर्गम है। वहाँ का सौन्दर्य बखान से बाहर की वस्तु है। वहाँ छह महीने का दिन और छह महीने की रात होती है। हे महाभाग, हमारे पूर्वज हजारों वर्ष पहले उसी दुर्गम देव-भूमि से वेद की ऋचाएँ गाते हुए उतरे थे। हे सौति! सुमेरु पर्वत शृंखला से घिरी हुई उस पावन देवभूमि के दर्शन पाना यद्यपि अब अत्यंत कठिन है, किन्तु उग्रतपा सिद्धपुरुष अब भी यदाकदा वहाँ जाते हैं, ऐसा मैंने सुदूर सिविर अर्थात् शिविर क्षेत्र में सुना था। परन्तु भाग्यवशात् चाहने पर भी मैं स्वयं वहाँ न जा सका। उस सुमेरु क्षेत्र के नीचे बसी भूमि को प्राचीन लोग देवकुरु कहा करते थे।

"देवकुरु के उपरान्त उत्तर कुरु विद्यमान है। यहीं आजकल तृषित भूमि नामक एक विराट् मरुस्थल है। यहीं पूर्व में बहनेवाली इला नाम की नदी से लेकर पश्चिम की तलस नदी के बीच में पाँच और नदियों से सिंचित उस पवित्र सप्तनद भूमि में मानव सभ्यता और संस्कृति ने अपना आदि वैभव देखा था। वहीं ऋषिकुल और बलाकाश नाम के दो महासरोवर भी हैं। यहीं धर्म का उदय हुआ। बाहर के लोकों में घूमते हुए हमारे देव पूर्वज यहीं पर मन और अंतर्मन की राहों के पर्यटक भी बने। कल्पवृक्षों से आच्छादित इस भूमि पर बिना बोये ही नाना प्रकार के अन्न-धान्य और फल उत्पन्न होते थे। जैसे पिता के मरने पर पुत्र उसकी जगह ले लेता है, उसी प्रकार नये वृक्ष पुरानों का स्थान ग्रहण कर लेते थे। मनुष्य कभी अभाव में नहीं रहता था। पूर्वजों की भूमि में स्थित उत्तुंग हिमगिरि-शिखर सूर्य के प्रकाश में यदि स्वर्ण से चमकते थे, तो इस भूमि के पूर्वी छोर से लेकर दक्षिण-पूर्वी छोर तक व्याप्त पर्वत शृंखलाएँ अपने गर्भ के सोने, ताँबे आदि धातुओं से मनुष्य के मन में उपयोग की नव-चेतना बनकर प्रकाशमान होती थीं। यहीं से मानव के ज्ञान-विज्ञान का महाद्वार खुला है। हे सौति, तुम्हारी पौराणिक परंपरा में प्रचलित देवासुर संग्राम की प्रथम भूमि यही है। इसके दर्शन करके मैं जीवन सफल कर आया हूँ। इस पर्वत का नाम सुवर्ण मेरु है, किन्तु अब तुरुष्कों के प्रभाव से उनकी भाषा में यह अल्ताई पर्वत के नाम से पहचाना जाता है।"

सौति बोले : "हे महर्षि, महात्मा वेदव्यासजी के द्वारा सम्पादित हमारे ऋगादि वेदों के अतिरिक्त सर्पवेद, पिशाचवेद, असुरवेद, इतिहासवेद तथा पुराणवेद का उल्लेख भी मिलता

है। गोपथ ब्राह्मण के अनुसार वृधत् करत्, गुहत्, महत् और तत् नामक पंच महा व्याहृतियों अर्थात् वक्तव्यों का उद्‌भव हुआ है। क्या आपको इसके प्रमाण भी उत्तर कुरु की भूमि में मिले।"

नारद बोले : "अनेक जातियों के सांस्कृतिक समन्वय से विराट् चेतना का उदय होता है। हे सौति, महर्षि भृगु के द्वारा पहली बार अग्नि में भूनकर मांस खाने से पहले सभी पिशाच थे, सभी कच्चा मांस खाते थे। अत्यन्त साहस भरे कठिन से कठिन कार्य सम्पादित करनेवाले हमारे सभी पूज्य पुरुष असुर अर्थात् महाप्राण ही थे। उन्होंने इन्द्र को असुर कहकर ही संबोधित किया था। हे सौति, तुम तो परम विज्ञ हो, भला यह बतलाओ कि किस असुर ने तुम्हारे वेदों का अपमान किया? किसने उन्हें नष्ट किया? हाँ, वे केवल हमारे वेदों को अपने उपयोग के लिए चुरा भर अवश्य ले जाते थे। अतएव हे सौति, आप इन विभिन्न मानव चेतनाओं के बीच केवल कटु इतिहास की कल्पना ही न करें। सभी ने सबों को सिखाया है, सभी सबसे सीखे हैं। कौन छोटा है, कौन बड़ा, यह कहना भी मुझे तो अपराध सा ही लगता है।"

"ऋषिवर, यह उदात्त वचन आपके योग्य हैं। किन्तु मेरी जिज्ञासा शान्त करने के लिए कृपया यह बतलाएँ कि देवों का धर्माचरण कैसा है? उनके सूत बन्दीजन हमारे और अपने उन प्राचीन पुरखों का माहात्म्य सुनाते हैं अथवा नहीं?"

"हे सौति, देव और असुर का भेद जातीय दृष्टि से करें। सुर, असुर, शक, आर्य वस्तुतः एक ही पुरखों की सन्तानें हैं। रहा उनका धर्म—सो अब वह भी अपने प्राचीन संस्कार खोता चला जा रहा है। अब या तो सर्वत्र हमारे शाक्य मुनि गौतम बुद्ध की पूजा होती है अथवा उन्हीं के समकालीन महात्मा ज़रथुस के धर्म अथवा जाहवेह के पूजकों की ही महिमा है। वृषसेवित कपर्दिन शंकर भी तुरुष्कों के देश से लेकर सिन्धु देश तक सर्वत्र प्रचलित हैं।"

"हे महर्षि, मैंने महात्मा ज़रथुस और जाहवेह पूजक संप्रदायों के सम्बन्ध में एक मथुरा नगरी के एक शक पर्यटक से कुछ जानकारी अवश्य पाई थी, किन्तु उसके वक्तव्य से मैं यह नहीं समझ पाया था कि यह आर्यकुल के पारसीक सहसा देवों को दानव और असुर को परब्रह्म क्यों मानने लगे?"

"पारस देश में इस धर्म के आचार्यों से जो मैंने जाना है, उसके अनुसार इस धर्म के प्रवर्तक हमारे मगध के कुख्यात सम्राट नवनंद के समकालीन थे, यवन विजेता अलिकसुन्दर ने पारस देश के जिस महिमामय आर्य सम्राट दार्युष को पराजित किया था, उन्हीं के पिता विस्तास्थ अथवा विश्वाश्व के गुरु थे महात्मा ज़रथुस। इनके धार्मिक सिद्धान्तों में हमारे वैदिक धर्म से भेद होते हुए भी बड़ा साम्य है। ज़रथुस के मज्दयस्नि धर्म में तथा यज्ञ सोमादि कर्मकाण्डों में बड़ी समानता है। उनकी 'हुमत हुख्त हूर्स्त' आदि मौलिक शिक्षाएँ अपनी सुमति सूक्त सुकृत इत्यादि ही हैं। इसके अतिरिक्त इस धर्म में शामी वंश के जाहवेह धर्म से मिलती-जुलती अनेक बातें भी दिखलाई देती हैं। परन्तु आर्य ज़रथुस को देव शब्द से इतनी घृणा थी कि उन्होंने शब्द का अर्थ ही उलट दिया। कदाचित् परंपरागत अग्निपूजकों और इन्द्रवादी अग्निपूजकों का संघर्ष ही इसका कारण रहा होगा। इसीलिए

कहता हूँ कि इन भेदों को जातिगत न मानिए। सभी विष्णुमय हैं। उनकी विविधता में भी एक विधा है; अनेकता में एकता है। नारायण! नारायण!"

"आपके वचनों से कृतार्थ हुआ देव, किन्तु एक शंका है। तत्वचिन्तन की दृष्टि से तो सभी कुछ एक ही है, किन्तु वस्तुजगत् की मायावी दृष्टि से इनमें एकता देखना आपको किस प्रकार न्यायसंगत लगता है, यह समझाने की कृपा करें।"

नारद बोले : "हे सौति, यह जीवन सरल और जटिल साथ ही साथ है। सुमेरु ध्रुवनिवासी मरुद्गणों के वंश में ही देवकुल अथवा आर्यकुल को प्रतिष्ठित करनेवाले द्वादश आदित्य उत्पन्न हुए थे। भगवान् श्री विष्णु नारायण इन्हीं आदित्य भाइयों में से एक हैं। और हे सौति, सारी पृथ्वी पर इन आदित्यों ने ही सभ्यता का प्रकाश फैलाया था। भरत खण्ड के बाहर भी सभी अपने को 'आद' किंवा आदमु की सन्तान मानते हैं। सभी ज्येष्ठ आदित्य पुत्र वैवस्वत मनु की सन्तान मनुष्य हैं। हे सौति, यह समस्त जम्बूद्वीप उनकी लीलाभूमि है। उन्होंने सुदूर कषकस्थान और अत्रिपत्तन से लेकर भरत खण्ड, मिस्र और अरबया देश तक आर्यावर्त का प्रसार किया था। इस वंश के प्रतापी सम्राट् महात्मा इक्ष्वाकु, विकुक्षि सगर, मनस्यु आदि ने समस्त भूमण्डल को अपने बाहुबल से जीता था। मैं स्वयं अपनी आँखों से महाराज सगर की राजधानी अयोध्या के दर्शन कर आया हूँ। उनके द्वारा स्थापित सूर्यमन्दिर के भग्नावशेषों के दर्शन भी कर आया हूँ।"

"तो महर्षि, क्या हमारे भरतखण्ड के कोसल देश की अयोध्या के अतिरिक्त भी महाराज सगर की कोई अन्य अयोध्या है?"

"मैं सोच ही रहा था कि आप यह प्रश्न मुझसे अवश्य पूछेंगे। हाँ, ये मरुतों के वंशज मानव इक्ष्वाकुगण पृथ्वी के विभिन्न स्थलों पर बसी अपनी-अपनी राजधानियों का क्या एक ही नाम नहीं रख सकते? सगर इक्ष्वाकु राजा हरिश्चन्द्र के वंश में उत्पन्न हुए थे, वे कोसल की अयोध्या के राजा कदापि नहीं थे। उनकी अयोध्या क्षिप्रा नदी के तट पर बसी हुई थी और यह क्षिप्रा नाम हफरात नदी का ही है। वहाँ वाले इस नदी को इन दोनों ही नामों से पुकारते हैं।"

"किन्तु महर्षि, पूर्वजों से प्राप्त प्राचीन राज वंशावलियों के क्रम स्मरण कराते हुए मेरे स्वर्गवासी पिता ने मुझे यह बतलाया था कि महाराज सगर की माता युद्ध में अपने पति राजा बाहुक के मारे जाने के बाद भृगुवंश के महर्षि और्व के आश्रम में रही थीं और महर्षि और्व का आश्रम हिमालय में ही कहीं पर बसा था।"

"असम्भव है सौति, यह निश्चय ही भ्रांति है। हे सौति 'उरु क्षेत्र' तो स्वयं और्व के नाम ही में बोल रहा है।"

"तो क्या भृगुओं के यजमान और उनके संत्रासक राजा कृतवीर्य के वंशज भी विदेशी राजा ही थे?"

"निस्सन्देह ऐसा ही रहा होगा। क्योंकि भृगुओं का देश हमारे भरत खण्ड से बाहर स्थित है। उसे वहाँ के लोग अपने उच्चारण दोष के कारण फृगिया कहते हैं। अंगिरा ऋषि के नाम पर बसाई हुई उनकी राजधानी अब अंकरा कहलाती है। यह राजा सगर नील नदी के तट पर स्थित मिस्र देश में दिवंगत हुए थे। वहीं उनकी भव्य समाधि भी बनी है। इनके पुत्र मनस्यु सूर्यास्त के देश तक विश्व विजय करने के लिये गये थे और वहीं समुद्र के तट

पर किसी तिमि तिमिंगल के द्वारा उनका अन्त भी हुआ था। हे सौति, संक्षेप में तुम यों समझो कि मरुत्, आदित्य, मनु, भरत, काश्यप, इक्ष्वाकु आदि अपने प्रसिद्ध वंशधरों के नाम पर एक ही वंश के लोग दूर-दूर तक फैले हैं। वस्तुजगत की दृष्टि से यह अनेक होते हुए भी एक हैं। भरतों का माहात्म्य मैंने अखिल जम्बूद्वीप में देखा है। इक्ष्वाकु अक्षक के नाम से उनके पुत्र विकुक्षि बकुस अथवा बेकस के नाम से तथा उनके दूसरे पुत्र दण्डक टनटन् के नाम से जम्बूद्वीप के मध्य भाग में अब तक विख्यात हैं। वहाँ मरुद्वंशी अमर किम्बा मारीवंशी कहलाते हैं। इन्द्र नासत्य दस्र आदि हमारे प्राचीन देवतों का प्रभाव अब भी वहाँ व्याप्त है। यद्यपि ज़रथुसवादियों, जाहवेह अथवा यहोबावादियों और बुद्धवादियों के कारण उनका प्रभाव अब पहले इतना नहीं रहा। यह प्रभावक्षेत्र हमारे भरतखण्ड के मध्य देश में ही अब तक बच रहा है।"

"इसीलिए तो महर्षि, मुझे चिन्ता हो रही है। यदि आपके इस कथन को मैं अपने यजमानों को सुनाऊँ तो उनकी आस्था बिखर जाएगी। आपको एक दृष्टान्त दूँ : कुछ दिनों पूर्व कथा कहते हुए मैंने यह बतलाया कि अपने तपोवन में बैठे हुए भगवान् श्री वेद्व्यास जी ने जब घृताची नाम की अप्सरा को देखा, तो उस पर मुग्ध होकर उन्होंने उससे रमण की कामना की, तथा इस प्रकार महात्मा शुकदेव का जन्म हुआ। मेरे यह बतलाने पर एक व्यक्ति ने खड़े होकर मुझसे कहा कि अप्सराओं पर मुग्ध हो जानेवाले अपने ऋषियों पर हमें तनिक भी श्रद्धा नहीं होती। मैं तब से ही चिन्तित हूँ महर्षि ! कैसे इन कथाओं के द्वारा मैं अपने इन यजमानों को प्रबुद्ध कर सकता हूँ।"

नारद गम्भीर हो गए बोले : "देश-काल इस समय चरित्रहीन हो रहा है मुनिवर, मैं स्वयं यह देखता-भुगतता चला आ रहा हूँ। दुश्चरित्र लोग ही सच्चरित्रता की दुहाई देकर निकम्मा हुल्लड़ भी बाँधा करते हैं। हे सौति ! ऐसे समय में नीति से काम लेना ही उपयुक्त होता है। ऐसे कथा-प्रसंगों में आप चमत्कारपूर्ण प्रतीकों का आलम्बन लिया करें। उदाहरण के लिए आप यह कह सकते हैं कि पुत्र की कामना के हेतु उग्र तप करके महर्षि वेदव्यासजी ने ब्रह्माजी से वरदान पाया था। उसी के फलस्वरूप स्वर्ग से घृताची नाम की एक पुण्यशीला अप्सरा शुकी के रूप में महर्षि के पास आयी तथा भगवद् इच्छा जानकर महर्षि ने उसमें अपना चित्त चलायमान करके अरणी में अपना वीर्य प्रतिष्ठित कर दिया। इस प्रकार शुकदेवजी महाराज का जन्म हुआ।"

"क्या इस प्रकार का वर्णन असत्य भाषण नहीं कहलाएगा महर्षि ?"

"नहीं महात्मन्, अरणि कामाग्नि प्रज्ज्वलित करनेवाली नारी योनि का प्रतीक है। इसी प्रकार कुम्भ को भी गर्भ का प्रतीक बनाया जा सकता है।"

"परन्तु अविश्वासी ज़न इन बातों पर विश्वास कैसे करेंगे ?"

"प्राचीनता में चमत्कार भरने से इनका विश्वास बढ़ेगा। देव, ऋषि, पितृ आदिकों के क्रिया-कलापों को अलौकिक रूप से ही जनमानस में प्रतिष्ठित कीजिए। प्राचीन काल में अनेक देशों के आर्यगण अपनी ऐतिहासिक परिस्थितियोंवश यहाँ आकर बस गए थे। दूध पानी के समान मिले हुए इन बहुदेशीय संस्कारों के समाज को बाँधने के लिए कथाओं में उक्ति चमत्कार लाना नितान्त आवश्यक है। पूर्वजों के अलौकिक वर्णनों से ही लोक मानस में श्रद्धा प्रतिष्ठित होगी।"

"हे आर्य, तब क्या जिन्हें हम म्लेच्छ कहते हैं, वे भी आर्य हैं?"

"निस्सन्देह सौति! वे यवन जिन्हें तुम म्लेच्छ कहते हो, मूलतः आर्य ही हैं। तुम्हारे गुरु महर्षि सोमाहुति जिस भृगुवंश के रत्न हैं, उसी वंश के लोगों ने योनादि द्वीपों पर आरंभ में अपना राज्य स्थापित किया था। भृगुगण, भरत, इक्ष्वाकुगण तथा मैत्रावरुणों की सन्तानें इस महीमण्डल में आज कहाँ नहीं हैं? बृहम्, सौति, बृहम्—बढ़ो और संसार से अपना तादात्म्य स्थापित करो, क्योंकि सर्वत्र एक ही ब्रह्म विद्यमान है। इतना घूमा हूँ, परन्तु मनुष्य मुझे कहीं पराया नहीं लगा।"

"सन्तुष्ट हुआ महर्षि, आपके विचारों ने मेरे मन को उसी दिशा में ही गति दी है, जिधर वह अचेतन रूप से दौड़ रहा था। आश्चर्य है कि आपके विचार आचार्यजी के विचार से इतना साम्य रखते हैं। मैं सोचता हूँ कि यदि आपके स्थान पर वे इस प्रकार पृथ्वी प्रदक्षिणा करने निकले होते तो उनकी अनुभूतियाँ भी इसी धारा में प्रवाहित हुई होतीं। आचार्यजी महामति चाणक्य के काल में चेताए गए इस मंत्र में पूर्ण विश्वास रखते हैं कि अमिश्रित देवों को मिश्रित करो—"अमिश्रित देवाः मिश्रित कृताः॥"

"हाँ, यह परमावश्यक है महात्मन् जो विचार चाणक्य के काल में सत्य माना जाता था, वह आज भी परिस्थितिवश उतना ही सत्य है। एक ही प्रकार के गुणोंवाले देवतों को अब एकरूपता की नितान्त आवश्यकता है। लघु को विराट् रूप में देखो और दिखलाओ। हमारी लघुता ही तो मार खा रही है इस समय। यह घातक है।"

"परन्तु महर्षि, प्राचीन देवतों को इस प्रकार नए रूप में प्रतिष्ठित करना क्या पाप न होगा?"

"फिर वही पाप और पुण्य की जड़ व्याख्या आपने आरंभ कर दी सूतनंदन! पाप क्या, पुण्य क्या? जिस कर्म के द्वारा लोक का हित सधे वह कर्म पुण्य है। मैंने शालग्राम की शालि गोपिकाओं के द्वारा पूजित काले पत्थर की गोल बटियों को नारायण के रूप में देखा, फिर वासुदेव श्रीकृष्ण भगवान् के रूप में देखा और अब उन्हीं में आदि पूर्वज कश्यपजी को, जम्बू द्वीप के मध्य खण्ड से लेकर पंचनद तक पूजित नरमसिन् भगवान् को, प्रलय काल में चाक्षुष मनु की रक्षा करने वाले मत्स्याकार बर्वि अथवा बावेरु देश के उपकारी मत्स्यराज को कच्छ-मच्छ नृसिंहादि विष्णु के अवतारों के रूप में ही देखता हूँ और यह असत्य भी नहीं है। जिन्हें हम ऐतिहासिक परिस्थितियों के कारण छोड़ आये हैं और जिन गुणों के बहुत से लोग अब शताब्दियों से इस भरतखंड में रहते हैं, उनकी श्रद्धा के प्रतीक जब इस प्रकार लघु से विराट् होकर लोकमान्य बनेंगे तब क्या उन्हें आनन्द न होगा? छोटा समाज जब बड़े समाज से एकाकार होगा, तब क्या उसमें सुरक्षा की भावना पहले से अधिक नहीं बढ़ेगी? ऐसी सुरक्षा के साथ ही मानव की श्रद्धा भी लघु से विराट् बनती है। बृहम् सौति बृहम्। ब्राह्मण बनो और सबको ब्रह्मवादी बनाओ—'सर्वम् विश्वात्मकम् विष्णुः'।"

स्फूर्तिचक्र में मुनिवर सौति उग्रश्रवा का मानस इस प्रकार नाच उठा कि उसकी अनन्त धुर्रियाँ अपनी तीव्र गतिशीलता के कारण एक ही भासित हो रही थीं। सौति अपने ही से चमत्कृत हो रहे थे।

१२

●

●

सूर्यास्त से कुछ पहले ही नारदजी सौति उग्रश्रवा के आग्रहवश कुछ समय बिताने के लिए उनके साथ ही चले गए।

सायंकालीन हवनचर्या के लिए इज्या नहा-धोकर जब आर्या भार्गवी को बुलाने के लिए उनकी कुटिया में गई तो उन्हें तीव्र ज्वर-ग्रस्त पाया।

वे बोलीं : "आज तू ही गृह्याग्नि की प्रदक्षिणा कर लेना।"

इज्या के मन में संकोच जागा। वह अभी विधिवत् परिणीता होकर भार्गवी नहीं हुई, काश्यपी ही है, फिर भार्गवों के घर की अग्नि-प्रदक्षिणा वह क्योंकर कर सकती है? वह केवल गृहस्वामिनी का ही अधिकार है। उसके यहाँ आने के बाद एक-दो बार भार्गव की अनुपस्थिति में उसने स्वयं आर्या ही को इस कार्य का संचालन करते हुए देखा है।....

आर्या ने अपना तपता हाथ उसके सिर पर फेरकर कहा : "हमारे मन से तू भार्गवी हो चुकी बेटी और तेरा मन भी कहीं न कहीं पर यही अनुभव करता होगा, जा! अपना उत्तरदायित्व सँभाल।"

इज्या शान्त गंभीर स्वर में बोली : "अइया, आपका आदेश मेरे लिए रामवाक्य है, आपके लिए पहले तुलसी का काढ़ा बना लाऊँ।"

"नहीं, देवकार्य पहले हो। देव सन्तुष्ट हों। आज मेरा मन न जाने कैसा हो रहा है बेटी।"

"क्या हो रहा है अइया?" इज्या ने आर्या की तपती बाँह पर हाथ फेरते हुए कहा।

"कुछ नहीं। मन में ज्वाला भड़कती है, मन डूबता है, जाने क्या होता है। तू देव कार्य सम्पन्न कर आ। अखण्ड सौभाग्यवती हो। तुझसे भार्गवों का कुल सम्पन्न हो।"

इज्या के जीवन में आर्या के आशीर्वचनों से सहसा एक अभूतपूर्व मोड़ आ गया। उसे लगा कि वह कठिन क्षण जिसके लिए उसके मन में इतने महीनों से संकल्प और विकल्प चल रहे थे, नदी की तरंग की भाँति हलके-फुल्के आकर बीत गया और अब कुछ सहज हो गया है। आर्या की कुटी से बाहर निकलते समय इज्या सचमुच अपने मन से भार्गवी हो चुकी थी।

देवकार्य सम्पन्न करके गोशाला का बाड़ा बन्द कर इज्या आर्या के पास आकर बैठ गई। उनका शरीर चूल्हे पर चढ़े तवे-सा तप रहा था। फूल की कटोरी लेकर इज्या धीरे-धीरे उनके तलवों और बीच-बीच में हथेलियों को भी हल्के-हल्के रगड़ने लगी। रात चढ़ती जा रही थी। आर्या का ज्वर घटता नहीं दिखलाई दे रहा था। उनके सिर पर धरा गीला वस्त्र जल्दी ही सूखने लगता था। कभी-कभी बीच में बर्राहट के रूप में कुछ अस्फुट शब्द अथवा

वाक्य भी फूट पड़ते थे—उनका नाम, कभी उनके स्वर्गीय भाई का नाम, कभी कोई क्रूर शब्द, कभी करुण कराहें—इज्या सुनते-सुनते घबरा उठी। 'उनकी' बहुत याद आ रही थी। संयोग देखो कि आज नारद देवरजी भी नहीं हैं। घबराहट में कुटी का टट्टर बाहर से उड़का कर वह अंधेरे में दौड़ती हुई टीले के नीचे आयी। ग्वालिन अम्मा के द्वार पर जाकर उन्हें पुकारा। आसपास की दो-एक कुटियों से भी अम्मा के साथ-साथ प्रश्न उठा : "कौन है ?"

"अइया को बड़ा ज्वर चढ़ा है अम्मा, उतर ही नहीं रहा, क्या करूँ ?" अम्मा बोलीं : "तुम चलो, मैं आती हूँ।" मँगलो भाई तब तक ओसारे से बाहर आ गए, पूछा : "तबियत क्या बहुत खराब है ईजा दीदी ? कहो तो मण्डी जाऊँ हरवचन वैद—"

"हरवचन क्या यहाँ बैठे हैं जो ले आओगे ? चलो मैं नाड़ी देखूँ हूँ।" अम्मा आते हुए बोलीं।

ज्वर सचमुच तीव्र था। ग्वालिन अम्मा ने मँगलो को अपनी कुटी में भेजकर जड़ी-बूटियों की पुटलिया मँगवाई। चन्दन के साथ एक जड़ी घिसकर अइया के सारे शरीर में लेप करवाया। मँगलो लेप करते समय अइया की कुटी से बाहर आकर खड़ा हो गया। कुण्ड की ओर देवीमंडप के खँडहरों के आसपास कुत्ते सामूहिक रूप से सहसा बड़ा शोर मचाने लगे। मँगलो ने पहले तो उधर विशेष ध्यान न दिया, पर फिर उसका चिंतित मन निरन्तर बढ़ते और पास आते हुए श्वान रव से चिड़चिड़ा उठा। वह उस दिशा की ओर बढ़ गया। अंधेरे में दिखलाई तो कुछ भी न पड़ा, परन्तु टीले पर चढ़ते हुए कुछ लोगों की पैंछट सुनाई पड़ी।

"कौन है. . . अरे बोलता क्यों नहीं ? कौन है ?" दूसरी ओर से कोई उत्तर न आया। हाँ, लाठियों की खटखट जोर से अवश्य सुनाई पड़ी। कुछ ही क्षणों में मँगलो अनजाने लठैतों से घिर गया था। मँगलो गाँव को सचेत करने के लिए जोर-जोर से चीखने लगा। फुर्तीला कसरती और चतुर ग्वाल युवक अंधेरे में भी अपना करतब आखिर दिखला ही गया। ढाल की तरफ वाले शत्रु पर चिल्लाते-चिल्लाते ही लड़खड़ाकर गिरा और उसके ऊपर इस प्रकार लदा कि उसके हाथ की लाठी छूटी और मँगलो के हाथों में आ गई। मँगलो शेर की तरह दहाड़ता हुआ लाठी चलाने लगा। खटाखट की धूम मच गई। बीस-पचीस घरों की छोटी-सी गोपबस्ती के घर-घर में जगार हो चुकी थी। लाठियाँ निकलने लगी थीं। मशालें जलाई जाने लगी थीं। चारों ओर कौवारोर सी गूँज भर उठी।

सहसा जंगल की कई दिशाओं से मशालों का जुलूस दौड़ता आने लगा। बस्ती घिर गई, लड़ाई कई मोर्चों पर ठन गई। स्वयं को उत्साह देनेवाला लड़वैयों का हुल्लड़, लाठियों की खटाखट और घायल होने वालों की चीखें-गोहारें इतनी बढ़ गई थीं कि इज्या से कुटिया में बैठा न रहा जाता था, पर अइया का सन्निपात भी उसी समय सहसा वैसी ही उग्रता से बढ़ गया था। बाहर के भयंकर हुल्लड़ का मानसिक प्रभाव उनकी जर्जर काया को इतना बल दे गया कि वह आवेश में आकर उठ ही नहीं बैठीं, बल्कि ग्वालिन अम्मा और इज्या की बाँहों से निकलकर यों उठने लगीं, मानो झपाटे के साथ म्यान से तलवार निकल रही हो।अपनी अब तक की आयुष्य में इज्या के लिए ऐसा आपत्काल कभी नहीं आया था। वन में जब उसके पिता मरे थे तब वह सचेत थी। पिता ने आने वाले संकट के लिए उसे

समझ का आधार पहले ही दे दिया था। वन से निकलने पर संकट पड़ा तो भार्गव राम रूप में उसकी रक्षा के हेतु सहसा प्रकट हो गये थे। किन्तु इस समय क्या हो? आर्या केवल उठ ही नहीं रही, चल भी रही हैं। उनका प्रलाप प्रबल हो उठा है : "मैं तेरा संहार-संहार-संहार करूँगी। मेरे बेटों को मारा!—"

"मारो-मारो-मारो—" शोर बढ़ता जा रहा है। सहसा इज्या अइया को जोर से झटका देकर खींचती है और वो गिरने लगती है। अपने कृत्य के परिणामस्वरूप अइया की इस गिरनेवाली स्थिति से वह सचेत थी। उनके लड़खड़ाने के साथ ही इज्या के हाथ अइया की गिरती काया को सँभालने के लिए झुककर बढ़ चुके थे। इस झटके ने अइया के उग्र सन्निपात का एक दौर तोड़ा। उन्हें जमीन पर लिटाकर हाँफती हुई ग्वालिन अम्मा से कहा : "इन्हें देखो अम्मा। मैं एक बार मातृमण्डप का गर्भगृह देख आऊँ। घबराना मत अम्मा, राम है, राम है।" इज्या बिजली-सी बाहर दौड़ गई। भार्गव के शयन कक्ष में उसका पितृदत्त तरकश, धनुष तथा और भी अनेक करवालें, परशु रखे थे। भार्गव से इज्या ने केवल शास्त्रों को अभ्यास ही नहीं, वरन् शस्त्रों का अभ्यास करना भी इतने दिनों के साथ में सीखा है। फुर्ती से अगल-बगल अपने दोनों ओर बाणों से भरे दो तरकश बाँधकर तथा फरसा हाथ में उठाकर वह रेणुका मंदिर के गर्भगृह की ओर झपटी। उसके मन का भय अब सामने दिखलाई पड़ रहा था। दो मशालों के प्रकाश में गर्भगृह का मिट्टी चुना द्वार खोदा जा रहा है। इज्या वहीं की वहीं खड़ी हो गई। फरसा कमर पट्ट में खोंसा और "श्रीरामाय नमः" मंत्र के साथ-साथ तरकश से तीर छूटने लगे। एक मशालधारी चीख मारकर गिरा। उसकी गिरती मशाल बीच ही में किन्हीं दूसरे हाथों ने रोक ली और वह मशाल तथा उसके साथ ही साथ दो-तीन आदमी भी उसकी ओर चढ़ दौड़े। इज्या आशंकित है कि कई लोगों से एक साथ शायद वह न लड़ पाए। इधर-उधर देखती है, कुछ न सूझा तो पास के वट-वृक्ष की झूलती जटाओं में से एक को पकड़कर पेगे लेते हुए वह ऊँची डाल पर चढ़ गई। वन वासिनी इज्या के लिए यह करना बहुत ही आसान था। डाल पर चढ़कर उसकी धनुहीं फिर तेजी से टंकारने लगी। चढ़ते हुए व्यक्ति उसके बाणों से बच न सके, दो मरे दो पीछे लौटे। इज्या फिर पेड़ से उतर कर छिपे ग्रन्थागार का द्वार तोड़नेवालों पर प्रहार करना चाहती थी, किन्तु थम गई। कोलाहल टीले पर दौड़ता हुआ चढ़ रहा था। नीचे बस्ती में लपटें उठ रही थीं। प्राणान्तक आर्तनाद पशुओं का डकारना और भयाक्रान्त उड़ते पक्षियों का कलरव वायुमण्डल में सनसना रहा था। शोर मचाता हुआ विजयी शत्रुदल वट-वृक्ष के नीचे से होकर गुजरा। इज्या आवेश में आकर यहीं चूक गई, उसने तीर बरसाने शुरू किए। वट-वृक्ष अब शत्रुदल के आकर्षण का केन्द्र बन गया। तीर अब केवल ऊपर से नीचे ही नहीं, वरन् नीचे से ऊपर भी आने लगे। दो-चार मशालची और आठ-दस धनुर्धर पेड़ को घेरकर खड़े हो गए बाकी टीलों पर इधर-उधर कुटियों में आग लगाते डोलने लगे।

इज्या के बाण अब अन्धाधुन्ध चल रहे हैं। आत्म-रक्षा के लिए एक डाल से दूसरी डाल पर झपाटे से चढ़ते हुए कई चिड़ियों के घोंसले गिराए और क्रमशः यह स्थिति आ गई कि उसे शर-सन्धान करने के लिए उपयुक्त मोर्चे नहीं मिल रहे थे। तभी उसके बाएँ तलवे में एक तीर चुभा। चीख फूटने को हुई, पर उसके कसे हुए मन ने उसके मुख से एक हल्की

हाय तक न निकलने दी। तुरंत दोनों हाथ बढ़ाकर दूसरी डाल का सहारा लिया और एक मोटी-सी डाल पर चढ़कर बैठ गई। पैर ही नहीं, सारे शरीर में विष बुझे बाण की जलन इतनी तीव्र हो उठी थी कि उसके पसीने छूट पड़े। साहस करके तलवे से तीर खींचकर फेंका, लहू की धार बह चली और साथ ही उसकी संज्ञा भी खोने लगी। चारों ओर ही आग है, चीख-कराह है, वट-वृक्ष की लटकती जटाओं में भी मशालों से आग लगाई जा रही है। इज्या के इतने पसीने छूट रहे हैं कि मानो स्वेद प्रलय लाकर उसका अन्तर्मन इस आग को बुझाने के लिए गलता ही चला जा रहा है। मन डूबता ही चला जा रहा है. . . ।

रेणुका तीर्थ की गोपबस्ती का कोलाहल दो-कोस दूर की मण्डी तक पहुँच चुका था। सहायता के लिए कई अनाज-सेठों के घुड़सवारों का दल वहाँ से चल चुका था, किन्तु उनके पहुँचने तक यहाँ प्रायः सभी कुछ समाप्त हो चुका था। लाभ केवल इतना ही हुआ कि बेसुध इज्या शत्रुओं के द्वारा पेड़ से उतारकर धरती पर लाये जाने के बावजूद लूट के माल की तरह ले न जाई जा सकी। शत्रु को भागना पड़ा, जिस समय मण्डी के कुछ सैनिक टीले पर पहुँचे, उस समय कपिला गाय इज्या के पास बैठी हुई उसका घायल तलवा चाट रही थी। कथामण्डप, रसोईमण्डप, अतिथिकक्ष, गोशाला सब कुछ जलकर भस्म हो चुका था।

होश में आने पर अपने-आपको कई जनों से घिरा हुआ पाकर इज्या एक बार तड़पकर उठी, परन्तु मशालों की रोशनी में सहसा मण्डी के कुछ जाने-पहचाने चेहरे देखकर उसके आवेश में कुछ थमाव आया। तभी एक सहानुभूति भरे स्वर में पूछा : "अब जी कैसा है माताजी ?"

"जी कैसा है—" क्या जाने कैसा है धू-धू आग की लपटों-सी हूकें उठ रही हैं। घुटन का धुआँ भर रहा है। इज्या के जी को इस समय न दिखाई पड़ रहा है, न सुनाई पड़ रहा है और न वह सोच ही पा रही है। जी के सम्बन्ध में प्रश्न पूछे जाने की प्रतिक्रिया में चौंककर उसे ध्यान आया, पूछा : "अइया ! अइया कहाँ हैं।"

कोई उत्तर नहीं मिला। इज्या के जी की घबराहट और बढ़ी। वह एकदम से उठने का प्रयत्न करने लगी। चारों ओर से "नहीं माताजी, उठिए मत माताजी," जैसी बातें कानों में पड़कर भी निकम्मी ही रहीं। परन्तु उठने में इज्या लड़खड़ा गई। कुछ हाथ उसे सहारा देने के लिए लपके—

"ना ना, दूर रहो। मुझे बस सहारे के लिए एक लाठी दे दो, अइया के पास जाऊँगी।"

एक व्यक्ति ने साहस बटोरकर कहा : "बड़ी माताजी अब नहीं रहीं माताजी।" सुनकर इज्या को धक्का लगा, पर वह मानो उसके लिए अनपेक्षित नहीं था। वह बिना किसी के बताए हुए ही, प्रश्न उठते ही यह जान गई थी कि अइया नहीं हैं, पर उनके शव को देखने का आग्रह मन में प्रबल था। लाठी के सहारे बड़े कष्ट से इज्या उठी और चलने लगी। टीले पर यत्र-तत्र बुझती हुई लपटें उठ रही थीं। कुटियों के बाँस, बल्ली, फूस, छप्पर जल रहे थे। इज्या और अइया का शयन कक्ष, भार्गव का शयन कक्ष, रन्धनशाला, कथा-मण्डप सब कुछ केवल दहकते अंगारों का ढेर भर रह गया था। गोशाला में धवली गाय अधजली पड़ी थी। उसके पास ही बबूल का जलता हुआ वृक्ष मानो प्रकाश-स्तंभ की तरह खड़ा हुआ इज्या को अपना उजड़ा हुआ संसार दिखला रहा था। अइया का शव गर्भगृह की मिट्टी

हटाकर खोले हुए द्वार के सामने पड़ा था। उनकी बाईं बगल में भाले का वार था और उनके हाथ के पास ही एक व्यक्ति का शव था जिसकी अधकटी गर्दन में अटकी हुई कुल्हाड़ी को इज्या ने पहचान लिया। अइया कुल्हाड़ी लेकर यहाँ शत्रु से जूझने के लिए आयीं और वीरगति पा गईं।

चारों ओर आग धुआँ और कराहें। एक देश का इतिहास, पुराण और ज्ञानभण्डार तथा एक बस्ती का जन, एक व्यक्ति की ईर्ष्या रूपी ज्वाला से भस्मीभूत हो रहा था। इज्या मुँह और आँखें फाड़े देखती ही रह गई। फिर आँखों के आगे अँधेरा गहराने लगा। कान गुम्म हो गए और शरीर लड़खड़ाकर बेसुध होकर गिर पड़ा।

●

१३

●

●

व्यास सोमाहुति भार्गव का घोड़ा काशी की ओर सरपट बढ़ रहा था, किन्तु उनका मन अँधेरे उजाले के चौराहे पर कहीं स्तब्ध होकर खड़ा था। वाल्मीकि जी के सरलचित्त तपोपूत वंशधर से आज सबेरे संयोगवश मिलकर एक ओर जहाँ अपार आनंद मिला था, वहीं दूसरी ओर उनको एक बात से उनके मन में अनायास ही एक ऐसा भय भड़क उठा था, जो तब से अब तक थम नहीं पाया। अइया, इज्या और अपने घर के लिए उनका जी बच्चे जैसा हुड़क रहा है। कुछ देर तक मोह मथानी उन्हें मथती है, किन्तु इन सब यादों और आशंकाओं को वे संयम के अंकुश से दबा लेते हैं। वासुदेव की कृपा पर उनका भरोसा टिकता है। मन धीरे-धीरे अपने सहज बहाव में बहने लगता है।...

कपास के खेतों में रुई के ढेर लगाती हुई व्यस्त नारियों में हलचल मची। एक अश्वारोही अस्त्र-शस्त्रधारी संन्यासी अपने घोड़े की चाल धीमी करता हुआ उन्हीं की तरफ आ रहा था। औरतें काम छोड़कर इधर-उधर भागने लगीं। पिछले पाँच-छह महीनों से इस क्षेत्र में ऐसा कलजुग आया है कि कई बार अश्वारोही लुटेरों के दल भेस बदल-बदल-कर आये और खेतों-खलिहानों, पनघट पर काम से जुड़ी औरतों में से दो-चार को झटपट उठाकर ले भागे। किसी नये व्यक्ति को आते देखकर लोगबाग विशेषकर युवतियाँ थर्रा उठती हैं।"

सोमाहुति को स्त्रियों की इस भगदड़ से हैरानी हुई। भागती स्त्रियों की गोहारों में क्षण भर ही में आस-पास कहीं प्रति गोहारों की बिजलियाँ कड़क उठीं और थोड़ी ही देर में भार्गव सोमाहुति ने लट्ठ कांताधारी दस-बारह पुरुषों की भीड़ को अपनी ओर दौड़कर आते हुए देखा। वे आश्चर्य-चकित होकर उन्हें देखने लगे। उन्होंने घोड़ा रोक दिया। भीड़ पास आई, एक उद्धत युवक उन्हें देखकर चिल्लाया : "यही है, यही है। पहली दाईं भी यही

आया रहा।"

सोमाहुति ने अपने लिए कुछ-कुछ आतंकित करनेवाली स्थिति देखकर बायाँ हाथ ऊँचा उठाकर कहा : "अहो, भद्रजन, यह रोष किसलिए है ?"

भीड़ में उन्हें मारने के लिए आपस में एक दूसरे को हुश्का रहे थे। वे मानो कुछ सुनना ही नहीं चाहते थे। भार्गव उसी तरह हाथ उठाकर तनिक और जोर से बोले : "सुनिए, मुझे महावड्ढिक्क ग्राम जाना है। फागुल्ल महतो से मिलना चाहता हूँ।"

"अरे धोखेबाज है सरवा। मारो स्सारे को।—परंतु दल में मतभेद हो चुका था। एक अधेड़ काला, कसरती व्यक्ति लट्ठ उठाए आगे आया, पूछा : "आप साधू हैं कि लड़वैये ?"

"मैं भद्रजनों के लिए साधु और दुष्टों के लिए लड़वैया हूँ। आप किसी अन्य व्यक्ति के भ्रम में मुझसे रोष व्यक्त न करें। जानते हों तो फागुल्ल महतो का पता बताएँ।"

फागुल्ल महतो के नाम में कुछ असर अवश्य था। मण्डली का मन अपेक्षाकृत शान्त हुआ, एक ने कहा : "चौधरी तो आज नगर में गये हैं।"

भार्गव मुसकराए, कहा : "पर उनका घर तो अपनी ही जगह पर होगा भाई।"

"हाँ हाँ, कोई घर उठा करके तो जाता नहीं, बाक़ी ये बात है महाराज कि ऐसे ही भेख धर-धर के डकैत कई बार हमारी लड़कियाँ, लुगाइयाँ भगा लै गये हैं। सो इसी मारे हमारा मन किसी नये आदमी पर पतियाता नहीं महाराज।"

"क्या फागुल्ल महतो के घर पर और कोई दूसरा पुरुष ही न होगा, जो आप मुझे ले जाने में संकोच करते हैं। क्या आप मुझे उनके घर का मार्ग भी नहीं बता सकते हैं ?"

आपस में थोड़ी बहुत मंत्रणा करने के बाद उन पुरुषों ने भार्गव को अपने बुनकरों के चौधरी के पास ले चलने का निश्चय किया। भार्गव के घोड़े के अगल-बगल चलकर वे उन्हें ले चले। सोमाहुति को इस लोक-शंका के घेराव से यह लगा कि काशी इस समय सुशासित नहीं है। चलते हुए एक बार उनकी इच्छा हुई कि नगर के सम्बन्ध में उनसे दो-चार प्रश्न पूछें। शंकित, अशिक्षित लोगों से अधिक पूछ-ताछ करना उन्होंने श्रेयस्कर न समझा। उन्हीं लोगों में से एक युवक ने पूछा : "महाराज, आप साधू हुइके भी ये फरसा और धनुष-बान क्यों रखते हैं ?"

"तुमने भगवान् परशुरामजी का नाम सुना है ना ?"

"रजा रामचन्नरजी वाले परसराम ?"

"हाँ वही ! मैं उन्हीं का वंशज हूँ। ये फरसा और धनुष-बाण रखना हमारा धर्म है।"

"तौ आप भी क्षत्रियों का संहार करते होयँगे ?"

"नहीं, हम तो आवश्यकता पड़ने पर केवल दुष्टों का संहार करते हैं। अभी, जैसा कि आप कहते हैं कि कोई स्त्रियों को लूटनेवाला दस्यु दल आ जाए तो फिर मेरे करतब देखो।"

एक व्यक्ति हँसा; कहने लगा : "और जो हमारे साधुओं को देखना चाहो महराज तो नगरी में पहुँच के तनी पियाले का मेला देख आओ। बड़े-बड़े जटाधारी तपसी तुम्हैं वहाँ इत्ती बेरिया चुक्कड़ पर चुक्कड़ चढ़ाते मिल जायेंगे।"

"यहाँ के तापस क्या सुरा पीते हैं ?"

"फोकट में मिले महराज तो कौन नहीं पियैगा। तपसी चुक्कड़ चढ़ाते हैं। भिक्खू जुआ खिलाते हैं और नागे सरावगी अपनी जजमानियों को पुत्तर दान करते हैं। हः हः हः"

इस हँसी ने वातावरण के तनाव को ढीला कर दिया, परन्तु सोमाहुति का मन दुःखशूल से छिद गया। इस देश का तपस्वी और ब्राह्मण जन इस समय अत्यधिक पतनशील हो चुका है। इससे लोकमानस भयंकर रूप से बिखर गया है। जीने के लिए बल और सम्बल पाने के हेतु सामान्य जन ईश्वर और धर्म के किसी-न-किसी रूप पर आस्था रखने के लिए अपने-आपसे बाध्य हैं; और देवधर्म का उपदेश देनेवाले अपने गुरुओं के मिथ्याचरणों के कारण उसकी यह आस्था टूटने और विच्छिन्न होने के लिए भी बाध्य है। अस्ति, नास्ति के इस अनवरत झकोले से ऊबा झुँझलाया जन भला किसी काम लायक बन सकता है, प्रज्ञावान् बन सकता है ?. . . प्रज्ञा शब्द से सोमाहुति को 'प्रज्ञा' की याद आई, और उसके साथ भारत की भी। उन्हें लगा कि सारा देश भारत जैसी ही लड़खड़ाई हुई आस्था के दुष्परिणामों से ग्रस्त है।

बुनकरों के चौधरी ने सब सुनकर और भार्गव को देखकर पूछा : "कहाँ से आए हैं।"

भार्गव ने सांकेतिक उत्तर दिया : "नन्दनवन से ?"

"फागुल्ल महतो से क्या लेना है ?"

"वनदेवी ने चन्द्रज्योति माँगी है।"

सुनकर चौधरी ने भार्गव को साष्टांग प्रणाम किया और उन्हें बड्ढक्कि ग्राम ले चला।

महाबड्ढक्कि ग्राम अधिक दूर नहीं था। काशी नगरी से मिला हुआ यह बढ़इयों का गाँव काशी के ही वैभव में सम्मिलित माना जाता था। यहाँ लगभग एक हजार बढ़इयों की बस्ती थी। गाँव में घुसते ही उसकी सम्पन्नता का अनुमान सहज ही में लग जाता था। कहीं नाना प्रकार की बड़ी-बड़ी लकड़ियों के लट्ठे क्रम से चुने हुए रक्खे हैं। बढ़इयों के छोटे-बड़े घरों से लगे काष्ठमण्डपों में लोगबाग काम कर रहे हैं। कहीं बड़ी-बड़ी नौकाएँ बन रही हैं, कही किवाड़ों की जोड़ियाँ बनाई जा रही हैं, कहीं पलंग, चौकियाँ, सन्दूक बन रहे हैं, कहीं वस्तुओं पर नक्काशी हो रही है, कहीं वस्तुओं की रँगाई-चमकाई हो रही है। घरों के द्वारों पर बेल-फूल चित्रकारी की शोभा है। फागुल्ल महतो का घर बस्ती के बीचोंबीच में था और अपने आपमें किसी राजमहल के संक्षिप्त संस्करण जैसा लगता था। मिट्टी की मोटी चहारदीवारी, प्रवेश करने के लिए लकड़ी का विशाल नक्काशीदार फाटक। अन्दर प्रवेश करने पर तीन ओर बड़े-बड़े लम्बे दालानों में लगभग ढाई सौ बढ़ई काम कर रहे थे और चौथी ओर महतो का पक्का दोमंजिला घर जिसके बड़े चबूतरों पर लकड़ी का अत्यन्त सुन्दर-मण्डप और तोरण बना हुआ था। यह महतो की कचहरी थी।

बुनकरों के गाँव में मिली हुई सूचना सत्य सिद्ध हुई। फागुल्ल महतो नगर गये हुए थे। उनके कायस्थ बूढ़े चिरंजी लाला ने भग्गू चौधरी के साथ आये हुए तेजस्वी साधु को देखते ही उठकर साष्टांग प्रणाम किया। उनके 'वनदेवी' के यहाँ से आने की बात सुनकर लाला की भक्ति दुगुनी हो गई। दो-चार डंठल जैसी दाढ़ों वाले अपने पोपले मुख को गद्‌गद भाव से बाकर लाला ने कहा : "अरे महात्माजी, यहाँ तो जित्ती भी श्रेणियाँ हैं, उन सभी के जेट्ठक लोग एक सतवारे से भी अधिक दिनों से बस इसी बाट में हैं कि अजुध्याजी

से मैया की आज्ञा आवै तौ हम इन असुरों के राज से मुगती पावैं। यहाँ सब साँसत में जी रहे हैं महाराज, पर क्या करें। महासेट्ठी हमारे महतो से यही कहैं कि जब तक नन्दनवन से वनदेवी मैया 'चंद्रज्योति' नहीं मँगातीं तब तक कुछ नहीं हो सकता। यहाँ के अहिर, नाग सब तैयार बैठे हैं।"

चिरंजी लाला और भग्गू चौधरी की बातों से सोमाहुति को पता चला कि कंतित के भारशिव सम्राट् और उनके अयोध्यावासी गुरु योगिराज नागेश्वर ने नगर के व्यापारियों और शिल्पियों से आए-दिन पैसों की माँग कर-करके सबको दुखी कर दिया है। यज्ञों के लिए पैसों की माँग से इस समय प्रायः सभी कर्मकाण्डी ब्राह्मणों और शैव, पाशुपत, कनफटे जोगीड़ों के प्रति घृणा का वातावरण बना हुआ था। राज्य कर्मचारी उनके प्रभाव से डरते थे। किसी ओहदेदार कर्मचारी का अपने अधीन किसी कर्मचारी पर अंकुश नहीं रह गया था। धन के लोभ में चार वैदिक मिलकर किसी भी धन्धे की श्रेणीवालों के मत्थे अपनी 'स्वाहा-स्वाहा' का खर्चा मढ़कर उन्हें तंग करते थे। सोमाहुति खिन्न मन से यह सब सुनते रहे, फिर पूछा : "मेरे लिए आगे की व्यवस्था क्या है भाई? क्या फागुल्ल महतो के आने तक मुझे यहीं ठहरना होगा।"

चिरंजी लाला बोले : "नहीं महाराज। आपके ठहरने का प्रबन्ध दिवाकर मुनि के आश्रम में पहले ही कर दिया गया है। आप चाहें तो अभी पहुँचा दूँ।"

"यही उचित होगा। ब्राह्मण के सान्ध्य कर्म अब मुझे पुकार रहे हैं।"

चिरंजी लाला उन्हें लेकर दिवाकराश्रम चलने के लिए प्रस्तुत हुए। उससे पहले उन्होंने एक सेवक घुड़सवार को श्रेष्ठि-सार्थवाहकुलिक निगम के अध्यक्ष महासेट्ठि धनक की कोठी पर दौड़ा दिया। फागुल्ल महतो वहीं गये हुए थे।

दिवाकर पृथ्वीपुत्र शाण्डिल्य गोत्रीय ब्राह्मण पिता एवं शूद्रा माता की सन्तान थे। उनके पिता ने उनके ब्राह्मणी जाए भाई को ही सारे संस्कार दिये। इन्हें विद्या के क्षेत्र में प्रोत्साहन देने से इनकार कर दिया । पिता से तिरस्कृत होकर वे पुनः अपनी माता के पास आये। माता ने कहा : "बेटा, शूद्रा पृथ्वी की पुत्री होती है। प्राचीन काल में तुम्हारे ही समान शूद्रा से उत्पन्न एक विद्याकांक्षी ब्राह्मण कुमार ने अपने पिता के द्वारा इसी प्रकार तिरस्कृत होने पर माता की आज्ञा से ज्ञान अर्जित करके ऐसा श्रेष्ठ ब्राह्मण ग्रंथ रचा कि उसके बिना आज ऋग्वेद को समझा नहीं जा सकता। ब्राह्मणी के बजाय इतर जाति की स्त्री से जन्म लेने के कारण उस मेधावी युवक ने अपने-आपको ऐतरेय घोषित किया था। इसी श्रेष्ठ ब्राह्मण ग्रंथ के रचयिता ऐतरेय महीदास ने स्वानुभवसिद्ध एक मंत्र लोक को दिया है।—चरैवेति-चरैवेति।"

अपनी माता से यही मंत्र पाकर दिवाकर पृथ्वीपुत्र ने महीमण्डल में घूम-घूमकर ऐसा ज्ञान अर्जित किया कि आज वे काशी के प्रायः सभी श्रेष्ठ-ब्राह्मण-अब्राह्मण विद्वानों के द्वारा एक-सा आदर पाते थे। काशी में अस्सी के निकट एक रम्य उपवन में उनका आश्रम था। वे सद्गृहस्थ थे तथा अनेक मतों के सद्गृहस्थ आचार्यों को एकत्र करके उन्होंने एक सर्व धर्म विद्यापीठ की स्थापना कर रखी थी। अनेक परिव्राजक, मुनि तपस्वी भी उनके यहाँ प्रायः नित्य ही पधारा करते थे। भागवत, पौराणिक, पांचरात्रिक, शाब्द, साप्त तन्तव,

धर्मशास्त्री, औपनिषद्, ऐश्वर कारणिक, आर्हत, मस्करी, श्वेतपट, केशलुंचक, पाण्डुरिभिक्षु, वर्णी, काणाद्, कापिल, लोकायतिक और बौद्ध आदि सभी मतों के लोगों का जमावड़ा दिवाकराश्रम में एक अनन्तकालीन सत्र के रूप में हुआ ही करता था। नगर के अनेक जिज्ञासु भक्त जन प्रायः सभी जातियों के लोग वहाँ आया ही करते थे। नगर, जनपद के सभी क्षेत्रों से दिवाकराश्रम को अनेक प्रकार से विपुल सहायता मिलती रहती थी। योगिराज नागेश्वर अयोध्या की सरयू वाशिष्ठी तथा काशी के दिवाकर पृथ्वीपुत्र से बहुत अधिक चिढ़ते थे। सरयू मैया समुद्र की भाँति गर्जनशील थीं। किन्तु दिवाकर पृथ्वीपुत्र गंगा प्रवाह के समान शान्त और गंभीर थे। इन दोनों ही ने नागेश्वर योगिराज को कभी अपनी वैचारिक एकच्छत्रता स्थापित न करने दी। काशी, कोसल जनपदों में इन दो व्यक्तियों का अतुल प्रभाव होने के कारण ही नागेश्वर इन पर केवल दाँत पीसकर रह जाते थे। एक बार अभी कुछ दिन पहले भारशिव महाराजों के यहाँ अतिरुद्र याग करने के अवसर पर योगिराज ने दिवाकराश्रम में किसी कुत्सित व्यभिचार का कलंक लगाकर आश्रम को आनन-फानन में तहस-नहस करवा डाला था। अनेक आचार्य और विद्यार्थी घायल भी हुए, किन्तु उस समय काशी की कुलिक, श्रेष्ठि, श्रेष्ठि-कुलिक तथा श्रेष्ठि-सार्थवाह-कुलिक आदि सभी निगमों और बढ़इयों, पत्थर, चमड़े, धातु, हाथी दाँत के कर्मकर, कसेरे, बँसोर, जुलाहे, जौहरी, कुम्हार, रँगरेज, नाई, कसाई आदि नगर की अट्ठाइस श्रेणियों के चौधरियों ने एक साथ मिलकर भारशिव सम्राट के सामने अपना विनम्र दृढ़ विरोध प्रकट किया था। ब्राह्मण-संघ तथा अनेक प्रतिष्ठित ऋषिकुलों के द्वारा भी इस अन्याय के विरुद्ध प्रतिरोध प्रकट किया गया था। नागेश्वर योगिराज की एक न चली। जैसे उनका आश्रम तहस-नहस किया गया था, वैसे ही जादू की तरह काशीवालों ने दिवाकर पृथ्वीपुत्र का आश्रम रात-दिन एक करके बारह पहर में फिर से स्थापित कर दिया।

चिरंजी लाला बड़े पहुँचे हुए दुनियादार थे। उन्होंने एक धावक को दौड़ाकर आश्रम में भार्गव के आने की सूचना भेज दी और बीच में थोड़ा समय महात्माजी को एक-आध दर्शनीय स्थल का भ्रमण कराते हुए जब वे उन्हें साथ लेकर दिवाकराश्रम पहुँचे तो द्वार पर अनेक आचार्य और विद्यार्थीगण उनका स्वागत करने के लिए खड़े हुए थे। शंखध्वनि और वेदोच्चार के साथ व्यासजी का स्वागत हुआ। महात्मा दिवाकर पृथ्वीपुत्र अभी अपनी पाई हुई चोटों से उबरे न थे, पर सोमाहुतिजी के आगमन को सुनकर वे अपनी रोगशैया पर लेटे न रह सके। अपनी प्रौढ़ा पत्नी का सहारा लेकर दाहिने पैर से लँगड़ाते और दाहिना हाथ पट्टी में लटकाए हुए बाहर आ गए। कथामण्डप में विधिवत अर्घ्य-पाद्य, नैवेद्यादि अर्पित करके तथा कुशल क्षेम के विध्यिनुकूल प्रश्नों के उपरान्त आचार्य और विद्यार्थी मण्डली को सम्बोधित करते हुए उन्होंने भार्गववंश का महिमामय इतिहास बतला कर कहा कि आरंभ में भृगु भी शिवभक्त ही थे। किन्तु बाद में जब उन्होंने भगवान् विष्णु की छाती में लात मारकर भी उन्हें अपने प्रति अत्यन्त सहिष्णु पाया तो उनकी इस महत्ता के प्रति वे विनत हो गए। वैष्णव धर्म विशेष रूप से, वासुदेव और सात्वतों के नारायणीय धर्म से संयुक्त होकर इस वंश ने एक लाख श्लोकोंवाली महाभारत संहिता की रचना की थी। व्यास सोमाहुतिजी ऐसे यशस्वी वंश के गौरव और भागवत धर्म के सुख्यात व्याख्याता को अपने बीच में पाकर हम आज धन्य हुए हैं।"

लौकिक शिष्टाचारों के बाद दिवाकर पृथ्वीपुत्र भार्गव सोमाहुति को एकान्त मंत्रणा के लिए अपनी कुटी में ले गए और कहा : "अयोध्या से आपके चलने का सन्देश हमें सरजू मैया से सीधा ही प्राप्त हुआ था। वे सदा ही दोहरा प्रबन्ध करती हैं। जब फागुल्ल के यहाँ से संदेश मिला तो मैं आपके स्वागत के लिए प्रस्तुत हो चुका था।"

"बढ़इयों के गाँव में पहुँचने के पहले मुझे उनके पड़ोसी बुनकरों के एक शंकाजाल में फँसना पड़ा था। उससे पता चला कि यहाँ साधु वेशधारी लोग, युवती स्त्रियाँ और कन्याएँ उड़ाने में यथेष्ट कुख्याति सिद्ध कर चुके हैं।"

दिवाकर जी किंचित् मुस्कराए, फिर कहा : "यह सब राजनीति का खेल है महात्मन् ! मगधराज चंद्रगुप्त नागेश्वर की साधु सेना के कलंक को एक प्रकार की तात्कालिक उत्तेजना का रूप दे रहे हैं। (हँसकर) जो गिरोह लकुलीश पाशुपत वेशधारी साधु बनकर यों इधर-उधर लड़कियाँ उड़ाता है, वही बाद में प्रजा के रक्षक का रूप धारण करके भी आता है। नाटक, कोरा नाटक, पर राजनीति में यह नाटकीयता कभी-कभी कितनी आवश्यक होती है, यह मैंने अभी कुछ ही दिन पहले स्वयं देख लिया। मेरा आश्रम ध्वंस किए जाने की नाटकीय स्थिति को छद्मवेषधारी चंद्र राजा की संगठन शक्ति के द्वारा प्रस्तुत नाटकीयता से जिस प्रकार काटा गया, वह युक्ति हम-आप वैचारिक जगत् में रहने वाले लोग संभवतः कभी सोच भी न पाएँगे।"

"ठीक है महात्मन्, लोकधर्म की दृष्टि से मैं भी उसे कभी-कभी आवश्यक मानता हूँ। पर कौन हैं यह चन्द्र राजा और यहाँ क्यों छिपे हुए हैं?"

दिवाकर पृथ्वीपुत्र हँसे, कहा : "छोटा राजा जब बड़ा बनना चाहता है, तब साम, दाम, दण्ड, भेद आदि नीतियों का अनुसरण करता ही है। आप उनसे मिलकर निश्चय ही प्रसन्न होंगे। ऐश्वर्य भोगादि में लिप्त होने पर भी वे परम भागवत हैं।"

सोमाहुति राजा चंद्रगुप्त से भेंट करने के लिए उत्सुक हुए। उन्हें बतलाया गया कि उनके जैसे श्रेष्ठ विद्वान और तपस्वी से भेंट करने के लिए राजा स्वयं ही यहाँ पधारेंगे।

१४

प्रतापी लिच्छवि गणतन्त्र की छत्रछाया में पनपनेवाले मगध के गोद अधिकारी महाराज चंद्रगुप्त पिछले एक मास से काशी के महासेट्ठि धनक की हवेली में गुप्तवास कर रहे थे। इस गुप्तवास का कारण राजा चन्द्रगुप्त की महत्वाकांक्षा थी। वे लिच्छवि-राजकन्या कुमार देवी का वरण करने के लिए पिछले एक वर्ष से विरह-व्याकुल थे। लिच्छवि गणमुख्य को चंद्रगुप्त से व्यक्तिगत रूप में कोई शिकायत न थी। वह तेजस्वी, सुन्दर, राजनीति-कला में

चतुर और अस्त्र-शस्त्र विद्या में इन्द्र के समान सिद्धहस्त था। कमी केवल यही थी कि वह मात्र तीन पीढ़ियों का अधिराजा था। उसे अपनी कन्या देने से अनेक लिच्छवि राजकुमार असन्तुष्ट हो सकते थे। कुछ महीनों पहले चंद्रगुप्त सरजू मैया की सेवा में आया था। सरजू मैया ने चन्द्रगुप्त के पिता अधिराजा घटोत्कच की श्रद्धा, भक्ति और सेवा भाव से प्रसन्न होकर उनका कुल-पौरोहित्य स्वीकार किया था। सरजू मैया के पिता ने लिच्छवियों को भी प्राचीन इक्ष्वाकु वंशीय घोषित करके उनका पौरोहित्य स्वीकार किया था। सरजू मैया भी लिच्छवियों में अत्यधिक सम्मानित थीं। मैया ने चंद्र को मगध नरेश कल्याण वर्मन की गोद में बैठाया था। मैया ने चंद्र को काशी आदि पर अधिकार कर लेने के लिए प्रेरित किया। उन्होंने कहा कि कान्तिपुरी के भारशिव सम्राट अब केवल मिट्टी के शेर भर ही रह गए हैं। उन्हें युक्ति से परास्त किया जा सकता है, तुम मुझे वह युक्ति करके दिखलाओ, मैं तुम्हें लिच्छवियों का जामाता बना दूँगी। चन्द्रगुप्त की महत्वाकांक्षा को इस प्रेरणा से और ऊँचे उड़ने का बल मिल गया। उस समय भी अयोध्या से लौटते हुए वह लगभग एक सप्ताह तक काशी में रहा था। धनक उसके सगोत्री और दूर के सम्बन्धी भी थे। अपना भेद न बतलाते हुए भी बातचीत में टोह लेते हुए उसने धनक से यह जाना था कि काशी का प्रायः समस्त व्यापारी वर्ग भारशिव सम्राट् और विशेष रूप से नागेश्वर योगिराज से असन्तुष्ट था। शासन में निरंकुशता अधिक आ गई थी। इसी प्रकार कुछ महीनों तक क्रमशः टोह लेते हुए चन्द्रगुप्त ने अपनी युक्ति सफल करने के लिए एक योजना बना ली। जिस समय सम्राट् भवनाग अतिरुद्र याग संपन्न करने के लिए कन्तित से काशी पधारे थे, उसी समय चंद्रगुप्त ने पाटलिपुत्र से कुछ आगे मगध से कंतित आनेवाले राजकोष को लूट लिया। भारशिव कुछ भी न कर सके। वह धन शक्ति लेकर पिछले मास चंद्रगुप्त काशी आया था। और धनक के घर में गुपचुप बैठकर उसने काशी के अहीरों, नागों और लड़वैये क्षत्रियों को अपने लिए संगठित करना आरंभ किया। बीच-बीच में वह प्रयाग और कोशांबी भी जाता रहा। दूसरी बार प्रयाग में चंद्रगुप्त ने भारशिव राजकोष को लूटा। सम्राट् तब भी उसका न तो कुछ बिगाड़ पाए और न यह ही जान पाए कि यह काम किसने किया है। सम्राट् के काशी में रहते हुए जब योगिराज नागेश्वर ने अपने जी की भड़ास निकालने के लिए दिवाकर पृथ्वीपुत्र का आश्रम उजड़वाया, तो उसके दो ही दिन बाद काशी और प्रयाग में किसी लिच्छवि कुमार के द्वारा सत्ता ग्रहण कर लेने की बात चतुर्दिक फैल गई। प्रयाग, कोशांबी को अपने एक विश्वस्त और चतुर युवा मंत्री के अधीन करके चंद्रगुप्त तुरंत ही फिर काशी पहुँचा और उसने महासेट्ठि धनक को इस बात के लिए बाध्य किया कि वह काशी की सभी निगमों और श्रेणियों के जेट्ठकों को लेकर सम्राट से मिले और दिवाकराश्रम के ध्वंस किए जाने पर अपना विरोध प्रकट करें। उन्हें यह जतला दें कि यदि दिवाकर पृथ्वीपुत्र को तुरंत ही फिर से न बसाया गया तो काशी, कोसल में भी भयंकर विद्रोह हो जाएगा तथा लिच्छवि कोशांबी और प्रयाग की तरह ही इस क्षेत्र में भी उसका लाभ उठा लेंगे। चंद्रगुप्त की इस युक्ति से भारशिव सम्राट् तो उस समय दब गए, किन्तु धनक के मन में चंद्रगुप्त के लिए प्रबल ईर्ष्या भी जाग उठी। इसके लिए एक कारण और भी था। धनक सेठ की चौथी तरुणी भार्या रंभा चंद्रगुप्त के पीछे दीवानी हो रही थी।

धनक की चार सेठानियाँ थीं, जिनमें पहली और उससे उत्पन्न होने वाले दो पुत्र वर्षों पहले दिवंगत हो चुके थे। ज्योतिषियों के द्वारा संतान योग बतलाए जाने के कारण उन्होंने चढ़ती उमर में पाँच विवाह और किए, जिनमें दो फाँसी लगाकर मर गईं, एक नौकर के साथ भाग गई और दो बाँझ महिषियाँ घर में कलह का वातावरण प्रस्तुत करती रहने में समर्थ सिद्ध हुईं। दो वर्ष पहले अपने एक दिवंगत सार्थवाह मित्र की इकलौती कन्या से उन्होंने अपने गले में हठात् वरमाला डलवा ली थी। रंभा की सगाई उसके पिता किसी से तय कर गए थे। लेकिन उसके सुघड़ सलोने रूप ने धनक को ऐसा लुभाया कि वे सारा नीति-धर्म भूल गए। पिछले एक वर्ष से धनक यंत्र-मंत्र, औषधादि के अनेक प्रयत्न करके हार गए, पर वे रंभा को अपनी सन्तान की माता न बना सके।

सगोत्री और संबंधी होने के कारण चन्द्रगुप्त हवेली के भीतरी भाग में ठहराए गए थे। रंभा चन्द्र की चकोरी बन गई। राजा चन्द्र को देखने से उसके चहरे पर चमक आ जाती थी। बाकी सारा समय गहरी उदासी में बीतता था। धनक बहुत चेष्टा करने पर भी उसकी उदासी का कारण न जान सके। वह उनकी जितनी ही उपेक्षा करती या चिड़चिड़ाती, धनक उसे उतना ही अपने धन-वैभव से रिझाने का प्रयत्न करते। नित नई-नई वस्तुएँ आतीं। भाँत-भाँत की बोलनेवाली चिड़ियों का जंगल सातवीं सेठानी के कक्ष में मंगल मनाता था। नट, बाजीगर आदि के खेल विश्वस्त नौकरों की निगरानी में आए-दिन होते ही रहते, पर रंभा सेठानी का मन किसी तरह भी नहीं बहलता था। सेठानी की एक चतुरा दासी ने भेद भाँप कर रंभा को प्रणय निवेदन का खेल समझाना आरंभ किया। धनक सेठ के घर महाज्वाला देवी की पावन लपटों से प्रज्ज्वलित चंदन काष्ठ एक कुण्ड में प्रतिष्ठित था। किसी साधु के द्वारा बतलाए जाने पर सन्तानेच्छुक धनक सेठ ने लाखों कोस दूर अत्रिपत्तन के दग्ध स्थान की महाज्वाला से यह अग्नि मँगवाई थी। अग्निकुण्ड गत वर्ष तीसरी सेठानी के महल से उठवाकर रंभा सेठानी के महल में प्रतिष्ठित किया गया था। तब से जलन के मारे तीसरी उस पवित्र अग्नि को निस्तेज करने के लिए विविध उपाय करती ही रहती थी। दासी ने रंभा को सुझाया कि अग्निकुण्ड उस महल में रखवा दिया जाए जिसमें चन्द्रगुप्त रहते हैं। इससे पवित्र अग्नि की सुरक्षा भी होती रहेगी और सेठानी को अपने मनभावन का दर्शन भी अग्निदर्शन के बहाने नित्य प्रति होता ही रहेगा।

यह बहाना अच्छी तरह से सध गया। धनक चन्द्रगुप्त की तरफ से आश्वस्त थे; परन्तु रतिपीड़ित रंभा की उन प्यासी आँखों का भला क्या किया जा सकता था, जो चंद्रगुप्त को निरन्तर लुभाने का प्रयत्न करती ही रहती थीं। चतुरा दासी के हाथों रंभा सेठानी के यहाँ से पान बनकर आने लगे। पहले कुशलता से बँधे बीड़े आये अर्थात् यह जतलाया गया कि प्रणय निवेदन करने वाली स्त्री फूहड़ नहीं है। फिर एकाध दिन के बाद बीड़ों का आकार बाण जैसा हो गया, जिसका अर्थ यह था कि हे नायक, तू कामदेव के बाणों की तरह मेरे हृदय में बिंध गया है। चंद्रगुप्त इन बीड़ों को लेता, कभी-कभी मुस्कुरा भी देता और दासी को कुछ उपहार देकर प्रसन्न भी कर देता था। एक दिन दासी दो लगे हुए पान एक-दूसरे पर चित्त-पट रखे हुए सुवासित मसालों से भरपूर बीड़े बाँधकर उन पर लाल डोरा लपेटकर लायी। वह मिलन उत्सुकता का संकेत था। चतुर चन्द्रगुप्त के लिए यह ताम्बूल-संकेत

अनबूझे नहीं थे, परन्तु वह उस समय कुमार देवी के प्रेम में इतना लिप्त था कि सुहानी लगने पर भी उसने रंभा को विशेष प्रोत्साहन न दिया। इसके अतिरिक्त वह त्रियाचरित्र से सतर्क भी था। सेठ की चहेती के उत्कट प्रणय निवेदन को यदि वह इनकार कर दे, तो कहीं बदला लेने की भावना में उत्तेजित नारी सेठ से कुछ झूठ-सच जड़कर ऐसी स्थिति न उत्पन्न कर दे जिससे कि चंद्र के राजनीतिक उद्देश्यों को किसी प्रकार की ठेस लगने की संभावना उत्पन्न हो जाए। इसलिए वह भी अग्निदर्शन के लिए आयी हुई रंभा से मीठी नजरें लड़ाने लगा था। कभी कोई सुगंधित वस्तु, छोटी इलायची, लौंग या लाल फूलों की माला दासी के हाथों भेज दिया करता था। रंभा की दासी ने संकेत में दो-चार बार चन्द्रगुप्त से बात चलाने का प्रयत्न किया, परंतु चंद्रगुप्त ने उसे प्रोत्साहित न करके बात को कन्ने ही से काट दिया। दिवाकर पृथ्वीपुत्र का आश्रम जलने से पहले चंद्रगुप्त अपनी प्रयाग, कोशाम्बी विजय के लिए कुछ दिनों नगर से बाहर रहकर जब धनक की हवेली में लौटा, तो अग्निदर्शन के समय रंभा ने अपने हाथों दासी को दो संकेत दिये, जो उसके सामने ही चंद्रगुप्त को दे दिये गये। तीव्र कामज्वर के प्रतीक रूप में कटु द्रव्य और देह अर्पण की इच्छा के रूप में कपास पाकर चंद्रगुप्त ने थोड़ी देर के बाद ही अंकुशाकार पान के बीड़े और एक बहुमूल्य हीरे की अँगूठी भिजवा दी। यानी यह जतला दिया कि उसे भी प्यार बहुत है, पर अंकुश भी अनुभव करता है। इस घटना के बाद ही काशी में राजनीतिक दृष्टि से पट-परिवर्तन हुआ।

चन्द्रगुप्त ने दिवाकराश्रम के जलाए जाने के प्रतिरोध में जब धनक को समस्त निगमों और श्रेणियों के जेट्ठकों के साथ सम्राट् के पास जाने को बाध्य किया और प्रयाग, कोशाम्बी को लिच्छवियों के लिए अपने द्वारा जीतने की बात बनाकर बतलाई, तो धनक ईर्ष्यालु हो उठा था। धनक की जलन चन्द्रगुप्त के लिए कोई संकट न उपस्थित कर सके, इसलिए उस पर अपना अंकुश रखने के लिए चन्द्रगुप्त ने अब धनक के बूढ़े मन में आग दहकाने का पूरा निश्चय कर लिया। धनक के संकट से उबरने के लिए चन्द्रगुप्त के सौभाग्य ने पहले ही से उस बूढ़े के मन की सबसे कमजोर नस उसको सौंप रक्खी थी। दूसरे ही दिन प्रातः काल अग्निदर्शन के लिए आई हुई रंभा की हथेली में चन्द्रगुप्त ने बड़ी चतुराई से मुनक्का के दो दाने रखकर उसकी मुट्ठी दबा दी और आँखों से चाहत के हण्डे उँड़ेलकर चला गया। मुनक्का के दाने मिलन कामना के संकेत थे। चन्द्रगुप्त की आँखों में खुली चाहत और मुनक्कों का संकेत पाकर रंभा दीवानी हो उठी; महामगन। अब मिलन कैसे हो, कब हो, कहाँ हो ? यही तलाबेली उसके मन में मच उठी।

इसके दूसरे ही दिन धनक ने चन्द्रगुप्त से कहा कि सम्राट के भेदियों को कुछ शंका हो चुकी है। इसलिए चन्द्रगुप्त का अब उसकी हवेली में रहना उचित न होगा। चन्द्रगुप्त समझ गया, परन्तु इस समय उसे कोई चिन्ता नहीं थी। बूढ़े को तिगनी का नाच नचाने के लिए नियति ने पहले से ही उसे रंभा सौंप रखी थी। उसने धनक से कहा कि कल तुम्हारी हवेली छोड़ दूँगा और फिर चुपचाप रम्भा की विश्वस्त दासी को बुलाकर, उसे उपहारादि देकर यह मंत्र दिया कि चन्द्रगुप्त के लिए अपनी उत्कट चाहना की बात रम्भा, बूढ़े के सामने खोलकर कह दे। कहे कि यदि वह गया तो मेरी भी जान जायेगी या फिर मैं खुलेआम उसके पीछे-पीछे घर से निकल जाऊँगी।

बूढ़ा धनक अपनी बदनामी और अपनी चहेती के प्राणों के मोह से बँधकर चन्द्रगुप्त की डुगडुगी पर नाचने के लिए बाध्य हो गया। उसके दर्प-विषदंत टूट चुके थे। रंभा के फाँसी लगाकर मरने या भाग जाने का खुला कलंक सहना बूढ़े धनक की मान-प्रतिष्ठा और बढ़ी हुई आयु के लिए असह्य था। अकेले में चन्द्रगुप्त की तिरस्कार भरी, पौरुष की चमक भरी आँखों से उँड़ेला हुआ अपमान बूढ़ा धनक न सह पाकर भी सह जायेगा। परन्तु लोक की तिरस्कार भरी दृष्टि उसके शेष जीवन की प्रतिष्ठा के लिए घातक होगी। धनक निःसन्तान है। उसकी कोठी के साथ व्यापार करनेवालों का भविष्य कभी अचानक अंधेरे में डूब भी सकता है—यह चर्चा इधर कुछ वर्षों से थोड़ी-बहुत इधर-उधर सुनाई पड़ने लगी थी और धनक के हृदय को कचोटती भी थी। वर्तमान स्थिति ने बूढ़े धनक की यथार्थ व्यावहारिक बुद्धि के ऊपर से मिथ्या अहम् की केंचुल उतार दी। कुशल बनिये की तरह वह नुकसान से भी कुछ-न-कुछ नफा कमा लेने की बात भी सोचने लगा। चंद्रगुप्त सगोता है, अपना नातेदार है; अगर इससे ही मेरा कुल आगे बढ़ जाए तो हर्ज क्या है। मेरी जैसी हीन शक्ति वाले पुराने राजे-महाराजे आखिर अपने पुरोहितों से अपनी रानियों में सन्तान उत्पन्न कराते थे कि नहीं। यह सब सोचकर धनक ने अपनी विद्रोहिणी लड़ैती को प्यार से लिपटाकर यह आश्वासन दिया कि वह उसे अपने प्रेमी से मिलने की सहर्ष अनुमति और सुविधा देगा। रम्भा को केवल इतना सचेत रहना चाहिए कि इस बात की किसी को कानोंकान खबर न लगे।

दूसरे दिन छप्पन करोड़ की हैसियतवाली ध्वजाधारी हवेली के धनी, श्रेष्ठियों, सार्थवाहों और कुलिकों की सम्मिलित महानिगम के अध्यक्ष, महासेट्ठि धनक स्वयं अपने ही घर में निस्तेज होकर चन्द्रगुप्त की जंजीर में बँधे पालतू चीते हो गये।

●

१५

●

●

धनक की विवशता से उपजी व्यवहार नीति को चन्द्रगुप्त की चतुराई ने हीनताग्रस्त होने से केवल बचा ही नहीं लिया, वरन् उन्हें पितृ तुल्य व्यवहार देकर उनके मन का नक्शा ही बदल दिया। रम्भारमण बनकर अपनी पहली भेंट में चन्द्रगुप्त ने धनक के प्रति वैसी ही अर्थ छद्म आनंदयुक्त विनय दिखलाई, जैसी कि सुहागरात बिताकर नया मर्द बेटा अपने बाप के प्रति सहज दिखाता है। बूढ़े धनक की आँखों में वार खाए हुए दर्प की लहरें कई बार ऊँची उठकर आईं, पर चन्द्रगुप्त की सधी विनय के घाट से टकराकर बिछ-बिछ गईं। चंद्र से नगर की ताजी समस्या को लेकर वार्ता के सूत्र उठाते हुए कहा : "सुना है, देवनाग ने कल बढ़इयों के सम्बन्ध में आपका अनुरोध तक ठुकरा दिया।" ठुकराना शब्द नई

ठोकर-सा लगा, गर्दन दूसरी ओर घुमाकर हल्के-हल्के अपनी कनपटी खुजाते हुए अनमने स्वर में धनक ने उत्तर दिया : "हाँ ऽऽ! कलिकाल है भाई। आजकल कौन किसकी सुनता है। सभी मनमाने हो गए हैं।"

"कोई भी कुशल प्रशासक काशी के प्रथम पुरुष की बात व्यर्थ करने की मूर्खता कदापि न करता। देवनाग को इस मिथ्या दम्भ का दण्ड मिलना ही चाहिए तात। आपका यह अपमान मैं सहन नहीं कर पा रहा हूँ।"

'तात' शब्द अनोखा लगा। चन्द्र ने इतने दिनों में आज पहली बार उनके लिए इस शब्द का प्रयोग किया था, यों अब तक 'आर्य' कहकर ही संबोधन किया करते थे। धनक सेठ के मन को यह रिश्ता अपनी वर्तमान स्थिति में ग्रहण करने में संकोच लगा, परन्तु बातचीत के क्रम में हर उपयुक्त स्थिति पर यह शब्द उन्हें इतनी बार और इतने ढंग से सुनने को मिला कि उनके मन को नथते ही बना। समझौते के लिए पहले ही से वे तैयार हो चुके थे। अब चंद्रगुप्त उनकी अहंता का संरक्षक बनकर अपने-आपको इस तरह से आरोपित करने लगा कि उनसे कतराते न बना। यज्ञ के समय सम्राट और योगीश्वर के बृहत् आवासों की सजावट तथा कुरसी, पलंग, चौकियाँ आदि बनवाने का ठेका धनक की सलाह से महावड्ढक्कि ग्राम के चौधरी को सौंपा गया था। सम्राट और उनके रनिवास का काम तो चौकस रहा, पर गुरु महाराज के आश्रम में कसर इतनी रह गई कि योगीश्वर के विशाल कथा-मण्डप के निर्माण में उसी काष्ठ का प्रयोग न हो सका, जो सम्राट के यहाँ लगा था। चतुर मुँहलगों के अनुसार कारण यह बना कि बौद्ध मतावलम्बी बढ़इयों ने जानबूझकर नाग सम्राट् के गुरु के प्रति यह घोर अवज्ञा दिखलाई है। नागेश्वर योगिराज की 'अलक्ष्य' इच्छा से प्रेरित होकर काशी के प्रशासक देवनाग ने बढ़इयों को दण्ड देने के लिए, ठेके के अनुसार समय पर काम करके न देने, लकड़ी खराब और शिल्प में सफाई न होने के अनेक दोष जतलाकर उनके दाम जब्त कर लिये। बढ़इयों ने निवेदन किया कि दाम कुछ कम-बेशी करके ही दे दिये जाएँ, परन्तु प्रार्थना अनसुनी कर दी गई। इस पर बढ़इयों ने धनक सेठ से आकर मध्यस्थता करने के लिए कहा। वे सहमत हुए, देवनाग से जाकर मिले, पर उनकी बात अकारथ गई। कल से नगर की सभी व्यापारिक श्रेणियों में इसके कारण क्षोभ है। आज एक पर तो कल किसी और पर बीत सकती है। जब छप्पन करोड़ से अधिक की हैसियतवाले ध्वजधारी धनीधोरी तक की बात टल जाएगी, तो व्यापारी भला किस भरोसे पर नागराजा के राज में बसेंगे। चन्द्रगुप्त, जो मगध में लूटे हुए राज खजाने की बदौलत नगर के हर वर्ग में लुके-छिपे ढंग से राजद्रोह फैला रहे थे, कल से बढ़इयों को सामूहिक रूप से राजद्वार पर गुहार लगाने के लिए भड़का रहे थे। बढ़ई धनक का संकेत चाहते थे और धनक चुप थे। धनक के जी में चंद्रगुप्त के प्रति रोष था। उनके संकेत से चन्द्रगुप्त लाभ उठा लेंगे, वह क्यों न अवसर का लाभ उठाकर काशी के अधिपति बन जाएँ—उनका कुंठित पौरुष इस महत्वाकांक्षा की आड़ लेकर अपनी रक्षा करने का छलावा कर रहा था। जब चन्द्रगुप्त ने दो-तीन बार उलट-फेर कर अपनी बात को कहा तो वे तमक कर बोले : "व्यापारी घाटे का सौदा क्यों करे? दूकान मैं सजाऊँ और व्यापारी तुम बनो—यह कैसे हो सकता है?"

"आपका यह भय निराधार है। श्रेय आपको भी मिलेगा और लाभ तो होगा ही। किन्तु व्यवसाय-वाणिज्य के समान ही राजनीति का विधान भी स्वतंत्र होता है तात। आप मुझसे कहीं अधिक अनुभवी और विज्ञ हैं। व्यापारी और कर्मकार अपना धन्धा बढ़ाएगा या लुटेरों से अपनी रक्षा करने में ही व्यस्त रहेगा? मेरे साथ प्रतापी लिच्छविगण की शक्ति है। मैं कान्तिपुरी और पद्मावती के दो नाग केन्द्रों के बीच की भूमि जीतकर अपने अधीन रख सकूँगा। मैं अहिच्छत्रा के नागराज्य को भी अपने अंकुश में रख सकूँगा, क्योंकि नेपालाधीश की सुता से मेरे विवाह की बात चल रही है।"

"अच्छा, यह तुमने मुझे नहीं बतलाया था।" धनक को इस सूचना से सन्तोष हुआ। उन्हें लगा कि उनकी रंभा शीघ्र ही चंद्रपाश से छूट जाएगी। चंद्र ने जान-बूझकर लिच्छवि राजकन्या से अपने संबंध की बात गुप्त रखी क्योंकि एक तो वह तब तक अनिश्चित थी और दूसरे राजनीतिक दृष्टि से अत्यन्त महत्व की सूचना थी। उसकी चर्चा का अभी समय नहीं आया था। नेपाल राजकन्या से उनके सम्बन्ध की बात भी यद्यपि अभी पक नहीं पाई थी, तथापि उसे कहने में विशेष हर्ज न था। चंद्र ने उत्तर में कहा : "माता वाशिष्ठी ने आदेश दिया था कि काशी कोसल से आततायी नागेश्वर की सत्ता समाप्त करके ही विवाह की बात सोचना। प्रसंगवश मुझे आज कहना पड़ा, अन्यथा वे स्वयं ही समय आने पर आपसे कहतीं। स्वर्गवासी प्रातः स्मरणीय आर्य घटोत्कच के सगे सम्बन्धियों में आप ही ज्येष्ठ हैं।"

धनक ने मान से मुँह फुलाकर कहा : "यह बात तुम्हें पहले ही सोचनी चाहिए थी।"

शिकायत का मर्म पहचानकर चतुर चंद्र ने अपने मन की हँसी को गम्भीर स्वर के आवरण से ढँककर उत्तर दिया : "स्वजाति के गौरव और अपने वयोवृद्ध पूज्य सम्बन्धी की नियति के निर्मम दण्डपाश से रक्षा के लिए मुझे अकरणीय तक करना पड़ा है। तात जानते हैं। देवनाग के रूप में नियति ने तात की महती प्रतिष्ठा को फिर आघात पहुँचाया है। नियति ने ही माता वाशिष्ठी के रूप में, नेपाल तथा लिच्छवियों से प्रगाढ़ मैत्री संबंधों की शक्ति से संयुक्त करके मुझे आपकी प्रतिष्ठा की रक्षा के लिए यहाँ भेजा है। तात यदि मुझे आशीर्वाद देने का यह अवसर चूक जाएँगे तो परिणाम शुभ न होगा। मेरा कुछ भी न जाएगा, आज न सही एक वर्ष बाद सही, इस भूमि को मैं तो हस्तगत कर ही लूँगा, परन्तु नगर के व्यवसायी कर्मकार वर्ग की आस्था एक बार स्खलित हो जाने से यह अविचारी राजकर्मचारी अयोध्या के दम्भी योगीश्वर की आड़ लेकर अपनी लूट वृत्ति को निरंकुश बनाते हुए आपको, और सारी काशी को जो त्रास देंगे, उसकी कल्पना तात स्वयं ही कर सकते हैं।"

ऊँच-नीच समझनेवाले 'तात' नथ गए, पूछा : "तुम चाहते क्या हो?"

"आप बढ़इयों की ओर से मुझे यह सूचना प्रचारित करने की आज्ञा दें कि आज तीसरे पहर महावड्ढक्कि गाम के सारे निवासी, आबाल-वृद्ध राजद्वार पर अनशन पाटी लेकर जा पड़ेंगे। और यदि ऐसा हुआ तो नगर की सभी श्रेणियाँ और निगम उनके प्रति सहानुभूति प्रदर्शित करने के लिए अपना सारा कारबार बन्द कर देंगी।"

"यह असम्भव है। अनिश्चित काल के लिए नगर का व्यापार नहीं रुक सकता।"

"केवल तीन दिन। भगवान् श्रीरामचंद्र की अनुकम्पा, माता वाशिष्ठी के योगबल तथा

तात के सहयोग की शक्ति से कल अथवा अधिक-से-अधिक परसों तक काशी की परम पावन भूमि पर धारण गोत्रीय अधिराज श्री गुप्त के वंश का साम्राज्य स्थापित हो जाएगा। धारण गोत्रीय महाश्रेष्ठी आर्य धनक ही वस्तुतः उसके संस्थापक होंगे, चन्द्रगुप्त तो नियति की ओर से नियुक्त एक निमित्त मात्र है।"

"इस सूचना के प्रसार से परिणाम क्या निकलेगा।"

"संघर्ष का बहाना। यह निश्चित है कि देवनाग बढ़इयों को रोकने के लिए सैनिक भेजेगा। मेरे यक्ष और आभीर वीर मूर्ख राजा और उसके अतिदम्भी गुरु के भाग्य-समुद्रों को लाँघ जाने के लिए मारुतिनंदन के समान सधे बैठे हैं।"

"चतुर हो, किन्तु जब प्रयाग से नाग सेना अथवा अयोध्या के बैरागी काशी के रक्षार्थ आ पहुँचेंगे तब क्या होगा?"

"प्रयाग और कोशांबी का प्रबन्ध हो चुका है। कोशांबी के श्रेष्ठि समुदाय का असंतोष आर्य से अविदित नहीं। प्रयाग के निषाद मेरे पक्ष में आ चुके हैं, इक्ष्वाकुओं के गाँव के गाँव मेरा संकेत पाने की प्रतीक्षा में हैं। केवल दस सहस्र स्वर्णमुद्राएँ पहुँचते ही लड़वैयों में उत्साह फैल सकता है। रही अयोध्या की योगीश्वर सेना—उसकी चिन्ता न कीजिए। डोमनगढ़ के राजा को उनसे उलझा दिया गया है। हुल्लड़ मच गया है कि डोमराजा अपनी एक प्रजा ब्राह्मण कन्या को उड़ाकर ले गया है। वह ब्राह्मण परिवार यहाँ काशी में बुला लिया गया, किन्तु वहाँ यह भ्रांति फैली है कि डोमराजा ने कन्या को उड़ाकर परिवार की हत्या करा दी है। अवध के डोम भी इस दंभी की ठुकाई करने के लिए मन ही मन मचल रहे थे, मेरा सहारा पाकर वे अब सामने आ गए हैं। यह सारा चक्र इसी एक मास से चला है। प्रयाग, कोशाम्बी में मेरे मंत्री, प्रधान सेनापति, चतुर भेदियों का दल और तीन हजार लड़वैये सुनियोजित ढंग से बिखरे हुए हैं। यह समस्त आयोजन तात की प्रतिष्ठा का तेज दिखलाने के लिए पहले ही से कर चुका हूँ। केवल आपके आशीर्वाद की छत्रछाया पाने के लिए उत्सुक हूँ।"

धनक सेठ ने सारी बातें सुनकर सौम्य स्वर में मुस्कुराकर कहा : "तुम बहुत चतुर हो चंद्रगुप्त। तुमने मेरे साथ चाहे जो किया हो, पर सगोत्री और मित्र के पुत्र की सहायता करने के अपने धर्म से मैं न चूकूँगा।"

चन्द्रगुप्त ने उठकर फिर सविनय झुककर आर्य धनक को प्रणाम किया। धनक ने प्रसन्न होकर अपने दोनों हाथों से उनकी पीठ थपथपाई और कहा : "विघ्नहर वक्रतुण्ड तुम्हारा मंगल करें। एक घड़ी के भीतर ही काशी में तुम्हारी इच्छित सूचना मध्यान्ह के सूर्य के समान सर्वत्र प्रकाशित हो जाएगी। प्रयाग की कोठी से जितनी धन राशि चाहोगे, तुम्हें मिल जाएगी।"

चन्द्रगुप्त जब उठने लगे तो धनक ने उनका हाथ खींचकर बैठाते हुए बहुत धीमे स्वर में कहा : "उस—'उसके' द्वारा मेरे सम्मान में कमी न आने पाए। बड़ी विद्रोही वृत्ति की हठीली और अल्हड़ है। देखना, उसके द्वारा मेरा बुढ़ापा इससे अधिक—"

चन्द्रगुप्त ने प्रसंग को यहीं समाप्त करने के लिए उनका हाथ दबाकर कहा : "मेरे जीते जी तात की प्रतिष्ठा पर किसी ओर से तनिक सी आँच भी न आने पाएगी।"

जिस समय महावड्ढक्कि ग्राम के निवासियों द्वारा राजद्वार पर अनशन करने की खबर काशी के सारे हाटों और हवेलियों में गर्मा रही थी, उस समय बढ़इयों के चौधरी, अहीरों के चौधरी के यहाँ भविष्य की नीति पर विचार करने के लिए बुलाये गए थे। चन्द्रगुप्त की कल्पनानुसार देवनाग ने सचमुच ही बढ़इयों को अपने गाँव में रोकने के लिए सैनिकों की एक टुकड़ी यह आदेश देकर भेज दी कि बढ़ई न मानें तो उनका गाँव उजाड़ डाला जाए जिससे दूसरे लोग आतंकित हो जाएँ। अहिराने की ओर जाते हुए चौधरी अपने गाँव की सीमा से बाहर निकले ही थे कि सैनिकों से घिर गए। सैनिकों ने उन्हें मारा-पीटा। हुल्लड़ मचा तो गाँव के कुछ और लोग पहुँच गये। वे भी घेरे और पीटे जाने लगे। इसके बाद तो गाँव की स्त्रियों और बच्चों का चीत्कार दूर-दूर तक सुनाई देने लगा। सैनिक अपने सामने के घरों को जलाने ही जा रहे थे कि दो ओर से लठैतों और धनुर्धरों की भीड़ दौड़ती हुंकारती हुई आ गई और सैनिकों को घेरकर उनकी ठुकाई करने लगी। डेढ़-दो सौ की भीड़ के आगे पचास सैनिक भला कहाँ तक ठहरते। हथियार और कपड़े रखवाकर दिगंबर सैनिकों को खदेड़ दिया गया। नगर में उनके पहुँचने से पहले ही उनकी दुर्दशा का रोचक विवरण गली-गली में फैल चुका था।

देवनाग उबल पड़ा। उसने तत्काल ही सारी सेना सजाने का आदेश दे दिया। सारे नगर-द्वार बंद करवा दिए गये। हथियारों से लैस होकर सिपाही इधर-उधर गश्त करने लगे। श्रेष्ठियों को आज्ञा दी गई कि वे अपने निजी पहरेदारों और दासों में केवल बालकों और वृद्धों को छोड़कर शेष सभी को हथियारों सहित किले में भेज दें। जो सेठ अपने यहाँ लड़वैये छिपाकर रखेगा, उनका सारा कारबार जब्त कर लिया जाएगा। सेठों को यह राजादेश अपमानजनक लगा, परन्तु धनक के कहने से उसका पालन किया गया, यद्यपि आदमी इने-गिने ही भेजे गए। कहा गया कि अधिकांश दास गण दिन में ही बिना कहे नगर से भाग गए हैं।

रात में गंगा तट पर नागे और विरक्त साधुओं के दो अखाड़ों में अचानक मारपीट आरंभ हो गई। तभी हुल्लड़ मचा कि शत्रु पश्चिमी द्वार तोड़कर घुस आए हैं। शबर सेना के चार नायक धनक के लोभपाश में फँसे जा चुके थे। नगर की चौकसी के लिए देवनाग उस रात स्वयं घोड़े पर सवार होकर चारों ओर दौड़ रहा था। नागा साधुओं ने अयोध्या के चेलों की ऐसी कुंदी बनाई कि वे गिड़गिड़ाने लगे। देवनाग उनकी रक्षार्थ पहले वहाँ जाने लगा, पर वैसे ही पश्चिमी फाटक टूटने के समाचार से बौखलाकर अपनी सारी टुकड़ियों को लेकर उधर दौड़ा। शबर सेना उस समय तक मदिरोन्मत्त होकर चंद्रगुप्त के कुशल भेदियों के कनफुसकी मंत्रों की लहरों पर उछल रही थी। एकाएक हुल्लड़ बँधा कि शत्रु दक्षिणी द्वार से घुस आए हैं—"शत्रु आ रहे हैं। शत्रु दक्षिणी द्वार से घुस आए हैं—शत्रु आ रहे हैं। शत्रु आ गए—आ गए—आ गए। वे लोग अंधेरे में तुम्हें धोखा देने के लिए हर-हर महादेव की गुहार कर रहे हैं। उनके छलावे में मत पड़ो। मारो-मारो।"

मतवाली सेना अपने ही पक्षधरों पर टूट पड़ी। नगर के भीतर गड़बड़ी फैल गई। एक शबर नायक धुन्धुम ने चंद्र ज्योतियों के प्रकाश में देवनाग को देख लिया। वह उसे और सम्राट को ज़ोर-ज़ोर से गालियाँ देने लगा। तब तक नगर में यत्र-तत्र छिपे हुए चन्द्रगुप्त के

वीर बाहर आ चुके थे। दो फाटकों के खुल जाने से बाहर की सेनाएँ भी नगर में प्रवेश कर चुकी थीं। सारी रात मार-काट मचती रही। देवनाग की शिखा पकड़कर घोड़े से खींचकर पटक दिया गया। उसकी मुश्कें कस दी गईं। नाग शासन की सेनाओं ने आत्मसमर्पण कर दिया।

एक पहर दिन चढ़ते तक नगर में महाराज चन्द्रगुप्त के नाम की डौंड़ी पिटने लगी। मेहतरों के द्वारा शव उठाए जाने लगे, गलियाँ और सड़कें स्वच्छ होने लगीं। अयोध्यावालों के मठ और उसके आसपास के कुछ घरों को छोड़कर नगर की शेष सम्पत्ति पूरी तरह से सुरक्षित रही। धनक सेठ की सतर्कता से काशी के किले और राजकोष पर भी किसी प्रकार की आँच न आने पाई। दिन बीतते न बीतते, नगर का शासन पूरी तरह से नई व्यवस्था के अन्तर्गत आ गया। सब कुछ ठीक था, केवल नये महाराज ही नहीं दिखाई पड़ रहे थे। सुना गया कि वे कौशांबी और प्रयाग विजय करके शीघ्र ही इस नगर में पधारेंगे।

●

१६

●

●

शासन-परिवर्तन की सूचना जादू की तरह अपना काम करने लगी। अवसरवादी सेठ सामन्त नए राजा को अपनी स्वामिभक्ति का परिचय देने के लिए उतावले होने लगे। पिछले राज्य से पोषित अत्याचारी लोगों में घबराहट फैली और नाग कुशासन से त्रस्त जन उत्साह में आकर भगवान् का गुणानुवाद करने लगे। आनन-फानन ही तोरण बन्दनवारों से राजमार्ग सजाया जाने लगा। अगरु गन्ध से मार्ग महकने लगे। राजमार्ग के दोनों ओर बने हुए भवनों की अटारियाँ दर्शकों से लद गईं। नए वस्त्र पहने त्रिपुण्ड लगाए, कानों में फूल और बेलपत्र खोंसे लोग-बागों की भीड़ गंगातट पर जमा होने लगी। काशी के सभी गण्यमान्य लोगों का जमघट जुड़ गया। थोड़ी ही देर में प्रयाग की ओर से आती हुई ध्वजा फड़काती नौकाएँ दिखलाई देने लगीं। तट पर खड़ी भीड़ ने जयघोष करना आरंभ किया। शंख, तुरही, नगाड़े आदि मंगल वाद्यों का तुमुल नाद दसों दिशाओं में अपनी गूँज भरने लगा। मध्याह्न के सूर्य की भाँति महाराज चन्द्रगुप्त ने काशी में प्रवेश किया।

अचानक शासन-परिवर्तन होने से नगर में एक प्रकार का दबदबा, भय और आश्चर्य का वातावरण बन गया था। कौन है यह नया राजा? कहाँ से आया है? अयोध्या के नागेश्वर महाराज जैसे सिद्ध व्यक्ति की शक्ति क्या अब इतनी क्षीण हो गई है कि शत्रु सेना का एक बूँद रक्त बहे बिना ही उनके शिष्यों के राज्य पर शत्रु का अधिकार हो गया? क्या नये राजा की पीठ पर नागेश्वर योगिराज से भी अधिक पहुँचे हुए किसी सिद्ध महात्मा का हाथ है? लगता है कि जैसे किसी सम्मोहिनी शक्ति से नये राजा ने सबको बाँध लिया है। राजा चन्द्रगुप्त के रूप, तेज और बल की प्रशंसा में अतिशयोक्तियों की बाढ़ आ गई थी। लेकिन वे श्रेष्ठि सार्थवाह अथवा वे जनसाधारण लोग, जो अभी कुछ ही दिनों पहले

तक नये राजा को मगध के चंद्र सेठ के रूप में देख चुके थे, इस समय आश्चर्य से उभ-चुभ हो रहे थे। उनमें से कइयों ने चंद्रगुप्त की इस विजय का सारा श्रेय महाश्रेष्ठि धनक ही को दे डाला। शीघ्र ही नगर के बड़े लोगों में धनक की महिमा चंद्रगुप्त से भी बड़ी होकर फैलने लगी।

रंगा सेठानी नहा-धोकर अब अपने कक्ष में दासियों से अपना शृंगार करा रही थी। नगर में नये राजा की अगवानी के लिए जब चारों ओर इतना उत्साह व्याप्त था, तब वह अटारी पर उसे देखने के लिए न जाकर अपने मनभावन की अगवानी के लिए प्रस्तुत हो रही थी। तरुणी रंभा के जीवन का सुख सन्तोष और सौभाग्य बनकर चंद्रगुप्त कहीं कार्यवशात् बाहर गया था और आज आने को कह गया है। पिछली पाँच रातें कन्दर्प के पंचबाणों से बिंधकर रंभा ने बिताई हैं। मोतियों से रंभा की माँग भरी जा रही थी कि एकांएक उसकी मँझली सौत ने हाँफते हुए उसके कक्ष में प्रवेश किया। रंभा के लिए यह आश्चर्य की बात थी। पिछले वर्ष धनक सेठ को पूरी तरह अपने वश में करके पवित्र अग्निकुण्ड को अपने यहाँ से हटवा लेने के कारण मँझली सेठानी एक बार जली-कटी सुनाने के लिए ही रंभा के यहाँ आयी थी। मोटे थुलथुल शरीर वाली प्रौढ़ा मँझली सेठानी ने आते ही अपनी छाती को धीरे-धीरे पीटते हुए कहा : "हाय ! मैं मर गई। अरी रंभा, ये नया राजा कौन है, तू जानती है ? हाय ! मेरी आँखों को तो अब तक विश्वास ही नहीं हो रहा है।"

रंभा ने उपेक्षा दिखाते हुए कहा : "ऊँह ! मुझे किसी से क्या लेना-देना। मुझे तो अपने ही राजा से काम है।"

"अरी कलमुँही, तेरा राजा ही तो अब काशी का राजा हो के आया है। हाय ! मैं मर जाऊँ।"

"मेरा राजा !"

"और नईं क्या मेरा, तू सब पहले ही से जानती होगी तभी तो अग्निकुण्ड पर उससे मुनक्के-इलायची का सौदा करने जाती थी।"

दासियों के सामने सौत के मुँह से ऐसी फूहड़ बात सुनकर रम्भा सेठानी किसी और समय अवश्य ही जली-कटी सुनाती, परन्तु इस समय तो वह आप सौत के समान ही आश्चर्य चकित हो गई थी। उसने पूछा : "कौन, अपने अतिथि सेठ ? तुम्हें धोखा हुआ होगा जीजी।"

"मर झूठी, मुझे धोखा देने का जतन न कर। तुझे सब-कुछ मालूम होगा। और देख री, अब तेरा मेरा कोई झगड़ा नईं रहा, हाँ। तुझे जो कोई अपने अदले-बदले लेने हों, तो उस निगोड़ी सँझली से ही लेना, मैं पहले ही से कहे जाती हूँ। हाँ भैया, घर धनी की लड़ैती और राजा की रखैल से कोई लड़ सकता है।"

राजा की रखैल कहने पर रंभा के इत्तेपित्ते सुलग उठे। दासियों के सामने यह बात सुनना और भी अधिक अपमानजनक लगा, किन्तु नयी सूचना ने उसकी उत्सुकता को समुद्र के ज्वार की तरह बढ़ा दिया था। मँझली सौत जैसे आयी थी, वैसे ही खड़े-खड़े चली गयी। रंभा की दासियों के द्वारा बिछाई हुई निवाड़ की मचिया ज्यों की त्यों ही धरी रही। दासियों में से एक ने अपनी स्वामिनी की ठकुरसोहाती करते हुए कहा : "ये मँझली मालकिन तो बड़ी ही जलकुक्कड़ हैं। आपकी निन्दा करना ही इनका बस एक काम रह

गया है।"

दूसरी दासी ने भी ठेका पर ठेका लगाया, पर रंभा सेठानी का मन इस समय कहीं और था। उसने अपनी एक दासी से कहा : "गेंदिया, लौंगी को तो कहीं से ढूँढ़कर ला। न जाने कहाँ मर गई है निगोड़ी।" गेंदिया द्वार तक ही पहुँची थी कि बाहर से हँसी-खुशी दौड़ती आती हुई लौंगी से टकरा गई।

"अरे, तेरा सत्यानास जाय, जवानी में ऐसी अंधी हुई है कि—"

"तो तू कौन बड़ी खूसट हो गई है मूँडी काटी। चल परे हट, आज तो सेठानीजी से चंदन हार लूँगी मैं तो, ऐसी खुशी का दिन आया है।"

लौंगी दासी की बात और उसके हाव-भाव में भी वही उत्सुकता बढ़ानेवाला अंदाज था, जो कि मँझली सौत की कटूक्तियों में था। तो क्या सचमुच रंभा के प्राणनाथ ही काशीनाथ बनकर पधारे हैं? यह जानने के लिए रंभा इतनी उत्सुक थी कि एक बार अन्य दासियों को हटाकर अपनी विश्वस्त लौंगी दासी से एकांत में बातें करने के लिए वह फड़फड़ा उठी, फिर कुछ सोचकर संयम साध लिया। लौंगी अपनी स्वामिनी के सामने आकर आँखें नचाती हुई बोली : "अब तो हमारे स्वामी ही काशी के राजा हो गये हैं। अब तो अपनी स्वामिनी को रानी जी कहकर पुकारना पड़ेगा हमें।"

"चल मर निगोड़ी, पूरी बात तो बताती नहीं, झूठ-मूठ की फकड़ दलाली कर रही है। क्या हुआ बता तो सही?"

"और क्या होना है, हमारे अतिथि सेठ अब काशी के राजा होके पधारे हैं।"

"सच्ची! अपने—"

"हाँ स्वामिनी, अपने चंद्रसेठ! हाय, इत्ते दिनों यहाँ रहे और हम जान भी न पाए कि ये हमारे नये महाराज हैं। एक बार जो उनसे मिल पाऊँ तो बिना एक गाँव का उपहार लिये मैं मानूँगी नहीं स्वामिनी।"

गेंदिया बोली : "चल-चल, मूँ धो आ अपना, बड़ी आयी अकेली गाँव लेनेवाली। मिलेगा तो हम सबको ही एक-एक गाँव मिलेगा।"

समाचार ने रंभा सेठानी को मन ही मन हर्षित कर दिया। हँसकर बोली : "अरे, पहले यह तो बता कि तेरे नये महाराज कितनी देर में घर पधारेंगे?"

"अब वे यहाँ क्यों आएँगे। उनकी सवारी सीधे कोट पर गयी है।"

रंभा को धक्का लगा, पूछा : "तो क्या वे यहाँ नहीं आएँगे?"

"राजा राजमहलों ही में रहते हैं रानीजी! अब तो किला और राजमहल भी अपने ही हो गये हैं। अपनी हवेली के सब लोग यही कह रहे हैं कि हमारे नये राजा को यह राजपाट हमारे सरकारजी की दया ही से मिला है।"

परन्तु रंभा सेठानी के मन का उत्साह अब थम चुका था। अब तो मन में यही उत्सुकता थी कि उनसे भेंट कब होगी।

सारा दिन बीत गया, पर राजमहलों से कोई संदेश न आया। उस दिन धनक सेठ भी दिन में भोजन करने के लिए घर नहीं पधारे थे। वे राजकाज में व्यस्त थे। रंभा तपती बालू में पड़ी मछली-सी तड़पती रही।

१७

●

●

किले की ड्योढ़ियों पर शासन-परिवर्तन के कारण आज सिपाहियों में एक नई चुस्ती दिखाई पड़ रही थी। नये महाराज की सेवा में अपनी राजभक्ति प्रदर्शन करने के लिये सभी जाने-माने सेठ-महाजन राजद्वार के पास एक मण्डप में विराजमान हैं और अपने मिलने की बारी आने की बाट जोहते हुए दूसरे से बतिया रहे हैं। एक जगह फरियादियों की भीड़ जमा है, जिसके बीच-बीच में अधिक मच उठने वाले हुल्लड़ को सिपाही आज डंडों के बजाय घुड़कियों से थाम रहे हैं। एक जगह बौद्ध, श्रावक अथवा शैवादि सम्प्रदाय के साधुओं का जमावड़ा लगा है, जो नये शासक को आशीर्वाद देकर कुछ भेंट पाने के लिये उतावले हो रहे हैं। महाराज की सेवा में उपस्थित होने वाले सामन्तों के सजे-बजे हाथी-घोड़ों और उनके रखवालों से मैदान भरा-भरा लगता है। हर ओर राजवैभव का दबदबा छाया हुआ है।

दरबार में तड़क-भड़क की पोशाकें पहने राजकर्मचारियों, सेनानायकों, प्रतिहारियों और छड़ीदारों की रौबीली गंभीरता देखकर दरबार में आनेवाला हर व्यक्ति अदब से सिमट जाता है। सुन्दर, बलिष्ठ और तेजस्वी महाराज चंद्रगुप्त सूर्य के समान गद्दी पर विराजमान हैं। उनके प्रचंड तेज के कारण मानो किसी की आँखें पूरी तरह से खुल नहीं पा रही हैं, झुक-झुक जाती हैं। उनके सामने एक चोर को न्यायार्थ उपस्थित किया गया है।

ऋषिवर भार्गव सोमाहुति जब दरबार में आ रहे थे, तब सिपाहियों के द्वारा पिटते और धकियाए जाते हुए एक कृशकाय, मलिन, गौरवर्ण के तेजस्वी आकृति और आँखोंवाले बन्दी को देखकर उनका ध्यान आकृष्ट हुआ था। किसी अपरिचित भाषा में कुछ भारतीय शब्द मिलाकर वह कुछ कहना चाहता था, किन्तु समझ नहीं पा रहा था। कठहरे में अचानक पकड़े गये सिंह की भाँति मार खाने पर वह गरजता था और फिर विवश गर्दन डाल देता था। भार्गव के मन में वह विवश तेजस्विता बरबस छप-सी गई। महाराज चन्द्रगुप्त के दरबार में सविधि पूर्ण मान-सम्मान और उच्चासन पाकर संतुष्ट भाव से उनकी सराहना करने के बाद सोमाहुति ने कहा : "पृथ्वीनाथ, आपके दरबार में आते समय एक बंदी ने मेरा ध्यान बहुत आकृष्ट किया। वह चोर की तरह पीटा जा रहा था, किन्तु उसके आत्माभिमान की दमक देखकर मुझे लगा कि उसके साथ अन्याय हो रहा है। मेरी जिज्ञासा को शान्त करने के लिये महाराज उस अपराधी के संबंध में स्वयं न्याय व्यवस्था देने की अनुकम्पा करें।"

महाराज का आदेश होने पर अपरिचित भाषा बोलनेवाले विदेशी आकृति के लम्बे बन्दी को अनेक बन्दियों के जंगल से झटपट खोज लाया गया। 'नया धोबी कथरी में साबुन' कहावत के अनुसार ही नये राजा का रौब, आलस्य और कामचोरी की गठिया से बुरी तरह जकड़ी हुई सरकारी व्यवस्था पर जादू-सा छा गया था। छोटे-बड़े हर अमले में आज चुस्ती और फुर्ती का उजालापन झलक रहा था।

महाराज चन्द्रगुप्त के समक्ष उसका यह अपराध बखाना गया कि गन्धर्व सेन जौहरी की दूकान में यह व्यक्ति एक मोटा-सा लोहा का डंडा लेकर आया। वे खुद्दक दलाल द्वारा लाए गए एक मूल्यवान माणिकों की जोड़ी का परीक्षण कर रहे थे। यह व्यक्ति उस माणिक को झपटकर डंडें से धमकाते हुए दूकान से उतरकर भागने लगा। उस समय खुद्दक भी जौहरी की दूकान पर बैठा था। उसने हल्ला मचाया और भागकर इसे पकड़ा। कई आदमी घिर आये, तब इसने अपना डंडा चलाना चाहा, पर घेरकर जकड़ लिया गया। बन्दी से प्रश्न करने पर भाषा की सीमा आड़े आयी। महाराज ने युक्ति विचार कर चंदन पट्टी और लिखने की बत्ती मँगाई। लिखने की सामग्री देखकर बन्दी मुस्कुराया और जल्दी से दो लिपियों में लिखकर चोबदार को पट्टी देकर अपने दोनों हाथ समानान्तर बढ़ाकर अपने मस्तक सहित उन्हें धरती की ओर झुकाकर विनय प्रकट की। बन्दी की लिखी दो लिपियों में से एक खरोष्ठी थी, जिसे पढ़कर उसके देश यमन और भाषा अरबी का पता चल गया। काशी की श्रेष्ठ-सार्थवाह-कुलिक महानिगम में बहुभाषा लिपिविद् कर्मचारियों की कमी न थी। अरबी भाषा का जानकार दुभाषिया बुला लिया गया। बंदी ने बतलाया : "मैं अरब देश के ताएफ नगर का निवासी हूँ। श्रेष्ठ बनी तक़ीफ़ जाति में मेरा जन्म हुआ था और मेरे पिता हारीत बिन हबीब बिन मसूद ताएफ़ के सुप्रसिद्ध लात देवता के पुजारी थे। मेरा नाम अम्र बिन हारीत बिन हबीब है। मेरे मंझले चाचा निःसंतान थे, इसलिए मैं उन्हें सन्तानवत् प्रिय था। वे अपनी सौदागीरी की यात्राओं में बराबर मुझे साथ ले जाते थे। चाचा के साथ अरब के विभिन्न क्षेत्रों में घूमते और उनके धार्मिक स्थलों के दर्शन करते हुए मेरे मन में ईश्वर के रूप को लेकर बहुत-सी शंकाएँ उत्पन्न हो गईं। कौन-सा रूप सच्चा है— 'वद्द', 'सुवा', 'नस्र', 'यौक', 'उज्जा', 'शम्स', 'होबल', 'लात', 'मनात्', — ईश्वर के किस रूप को सच्चा माना जाय। अरबों के विभिन्न कबीलों के लोग केवल अपने ही इष्टदेव के रूप को सच्चा बतलाते थे और दूसरों के देवतों को अपने देवता से छोटा बतलाते थे। मेरे मन में यह आस्था उदय हुई कि हर रूप में पूजित देवशक्ति एक ही है। जो ईश्वर 'लात' में है वही 'मानात' 'उज्जा', 'वद्द', 'नस्र', 'शम्स', आदिकों में भी मनुष्य के द्वारा पूजित किसी के भी देवता को तिरस्कृत करना अथवा छोटा बतलाना स्वयं अपने ही देवता का अपमान है। मेरी इन बातों से मेरे क़बीले के बहुत से लोग नाराज थे। परन्तु उस समय चूँकि मेरे बड़े भाई जीवित थे, इसलिए मेरी जाति के असंतुष्ट मुखियों ने मेरी उपेक्षा मात्र करके ही सन्तोष कर लिया था, किन्तु दुर्योग से मेरे भाई का देहान्त हो गया, इसलिए मेरे पिता के पुजारी पद का उत्तराधिकार नियमानुसार मुझे दिये जाने का प्रस्ताव आया। असन्तुष्ट दल का रोष भड़क उठा। जिस दिन स्वर्गीय भाई के उप पुजारी पद पर मेरी नियुक्ति का विधान सम्पन्न होने का था, उस दिन मेरे छोटे सौतेले चाचा ने मेरी जाति के बहुत से लोगों को एकत्र करके अनायास खुला विद्रोह कर दिया, मेरे पिता मारे गए। मेरे पोषक मँझले चाचा ने युक्ति करके मुझे बचाकर ताएफ नगर से लगभग तीस कोस दूर मक्का शरीफ में भिजवा दिया। चलते समय उन्होंने अपने जीवन भर के संचित बहुमूल्य रत्नों से भरा एक लौहदण्ड भी मुझे प्रदान किया। पिछले सत्रह वर्षों से उसी के सहारे पृथ्वी के नाना क्षेत्रों में घूमते हुए जीवन यापन कर रहा हूँ। काशी पहुँचने पर बेचने के विचार से मैंने दो नग निकाले थे। भाषा की

अड़चन के कारण उन्हें दिखलाकर संकेतों के द्वारा जब मैं एक सुनार की दूकान पर किसी जौहरी का पता पूछ रहा था, तब यह खुद्दक दलाल मुझे मिला और यही मुझे गंधर्वसेन जौहरी की कोठी पर ले गया। मेरे माणिकों की जोड़ी के लिए गंधर्वसेन ने एक शत स्वर्ण दीनार मेरे सामने रक्खे, जो कि स्वाभाविक रूप से मुझे अस्वीकार थे। मेरे माणिकों की जोड़ी दो सहस्र दीनारों से कम की न थी। इसलिए जब अपने नग उठाकर चला तो खुद्दक ने मुझे चोर कहकर पकड़ लिया, मारा-पीटा और यह गति कर दी।" अपनी संक्षिप्त जीवन कथा सुना कर अम्रबिन हारीत ने महाराज से अपने लोहे के डंडे की याचना की जिससे कि वह उन्हें अपनी बात की सचाई का प्रमाण दे सके। लौहदण्ड आने पर अम्र ने उसकी मूठ पर बने हुए छोटे से बैल के सींग पेंच की तरह खोले और ढक्कन हटाकर दरबार में अपने सारे रत्न डण्डा उलटकर प्रदर्शित कर दिये तथा उनमें से पाँच उत्तम रत्न छाँटकर महाराज को उनकी भेंट दी। महाराज ने उन्हें केवल स्पर्श करके ही लौटा दिया। महाराज चन्द्रगुप्त को इस बात का बड़ा ही दुःख था कि मध्यदेश के प्रमुखतम नगरों में से एक में सम्भ्रान्त जन भी ऐसा पाप करने लगे हैं। खुद्दक और गंधर्वसेन साधारण अपराधी की भाँति ही पकड़वा मँगाए गए। उन्हें समुचित दंड दिया गया और अम्र बिन हारीत को महाराज के अतिथि होने का गौरव प्रदान किया गया। किन्तु भार्गव आग्रहपूर्वक उन्हें अपने साथ ले गए। दुभाषिया भी भार्गव के आग्रह से उनके साथ ही गया।

सोमाहुति ने अम्र से उसकी जीवन-कथा विस्तार से सुनी। भागने पर मक्का में भी वह अधिक दिनों तक न रह सका। क्योंकि अब उसे सामान्य नागरिकों जैसे जीवन से एक प्रकार की भारी विरक्ति हो चली थी। शराब और मक्का में बहुत आसानी से मिल जाने वाली शोख कामिनियों का हुजूम, उनके नाच-गाने और एक-एक शब्द में सौ-सौ अन्दाज लिये अरबी भाषा में मन का दुख हर लेने वाली उनकी बातें अम्र का दुख न हर सकीं। वह 'उकज़' 'मजुन्न' और 'जुल मजाज' की सुप्रसिद्ध वैचारिक गोष्ठियों में कई बार सम्मिलित हुआ। उसने ईसाइयों और यहूदियों के धार्मिक विचार सुने। श्रेष्ठ साहित्यिक कवि गोष्ठियाँ देखीं। उनके प्रेम के गीत, उनके पुरखों की दिव्य प्रेम-गाथाओं, वीर गाथाओं के श्रेष्ठ काव्य-वर्णन भी अम्र को चैन न दे सके। इश्क अरब का जुनून था, हर नौजवान किसी न किसी का मजनूँ बनने के लिए तड़पता था और हर कवि अरब के इन नागर मदन-रतियों को केवल लैला और मजनूँ बनने के लिए प्रेरित करता था। अम्र भी अपने मन के दुःख को भूल जाने के लिए मजनूं बन जाना चाहता था, परन्तु उसके लिए यह चलतू दायरा छोटा था। वह खुदकुशी करना चाहता था, मगर उसके लिए वह जहर या हथियार से आत्मघात नहीं करना चाहता था, वह शहरी से जंगली बन जाना चाहता था। वह ऐसी जगह पहुँच जाना चाहता था, जहाँ उसके लिए लोहे के डण्डे में भरे कई लाख के हीरे, मोती, मानिक अपना मोल खो बैठें, जहाँ इन्हें बेचे बिना ही जिन्दगी बसर हो जाए। अम्र की यह झक कई सभ्यताओं से गुजरते हुए उसे अफ्रीका के जंगलों में ले गई। एक आदमखोर बस्ती में वह जा फँसा। लेकिन क़बीले की चौधराइन के आकर्षण भाव ने उसकी जान बचा ली। अम्र ने अपने-आपको पूरे जुनूनी जोश के साथ आदमखोर बना लिया। रंग रूप के सिवा वह हूबहू वैसा ही हो गया, जैसा कि उसकी रानी चाहती थी और उसका कुन्दन-सा दमकता हुआ गोरा रंग, सुन्दर आँखें, सुहावना नाक-नक्शा और ऊँचा पूरा डील-डौल भी दूसरों के मन में देवत्व बोध जगाता था। कबीले की कामिनियाँ उसके पीछे दीवानी थीं। परन्तु अम्र केवल

अपनी जीवनदायिनी अधेड़ प्रेमिका के अलावा और किसी की ओर आँख तक न उठाता था। उसकी यह चरित्रनिष्ठा ही रानी के लिए जादू बन गयी। मात्र एक ही पुरुष की होकर रहने की जो चेतना कबीले की रानी से लेकर अन्य किसी भी नर-नारी में प्रायः कभी न उपजी थी, वह अब रानी से लेकर औरों तक में समझ बनकर फैलने लगी। तब एक दिन अम्र को एकाएक यह होश आया कि, अरे, यह मैं अपने जुनूँ को कहाँ भटका ले आया। यह तो मेरा जबर्दस्ती बेहोश करके सुलाया गया सभ्य नागरिक मन अचानक इन असभ्यों में भी अपना ही होश पनपा गया। बाज़ दफ़ा आदमी जहाँ से बचने के लिये जो उल्टा मार्ग ग्रहण करता है, वही उसे सीधी पगडंडी पर एकदम वहीं पहुँचा देता है, जहाँ से कि वह भागा था।

अम्र बिन हारीत की बातें बड़ी ही रोचक थीं। किन्तु उसके द्वारा वर्णित बातों में सर्वाधिक आश्चर्यकारी बात यह थी कि उसने अयोध्यापति श्रीरामचन्द्र को भारत का नहीं, वरन् एराक देश का राजा बतलाया। वह सूर्यमंदिर निफ़्फ़र (निप्पुर) के प्राचीन भव्य खँडहरों के पास एक साधु की कुटी में ठहरा था। वह प्राचीन लिपियों का ज्ञाता महापण्डित था। उसने अपनी कुटी से मंदिर के गर्भगृह में एक सुरंग खोद ली थी। वहाँ मिट्टी की पकी हुई ईंटों में कीलाक्षरों से अंकित हजारों वर्ष पहले का इतिहास और धर्मज्ञान सम्बन्धी बातें सुरक्षित हैं। अम्र कहते हैं कि सूर्य हमारे यहाँ उदित हुआ था। अम्र ने देखा कि सिरिया, असिरिया, एलम, अनशान, मिस्र सब तरफ सूर्य ही सूर्य चमकता है। एक से एक सुन्दर और प्राचीन मंदिर इन स्थानों पर भरे पड़े हैं। 'सख-इन-दर, मिथ्र, नासतिया, इ-वरूना, लात' इन सब देवताओं के नाम और माहात्म्य किसी प्राचीन काल में, जहाँ हर तरफ फैले हुए थे, वहाँ अब उनके नाम भी सिर्फ पहुँचे हुए लोगों को ही याद हैं। अम्र ने हँसकर कहा : "रास्ते में आते हुए मैं अभी एक ऐसे इलाक़े से होकर आ रहा हूँ जहाँ के लोग हमारे निफ्फर के अमर सिन को रामसिन कहके पूजते हैं।' मैंने कहा : 'ये हमारे देवता हैं।' वह बोला कि हमारे हैं। मैंने कहा कि इनकी वंशावली तक बखान सकता हूँ। उसने कहा कि मैं भी बता सकता हूँ।"

भार्गव ने पूछा : "क्या वह व्यक्ति आपकी भाषा जानता था?"

"ओह! बखूबी। वह बूढ़ा हिन्दी सौदागर अपनी नौजवानी के दिनों में बरसों यमन में रहा था। वह मिस्र और बगदाद में भी बरसों रह चुका था। निहायत ही उम्दा आदमी है। मैं पन्द्रह रोज़ तक उसके यहाँ मेहमान रहा। लेकिन ऐ हिन्दी आलिम, यह बात मेरी समझ में नहीं आई कि हज़ारों कोसों की दूरी के बावजूद यह वंशावलियाँ एक सी कैसे मिल गईं।"

"मिलने में कोई आश्चर्य नहीं है अतिथि श्रेष्ठ! प्राचीन काल में सूर्यवंश के अनेक प्रतापी सम्राट विश्व विजेता हुए हैं। हमारे कुल के महर्षि और्व ने अनाथावस्था में जिन प्रतापी सूर्यवंशी राजपुत्र को पोषित किया था, वे कालान्तर में विश्व विजेता प्रतापी सगर के नाम से विख्यात हुए।"

"सगर-सरगोन—उरूर के चेले सरग़ोन। आश्चर्य है हिन्दी आलिम, जिन्हें अब तक सिर्फ़ हम अपना ही समझते थे, वे उतने ही आपके भी अपने हैं। लेकिन सरगोन का अगदू या अज़ुतू शहर तो हमारी हुफ़रात नदी के किनारे बसा हुआ था, जहाँ उसे लोग प्यार से

सिप्पारा नदी कहते थे। वहाँ ख़ुद सरगोन बादशाह ने अपनी जीवन-कथा लिखाई है। मिट्टी की पकी ईंटों पर लिखवाकर आज से हज़ारों वर्ष पहले सुरक्षित रख दी थी। . . . अच्छा, एक बात बतलाइये कि आपके वो पुरखे ज़रूर अग्नि के उपासक थे?"

"हाँ । और हम लोग भी यज्ञकर्ता हैं।"

"तब फिर आपके पुरखे भी बाहर ही से हिन्द में आकर बसे होंगे?"

"निस्सन्देह, हमारे पुरुखों के पुरखे देवकुरु, उत्तरकुरु में आकर सिंधु के इस पार बाद में बसे थे, किन्तु भरत खण्ड से हमारा नाता जुड़ने के उपरान्त ही हमारी सभ्यता का विकास हुआ था। भरतों ने विश्व को सभ्यता सिखाई।"

"ये बरत, बरतन भी मुझे एलाम, एराक़ के इलाके में खूब मिले। इनकी एक देवी भी हैं बरती देवी।"

"भगवती भारती हमारी ज्ञान की देवी हैं। वह वागंभरणी हैं।"

"ऐ हिन्दी आलिम, यह दुनिया मेरे लिए अब एक पहेली बनती चली जा रही है। या तो हम इतने अलग-अलग हैं कि जितने हम अपनी-अपनी प्रत्यक्ष परिधियों में अलग लगते हैं या फिर हम एक ऐसे विशाल सागर की बूँदें हैं, जो अलग-अलग तो की जा सकती हैं, पर वस्तुतः अलग नहीं होतीं। मैंने जब हिन्दी अज़ुतू शहर के चंदन सौदागर से कहा कि असली अज़ुतू हमारे यहाँ है, तो चंदन बोला कि असली अज़ुतू हमारी है। मैंने अज़ुतू उश्पिया का नाम लिया, कत्-निनीकत का नाम लिया, द्रखु, अश उगुन, दशशि उरश, अमरसिन्, लिबि, किश. . . . इन सबको चन्दन सौदागर ने अपना बतलाया। समझ में नहीं आता कि कौन-सी अज़ुतू सच्ची है।"

कुछ ही दिन पहले अयोध्या में योगिराज नागेश्वर से स्वायम्भुव मनु और वैवस्वत मनु की दो अयोध्याओं की बात सुनकर सोमाहुति का मन कुछ कम नहीं चौंका था कि इस परदेसी ने उन्हें एक अपनी अयोध्या भी दिखलाकर प्रश्नों की एक दीवार खड़ी कर दी है। सोमाहुति के लिये सहसा उसे फलाँगना कठिन लगने लगा। फिर भी बात को ध्यान से साधते हुए उन्होंने उत्तर दिया : "आपके उश्पिया हमारे इक्ष्वाकु वंशी सम्राट विश्वसह हो सकते हैं। उनके पुत्र खट्वाँग और पौत्र महाराज रघु भी आपके बतलाये हुए नामों से मेल खाते हैं। केवल उन नामों के उच्चारण का अन्तर ही एक काल्पनिक भेद उत्पन्न करता है। पर आप अपने मन से यह भ्रम निकाल दें कि अयोध्या एक ही है। स्वायम्भुव मनु के पुत्र महाराज नाभि की बसाई हुई अयोध्या वह है, जहाँ आप चंदन सौदागर से मिले थे और विवस्वान् का मूल स्थान एवं उनके पुत्र वैवस्वत मनु की अयोध्या आज भी सिन्धु क्षेत्र में स्थित है। आप यदि सिन्धु के मार्ग से भारत में आये हैं, तो मुल्थान और अजोधन भी देखा होगा। दोनों नगर पास ही पास तो हैं।"

"मैं उधर से गुजरा तो नहीं, लेकिन मुल्तान का नाम सुना मैंने भी था। सुना है, वहाँ भी शम्स का मन्दिर है। दूर-दूर से लोग वहाँ ज़ियारत करने आते हैं।"

"जी हाँ, इन्हीं वैवस्वत मनु के पुत्रों ने अनेक जगह अयोध्या बसाई होगी। आपके यहाँ भी उन्हीं में से एक अयोध्या हो सकती है। महाराज सगर संभव है कि आपकी ही अयोध्या के हों, किन्तु भरत विश्वसह, रघु, दशरथ, रामचन्द्र आदि की अयोध्या यही है।

आप जिनकी वंशावली का केवल थोड़ा ही सा अंश जानते हैं, उनकी पूरी वंशावलियाँ हमारे यहाँ सुरक्षित हैं। विश्वसह, रघु और रामचंद्र विश्व विजेता सम्राटों में थे।"

महाराज चंद्रगुप्त के समक्ष जब सोमाहुति के द्वारा इतिहास का यह रोचक विवरण प्रसंगवश उपस्थित किया गया, तो वे सुखद आश्चर्य से भर उठे, बोले : "प्रतापी इक्ष्वाकुओं की यह गौरवगाथा हमारी आकांक्षाओं का क्षितिज व्यापक कर रही है महात्मन्! प्रातःस्मरणीय महापुरुष सगर, रघु, रामचंद्र, कुश आदि हमारी जाति को जो गौरव प्रदान कर चुके हैं, उसे हम पुनः प्राप्त करना चाहते हैं।"

"सत्य और उद्यम से सब कुछ सिद्ध किया जा सकता है। महाराज, हमारे आपके गौरव, यह महापुरुष किसी न किसी अन्याय से जूझे थे। उन्होंने मनुष्य के पाशविक रूप को नष्ट करके उसे दिव्य संस्कारों से नई चेतना प्रदान की थी। यह एक स्मरण रखने योग्य बात है महाराजाधिराज की अन्तिम विजय सदा सत्य की होती है। और सत्य केवल वही स्वार्थ है, जो एक का नहीं, वरन् लोक का होता है।"

"हम लोकहित ही संपादित करना चाहते हैं महर्षि! हमारे आदर्श मर्यादा पुरुषोत्तम भगवान श्री रामचंद्र हैं, जिन्होंने प्रतापी हेति कुल के दौहित्र और पुलस्त्य वंशीय मदांध रावण की सत्ता नष्ट करके संसार को सुखी किया था।"

महाराज चंद्रगुप्त की बातें भार्गव सोमाहुति के अनुशासित मन में छिपकर बैठे हुए भय को कहीं जगा भी गईं, कहीं सुला भी गईं।

●

१८

●

●

अयोध्या में सनसनी फैली हुई थी। भारशिव सम्राट के गुरु, योगिराज नागेश्वर की मन्त्रशक्ति अब निस्तेज हो गई है। किन्हीं महाराज चंद्रगुप्त ने सम्राट् के हाथों से काशी कोशांबी तो छीनी ही छीनी थी, पर अब तो हद हो गई कि डोमनगढ़ के डोम राजा ने योगिराज की वैरागी सेना को मार-मारकर सीधे अयोध्या तक खदेड़ दिया है। सुना जाता है कि डोमनगढ़ के राजा ने किसी ब्राह्मण कन्या का बलात् अपहरण कर लिया, उसके पूरे परिवार को मरवा डाला है। उस क्षेत्र के अनेक ब्राह्मण परिवार अवध छोड़कर काशी भाग गए हैं। चार दिन पहले काशी में अचानक भारशिव शासन के पतन होने की सूचना पाकर योगिराज अपनी सेना काशी की ओर भेज रहे थे कि डोमनगढ़ के यह बुरे समाचार मिले। दुष्ट का दलन करने के लिए सेना को डोमनगढ़ विजय करके काशी जाने का आदेश दिया था, परन्तु परिणाम यह निकला। आज ब्राह्ममुहूर्त से ही योगिराज के मठ में सियापा-सा छा रहा है। स्वयं नागेश्वर शिव मंदिर के कपाट बन्द किए हुए भीतर बैठे हैं। उनके पट्ट शिष्य नंदीश्वर ब्रह्मचारी और मुख्य पार्षद जटाधर मंदिर के द्वार पर विराजमान हैं। बाहर धनुर्धर

साधुओं का कड़ा पहरा है।

नई सूचना आती है और पहरों की परतें चीरती हुई जटाधर तक पहुँचती है। पार्षद जटाधर ध्यानमग्न नंदीश्वर के चरण स्पर्श कर उन्हें सचेत करके कान में कहते हैं: "शत्रु सेना अब केवल बारह कोस की दूरी पर है। हमारी सेना में इस समय आतंक फैला है, क्या किया जाय?"

नंदीश्वर कुछ देर मौन रहने के बाद एक निःस्वास छोड़कर बोले : "कलियुग की महिमा है जटाधर । अस्पृश्यों के हाथों ब्राह्मणों का यह अपमान विश्व को ले डूबेगा।"

दूसरी सूचना आई, वशिष्ठाश्रम में विजेता के स्वागत की तैयारियाँ हो रही हैं। भगवान् बुद्ध और ऋषभ स्वामी के मंदिरों में विजेता के लिए मंगलपाठ हो रहा है। प्रजाजन हमारे ब्रह्मचारियों की खुली बुराइयाँ कर रहे हैं। क्या किया जाय! नंदीश्वर सुनकर उत्तेजित हो उठे, कहा : "उत्तर के ब्राह्मणों का पतन हो गया है। जटाधर! वशिष्ठाश्रम उजाड़ दिया जाय।"

कान्यकुब्ज के जटाधर को नंदीश्वर का यह कथन अखर गया, बोला : "वशिष्ठाश्रम पर किसी प्रकार की आँच आते ही श्रीराम मंदिर के विरक्त असंतुष्ट हो जाएँगे, उससे हमारे ब्रह्मचारियों में और भी असन्तोष व्याप्त होगा।"

नंदीश्वर दाँत पीसकर रह गए, कुछ न बोले। जनमानस दो सिरों पर बँटा हुआ था। डोम ने एक ब्राह्मण कन्या का अपहरण किया, उच्चवर्ण के मंत्रपूत ब्रह्मचारी इस प्रकार हीन वर्ण के डुंबों, दैत्यों और असुरों के द्वारा पददलित होकर भागे हैं; डोमसेना श्रीरामधाम को रौंदने के लिए आ रही है—यह स्थिति बहुतों को मन ही मन अत्यन्त त्रस्त कर रही थी। उन्हें यह सुनकर आश्चर्य हो रहा था कि परम पवित्र सरजू मैया विजेता के स्वागतार्थ अपने आश्रम में भव्य आयोजन कर रही हैं। उन्हें आश्चर्य हो रहा था कि श्रीराम मंदिर के महन्त चुप क्यों बैठे हैं? नाना प्रकार की खुस-फुस बातें अशांति के भय से कपाट बंद घरों की चौहद्दियों में चल रही थीं।

फिर नई सूचना की लहर दौड़ी कि डोमराजा की सेनाएँ पीछे लौट रही हैं। थोड़ी देर तक यह खबर भी फैलती रही कि योगिराज के मन्त्र प्रताप से ही शत्रुसेना भयभीत होकर पीछे भाग रही है। फिर यह हवा फैली कि यह प्रताप योगिराज के योगबल का नहीं, वरन् सरयू मैया के शिष्य मगध के महाराज चंद्रगुप्त का है, जो काशी, प्रयाग, कोशाम्बी के विजेता हैं। उन्होंने ही डोमनगढ़ के राजा को अपने वश में कर लिया है। वे अब भगवान राम और सरयू मैया के दर्शन करने के लिए अयोध्या पधार रहे हैं।

योगिराज नागेश्वर के भतीजे-दामाद भारतजी नागेश्वर मठ के सामने पीपल के नीचे चबूतरे पर बैठे हुए ठहाके मार-मारकर हँस रहे थे। बीच-बीच में अपने चचिया ससुर परम प्रतापी योगिराज को हँस-हँसकर सुनाते भी चल रहे थे : "बड़े अयोध्यापति बनने चले थे। हः हः हः श्रीराम ने इनकी योगरूपी दुम से यह डोमरूपी खटखटा बाँधकर अब कैसी लीला दिखलाई है! हः हः हः भारत को नीचा दिखलाएँगे। . . . मुझे नीचा दिखलाएँगे। हः हः महापंडित भारतचंद्र को भला कौन नीचा दिखला सकता है? यह कानी कौड़ी मोल का भण्डयोगी भला भारत के सामने ठहर सकता है ? मिथ्या अहंकारी और क्रूर अत्याचारी का

पतन अवश्य. . . अवश्य. . . अवश्यमेव होता है। भारत जब-जब ऐसे दुष्टों से घिरकर संत्रस्त हुआ है तब-तब उसमें एक नई शक्ति अवश्य ही जागी है। मैं अब निर्बल, निरादृत और निकम्मा नहीं रह सकता। मैं इन सारे भण्डयोगियों और साधकों को नष्ट करके ही रहूँगा। एक-एक को नष्ट कर डालूँगा।"

भारतचंद्र जिस दिन से अयोध्या आये हैं, उस दिन से ही अयोध्या में जहाँ जी में आता है, खड़े होकर योगिराज नागेश्वर के प्रति अशोभनीय वचन बोला करते हैं। योगिराज ने उनसे किसी भी प्रकार की छेड़छाड़ करने के लिए मनाही कर रखी है। वे जानते हैं कि उनका पगला जामाता उनकी परमशत्रु सरयू वाशिष्ठी का एक राजनीतिक मोहरामात्र है। यदि वह अयोध्या के बाहर कहीं होता, तो उसे मरवा डालना आसान था। पर अयोध्या में यह नहीं किया जा सकता। जब तक श्रीराम मन्दिर के महन्त और सन्त आदि वाशिष्ठी के पक्ष में रहेंगे, तब तक एक जगह पर नागेश्वर को अपना यह अपमान सहना ही पड़ेगा। बौद्ध भिक्षुओं के द्वारा श्रीराम मंदिर के दिये चुराए जानेवाले प्रसंग को लेकर उन्होंने जब सहसा कुछ उत्पात खड़ा करके सरयू मैया की हत्या कराने की योजना बनाई थी, तब उनके मुख्य पार्षद कान्यकुब्जेय जटाधर तथा उनके संगठन के अनेक महत्वपूर्ण व्यक्तियों ने योगिराज की सेवा में एक साथ उपस्थित होकर उन्हें सविनय यह चेतावनी दी थी की ऐसा अनर्थ होने पर वे सबके सब उनकी सेवा से स्वयं मुक्त होकर चले जाएँगे। . . . और इन चार-पाँच दिनों में तो डोमनगढ़ नरेश के द्वारा एक ब्राह्मण कन्या का अपहरण किये जाने के समाचार से उनके सैन्य संगठन को अब तक सुदृढ़ बनानेवाले कई नैतिक तन्त्र टूट चुके हैं। नागेश्वर जानते हैं कि स्वयं उनका पट्ट शिष्य मण्डल ही उनके प्रति अब पहले-जैसा आस्थावान नहीं रहा, उन्हें अपनी निकटवर्ती मण्डली पर अब विश्वास नहीं रहा, एकमात्र, नंदीश्वर पर ही अब उन्हें भरोसा है। बाहर भारत के प्रलापों को सुनते-सुनते अन्त में सन्त्रस्त होकर उन्होंने नंदीश्वर को बुलवाया और कहा : "इस प्रज्ञा के प्रलापी पति को भाँग या मदिरा जो भी यह माँगे, जाकर पिला दो। इसको किसी तरह सुलाओ, दुखी कर रहा है।"

"जो आज्ञा गुरुजी।"

नन्दीश्वर नतशिर हाथ जोड़े बैठा था। नागेश्वर योगिराज बोले : "वह कलंकी चंद्र अब कहाँ तक आ पहुँचा होगा ?"

"घड़ी दो घड़ी में पहुँचने ही वाला है गुरुजी ! डोमनगढ़ का राजा भी उसी के साथ आ रहा है।"

"बन्दी के रूप में ?"

"नहीं प्रभु, अनुचर के रूप में।"

"और उसे ब्राह्मण परिवार का कुछ पता लगा ?"

"गुरुजी, अब तो मुझे ऐसा लगता है कि यह सब चंद्रगुप्त द्वारा आयोजित मिली भगत का नाटक मात्र था। वह कन्या उसका परिवार और वे समस्त ब्राह्मण परिवार जो तथाकथित घटना के कारण भागे हुए बतलाए जाते थे, वे सभी चन्द्रगुप्त के साथ आ रहे हैं। आज से पाँच-छः दिन पूर्व आपकी भतीजी प्रज्ञा को लेकर जो भार्गव ऋषि यहाँ आया था, वह भी उसी दल के साथ आ रहा है।"

सुनकर नागेश्वर के चेहरे का दिया बुझ गया। कुछ क्षण मौन रहकर फिर बोले : "नन्दीश्वर, चन्द्रगुप्त के यहाँ आने के पूर्व अपनी चिता में मैं स्वयं ही अग्नि प्रज्ज्वलित कर चुका होऊँगा। मेरे आत्मदाह का प्रबन्ध—"

नागेश्वर की बात पूरी होने से पहले ही नन्दीश्वर की आँखें भर आईं। सहसा उनके चरणों में अपना मस्तक नवाकर वह रुँधे कण्ठ से बोला : "ऐसा न कीजिए गुरुजी; मैं फिर किसके सहारे जिऊँगा?"

"तुम्हें भी अब जीने की आवश्यकता नहीं नन्दीश्वर! अपने गुरु की अन्तिम इच्छा पूरी करके तुम भी अपनी इहलीला का संवरण करोगे। तुम्हें उस पापिष्ठा वाशिष्ठी की हत्या करनी होगी। जब तक यह समाचार मुझे न मिलेगा, तब तक मेरे प्राण इस काया को कदापि न छोड़ सकेंगे।"

"परन्तु गुरुजी, वह वृद्धा तो इस समय विशाखा की सीमा पर चंद्रगुप्त के स्वागतार्थ एक बड़ी नागरिक मण्डली के साथ जा चुकी है। सुना है, डुम्ब वाल्मीकि भी उनके साथ ही वहाँ पर उपस्थित होगा।"

नागेश्वर के नेत्र रक्ताभ हो उठे। दाँत पीसकर कहा : "तो यह बात है, यह आर्य ब्राह्मण हम भारत ब्राह्मणों से बदला लेने के लिए अब इस सीमा तक पतित हो गए हैं। हम शिव द्विज और डुम्ब हमसे श्रेष्ठ! यह अनीति निश्चित रूप से दण्डित होनी ही चाहिए नंदीश्वर। तुम मेरे सगोत्री भरत भट्टारक श्रेष्ठ ब्राह्मण हो। भरत ही प्राचीनतम श्रेष्ठ आर्यजन हैं। इन दुष्ट कुरु पांचाल याज्ञिकों की अनरीति से स्वयं अपनी ही भूमि पर शताब्दियों से यों अपमान सहना पड़ रहा है। नंदीश्वर तुम्हें वाशिष्ठी की हत्या करनी होगी, यह समाचार पाते ही मैं सुखेन आत्मदाह कर सकूँगा। जाओ वत्स, विजयी हो, मेरा आशीर्वाद है।"

नंदीश्वर मौन भाव से फिर गुरु को साष्टांग प्रणाम करके उठा और चला गया।

काशी से विशाखा की ओर आनेवाले मार्ग में एक विशाल प्रजा समूह महाराज चंद्रगुप्त की प्रतीक्षा में खड़ा है। इक्ष्वाकुवंशी क्षत्रिय और वैश्य विशेष रूप से प्रसन्न हैं, क्योंकि सरयू मैया के अनुसार नये महाराज मूलतः इक्ष्वाकुवंशी ही हैं। उन्हें इस बात का थोड़ा बहुत दुख अवश्य है कि उनकी सरजू मैया ने डुम्ब वाल्मीकि को अपने पास अधिक दूर नहीं रखा है। भला कुशीलवों के गुरु को इतना आदर देना चाहिए? कलावन्तों की कला की सराहना सभी करते हैं, करनी भी चाहिए, किन्तु उन्हें इतना सिर चढ़ा लेना क्या उचित है? परन्तु सरयू मैया के आगे भला बोल कौन सकता है? एक ने साहस करके मैया से कहा था, पर उनसे मुँहतोड़ उत्तर भी पा लिया। मैया ने कहा था, तुम्हारे वंश की गौरव गाथा का गायक अयोध्या में सर्वोच्च आसन पाने के योग्य है। यदि आदिकवि न होते तो श्रीराम को भला कौन पूछता ? राम के दास की महिमा राम से अधिक होती है। यह उन्हीं आदिकवि के सुयोग्य वंशधर हैं। इन्हें हमसे पूर्ण गौरव प्राप्त होना ही चाहिए।

दूर से उड़ती पताकाएँ आती हुई झलकने लगती हैं। तुरही, नगाड़े आदि की गूँज प्रजा में नवोल्लास भर देती है। मंगलामुखियों के गीत हवा में लहराने लगते हैं। सभी ओर आनंद और नये महाराज के दर्शन करने की उत्सुकता बढ़ रही है। सहसा भीड़ को चीरता, धक्के देता, आगे बढ़ता हुआ एक व्यक्ति सभी के ध्यान में अटकता है—यह तो नंदीश्वर

है। यहाँ क्यों आया ? इतना आवेशयुक्त क्यों है ?—जब तक पीछे के लोगों में यह सब बातें चल रही थीं, तब तक आगे की भीड़ में एकाएक कोलाहल मच उठा।

नन्दीश्वर वाल्मीकि की बलिष्ठ बाँहों में जकड़ा हुआ संघर्षरत था। सरयू मैया पर प्रहार करने के लिए कटारवाला हाथ उठाते ही वह वाल्मीकि की पकड़ाई में आ गया। यों किसी के भी द्वारा पकड़े जाने पर नन्दीश्वर निश्चित रूप से भड़कता, पर डोम वाल्मीकि के हाथों पकड़े जाने से तो वह एकदम बावला ही हो उठा था। दोनों में उठापटक होते हुए वह स्थिति भी आई जबकि नन्दीश्वर वाल्मीकि को पछाड़कर उनकी छाती पर चढ़ बैठा। मैया के संकेत पर तुरन्त ही कई मनुष्यों ने आगे बढ़कर नन्दीश्वर को पकड़कर घसीट लिया और उसकी मुश्कें कस दीं। नन्दीश्वर की गन्दी गालियाँ तब भी उन्मुक्त होकर उसकी मुखरूपी नाली से बहती ही रहीं।

महाराज चन्द्रगुप्त की सवारी सामने से आती हुई दिखलाई देने लगी। शंख, भेरी आदि मंगलवाद्य बजने लगे, ब्राह्मण, बौद्ध, क्षपणक अपने-अपने धर्मों का मंत्रपाठ करने लगे, भिखारियों के झुण्ड के झुण्ड जय-जयकार करते हुए आगे बढ़ने का प्रयत्न करते थे किंतु लठैतों के डण्डे उनके लिए लक्ष्मण लीक बने हुए थे। नागरिक हाथ बाँधे खड़े थे, मंगलामुखियाँ शकुन के जल भरे कलसे लिए गीत गा रही थीं।

सरयू मैया के नेतृत्व में खड़े हुए जनसमुदाय से लगभग पचास पग दूर महाराज का हाथी बैठा दिया गया। उतरकर अपना मुकुट पदत्राण आदि चाकरों को सौंपकर नंगे सिर, नंगे पाँवों, घुटने टेक, अँजुली में धरती भरकर उसे अपने मस्तक तक उठाया और अपने इष्टदेव की जन्मभूमि को प्रणाम किया, फिर सरयू मैया की ओर करबद्ध होकर बढ़े और घुटने टेककर प्रणाम किया। थोड़ी देर पहले हाथों में उठाई हुई अयोध्या की रज मैया के चरणों में अर्पित कर दी।

"लोकमंगल के हेतु चक्रवर्ती हो वत्स! तुम्हारे कर्म के घृत से भाग्यरूपी अग्नि निरंतर सन्तुष्ट होती रहे।"

भार्गव सोमाहुति एक ओर वाल्मीकि को खड़े देखकर सारे राजकीय शिष्टाचार को तोड़कर उनकी ओर झपटे और उन्हें गले से लगा लिया। नगरवासी स्तब्ध रह गये। दो पीढ़ियों से इस नगर में वाल्मीकि पीठाधीश्वर और उसके कुशीलव सम्प्रदाय को सम्मान छोड़ प्रवेश नहीं मिला था। वाल्मीकि के प्रति पूर्ण श्रद्धा होते हुए भी ब्राह्मण श्रमण और भद्रजन उनकी सामाजिक मर्यादा को अपने बराबर कभी स्वीकार नहीं करते थे। आधुनिक काल में वाल्मीकि के अयोध्या में प्रवेश-निषेध के आदेश की खुली आलोचना करनेवाली सरयू मैया भी उनसे कुछ अन्तराल रखकर ही बातें करती थीं; किन्तु यह अपरिचित तेजस्वी तापस, जो सारे सामाजिक प्रतिबन्ध तोड़कर डोम को गले लगा रहा है, कौन है?

भार्गव ने सरयू मैया को राज शिष्टाचार से मुक्त हुआ देखकर उनके समीप आकर साष्टांग प्रणाम किया। सरयू मैया ने भाव-विभोर होकर उन्हें उठाया। कलेजे में लगाकर उनका मस्तक सूँघा और उल्लास भरे स्वर में बोलीं : "अब तो तुझे मैंने न देखी हुई देवी भार्गवी को नेह की एक कौड़ी देकर मोल ले लिया है बेटा! तूने बड़ा काम किया । बस अब श्रीराम मन्दिर के प्रांगण में वाल्मीकि के कुशीलवों का अभिनय चमत्कार और देख लो,

फिर जाओ। महाराजाधिराज श्री चंद्रगुप्त के साथ तुम्हें यहाँ के पवित्र स्थानों के दर्शन करा दूँगी। फिर बस, तुम अपनी माँ के पास चले जाना।" कहके वे खिल-खिलाकर हँस पड़ीं। इस प्रकार उन्मुक्त होकर हँसती हुई सरयू मैया को लोगों ने शायद पहली बार ही देखा था।

जुलूस विशाखापुरी में प्रवेश करने लगा। दो-तीन सदी पहले यवनों ने साकेत पर आक्रमण करके राम की इस महानगरी को पूरी तरह से धरा-ध्वस्त कर दिया था। तभी से मूल साकेत से हटकर श्रावस्ती जाने वाले मार्ग की ओर एक छोटी-सी विशाखा नगरी स्थापित हो गई थी। वर्तमान समय में राम की अयोध्या और उनके भक्तों द्वारा महिमामय बनाया गया भव्य साकेतधाम अब इसी छोटी-सी बस्ती के रूप में विशाखा के नाम से विद्यमान था। यहाँ के बड़े-बड़े व्यापारी भी अब पीढ़ियों से श्रावस्ती वासी हो गये थे। विशाखा केवल छोटे व्यापारियों की मण्डी भर रह गई थी, जो अहिच्छत्रा लखनऊ और नामग्राम, सप्तर्षि आदि की मण्डियों से प्रवाहित होनेवाले धनधान्य की धारा को श्रावस्ती और काशी की ओर अनिवार्य गति देने के लिए मात्र एक सहायक मण्डी के रूप में ही अपना अस्तित्व बनाये रख सकी थी। छोटे-छोटे दुमंजिले घरों पर ध्वजाएँ फहरा रही थीं। जगह-जगह केलों के थम्भ और बन्दनवार आदि से थोड़ी-बहुत सजावट भी की गई थी। दोनों ओर से महाराज पर खीलें और फूल बरसाये जा रहे थे? देखकर ऐसा लगता था, मानो सोती हुई नगरी को सहसा चौंककर जगाया गया और महाराज के स्वागतार्थ जल्दी-जल्दी प्रस्तुत किया गया हो। श्रीराम दरबार के दर्शनार्थ बढ़ते हुए जुलूस के आगे भारत सहसा अपने चचिया ससुर, योगिराज नागेश्वर का बाघाम्बर लपेटे, उन्हीं के राज-चिन्ह त्रिशूल और डमरू लिए, उछलते-कूदते हुए आकर शान से खड़ा हो गया और मंगलवादकों की चौकी बिठलाए बढ़ते हुए हाथी के सामने त्रिशूल तान दिया : "हाथी हटा बे! भारत जा रहा है, मार्ग दे।'

दो घुड़सवार उनकी ओर भाले तानते हुए झपटे। उन्हें देखते ही भारत का त्रिशूल सीधा हो गया, बचाव के लिए पीछे हटकर हड़बड़ा कर बोला : "अ-अ अपनी ददिया सास से मिलने जा रहा हूँ।"

"अरे हट, महाराज की सवारी आ रही है।"

"तुम्हारे महाराज मेरी ददिया सास के चेले—"

सिपाहियों ने फिर जो आगे बढ़के भाला ताना, तो भारत हाथ उठाकर 'दुहाई-दुहाई' गोहारने लगे। सरयू मैया की लढ़िया मंगल चौकीवाले हाथी के पीछे ही चल रही थी। मैया के आदेश से पीछे वाला सवार भारत को संत्रास से बचाकर लिवा लाने के लिए गया। मैया के पास आकर भारत ने हँसते हुए कहा : "अन्धकार ने आत्महत्या कर ली मैया। जय हो। जय हो। वह इस समय आपके तेज में भस्मीभूत हो रहा है, हः हः हः। अग्निदाह से पहले हाथ उठाकर वह दम्भी जोगीड़ा बोला, हे राम अपने कुल के परम शत्रु अपने गुरुकुल की पापिष्ठा का संहार करो। हे शंकर प्रलयंकर! इस धर्मसाम्राज्य का विघटन करनेवाले दुष्ट डाकू का मान-मर्दन करो।" सुनकर मैं हँस पड़ा मैया, अरे, मैंने कहा, मरते-मरते तो एक बार सच बोल जा, मेरे ससरे। तेरे दम्भ ने ही आज तेरी यह दुर्दशा कर

दी है हः हः हः! अरे मैया, ऐसी लाल-लाल आँखों से मुझे घूरा ऽऽ—"

"भारत, धर्मसंरक्षक गो-ब्राह्मण-प्रतिपालक महाराजाधिराज चन्द्रगुप्त की इस शोभायात्रा में सहसा विघ्न बनकर तुम्हारा खड़ा होना ठीक नहीं है वत्स! आओ, मेरी लढ़िया पर बैठ जाओ।"

"आहाहा हा, मेरे परम पूज्यपाद, श्री गुरुजी महाराज भी विराजमान हैं। धन्य हैं—धन्य हैं! मैं तो अब इन्हीं के रथ पर बैठूँगा माँ।" कहकर वे पीछे वाले उस रथ की ओर लपक कर बढ़े, जिस पर व्यास सोमाहुति विराजमान थे। उस रथ के पीछे चार-चार घुड़सवारों की दो पंक्तियों के बाद महाराज चन्द्रगुप्त छत्र लगे सोने के हौदे पर विराजमान थे। एक सेवक उनके हौदे में नीचे बैठा हुआ पंचमेल रत्नों और पंचमेल सिक्कों की खिचड़ी, दोनों हाथों से मार्ग के दोनों ओर खड़ी हुई भीड़ में लुटाता चल रहा था। भारत के आने से यह जुलूस सहसा रुक गया था। सोमाहुति के रथ पर चढ़ते-चढ़ते एकाएक भारत की दृष्टि महाराज पर पड़ी। रथ पर चढ़कर उसका डण्डा पकड़े खड़ा भारत उनकी ओर हाथ बढ़ाकर चिल्लाया—"महाराज की जय हो। आपके शुभागमन का समाचार पाते ही लोकशत्रु मेरा चचिया ससुर चिता पर चढ़ गया। बधाई हो—बधाई हो।"

भारत को इस प्रकार चीखते हुए देखकर सोमाहुति ने उसे रथ पर बैठने के लिए हाथ पकड़कर खींचा, किन्तु तभी महाराज चन्द्रगुप्त ने मुस्कुराकर उसे अपने पास बुलाया।

हाथी के पास खड़े होकर भारत एकाएक फिर पलटा खा गया। क्रोध में आकर चन्द्रगुप्त से बोला : "क्यों जी, मुझे नीचे खड़ा करके आप हाथी पर बैठनेवाले तुम कौन हो?"

भार्गव सोमाहुति रथ से उतरकर तब तक भारत के पास आ चुके थे। उनकी बाँह पकड़कर झकझोरते हुए कहा : "चेतो भारत, यह महाराज हैं।"

"महाराज हैं? भारत को चेता सकेंगे ? महाराज कर पाएँगे मेरी रक्षा?" चंद्रगुप्त ने मुस्कुराकर सीढ़ी लटकाने की आज्ञा दी और भारत को ऊपर बुला लिया। दान बरसानेवाले सेवक को हटाकर भारत से कहा : "रत्न वर्षा करो भारत, हम तुम्हारे लिए सुमंगल का नया दिन लेकर आए हैं।"

भारत की फटी आँखों की बिखरी-सी ज्योति सिमटकर अपने सामने वाले पुरुष को देखने लगी। उसका बोलना बन्द हो गया था। दोनों हाथ दोनों ओर रक्खी हुई थैलियों के स्पर्श से मानो जड़ हो गए थे। महाराज चंद्रगुप्त का सुन्दर तेजस्वी मुख चुम्बक बनकर उसकी चेतना को सम्पूर्ण रूप से अपनी ओर खींच रहा था। जुलूस फिर चल पड़ा था। महाराज ने मुस्कुराकर कहा : "आदेश का पालन करो भारत।"

"आदेश ? हाँ, ध्यान आया, आप हमारे महाराज हैं, धर्मसंरक्षक, गो-ब्राह्मण-प्रतिपालक, प्रजावत्सल—"

"बात नहीं, आदेश का पालन करो भारत।" महाराज के दूसरी बार कहने पर भारत ने हाथी के इधर-उधर पंचमेल रत्नों की मुट्ठियाँ लुटाना आरम्भ किया। उसके हाथों में झुँझलाहट थी, फिर यह झुँझलाहट आँखों और चेहरे पर चढ़ी। ऐसा लगता था, मानो वह दान पानेवालों की खोपड़ियों को राजा के दान से फोड़ना चाहता है। फिर दाहिनी ओर

उचककर जन-जनार्दन की लालसा का दृश्य देखा, मजा आया, मुस्कराया भी, ज़ोर से खिलखिलाकर हँसने को भी जी चाहा, पर सहसा महाराज की ओर सहमी दृष्टि गई। महाराज उस समय दूसरी ओर देख रहे थे। उनकी गम्भीर मुद्रा भारत को कठोर लगी। वह सहमकर बैठ गया। उसके हाथ अब सहर्ष सोत्साह मुट्ठियाँ लुटा रहे थे। काशी कोसल-नरेश महाराज श्रीचंद्रगुप्त श्रीराम कोट के मुख्य द्वार पर हौदे से उतर पड़े। महन्तों ने स्वागत किया। गढ़ में ही महाराज ने स्नान किया। तदुपरान्त राजभोग के दर्शन किए। तीसरे पहर स्वयं महाराज चंद्रगुप्त, भार्गव सोमाहुति, अम्र बिन हारीत आदि विशिष्ट मण्डली ही नहीं, वरन् अयोध्या-विशाखा के नागरिकों के सम्मुख दो पीढ़ियों के बाद आज प्राचीन परंपरा के अनुसार महात्मा वाल्मीकि के कुशीलव अपनी रामलीला का प्रदर्शन करेंगे। अस्सी वर्ष से ऊँची आयुवाली वाशिष्ठी ने अपने बचपन में वर्तमान वाल्मीकि के पितामह के मुख से रामकथा सुनी और उनके कुशीलवों द्वारा उसका लीलाभिनय देखा था।

स्वयं वाल्मीकि के लिए भी आज का दिन अत्यन्त महत्वपूर्ण था। उनके चाचा, पूर्व वाल्मीकि, बेचारे जीवन भर यह साध लिये ही मर गए परन्तु उन्हें अवसर न मिला। वाल्मीकि के यजमान अब अयोध्या में नहीं सप्तर्षि, लखनऊ, नागग्राम आदि नागेश्वर के प्रभाव के मुक्त क्षेत्रों में ही हैं। वर्तमान वाल्मीकि जिन्होंने अपने परम पुरखे आदिकवि द्वारा प्रणीत और सकारण खण्डित महाकाव्य को अपनी काव्यप्रतिभा से पूर्ण किया, वे आज पहली बार श्रीमद्वाल्मीकीय के सात काण्डों का पारायण एवं प्रदर्शन श्रीरामकोट के उस ऐतिहासिक विशाल प्रांगण में करेंगे, जहाँ पीढ़ी-दर-पीढ़ी शताब्दियों से पीठाधीश्वर और उनके कुसीलवों की परम्परा यह कर्म करती चली आई है। वाल्मीकि अपना खोया हुआ अधिकार आज फिर से पा रहे हैं।

नागेश्वरनाथ के मंदिर से मिले हुए योगिराज के शासन केन्द्र में चारों ओर स्यापा छाया हुआ था। योगिराज नागेश्वर अब मुट्ठी भर भस्म के रूप में ही शेष रह गए थे। नन्दीश्वर बन्दी थे। ब्रह्मचारी वर्ग में भगदड़ पड़ गई थी। योगिराज के कोषागार पर कइयों की आँख थी। सभी इस ताक में थे कि धन उनके पास आए। सभी एक दूसरे को ठिकाने लगाने की नीयत साधे एक दूसरे पर अपना दाँव ताक रहे थे। सभी को अपना-अपना बल कूतने के लिए अभी कुछ समय की अपेक्षा थी क्योंकि महाराज के नगर में आने से वे सबके सब इस समय चारों ओर से घिर गये थे और अवसर की घात में थे।

परन्तु चन्द्रगुप्त ने नागेश्वर के आत्मदाह की सूचना रामकोट में पाते ही अपने सैनिकों की दो टुकड़ियाँ नागेश्वर मठ की ओर भेज दी थीं। भारत को उनका मार्गदर्शक बनाकर भेजा गया था।

काका के आत्मदाह का समाचार पाते ही प्रज्ञा दौड़ी आई थी। उसने लपटों के बीच अपने काका की एक झलक भर ही देखी थी, फिर सारा भूतकाल उनकी काया के साथ ही विलीन हो गया। प्रज्ञा ने साधिकार अपने काका के अन्तिम संस्कार किए और वह नागेश्वर की कुटिया में ही सूतक मनाने बैठ गई। कोषागार का स्थान नागेश्वरनाथ के मन्दिर में था और मन्दिर के चारों ओर साधक सेना के सभी मुड्ढ लोग अपने-अपने चेलों को लेकर डटे हुए थे। कान्यकुब्जवासी जटाधर ने कान्यकुब्जों और इक्ष्वाकुओं का संगठन बनाया था।

सभी अपने-अपने में ही फूल रहे थे। एक दूसरे को काटने की ताक में थे। उन्हें यह सोचने का अवकाश तक नहीं था कि उन सबका सम्मिलित शत्रु उन्हीं के नगर में मौजूद है। वे चेतकर भी अचेत थे और इसलिए आठों चौधरी चन्द्रगुप्त के सैनिकों द्वारा ऐसे दबोचे गए, जैसे बिल्ली के हाथों चूहे। खोखली अहम्मन्यता के राजतंत्र का इस प्रकार निर्लज्ज अन्त हुआ।

प्रज्ञा सहसा सामने आ गई और कहा : "इस कोष में मेरी पैतृक सम्पत्ति भी है। मैं अपने काका की उत्तराधिकारिणी हूँ।"

भारत जी ताव खा गए। सैनिक सरदारों से बोले : "देखते क्या हैं, पकड़ लीजिए इसको भी, मेरी पत्नी है।"

"मैं अपने कैलासवासी काका की प्रेतशुद्धि होने की अवधि तक रीत्यानुसार इस स्थान से केवल नदी तक ही जाने की अधिकारिणी हूँ। कृपया महाराज तक मेरी यह प्रार्थना पहुँचा दें कि भगवती वाशिष्ठी की एक बेटी जब तक सूतक मुक्त न हो जाए, तब तक मेरे काका के कोष पर हाथ न लगाया जाए। यही नहीं वरन् गिद्धों की दृष्टि से उसे बचाए रखने के लिए महाराज कोई व्यवस्था भी करें।"

प्रज्ञा की बात का प्रभाव पड़ा। उसका सुन्दर सधा व्यक्तित्व भी साधिकार आदर माँगता था। भारत बारहा समझाकर, झुँझलाकर, हुकुम चलाकर यह कहते रहे कि यह मेरी पत्नी है और मैं चाहता हूँ कि यह पकड़ ली जाए। यह किसी तरह भी मेरी पकड़ाई में नहीं आती है, इसलिए पकड़ ली जाए। मैं इसके सामने सहसा चेत जाता हूँ और इससे मेरे मानसिक आराम में विघ्न पड़ता है, इसलिए यह पकड़ ली जाए।

भारत ने तरह-तरह से कह डाला, पर प्रज्ञा न पकड़ी गई। कुछ सैनिक पहरे पर छोड़कर बंदियों के साथ सैनिक सरदार राजशिविर की ओर चल दिये, जो कुबेरटीले के निचले मैदान में आनन-फानन बस गया था।

भारत बहुत क्रुद्ध थे, आवाज़ आईः "सुनो।" आवाज में शासन था। भारत थमकर गम्भीर मुद्रा में खड़े हो गए।

"यहाँ आओ"—फिर स्वर आया। भारत के पैर प्रज्ञा की ओर अनचाहे ही बढ़ चले किन्तु उसकी ओर दृष्टि उठाकर न देखा।

प्रज्ञा बोली : "यहाँ सब उलट-पलट गया है। मैं अकेली हूँ। काका के अन्तिम कार्य करना मेरा धर्म है। इन तेरह दिनों में यदि आपका सहारा न मिलेगा, तो मैं भला क्या कर सकूँगी? . . क्या मेरे संकट के क्षणों पर आप और संकट लादेंगे? आपके समान सुख्यात पंडित को यह शोभा देता है?"

भारत चुप रहे, फिर कहा : "मुझे अपनी पूर्व स्मृति—अपनी वह पूर्वकालिक स्थिति—अच्छी तो लगती है प्रज्ञा देवी, चाहता भी हूँ कि वैसा ही भारत हो जाऊँ पर अब श्रम से कतराता हूँ। इस समय तुम्हारे सामने तुम्हारी बातों से मेरा मन पहले जैसा प्रबुद्ध हो गया है। महाराज के सामने—तुम जानती हो, आज मैंने महाराज के साथ उनके हाथी पर बैठकर इन हाथों से असंख्य धनराशि लुटाई है। बड़ा सुख मिला मुझे। पर महाराज के सामने बैठनेवाले व्यक्ति को अपने मन रूपी हाथी पर कितना अंकुश रखना पड़ता है। बाप

रे बाप! बड़ा श्रम करना पड़ा मुझे। पर प्रज्ञा, मैंने उन्हें प्रसन्न कर लिया है। देखती नहीं, यह नया पीतांबर, मेरी उँगली-उँगली में मुँदरियाँ, यह स्वर्णमाला, मुझे स्वयं महाराज से मिली हैं। इतना ही नहीं, देखो उन्होंने मुझ पर कितना विश्वास किया कि इन सैनिकों का मार्गदर्शक बनाकर मुझे यहाँ भेजा है। बोलो, अब मैं महाराज का मंत्री बन सकता हूँ कि नहीं।"

प्रज्ञा मुस्कुराई, कहा : "आप अवश्य बन सकते हैं, परंतु इस समय मेरे भर्ता होने का कर्तव्य कृपया दिखलाइए। मैं भूखी हूँ, मेरे लिए क्या आप फलाहार का प्रबन्ध—"

भारत बड़े आश्वस्त स्वर में बोले : "अभी करता हूँ। महाराज ने मुझे पाँच स्वर्णमुद्राएँ भी दी हैं। मैं उनसे कह चुका हूँ कि लखनऊ का राज्य आपको दिलाऊँगा, इसलिए मैं उनसे और भी स्वर्णमुद्राएँ पाऊँगा। तुम चिन्ता मत करो। इन तेरह दिनों तक मैं तुम्हारा निरन्तर भरण-पोषण करता रहूँगा।"

"और उसके बाद नहीं?" प्रज्ञा ने फिर मुस्कुराकर पूछा।

"उसके बाद ?... बाद की बाद में देखी जाएगी। इस समय अधिक सोचने से मेरा सिर चकराने लगा है। मैं तुम्हारे लिए फलाहार ले आऊँ।" कहकर भारत सिर झुकाए चल दिए। प्रज्ञा एक नई आशा के धीमे संचार के साथ अपने पति को खड़ी देखती रही।

●

१९

●

●

सात दिनों तक नित्य प्रति रामायण कथा और उस पर आधारित लीला होती रही। वाल्मीकि के पढ़ने का ढंग छोटे-बड़े सभी व्यक्तियों को एक साथ मोह लेता था। चन्द्रगुप्त ने सोमाहुति से कहा : "ऋषिवर, शब्द-शब्द को पूर्ण भावबोध के साथ इस प्रकार व्यक्त कर देनेवाला व्यक्ति मैंने यह पहला ही देखा है। इनके स्वर में ऐसा आकर्षण है कि सुनने वाला क्रमशः आत्मविस्मृत होने लगता है। नित्यप्रति लीला समाप्त होने के बाद मैं बड़ी देर अपने आप में नहीं आ पाता; ऐसा लगता है कि समस्त वर्णित घटनाएँ मेरे आस-पास प्रत्यक्ष होकर घट रही हैं।"

भार्गव के मन में वाल्मीकि की यह प्रशंसा सुनकर ईर्ष्या की बिजली कौंधी। वे सोचने लगे कि उनके कुल की महाभारत का ऐसा सार्वजनिक रूप से पाठ कहीं नहीं हुआ। वाल्मीकि की यदि एक या दो पीढ़ियों को अपनी पाठ और प्रदर्शन कला दिखलाने का अवसर नहीं मिला तो कोई बड़ी बात नहीं हुई, भार्गव कुल के व्यास तो दो शताब्दियों से महाभारत सुनाने के लिए तड़प रहे हैं। उत्साह में आकर भार्गव बोले : "हे नृप श्रेष्ठ, आदि-वेदव्यास भगवान् श्रीकृष्णद्वैपायन रचित जयग्रंथ पर आधारित उन्हीं के शिष्य पूज्य

वैशंपायन द्वारा रचित भारतसंहिता में, बौद्ध सम्राट अशोक के शासन-काल में हमारे पूर्वजों ने देश-कालानुसार ज्ञान और भक्ति की विविध शाखाओं का समन्वय करके उसे एक लाख श्लोकों की महाभारत संहिता बना दिया था। इतिहास होने के साथ ही महाभारत ज्ञान और भक्ति का विश्वकोष है। मेरे शिष्य पुराण वक्ता महात्मा सौति जब उसे सुनाते हैं तो सुननेवालों को अपूर्व सुख लाभ होता है।"

"महाभारत सुनने के लिए आपने मेरे मन में अब तो लालसा उत्पन्न कर दी है महात्मन्, किन्तु आरब्य देश के इस परिव्राजक ने भी अपनी बातों से मेरे मन में अनेक शंकाएँ जगा दी हैं। यह तो हमारे इक्ष्वाकु कुल का निकास कहीं और ही से बतला रहा था।"

भार्गव ने कहा : "सदात्मा अम्र बिन हारीत से मैंने भी वे सब बातें सुनी हैं। उनके कथनानुसार यह अयोध्या श्रीराम की जन्मभूमि नहीं है। भारशिवों के गुरु योगिराज नागेश्वर ने भी प्रसंगवश इसे वैवस्वत मनु के बजाय उनसे पीढ़ियों पूर्व उत्पन्न होनेवाले स्वायंभुव मनुकुल भूषण भरत की अयोध्या बतलाया था। और अम्र बिन हारीत ऊखू के अक्षक, निमि, टनटन और अक्षक के पुत्र बेकस अथवा बकुस की अयोध्या जम्बू द्वीप के उत्तरी कुरुक्षेत्र में बतलाते हैं। इस प्रकार इक्ष्वाकु, निमि, दंडक, विकुक्षि आदि की जन्मभूमि यहाँ से लाखों योजन दूर हो जाती है।

"यहीं तो" महाराज चिंताकुल होकर बोले : "हमारा मन इन बातों से अपना आधार डिगा बैठा है। हमारे पुरखे क्या यहाँ के नहीं थे ? हमारा इतिहास तब कहाँ आरंभ हुआ था, हमें किन शत्रुओं के कारण पराजित और विघटित होकर इधर-उधर बसना पड़ा, यह सारी समस्याएँ मन को व्यर्थ ही उलझा लेती हैं। हमारा ध्यान अपने वर्तमान से कहीं दूर जाकर केन्द्रित हो जाता है। मैं तो अब यह सोचने लगा हूँ ऋषिवर कि बीते इतिहास के पढ़े हुए पृष्ठों को फिर खोलकर पढ़ने से लाभ ही क्या? इतिहास निरर्थक है।"

सोमाहुति महाराज के इस कथन में अवसाद देखकर बोले : "हे महाराज, जब योगिराज नागेश्वर ने मुझसे कहा कि यह अयोध्या वैवस्वत मनु और इक्ष्वाकु की नहीं है, तो मुझे भी झटका लगा था। मेरे प्रश्न करने पर उन्होंने झल्लाकर कहा था कि वहाँ जाकर ढूँढ़ो, जहाँ विवस्वान् के पुत्र और पौत्र सैंधव घोड़ों पर आखेट के लिए वनों में जाते थे।" उनके इस कथन से चन्द्रगुप्त की आँखें चमक उठीं। उन्हें देखकर भार्गव ने कहा : "आश्चर्य की कोई बात नहीं महाराज! कहीं पर स्थायी रूप से बसने के पूर्व हमारे पुरखे इस जम्बू द्वीप में बार-बार मालाकार घूमे होंगे। यही नहीं, वे जम्बू द्वीप से बाहर विश्व में दूर-दूर तक गये हैं इसके प्रमाण भी मिलते हैं। किसी जगह यदि शत्रुओं से वे पराजित हुए हैं तो उन्होंने भी कहीं जाकर दूसरों को पराजित किया है। नागेश्वर जी के कथनानुसार तत्कालीन कुशिकपुत्र इंद्र के राजनीतिक चक्र में फँसकर, सुद्युम्न के 'इला' घोषित किये जाने के कारण निस्तेज हुए मनु के इक्ष्वाकु आदि दूसरे पुत्र, सिन्धु देश में अपनी अयोधन नामक राजधानी छोड़कर आधुनिक भगदात् नगर के आसपास वाले क्षेत्र में चले गये थे, जिसे वहाँ के लोग उस समय ऊखू के नाम से पुकारते थे।"

"तो हमारे इक्ष्वाकु कुल की नींव वहाँ पड़ी ?" चंद्रगुप्त ने प्रश्न किया।

"इसमें आश्चर्य की कोई बात नहीं महाराज! हमारा इतिहास केवल भरतखण्ड का नहीं, बल्कि जम्बू द्वीप के सम्पूर्ण आर्यावर्त का इतिहास है। भरतखंड उस आर्यावर्त का केवल एक भाग भर ही है। जिस समय महाराज इक्ष्वाकु ऊखू को केन्द्र बनाकर अपना नया साम्राज्य स्थापित कर रहे थे और उनका पुत्र विकुक्षि पश्चिम में योन द्वीप तक अपने पिता के राज्य में लोगों को इक्षु द्राक्षादि की खेती करना सिखा रहे थे; यही नहीं उन्हें द्राक्षा की सुरा पिलाकर उन्हें मदमत्त बना रहे थे, तब इंद्र की राजनीति वश परिचालित पुरूरवस और उसके पुत्र गोमती और सरयू के घने वनों में लुप्त प्रतापी महाराज भरत की राजधानी को खोजते हुए यहाँ बसे लोगों को उजाड़ रहे थे।"

"किन्तु इला के पुत्र होने के नाते महाराज पुरूरवस तो मनु के वंश से जुड़ जाते हैं न!" चंद्रगुप्त ने कहा।

"यह कोरी खींचतान की नातेदारी ही है महाराज! हरगौरी वन के मातृसत्ताक नियमानुसार मनुपुत्र सुद्युम्न को नारी वेश और इला नाम अवश्य धारण करना पड़ा था, किन्तु वे वस्तुतः स्त्री नहीं हो गए थे। चंद्र के नपुंसक पुत्र बुध से उनका विवाह भी केवल राजनीति रूप से इंद्र के द्वारा किया गया मनु का एक अपमान मात्र ही था। उसी के परिणामस्वरूप मनुयुग निस्तेज हुआ और इन्द्रयुग आया। मुझे तो ऐसा लगता है कि इलारूप में विवश सुद्युम्न ने ही पुरूरवस नामक किसी उद्धत और बलशाली युवक को बढ़ावा देकर पूर्वी भरतखंड तक इंद्र की प्रतिद्वन्द्विता में खड़ा करना चाहा था। किन्तु इंद्र की एक अप्सरा उर्वशी के प्रेमजाल में फँसकर उसे अपने क्षेत्र से हटना पड़ा। वही विरहदग्ध पुरूरवस गोमती सरयू के इस क्षेत्र में, अपने कुंठाजनित आक्रोश के कारण क्रूर होकर अयु जाति के जनों को कुचलता-रौंदता और लूटता हुआ नैमिषारण्य तक पहुँचा था, जहाँ उसका वध कर दिया गया। अयु और मग इस क्षेत्र की प्राचीनतम जातियाँ हैं। यह अयुध क्षेत्र ही कालान्तर में अवध कहलाने लगा है। प्रतापी इक्ष्वाकुओं का राज्य तो यहाँ बहुत बाद में स्थापित हुआ होगा। सम्भवतः महाराज अनरण्य पुलस्त्य और हेति कुल के असुरधर्मा ब्राह्मण राक्षस-राज रावण से हार कर जब भागे होंगे तो उन्होंने यहाँ अपना राज्य बसाया होगा।"

"जो भी हो ऋषिवर, भले ही यह भूमि महाराज इक्ष्वाकु की न हो, परन्तु इक्ष्वाकु कुलभूषण राघव श्रीराम यहीं जन्मे थे। उत्तर, दक्षिण और पश्चिम दिशाओं तक फैले विशाल भू-भाग के प्रतापी सप्तजिह्व संघ के हेतिकुल और उनके रावणों की क्रूर शासन परम्परा का सदा के लिए अंत करने वाले, पृथ्वी पर सुशासन की परम्परा स्थापित करनेवाले मेरे इष्टदेव की महिमा मण्डित राजधानी इसी पवित्र भूमि पर स्थापित हुई थी। इसे अब फिर से असुरमुक्त करके मैंने परम सन्तोष पाया है। चाहता हूँ कि एक बार इसी भूमि से फिर सूर्यवंश के सुखकारी साम्राज्य को संचालित करूँ।"

"एवमस्तु राजन, आपका स्वप्न पूरा हो। मैं भी आपके राज्य में सुरक्षित रूप से बैठकर उस पवित्र नैमिषारण्य क्षेत्र से एक बार फिर उस चतुर्दिक् भारती अग्नि को तेजोमय बनाना चाहता हूँ जो पाण्डव कुलभूषण महाराज अधिसीम कृष्ण के काल में प्रथम महासूत्र आयोजित करके प्रज्ज्वलित की गई थी। एक बार नैमिषारण्य से फिर आर्यज्ञान का जयघोष निनादित हो।"

बातें चल रही थीं तभी नैमिषारण्य से शौनक का भेजा गया एक दूत आया। वह सन्देश लाया था : "महात्मा भार्गव अयोध्या, काशी, प्रयाग, कोशांबी में जहाँ कहीं हों, उन्हें यह सूचित किया जाए कि महात्मा नारदजी ने उन्हें तुरन्त मथुरा पहुँचने का द्रुतगामी सन्देश भिजवाया है। मथुरा पहुँचकर महास्थान मन्दिर के महन्तजी से तुरन्त सम्पर्क स्थापित करें।"

भार्गव का कलेजा धक् से रह गया। मन में अनजाने कौतूहल का बोझ लादकर वे मथुरा जाने की तैयारी करने लगे।

●

२०

●

●

यमुना-तट पर अष्टमी के चंद्रमा-सी बसी हुई मथुरा नगरी। सीमा में प्रवेश करते ही नारद ने एक घर से आती हुई किसी नन्हें-मुन्ने की 'कुआँ-कुआँ सुनी। वे भावविभोर हो गए। उनके हृदय की धड़कनों में वासुदेव का हिंडोला आ गया। यों तो ब्रजभूमि में हर जगह नारद को वह किशोर देवता प्रतिफल झलक-झाईं सा मिला था पर यहाँ वह वर्तमान के समान प्रत्यक्ष था। मथुरा उस किशोर देवता, महान् राजनीतिज्ञ कर्मयोगी नटनागर की जन्मभूमि थी। चंद्रवंश के प्रतापी शासक मधु यादव ने इस नगरी को मय दानव से बनवाकर बसाया था। सिन्धु, बाल्हीक देश के पास सुदूर देशों में बसी उर, पुर और सुषा जैसी नगरियाँ, जिन्हें आर्यों के विश्वकर्मा त्वष्टा ने बनाया था, मथुरा बसने पर दानव मय के वास्तुशिल्प के आगे नतविनत हो गई थीं। साकेत के सूर्यवंशी शत्रुघ्न ने महाराज रामचन्द्र के काल में मथुरा के अधिपति अत्याचारी लवण को मारकर जब इस नगर में प्रवेश किया, तो इसकी रमणीयता से चकित रह गए, कहने लगे, इसे निश्चय ही देवों ने बनाया होगा। वह मथुरा गोवर्धन के पास थी। यमुना भी तब वहीं बहती थी। यह मथुरा न तो अब चंद्रवंशी जनों की है और न सूर्यवंशियों की। यह मगध के नन्द और मौर्यवंशियों की भी नहीं रही। अब तो यह शकों की नगरी है। अब यहाँ वासुदेव, संकर्षण, प्रद्युम्न, अनिरुद्ध और साम्ब—पंच वृष्णियों की उपासना का चलन मंद पड़ गया है। इन्हीं पंच वृष्णियों की उपासना से पांचरात्र धर्म की निष्पन्न मान्यता बनी थी। नर-नारायण का अवलंब लेकर जिस भक्तिधर्म आंदोलन की नींव पड़ी थी वह आंदोलन पांचरात्र धर्म के उदय के साथ ही साथ महिमामय हो चला। परन्तु कुषाणों ने अपने पुरखों की मूर्तियाँ स्थापित करके जो नया देवकुल स्थापित किया, वह मथुरा के सामाजिक जीवन में विच्छिन्नता ही ला सका। इन आततायी दुष्टों ने हमारे सारे संस्कार ही भ्रष्ट कर डाले। देवतों की जगह मनुष्यों की पूजा—नारायण-नारायण।"

—लेकिन यहीं आकर नारद के नये-पुराने विचारों में टकराहट भी आरम्भ हुई। मनुष्य

तो पंचवृष्णि भी थे और सम्भवतः नर-नारायण भी। वे पृथ्वी पर अपने महत् कर्मों से मानव सभ्यता को ऊँचे नैतिक और सामाजिक धरातल पर उठा सकने के कारण ही प्रतिफलित मानव समूह के द्वारा श्रद्धापूर्वक देवता घोषित और पूजित किये गये परन्तु इन कुषाणों के पुरखों को किस कसौटी पर देवता माना जाए?

कर के भार से भयभीत होने के कारण जितने धनी नागरिक हैं, सभी तो प्रायः चरित्रभ्रष्ट हो गये हैं। इहलौकिक बातों में उनकी और उनकी देखादेखी उनके आश्रित नागरिकों की अनुरक्ति बढ़ गई है। कौन कितनी अधिक मौज ले रहा है, बस इसी के दिखावे की होड़ है। मांस, मदिरा, महिला यही तीन इस समय मथुरा के नागरिक संस्कार हैं। कुषाणों ने देवों की पूजा का प्रचलन आतंकपूर्वक समाप्त करवा दिया था।—पूजो तो हड्डियाँ पूजो, हड्डियों के ऊपर बड़े-बड़े एडूक (स्तूप) क्या दुर्दशा है, यज्ञ करने की आज्ञा नहीं; वैदिक भागकर जंगलों में छिप गये हैं...।

रास्ते में चले जाते हुए एक बौद्ध हो जानेवाले किंचित् सम्पन्न शूद्र ने एक ब्राह्मण को 'भो' सम्बोधन करके समानता सूचक भाव से पुकारा। ब्राह्मण फटे हाल था किन्तु ब्रह्मतेज से दरिद्र नहीं था, ताव खा गया; बोलाः "तू मुझे बराबरी से 'भो' कहकर संबोधित करता है? पाप बुद्धि से चार टके कमा लिये तो क्या सामाजिक मर्यादाओं को छिन्न भिन्न करने का अधिकार भी पा गया?"

"बिरामण—हें हें हें देखा है, बिरामणों को राजदरबार में चाटुकारी करते हुए, देखा है उन्हें वेश्याओं के यहाँ मांस-मंदिरा का सेवन करते हुए, बिरामण छिः।"

"तेजभ्रष्टों को जो जी में आए बकं, तेज ब्राह्मण का लक्षण है, उससे बचके चल। मुझे धन का लोभ न तो झुकाकर जिला सकता है और न अत्याचार सहकर मरने से ही मैं भयभीत हूँ।"

सम्पन्न शूद्र ठठाकर हँसा, बोला : "अच्छा जाओ-जाओ अपने काम पर लगो, मुझसे चूक हुई जो तुम्हारे ऐसे बावले को टोक बैठा।"

दुबला-पतला, सींक सलाई, पीली देह! किन्तु तेजस्वी आँखोंवाला वह ब्राह्मण सचमुच बावला होकर उसकी ओर झपटा : "तू मुझे बावला कहता है! मैं तुझे अभी अपने शाप से भस्म कर दूँगा।"

सम्पन्न शूद्र फिर बड़ी जोर से हँसा। तब तक नारद बीच-बचाव करने के लिए पास पहुँच गये बोले : "जाने दें ब्रह्मन्, क्रोध शान्त करें।" संन्यासी को देखकर ब्राह्मण शान्त हो गया, हाथ जोड़कर कहा : "इसकी अभद्रता देखिए मुनिवर, चार टके कमाकर हमारे ब्राह्मणों के महल्ले में पास-पास के दो घर खरीद के इसने अपनी हवेली क्या बनवा ली है कि मुझसे बराबरी से 'भो' कहकर बात करता है।"

"क्यों न करूँ? तुम्हारे इसी ब्राह्मण टोले के मेरे अधिकांश पड़ोसी मुझे अब आर्य कहकर सम्बोधित करते हैं।"

"ठीक है सन्नागरिक, आर्यत्व तक किसी व्यक्ति का उठना सचमुच बड़ी बात है। आर्य श्रेष्ठ है और श्रेष्ठता व्यक्ति में गुणों की होती है। आप इन स्वाभिमानी तपोनिष्ठ सज्जन की मानरक्षा यदि करेंगे तो अपने आर्यत्व का अधिक परिचय देंगे। ... आइए

ब्रह्मन, ब्राह्मण का तेज क्रोध में नहीं, शान्ति में दमकता है। अपने इस क्रोध को ब्राह्मण चाणक्य की तरह पचाकर काल-परिवर्तन की युक्तियों और प्रयत्नों में ध्यान दौड़ाइए।"

ब्राह्मण ने खीझ भरे स्वर में कहा : "अरे, क्या ध्यान दौड़ाएँ महाराज! ब्राह्मणों की मट्टी पलीद है। दाने-दाने को तरसते हैं बेचारे। बौद्धों और क्षपणकों की पूछ है इस मथुरा में। और जो ब्राह्मण सम्पन्न हैं, वे भी यज्ञ-यागादि का त्याग कर इन्द्र से सम्बन्धित कतिपय वेद-मंत्रों का पाठ बौद्ध क्षपणक कर्मकाण्ड पद्धतियों के साथ जोड़कर भूत-प्रेत-यक्ष आदि से पीड़ित जनों को इन्द्र के नाम से ठगते हैं।"

"बात यह है, बौद्ध और क्षपणक हो जानेवाले समाज में भी इन्द्र का माहात्म्य एक प्रकार से लुप्त नहीं हो पाया है। गति तो एक ही है न! परन्तु आप इन सब बातों की चिन्ता न किया करें ब्रह्मन।"

"अजी महाराज, चिन्ताएँ तो अब मेरी चिता के साथ ही भस्म होंगी। घर जाओ तो ब्राह्मणी खाने को दौड़ती है। बाहर आया तो स्वाभिमान की यह छीछालेदर होती है। न कोई श्राद्ध करता है न तर्पण, फिर मुझे कहाँ से खाने को मिले।"

नारद ब्राह्मण का निष्क्रिय क्रोध देखकर सोचने लगे कि मिथ्या स्वाभिमान ही इस समय सद्ब्राह्मणों को निकम्मी आग की तरह भीतर ही भीतर भस्मीभूत किए डाल रहा है। ब्राह्मण अपना खीझ भरा स्वाभिमान लेकर अपनी राह चला गया। नारद अपनी राह पर आगे बढ़े। वे इस समय नगर की सर्वश्रेष्ठ गायिका लवणशोभिका के घर जा रहे थे। नगर की सीमा पर तापसी इज्या और उग्रश्रवा सौति को एक परिचित बौद्ध धर्मी सद्गृहस्थ की सुरक्षा में छोड़कर वे लवणशोभिका के यहाँ उनकी स्थायी सुरक्षा का प्रबन्ध करने जा रहे थे।

भव्य प्रासादों और मंदिरोंवाली वैभवशालिनी मथुरा नगरी बाहर से देखने में तनिक भी दुखी नहीं लगती थी। मथुरा अब भी तीन लोक से न्यारी ही है। भव्य चैत्यों, जैन मन्दिरों, विहारों और हाट-बाट घाटों से जगर-मगर हो रही है। नारद को लगा कि कुषाणों ने मथुरा को संस्कारभ्रष्ट तो अवश्य ही किया, किन्तु उसका धन-कला वैभव बहुत बढ़ाया है। दूर-दूर के व्यापारी यहाँ आते हैं। जम्बूद्वीप के विशाल आर्यावर्त क्षेत्र में अत्रिपत्तन क्षेत्र के पाराशव नगर से लेकर कश्यप सागर के तट पर बसे हुए व्यापारी नगरों और यवनों (योनों) के देश तक से व्यापारी यहाँ आते हैं। सिन्धु, मिस्र, लंका, यवद्वीप, कटाह द्वीप, आदि से दूर-दूर की लक्ष्मी यहाँ आकर निवास करती है। वही लक्ष्मी तो जैन तीर्थंकर **सुपार्श्वनाथ** के मन्दिर में कलश पर मढ़े गये सोने के पत्तरों में चमक रही है। उसमें जड़ी **हुई मणियाँ** दिन के ढलते हुए प्रकाश में कौंध रही हैं। कुषाण महाराज हुविष्क का बनवाया हुआ बौद्ध विहार, जिसमें इस समय पापी भृगुवत्स की जघन्य पाप लीलाओं का केन्द्र स्थापित है, बाहर से कितना भव्य, कलापूर्ण और आकर्षक लग रहा है। इसके कला और शिल्प की महिमा का गुणगान केवल भारतीय ही नहीं, विदेशी कला प्रेमी भी करते हैं। हुविष्क विहार के पास जाती हुई सड़क पर चलते हुए नारदजी का मन घिना उठा। भृगुवत्स ने इस समय अपने सगोत्री का ग्रंथागार जलाकर बड़ा आह्लाद पाया होगा। दुष्ट ने यह सोचा कि वह केवल भार्गव ही का नहीं वरन् समग्र सनातन भरत संस्कृति का नाश कर रहा है। एक गली में

मुड़कर नारद उस सड़क से कतरा गए। कटरा केशवदेव में पुष्यमित्र के काल में बने वासुदेव के जन्मस्थान स्मृति मंदिर को देखकर नारद का क्षुब्ध मन शान्त हुआ। विदेशी कुषाणों ने बौद्ध धर्म की ही एक आड़ लेकर यहाँ के प्राचीन धर्मों का मूल नाश करने की चेष्टा तो बहुत की थी, परन्तु वासुदेव के जन्मस्थान पर बने मंदिर को नष्ट करने का साहस उन्हें भी नहीं हुआ।

हाट, हवेलियों की बाहरी दीवारों पर रंगीन चित्र और मूर्तियाँ स्थापित करने का चाव मथुरावालों को अत्यधिक है। मन्दिर की चार दीवारियों पर वेदिका स्तम्भों पर चहुँ ओर मूर्ति और चित्रकला का ऐसा चमत्कार छाया हुआ है कि बस देखते ही बनता है। यक्ष-यक्षिणियाँ, अप्सराएँ— जिधर दृष्टि घुमाओ, उधर ही कला का सौन्दर्य देख लो। कहीं मद से मतवाली नग्न नवयौवना को दासियाँ संभाल कर उठती हुई दरसाई गई हैं। कही कोई अल्हड़ नहाती हुई चीती गई है। कहीं मोतियों गुँथे केशपाश, कानों में कुण्डल, एक लड़ी मुक्तामाला, गुच्छक हार, केयूर, कटक, मेखला आदि धारण किए हुए मस्त अलबेली वेश्याएँ उद्यानों में फूल चुनती हुई ऐसे सुन्दर ढंग से चित्रित की गई हैं कि कामी जनों का मन वेश्याहाट में घुसते हुए उन्हें देखते ही रंगीन हो जाता है। एक वेश्या के बाग में नगरवधुओं की अल्हड़ बछेड़ियाँ गेंद उछालने के मिस अपने मनोरम काया कंदुकों की उछालों से रथों, हाथी, घोड़ों और नालकी पालकियों पर आते-जाते श्रेष्ठिपुत्रों, विलासी नागरिकों तथा कच्चे लँगोट के भिक्खु और जैन वैष्णव साधुओं के हृदयों से भगवद् भक्ति को भगाकर मानों कामिनी कांचन भक्ति का पाठ पढ़ा रही थीं। वेश्याओं की हाट दो प्रमुख व्यापारी हाटों के बीच में थी। वहाँ की सजावट और आकर्षण की युक्तियाँ इसी उद्देश्य से नियोजित हुई थीं कि दिन में व्यस्त रहनेवाले व्यापारियों के मन में आते-जाते हुए भी रात के आकर्षण का इच्छाबीज डाला जा सके। लम्बी नोकीली टोपी, लम्बे चोगे, सुथने और ऊँचे-ऊँचे जूते पहने, लाल बालों और नीले नेत्रोंवाले शक, सुन्दर ईरानी पठान, अक्कादी, रोमक गान्धारी आदि जातियों के सम्पन्न व्यापारी मथुरा नगरी में सदा विद्यमान रहते हैं। मथुरा अनेक संस्कृतियों की संगम स्थली है, परन्तु जैसे काला रंग सब पर छा जाता है, उसी प्रकार कृष्ण की मथुरा अपनी मस्ती के रंग में सभी को एक-सा रंग लेती है।

नारद वेश्या लवणशोभिका की भव्य हवेली के द्वार पर पहुँच गये। हवेली की बाह्य दीवारों पर कलापूर्ण मूर्तियाँ अंकित हैं। एक ओर रूप कला यौवन गर्विता लवणशोभिका नृत्य करती हुई दिख़लाई गई है, उसके सामने ही उसका प्रेमी वसुरा (बसरा) निवासी महाश्रेष्ठ कौरोष बैठा हुआ प्रशंसा भरी दृष्टि से उसे देख रहा है। लवण की रसीली चितवन अपने रीझे हुए प्रेमी की मादक दृष्टि से बँधी हुई है। द्वार के दूसरी ओर अश्वारोहिणी लवणशोभिका की मूर्ति बनी है। सजे-बजे घोड़े पर रकाब में पैर डालकर बैठी हुई नगरवधू का उत्तरीय कामियों के मन जैसा लहरा रहा है। मुख्य द्वार के चारों ओर रंगीन बेल अंकित है। दो द्वारपाल हवेली की रक्षा कर रहे हैं।

नारद के आने की सूचना पाते ही लवणा स्वयं दौड़ती हुई उनके स्वागतार्थ द्वार पर आयी। सत्रह-अठारह वर्ष पहले लवणा जब सात-आठ वर्ष की बालिका थी, तब उसकी माता ने कुरुक्षेत्र से प्रायः मथुरा आते-जाते रहनेवाले काण्व देवदत्त से वीणावादन की शिक्षा दिलवाई थी। नारद तब तक विधिवत् नारदीय परंपरा में नहीं जुड़े थे। लवणा ने आते ही

गद्‌गद् होकर बड़े भक्तिभाव से महर्षि को प्रणाम किया, कहा : "मेरा भाग्य आज प्रसन्न है। आपके दर्शन मात्र से मेरे जन्म-जन्मांतरों के पुण्य आज उदय हो गये हैं।"

लवणशोभिका सचमुच ही बड़ी सलोनी थी। चौबीस-पचीस वर्ष की पूर्ण यौवना अपनी सुगठित देह के कारण आयु से लगभग दस वर्ष कम की लगती है। कुषाण महाराज उसके ऊपर विशेष रूप से कृपालु हैं। नगर के महाजन और सुप्रतिष्ठित सामन्त लवणशोभिका की कला पर अपना तन, मन धन निछावर करने को हर समय प्रस्तुत रहते हैं। परन्तु लवणा कौरोष की है। वसुरा के महाश्रेष्ठि चार-पाँच वर्षों में एक बार भारत आते हैं और कुछ महीनों यहाँ रहकर करोड़ों कमाकर लाखों लुटा भी जाते हैं। संयोग से वे एक ही दिन पहले मथुरा आए थे। उनके आगमन से लवणा इस समय बड़ी मगन थी। उसके लिए लाखों के रत्नाभूषण और बहुमूल्य विविध उपहार आए हैं। उसका प्रेमी अनेक सुन्दर दास-दासियाँ भी उसकी सेवार्थ लाया है। लवणा बड़ी प्रसन्न थी। नारदजी को लेकर भीतर जाते हुए उसने गद्‌गद स्वर में कहा : "मेरा हर्ष इस समय मन में नहीं समा पा रहा महाराज। जी करता है कि मैं मर जाऊँ। ऐसा भरा-पुरा सुख का क्षण कदाचित ही फिर कभी मेरे जीवन में आए।"

"आनंद की पराकाष्ठा मृत्यु नहीं, जीवन है। उसी की कामना करो लवणा। हर्ष का शिखर अभी तुमने देखा ही कहाँ है?"

अतिथि सत्कार से संतुष्ट होने के उपरान्त नारद ने कहा : "लवणा आज मैं तुमसे गुरुदक्षिणा माँगने के लिए आया हूँ।"

"यह मेरा अहोभाग्य है देव। यह शरीर अब प्रिय के हाथों बन्धक है और मैं जानती हूँ कि गुरुदेव को उसकी आवश्यकता भी नहीं है।"

"नारायण-नारायण! शिष्या संतान के समान होती है। मैं तुम्हें एक महामूल्यवान जीवन की सुरक्षा का भार सौंपने आया हूँ। उनके प्राणों का गाहक इसी नगर का निवासी है। उसकी बाँहें बड़ी लम्बी-लम्बी हैं। उत्तर भारत के किसी भी क्षेत्र तर्क वह मेरे प्रियजन का नाश कर सकता है किन्तु मैं जानता हूँ कि उसकी बाँहें तुम्हारे यहाँ तक कदापि नहीं पहुँच सकतीं।"

"मैं प्राणपण से आपके प्रियजन की रक्षा करूँगी। कौन है वह दुष्ट जो उन्हें कष्ट दे रहा है?"

"हुविष्क विहार का महास्थविर दुरात्मा भृगुवत्स।"

नाम सुनते ही लवणा के सुन्दर मुख पर घृणा की रेखाएँ खिच गईं, वह बोली : "आजकल भृगुवत्स का नाम विभिन्न कलंकों से जुड़कर बारबार हमारे कानों में पड़ता ही रहता है। सचमुच घृणा का पात्र हो गया है यह नीच। कुषाण महाराज को मद्यपी और कामाचारी बनाने में इस दुष्ट का बड़ा हाथ है। आज दिन में ही जगत् सेट्ठि भी राजसभा के पापाचारों पर टीका-टिप्पणी कर रहे थे। कुशासन में वाणिज्य व्यवसाय को सबसे अधिक हानि सहनी पड़ती है। इस कंस के शासन को अब तो समाप्त ही हो जाना चाहिए।"

"तुमने मेरे ही मन की बात कही है लवणा, मैं स्वयं भी इसी प्रयत्न में लगा हूँ। कुशासन के अँधेरे में ही भूतों और चोरों को अपने कुकर्मों के लिए अवसर मिलता है। मै

अपने देश की इस कालरात्रि को सुशासन और सुनीति के स्वर्णिम विहान में बदल देना चाहता हूँ।"

"मेरे जगत् सेट्ठि को दर्शन देने की कृपा करेंगे आचार्य? उनकी बातों से मुझे लगता है कि वह कदाचित् आपकी सहायता कर सकें। तब तो अवश्य ही मिलूँगा।"

और थोड़ी ही देर के बाद नारद जगत् सेठ कौरोष के सामने उपस्थित थे। लम्बे-चौड़े अतीव सुन्दर और कांतिमान गौरवर्ण के जगत् सेठ को देखकर नारद ने पारसीक भाषा में कहा : "वसुरा जाने पर मैंने आपका नाम तो अवश्य सुना था, किन्तु आपसे मिलने के लिए तब मेरे पास कोई बहाना न था।"

"अच्छा ही है आर्य, साधु यदि व्यापारियों की संगति करने लगे तो उसका धर्म ही बदल जाए। कामिनी और कांचन दोनों ही का संग्रह आपके लिए निन्दा और हमारे यश का कारण है। लोनी ने अभी बतलाया कि आप किसी राजनीतिक उद्देश्य से यहाँ पधारे हैं। मैं आपकी क्या सेवा कर सकता हूँ?"

"भारतीय राजनीति में पट-परिवर्तन लाने की इच्छा, मैंने सुना है कि आपकी भी है। क्या हम इस बिंदु पर मिलकर कोई समझौता कर सकते हैं?"

"संन्यासी से समझौता? इहलोकवादी परलोकवादी से समझौता करके भला पाएगा ही क्या?"

"धर्म, अर्थ और काम आपके इहलोक का वैभव बनेगा और मोक्ष मेरा। निश्चय ही व्यावसायिक कारणों से आप राजनीति में परिवर्तन लाना चाहते होंगे।"

"आपने ठीक सोचा है किन्तु मेरा विचार अभी तक मात्र विचार ही है, मैंने कोई निर्णय नहीं किया।"

"एक विचार जब मन में उमँगता है तब ओस की बूँद की भाँति नन्हा-सा लगता है, किन्तु जब हमारी ध्यान दृष्टि की मथानी उसे मथने लगती है तो वही नन्हीं-सी बूँद अगाध समुद्र बन जाती है। निर्णय तो चिन्ता रत्न है आर्य कौरोष, वह समुद्रमंथन के बाद ही मिलता है।"

"आपने ठीक ही कहा और मैं समझता हूँ कि यह बूँद समुद्र बनाने के योग्य है। इस बार यहाँ तक आते हुए भारत के विभिन्न क्षेत्रों में मुझे जिस विशृंखलित सामाजिक जीवन, अरक्षा और अराजकता के दर्शन हुए, वह वाणिज्य-व्यापार की दृष्टि से परम घातक है। कुषाण अब साम्राज्य नहीं वरन् केवल एक छोटे से राज्य का संरक्षण करने योग्य ही रह गये, और वह भी हमारे सासानिक सम्राट् की कृपा से।"

"आपने ठीक कहा, शश सम्राट् कुषाणों के भारतीय साम्राज्य को अपनी शक्ति परखकर ग्रहण नहीं करना चाहते। हाथी का पालन समर्थ श्रीमान् ही कर सकते हैं। भारत हाथी के समान ही है। विन्ध्य, वाकाट की नागशक्ति अब जागृत हो चुकी है। साकेत, काशी, कोसांबी आदि नागों के अधीन होकर अब सुशासित हैं। यदि मथुरा के व्यापारी महाजनगण उनका साथ दें, तो वे कुषाणों की इस उत्तर भारतीय राजधानी को अपने सुशासन से स्वर्ग बना सकते हैं। जहाँ धर्म हैं, वहीं स्वर्ग भी होता है। इस नगर के वर्तमानकालीन प्रमुख धर्म का नेतृत्व जब किसी धर्महीन, अविचारक, पतित, दंभी के हाथ में हो तब

देशकाल की रक्षा हो ही कैसे सकती है। हुविष्क विहार में आज बुद्ध नहीं मार (कामदेव) बैठा है, उस पतित ने पाप के प्रचार और प्रसार का मानों ठेका ही ले लिया है। स्त्री जाति का शील सुरक्षित नहीं रहा। परम प्राचीन और पवित्र वंश के इस लक्ष्य-भ्रष्ट कुलघाती विद्रोही ने केवल अपने दंभ और ईर्ष्या के कारण ही बौद्ध मत को ग्रहण किया था, राजनीतिक कुचालें चलकर ही वह मथुरा के महाविहार का अध्यक्ष बना है। ऐसे व्यक्ति से कोई धर्म, कोई जन भला लाभ पा सकता है। इस दुष्ट ने अपने पाप-कर्मों को अब अन्त पर पहुँचा दिया है आर्य, क्या कहूँ क्या न कहूँ।"

नारद ने भृगुवत्स का इतिहास बतलाकर उसके द्वारा महात्मा भार्गव पर किए गये अत्याचारों तथा भार्गव की ग्रंथशाला को जलाने का ब्यौरा सुनाया। सुनकर कौरोष उत्तेजित हो उठे, बोले : "ऐसे दुष्ट और पतित को दण्ड देना आर्यों का धर्म है। मैं इसे नरक का द्वार दिखलाए बिना अब चैन नहीं लूँगा।"

प्रिय के इस आवेश से लवणशोभिका की व्यावहारिक वेश्याबुद्धि चौंक उठी, उसने कहा : "आप चाहने पर सब-कुछ कर सकते हैं आर्यपुत्र! किन्तु भृगुवत्स साधारण व्यक्ति नहीं है। सारे प्रमुख राजकर्मचारी और उनकी महिषियाँ भृगुवत्स के चंगुल में हैं। यदि भृगुवत्स के सामने धर्म होता तो वह अपनी प्रतिभा और कुशाग्र बुद्धि के कारण चाणक्य सिद्ध होता। किन्तु धर्मशून्यता के कारण वह ऐसा विषधर बन गया है कि जिसके काटे का मन्तर नहीं है प्राणनाथ!"

कौरोष ठठाकर हँसे, बोले : "बावरी, मैं पहली बार मथुरा नहीं आया हूँ। भृगुवत्स मेरे लिए नितांत अपरिचित नहीं है, निश्चिन्त रह। जिस विषधर से बचने के लिए तूने मुझे सचेत किया है, वह इस बार कौरोष के हाथों में पड़कर स्वयं अपने ही विष से मारा जायेगा।"

●

२१

●

●

बसरा के कौरोष सेठ से आश्वासन पाकर नारद अपने और भार्गव के पुराने मित्र सेठ वसुदत्त के यहाँ पहुँचे। उनके यहाँ उन्हें नयी राजनैतिक घटनाओं के समाचार मिले। सुनकर नारद को लगा कि उनकी सोची हुई पूरी बाज़ी ही उलट गई। भारत देश फूट-त्रस्त और स्वार्थग्रस्त है। यहाँ कोई बड़ी शक्ति कभी पनप ही न सकेगी। मण्डी में नारदजी ने सुना था कि पूर्व में अहिच्छत्रा से लेकर मगध तक और पश्चिम मालवा तक नाग सम्राट् और उनके परम प्रतापी सामंतों का दबदबा फैला हुआ है। सेठ वसुदत्त एकदम उल्टी ही बात सुना रहे थे। कहने लगे : "सम्राट भवनाग बड़े धर्मात्मा हैं। अयोध्या के योगिराज के

तंत्रयोग बल पर आश्वस्त होकर वे यज्ञ पर यज्ञ किए चले जा रहे हैं। व्यापारी उनके लोगों के द्वारा धन की बढ़ती मांग से त्रस्त हो गये थे। उसका लाभ उठाकर मगध के एक साधारण से राजा ने कोशाम्बी, प्रयाग, काशी और कोशल के प्रदेश अधिक रक्तपात किए बिना ही जीत लिये। चन्द्रगुप्त महीने दो महीने के भीतर ही मथुरा और यह समस्त ब्रज का क्षेत्र अपने अधिकार में कर लेगा।"

"तब क्या हमें इस नई शक्ति को ही अपना सम्बल बनाना चाहिए?" नारद ने पूछा।

"इस समय परिस्थितियाँ इतनी अनिश्चित हैं कि निश्चयपूर्वक कुछ भी नहीं कहा जा सकता महाराज। मुझे विश्वस्त सूत्र से सूचना मिली है कि आन्ध्र विजेता महाबलाधिकृत विन्ध्यशक्ति अपने पुत्र प्रवरसेन के साथ सम्राट् से मिलने गए हैं। यद्यपि महामात्य यज्ञदत्त से उनकी नहीं बनती है, पर इस कठिन समय में विन्ध्यशक्ति का पलड़ा भारी पड़ सकता है। महामण्डलेश्वर गणपतिनाग उन्हें बहुत मानते हैं। सम्राट् अपने साम्राज्य के इन दो प्रमुख स्तम्भों की बात इस समय टाल न सकेंगे।"

"तब तो विन्ध्यशक्ति से मिलना ही उचित होगा। चन्द्रगुप्त के समान किसी नये अपरिचित व्यक्ति का आधार लेने की अपेक्षा पुराने परखे हुए लोग ही ठीक हैं।"

"मैं वही उचित समझता हूँ महाराज।"

"मैं कल भोरहरे ही कांतिपुरी के लिए प्रस्थान करूँगा सेठजी। आप इसके लिए व्यवस्था कर दें।"

"हो जाएगी महाराज।"

"किन्तु जाने से पहले मैं इज्या देवी को किसी सुरक्षित स्थान में छोड़ जाना चाहता हूँ। आप कृपा करके उसकी भी व्यवस्था कर दें। अभी तो मैं उन्हें और ग्रंथ पेटिकाओं सहित महात्मा सौति को वृन्दावन में एक परिचित बौद्ध सद्‌गृहस्थ के यहाँ टिका आया हूँ।"

वृद्ध सेठ वसुदत्त ने गम्भीर होकर कहा : "महात्मा व्यासजी के प्रति मेरे मन में बड़ा ही पूज्यभाव है। उनके पिता बड़े व्यासजी महाराज मुझ पर बड़ी कृपा रखते थे। परन्तु इस समय मथुरा में कोई भी व्यक्ति भृगुवत्स को अप्रसन्न नहीं कर सकता। नंग बड़े परमेश्वर से। आप तो सब समझते ही हैं।"

सेठ वसुदत्त का उत्तर सुनकर नारद को बड़ी निराशा हुई, कुछ-कुछ उत्तेजित होकर कहा : "वासुदेव की जन्मभूमि अब क्या एक तापस बाला को शरण भी न दे सकेगी?"

"अपनी संगीत कला के कारण लवणशोभिका का महाराज और विशेष रूप से महारानी पर प्रभाव है। उसके आगे भृगुवत्स भी सरलता से अपनी दाल न गला पाएगा और अब तो उसका धनीधोरी कौरोष यहाँ आ गया है। वह जब आता है तभी महाराज, महामात्य और अन्य सभी प्रमुख राज्याधिकारी उससे धन रत्नोपहार और सुन्दरी दासियों की भेंटें पाने के लिए उसकी हाँजी-हाँजी करने लग जाते हैं। ... क्या कहें महात्मा जी, घर का जोगी जोगड़ा आनगाँव का सिद्ध। वह भार्गव ऋषि की वाग्दत्ता को चाहे तो डंके की चोट पर संरक्षण दे सकता है। हम सब तो वस्तुतः भृगुवत्स और उनके गुण्डों की प्रजा हैं।" सेठ वसुदत्त के स्वर में गहरी उदासी थी।

नारद बोले : "मण्डी में मुझे इन सभी बातों का कुछ न कुछ आभास तो हो ही गया

था, इसीलिए मैं पहले लवणा के पास ही गया था।"

"अच्छा! तो आप उससे परिचित हैं?"

"हाँ, वर्षों पहले उसने मुझसे कुछ समय तक वीणा सीखी थी।"

"सेठ कौरोष से भी मिले होंगे।" कहने को तो सेठ वसुदत्त भी जगत् सेठ कहलाते थे, पर कौरोष का नाम लेते हुए उनके मुख पर दीनता झलक उठी। परशा, एलम्, बबीरू, अथुर, अरबया, मुद्र आदि अनेक देशों से उनके व्यापार का माध्यम कौरोष ही है। मिर्च, मसाले, वस्त्र, शिल्प, सोना-चाँदी, मोती, मणि-माणिक आदि सभी प्रकार के व्यापारियों से उनका सौदा होता है। भारत के बाहर अनेक देशों के राजतंत्रों पर उसके चाँदी के जूतों का प्रभाव है। कुरव अथवा कौरोष सेठ का नाम जगत् सेठों की सूची में भी श्रेष्ठ स्थान का अधिकारी है। इसलिए वसुदत्त जैसे धीर-गंभीर व्यक्ति भी उससे नारद के मिलने की बात पूछते हुए अपनी दीनता छिपा न सके।

"हाँ। उनकी बातों से बड़ा उत्साह भी पाया। एक प्रकार से इज्या देवी को संरक्षण प्रदान करने की बात भी मैं पक्की कर आया हूँ; परन्तु रस्ते में विचार करते हुए सहसा अपनी चूक पर मेरा ध्यान गया। तापस कन्या किसी वेश्या का संरक्षण स्वीकार नहीं करेगी। इसीलिए आपसे कहना पड़ा।"

"मैं बहुत लज्जित और दुखी हूँ मुनिवर, किन्तु भृगुवत्स से सीधी टक्कर लेने का साहस मुझमें नहीं है। आप एक काम करें, देवी को महाजन्मस्थान के महंतजी के यहाँ रखें। वहाँ उन्हें संरक्षण प्रदान करने के लिए सेठ कौरोष से वचन ले लें। दोनों ही बातें सध जाएँगी।"

सेठ वसुदत्त का सुझाव लेकर नारद फिर कौरोष से मिलने गये। सुनकर कौरोष ने कहा : "देवी का मंदिर में प्रतिष्ठित होना ही उचित है। किन्तु उनका वहाँ रहना पूर्णतया गोपनीय रहना चाहिए।" बात कहते-कहते लवणशोभिका की ओर देखकर पूछा : "क्यों लोनी, महाजन्मस्थान के मंदिर में साधु-महात्माओं के ठहरने की व्यवस्था तो होगी ही?"

"स्वर्गीय महाराज वासुदेव के समय में भार्गव ऋषि के कहने पर ही साधु अतिथिशाला का निर्माण कराया गया। भवन नया है, महापुरुषों के लिए उसके ऊपर वाले महले में सुखद आवास कक्ष भी बने हैं। पर अव्यवस्था के कारण वहाँ इस समय जुआरियों का अड्डा चलता है।"

"क्या मन्दिर के महन्तजी—?"

"श्यामा-श्यामा, वे तो सत्तर वर्ष के आनंदी शिशु हैं। मैं समझ गई कि आर्यपुत्र क्या सोच रहे हैं। महात्मा बरुबूज महन्तजी के साथ रहकर परम दुखी भी होंगे, परन्तु. . ."

"परन्तु क्या?"

"शासन तंत्र द्वारा संचालित प्रत्येक वस्तु और प्रत्येक स्थान इस समय दुरात्मा भृगुवत्स की ठगसेना के अधीन है।"

"ठीक है, तुम महन्तजी से जाकर मिलो। यह नारद महात्मा भी उनसे बात करें। यदि उन्हें कोई आपत्ति न हो तो बाकी काम मैं निबटा लूँगा। भृगुवत्स को प्रारंभिक झटका देने के लिए मुझे एक सुयोग मिल जाएगा।"

महाजन्मस्थान के महन्तजी इज्या के वृत्तान्त सुनकर बोले : "मेरा वासुदेव बड़ा छलिया है महात्मन्। मेरी डोकरिया के मन में बरसों से कोई पारिवारिक उत्सव करने की बड़ी ही साध है, परन्तु सन्तानहीन भला यह सुख कैसे पा सकता है ? अब मैं कहूँगा कि कन्यादान करने के लिए मेरे कान्हा ने एक सगोत्री कन्या ही भेज दी है। मै भी काश्यप गोत्रीय हूँ।"

"अहो, नारायण महिमामय हैं। गिरिधर, मुरलीधर अपने भक्तों के मनधर भी हैं। उनकी कृपा होगी तो अब जन्माष्टमी का उत्सव फिर प्राचीन काल की धूमधाम के साथ मनेगा।"

सारी व्यवस्था करके नारदजी वृन्दावन के बस्तीवाले क्षेत्र की ओर लपक चले। योजनानुसार दिन ढले आठ सवारों सहित एक रथ इज्या को महन्तजी के यहाँ ले जाने के लिए आएगा। रात में सैनिक सुरक्षा में ग्रन्थ पेटिकाएँ लवणशोभिका की हवेली में स्थानान्तरित की जाएँगी। सौति और नारद वृन्दावन में रात बिताकर सबेरे अपने-अपने गन्तव्य स्थानों के लिए प्रस्थान करेंगे, सौति मन्दिर की ओर नारद कन्तित (कांतिपुरी) की ओर।

●

तेली ग्यासीमल्ल ने अपने अढ़तिये बैपारियों के पड़ाव के लिए अपनी बगीची में एक छोटी-सी बंगलिया छवा रखी थी। इज्या को उसी में ठहराया गया था। वह चिन्ता में बैठी थीं। नारदजी उसके लिए सुरक्षित आवास की व्यवस्था करने के लिए सबेरे मथुरा गये थे। अब दिन का तीसरा प्रहर भी ढलने लगा पर वे लौटे नहीं। 'कहीं पापी भृगुवत्स ने उन्हें पहचान न लिया हो। और ईर्ष्यावश उन्हें—?. . .हे राम, राम ! मुझ अभागिन के विचारों में भी अब केवल अमंगल ही विचरने लगा।' इज्या की आँखें झलमला उठीं। जिस रात रेणुका का नृशंस हत्याकांड हुआ था, उस रात के बाद से इज्या के आँसू निकलने के लिए बस बहाना ही ढूँढ़ा करते हैं। रह-रहकर वही दृश्य आँखों के सामने आ जाते हैं। आग की लपटें ही लपटें लपटों के घिराव में मारकाट, भागमभाग, आर्तनाद !. . .

लपटों और घने धुएँ से भरे गर्भगृह के आगेवाले भाग में जलती हुई ग्रन्थ पेटिकाएँ, और गर्भगृह के खोदे गये मुहाने के सम्मुख भरे ज्वर में भी शत्रु से जूझकर वीरगति पानेवाली माता भार्गवी का लहूलुहान शव ! चारों ओर श्मशान-सी दिखलाई पड़नेवाली रेणुका की जली, उजड़ी लाशों भरी गोप बस्ती। बीते दृश्य इज्या की आँखों में अभी नहीं बीते। वे यथावत् सजीव हैं और अपराध भावना से जड़ीभूत हो चुके हैं। रह-रहकर बस यही ध्यान में आता है कि 'वह आएँगे, कहेंगे, तुमसे मेरी माँ की रक्षा तक न हो सकी। मेरे पुरखों द्वारा संचित ज्ञान-धन का अमूल्य भाण्डार भस्मीभूत हो गया और तुम उसे बचा भी न सकीं। मोहजनित तीव्र पश्चाताप के बवण्डर से रह-रहकर उठते हैं। एक जी डूबता है, चाहता है मर जाएँ एक जी उबरता है, चाहता है 'उन्हें' देख लें तो जान में जान आए। जल से बिछुड़ी मछली-सी इज्या तड़पती है, घुटती है, गुमसुम बैठी रहती है। पैर का घाव अभी पूर नहीं पाया; चलने में कष्ट, बोलने में घुटन, जी में सुबकन ही सुबकन । हे राम ! हाय राम !

नारद आये । पूछा "सौति कहाँ हैं ?"

"राम जाने।"

"तुम्हारे निवास का प्रबन्ध कर आया हूँ भाभी। थोड़ी देर में रथ तुम्हें लेने के लिए आएगा।"

इज्या ने सुन लिया। बैठी रही। नारद ने फिर कहा : "सोमा को शीघ्र ही यहाँ आने के लिए संदेश भिजवा दिया है। कोशाम्बी, प्रयाग, काशी और नैमिषारण्य, चारों ठिकानों में सूचना पहुँच जाएगी।"

"वे अयोध्या में भी हो सकते हैं।"

"क्या तुमसे कह गये थे?"

"मैंने ही प्रार्थना की थी। तब क्या जानती थी कि यह—" इज्या का गला कहते-कहते फिर भर आया, घुटनों में सिर झुका लिया। उदास नेत्रों से उसे देखते हुए नारद दो क्षण तो चुपचाप खड़े रहे, फिर इज्या से कुछ हटकर बैठते हुए कहा : "काल प्रवाह नदी की धारा के समान होता है भाभी। जो बह गया सो बह गया। ज्ञानी उसका मोह नहीं करते। मुझे क्या कम पछतावा है। उस रात यदि मैं वहाँ होता तो आर्या कदाचित् आज जीवित होतीं। पर इस प्रकार का चिन्तन व्यर्थ है। सोमा होते या मैं होता तब भी होनी तो होके ही रहती। विधि के विधान को कौन मेट सकता है? अस्तु। अब भविष्य की चिंता करना ही उचित है। हमें अब ऐसी शासन-व्यवस्था लाने का उपक्रम करना है जिसमें फिर किसी के साथ ऐसा अन्याय न हो। मैंने अपनी एक पूर्वकालीन शिष्या और यहाँ की एक प्रख्यात गायिका तथा उसके अत्यन्त प्रभावशाली संरक्षक से मिलकर एक योजना बनाई है और कल प्रातःकाल ही मैं यहाँ से पूर्व की ओर प्रयाण करूँगा।"

इज्या ने सिर उठाया, पूछा : "और मैं कहाँ रहूँगी?"

"लवणा के—"

"मैं वेश्या के यहाँ कदापि शरण न लूँगी।"

"नहीं, तुम भगवान् श्रीकृष्ण नारायण के जन्मस्थान मंदिर में रहोगी। लवणा ने वहाँ के देवतुल्य महन्तजी से मिलकर सारी व्यवस्था कर दी है।"

इज्या चुप हो गई, फिर कुछ सोचकर गम्भीर स्वर में कहा : "देवरजी, आप अनुभवी और विद्वान् पुरुष हैं, मैं अज्ञ हूँ, परन्तु मेरा मन कहता है कि उनके आने तक आप कहीं न जाएँ। अइया और महाभारत संहिता के—" कण्ठ एकाएक रुँध आया, आँखें भर आईं, मन को कसने का भरसक प्रयत्न करते हुए फिर बोली : "उन्हें बड़ा आघात लगेगा। मैं अकेली कैसे सँभालूँगी।"

स्नेहसिक्त, शान्त स्वर में नारद ने कहा : "भार्गव को तुम्हारे रूप में एक संजीवनी शक्ति मिल गई है देवी ! मैं उन्हें सान्त्वना भर ही दे पाऊँगा, तुम उन्हें जिला लोगी।"

इज्या सिर झुकाए ध्यानमग्न बैठी सुनती रही। नारद ने फिर कहा : "अइया ने पूर्ण आयु और उस पर भी वीरगति पाई। आचार्यपाद महात्मा सोमवर्ण के पुत्र और हुतात्मा अग्निवर्ण के अनुज का मातृशोक हरना मेरे लिए भी कठिन कार्य न होता, किन्तु ग्रन्थों के नाश से उन्हें जो आघात पहुँचेगा, उसे हल्का करके उन्हें कर्मरत बनाना केवल तुम्हारे द्वारा ही सम्भव हो सकता है।"

सुनकर इज्या दु:खावेश में आ गई, रोते हुए कहा : "जिस धरोहर के पीछे उन्होंने कहीं आना-जाना तक त्याग दिया था, जिसकी रक्षा के लिए उन्होंने इतनी कठिन तपस्या की. . उसी का नाश हो गया. . यह अभागी अपना कृष्णमुख दिखलाने के लिए बच गई !" कहते-कहते वह फूटकर रो पड़ी।

नारद सान्त्वना देने लगे। इज्या रोते हुए बोली : "कैसे मन समझाऊँ। मैंने ही तो उन्हें नैमिषारण्य जाने के लिए बार-बार उकसाया। मेरे ही भरोसे वे अपने पुरखों की यह अमूल्य ज्ञान-संपदा और अइया को छोड़ गए थे. . ."

"तुम्हारा यह सारा विलाप-प्रलाप मोह विकार के कारण है। तपस्वी काश्यप की पुत्री और महात्मा सोमवर्ण जी की भावी पुत्रवधू के लिए यह अविचारपूर्ण क्रन्दन है।" नारद ने सहसा डाँटकर कहा : "दुष्ट भृगुवत्स ने पवित्र भार्गवों का ग्रन्थागार जलवाकर उनका कुछ भी तो नहीं बिगाड़ा। गर्भगृह के भीतरी खण्ड में चुनी हुई सभी पेटिकाएँ सुरक्षित हैं। आगे वाले भाग में केवल भारत और महाभारत संहिताएँ ही तो रखी थीं। वैशम्पायनजी की भारत संहिता नष्ट हो गई, यह दु:खद बात है, पर भार्गवों की महाभारत संहिता तो मेरे प्रात:स्मरणीय आचार्यप्राद कदाचित् इसी दिन के लिए सोमाहुति को कण्ठाग्र करा गये हैं। जब तक तुम्हारा सौभाग्यसूर्य देदीप्यमान है देवी, तब तक एक लाख श्लोकोंवाली उक्त संहिता का ज्ञान और भावप्रकाश लुप्त नहीं हो सकता। इसीलिए तो कहता हूँ भाभी, इस मिथ्या शोक से अपने मन को अभिभूत होने का अवसर ही मत दो। उन्हें तुरन्त ही वह गौरव-ग्रन्थ लिखाने के काम में जमा दो। बाकी सारी चिन्ताएँ मेरी हैं।"

नारद, कौरोष की योजनानुसार थोड़ी ही देर में इज्या को लिवा जाने के लिए रथ आ पहुँचा। एक दासी इज्या के लिए नागरिक वेष भूषा भी साथ लाई थी। रेशमी साड़ी आदि पहनना इज्या को पहले तो स्वीकार न हुआ, पर रथ से उतरनेवाली महन्तजी की तापसी सगोतिन लोगों के मनों में प्रश्न जगा सकती थी। इज्या को अभी गोपनरूप में ही रहना है, यह उसके अज्ञातवास की वेशभूषा है। नारद के समझाने पर इज्या मान गई।

नये वेश में इज्या एकदम नई और बहुत आकर्षक लगती थी। उसे सहज भाव से देखने के लिए नारद को अपना मन सँभालना पड़ा, और उसे सँभालने के लिए वे अपने मित्र का ध्यान करने लगे। भाग्यशाली हैं, सोमा, उन पर पड़नेवाली इस महाविपत्ति के क्षणों में जीवन ज्योति जगाने के लिए ही मानो नारायण ने पहले से उनके लिए यह संजीवनी सुधा भेज दी थी। हँसकर कहा : "तुम्हारे नवदर्शन की छवि इस समय दु:ख से उपजे हुए सुख की छवि है भाभी। मैं कृतार्थ हुआ। तुम्हारे कमल नयनों में प्रज्ज्वलित यह विद्रोह-वह्नि मेरे परम बन्धु को शोक शीत की ठिठुरन से निश्चय उबार लेगी। स्वर्ग की देवी के समान तुम्हारी इस अमल अनुपम रूपराशि से प्रेरित होकर वे उत्तरोत्तर आत्मिक सौन्दर्य का बोध पाएँ! नारायण सब मंगल करेंगे भाभी! केवल अपनी शक्तियों का सदुपयोग करना न भूलना।"

बाहर निकलते हुए इज्या ने एकाएक पूछा : "यह ग्रन्थ-पेटियाँ और महात्मा सौति जी कहाँ रहेंगे ?"

"यह ग्रन्थ-पेटियाँ आज रात में लवण के यहाँ पहुँच जाएँगी। भृगुवत्स के लिए वह

स्थान अगम्य है। सौति कल से महा जन्मस्थान में ही अपना डेरा डालेंगे। और मैं कल प्रातःकाल ही पूर्व की ओर प्रयाण करूँगा।"

वन में पली, आश्रम में रही-बसी इज्या अपने नये रूप में स्वयं अपने ही को भार मान रही थी। दासी के द्वारा लाए गए एक भी आभूषण को उसने अंगीकार न किया। शरीर पर यह रेशम भार ही उसके मन के लिए इस समय सबसे बड़ा बोझ है। भार्गव की उपस्थिति में उनकी इच्छा से यदि पहना होता तो और बात थी। शोक चिन्ताग्रस्त मन यों भी कुछ नहीं चाहता, उस पर शृंगार—यह तो फूटी आँखों भी नहीं सुहाता। पर करे क्या, यह नीति है। यह नगर का व्यापार, घृणा, हिंसा, भक्ति, ज्ञान सब-कुछ नीति मात्र है। अपने पैतृक घर, जंगल से बाहर निकलते ही मानव सभ्यता की पहली झलक उसे मनुष्य की पाशविक लिप्सा के रूप में मिली थी। उसे भोगा, फिर अब फिर भोगा। 'उन्होंने' भी भोगा। आगे भी न जाने क्या-क्या भोगना बदा है। राम जस विधि रखें, वैसे ही रहना पड़ेगा।. . .

. . मन की चिन्ता बहक से इस विधि उबरकर इज्या रथ पर पड़े मोटे पर्दे में टँकी जाली से बाहर झाँकने लगी। नाना वेशधारी मानवों का ऐसा भव्य जन-समूह, गगनचुम्बी अट्टालिकाएँ, सोने मढ़े शिखर, भाँति-भाँति की वस्तुओं के गँजे हुए हाट-बाजार—इज्या के लिए यह सब कुछ आश्चर्यकारी था। मथुरा की माया से लुभाकर वह थोड़ी देर के लिए सब-कुछ भूल गई।

महन्त निवास के द्वार पर रथ पहुँचते ही महन्तजी ने सपत्नीक आगे बढ़कर इज्या का स्वागत किया। अपने पोपले मुँह की हँसी बिखेरते हुए महन्तजी बोले : "आओ लाली। नारद मोंसों सबरी बात कह गए हैं। बंसीवारे की लीला न्यारी है?"

"जाको अपनो ही घर मानों लाली।" बुढ़िया ने उसकी पीठ पर हाथ रखकर घर में प्रवेश करते हुए कहा। उस स्पर्श में बड़ा ममत्व भरा था। इज्या नेह-नाते की एक और नई दुनिया में आ गई थी।

●

२२

●

●

कोशाम्बी पहुँचकर नारदजी की राजनैतिक स्थापनाएँ फिर डगमगाने लगीं। चन्द्रगुप्त की योग्यता के संबंध में एक मुँह से सब लोग प्रशंसा कर रहे थे। बड़ा कठोर और न्यायी प्रशासक है। पंद्रह बीस दिनों में ही ऐसी सुव्यवस्था हो गई है, जैसी पिछले पचास वर्षों में कभी नहीं देखी गई थी। कोशाम्बी से काशी तक सोना उछालते चले जाओ, कोई आँख उठाकर भी न देखेगा। छुटे साँड़ों के समान पाशुपत शैव साधुगण डाकुओं से भी अधिक आतंककारी हो गए थे। यात्रियों को लूटकर नरबलि चढ़ाना उनके लिए नित्य का काम था।

साकेत के राजगुरु योगीश्वर महाराज की छत्रच्छाया के कारण यह लुटेरे साधु इतने निःशंक थे कि लुटेरे भेस बदलकर साधु बने घूमते थे। अब चंद्रगुप्त के नाम से ही ऐसे लोग थर-थर काँप उठते हैं। व्यापारियों का पूरा सहयोग नये राजा को प्राप्त है। उन्हें सरयू मैया का वरदहस्त भी प्राप्त है। कोशाम्बी से प्रयाग तक यही बातें सुनीं, चौकी पहरे की सुव्यवस्था भी जगह-जगह देखने को मिली। चूँकि भारशिव साम्राज्य के आन्ध्रविजेता महासेनापति श्रीमान् अम्बपल्लव विंध्यशक्ति महोदय इस समय अपने पुत्र प्रवरसेन के साथ दक्षिण से लूट की बड़ी धनराशि लेकर सम्राट से मिलने के लिए कन्तित (कांतिपुरी) जा रहे हैं, इसलिए अपने जीते हुए क्षेत्र की सीमा पर सुसंगठित और विशाल सेना को लोहे की दीवार बनाकर खड़ा कर दिया गया था। काशी कोसल के क्षत्रिय, आभीर और नाग लड़वैयों की भरती बराबर हो रही थी। इस क्षेत्र के व्यापारीगण भारशिव शासन से इतने असंतुष्ट थे कि कर्त्तव्यविमुख धर्मान्ध सम्राट् को किसी भी मूल्य पर अपना शासन फिर से न बनाने देने के लिए कटिबद्ध हो गए थे। व्यापारी मुक्त हस्त होकर नये राजा की सहायता कर रहे थे। काशी के धनक सेठ का प्रचार कार्य बहुत ही अच्छा हो रहा था। विन्ध्यशक्ति के सेना सहित आगमन की खबरों से प्रजा में कहीं भी, तनिक-सा भी आतंक न फैलने पाए, इसलिए सीमावर्ती गाँवों में नये महाराज की बड़ी महिमा फैल गई थी। विन्ध्यवासिनी देवी, भगवान् रामचन्द्र, शंकर भोलेनाथ, बुद्ध, पार्श्वनाथ, ऋषभनाथ आदि सभी देवी-देवतों के द्वारा महाराज चंद्रगुप्त को बड़े-बड़े वरदान और दिव्यास्त्र मिलने की चमत्कारी बातें चहुँ ओर फैल रही थीं। ब्राह्मण, क्षपणक, बौद्ध सभी धर्मावलम्बी महाराज चंद्रगुप्त के प्रचारक बने हुए थे।

कोशाम्बी प्रयाग में चंद्रगुप्त का यह प्रभाव देखकर नये महाराज से मिलने की इच्छा नारदजी के मन में भी उत्पन्न हुई। एक बार सोचा भी कि उनसे मिलने का डौल बैठाया जाए, पर फिर दो कारणों से टाल गये। एक कारण यह था कि कोशाम्बी और प्रयाग दोनों ही जगहों पर जगत्सेठ वसुदत्त से संयुक्त सेठों से उन्हें भार्गव के यहाँ से काशी कोसल जाने के समाचार तो मिले, पर उनके लौटकर आने की कोई सूचना अब तक न मिल सकी थी। नारद ने यह भी सुना कि महाराज चंद्रगुप्त इस समय काशी में नहीं हैं, वे अयोध्या से अब लखनऊ और नैमिषारण्य आदि अहिच्छत्रा के नागराज्य से लगी हुई अपनी सीमाओं की देखभाल करने गए हैं। इन समाचारों से नारद के पूर्वाग्रह बँधे मन ने कुछ और ही निष्कर्ष निकाले। सोचा विन्ध्यशक्ति से मिलना ही उचित होगा। वे प्रयाग से विन्ध्याचल की ओर चल पड़े।

● ●

सातवाहनों के विघटित साम्राज्य में आतंक फैलानेवाले इक्ष्वाकुओं को कुचलकर विन्ध्यशक्ति उपाधिधारी महासेनापति अम्बपल्लव पाँच सौ रणबाँकुरे योद्धाओं की टुकड़ी लेकर अपने सम्राट्, भारशिव महाराज भवनाग की सेवा में विजय की लूट लेकर जा रहे थे। महासेनापति के ज्येष्ठ चिरंजीव प्रवरसेन अपने पिता के साथ घोड़ा दौड़ाते हुए आगे चल रहे थे। सामने क्षितिज पर भगवती विन्ध्यवासिनी के मंदिर की ध्वजाएँ और कलश दिखलाई पड़ने लगे थे। क्षितिज तक खेत, मैदान सुनसान थे। स्वागतार्थ कोई भीड़-भाड़,

कोई सजावट, कोई मंगलवाद्यों की ध्वनि मंगलपाठ आदि कुछ भी न था। प्रवरसेन की त्योरियाँ चढ़ गईं, अपने पिता से कहा, "आपका अपमान करनेवाले इस मूर्ख भवनाग—"

"प्रवीर! सम्राट के प्रति एक भी अशिष्ट शब्द अब तुम्हारे मुख से न निकले। यह मेरे लिए सह्य नहीं है।" विंध्यशक्ति का मुखमण्डल क्रोध से तमतमा उठा था।

"क्षमाप्रार्थी हूँ अप्पा, परन्तु अपने देवतुल्य महावीर पिता का अपमान करनेवालों की राजधानी में मैं प्रवेश नहीं करूँगा।"

"काशी नगर और प्रयाग आदि क्षेत्र हाथ से निकल जाने के कारण संभव है, सम्राट् खिन्नमना हों। हमारे आने की बात उनके ध्यान से उतर गई हो।"

प्रवरसेन हँस पड़ा, बोला : "बात का खिलौना अच्छा है अप्पा, पर जिसे खेलने को दिया है, वह अज्ञ होने पर भी इतना तो जानता ही है कि सातवाहनों के समान भारशिवों ने भी अपने महाराष्ट्रिकों और महान् सेनानायकों को ही सदा सर्वोच्च स्थान दिया है। महामात्य, अमात्य आदि पदाधिकारी सम्मान की दृष्टि से अब तक दूसरा स्थान पाते रहे हैं। और अब आपके सम्राट् यों अपनी नीतिमत्ता दरसा रहे हैं। इसे क्या कहिएगा आप? वह भी ऐसे समय में जबकि एक अनजाना व्यक्ति चन्द्रगुप्त सिंहवत् झापड़ मारकर साम्राज्य का एक अंग नोच.ले गया। सम्राट् के गुरु को आत्मदाह करना पड़ा और सम्राट् के कान पर जूँ तक नहीं रेंग रही।"

"इसके लिए सम्राट् को दोष देना व्यर्थ है। सारा दोष योगिराज नागेश्वर का था। अपनी सत्ता स्थापित करने के लिए उन्होंने भावुक भोले सम्राट् को यज्ञों और परलोक की चिन्ता में फँसा दिया। महामात्य नागेश्वर का ही चेला है। इस समय वह कायर अपनी सत्ता सर्वोच्च रखने के लिए यह मूर्खतापूर्ण चालें चल रहा है।"

"कुछ भी कहिए, किन्तु आपके सम्राट् दोषमुक्त नहीं हैं। सेनापति नागषेण क्षुब्ध हो, कोष में धन रखते हुए भी सेना को छह-छह महीनों तक वेतन न मिले। यह क्या आपके सम्राट् न जानते होंगे? आपके स्वागत के सम्बन्ध में नागू महामात्य से आदेश लेने जाय और वे बात को दार्शनिक बनाकर उड़ा दें कि योद्धा तो आत्मजयी होता है। फिर आपके सम्राट् भी तोते की तरह यही वाक्य दुहराकर कहें कि शिव-साम्राज्य में आततायियों को योद्धा की संज्ञा कदापि नहीं दी जा सकती। . . . .आपके आदेशानुसार मैं भले न कहूँ, पर काल तो कहेगा ही। मूर्ख मूर्ख ही कहा जाएगा।"

विन्ध्यशक्ति ने नरम पड़कर कहा : "प्रवीर, महाकाल की कृपा से अब तुम पैंतीस वर्ष के हो चुके। अपने सम्राट—"

"आप मेरी गर्दन भले ही काट लें अप्पा, पर आपके सम्राट को मैं अपना राजा कभी नहीं मानूँगा। नागू से क्रान्तिपुरी के सारे समाचार पाकर अब मैं अपना पथ निश्चित कर चुका हूँ।

"क्या निश्चय किया है तुमने ?"

"इस धर्मढोंगी साम्राज्य का विघटन होने से पहले ही एक लोक मंगलकारी नव साम्राज्य की स्थापना—"

"अर्थात् तुम विद्रोह करोगे ?"

"आप जो चाहें समझें, परन्तु मैं तो गिरागुरु गणपति महाराज द्वारा समर्पित आपकी उस नीति का ही अनुसरण करूँगा जिसके अनुसार आपने ध्वस्त आन्ध्र साम्राज्य को दंभी इक्ष्वाकुओं से छीना है।"

पुत्र की बात सुनकर विन्ध्यशक्ति निरुत्तर हो गए। स्वामिभक्ति महासेनापति के जीवन का उच्चतम मूल्य थी, किन्तु प्रवरसेन किसी अयोग्य शासक को ऐसा भक्ति भाव प्रदान करने के विरुद्ध थे। कांतिपुरी की राजनीति को लेकर पिता-पुत्र में पहले भी कई बार गर्म बातें हो चुकी हैं। महासेनापति विन्ध्यशक्ति को अपने पुत्र के शुद्धाचरण, शौर्य और ओज पर गर्व है, किन्तु उसकी विद्रोहमयी न्यायप्रियता से वह खीझ उठते हैं। इसी कारण से उन्हें अपने 'प्रवीर' से एक प्रकार का असंतोष बना रहता है। परन्तु आदत बन जानेवाला वह असन्तोष इस समय मन पर छाकर भी न छा सका। न्यायप्रिय पुत्र के प्रति प्रेम और अन्यायी स्वामी के प्रति उनकी भक्तिनिष्ठा परस्पर दुंद मचाने लगीं।

अम्बपल्लव ओरछा क्षेत्र के किलकिला नदी पर बसे वाकाट ग्राम के एक साधारण सम्पन्न ब्राह्मण कुल में उत्पन्न हुए थे। वाकाट ग्राम मुख्यतः कौरव-पाण्डवों के प्रख्यात गुरु द्रोणाचार्य के वंशधरों ही की बस्ती था। उनका गोत्र विष्णुवृद्ध था जो कि भारद्वाजों ही की एक शाखा है। इस जाति के अनेक व्यक्ति प्रख्यात योद्धा हुए हैं। अम्बपल्लव भी स्वजातीय परंपरा के अनुसार नन्दि नागों की सेना में भर्ती हुए और शीघ्र ही उन्होंने अपने रणकौशल तथा बाहुबल से विन्ध्याचल के समस्त छोटे-बड़े राज्यों को जीतकर वर्तमान सम्राट् के पिता स्वर्गीय चरज नाग से 'विन्ध्यशक्ति' की उपाधि पाई थी। आज से लगभग बीस वर्ष पहले स्वर्गीय चरज के समय में विन्ध्य जीतकर जब वे यहाँ आए थे, तो भगवती विन्ध्यवासिनी के मन्दिर से ही उनके भव्य स्वागत का आयोजन किया गया था। कांति-पुरी नई दुलहिन की तरह मण्डपों, तोरणों और ध्वजाओं से सजाई गई थी। जगदंबा के मंदिर के आगे बलाध्यक्ष ने उनका स्वागत किया था। नगर द्वार पर महामात्य तथा अन्य उच्च पदाधिकारीगण प्रमुख नागरिकों के साथ उपस्थित थे, और राजप्रासाद के आगे स्वयं सम्राट सदल बल उनकी अगवानी के लिए आये थे। आज के सूनेपन में सेनापति विन्ध्यशक्ति को वे पुराने दिन बहुत याद आ रहे थे। कहाँ वे संगठन और सुमति के दिन और कहाँ यह मूर्खता की नीति। विन्ध्यशक्ति सोचने लगे कि प्रवीर का विद्रोह अपनी जगह पर अनुचित नहीं है। यह सब अयोध्या के योगिराज नागेश्वर के अति विश्वासभाजन महामंत्री यज्ञदत्त की स्वार्थपरता के कारण ही हो रहा है। उसने युवक सम्राट भवनाग को शैव धर्म का अभिनव अशोक बनने की भ्रान्तिभरी प्रेरणा दे रखी है।

पद्मावती के महामण्डलेश्वर, धारा नरेश श्रीगणपति नाग सम्राट के इस अति धर्माचरण के विरोधी हैं। उन्होंने स्वयं सम्राट् और महामंत्री के मुख पर एक बार यह कह दिया था। तभी से महामंत्री गणपति जी के विरोधी हैं। जो काम उनकी मंत्रणा के अनुसार होता है, उसे महामंत्री सम्राट् के सामने सदा को कौड़ी का सिद्ध करने के प्रयत्न ही में लगे रहते हैं। चूँकि अहिच्छत्रा, सिंहपुर, चम्पावती आदि के सभी प्रमुख नागवंशी राजे-सामन्त श्री गणपति को अत्यधिक मान देते हैं, इसलिए महामात्य उनका कुछ बिगाड़ नहीं पाते। विन्ध्यशक्ति ने चूँकि महाराज गणपति नाग के समर्थन से ही पतनोन्मुख सातवाहन साम्राज्य

के नैषध, विदुर आद प्रमुख क्षेत्र, आन्ध्र के इक्ष्वाकुओं से जीते थे। इसीलिए महामात्य उन्हें निस्तेज करके श्रीगणपति को अपना तेज दिखलाना चाहते थे। उन्होंने सम्राट् के कान भरे कि यह क्षत्रिय विद्रोही ब्राह्मण अपने विजयोन्माद के कारण दक्षिण में और अधिक उत्पात करेगा जिससे यहाँ के जन आपके विरोधी हो जाएँगे, फिर आप वहाँ शैवधर्म का प्रचार प्रभावशाली रूप से न कर पाएँगे। युद्धप्रियता को प्रेरणा देने से शिवमय शान्ति कभी स्थापित ही नहीं हो सकती ।

गो-ब्राह्मण प्रतिपालक, धर्मप्राण युवक सम्राट् महामंत्री के विचारों से पूर्णतया सहमत थे। श्रीगणपति की विद्वत्ता और स्पष्टवादिता का आतंक सम्राट् को भी मन-ही मन कहीं चिढ़ाता रहता था। अपने पिता के समय से ही सामरिक और प्रशासकीय कार्यों के प्रति अपनी निष्क्रियता और असावधानता पर उन्हें श्रीगणपति नाग की मीठी झिड़कियाँ प्रायः सुनने को मिली थीं, उस निष्क्रियता को ढँकने के लिए ही भवनाग आरंभ से अपनी धार्मिक सक्रियता को बढ़ावा देते रहे। वे इस समय सर्वश्रेष्ठ धार्मिक पुरुष कहलाकर अपनी अहंता को तुष्ट करना चाहते हैं, किन्तु श्रीगणपति के द्वारा वे आज तक यह तुष्टि पूर्णरूप से नहीं पा सके, इसी का उनके मन में असंतोष था।

जेठ का महीना था, सबेरे ही से लू के झोंके चलने लगे थे। नगर के मुख्य द्वार के आसपास खाई वाले मैदानों में सैकड़ों आदिवासी सैनिकों की भीड़ सवेरे ही से जुटने लगी थी। नगरनिवासी इसका कारण नहीं समझ पा रहे थे। सुनने में आ रहा था कि कोई सेनापति सातवाहनों का साम्राज्य जीतकर सम्राट् की सेवा में आ रहा है, किन्तु लोगों को पूरी तरह इस बात पर भरोसा नहीं हो रहा था। जब कभी पहले ऐसा कोई विजेता सेनापति आया है, तब शासन की ओर से ढिंढोरा पीटकर नागरिकों को अपने-अपने घरों और दूकानों को भली भांति सजाने तथा विशिष्ट अतिथि के ऊपर फूल और खीलें बरसाने का आदेश भी दिया गया है। किन्तु इस बार ऐसा कोई आदेश प्रसारित नहीं हुआ था। लोगों को इस बात पर भी आश्चर्य था कि जो सूचना राजधानी में रहते हुए भी वे लोग न पा सके, वह दूर के गाँवों और जंगलों में क्योंकर पहुँच गयी।

बलाधिकृत नागषेण विन्ध्यशक्ति का शिष्य रह चुका था और महामंत्री यज्ञदत्त का विरोधी था। जब उसने देखा कि महायोद्धा विन्ध्यशक्ति के उचित स्वागत का आयोजन शासन की ओर से नहीं हो रहा तो आस-पास के गाँवों और जंगली बस्तियों में अपने सिपाही दौड़ाकर रातोंरात इतनी भीड़ इकट्ठा कर ली थी। भगवती विन्ध्यवासिनी के मन्दिर से लेकर नगर द्वार तक विशाल जनसमूह यदि ऐसे महायोद्धा का स्वागत कुनीतिवश नहीं कर सका, तो कम से कम किले की खाई के आसपास का मैदान 'हर हर महादेव' के जयघोष से भर ही उठना चाहिए। महासेनापति विन्ध्यशक्ति के नगर द्वार तक आने की सूचना पाते ही बलाधिकृत अपने घुड़सवारों की टुकड़ी लेकर मंगलवाद्यों के साथ दुर्ग से निकल पड़े।

गंगा के तट पर आध कोस लंबा और एक कोस चौड़ा मिट्टी का सुदृढ़ दुर्ग बना हुआ था। उसके तीनों ओर गहरी खाई थी और चौथी ओर स्वयं गंगा दुर्ग की रक्षा करती थी। मिट्टी के परकोटे के भीतर पत्थर की चारदीवारी बनी हुई थी। दुर्ग के भीतर मुख्य शिवालय और राजप्रासाद के कुछ भवन पत्थर से निर्मित थे और बाकी ईंटों के थे। कान्तिपुरी नगरी और दुर्ग शिवप्रिय वृक्षों, जटाधारी साधुओं तथा छुटे हुए साँड़ों से भरी हुई थी। भगवान

शंकर का मंदिर आठों पहर जागता था। अखण्ड रूप से शिवस्तवन करनेवाले ब्राह्मणों के स्वर वहाँ गूँजा करते थे। राजकाज और दर्शन की चर्चा वहाँ समान रूप से होती रहती थी। चपड़ा, लाख आदि बनज वस्तुओं के व्यापारियों की बड़ी-बड़ी पक्की हवेलियाँ, पत्थर के बड़े भव्य हाट, बाट, घाट, देवमंदिर, शिवालय आदि क्रान्तिपुरी नगरी में अनेक थे। शिवालयों में देवदासियाँ नृत्य और गान करती थीं। बड़ी चहल-पहल होने पर भी बाहरी रूप से वातावरण सदा सात्विक बना रहता था, साधु तानाशाह थे।

दुर्ग के महाद्वार के बाहर खड़ी भीड़ महासेनापति के सम्मान में हर हर महादेव का जयघोष कर रही थी। नागषेण के बाहर आते ही जयघोष और तीव्र हो उठा। उन्हें देखकर विन्ध्यशक्ति की आँखों में स्निग्धता आई। नागषेण ने विन्ध्यशक्ति के चरण स्पर्श किए, उन्होंने उसे गले से लगाया। प्रवरसेन भी नागषेण से गले मिले, फिर तीखे स्वर में पूछा : "क्या धर्मात्मा भारशिवों की राजधानी में अब ब्राह्मण नहीं रहते, या अब उनके यहाँ स्वस्तिवाचन करने की परंपरा समाप्त हो गई है ?"

नागषेण ने सुनकर अपनी आँखें झुका लीं और दुखी स्वर में बोले : "व्यक्ति की अहंता जब सामाजिक शिष्टाचारों की भी उपेक्षा करने लगती है तब. . ."

"अप्पा के साथ उनके सम्राट् के द्वार पर यदि न आया होता तो निश्चय ही इस अपमान के लिए लोहे से लोहा बजा देता। तुम्हारा महामंत्री निश्चय ही विश्व का श्रेष्ठतम मूर्ख है। वह इस पवित्र शिव साम्राज्य को नष्ट कर डालेगा।"

"प्रवीर!" विन्ध्यशक्ति ने झिड़का, फिर समझाकर कहा : "कितनी बार समझाना पड़ेगा तुम्हें ? अब तुम राजधानी में प्रवेश कर रहे हो, यह ध्यान रहे।"

"पहले ही निवेदन कर चुका अप्पा, जिसने मेरे पिता और एक महान् योद्धा की इस प्रकार अवहेलना की है, उसके नगर में प्रवेश करना भी मैं पाप मानता हूँ।"

विन्ध्यशक्ति ने अपने पुत्र की आँखों में आँखें डालकर देखा और यह भाँप लिया कि पुत्र की इच्छा के विपरीत आदेश देकर वे उसे खुला विद्रोही बना देंगे। अपने स्वागत की ठंडी व्यवस्था से स्वयं उन्हें भी कुछ कम क्रोध नहीं था, फिर भी वे अपनी अनन्य राजनिष्ठा के अंकुश में थे, दृष्टि झुका कर बोले : "मैं तुम्हें बाध्य नहीं करूँगा वत्स! इन्हीं आदिवासियों के बीच में अपनी सेना का पड़ाव भी डाल दो। और देखो, केवल स्वर्ण तथा रत्नों की पेटिकाएँ ही अब मेरे साथ राजकोष के लिए जाएँगी। रजत टंकों की थैलियाँ गाड़ी से उतरवा लो तथा आधी धनराशि यहाँ के वेतनभोगी सैनिकों और आदिवासी सेनाओं में वितरित कर दो।"

विदा होने से पूर्व प्रवरसेन ने नागषेण को फिर मिलने के लिए कहा; उसने स्वीकार कर लिया। महामंत्री यज्ञदत्त नाग ने जब यह सूचना पाई कि नागषेण ने विन्ध्यशक्ति का हार्दिक स्वागत किया तथा प्रवरसेन ने सैनिकों तथा आदिवासियों में कई हजार की धनराशि वितरित करके विन्ध्यशक्ति की जय-जयकार बुलवाई है, तो वह क्रोध और भय से भर उठा। सम्राट् भवनाग उन दिनों वाजपेय यज्ञ करा रहे थे। लक्ष्मणपुर की सुख्यात कान्यकुब्ज ब्राह्मण-मण्डली सम्राट् से यह महायज्ञ सम्पन्न करा रही थी। महामंत्री के यज्ञशाला के बाहरी भाग में उपस्थित हुए, महाधर्माधिकारी सौम्य को एकान्त में बुलाकर सारी बातें नमक-मिर्च लगाकर कहीं और उन्हें ब्राह्मण-मण्डली के सम्मुख ही सम्राट को बतलाने का आदेश देकर

लौट गये। सौम्य परम निष्ठावान और कठोर धार्मिक व्यक्ति थे। उनका यह दृढ़ विश्वास था कि पुण्यश्लोक ब्राह्मणों को दिया जानेवाला धन ही खरे उपयोग में आता है, केवल ब्राह्मणों से बचा हुआ धन ही दरिद्रों में बाँटना चाहिए। राजवैभव तथा ऐश्वर्य प्रदर्शन के हेतु खर्च किया जाने वाला धन वस्तुतः अपव्यय है। यज्ञ के अन्तराल में अवसर मिलते ही सौम्य ने सम्राट् से कहा : "हे परम शैव, नगर की साधु मण्डली में इस समय तीव्र असंतोष फैल रहा है। आपकी परम पवित्र राजधानी में साधुओं और ब्राह्मणों की अपेक्षा शूद्रों और अन्त्यजों की महिमा बढ़ाई गई है। एक युद्धमत्त तमोगुणी ब्राह्मण ने आपकी सेना को धन देकर अपने वश में कर लिया है और आपके बलाधिकृत ने उस तमोगुणी ब्राह्मण के इस कार्य में साथ दिया है। यज्ञ के समय यह अनाचार अक्षम्य है धर्मावतार।"

खबर पर थोड़ा नमक-मिर्च स्वयं यज्ञदत्त ही लपेट गए थे, अपने धर्मावेश में उसे सौम्य ने और अधिक खरा तीता करके सम्राट् के सम्मुख प्रस्तुत किया। यह सब सुनकर सम्राट् भवनाग गंभीर हो गए, सौम्य से कहा : "मुनिवर, यज्ञदत्त को मेरा यह आदेश दें कि विन्ध्यशक्ति के स्वागतार्थ आये हुए प्रजाजनों को उस राशि से दूना धन दिया जाए जो विन्ध्यशक्ति ने अपने पुत्र से बँटवाई है। अपनी साधु सेना को यह आदेश दीजिए कि वह यज्ञमण्डप की रक्षा करे। बलाधिकृत नागषेण को यह आदेश दिया जाए कि राजाज्ञा के बिना वह अब विन्ध्यशक्ति अथवा उसके पुत्र से नहीं मिलेंगे। विन्ध्यशक्ति ब्राह्मण होने के नाते हमारे पूज्य हैं, इस समय अतिथि भी हैं। उनकी औपचारिक अभ्यर्थना में किसी भी प्रकार की कमी न होने पाए किन्तु कोई उनसे मिलने भी न पाए।"

चिमटे फरसेधारी नागे साधु यज्ञशाला के चारों ओर चक्रव्यूह बना कर खड़े हो गये। विन्ध्यशक्ति से न मिलने के आदेश के साथ ही साथ यह व्यूह रचना का समाचार भी पाकर नागषेण बड़ी जोर से हँस पड़े। उन्होंने समाचार लानेवाले सेवक से पूछा : "मेरी ओर से महामात्य का यह आदेश किसने ग्रहण किया था ?"

"नायक रामपाल ने स्वामिन्।"

"उससे कहो कि महामात्य से जाकर यह कह दे कि मैं आदेश पाने के पूर्व ही अतिथिशाला की ओर जा चुका हूँ। उससे कहना, यह भी पूछे कि उनका आदेश क्या मुझे वहाँ जाकर सुना दिया जाए ?" यह कहकर नागषेण तुरन्त ही अपने कार्यालय के पिछवाड़े से उस विशिष्ट अतिथिशाला में पहुँच गए, जहाँ विन्ध्यशक्ति ठहराए गए थे। सब बात सुनाकर विन्ध्यशक्ति से कहा : "आचार्य, अब इस दंभी यज्ञदत्त का अंत कर देना चाहिए, अन्यथा इस शिव साम्राज्य का भार जिन कन्धों पर रक्खा है, वे वृषभस्कन्ध ही टूट जाएँगे।"

उनके टूटने की चिन्ता न करो नागषेण, यज्ञदत्त को घेरने की कला हम जानते हैं। चिन्ता केवल इस बात की है कि सम्राट् बहुत भोले हैं। इस दुष्ट के चक्कर में पड़कर जैसे उनके चरित्र में अति धार्मिकता का दोष आ गया है, वैसे ही कहीं भयोन्माद भी न उत्पन्न हो जाए। साधुओं से अरक्षित होकर उनका यज्ञ करना वस्तुतः यह बतलाता है कि वे अपने अन्तर सत्य को झूठ से घेर रहे हैं।"

नागषेण की आँखों में सहसा एक नये विचार की चमक कौंधी, मुस्कुराकर बोला :

"तात, यदि मैं सुरक्षा की आड़ में इसी प्रकार महामंत्री को अपने सैनिकों से घिरवा दूँ तो ?"

"नहीं वत्स, इससे सम्राट् अनावश्यक रूप से भयभीत हो उठेंगे। हाँ, उन्हें बचाकर यदि तुम यज्ञदत्त से कोई खिलवाड़ करना चाहो तो इस समय नीतिवश मैं अनुचित भी न मानूँगा।" कहकर वे मुस्कुराए, फिर कहा : "उसे जब यह सूचना मिलेगी कि तुम मेरे पास हो तो वह निश्चित रूप से यहाँ राजादेश भेजेगा। मैं अपने सामने तुम्हें राजाज्ञा का उल्लंघन कदापि न करने दूँगा, इसलिए जाओ और प्रवीर के साथ थोड़ा समय बिता आओ। तुम्हारे इस विनोद से मेरे ऊपर सम्राट् की इतनी कृपा हो जाएगी कि आज सायंकाल या कल प्रातःकाल किसी समय दर्शन देने के हेतु मुझे अपनी सेवा में बुला लेंगे, अन्यथा यह मूर्ख तो यज्ञ के बहाने परम शैव को मुझसे महीनों न मिलने देगा।"

नागषेण बड़े समय से अतिथिशाला से बाहर निकल गया। कुछ-देर तक सुनियोजित उद्देश्यहीनता साधकर उसने नगर में इधर-उधर चार कोने अपनी सूरत झलकाई, फिर सहसा दक्षिण द्वार से नगर के बाहर निकल गया। महामंत्री का आदमी राजाज्ञा सुनाने के लिए अतिथिशाला में पहुँचा तो पता चला कि महाबलाधिकृत अभी-अभी चले गये। कहाँ गये? यह प्रश्न बड़ा भारी पड़ा। सारे दुर्ग में यही सुनने को मिला कि अभी तो यहीं थे। बेचारा राजसेवक चक्कर में पड़ गया। महामंत्री यह सुनकर ही बहुत बौखलाए थे कि राजाज्ञा नागषेण तक न पहुँच सकी और वह विन्ध्यशक्ति से दूसरी बार मिल भी लिया। न जाने दोनों ने आपस में क्या षड्यंत्र रचा होगा, नगर में चारों ओर किस उद्देश्य से गया होगा; विन्ध्यशक्ति ने क्या सोचकर अपने पुत्र और सेना को नगर के बाहर ही छोड़ रक्खा है, नागषेण अवश्य ही प्रवरसेन से मिलने गया होगा—आदि विचार यज्ञदत्त को सताने लगे। उसे यह भी लगा कि विन्ध्यशक्ति को यथोचित सम्मान न देकर उसने गलती की है। पूरा औपचारिक सम्मान देने के उपरान्त यदि उसने राजसभा में विन्ध्यशक्ति को प्रताड़ित करवाया होता, तो नागषेण को यह चाल चलने का अवसर कदापि न मिला होता। यज्ञदत्त को इस समय इस बात का भय भी लगा कि सेना का खर्च कम करवाके उसने नागषेण को जो असन्तोष दे रक्खा है, कहीं वह इस समय मुझसे इसका बदला न ले। अपने सैन्य बल के आतंक से यह लोग सम्राट् से मुझे अपदस्थ करने का प्रस्ताव कर सकते हैं।...

भयग्रस्त यज्ञदत्त के मन में उसकी चेतना नये-नये पलटे लेने लगी। उसे यह लगा कि धर्मबल के अतिरिक्त उसे थोड़ा सैन्य-बल भी अपनी ओर खींचना चाहिए। अहिच्छत्रा के महाराज अच्युतनाग तथा मगध के सामन्त बल को अपनी ओर यदि न मिलाऊँगा तो गणपति और विन्ध्यशक्ति मिलकर मुझे उखाड़ डालेंगे। अपनी ओर से मुझे विन्ध्यशक्ति के सम्मुख यही प्रदर्शित करना चाहिए कि सम्राट् उससे अप्रसन्न हैं, मेरी ओर से उसके स्वागत सत्कार में कोई बाधा नहीं आने पाई। यज्ञदत्त यह सब सोचकर तुरन्त ही विन्ध्यशक्ति से मिलने चल दिया।

२३

●

●

सायंकाल के समय महामंत्री यज्ञदत्त की सलाह से सम्राट् विन्ध्यशक्ति को अपने साथ भोजन करने के लिए बुलाने पर सहमत हो गये, किन्तु प्रवरसेन को आमंत्रित करना उन्होंने उचित न समझा।

विन्ध्यशक्ति को यह बात चुभ गई। दोपहर के समय यज्ञदत्त ने विन्ध्यशक्ति से बहुत घुल-मिलकर बातें की थीं, किन्तु अनुभवी और चतुर महासेनापति ने बहुत सँभलकर ही उनसे बातें की थीं। महामंत्री ने जब यह पूछा था कि प्रवरसेन नगर के बाहर ही क्यों ठहरा तो महासेनापति ने उत्तर दिया : "स्वर्गीय सम्राट् के समय में प्रवीर विजेता योद्धाओं के स्वागत-सम्मान को देखकर जितना ही प्रभावित हुआ था, उतना ही इस बार कुण्ठित भी हुआ। उसकी कुण्ठा देखकर मैंने ही उसे नगर में प्रवेश करने की आज्ञा न दी। प्रवीर अभद्र नहीं है, किन्तु अन्याय किम्वा अनौचित्य देखकर वह मुखर हो उठता है।"

यज्ञदत्त ने यह बात सम्राट् को बता दी थी तथा उन्हें यह मंत्रणा भी दी थी कि पिता के साथ पुत्र को भी बुलाया जाए। इस पर सम्राट् ने तुनुक कर कहा था : "तब फिर मैं विन्ध्यशक्ति को भी आमन्त्रित नहीं करूँगा।" यज्ञदत्त उस स्थिति से डरकर चुप हो गया। निमंत्रण केवल विन्ध्यशक्ति के ही पास भेजा गया। स्वाभाविक रूप से ही यह बात महासेनापति को चुभ गई थी।

सम्राट् के साथ भोजन करने का सौभाग्य केवल कुछ ही आदमियों को मिला था। भवनाग ऋषिवत् आचरण करते थे। उनके लिए सोने के थाल में भी केले के पत्ते बिछाये जाते थे। प्रार्थना के उपरान्त मौन भाव से भोजन हुआ। देवप्रिय नीवार चावलों का भात, एलायची, लवंग, कर्पूरादि सुरभिद्रव्य मिश्रित, मीठी दधि शिखरिणी, मधुपर्क, मोदक, अचार, चटनी, कढ़ी, पापड़, रायता, बड़े आदि विभिन्न व्यंजन थे। सुस्वादु भोजन चिन्तामग्न विन्ध्यशक्ति के लिए स्वादुहीन था। उन्होंने यह देख लिया था कि सम्राट का व्यवहार उनके प्रति रूखा है, इससे वे मन ही मन और अधिक कस गए थे। भोजन के उपरान्त राज्य कक्ष में बैठने पर सम्राट् ने उन्हें अपने हाथ से विजय का बीड़ा तक न दिया। बलाधिकृत नागषेण एक महायोद्धा के प्रति यह अवज्ञा सह न पाया। उसने निवेदन किया : "परम शैव, स्वर्गीय सम्राट् के समय में यह प्रथा थी कि विजेता सेनापतियों को स्वयं सम्राट के करकमलों द्वारा बीड़ा पाने का सौभाग्य प्राप्त हुआ करता था और महासेनापति तो निर्विवाद रूप से भारशिव साम्राज्य के गौरव स्तंभ हैं।"

सम्राट् के नेत्र आरक्त हो उठे, वे कठोर स्वर में बोले : "शिव साम्राज्य के गौरव वे महापुरुष हैं जो आत्मजयी हैं। विजेता वह है जो अपने तप, ज्ञान और प्रेम से मनुष्यों को

जीतता है। बर्बर लुटेरों की भाँति अकारण ही सनातन इक्ष्वाकुओं को संत्रस्त करके उनका राज्य छीननेवाला व्यक्ति हमारी दृष्टि में शिवद्रोही है।"

नागषेण कुछ कहना ही चाहता था, किन्तु महासेनापति उसे हाथ से रोककर धीर गंभीर विनत स्वर में बोले : "अपनी व्यस्तता के कारण परमशैव को कदाचित् राजनीतिक गतिविधियों पर विचार करने का अवसर नहीं मिलता है, अन्यथा अपने साम्राज्य की एक सीमा पर अशांति और अराजकता की स्थिति बनाए रखने की घातक नीति का समर्थन स्वयं सम्राट् के श्रीमुख से न होता। इक्ष्वाकुओं की निरंकुशता से स्वयं वहाँ की प्रजा संत्रस्त थी। इस दास ने जो कुछ किया, वह उचित समझकर तथा गिरा गुरु महाराज श्री गणपतिजी से विचार विमर्श करके उनके आदेशानुसार किया है।"

"गणपति को अपने विद्याबल पर अभिमान है और हमें अपने योगबल पर। इक्ष्वाकुओं के राज्य का इस प्रकार बलपूर्वक अपहरण करना हमें कदापि रुचिकर प्रतीत नहीं हुआ। साम्राज्य-लोलुपतावश असंख्य मानवों का रक्तपात करना पाप है।"

"मगध का एक साधारण अधिराजा साम्राज्य की राजधानी के निकटवर्ती क्षेत्र थोड़ी-सी नीति कुशलता दिखाकर हड़प ले गया—"

"उसका पाप उसके साथ रहेगा। धर्मसाम्राज्य के संस्थापक जघन्य साम्राज्य लोलुपों की परिपाटी कदापि नहीं अपना सकते। छह मास में हम अपने योगबल से दुरात्मा चन्द्रगुप्त को फिर से मूषक बना देंगे।"

"साधु-साधु, परमशैव महायोगी हैं। आपके श्रीमुख से उच्चरित एक-एक शब्द की शक्ति अठारह अक्षौहिणी सेना के बराबर है।" महामात्य यज्ञदत्त ने चाटुकारिता का प्रदर्शन करते हुए कहा।

विन्ध्यशक्ति गम्भीर स्वर में बोले : "कर्महीन शब्द खोखले होते हैं।"

"धर्मावतार! आपके ख्यातनामा पुरखों से सत्ता को केवल सत्तालोलुपता के कारण कदापि ग्रहण नहीं किया था, वरन् योगेश्वर हरिकेश ब्रह्म ने उनके कन्धों पर लोक-कल्याणकारी साम्राज्यरूपी शिव का भार रखा था। उनके द्वारा आरम्भ किया गया महान् राष्ट्र-यज्ञ अब भी पूर्णतया मुक्त नहीं हुआ। दक्षिण अनियंत्रित है, और श्री चन्द्रगुप्त—"

महासेनापति विन्ध्यशक्ति की बात का उत्तर न ढूँढ़ पाने के कारण सम्राट् मन ही मन चिढ़ उठे, उन्होंने बात काटकर झटके भरे स्वर में कहा : "जगन्नियंता की इच्छा पर मनुष्य की इच्छा का आरोपण हमारी धर्मदृष्टि में पाप है।... और हमने यह भी सुना है कि आपके मिथ्याभिमानी पुत्र ने राजकोष के लिए आई हुई धनराशि का मनमाना उपयोग कर डाला है।"

"नहीं परमशैव, राजकोष का धन महामंत्री की सुरक्षा में सौंप दिया गया है।"

"और जो धन हमारे सैनिकों और वनवासी प्रजा में वितरित किया गया, वह किसका था?"

"नैषध, विदुर, मेकला आदि क्षेत्रों के कृतज्ञ श्रेष्ठि महाजनों द्वारा एक लक्ष की रजतराशि आपके इस सेवक को भेंटस्वरूप मिली थी।"

"उसे मेरी राजधानी में अपनी जय-जयकार बुलवाने के लिए साथ लाए थे?"

"नहीं सम्राट्, लाया तो उसे भी राजकोष में जमा कराने के लिए ही था, किन्तु यहाँ देखा कि सैनिकों को महीनों से वेतन नहीं मिला था, अतः सम्राट के यशवर्द्धन के हेतु वह धन सेना में वितरित कर दिया।"

महामात्य हाथ जोड़कर बोले : "अब इस प्रसंग को छोड़ ही दें कृपानाथ! आर्य विन्ध्यशक्ति ने राजकोष में बारह मन सोना और कई लक्ष के रत्नाभूषण अर्पित किए हैं, हमारे साम्राज्य का विस्तार किया है।"

"हमारी दृष्टि में वह महत्वहीन है। सिद्धान्त का प्रश्न यह है कि महान् भारशिव सम्राटों की राजधानी में आकर एक सेनापति या सामन्त क्या हमारी इच्छा के विरुद्ध अपनी मनमानी कर सकता है?"

सम्राट की दम्भभरी बातें सुनकर महासेनापति के संयत शालीन स्वर में कुछ तमतमाहट आ गई, बोले : "क्षमा करें परमशैव, किन्तु विजय के उपहारों को लेकर आनेवाला एक सैनिक जब यह देखेगा कि उसके सहकर्मियों को छह-छह महीनों से वेतन नहीं मिला और साधुओं तथा याज्ञिकों के लिए भण्डार खुले हैं—"

सम्राट क्रोध से काँप उठे, गरजकर बोले : "महामात्य, हमारे ही मुख पर हमारे धर्मकृत्यों को अनुचित बतलानेवाला यह व्यक्ति बन्दी किया जाए। दम्भी, पापी—"

बिजली की तरह म्यान से सोने की जड़ाऊ मूठवाली तलवार निकालकर नागषेण आगे बढ़ा और उसे अपने घुटने पर रखकर दो टुकड़े करके सम्राट् के आगे फेंक दिया, फिर बोला : "नागषेण अपने दस सहस्र सैनिकों के साथ विद्रोही हो गया है। उसके सैनिक आज परकोटे का रक्षा भार छोड़कर चले जाएँगे।"

"नागषेण! वत्स!"

"सेवक अडिग है आचार्य! असंख्य समरचिह्नों से अलंकृत आपकी पवित्रकाया को अपनी दम्भभरी उँगली तक से स्पर्श करनेवाले व्यक्ति का मुण्ड मेरे द्वारा तत्क्षण महाकाली का कन्दुक बना दिया जायेगा।" नागषेण की कमर में बँधी दूसरी तलवार म्यान से बाहर निकल आई थी।

सम्राट् चुपचाप उठकर चले गए और उनके पीछे-पीछे महामात्य भी।

●

२४

●

●

इस घटना के बाद विन्ध्यशक्ति फिर राज अतिथिशाला में न ठहरे, नागषेण को साथ लेकर नगर के बाहर अपने पड़ाव की ओर चल दिये। मार्ग में नागषेण बोला : "क्षमा करें आचार्य, उस समय मैं क्रोधावेश में आपके आदेश के विपरीत काम कर बैठा।"

"अब उसकी चिन्ता छोड़ो पुत्र। पछताने से बढ़कर और कोई पाप नहीं।"

"यह मैं भी सोच रहा था आर्य। किन्तु मेरे विद्रोह से राजधानी अरक्षित हो गई, इसी का दुःख है।"

"अरक्षित क्यों हो गई ? तुमने व्यक्ति से विद्रोह किया है, उद्देश्य से नहीं।"

"किन्तु वह व्यक्ति हमारे उद्देश्य का प्रतीक है। राजधानी उस प्रतीक पुरुष की है।"

"राजधानी भारशिव महाराज्य संघ की है वत्स ! तुम्हारा उत्तरदायित्व संघ के प्रति है। पुण्यश्लोक महासेनाधिपति पुष्यमित्र शुंग ने भी तो पतनशील मौर्य साम्राज्य के प्रतीक पुरुष के प्रति विद्रोह किया था।" बदले और क्रोध की भावनावश बात मुँह से निकल जाने के बाद महासेनापति सँभल गए, आगे कहा : "किन्तु इस बात से यह न समझना कि तुम्हारे लिए भी वैसा ही करने का समय आ गया है। ऐसी आवश्यकता पड़ने पर हम स्वयं गिरा गुरु को अपना प्रतीक पुरुष बनाएँगे।"

"मेरे मन में सम्राट बनने की इच्छा स्वप्न में भी न कभी उपजी है, न उपजेगी। मेरी आकांक्षा तो यह है कि आपके समान युद्धरत होकर इस पवित्र साम्राज्य का विस्तार कर सकूँ।" डेरे पर पहुँचते ही प्रवरसेन ने आश्चर्य से पूछा : "आप इस समय यहाँ कैसे पधारे अप्पा ?"

"तुम्हारे इस गुरुभाई के विद्रोह के कारण।" विन्ध्यशक्ति ने मुस्करा कर कहा।

प्रशंसा और कौतूहल भरी दृष्टि से नागषेण को देखकर प्रवरसेन बोला : "अरे नागू, यह मैं क्या सुन रहा हूँ ? आश्चर्य महदाश्चर्य !" फिर पिता से कहा : "मथुरा से मुनिवर नारदजी पधारे हैं। वे आप ही से मिलने के लिए यहाँ आए हैं। क्या उन्हें आपके पधारने की सूचना दे दूँ ?"

"नहीं वत्स, ऋषि ब्राह्मण को असमय में कष्ट देना उचित नहीं। प्रातःकाल उनके दर्शन करूँगा।"

स्वस्थ चित्त होकर बैठने के बाद नागषेण से दरबार की घटना का विवरण सुनकर प्रवरसेन बोला : "नाग, तुम यदि मूर्ख सम्राट् और धूर्त महामात्य के सिर काट लाते—"

"प्रवीर, तुमने आज दिन भर में तीसरी या चौथी बार मेरे सम्मुख मेरे सम्राट् के प्रति अपशब्द कहे हैं। मैं नागषेण के विद्रोह का आदर कर सकता हूँ, किन्तु तुम्हारी यह उद्दण्डता मेरे लिए असह्य है।"

प्रवरसेन ने चुप होकर गर्दन झुका ली, फिर पिता के चरण छूकर बोला : "मैं आपका अपराधी हूँ पिताजी, किन्तु क्या करूँ, मेरे मन के सत्य और मेरे आवेश दोनों ही की रक्षा केवल इसी शब्द से हो पाती है।"

इसी समय एक सेवक ने आकर निवेदन किया कि मुनिवर नारद को महासेनापति के पधारने की सूचना मिल गई है और वे स्वामी के दर्शनों की अभिलाषा रखते हैं।

"प्रवीर, मुनिवर को सादर ले आओ।" प्रवीर गया। विन्ध्यशक्ति, नागषेण से बोला : "मेरा मन कहता है वत्स कि यज्ञदत्त सम्राट् को समझाकर तुम्हें फिर से दुर्ग में बुलाने के लिए आदेश भिजवाएगा। तुम तब जाओगे ?"

"स्वेच्छा से सम्राट् भवनाग की सेवा में अब कदापि नहीं लौटूँगा। यों आपके आदेश से—"

उसी समय नारद ने प्रवरसेन के साथ प्रवेश किया, विन्ध्यशक्ति ने उठकर उनकी अभ्यर्थना की। शिष्टाचार के उपरान्त बातें होने लगीं। मथुरा का वृत्तान्त और जगतसेठ कौरोष का प्रस्ताव सुनकर विन्ध्यशक्ति बोले : "इस समय नीतिवश मैं तो न जाऊँगा महामुने, किन्तु प्रवीर यदि चाहे तो आपके साथ सहर्ष चला जाए। मेरी ओर से उसे कोई बाधा न होगी। परन्तु मथुरा जाने के पहले गिरा गुरु महाराज गणपति से आदेश लेना आवश्यक है।"

"प्रवीर के साथ-साथ मुझे भी जाने की आज्ञा दें आचार्य! म्यान में पड़ी तलवार के समान ही मेरी शक्ति भी यहाँ मुरचा खा रही है। काशी, कोशल के बिना लड़े ही हाथ से यों निकल जाने के कारण मैं कुण्ठित और पीड़ित हूँ।"

'किन्तु राजधानी अरक्षित हो जाएगी।"

प्रवरसेन उत्तेजित स्वर में बोला : "नागू, अप्पा चाहें तो गुरुदक्षिणा के रूप में अपना शीश काटकर उन्हें अर्पित कर देना, किन्तु अयोग्य राजा की सेवा में लौटकर कदापि मत जाना।"

"मैं आपकी बात का समर्थन करता हूँ वीरवर। मनुष्य का सबसे बड़ा स्वामी उसका धर्म है और जो व्यक्ति धर्म का ढोंग करता हुआ भी वास्तविक धर्माचरण छोड़ दे, उसे कोटि वैरी सम तज देना चाहिए, भले वह परम सनेही ही क्यों न हो।" नारद बोले।

विन्ध्यशक्ति सोच में पड़ गए, फिर कहा : "मुनिवर की बात मैं काट न पाऊँगा। मेरा अनुशासन तपस्वी के सत्य को झुठला नहीं सकता, कहीं पर वह मेरे मन का सत्य भी है।. . . तब फिर, प्रवीर, नागषेण की अश्वारोही सेना को लेकर तुम अभी पद्मावती की ओर पयान करो, अन्यथा राजाज्ञा मिलने पर मेरी अनुशासनप्रियता फिर निश्चित रूप से तुम्हें राजदरबार को लौट जाने के लिए बाध्य करेगी। . .और देखना, शत्रु की सीमा से बचकर जाना। हमें उस समय तक किसी से भी नहीं अटकना है जब तक कि हमारी कोई निश्चित नीति निर्धारित नहीं हो जाती।"

उत्साहित किन्तु विनम्र भाव से प्रवरसेन बोला : "जो आज्ञा अप्पा। परन्तु मुनिवर और आप यहाँ कब तक ठहरेंगे?"

"मेरा ठहरना तो इस समय आपके पिता के अधीन है। वैसे विद्या-वाचस्पति गणपति महाराज के दर्शन करने की मेरी भी बड़ी इच्छा है।"

"किन्तु मैं अभी अनिश्चित काल तक यहाँ ठहरूँगा।"

"क्यों ब्रह्मन्?" नारद ने प्रश्न किया।

"बूढ़ा हो चला हूँ न आर्य, मेरी निष्ठा व्यक्तिपरक भी है। जिस सम्राट् की अधीनता स्वयं गिरा गुरु को भी मान्य है, उसके प्रति मैं कदापि विद्रोह नहीं कर सकता। इन युवकों की बात न्यारी है। इनके जीवन मूल्य बदल चुके हैं। इनकी निष्ठा राष्ट्रपरक है।"

उसी समय सूचना मिली कि दरबार से दूत सन्देश लेकर आया है।

"जाओ पुत्रो, अब विलम्ब न करो, अन्यथा मेरी राजनिष्ठा धर्मसंकट में पड़ जाएगी।"

"तब फिर मैं भी इन युवकों के साथ ही चला जाता हूँ ब्रह्मन्; आदेश दें।"

विन्ध्यशक्ति इस प्रस्ताव से चौंक उठे, फिर गंभीर भाव से कहा : "मेरी प्रार्थना है कि

आप आज रात यहीं विश्राम करें, थके हुए आये हैं।"

"नारायण-नारायण! महासेनापति, साधु जब थकता है तब वह धर्मच्युत हो जाता है।"

"परन्तु आपके इस समय चले जाने से मैं भी धर्मसंकट में पड़ जाऊँगा। इन बालकों के लिए तो कह सकता हूँ कि विद्रोही हो गए, किन्तु आपके यहाँ आकर बिना मिले ही चले जाने से सम्राट मुझे दोष देंगे। मैं उन्हें क्या उत्तर दूँगा तपोनिधे?"

"किन्तु—"

"मैं आपको शीघ्र ही पद्मावती पहुँचाने की व्यवस्था कर दूँगा। इस समय मेरी मान रक्षा करें। यह मेरी सविनय प्रार्थना है।"

नागषेण और प्रवरसेन दोनों को प्रणाम करके फुर्ती से बाहर निकल गए। इसके बाद राजदूत भीतर बुला लिया गया।

थोड़ी ही देर में बाहर तुरही बज उठी, सैनिकों की हलचल सुनाई पड़ने लगी। 'हर-हर महादेव' की ध्वनि गूँज उठी, क्रमशः दूर जाती हुई तीन हजार घोड़ों की टापें वृद्ध राजदूत के मन में दुःख उपजा गईं। उसने महासेनापति से कहा : "कान्तिपुरी की भाग्यलक्ष्मी रूठकर जा रही है। ईश्वर ही जाने क्या होनवाला है।"

"परम मंगल होगा दूतवर, हरि हर मिलकर अब परम माहेश्वर बनेंगे।"

प्रवरसेन और बलाध्यक्ष के जाने का समाचार महामात्य के लिए जितना भयप्रद था, उससे भी अधिक उन्हें इस बात की चिन्ता थी कि विन्ध्यशक्ति यहाँ क्यों रुक गया है; नारद किस हेतु से उसके पास ठहरे हैं? यज्ञदत्त स्वयं अपनी ही कुनीति के भँवरजाल में फँस गया था। भय के उसकी वह रात पहाड़ हो गई थी।

दूसरे दिन सबेरे ही महाधर्माधिकारी सौम्य ब्राह्मण मण्डली के साथ नारदजी के स्वागतार्थ पधारे। महामात्य यज्ञदत्त उनके साथ ही आये थे। सम्राट् भवनाग की ओर से महामात्य ने राजयज्ञशाला में पधारने का निमंत्रण नारदजी को दिया, फिर विन्ध्यशक्ति से चाटुकारी भरे स्वर में कहा : "महासेनापति, राजधानी की रक्षा का भार अब आप ही पर है। सम्राट् की अप्रसन्नता पर विशेष ध्यान न दें।"

विन्ध्यशक्ति बोले : "महात्मा द्रोण का वंशज अपने उत्तरदायित्व से विमुख होना नहीं जानता, पर एक बात पूछता हूँ महामात्य, राजधानी की रक्षा के लिए आपको सैनिक शक्ति की आवश्यकता ही क्या है। किसी चाटुकार अर्थलोलुप ब्राह्मण से दो-चार मंत्र पढ़वा दीजिए, साम्राज्य की नैया पार लग जाएगी।"

यज्ञदत्त इस कटु व्यंग को निर्लज्जतापूर्वक झेल गया, बोला : "आर्य, आप साम्राज्य के गौरव स्तम्भ हैं, वयोवृद्ध हैं, ब्राह्मण हैं—सब प्रकार से हमारे पूज्य हैं। ऐसे कठिन क्षण में आपके कटु वचनों पर ध्यान न देकर मैं फिर विनीत भाव से निवेदन करता हूँ कि राजधानी की रक्षा का भार आप ग्रहण करें। बलाधिकृत के अचानक निर्गमन से रथ, हस्ति और पदाति सेनाएँ भ्रान्तिवश क्रुद्ध होकर विद्रोह भी कर सकती हैं।"

"निश्चिन्त रहें महामात्य, जब तक सम्राट् किसी योग्य व्यक्ति को यह भार नहीं सौंप देते, मैं यहाँ से न जाऊँगा, पर मैं नगर के भीतर प्रवेश नहीं करूँगा।"

"अपने इस व्यवहार से आप सम्राट् को दुखी करेंगे आर्य।"

"मैं अपने पुत्र और शिष्य को भी दु:ख नहीं पहुँचाना चाहता। वे बालक अनीतिवश विद्रोही बनाए गए हैं।"

"महर्षि नारद की साक्षी में मैं आपको यह विश्वास दिलाता हूँ महासेनापति, कि केवल अपने धार्मिक विचारों के कारण ही उन्होंने आपका स्वागत नहीं किया था। वैसे अपने स्वर्गीय पिता के द्वारा सम्मानित महावीर के प्रति उनके मन में बड़ा आदर है।"

"सम्राट् के इस सद्भाव के प्रति हृदय से कृतज्ञ हूँ महामात्य, किन्तु मैं अपने मत पर दृढ़ हूँ।"

महाधर्माधिकारी सौम्य तप गये। यज्ञदत्त की ओर भृकुटी चढ़ी आँखें देखकर कहा : "यह तमोगुणी महासेनापति स्वजाति के शत्रु हैं। इन्हें धर्म और ब्राह्मणों से वैर है—"

"आर्य सौम्य, अपने सुनाम के विपरीत आचरण करके आप ही अपने तमोगुण का परिचय दे रहे हैं और ब्राह्मण तथा ज्येष्ठ होने के नाते मैं यह कहने का अधिकार भी रखता हूँ कि आप लोगों की मूर्खतापूर्ण धर्मान्धता ही शिव साम्राज्य की परमशत्रु है!"

रेशमी वस्त्रों से आच्छादित ऋषिवेषधारी चालीस-पैंतालीस वर्षीय धर्माधिकारी क्रोध में आकर कुछ कहने ही वाले थे कि विन्ध्यशक्ति तलवार की मूठ पर हाथ पटक कर बोल उठे : "क्षत्रिय इन्द्र और रामचंद्र को वृत्रासुर तथा रावण के हनन से ब्रह्महत्या का पाप लगा था, किन्तु मुझे इस अर्थलोलुप कीट को मारने से कोई पातक नहीं लगेगा।"

दोनों हाथ उठाकर नारद खड़े हो गये। "शान्त, ब्रह्मन् शान्त हों। मुनिवर सौम्य आर्य विन्ध्यशक्ति को व्यर्थ ही उत्तेजित न करें। उनके जैसे वीर धर्म की शोभा हैं। महामात्य, मैं आपके साथ चलने के लिए प्रस्तुत हूँ।"

नगर में नारदजी का आगमन सुनकर नर-नारियों की भीड़ मुख्य राजमार्ग पर जुड़ गई थी। तुरही, शंख, वेदगान, जय-जयकार आदि के साथ नारदजी का जुलूस चला। जगह-जगह पर उनकी आरती उतारी गई। पुष्प और खील बरसाई गईं। राजप्रासाद के मुख्य द्वार पर भवनाग अपनी महारानी, एकमात्र कन्या तथा राजकुल के अन्य सदस्यों के साथ नारदजी का स्वागत करने के लिए खड़े थे। विधिवत् पूजा करके सम्राट् उन्हें भीतर लिवा ले गए।

यज्ञदत्त उस समय अत्यधिक चिन्तित था, अपने बनाये हुए जाल में वह आप ही फँस गया था। नारदजी की उपस्थिति के कारण अपनी मोर्चेबन्दी करने के लिए वे सौम्य को अलग ले जाकर बोले : "महाधर्माधिकारी, इन वैष्णव नारदों की परम्परा को तो आप जानते ही हैं, दूसरों को लड़ाना ही इनका धर्म है। जैनी भी इन्हें कुच्छल कहते हैं। हमें समय रहते ही सचेत हो जाना चाहिए।"

सौम्य ने गहरी समझ पानेवाली मुख मुद्रा धारणकर खुसफुस स्वर में पूछा : "इसका उपाय?"

"सम्राट् के सम्मुख कतिपय आचार्यों को नारद जी से भिड़ा दें। अरे, आप ही भिड़ जाएँ, महापण्डित हैं। यदि आपने इनका मुँह बन्द कर दिया तो फिर विन्ध्यशक्ति आदि का राजनीतिक प्रभाव नष्ट करना चुटकियों का खेल हो जाएगा।"

पण्डितों, राजकर्मचारियों के साथ सम्राट् भवनाग नारदजी को लेकर राजसभा पधारे। सभागृह ठसाठस भरा हुआ था। राजकुल की स्त्रियाँ, नगर के सभी विशिष्ट व्यापारी और महाजन अपनी महिषियों के साथ नारदजी का प्रवचन सुनने के लिए उपस्थित थे। महाधर्माधिकारी ने खड़े होकर कहा : "परम शैव कृपापूर्वक ध्यान दें, सभा सावधान होकर सुने। राजधानी के गौरवस्वरूप महापण्डित पुण्डरीकाक्ष सुख्यात वैष्णव भक्तवर नारदजी से एक प्रश्न पूछना चाहते हैं। क्या सम्राट् इसके लिए उन्हें आज्ञा प्रदान करेंगे ?"

सम्राट् बोले : "आचार्यपाद मेरे विद्यागुरु हैं। मैं उनसे सविनय आग्रह करूँगा कि वे मुनिवर से प्रश्न करें।"

पुण्डरीकाक्ष ने खड़े होकर कहा : "हे मुनि श्रेष्ठ, हमारे परम शिवभक्त, गो-ब्राह्मण-प्रतिपालक सम्राट् की इस यज्ञपूत राजधानी में आपका शुभ पदार्पण ऐसे समय में हुआ है जबकि उस पर एक अनोखा धर्मसंकट आया है। आपकी परानुग्रहकांक्षा विख्यात है। आप धर्म की सूक्ष्म गतियों को जानते हैं। हे नारदजी, राजधर्म के महान् आचार्य महामति कौटिल्य ने विजेताओं की तीन श्रेणियाँ बतलाई हैं : प्रथम धर्मविजयी, द्वितीय लोभविजयी और तृतीय असुरविजयी। वृष सेनापति महायोद्धा ब्राह्मण विन्ध्यशक्ति के कुछ समय पूर्व इक्ष्वाकुओं से नैषध, विदुर, मेकला आदि क्षेत्र जीते हैं; इस विजय को धर्मविजय नहीं कहा जा सकता। वहाँ से वे बहुत-सा धन लूटकर लाये हैं, अतः उन्होंने लोभ पर भी विजय नहीं पाई। और हे महात्मन्, सगर, दिलीप, भगीरथ, रघु, रामचंद्र जैसे अनेक प्रतापी एवं धर्मात्मा राजों का सनातन इक्ष्वाकुकुल असुर कुल भी नहीं है। अतः इन तीनों प्रकारों के विजेता न होने के कारण हमारे सम्राट् ने महावीर विन्ध्यशक्ति का स्वागत नहीं किया। महासेनापति और उनके शिष्य होने के कारण हमारे बलाध्यक्ष इससे असंतुष्ट हो गए हैं। वे साम्राज्य में विद्रोह की स्थिति उत्पन्न कर रहे हैं। हे मुनिवर! बोलिए, क्या उनका यह विद्रोह धर्मसंगत है ?"

प्रश्नकर्ता की नीयत समझकर नारद ने सतर्कतापूर्वक कहा : "राजगुरु, आपका प्रश्न उत्तम और समयानुकूल है। धर्म की गति का विचार करते समय स्थान, काल और पात्र का विचार भी किया जाना चाहिए। अनाचारी आततायी शासक से संत्रस्त निरीह प्रजा की सुरक्षा के हेतु किया जानेवाला आक्रमण धर्म है। यदि आर्य विन्ध्यशक्ति ने वहाँ की प्रजा का धन नहीं लूटा, केवल पराजित राजा का कोष ही साम्राज्य के कोष में अर्पित करने के उद्देश्य से हस्तगत किया है, तो वे लोभी भी नहीं कहे जा सकते। और, हे पण्डितवर, कोई मनुष्य या समाज जन्म से ही असुर नहीं होता। अपने कर्मानुसार ही वह अधम माना जाता है। सनातन इक्ष्वाकुवंशी भी अपने हीन कर्मों से असुर माने जा सकते हैं।"

पुण्डरीकाक्ष के तर्क को कटते देखकर यज्ञदत्त ने तुरन्त खड़े होकर कहा : "मुनिवर, आपकी व्याख्या निस्सन्देह धर्मानुकूल है। स्थान, काल और पात्र पर विचार करना ही उचित है। हमारे परम शैव सम्राट् के यशस्वी पुरखों ने अपने पुण्यप्रताप से शकों, कुषाणों की आसुरी शक्ति नष्ट कर डाली है। हमारा शिव साम्राज्य एक विशाल राज्यसंघ के रूप में फल-फूल रहा है। ऐसे देश-काल में धर्म, कर्मों को ही बढ़ावा देना चाहिए। सर्वभूत की हित चिन्ता और मैत्री ही शाश्वत धर्म है। धर्मराज युधिष्ठिर ने यक्ष के प्रश्नों का उत्तर देते हुए

कहा था कि यश, सत्य, दम, शौच, दान, यज्ञ, तप, अहिंसा और ब्रह्मचर्य को वे शरीर के समान ही धारण करते हैं। हमारे परम शैव सम्राट् भी धर्मराज ही के आदर्शों का पालन करते हैं।"

नारद बोले : "हे महामात्य, भगवान् व्यासदेव ने महाभारत संहिता के शान्तिपर्व में कहा है कि अहिंसा, सत्य, अक्रोध आदि समय विशेष पर अधर्म का रूप भी ले लेते हैं। उस समय हिंसा को धर्म समझकर अपनाना चाहिए। हे सम्राट्, मेरे मत से भारतवर्ष अब भी अरक्षित है। कश्मीर, पंचनद प्रदेश, सिन्धु, गान्धार आदि अब भी निर्बल किन्तु कुटिल कुषाणों के अधिकार में हैं। एलम् के शश सम्राट् उत्तरोत्तर शक्तिशाली होते जा रहे हैं। नीतिवश कुषाणों को उन्होंने अपनी छत्रछाया दे रखी है जिसका परिणाम यह है कि कुरुक्षेत्र के ऊपर का सारा भूभाग अनियंत्रित है। वहाँ की प्रजा संत्रस्त है। इधर चंद्रगुप्त ने भी आपके साम्राज्य के लिए भय उत्पन्न कर दिया है। दक्षिण देश भी शान्त और व्यवस्थित नहीं है। ऐसी दशा में आपको सदा सचेत रहना चाहिए। इस समय आठों पहर आपका यज्ञ-याग की चिन्ता में व्यस्त रहना अधर्म ही माना जाएगा।"

सुनकर सौम्य मुनि दुर्वासा के अवतार बन गए, आँखें निकालकर बोले : "क्या कहा, यज्ञ करना पाप है?"

"अति सर्वत्र वर्जित है, क्योंकि वह पाप है। जो राजा राजधर्म छोड़कर ब्रह्मकर्म लीन होता है, वह यश का भागी नहीं होता। जो ब्राह्मण धन प्राप्ति के लोभ से राजों को अपनी पाखण्डपूर्ण वक्तृता से प्रभावित करके उन्हें निरन्तर यज्ञ-यागादि में ही व्यस्त रहने की प्रेरणा देते हैं, वे धर्म-वाणिज्य करते हैं।"

"यह असत्य है। धर्म का अर्थ ही यह है कि जिसके द्वारा धन की प्राप्ति हो। 'धन' पूर्वक 'ऋ' धातु में मक प्रत्यय के योग से धर्म शब्द बनता है।" सौम्य फिर गरजे।

नारद ठण्डे स्वर में मुस्कुराकर बोले : "धर्म का एक दूसरा व्युत्पत्तिगत अर्थ भी है, महाधर्माधिकारी जी! यह शब्द धारणात्मक 'धृञ अ' धातु से 'मन्' प्रत्यय का योग करने पर भी बनता है। इसका अर्थ है जो सबको धारण करे, जिस पर लोकस्थिति निर्भर हो। हे सौम्य, धनोपार्जन को केवल पार्थिव अर्थ में ग्रहण करनेवाले लोभी ब्राह्मणों को वैसा ही दुष्परिणाम भोगना पड़ सकता है, जैसा कभी दक्षिणा-लोभी भार्गवों को भोगना पड़ा था।"

सम्राट् उत्सुक हुए, बोले : "हे मुनिश्रेष्ठ, पवित्र भार्गव लोग कब धन के लोभ में पड़े और उन्हें क्या-क्या दुष्परिणाम भोगने पड़े, कृपा करके विस्तारपूर्वक हमें बतलाएँ।"

नारदजी ने सम्राट् की ओर देखकर कहा : "हे परम शैव, कुछ सहस्र वर्षों पहले पृथ्वी पर कृतवीर्य नाम के एक बड़े प्रसिद्ध राजा हुए थे। वे आप ही के समान परम धार्मिक पुरुष थे। वेदज्ञ भृगुवंशियों के वे यजमान थे। महाराज कृतवीर्य ने सोमयाग करके उग्र स्वभाव के ब्राह्मणों को बहुत-सा धन और रत्न देकर सन्तुष्ट किया था। हे राजन्, फिर एक समय ऐसा आया कि महाराज कृतवीर्य के वंशजों को धन की आवश्यकता पड़ी, जब कहीं से न मिला तो उन्होंने अपने पुरोहित कुल के ब्राह्मणों ही से धन माँगा। कुछ लोगों ने भय अथवा कर्त्तव्यवश होकर अपना धन उन्हें सौंप दिया, किन्तु अधिकांश ब्राह्मणों ने अर्थ-लोलुपता के कारण अपना धन धरती में गाड़कर यह कहा कि हमारे पास धन नहीं है। क्रोधी क्षत्रिय

उनके घरों को खोद-खोदकर धन की खोज करने लगे। जब उन्होंने गड़ा धन पा लिया तब कुपित क्षत्रियगण ब्राह्मणों को झूठा जानकर उनका अपमान करने लगे। अपने पैने बाणों से मार-मारकर वे भृगुवंशियों को यमलोक भेजने लगे, यहाँ तक कि उन्होंने ढूँढ़-ढूँढ़कर गर्भ के बालकों की भी हत्या की। हे परम शैव, मैं आपके सम्मुख ही आर्य सौम्य से पूछता हूँ कि अपने अथवा वंशजों के लिए ऐसी कुघड़ी को न्यौता देना क्या वे पसन्द करेंगे?"

"परन्तु ऐसा समय आएगा ही क्यों? सद्धर्म एवं सुसंस्कारों के प्रचार से जनमानस में निश्चित रूप से सद्परिवर्तन भी होता है। प्राचीन काल में बौद्ध सम्राट् मौर्य अशोक यदि व्यापक रूप से सद्भावनाओं का प्रसार करने में सफल हो सके, तो हमारे धर्मात्मा सम्राट् अपने पुण्य प्रताप से भला क्यों न सफल होंगे।" महामात्य यज्ञदत्त ने कहा।

नारद गम्भीर वाणी में बोले : "सत्य है, सुदूर उत्तर कुरु तक विभिन्न देशों में अशोक राजा ने बौद्ध धर्म का प्रचार किया था, पर उस प्रभाव से शकों-कुषाणों का हृदय परिवर्तन क्यों न हुआ? बौद्ध होकर भी पिछली दो शताब्दियों में उन बर्बर आततायियों ने हमारे देश के असंख्य कुलों का अतीव निर्ममता से आमूल नाश किया था। महामात्य यह न भूलें कि अहिंसा की मिथ्या व्याख्याओं के कारण ही आर्य जाति को कई बार उसका कुफल भोगना पड़ा है। हे राजन्, अति धार्मिकता भी पाप है। अपनी सीमाओं की रक्षा न करनेवाला शासक इतिहास में स्थायी कलंक का पात्र होता है। जिस राजकोष का धन केवल बाहर ही निकलता रहता है, संचित होना नहीं जानता, उसको कृतवीर्य के वंशजों के समान ही आपत्ति आने पर लूट और अत्याचार करने हेतु विवश होना पड़ता है।"

सम्राट् के विद्यागुरु वयोवृद्ध पुण्डरीकाक्ष अपने स्वर में शान्ति और गंभीरता प्रतिष्ठित करने के प्रयत्न में आडम्बरयुक्त होकर बोले : "मुनिवर, हम आपके विचारों का आदर तो कर सकते हैं, किन्तु उन्हें सक्रिय मान्यता नहीं दे सकते। वासुदेवार्जुन सम्प्रदाय के वैष्णवभक्त भगवान् पाणिनि के काल से यज्ञ-यागादि के विरोधी और युद्ध सिद्धान्त के समर्थक रहे हैं। हम शैव पूजा-अर्चना में विश्वास रखते हुए भी यज्ञ की महिमा को भूल नहीं पाए। इन वासुदेव के भक्तों ने बहुदेववाद की प्रथा प्रचलित करके जन-जन की आस्था ही बिखेर दी है। प्राचीन काल में इसीलिए राजा दिवोदास ने भगवान् शिव की काशी से समस्त देवतों को बाहर निकाल दिया था और इसी से वहाँ सत्य का प्रचार भी बढ़ा था। हम यह न भूलें कि वासुदेव कृष्ण ने हम शैवों पर अन्य देवतों को आरोपित करने के हेतु काशी को एक बार अपने चक्र द्वारा उद्भूत अग्नि से नष्ट कर डाला था। वैष्णव बड़े ही युद्धप्रेमी होते हैं।"

नारद बोले : "आर्य पुण्डरीकाक्ष, हरिहर के द्वन्द्व को व्यर्थ का महत्व न दें। जगन्नियन्ता के इन दोनों रूपों में भेद करना अन्याय है। भक्ति धर्म का उदय होने से हमारे देश के संस्कारों में एक अद्भुत क्रांति आई है। इससे हमारा राष्ट्रमानस व्यापक और उदात्त हुआ। आत्मतत्व प्राप्ति के लिए मात्र वेदाध्ययन, कर्मकाण्ड और दान-दक्षिणा देने से ही कुछ सिद्ध नहीं होता।"

"परलोक"—

"ब्रह्मज्ञान ही व्यक्ति के लोक-परलोक का निर्माता है। ब्रह्मज्ञान यज्ञादि से कहीं ऊँचा

है, और यह ज्ञान भक्तिधर्म को स्वीकृति प्रदान करके ही प्राप्त होता है। आस्था छोटे-छोटे देवतों से निकलकर विराट् और व्यापक बनती है। भक्तिमार्गी चाहे वह राजा हो या रंक, केवल 'पत्रम् पुष्पम् फलन्तोयम्' से ही समान भाव से अपने आराध्य को रिझाता है। इस ममत्व से राजा अपनी प्रजा के साथ एक रस हो सकता है जबकि यज्ञादि कर्मकाण्ड केवल श्रीमन्तों को ही मोक्ष लाभ कराने की सामर्थ्य रखते हैं। भक्त साधुओं की रक्षा के लिए दुष्टों का नाश करने में ही विश्वास रखता है, अतएव हे परम शैव राजन्, आप इक्ष्वाकुवंशी महाराज सगर की भाँति मनुष्य मात्र को सुशासन प्रदान करने की भावना से अपने राज्य का विस्तार करें। जो राष्ट्र यज्ञ आपके प्रातःस्मरणीय पूर्वजों ने आरम्भ किया था, उसे पूर्णाहुति प्रदान करने के हेतु ही अपना तन, मन, धन, अर्पित करें।"

सुनकर सौम्य फिर तड़प उठे, बोले : "परम शैव, यह नारद जी नहीं बोल रहे हैं, वरन् वह कुअन्न बोल रहा है जो इन्होंने कल विन्ध्यशक्ति के अतिथि बनकर खाया था। सगर, दिलीप, भगीरथ, रामचन्द्र जैसे महापुरुषों को जन्म देनेवाले परम सनातन इक्ष्वाकु कुल का राज्य हड़पनेवाले उस ब्राह्मण कुलांगार के जघन्य पापों को ये न ढँकेंगे तो भला और कौन ढँकेगा।"

यज्ञदत्त घबराया, उसे भय हुआ कि विन्ध्यशक्ति अपने संबंध में इन अपमानजनक बातों की सूचना पाकर अपने क्रोधावेश में कहीं हम लोगों का सर्वनाश करने के लिए न उद्यत हो जाएँ। हाथ जोड़ कर सम्राट् से कहा : "परमशैव इस सभा को यह न भूलना चाहिए कि आर्य विन्ध्यशक्ति कैलासवासी भूतपूर्व सम्राट् के अत्यंत प्रिय पात्र रहे हैं। उनके विषय में अधिक तात्विक उधेड़बुन करना क्या उचित है ?"

विचारमग्न सम्राट ने उत्तर दिया : "विचार सिंधु का मन्थन इसी प्रकार होने दो यज्ञदत्त। अमृत और कालकूट दोनों ही को हमारे सामने आने दो। हे मुनिवर नारद, आप तथा महाधर्माधिकारी सौम्य मुनि ने अभी जिन महाराज सगर का उल्लेख किया था, उनकी कथा हमें सुनाइए। उन्होंने किन-किन देशों को विजय किया? किन असुरों का नाश किया ? तथा किस धर्म को प्रतिष्ठा दी, यह सब विस्तार से हमें बताइए।"

"नारद बोले : "हे राजन्, मैं अभी जम्बूद्वीप के अनेक प्राचीन देशों का भ्रमण करके आया हूँ। बावेरु देश के एक सूर्यमन्दिर में कीलाक्षरों से अंकित वे प्राचीन ईंटें अभी तक सुरक्षित रक्खी हैं जिन पर महात्मा सगर ने अपने उपदेश प्रचारित किए थे। हे सम्राट, राजों के लिए सम्राट् सगर का यह उपदेश था कि उन्हें वेदाध्ययन तथा अपने पुरोहितों को धनमान से संतुष्ट तो करना ही चाहिए, किन्तु उसका मूलधर्म पृथ्वी का संरक्षण करना ही है। हे राजन् धर्मात्मा सगर ने थोड़ी-सी धरती जीतकर ही अश्वमेध नहीं किया था। उनका साम्राज्य हजारों-लाखों योजन भूमि तक तथा तीन समुद्रों पर फैला था।"

पुण्डरीकाक्ष हँस पड़े, बोले : "धन्य है महात्मन्, अपनी हँसोड़ प्रवृत्ति की आड़ में क्या लम्बी-चौड़ी डींग हाँक दी आपने। जिस देश के राजों ने सदा शान्ति, सहअस्तित्व और मैत्री भाव को प्रश्रय दिया, केवल धर्मविजय ही की, उन धर्मात्मा पुरुषों की गौरव गाथा को भी आप अपने रंग में ले डूबे। धन्य है, धन्य हैं महात्मन् !"

सभा के अधिकांश जन इस समय पं० पुण्डरीकाक्ष के साथ भी थे और महामति

नारदजी के साथ भी। वे युद्ध नहीं, शान्ति का वातावरण चाहते थे। जीवहत्या पाप है, धर्म-कर्म श्रेष्ठ हैं; पर नारद जी की बातों में भी उन्हें सार दिखलाई पड़ रहा था। कर्मकाण्डियों की धन-लोलुपता तथा उनकी और साधुओं की तानाशाही से सभी मन ही मन में कहीं पर त्रस्त भी थे। संस्कारों की दोहरी फाँस से खिंचते हुए जनमानस पर उन्होंने अपनी मस्त मुस्कान की मोहिनी डालकर सम्राट् से कहा : "हे परमशैव, आपकी परख बुद्धि सचमुच अतिश्रेष्ठ है। बालपन में जो सौभाग्य से आपके अंक्षर-गुरु का पद पा गये थे, उन्हें अब आपने लाखों में छाँटकर राजसभा का विदूषक बनाकर उचित पद दे दिया।"

अधिकांश जन मन ही मन में हरख उठे। पुण्डरीकाक्ष, सौम्य आदि तप उठे। यज्ञदत्त कट गए और स्वयं सम्राट् खिलखिलाकर हँस पड़े। इस हँसी से सौम्यों, पुण्डरीकाक्षों का क्रोध कगार के मन्दिर-सा औचक में ढह गया।

नारद तुरन्त अपने आसन से खड़े हो गए और हाथ उठाकर बोले : "पुनीत और प्रतापी क्षत्रिय सम्राटों के यशस्वी कुल के सूर्य, परम न्यायी, सद्चेता, परम शैव सम्राट् के समक्ष यह नारद केवल विनोद के लिए नहीं आया। मेरे रोम-रोम में रमे नारायण वासुदेव आपके अन्तर्शिव को अपना प्रणाम निवेदन कराने के लिए मुझे यहाँ लाए हैं। यह नारद उन हरिहर की साक्षी में भारशिव साम्राज्य संघ के परमविज्ञ विधाता से कुछ स्पष्ट और उपयोगी बातें कहने की अनुमति चाहता है।"

"आप निस्संकोच कहें। आपके समान विज्ञ और निस्पृह संन्यासी को स्पष्ट वचन कहना ही शोभा देता है।" सम्राट् अपने आसपास बैठे सभी चेहरों से उनकी नित्य की बातों से, अपनी आत्मा पर पड़े, उनके धार्मिक व्यक्तित्वों के बोझ से, अपने मन में कहीं ऊब भी रहे थे। अपनी मानसिक निष्क्रियता से उपजी धार्मिकता को वह अपने अन्दर दोषवत् पहचानते तो थे, परन्तु वह दोष चूँकि आसपास के पण्डितों साधुओं की दृष्टि में परम गुण था, इसलिए वह स्वयं को बहलाए रखते थे। यह नारद इन सबसे निराला है। कहाँ इसकी निर्भीकता और कहाँ इनकी ठकुरसोहाती चाटुकारिता! कल शाम नागषेण के विद्रोह के बाद सम्राट् का मन अपने गूँगेपन में उमड़-घुमड़ रहा था। उन्हें लहर आई कि इस व्यक्ति की बातें सुनी जाएँ। सम्राट के इस अचानक व्यवहार से महामात्य, महाधर्माधिकारी आदि सभी स्तब्ध हो गए थे।

नारद फिर से अपने आसन पर बैठ गए और संयत स्वर में कहना आरंभ किया : "हे सम्राट्, स्वदेश लौटने के बाद पिछले एक वर्ष में मथुरा आदि जगहों में घूमते हुए मैंने जो कुछ सुना और यहाँ आने पर कल से आज तक जो कुछ देखा-सुना, उसके आधार पर कह सकता हूँ कि इस समय आपका महाराज्य संघ बाहरी और भीतरी आपत्तियों की आशंकाओं से घिरा हुआ है। आपके प्रतापी पूर्वजों की भुजबल शक्ति से कुषाण साम्राज्य मृतप्राय बन चुका है, इसमें तनिक भी संदेह नहीं, पर वह अभी मरा नहीं। पारस के शश-सम्राटों की शक्ति-संजीवनी के बूते पर वह अब भी आप पर आक्रमण कर सकता है। कश्मीर के किदार कुषाण प्रबल हो रहे हैं। बाह्य आपत्तियों में यह मुख्यतम है और आन्तरिक आपत्तियों में जो प्रमुखतम है, वह भी हमारे सामने आ चुकी है। कोई भी राज्य, चाहे वह कितना भी धर्मशील क्यों न हो, शौर्य एवं सैन्यबल का महत्व उस प्रकार कदापि नहीं घटा सकता जिस

प्रकार आपने घटाया है। बुरा न मानें राजन्, यह आपको कुमंत्रणा दी गई, और इसके परिणाम अत्यन्त घातक भी सिद्ध हो सकते हैं।"

यज्ञदत्त मूर्तिवत् बैठे थे। सम्राट् अपनी निष्क्रियता से उपजी चिढ़ को भी अपने आश्रित धर्मगुरुओं के ऊपर ही डाल रहे थे। सत्य उनके सम्मुख अब स्पष्ट था, वे उससे भयभीत भी थे। विन्ध्यशक्ति को बुलाना चाहिए, नागषेण को लौटा लाना चाहिए।. . नारद की बातों की प्रतिक्रिया सम्राट् के मन पर उभर रही थी। तभी महाधर्माधिकारी सौम्य अपना क्रोध न दबा पाने के कारण बोल उठे : "धर्म—"

सम्राट् ने हाथ उठाकर उन्हें रोक दिया : "महाधर्माधिकारी, महामति नारदजी से हम इस समय धर्म ही की जानकारी प्राप्त कर रहे हैं। हमारी शांति और हमारा ध्यान भंग न किया जाए।"

सौम्यों, पुण्डरीकाक्षों के चेहरे लटक गये। अनेकानेक वर्षों से चिकना-चिकनाकर उठाये गये उनके गौरव सुमेरु को एक वैष्णव संन्यासी ढाए चला जा रहा था, और वे असहाय थे।

●

२५

●

●

भार्गव का अश्वरथ सूर्योदय के साथ ही साथ मथुरा में प्रविष्ट हुआ। सारथी को मार्ग दिखलाते हुए वे केशवदेव के कटरे में पहुँच गये। वह समय मंगला के दर्शनों का था। मन्दिर घण्टे-घड़ियालों से गूँज रहा था। भीड़ भी इस समय मन्दिर में ही सिमटी हुई थी। एक माली से महन्तजी के निवासस्थान का पता पूछा। माली का लड़का महात्माजी को महन्तजी के घर, जो मन्दिर के परकोटे के भीतर ही था, छोड़ आया। द्वार खोलने आयी इज्या। भार्गव उसका उदास चिन्ताग्रस्त चेहरा और दुर्बल काया देखकर धक् से रह गये। इज्या ने देखा, पलकों का मुँदना रुक गया, मुख से गहरी उच्छ्वास निकल पड़ी।

सोमाहुति ने घर में प्रवेश किया। इज्या ने द्वार की अर्गला चढ़ाई।

"तुम यहाँ और आर्या ?"

इज्या की आँखें भर छलछला उठीं। आवेश में भार्गव से लिपट कर उनके कलेजे में अपना सिर टिकाकर वह फूट-फूटकर रो पड़ी।

बड़ी अभिलाषा भरे स्पर्श का सुख और बड़े प्रश्न भरे अनजाने दुःख का आभास एक साथ हुआ। सोमाहुति का मन इस मिश्रित अनुभव की चकाचौंध से भर गया। इज्या को अपने मन पर वश पाने में कुछ समय लगा। क्रमशः सोमाहुति ने सारा वृत्तान्त सुना। वे पत्थर की मूर्ति-से सुनते रहे; कहा : "महात्मा अग्निवर्ण की वीर माता को ऐसा ही मरण शोभा देता है।" आँखों पर उँगली फेरकर दो आँसू झटकार दिये, फिर कहा : "तुम इस घर में

अकेली हो ?"

"इस समय। महन्तजी की भार्या मंगला के दर्शन करने गयी हैं।"

"सौति कहाँ ठहराए गए हैं ?"

"अतिथिशाला में।"

"मैं उनसे मिलने जाऊँगा।"

"नहीं, आप बाहर नहीं जा सकते। भृगुवत्स मथुरा का दूसरा कंस है। बाबा के आने पर उनसे मिलने की व्यवस्था हो जायेगी।"

"आर्या का श्राद्ध करना है। . . .और फिर तुम्हारा पाणिग्रहण।"

इज्या सकुच गई, धीमे स्वर में कहा : "अभी जल्दी ही क्या है ?"

"अइया के रहते बात और थी, अब उसके बिना तुम्हें संग रखना असंभव है। हमें यथासंभव शीघ्र ही यहाँ से नैमिषारण्य के लिए चल देना होगा।" कुछ रुककर उन्होंने फिर कहा : "जब तक तुम चाहोगी मैं तुम्हारे साथ गृहस्थी की लीला रचाकर भी उसी तरह निःसंग रहूँगा जैसे गोपियों के साथ रासक्रीड़ा मग्न होकर भी वासुदेव निःसंग हैं।"

इज्या ने सुनकर कुछ न कहा।

महन्तजी और उनकी पत्नी भार्गव सोमाहुति से मिलकर अत्यन्त प्रसन्न हुए। सौति से भेंट होने पर विस्तार से सारी बातें सुनीं। सौति और महन्तजी, दोनों ने ही भार्गव को घर से न निकलने की सलाह दी। नारद के आने पर ही आगे की योजना का पता चलेगा। जगतसेठ कौरोष को भार्गव के मथुरा पहुँचने की सूचना महन्तजी भिजवा देंगे। जगतसेठ वसुदत्त से मिलकर कोई लाभ नहीं होगा। वे मथुरा के अभिनव कंस, भृगुवत्स से सीधी टक्कर नहीं लेना चाहते।

भार्गव को सन्देसा भिजवाया कि "कौरोष सेठ को सौतिजी और इज्या देवी के यहाँ होने की बात मालूम थी ही, अब आपके आने की सूचना भी उसे मिल चुकी है। मन्दिर के भीतर-बाहर उसके आदमी आपकी हत्या करने की घात में डोल रहे हैं। कृपया नारदजी के लौटकर आने तक गुप्तवास करें। आपसे मिलने की इच्छा होते हुए भी मैं कुछ दिनों तक आपके दर्शन न कर पाऊँगा। इसके लिए क्षमा प्रदान करें।"

भार्गव को अपनी विवशता पर चिढ़ होने लगी। अपनी माता के निमित्त श्राद्ध कर्मादि उन्हें घर की छत पर करने पड़े। दिन भर पत्थर की चार दीवारों के अन्दर बैठे रहना सोमाहुति के लिए अत्यन्त कठिन था। पिछले डेढ़ महीने उनके जीवन में अद्‌भुत स्फूर्तिशाली बीते थे। उन्हें सुयोग पर सुयोग मिलते गये। अपने भावी कार्यक्रम का वह एक सुनहरा स्वप्न सँजोकर आये थे। दुष्ट भृगुवत्स ने उसे भयंकर आघात पहुँचाया है। रह-रहकर उसके प्रति कटुता, घृणा और क्रोध की ऊँची-ऊँची लहरें घुटन के अथाह समुद्र में उठती हैं और चेतना के तट पर आकर निकम्मी बिछ जाती हैं। वह जानते हैं कि उनका जीवन स्वयं उनका नहीं, वरन् पिता के उद्देश्य के प्रति समर्पित है। जब तक वे महाभारत संहिता फिर से लिखा नहीं लेते तब तक उन्हें अपने जीवन की रक्षा करनी ही होगी।

निष्क्रियता उन्हें ऐसी लगती थी, मानो उनके रोम-रोम में सुइयाँ चुभो दी गई हों। एक दिन भोजन के समय सोमाहुति का चेहरा बहुत म्लान और अशांत देखकर इज्या को बहुत दुःख हुआ। महन्तजी और उनकी पत्नी के सामने इज्या भार्गव से शिष्टाचारवश लाज करती

थी। बुढ़िया स्वयं सामने बैठकर अपने माने हुए जमाई को जेंवाती थी; इज्या सदा आड़ में खड़ी रहती थी। बुढ़िया माई भोर और रात की दो आरतियों के समय दर्शन करने जाती थीं। प्रातःकाल भार्गव यज्ञादि ब्रह्मकर्मों में व्यस्त रहते थे और रात में वह संकोचवश उनके पास न जाती थी। अइया के सामने किसी भी समय सोमाहुति के पास जाते हुए इज्या को संकोच नहीं होता था, पर यहाँ एक तो परायों के बीच में थी, दूसरे भार्गव के आने पर वह जैसे टूटकर उनसे लिपटी थी, उसकी लाज अब उसे बहुत लगती है। 'उन्होंने' विवाह की बात भी खोलकर रख दी है, उसके बिना साथ रहना संभव न होगा। इज्या के लिए अब अलग रहना संभव ही नहीं। इज्या के मन में अब कोई ऊहापोह नहीं रह गया। 'वे' कदाचित् समझते होंगे कि मैं जान-बूझकर उनसे कतराती हूँ, इसी से वे इतने अधिक दुःखी हैं? इज्या के मन में दिन भर बड़ा पश्चात्ताप रहा। दिया-बाती होते ही मैया मन्दिर चली गईं। एकांत हुआ। सोमाहुति छत पर मुँडेर का टेका लगाए बैठे थे। नीचे मन्दिर और आसपास के क्षेत्र में बहुत से दिये टिमटिमा रहे थे और ऊपर आकाश में तारे। चंद्रमा नहीं निकला था। इज्या हाथ में लावनदीवा लटकाए हुए अगासी पर चढ़ी। सीढ़ियाँ चढ़ते हुए प्रकाश ने सोमाहुति का ध्यान आकर्षित किया। दिये के उजाले में इज्या का मुखचंद्र देखकर उनके अंधेरे मन में चाँदनी छिटक गई।

"तुम?"

"अचरज क्यों?"

"अपनी इच्छा के तात्कालिक प्रतिफलन से। बड़ी देर से देवव्रत के प्रति खिजलाते-खिजलाते सहसा ऊबकर अभी-अभी तुम्हारा ही ध्यान आया था कि तुम साक्षात् आ गईं।"

मन ही मन इज्या को अच्छा लगा, पूछा : "हमारे देवरजी पर आप खिजलाए क्यों और मुझे याद क्यों किया?"

"मेरे शत्रु को दण्डित करने के लिए वह मेरे मित्र के शत्रुओं से मिलने गया है। चार दिन ठहर जाता तो मेरा समय यों निरर्थक तो न बीतता। बड़ा उतावला है तुम्हारा देवर।... पर, एक बात पूछूँ, वर बिना द्विवर कैसा?" इज्या पहली ललक में लजाई, फिर प्रतिक्रिया में मुखर हुई, कहा : "हमारे मन अब कुँआरे नहीं रहे, और नाते तो मन ही से बँधते हैं न!"

"फिर हमारे तन ही कुँआरे क्यों रहें? परिणीता होतीं तो इतने पास रहकर भी क्या तुम मुझसे यों दूर रहतीं? कहकर भार्गव ने इज्या का हाथ पकड़कर अपनी ओर खींचा।

इज्या के भीतर एक बार लाज की फुरफुरी तो उठी, पर विवश खिंचती चली गई। सोमाहुति ने उसे अपनी बाँहों से बाँध लिया। निःशब्द आलिंगन में विद्युत गति से अनन्त अर्थसंचार हो रहा था, वह अर्थानंद बोधगम्य था और अबोध भी। सिर पर सिर टिकाए हुए भार्गव ने कहा : "कौन कहता है कि यह संसार मिथ्या है, दुःखमय है, कुरूप है। इस प्रलय काल में तुम मुझे मनु की नौका के समान मिली हो प्रिये! मैं अभागा तुम्हें पाकर कितना सौभाग्यशाली हूँ।"

छिटककर अलग होते हुए इज्या बोली : "ना ना, यह न कहें। मैं जनम की अभागी, अपना सुख गँवाकर आयी और आपके महान् पुरखों द्वारा संचित विपुल ऐश्वर्य भी—"

"कुछ भी नष्ट नहीं हुआ प्रिये, दैवकोप से ग्रस्त होकर भी तुम्हारे ही सद्भाववश भार्गवों की ज्ञान-सम्पदा बच गई। यदि तुम मुझे नैमिषारण्य न भेजती तो संभवतः लिखित

ग्रंथ के साथ ही महाभारत का यह सदेह संस्करण भी आज नष्ट हो चुका होता।"

"न-हीं।" इज्या ने भार्गव की बाँह को हाथ से दबाकर बड़ी बेकली से कहा।

"आः! तुम्हारे प्रेम की यह उष्णता कितनी शीतल है प्रिये—किन्तु चिरतृषित कण्ठ में पानी की एक बूँद जैसी है।.. नहीं नहीं, अपना यह स्पर्श अब मुझसे दूर न करो।"

"दूर कहाँ जाऊँगी अब" स्वर में सुखद विवशता बोल उठी, फिर संयत होते हुए कहा : "विवाह की तिथि शोधकर निश्चित कर लीजिए। पाँच-सात दिनों ही की बात है, देवरजी—"

"नहीं इज्या, संयम की डोर भी वहीं तक खींचनी चाहिए जहाँ तक वह टूट न सके। चालीस वर्षों का ब्रह्मचर्य व्रतधारी मन तुम्हारे स्पर्शों से अब विगलित हो चुका है। चिंताकुल दरिद्रता में कामाग्नि यों भी प्रज्ज्वलित होती है।.. तुम्हें अपने मन की सही स्थिति बतलाऊँ, परसों इस महाघुटन में अनायास कई वर्षों पहले रेणुका के समीपवर्ती वन में देखे एक सर्पमिथुन का स्मरण हो आया। धरती पर रेंगनेवाले क्रीड़ों का जोड़ा काम की उद्दाम शक्ति से रस्सी-सा गुँथकर रस के विजयस्तंभ-सा खड़ा हो जाता है। मैंने तब पहली बार अपने अन्दर अनबूझे काम को बूझा था। उस बिम्ब से मन हटाकर उसे स्ववश करने में तब मुझे मास डेढ़ मास तक कठिन तप करना पड़ा था। रह-रहकर लज्जा और आत्मग्लानि का बोध होता था, किन्तु आज उसके ध्यान से उत्पन्न उद्विग्नता अथवा तुम्हारे इस स्पर्श से उत्पन्न विरह दाह से मेरे मन की पवित्रता तनिक भी हतप्रभ नहीं हो सकी। लगता है; अपनी जगह मेरे भी कामजीवन का सदाग्रह है।"

"मैं उसे नहीं जानती आर्य! अपने वन में सर्पों और अनेक पशु-पक्षियों को मिथुनरत देखकर मेरे मन में एक गूँगा प्रश्न उठता था, परन्तु नर का नारी पर क्रूर आरोपण और नारी का विवश समर्पण मुझे कभी रुचिकर नहीं लगा। एक बार छुटपन में पिता के साथ वन में जाते हुए एक श्वान मिथुन को देखकर मैंने ढेला मारा। पिताजी ने मुझे झिड़का तो मैंने उन्हें अपने मन की प्रतिक्रिया बतला दी। वे बोले, न तो यह क्रूर आरोपण है और न विवश समर्पण। यह सृष्टि का रचना विधान है। इसे समय आने पर समझोगी।"

"तो क्या उसे अब समझने लगी हो?"

"रेणुका में आपके आग्रह और तृषित नेत्रों की चमक मेरे मन में धुन्ध भरे बवण्डर उठाती रही। अइया के समझाने और गोप वधुओं की छेड़छाड़ से, तथा आपको देखकर मन में उठनेवाली विवश गुदगुदी अपनी पूर्वाग्रहयुक्त आत्मग्लानि से क्रमशः मुक्त होकर अपना नव अर्थाभास कराने तो लगी थी, परन्तु आज से पहले उस समझ का कायिक बोध नहीं हुआ था।" अन्तिम वाक्य बोलती हुई इज्या के स्वर में भार्गव को पहली बार मदमाता पन झलका। हँसकर बोले : "अनुभवशून्यता की जो स्थिति आज तक तुम्हारा कवच बनी रही, वह स्थिति आज से चार-पाँच वर्ष पहले तक मुझे भी प्राप्त थी। नागमिथुन से उपजे संस्कार का फन कुचलने में मुझे बहुत कठिनाई नहीं हुई थी, किन्तु एक दूसरे मांसल अनुभव ने तो मुझे कुछ महीनों तक विक्षिप्त ही बना डाला था। अनेक कठिन व्रत-उपवास साधकर भी उस अनुभव के प्रभाव को पूरी तरह से न दबा सका था। सौभाग्यवश वासुदेव ने तुम्हें मेरा नैतिक मानदण्ड बनाकर भेज दिया। तुम मेरा रक्षा कवच बन गईं।"

"आपने इस सम्बन्ध में मुझसे कभी चर्चा नहीं की।"

"आज से पहले इस प्रसंग पर इतने मुक्तभाव से हमने बातें ही कब की थीं? तीन-चार वर्ष पूर्व एक बार मायावती के निकट गंगातट के एक उपवन में एक ग्रन्थ की प्रतिलिपि कराते हुए मुझे लगभग ढाई महीने रहना पड़ा था। वहीं पास ही मुझे एक गंगा अप्सरा मिल गई। वह मुझ पर रीझ गई। उस ऋतुस्नाता ने कामेच्छा से मेरा वरण करना चाहा। मेरे मन में धर्म की अटक थी। मैं परस्त्री का भोग नहीं करना चाहता था वह बोली : हम गंगा पुत्रियाँ हैं, अप्सरा कुल की हैं, अप्सराणाम् पतिर्नास्ति। हमारे विवाह अस्थायी अनुबन्धन के होते हैं। मैंने इसका आशय जानना चाहा तो बोली कि अप्सरा उर्वशी ने उरुर के मित्र, पश्चिम के वरुण और ऐलवर्त के पुरूरवस का अस्थायी वरण किया था। हमारे कुल की एक पुरखिन ने महाराज शांतनु से अनुबन्धित विवाह किया था हम गंगाएँ नदी के समान ही चिर प्रवाहमान हैं, इच्छामत पुरुषों से बँधकर भी हम मुक्त हैं। अतः निर्मल मन से मुझे वरो। कहते हुए उसने मुझे आलिंगन बद्धकर मुझे मतवाला बना दिया। मैं उस दिन डूबते-डूबते बचा था। उसे मनुहारते, गालियाँ बकते, शाप देते छोड़कर मैं हठपूर्वक भाग आया। मेरी वही हठ शक्ति फिर से तुम्हारे रूप में हठीली बनकर मेरा मोहपाश बन गई।"

"मैं क्या आपके लिए मोहपाश हूँ, कर्मनाशा हूँ?"

"नहीं प्रिये, और यदि हो भी तो ऐसा मोह हो, जो मुझे कर्म के लिए प्रेरित करता है। तुम्हारे शरीर को पाने, तुमसे सन्तान पाने की लालसा ही तो प्रतिज्ञापूर्ति के लिए मेरी प्रेरणा बनी थी।"

"एक निवेदन करूँ। अप्रसन्न तो न होंगे?" इज्या ने संयत स्वर मे आँखें झुकाकर कहा।

नन्हें दिये के टिमटिमाते प्रकाश में गहरे मुग्धभाव से अपनी प्रिया को देखते हुए वे बोले : "कहो, कहो।"

इज्या की आँखें वैसे ही झुकी रहीं, उँगली के नख से भूमि को कुरेदते हुए बोली : "जन्मान्ध व्यक्ति को देख पाने की लालसा तो होती है, परंतु दृष्टिसुख का अनुभव न होने तक उसे उसका सही अनुमान नहीं होता। इसके विपरीत दृष्टि सुख भोगनेवाला प्राणी यदि अन्धा हो जाय तो कुछ देखने का प्रलोभन मात्र ही उसके धैर्य को स्खलित करने के लिए यथेष्ट होता है। आप मुझे जो बनाना चाहते हैं, वह जब बनाएँ तभी वैसा प्रलोभन दें, यही प्रार्थना है।"

भार्गव सोमाहुति सीधे होकर बैठ गये, गंभीर स्वर में कहा : "मेरी अन्तश्चेतना, यह सोमाहुति तुम्हारे प्रति श्रद्धाविनत है। शब्द की शक्ति अपने उपयुक्त क्षण के साथ ही प्रस्फुटित होती है। आगे-पीछे उसका प्रयोग करना व्यर्थ है और हानिकारक भी। अब विलंब करना हम दोनों के मानसिक स्वास्थ्य के लिए भी हानिकारक है। हमारा विवाह गंगा दशहरे के दिन होगा।"

सुनते ही इज्या का कण्ठ भर आया, रुँधे स्वर में बोली : "अइया ने यही तिथि निश्चित की थी।"

अइया की बात उठते ही भार्गव का मन भी भारी हो गया।

तब मंदिर में शयन-आरती के वाद्य बज रहे थे।

२६

●

●

मुँहअँधेरे बड़े तड़के ही केशवदेव के कटरे में मंदिर की गली के सामने एक पर्देदार रथ आकर रुका। गली के मोहाने पर स्थित माली की दुकान अभी खुल ही रही थी कि सारथी ने पूछा : "अरे भैया, महतमा जी कौनी कइती रहत हैं हियाँ ?"

"कौन महातमा ?"

"पूछत हैं कौन महतमा ?" सारथी ने पर्दे की ओर मुँह करके पूछा। अन्दर से एक पुरुष की आवाज आई : "भार्गव ऋषि। यहाँ के महात्माजी के यहाँ ठहरे हैं।" सारथी ने माली के आगे बात दोहरा दी।

"होंगे भाई, हमें नहीं मालूम।"

"मालूम कैसे नहीं।" कहते हुए भारतजी पर्दा उठाकर स्वयं ही माली से बातें करने लगे : "सवेरे-सवेरे ब्राह्मण से झूठ बोलते हो ?"

"अरे नईं देवता, कोईं ऋषि-मुनी के आने की खबर हमें नहीं है। एक बसरे वाले जगतसेठ के गुरु महाराज इस धरमसाले में अलबत्ता ठैरे हैं। बाकी और साधू महातमा तो यहाँ बहुत से आते-जाते और रहते हैं। आप धरमसाले के मुखिया जी से पूछ लें।"

धर्मशाला के द्वार पर दो विदेशी सैनिक बैठे थे। उनकी घुँघराली बनाई गई दाढ़ियाँ और शिरस्त्राण से ढँके समीर के झोंकों में लहराते लम्बे-लम्बे घुँघराले बाल और चेहरा-मोहरा देखकर भारत एकाएक पारसी भाषा में बोलने लगे, पूछा : "कहाँ के निवासी हो ?"

"असिरिया।"

भारत ठेठ आसुरी भाषा में बोलने लगे : "मैं दो वर्षों तक हर्रान में रहा हूँ। तुम लोग यहाँ कब से रहते हो ?"

स्वदेशी बोली में बात करने वाले व्यक्ति के प्रति दोनों ही सैनिक आत्मीयता अनुभव करने लगे, एक ने उत्तर दिया : "हम तो अभी कुछ ही दिन हुए, अपने मालिक के साथ यहाँ आए हैं।"

"यहाँ ठहरे हैं तुम्हारे स्वामी ?"

"नहीं, यहाँ सन्त बुरबुज़ समेरी ठहरे हैं। हमारे मालिक के साथ बसरे से आए हैं।"

"महर्षि भार्गव भी आए हैं, वह महात्माजी या महन्तजी के यहाँ ठहरे हैं। उनका ठिकाना बता सकते हो।"

"महन् महन ! हाँ हाँ, बड़े बुड्ढे-बुड्ढे से हैं, हमारे सन्तजी से रोज मिलने आते हैं, उनके यहाँ जाना है ?"

"हाँ ! वहाँ मेरे गुरु भार्गवजी आकर ठहरे हैं।"

"यह तो हम नहीं जानते, पर महनजी इस मंदिर के भीतर रहते हैं।"

भारतजी सुनकर एकाएक चिंतित हो उठे, बोले : "यह तो बड़ी समस्या हुई। अब मैं अपनी पत्नी को अकेली छोड़कर कैसे जाऊँ? कहीं गाड़ीवाला लेकर भाग जाय तो ? . . . इससे अच्छा है कि मैं ही उसे भगा ले जाऊँ।"

सैनिक यह सुनकर हँस पड़े, एक ने कहा : "जब भगाना ही है तो किसी और की बीबी को भगाइए। अपनी को भगाने में—"

"अरे, तुम रथ से उतर क्यों आईं प्रज्ञा ?"

"घर का पता लगा ?"

"हाँ, मन्दिर में हैं।"

"तो चलिए।"

"मतइया सामान लेके भाग जाय तो ?"

"आप इन बातों की चिन्ता न करें। आइए।"

"पर मतइया भाग जाएगा।"

"भागकर जाएगा कहाँ लखनऊ ही तो।"

"वह और कहीं भी भाग सकता है, अरब, मुद्र, यवद्वीप, कटाह द्वीप, अत्रिपत्तन, तन्द्रा शिविर, काम्बोज, गांधार कहीं भी—"

प्रज्ञा आग्रह अनुनय भरे स्वर में बोली : "अपने गन्तव्य पर पहुँचकर विश्राम के क्षणों में इस पर अच्छा विचार कर सकेंगे आप। अभी तो आप अपनी मंत्र शक्ति से उसे बाँध भर दें।"

भारत राजी हो गये। मंदिर के तीसरे आँगन में फिर विदेशी सैनिक दिखलाई दिये। भरत ने चलते-चलते उन्हें भी उनकी भाषा में सम्बोधित करके आकर्षित किया। इस आँगन के तीन ओर कोठे-कोठरियों और दालानों में मंदिर की वस्तुओं का भण्डार भरा था और चौथी ओर महन्तजी का निवास था। प्रज्ञा के कहने पर भारत ने कड़ा खटखटाया।

अखण्ड सौभाग्यवती इज्या भार्गवी घर में अकेली थी। पति मंदिर की फुलवारी में अपने नियमित यज्ञादि ब्रह्मकर्म सम्पादित करने गये थे। इज्या के धर्ममाता-पिता मन्दिर चले गये थे। मंगला की बेला थी। पति के लिए सभी आवश्यक सामग्री सँजो देने के बाद, महन्त और उनकी पत्नी के जाने के बाद इज्या अपनी ध्यान-पूजा से निपटकर उठी ही थी कि द्वार पर खटखट सुनी। कड़ा खटकने की आवाज़ सुनकर इज्या को लगा कि नारदजी आ गये। दौड़ी हुई आई। द्वार का बेंड़ा हटाने से पहले पूछा : "कौन ?"

"अतिथि।" भारत ने कहा।

"कहाँ से पधारे हैं ?"

"अयोध्या से ?"

"किसके अतिथि हैं ?" इज्या के इस प्रश्न पर भारत का चेहरा तमतमाने लगा। यह देखकर प्रज्ञा चट से बोल पड़ी, कहा : "महर्षि भार्गव ने मेरे प्राण बचाए थे। मेरे पतिदेव गुरुभाव से उनकी वन्दना करते हैं। हम दोनों उन्हीं के दर्शनार्थ आये हैं।"

द्वार खुल गये। प्रज्ञा और इज्या ने एक दूसरे को बड़े आकर्षण से देखा। प्यार से हाथ पकड़कर उसे घर के भीतर लाते हुए इज्या ने कहा : "मैं भार्गवी हूँ। आप सरयू मैया के यहाँ से आयी हैं, प्रज्ञा देवी हैं?"

"आपने कैसे जाना?"

"आर्यपुत्र से आप सबके सम्बन्ध में सुन चुकी हूँ। मुझे अपनी बहन समझें।"

"यह नहीं हो सकता अम्ब। मेरी गुरुपत्नी इसकी सास ही हो सकती हैं, बहन कदापि नहीं।"

शिष्टाचारवश इज्या अपनी मुस्कुराहट दबा गई। प्रज्ञा ने पति को शान्त करने के लिए कहा : "आपके आदेश का पालन होगा। कृपा करके मतई को यहाँ बुलाकर ले आएँ।"

प्रज्ञा को घर में लेकर इज्या द्वार बन्द करने लगी, उसने देखा कि आँगन के उस पार पहुँचकर भारतजी विदेशी सिपाहियों से खड़े-खड़े बतिया रहे थे।

सोमाहुति ने घर आने पर मैया और इज्या के अतिरिक्त प्रज्ञा को देखा तो चौंक पड़े। प्रज्ञा ने घुटने टेककर उन्हें सविधि प्रणाम किया। आशीर्वचन कहकर भार्गव ने पूछा : "भारतजी कहा हैं?"

इज्या बोली : "वे तो कलेवा करके ही निकल गये थे।"

"बड़ी चूक हुई तुमसे। मथुरा उनके लिए अपरिचित नगर है।"

"वे कहीं दूर नहीं गये होंगे। धर्मशाला में या यहीं कहीं आसपास विदेशी सैनिकों से बतिया रहे होंगे। कह रहे थे, वे अनेक भाषाएँ जानते हैं। वैसे मथुरा भी उनके लिए नयी नगरी नहीं है, दस वर्ष पहले आये थे।" इज्या ने बतलाया।

सुनकर भार्गव ने एक निःश्वास छोड़ी, फिर उदासी में मुस्कराकर कहा : "मथुरा में मेरा गुप्तवास अब गुप्त नहीं रहा।"

सोमाहुति की शंका मिथ्या नहीं थी। भारत ने बातों के प्रसंग में बावेरु के सन्त से बतला दिया। उन्होंने मिलने की उत्सुकता प्रकट की। भारत उन्हें मिलाने का आश्वासन दे आये।

घर आने पर भार्गव से भेंट हुई। उन्होंने पूछा : "अनायास मथुरा कैसे चले आए भारतजी?"

"अनायास कुछ भी नहीं होता गुरुजी, जब तक हम किसी घटना के पीछे की घटनाओं से अपरिचित रहते हैं, तभी तक हमें उसकी अनायासता का आभास होता है।"

"साधु! शुभागमन की पृष्ठभूमि में कौन-कौन से कारण हैं?"

"एक कारण यह था कि मैं सरयू मैया के अनुशासन में अधिक दिनों तक नहीं रह सकता था।"

"क्यों?"

"वे मुझे शिशुवत् बाँधकर रखना चाहती थीं। भारत शिशु नहीं है। बर्बर शत्रुओं के प्रहारों से उसकी संज्ञा बिखर भर गई है, बस।"

"अयोध्या में नहीं रहना चाहते थे तो लखनऊ चले जाते?"

"हम लखनऊ से ही आ रहे हैं। मैंने पिताजी से कहा कि दैव ने भारत को इस

समय महन्त पद के योग्य नहीं रखा। उसे श्री गुरुचरण शरण में जाके ही नवगति मिलेगी। उन्होंने कहा, वहीं जाओ बस चला आया।"

"और मेरा यह ठिकाना आपने कैसे जाना?"

"नैमिष से अयोध्या पहुँचनेवाले हरकारे से पहली भेंट तो मेरी ही हुई थी। यहाँ आकर मैं बड़ा प्रसन्न हूँ आचार्य! सन्त बुरबुज़ तक आपकी महिमा सुन चुके हैं। कहने लगे हिंगुलाज में उन्हें एक तपस्विनी मिली थी, उसने कहा था कि फृगी ऋषि के पास समस्त आर्यावर्त के प्राचीन पुरुषों का इतिहास है। भरतखंड से बाहर रहनेवालों के उच्चारण विचित्र होते हैं गुरुजी! उनके फृगी कहने का बुरा न मानिएगा।"

सोमाहुति का मन बातों से दूर अपनी कुण्ठा के कोल्हू में पिरने लगा था। पिछले कई वर्षों से वे जड़ जीवन बिता रहे हैं। उनमें और भारत में अन्तर ही क्या है? दोनों ही शत्रुदलित, पीड़ित हैं।—और यही नहीं सर्वाधिक खलनेवाली बात यह है कि दोनों ही अपनी-अपनी परिस्थितियों के आगे विनत होने को विवश हैं। इस विवशता की कचोट भारत को सहानुभूति देते हुए उनके मन में बिच्छू के डंक-सी चुभ गई। हँसकर बोले : "अब मुझे भी आपकी तरह ही कुछ बुरा नहीं लगता भारतजी, अँधेरा-उजाला अभिन्न है। भला-बुरा केवल मन का छलावा ही होता है।"

"छलावा? नहीं गुरुजी, छलावा भी पुद्गल है। जब कर्म पुद्गुल है तो उससे उपजा छलावा क्यों नहीं?"

भार्गव हँसे, कहा : "जान पड़ता है, अयोध्या में क्षपणकों से आपकी बातें बहुत होती रही हैं।"

भारतजी शेखी में आ गए। सीना तानकर एक हाथ लम्बा फेंकते हुए कहा : "अरे गुरुजी, बातों में तो मुझसे सरजू मैया भी नहीं जीत सकीं। न जाने उस घड़ी का कैसा अंकुश बैठ गया मुझ पर कि बस आपको अपना गुरु मानते ही बना मुझे, नहीं तो—नहीं तो आप क्या, आपके बाप भी मुझे अपना चेला नहीं मूँड़ सकते थे। अरे, मैं भारत हूँ भारत, मुझसे बातों में भला कोई जीत सकता है!"

एक बार तो इन बातों से मन को झटका लगा, परन्तु फिर भारत की हेकड़ी देखकर भार्गव हँस पड़े, कहा : "भाई, मैंने तो आपको मूँड़ा नहीं। आपके सिर की जटाएँ भैरवनाथ की जटाओं सी अब भी लहरा रही हैं।"

भारत हँस पड़े, बोले : "अरे, इन पर न जाइए, मेरा मन स्वेच्छा से आपका शिष्य बना है।"

"पर कठिनाई यह है भारतजी कि मैंने भी अपने मत में आपको गुरुवत् स्थापित कर लिया है।"

"गुरुवत्, मैं? मैंने भला आपको क्या उपदेश दिया?"

"मेरा भयरूपी भूत आपको देखकर भाग गया। मेरे मन ने कहा कि हे सोमाहुति, अपनी परिस्थितियों के आगे भारतजी के समान नपुंसक विद्रोही होकर मत झुको। कर्म करो, साहस से आगे बढ़ो।" भारत की आड़ लेकर भार्गव स्वगत बोल रहे थे। सहसा उन्होंने पुकारा : "इज्या।"

इज्या आयी। भार्गव ने कहा : "शुभे, मैंने प्रकाश पा लिया। नारद और उनके परिचित वसुरा के सेठ से आदेश पाने की प्रतीक्षा में मेरा गुप्तवास करते रहना अनुचित है। मैं आज राजभोग के दर्शन करूँगा। फिर अपने वासुदेव को मन में और भारत जी को उजागर में अपने साथ लेकर जगत्सेठ वसुमित्र के यहाँ जाऊँगा, उनके द्वारा जगत् सेठ कौरोष से भी भेंट करूँगा—"

"यह सब नहीं चलेगा गुरुजी! आपने यदि मुझको अपना गुरु माना है तो पहले मेरे आदेश का पालन करना होगा। पहले आप संत बुरबुज़ से मिलने चलेंगे। वे बेचारे चिल्ला खींचे पड़े हैं। कैसे प्रेम से उन्होंने कहा कि फृगी ऋषि से मिला दो।"

भार्गव भारत के साथ मन में अपना सही नाता बैठाते हुए एक नए शब्द की उलझन में भी पड़े, पूछा : "चिल्ला क्या भाई?"

"चालीस दिन का उपवास। जल भी दो-दो दिन में पीते हैं। आजकल कोई भला मिल सकता है उनसे? वह तो कहिए कि मैं मिल ही आया। अज़ीमुश्शान हस्ती हैं।"

विदेशी शब्दों का प्रयोग करते देखकर भार्गव मुस्कराए, कहा : "देखिए, हमारी आपकी स्थिति बड़ी विचित्र है, क्योंकि आप मेरे गुरु हैं और मैं आपका। आपको भी मेरे आदेश का पालन करना पड़ेगा।"

"क्या आदेश है आपका?"

"मुझसे बिना पूछे आप किसी से बात नहीं करेंगे।"

"ब-ब बात नहीं करूँगा! अरे भारत कोरी बातें ही तो कर पाता है, गुरुजी उससे वो छूट जाएँगी तो फिर बेचारा करेगा क्या?"

"इस समय यह सोचना व्यर्थ है। आपको यह वचन मुझे देना ही होगा।"

भार्गव की हठमुद्रा ने भारत की त्योरियाँ भी चढ़ा दीं, बोले : "और अगर न दूँ तो?"

"तो हमारा आपका नाता टूट जाएगा।"

"परन्तु वह अब टूट नहीं सकता। आपने भारत की प्रज्ञा को असंख्य सर्पदंशों से बचाया है। भारत को भी आप ही बचाएँगे। आप ही मुझे अच्छे लगते हैं और कोई इतना अच्छा नहीं लगता। आज संत बुरुबुज़ भी मुझे बहुत अच्छे लगे, पर आप पहले ही मुझे अच्छे लग चुके इसलिए आपसे बँध गया हूँ।"

"अच्छी बात है, तो उठिए हम चलें। वासुदेव के दर्शन करके महात्मा बुरुबुज़ की सेवा में भी अपना प्रणाम निवेदन करने हम चलेंगे। अच्छा तो इज्या... तुम निश्चिन्त रहो। अरे, यह नगरी मेरे वासुदेव की है। उनके आगे अनन्त भृगुवत्स मिलकर भी मेरा कुछ नहीं बिगाड़ सकते।"

पति की दृढ़ता देखकर पत्नी ने अपने मन की सकपकाहट को अपनी मुस्कान से दबा दिया और कहा : "मेरा सौभाग्य अखण्ड है। राम रक्षक हैं। सिधारिए।"

द्वार से निकलते-निकलते भारत गंभीर होकर बोले : "गुरुजी, इज्या देवी से एक बात कहने की अनुमति चाहता हूँ।"

"कहिए।"

"इज्या देवी, मैंने आपको उस समय प्रज्ञा को बहन कहने से रोका था, परन्तु अब

समस्या यह आ गई है कि यह मेरे और मैं इनका गुरु हो गया हूँ। अब यह बड़ा अटपटा लगेगा कि प्रज्ञा आपको और आप प्रज्ञा को माताजी-माताजी कहें।"

"तब आपको भी मुझे गुरुजी कहने की बात छोड़नी पड़ेगी भारत जी। बाहर यदि हम एक दूसरे को गुरु-गुरु कहेंगे तो लोग हमें गुण्डा समझेंगे।"

"ऐसा क्यों?"

"भाई, मैं काशी में सुनके आ रहा हूँ, हर गुण्डा दूसरे गुण्डे को गुरु कहकर सम्बोधित करता है।"

इज्या से हँसी रोके न रुकी। उसने अपने मुँह पर आँचल लगा लिया।

इस हँसी से भारत पहले तो चौंके, फिर आप भी हँस पड़े, कहा : "अच्छा तो फिर हम एक दूसरे को नाम लेकर ही—परन्तु जो भाव मैंने आपके प्रति अपने मन में प्रतिष्ठित कर लिया है, उसका क्या करूँ?"

"सद्भाव सतत भजन की वस्तु है; उसे अक्षुण्ण ही रहना चाहिए।"

"हाँ, मेरे मते यही होना चाहिए। आपको भी मेरे प्रति ऐसा ही भाव रखना होगा।"

"मैं सचेत हूँ भारतजी।"

"हाँ, सचेत तो अब मुझे भी होना पड़ेगा। क्योंकि मैं ऐसे-वैसे का नहीं, एकदम सीधे ऋषि भार्गव सोमहुति व्यास का गुरु हो गया हूँ। . . वैसे तो भारत विश्व गुरु है, उसने सबको सिखाया है। अब भी जिसको चाहे सिखा-पढ़ाकर घूरे पर फेंक सकता है।"

"भारतजी, आप अब बात नहीं करेंगे।" वे दोनों अब मन्दिर की ओर बढ़ रहे थे।

महन्तजी भारत को बाहर देखकर घबरा गए। उन्हें आश्वासन देते हुए भार्गव ने कहा : "जिससे काम लेना होता है, उसकी रक्षा वासुदेव नारायण आप करते हैं।"

"हाँ, देवकी जसोदा वारो ही सबको रखवारो है। पर हमारो जेई कहनो है के दुइ सिपाई साथ लै लेते तो—"

"भार्गवों को शस्त्रों और शास्त्रों पर समान रूप से अधिकार है। तनिक भी चिन्तित न हों।"

सौति उग्रश्रवा धर्मशाला के बाहर प्याऊ पर जल पिला रहे थे। अपने निष्क्रियता से भरे गुप्तवास का सदुपयोग वे इसी प्रकार पानी पिलाकर, वृद्ध अथवा रोगी साधुओं की सेवा करके किया करते हैं। सौति बहुभाषाविद् हैं, वेदज्ञ-शास्त्रज्ञ हैं और इतिहास-पुराणों की कथाओं के तो वे अनन्त भण्डार हैं; परंतु इस समय वे अपनी समस्त विभूतियों को जग से छिपाये हुए हैं। उन्होंने अपनी सेवा और मीठे वचनों से धर्मशाला के नौकरों-चाकरों तक को मोह रक्खा है। मन्दिर के पुजारी-सेवक आदि भी उन्हें चाहने लगे हैं। भार्गव को आते देखकर सौति चमक उठे। खड़े होकर पूछा : "ज्येष्ठ में आषाढ़ की घटा कैसे आ गई महात्मन्?"

भार्गव मुस्कुराए, कहा : "अत्यधिक उत्तापवश कभी-कभी ज्येष्ठ में भी बादल बरस जाते हैं। आश्चर्य न करो। मैं भारतजी के साथ बावेरू से पधारे हुए एक सन्त के दर्शन करने जा रहा हूँ। भारतजी, पहले आप महात्माजी से पूछ आएँ, अपने कठिन व्रत के कारण यदि उन्हें इस समय मिलने में कुछ असुविधा—"

"जिसका नाम उन्होंने मेरे सामने बड़े आदर से लिया था, उससे मिलने में उन्हें किसी समय भी संकोच न होगा। मैं अभी पूछ के आता हूँ।" कहकर भारत फाटक के भीतर चले गये।

"सौति, मेरे साथ तुम्हें भी चलना होगा। भारतजी के भाषाज्ञान पर अभी मेरा विश्वास नहीं जम सका है। दूसरे वे बीच-बीच में बुरी तरह से बहक उठते हैं।"

पास के दूकानवाले से बतियाने चले गये दास को बुलाकर सौति ने उसे काम सौंपा और भार्गव के साथ अन्दर गये।

भारत उस समय जल्दी-जल्दी सीढ़ियाँ उतरकर नीचे आ रहे थे। भार्गव को देखते ही हँसकर कहा : "मैंने कहा न था, वे आपके दर्शनार्थ उत्सुक हैं।"

धर्मशाला के ऊपरी खण्ड में सामने ही एक कोठे के द्वार पर दुर्बल, किन्तु तेजपुंज सन्त बुरबुज़ खड़े थे। नीली पुतलियों वाली बड़ी-बड़ी आँखें, लम्बी सुतवाँ नाक, पिंगल वर्ण, सामने की खोपड़ी गंजी और पीछे भूरी श्वेत जटाएँ लटक रही थीं। दो ऋषि मूर्तियों में भार्गव कौन से हैं, यह पहचांनने की पहेली और बहुप्रशंसित व्यक्ति से परिचय पाने की सरल उमंग में आपसी खींचतान से उनकी सधी पुतलियाँ किंचित् चंचल हो रही थीं।

सन्तजी प्रभु के प्रेम दीवाने थे। उन्होंने सर्वस्व त्याग दिया था। नाभि से लेकर घुटनों के कुछ ऊपर तक एक काला वस्त्र—तन्नूरा-बाँधते थे। इसके अतिरिक्त एक काली कमली और काठ का एक बड़ा कटोरा भी उनकी व्यक्तिगत सम्पत्ति में सम्मिलित था। कौरोष सेठ के अतिरिक्त नगर के अनेक विदेशी व्यापारियों के यहाँ से उनकी सेवार्थ अन्न, दूध, मक्खन, फल, मेवे आदि आते ही रहते थे। सूर्यास्त होने पर वे अपने पास कुछ नहीं रखते। नीचे धर्मशाला में ठहरे साधु-संन्यासियों और भिखारियों को सब कुछ बाँट दिया जाता है। सूर्यास्त होते ही उनके कमरे के मोटे पर्दे गिरा दिये जाते हैं और सन्तजी अपनी भक्ति साधना में लीन हो जाते हैं।

भार्गव के साथ-साथ सौति का परिचय भी पाकर सन्तजी बड़े प्रसन्न हुए। सौति ने अटक-अटक कर पुस्तकीय बाबुली भाषा में उनसे कहा : "आर्यावर्त की प्राचीन राजवंशावलियाँ एवम् पुराण इतिहास बखानना यों तो मेरा परम्परागत कर्म है, परन्तु गुरुवर भार्गवजी तो साक्षात् कथा-सरित्सागर ही हैं।"

"हाँ, कुछ वर्षों पहले मैं पारद हिंगुलाज देश में नना माता के दर्शनार्थ गया था। वहाँ एक तपस्विनी के दर्शन हुए। उन्होंने मुझे अनेक प्राचीन इतिहास कथाओं का ज्ञान कराया। मैंने उनसे पूछा, माता, मैं महा पक्षिराज 'सू' देवता का वंशज हूँ।"

"अरे हमारे सुपर्ण, गरुड़। मैं जानता हूँ। असिरिया देश में वे अश्शुर देव के नाम से प्रसिद्ध और पूजित हैं।" भारत ने सोत्साह उत्तर दिया।

भार्गव बोले : "संतजी का वचनामृत हमें भी पान कराते चलें।" तब भारत ने उन्हें भी बतलाया।

सन्तजी बोले : "आप कृपा करके मेरी बातें फृगी ऋषि को बतलाते चलें। हिंगुलाज की तस्विनी देवी ने मुझसे यह कहा था कि फृगी ऋषि समस्त आर्यावर्त की कथाएँ जानते हैं। आप ही से मुझे अपने महान् पुरखे के सम्बन्ध में जानकारी प्राप्त होगी।"

भार्गव बोले : "सन्तजी से पूछिए कि उनके देश में उनके पुरखे सुदेवता के सम्बन्ध में क्या कथा प्रचलित है ?"

"दुर्भाग्य है आर्य, हम अपने महान् पूर्वजों के सम्बन्ध में प्रायः नहीं के बराबर ही जानते हैं। हमें तो केवल इतना ही ज्ञात है कि हमारे पूर्वज पूर्व दिशा से गये थे। निश्चय ही समुद्र तट के किनारे-किनारे ही वे हमारे देश की भूमि में दक्षिण दिशा से प्रविष्ट हुए होंगे; बस इतना ही हम जानते हैं।"

भार्गव ने भारत के माध्यम से उत्तर दिया : "आपके देश के प्राचीन नाम सुमेर के 'सु' शब्द से हमारे सुराष्ट्र और सुवास्तु का अन्यतम सम्बन्ध है। किसी अति प्राचीन काल में सुपर्णों अथवा गरुड़ जाति के जनों से सुराष्ट्र से लेकर सुवास्तु तक की सारी भूमि अपने वश में कर रखी थी। वैनतेय गरुड़ सुपर्ण हमारे भी देवता हैं।"

"निश्चय ही रही होगी, क्योंकि हमारे उपास्य देवों में आपके इन-दरु, वि-श-एन, इ-वरुन, ना-सतिया आदि अनेक परम पुरुष हैं। किन्तु हमारे और आपके विशएन देव वस्तुतः भरतखण्ड से बाहर आर्यावर्त के हमारे क्षेत्र में उदित हुए थे। वही हमारे परम प्रभु 'याह' किम्बा 'याहवेह' के आदिरूप हैं।"

भार्गव प्रसन्न होकर बोले : "हमने भी यह्वदेव की वंदना की है किन्तु हम उन्हें अग्निदेव के साथ सादर स्मरण करते हैं—'त्वम् देवानामसि यह्व होता'।"

"किन्तु हमारे देवाधिदेव आप ही नागशक्ति होकर जल में विराजते हैं और आप ही उसके स्वामी के रूप में भी प्रतिष्ठित हैं। उन्होंने दुष्टा जल नागिनी तैमात और उसके पति दुष्ट अप्सु का संहार करके लोक मंगल के हेतु स्वयम् जल में निवास किया।"

भारत एकाएक उमँगकर बोल पड़े : "असितस्य तैमातस्य बभ्रोरपोदकस्य च।"

भार्गव प्रसन्न होकर बोले : "साधु भारतजी, सन्तजी को कृपया इसे अर्थाकर समझा दो। साथ ही यह भी बदला दो कि हमारे ऋषियों ने अप्सु का संहार करनेवाले महाप्रभु अप्सुजित् की वंदना की है।"

सौति बोले : "आचार्य, दो महापुरुषों की यह वार्ता सुनकर मेरे मन का आनंद इस समय साक्षात् सुपर्ण हो गया है। हमारे शेषशायी नारायण और इनके 'या' भगवान् में कैसी घनीभूत एकता है। अपनी लघु सीमाएँ लाँघकर मैं विराट् हो गया हूँ। अपूर्व मनः शांति मुझे मिल रही है। धन्य है यह क्षण, जो दो महात्माओं के वचन-प्रसाद से मेरा मन मीठा कर रहा है।"

भारत ने उसी नाटकीय भाव से उसका बाबुली भाषा में धाराप्रवाह अनुवाद प्रस्तुत कर दिया। संतजी मुस्कुराए कहा : "मैंने अपने देश में एक बार अपने एक सगोत्री वृद्ध पुरुष से यह भी सुना था कि हमारे परम पितामह 'सु देव' महात्मा कश्शु के पुत्र थे और वे इस महादेश की किसी ऐसी भूमि पर रहते थे, जो अधिक जल के कारण कुश और काश से भरी थी। वहाँ वरणा के वृक्ष भी थे। भगवान् कश्शु की आज्ञा से ही उनके पुत्र भगवान् सु देव ने समस्त नाग, असुर, मनुष्य और देव जातियों में पिता के पद को माता के पद से ऊँचा महत्व दिया था। मेरे आदिपुरखा 'वृहम्-वृहम्' 'नारः-नारः' के नारे लगाते हुए चारों ओर उड़े थे। उन्होंने पितावादी नरों का समाज जगह-जगह एकत्र किया। दिनोंदिन उस समाज की

वृद्धि की और इस पृथ्वी पर आज चारों ओर जो पितृसत्ताक समाज स्थापित हो चुका है, यह उन्हीं की कृपा का फल है।"

भार्गव गंभीर हो गए, कहा : "इस सम्बन्ध में हम अपनी ओर से आपको कोई प्रमाण नहीं दे सकते। हमारे भार्गव वंश की शैव शाखा में यह प्रचलित है कि शिव ही आदिस्रष्टा हैं। पौराणिक परंपरा से हमारे देश के एक जन वर्ग के लिए ब्रह्मा आदि देवता हैं। सृष्टि की उत्पत्ति और पिता पद के महत्व को लेकर इस पृथ्वी पर कथाओं का अन्त नहीं है। इतिहास प्रमाण की किरणों से कौंधती हुई अर्धसत्यभरी कल्पनाएँ अपने-अपने आदिपुरखों के रूप में सभी ने की हैं।"

"सत्य है महात्मन्, परन्तु आर्यावर्त के इस भरतखण्ड में मैंने देखा कि आप लोग इतिहास को स्वच्छ ऐतिहासिक दृष्टि से देखना अधिक पसंद नहीं करते। हम इस दिशा में आपसे अधिक सजग रहे हैं।"

"हो सकता है महात्मन्! नगाधिराज हिमालय और तीन सागरों से घिरी हुई हमारी यह विराट् भूमि जम्बूद्वीप, सुमाली द्वीप, मुद्र, अर्वि (अरब), बर्वि (बाबुल) आदि अनेक देशों की आदिम जातियों की शरणस्थली रही है। इस जम्बूद्वीप के सीमान्त उत्तरीध्रुव अथवा सुमेरु से हमारे आपके जो ऋषि पुरखे चले थे, उन्होंने ही इन देशों में जाकर वहाँ की आदिम जातियों को उखाड़ा। उनमें से अधिकांश जातियाँ इस भूमि पर आकर बसी थीं और यहाँ की अनेक जातियाँ बाहर के देशों में जा बसी थीं। भोजन तथा सुरक्षा की खोज में मनुष्य इस पृथ्वीपर बारबार मालाकार घूमा है। कौन कहाँ का है, यह कहना तो अब बड़ा ही कठिन लगता है। आप कहते हैं कि आपके देश के पुरखे हमारे देश से गये थे और हम कहते हैं कि हमारे कुरु पांचालों के पुरखे सुमेरु से यहाँ आये थे। उनके नेता स्वायम्भुव मनु थे। उन्हीं के वंश में दक्ष प्रजापति के जामाता आपके भगवान् सुदेव के पिता, वरन कहें कि समस्त देव, असुर, किन्नर, मनुष्य, नाग आदि जातियों के पिता, हमारे महर्षि कश्यपजी ही हुए। आप ठीक ही कहते हैं महात्मन् कि पृथ्वी पर पितृसत्ताक समाज उन्हीं के काल से स्थापित हुआ और इसीलिए यथार्थ को महाभाव देकर हमने यह मान लिया है कि महर्षि कश्यपजी ही देव, असुर, मनुष्य, नाग, पशु, पक्षी, वृक्ष आदि इस सचराचर जगत् के पिता हैं।"

"सु देव हमारे ही देश की एक जाति के लोगों के द्वारा भय की दृष्टि से भी देखे जाते हैं। उनके सम्बन्ध में कहा जाता है कि उनके रूप में बर्बरता ने सिर उठाया था। उन्होंने देव सभा के कोषागार से उनकी सौभाग्य पट्टिकाएँ लूट लीं और इस ब्रह्माण्ड का भाग्य नियंत्रण वे स्वयं करने लगे। देवराज 'बलमर्दुक' मेरे आदिपुरखा का कुछ भी न बिगाड़ सके और वे उनकी सौभाग्य पट्टिकाएँ लेकर अरब देश के एक पर्वत शिखर पर पहुँच गए, तब अनु भगवान् ने बिजली की कड़कड़ाहट से गरजनेवाले रम्मान को आज्ञा दी कि सु पक्षिराज को पकड़ लाओ, परन्तु रम्मान भी यह साहस न कर सका। बाद में देवों ने किसी प्रकार जाल बिछाकर हमारे परम पितामह सु देव को वश में किया था, परंतु हम यह नहीं जानते कि देवों ने उन्हें कैसे वश में किया था और वे हमारे देव जन-समाज के द्वारा निन्दित क्यों हुए?"

भार्गव ने शान्त गंभीर स्वर में उत्तर दिया : "आपकी शंकाओं का समाधान श्री वासुदेव नारायण की कृपा से मैं कर सकता हूँ महात्मन् ! अति प्राचीन काल में एक समय जब कश्यप कुल के लोग कश्मीर के प्राचीन मार्ग से आकर हमारे गंगा, यमुना, सरयू और सायन्दिका के पवित्र क्षेत्र में प्रविष्ट हुए, तब आज के अवध क्षेत्र में नाग डुम्बादि जनों का निवास था। उस समय मातृ जाति ही पृथ्वी पर शासन करती थी। और इस भूमि पर सुमेरु से आनेवाले हमारे यह देवगण नागों की प्रबल शक्ति से बचने पर अवध के समीप ही उस स्थान पर रहने लगे, जो कुश-काश और वरणा के जंगल से भरा हुआ था। आज वह स्थान काशी और वाराणसी के नाम से प्रसिद्ध है। काशी लोकेश्वर विश्वनाथ की भूमि है, इन्हीं काशियों में वे महर्षि कश्यप कद्रु और विनता नामक दो बहनों के प्रियभाजन और सम्भोग-काल के जोड़ीदार थे। कद्रु उन्हीं से नागमाता बनीं और विनता गरुड़ और अरुण की माता बनीं। कद्रु में उस समय भयंकर ईर्ष्या का विस्फोट हुआ जब उसने यह देखा कि विनता का एक गरुड़ उसके सारे बेटों की सम्मिलित शक्ति से भी कहीं अधिक शक्तिशाली है। ईर्ष्यावश उसने षड्यंत्र रचकर गरुड़-माता विनता को अपनी दासी बना लिया। उन्हीं दिनों आपके देश के आसपास कहीं सुमेरु नामक स्थल पर देवसभा में अमृत-कलश सुरक्षित रखा गया था। उक्त अमृत के बड़े-बड़े चामत्कारिक माहात्म्य लोकमानस में व्याप्त थे। गरुड़ की शक्ति से अपने बेटों को बचाने के लिए कद्रु ने सोचा कि मेरे बेटों को यदि अमृत पान करने को मिल जाए तो वे सदा के लिए गरुड़ के भय से मुक्त हो जाएँगे और यही सोचकर उन्होंने अपनी दासी बहन विनता से कहा कि यदि गरुड़ उसके लिए अमृत-कलश ला दें तो वह उसे अपनी दासता से मुक्त कर देंगी। गरुड़ इसीलिए यहाँ से धाए। उन्होंने अपने पिता की मन्त्रणा से गज और कच्छप जातियों की शक्ति अपने में मिला ली। तापस बालखिल्यों को अपने मृदुल व्यवहार से संतुष्ट किया। उन्हें अन्य सुरक्षित स्थल पर बसाकर उनकी भूमि सुवास्तु नदी की घाटी में अपने पिता कश्यप के निवासस्थल के नाम पर वरणकोट स्थापित किया। और इस प्रकार अपार जनशक्ति लेकर उन्होंने देवराज इंद्र पर चढ़ाई कर दी। अमृत कलश छीन लिया। गरुड़ से पराजित होकर देवराज इंद्र का भी मान-मर्दन हो गया। देव जब इस प्रकार विवश हो गए, तो देवाधिदेव सूर्य विष्णुनारायण भगवान् ने गरुड़ को नीति से अपने वश में कर लिया। उन्होंने गरुड़ को ऐसी युक्ति बतला दी जिससे कि वे और उनकी माता कर्तव्यमुक्त भी हो जाएँ और अमृत नागों को न मिल सके। इसके बाद ही गरुड़ एवं विष्णु भगवान् की अन्यतम मैत्री स्थापित हो गई। भगवान् की इच्छाओं को पवनवेग से दूर-दूर तक गति देना गरुड़ों का काम बन गया। भगवान् के वैकुण्ठ की उत्तरोत्तर महिमा बढ़ने लगी।"

मन्त्रमुग्ध होकर सुनते हुए सन्त बुरुबुज़ हिमालय से अचल गंभीर हो गए थे, किन्तु जैसे हिमालय अपने झरने और अनन्त स्रोत बहाता हुआ सूर्य के प्रकाश में विविध रंग बिखेर, अपने जीवन्त होने का परिचय देता रहता है, उसी प्रकार सन्त जी के रोम-रोम से मानो आनंद के सोते और झरने झर रहे थे। निश्चल शरीर पर मुख की तन्मय आनंद गति, सुनाने वाले भार्गव उनकी भाषा का तत्काल अनुवाद करते हुए भारत, और कान पर हथेली जगाए एकाग्र होकर सुनते हुए सौति को अपने भीतर आनन्द बढ़ाती हुई लग रही थी।

ज्ञान-बिंदु में सिमटा हुआ पूरा वातावरण शान्त आनन्द सागर की लहरों में समा गया था। सन्त जी बोले : "ज्ञान बिना आनन्द नहीं, किन्तु वह सूक्ष्म जब तक, विराट् आनन्द के आकर्षण में आकर उसका अनिवार्य अंश नहीं बन जाता, तब तक उसकी सार्थकता मेरी दृष्टि में नहीं है। इस कथा को सुनने के लिए मैं कितने वर्षों से बेचैन था, कितने लोगों से अपने पूर्वपुरुष की कथा मैंने कितने रंगों में सुनी, किन्तु आपकी वर्णन शैली में जो शान्ति, पूर्णता और आनन्द मुझे इस समय मिला है, वह अपूर्व है। आपकी कथा के श्री विष्णुनारायण भगवान् का वैकुण्ठ मेरी ही जन्मभूमि है। जब हमारे परमेश्वर, परमपिता या भगवान् ने लोक-कल्याण के लिए नर रूप में अवतार लिया तो उसी पवित्र आर्यभूमि उर्दु नगर को ही अपनी जन्मभूमि बनाया था।"

"ऊर्ध्वलोक की हमारे यहाँ बड़ी महिमा है। स्वर्ग भी ऊर्ध्वता का ही बोधक शब्द है।"

"हाँ, उसी स्वर्ग, हमारे उर्दु नगर में ही उन्होंने सोने की ईंटों का प्रासाद बनवाकर उसमें निवास किया था। उन्होंने वहाँ पवित्र कल्पवृक्ष धारी एक अपूर्व उद्यान भी बनवाया था। कालान्तर में उस कल्पवृक्ष के लिए विशाल आर्यावर्त के अनेक राजा-महाराजों ने हमारे क्षेत्र पर आक्रमण किया। ईर्ष्यालु भक्तों ने उस कल्पवृक्ष को काट डाला और अब भगवान् के भक्तों ने मिट्टी की पकी ईंटों तथा मर्मर आदि पत्थरों से एक विशाल और सुन्दर मन्दिर बनवा दिया है, जैसे आपके भगवान् कृष्ण की जन्मभूमि पर यह मन्दिर बना है। भगवान् के मनुष्य रूप में अवतरित होने की यह भावना कितनी सुन्दर है ऋषिवर! मनुष्य में निहित इस अधिक प्रत्यक्ष और श्रेष्ठतम् संस्कार को जागरूक करनेवाले हमारे पुरखे त्रिकाल में प्रणम्य हैं।"

"साधु! आर्य, आपकी इस बात से मैं पूर्णतया सहमत हूँ। सगुण, निर्गुण दोनों के संस्कार साथ-साथ जगाना ही आर्यमन्त्र है। ऊपरी भेद के रूप में इनके परस्पर विरोधाभास की बात करना व्यर्थ का शाब्दिक वितण्डा मात्र है। भगवान् की माया, अस्तित्व का भ्रम कराते हुए भी अपने आपमें अस्तित्वहीन होती है। अस्तित्व तो हमारे अन्तर्नारायण ही का है, जो जल में आप ही शेषनाग और आप ही शेषशायी बनकर चिर योगनिद्रा में लीन हैं। इतने दूर-दूर देशों में रहकर भी, शब्दों का साम्य और पार्थक्य होने पर भी हमारा आपका मूल संस्कार एक है। आपके दर्शनों से प्राप्त अपने इस विराट् स्वरूप के हेतु, हे आर्य सन्त, मैं आपके चरणों में सादर विनत हूँ।" भावविभोर स्वर में यह कहकर भार्गव सोमाहुति ने सन्त को भूमिष्ठ प्रणाम अर्पित किया। गद्गद होकर वृद्ध सन्त दोनों हाथों से उनके कन्धे पकड़कर उठाते हुए स्वयं उनके आगे नतशीश हो गए और कुछ कहा, किन्तु भारत उसका अनुवाद न कर पाए। उनके चेहरे पर घबराहट थी। वह बड़बड़ाने लगे : "मेरा सिर फटा जा रहा है। ओह बड़ी पीड़ा है—ओह-ओह. . ." भारत मूर्च्छित होकर गिर गए, वातावरण दूसरा हो गया।

●

२७

●

●

भारत अचेतावस्था में ही सन्त बुरुबुज़ के निवासस्थान से महन्तजी के घर तक लाए गए। प्रज्ञा के लिए फिर नई चिन्ता का ज्वर आया। मथुरा के श्रेष्ठ वैद्यों के द्वारा उनका उपचार आरंभ किया गया। जगत्सेठ वसुमित्र स्वयं तो न आये, किन्तु भारत के उपचारार्थ उनकें दो वैद्य बराबर आते रहे।

भृगुवत्स को भार्गव के मथुरा में उपस्थित होने की सूचना मिल गई थी। वह यह भी जान चुका था कि नारद इज्या को महन्तजी के घर छोड़कर कहीं बाहर गये हैं। वह सोमाहुति से अधिक देवव्रत (नारद) से भयभीत था। बचपन में भी उसकी अनेक कुटिलताओं को भार्गव तो भूल भी जाते थे, किन्तु देवव्रत भृगुवत्स को उचित दण्ड दिलाने से कभी न चूकते थे। नारद ने गाँव के उद्धत लड़कों की टोली को परस्पर लड़वाकर उद्धतों के बीच भृगुवत्स की स्थिति चिमगादड़ों जैसी कर दी थी। अपनी सारी युक्तियों के बाद भी भृगुवत्स एक बार के बाद फिर कभी उस टोली का नायकत्व न कर पाया था। बचपन की उन्हीं स्मृतियों के कारण संघ स्थविर भृगुवत्स नारद से भयभीत था। सोमाहुति 'अइया' का मरण तथा रेणुका का अग्निकाण्ड भूल जाएँगे, किन्तु 'देवा' कदापि न भूलेगा। नारद के लवणशोभिका के यहाँ जाने की बात, कौरोष के साथ वसुरा से आए हुए सन्त बुरुबुज़ का विश्रामघाट से हटाकर केशवजी के मन्दिरवाली धर्मशाला में पहुँचाया जाना, मंदिर के क्षेत्र में कौरोष के असुर सैनिकों का पहरा आदि बातें भृगुवत्स को मन ही मन आशंकित ही नहीं, आतंकित भी करने लगी थीं। भृगुवत्स यह भली-भाँति जानता था कि लवणशोभिका उससे घृणा करती है। कौरोष के यहाँ होने से वह और भी अधिक निडर होकर भृगुवत्स के विरुद्ध षड्यंत्र कर सकती है, इसीलिए अपने भय को भृगुवत्स युक्तियों से जीतने के लिए प्रयत्नशील था। नारद, लवणशोभिका और उसके संरक्षक कौरोष की युक्तियों को असफल करके मथुरा में अपनी सत्ता को सर्वोच्च सिद्ध करने के लिए वह इन दिनों आठों याम किटकिटा-किटकिटा कर नयी युक्तियाँ सोचा करता था। नारद बाहर गए हैं सो लौटकर न आने पाएँ। भार्गव को भी मथुरा न आने देने के लिए उसने बड़े चौकी-पहरे बँधवाए थे। पर चूक यह हुई कि सारी चौकसी नदी मार्ग पर ही हुई थी और सोमाहुति अचानक स्थलमार्ग से आगरा में प्रविष्ट हो गए। इसीलिए अब उसने केवल बौद्ध भिक्खुओं को छोड़कर मथुरा में अन्य सब प्रकार के साधुओं का प्रवेश ही बन्द करवा दिया था। कुषाण सेनापति को उसने भावी सम्राट बनाने का वचन दिया था। अपनी जुठारी हुई पटरानी और मँझली रानी को अलग-अलग अपने षड्यंत्र में फँसाकर उसने सेनापति से उनका सम्बन्ध स्थापित करवा दिया। महामंत्री की विधवा पुत्री उसके वश में थी। भृगुवत्स ने उसे पिता के सामने मुखर और उद्दण्ड बना दिया था। यह तो भृगुवत्स की सभी नीति थी जिसके द्वारा

उसने राजकुल तथा अमात्यों एवम् नगर के प्रभावशाली व्यक्तियों के घर में अपनी सत्ता स्थापित कर रखी थी। नाममात्र के कुषाण सम्राट् से लेकर मथुरा के अनेक धनीमानी और प्रतिष्ठित व्यक्ति अपनी मान रक्षा के लिए भृगुवत्स से सदा भयभीत रहते थे। हुविष्क विहार के अनेक भिक्खु और भिक्खुणियाँ उसके लिए अहर्निश नाना प्रकार के पाप कर्मों में लिप्त रहते थे। सात्विक भिक्खु, सज्जन बौद्ध और सन्नारियाँ दुखी थीं तथा दुर्जन अपने दंभ भरे अट्टहासों में मगन थे।

जिस दिन भार्गव सन्तजी से मिलने गए थे, उसी दिन सेनापति और फिर महामंत्री ने कौरोष को कहलाया कि मन्दिर के क्षेत्र से अपने पहरुए हटा लो। पर कौरोष ने स्पष्ट रूप से इन्कार कर दिया। उसने सम्राट् को नाना प्रकार के उपहारों से पाट दिया था। कौरोष को यह सूचना मिल चुकी थी कि सम्राट् भृगुवत्स और सेनापति से मन ही मन घृणा करते हैं। सम्राट् की नूतन वल्लभा यवनी रानी हेलेना और प्रिय रक्षिता नर्तकी वेगा को भी अनेक उपहार दिये। अन्तःपुर की सभी रानियों, रखैलों, वेश्याओं और दास-दासियों को विदेशों से लाए गए उपहार दिये गए। केवल पट्ट महादेवी, मँझली रानी, सेनापति और वृद्ध मंत्री की इस दृष्टि से खुली उपेक्षा की गई। सम्राट् के दम पर कौरोष ने केशवजी के मन्दिर से अपने सैनिक न हटाए, बल्कि मल्लपुरे के चौबे पहलवानों को भी मंदिर की रक्षार्थ और नियुक्त कर दिया था। सम्राट् ने कौरोष से कोई ऐसी बात कह दी थी जिससे वह और भी आश्वस्त होकर इन लोगों की खुली उपेक्षा करने लगे थे। भृगुवत्स समझ गया कि उसे तथा उसके सत्ताशाली पक्षधरों को किसी न किसी रूप में दंडित किए जाने की व्यवस्था हो रही है और स्वयं सम्राट भी योजना को बढ़ावा दे रहे हैं। भृगुवत्स की मंत्रणा से सेनापति ने सेना में नयी भर्ती आरम्भ कर दी। दसों दिशाएँ घेरकर नगर में भेदियों का जाल विछा दिया गया। जगत्सेठ वसुमित्र को यह धमकी दी गई कि यदि उसने भार्गव की किसी प्रकार से सहायता की तो उसका सारा व्यापार उजाड़ दिया जाएगा। नगर के बौद्ध धर्मी व्यापारी-महाजन वर्ग को अबौद्धों के प्रति घृणा करने के लिए उकसाया जाने लगा। मथुरा नगरी में आतंक और अराजकता फैल गई थी। कुषाण सेना के लगभग आधे लोग जगत्-सेठ कौरोष के द्वारा नाना प्रकार के प्रलोभन पाकर गुप्त रूप से उसके वश में आ चुके थे। राज्य तथा भृगुवत्स के व्यक्तिगत भेदियों में से अनेक इस समय वस्तुतः कौरोष के लिए काम कर रहे थे। भृगुवत्स को प्रायः झूठे समाचार मिलते थे। भारत के अस्वस्थ होने के बाद भृगुवत्स को यह सूचना दी गई कि इस समय महन्तजी के घर में बड़ी घबराहट फैली है। पहरे का क्रम अस्तव्यस्त है और चौबे लोग भृगुवत्स का साथ देने के लिए सहमत हो गये हैं, अतः भार्गव को मरवाया जा सकता है अथवा भार्गव की पत्नी और आगन्तुका युवती को उड़वाया जा सकता है। भृगुवत्स ने भार्गव समेत तीनों को उड़ा लाने का आदेश दिया। मन्दिर के भीतर कौरोष के असुर सैनिकों के लिए मदिरा के मटके भेजे गए। चौबे पहलवानों के लिए सिलों पर सेरों भाँग पिसने लगी। भृगुवत्स को यह विश्वास दिलाया गया कि महन्त के घर की रक्षा करनेवाले आधे से अधिक सैनिक और मल्ल नशे में हैं। भृगुवत्स और सेनापति के चुने हुए चतुर व्यक्ति रात के समय मन्दिर में भेजे गये। संकेतानुसार मंदिर का मुख्य द्वार भी उनके लिए गुपचुप खुल गया और भृगुवत्स तथा सेनापति के भेजे व्यक्ति चूहे बनकर

चूहेदानी में पकड़ लिये गये, थोड़ी हाथापाई और हुल्लड़ भी मचा।

भारत को बेसुध पड़े हुए आज नवीं रात बीत रही थी, प्रज्ञा पति के सिरहाने बैठी थी। रोगशैया के एक ओर छज्जे में भार्गव सो रहे थे तथा दूसरी ओर इज्या धरती पर ही गुड़मुड़ी मारकर पड़ रही थी। हुल्लड़ मचने पर सभी जाग पड़े। भार्गव तुरन्त हथियारबंद होकर बाहर जाने के लिए अपने कमरे में गये। इज्या उन्हें रोकने के लिए पीछे-पीछे दौड़ी। किन्तु भार्गव उसके रोके न रुके। बाहर आने पर असुर सैनिकों के टूटे-फूटे दो-चार हिन्दी शब्दों और संकेतों के द्वारा भार्गव ने यह समझा कि भय की कोई बात नहीं है। आक्रमणकारी पकड़े जा चुके हैं।

उसी रात तीसरे पहर एक बड़ी सेना के द्वारा फिर आक्रमण किया गया। केशवदेव के कटरे का मुख्य तोरण कौरोष के सैनिकों के द्वारा पूर्ण रूप से आरक्षित था। आसपास के घरों की छतों तक पर उसके धनुर्धर तैनात थे। कौरोष के सैनिकों में इस समय शासन के अनेक सैनिक ही भाड़े के ऊपर काम कर रहे थे। आनेवाली राज सेना में भी बहुत से लोग गुप्त रूप से कौरोष के ही आदमी थे। मार्ग के दोनों ओर की छतों से जब तीखी बाण वर्षा होने लगी और सामने से भालों और तलवारों का वार हुआ तो राजसेना में भगदड़ मच गई। अँधेरे में राजसेना के ही अनेक सिपाही अपनी भागती भीड़ को काटने लगे। घड़ी डेढ़ घड़ी ऐसा कोलाहल और आर्तनाद मचा कि सारा नगर आतंकित होकर जाग गया। सबेरे ही मन्दिर में पकड़े गये व्यक्तियों को कौरोष के सैनिकों के घेरे में सीधे सम्राट् के प्रासाद में पहुँचाया गया। पकड़े हुए व्यक्तियों में हुविष्क विहार के दो भिक्खु और आठ सिपाही थे। बन्दियों में शासन का एक महत्वपूर्ण उप सेनानायक भी था। मामला इस तरह से उजागर हुआ कि भृगुवत्स, प्रधान सेनापति और महामंत्री आदि फिर सम्राट् पर अपना दाँव न चला सके । कौरोष महामंत्री और भृगुवत्स आदि के लिए अजेय रहा। भृगुवत्स मण्डली और कौरोष में अब जमकर ठन गई।

भारत को बेसुध हुए ग्यारह दिन हो चुके थे। प्रज्ञा अपना आपा भूलकर रात-दिन एक करके भारत की सेवा कर रही थी। भार्गव और इज्या अपना उत्तरदायित्व अनुभव करते हुए बड़े चिन्तित थे। भार्गव को इस समय अपनी चिन्ता तनिक भी नहीं थी। प्रज्ञा के सौभाग्यनाथ स्वस्थ हों, प्रज्ञा का कुंकुम बिन्दु यों ही चमकता रहे, यही उनकी एकमात्र कामना थी। अवध की यात्रा में इस बार भगवान् ने भार्गव को एक ऐसा उत्तरदायित्व सौंप दिया जिससे अब उनकी निष्कृति नहीं थी। भारत की प्रज्ञा उन्हें अब भी आकृष्ट करती थी। जितना ही उनका आकर्षण बढ़ता जाता था, उतना ही उसे जानने की लालसा बढ़ती जाती थी और जितना ही अधिक वे उसे समझते जाते थे, उतनी ही उनकी श्रद्धा बढ़ती जाती थी। प्रज्ञा अपनी कोमलता में दृढ़ थी, किन्तु अपने पीड़ाभार से वह शीघ्र ही कुम्हला भी जाती थी। उसके कुम्हलाने की प्रक्रिया में भी सतत समर्पण की जो शक्ति झलकती थी, वही भार्गव का प्रेरणास्रोत थी। इज्या के लिए भी प्रज्ञा उतनी ही आकर्षक थी। इस थोड़े से मिलनकाल ही में इज्या प्रज्ञा के प्रति घनीभूत आत्मीयता अनुभव करने लगी थी। आयु में परस्पर दो-चार बरस की छोटाई-बड़ाई होने पर भी दोनों एक-दूसरे को अपनी अन्तरंग सखी मानने लगी थीं। इज्या इन दिनों प्रज्ञा से अधिक देर तक अलग नहीं रह पाती थी। दिन भर

इज्या और प्रज्ञा उसी चौबारे में बनी रहतीं, जहाँ भारत मूर्च्छित पड़े थे। पास ही भार्गव आसन बिछाए भारत के कल्याणार्थ मंत्र जप किया करते थे। दिन में तीन बार वैद्य आते, भारत का नाड़ी परीक्षण करते; महन्तजी और उनकी पत्नी दिन भर में अनेक चक्कर लगा जाते। सबके चेहरों पर उत्सुकता, चिन्ता और प्रार्थना के भाव ही आया करते थे।

बारहवें दिन भारत को रह-रहकर होश आने लगा। बेहोशी में उन्हें तेज झटके लगते थे और आँखें खुल जाती थीं। बोलने की इच्छा करते थे, किन्तु बोल नहीं पाते थे। हाँ, आँखें अब देर तक टिक कर दूसरों को देखती थीं। उनके मन की प्रसन्नता होंठों पर मुस्कराहट बन कर खिल जाती थी।

सायंकाल के समय प्रज्ञा को देखकर उनका मन सहसा आनन्दावेश में आ गया। बारह दिनों में पहली बार उनका हाथ उठा और पलंग पर झुकी हुई प्रज्ञा की बाँह पर जा टिका; टिका रहा। उँगलियाँ उसकी कलाई को दबाने लगीं। प्रज्ञा और भारत एक दूसरे की आँखों में आँखें डालकर आनंद मग्न हुए; इज्या के लिए यह बड़ा ही सुखकर क्षण था।

भार्गव की माला पूरी हो गई। उठकर वे उसे रोगी के सिर पर फेरने लगे। भारत ने उन्हें देखा और मुस्करा दिये। भार्गव को मानो अनंत धन मिल गया।

इज्या उनके पास ही आकर खड़ी हो गई थी। भार्गव से बोली : "प्रज्ञा जीजी अब इन्हें कभी अचेत न होने देंगी, मेरा जी कहता है।"

भारत सुनकर मुस्कराए, प्रज्ञा की ओर देखा। वे दोनों एक दूसरे में लीन होकर मुस्कुराए। बोलने के लिए भारत के होंठ बुदबुदाते थे पर वाचा अभी नहीं खुलती थी। भार्गव ने उनसे कहा : "कली अपने क्रम से ही खिलती है बन्धु, उसे नोचकर खोलने का प्रयत्न न कीजिए। प्रज्ञा देवी, यह अभी कुछ दिनों तक अपने मस्तिष्क पर विशेष श्रम भार न डालने पाएँ। मेरा जी कहता है, आपका सौभाग्य अखंड है; इनकी शक्ति उत्तरोत्तर वर्द्धमान है। वासुदेव आपका कल्याण करें।"

प्रकोष्ठ से बाहर आती हुई इज्या सुखी मन से बोली : "अब तनिक भी चिन्ता नहीं है। प्रज्ञा ही भारतजी की सुगति हैं।" भार्गव प्रेम से उसके कन्धे पर हाथ रखते हुए मुस्कुराकर बोले : "हाँ, जैसे ऋषि की सुगति इज्या ही में है। वहीं उसकी सुमति और कर्मशक्ति है।" ऋषिपति के मुख से द्वयर्थक वाक्य सुनकर इज्या लाज और आनंद से उभचुभ हो गई।

दूसरे ही दिन से भार्गव फिर अपनी चिन्ता में लीन होने लगे। नारद अब तक नहीं लौटे थे। कौरोष से मिलना आवश्यक था। वसुमित्र से भेंट होना भी आवश्यक था। भार्गव ने महन्तजी से कहा। वे बोले : "बसरा के जगत्सेठ ने हमसे पुछवाया था कि तुम कब मिलोगे। नारद महात्मा का कोई संदेसा अब तक न मिलने से वे चिंतित हैं।"

"चिंतित तो मैं भी हूँ। इतने दिनों तक कांतिपुरी में उनके रुके रहने का तात्पर्य समझ में नहीं आता। यहाँ से जाऊँ, नैमिषारण्य अथवा अयोध्या में इज्या को सुरक्षित निवास देकर किसी लिपिक को खोजूँ और महाभारत लिखाना आरंभ कर दूँ।"

"कौरोष सेठ तुमसे सन्तजी के यहाँ मिलेंगे। तुम्हारा निकलना उचित न होगा।"

"तो आप उन्हें यह संदेसा भिजवा दें कि मैं आज ही उनसे मिलना चाहता हूँ। सायंकाल के समय सूर्यास्त से घड़ी दो घड़ी पहले वे आने का कष्ट अवश्य करें।"

"आज के दिन तो वे न मिलेंगे। मैं जानता हूँ, बहली का मेला चल रहा है।"

"सम्भव है कि वो बाह्याली क्रीड़ां देखने न गए हों।"

महन्तजी हँसने लगे, कहा : "आज के दिन मथुरा में भला ऐसा कौन लक्ष्मीपति और सत्तावान युवक या युवती होगी, जो बहली में न गई हो। आज गज-कामक्रीड़ा का दिन है। हाँ, तुम्हारा वसुमित्र सेठ स्यात् अपनी कोठी पर ही होगा। कहो तो किसी को भेजकर पुछवाऊँ।"

"मैं स्वयम् ही जाऊँगा।"

जगत्सेठ वसुमित्र के यहाँ जाकर उन्हें पता चला कि वे मेले में गए हैं।

●

२८

●

●

सभी प्रसिद्ध नगरों, विशेष रूप से राजधानियों में जैसे भव्य 'बाह्याली क्रीडांगन' होते थे, वैसा ही मथुरा में भी था। बाह्याली सौ धनुष लम्बी और साठ धनुष चौड़ी थी। उस मैदान में एक भी कंकड़-पत्थर नहीं था। भूमि समतल, पर पूरब की ओर वह ऊँची उठी हुई थी। उसी ओर दो अत्यन्त विशाल और कलापूर्ण तोरण बने थे। बाह्याली के दक्षिण की ओर मध्यभाग में ऊँचा और बहुत ही भव्य और आकर्षक आलोक मन्दिर बना हुआ था। उसके चारों ओर गहरी खाई बनी थी। आलोक मन्दिर के द्वारों और गौखों झरोखों पर मणि-मोतियों से सुन्दर बेल-फूल पशु-पक्षियों आदि की पच्चीकारियाँ हो रही थीं। ढलते सूरज के प्रकाश में आलोक मंदिर का कुछ भाग दूर ही से जगर-मगर कर रहा था। परिखा पर काठ की सीढ़ियाँ इस तरह से उठाई गई थीं कि मदमत्त हाथी किसी समय आलोक मंदिर पर धावा न कर सकें। आलोक मंदिर के समीप ही कुछ पीछे हटकर उत्तर की ओर परिखा से पूरी ऊँचाई पर चित्रांकित दीवार और आठ खंभों वाला एक और सुरम्य मण्डप भी बना था। यह मण्डप आलोक मंदिर से नीचा होने पर भी हाथियों के वक्षस्थल के प्रमाण से सुरक्षित बनाया गया था कि जिससे वहाँ बैठनेवाले सुरक्षित रहें। आलोक मंदिर में सम्राट् के अन्तःपुर की स्त्रियाँ, कुमार, सचिव, अमात्य तथा उनके द्वारा बहुमान पानेवाले विशिष्ट नागरिक और उनकी स्त्रियाँ ही बैठ पाती थीं। मण्डप में दूसरी श्रेणी के कुछ पदाधिकारी, गुणीजन, महत्वपूर्ण श्रेणियों के चौधरी आदि आमंत्रित व्यक्ति बैठते थे।

मेला तीन दिनों से चल रहा था। रथों, अश्वों और हाथियों की दौड़ का प्रदर्शन हो चुका था और आज बाह्याली का अंतिम दिन था। आज गजों की कामक्रीड़ा का प्रदर्शन होनेवाला था। सामने आलान में सिन्दूर के तिलक लगे, सोने-चाँदी के आभूषणों से सज्जित

एक-से-एक सुन्दर मृग, मंद्र और भद्र कोटियों के हाथी बँधे थे। हथिनियाँ भी उनके पास, पर इतनी दूर बाँधी गई थीं कि आपस में न मिल सकें। नर मादा दोनों ही को कल दिन भर कामोद्दीपक आहार खिलाया गया था और आज अभी तक उन्हें भोजन पानी कुछ नहीं दिया गया था।

आलोक मंदिर रूप, यौवन और ऐश्वर्य से भर चुका था। बंग देश के बने क्षौम, दुकूल वस्त्रों, चीन और भारत के विविध रंगोंवाले, मूल्यवान अंशुक वस्त्रों, कलाबत्तू और रेशम के बुने बंगाल के वस्त्रों की छटा चारों ओर छहर रही थी। धनी समाज के नर-नारी यही वस्त्र पहनते थे। चूड़ामणि, किरीट, मुकुट, मौलि, उत्तंस, कुन्तली, पट्ट आदि शिरोभूषण अपनी-अपनी हैसियत के हिसाब से राजपुरुष, अमात्य, सेठादि के सिरों पर शोभा पा रहे थे। इन्द्रनील, महा इंद्रमणि, पद्मराग, मरकत, मुक्ता और हीरे आदि मूल्यवान् मणियों से जड़े अंगद, वलय, मुद्रिका, कुण्डल, इंद्रछंद, हार, अर्धहार, चंद्रहार, एकावली, रत्नावली, देवछंद, रश्मिकलाप, नक्षत्र माला, मणि सोपान, हार यष्टि, ग्रैवेयक, कटक मेखला, नूपुर आदि आभूषणों से आलोक मंदिर के कक्षों में चकाचौंध हो रही थी।

राज रमणियों के जूड़ों में बँधे फूलों और लेपों आदि की महक से आलोक मंदिर के दोनों खण्ड गमक रहे थे। नरनारी कायाओं से केसर गंध की लपटें उठ रही थीं। माँग के दोनों ओर वलीभूत अलकें या चूड़ापाश, कुटिल पाटिया, मौलि वेणीबन्धन आदि तरह-तरह से अलकावली सजाए, ललाट पर तिलक, कपोलों पर पत्र रचना किए और आँखों में अंजन लगाए ये कामिनियाँ जब बातें करते हुए अपने नैन नचाती थीं, तो उनके रसिया प्रेमियों को ऐसा लगता था, मानों दिशाएँ पलटा ले रही हैं। उनके अधर राग से रँगे हुए होंठ पानों की लाली से और अधिक अनुरक्त होकर मूँगे जैसे लाल-लाल लग रहे थे। कामिनी कांचन और उनके भोगी वृन्द गज कामक्रीड़ा का विधिवत् आरंभ होने से पहले एक-दूसरे के कक्षों में आ-जा, हँस-बोलकर परस्पर सामाजिक शिष्टाचार बरत रहे थे।

जगत्सेठ वसुमित्र अपनी रक्षिता वारांगना लवंगलता के साथ आलोक मंदिर के निचले खण्ड के प्रथम कक्ष में गंभीर और प्रतीक्षाकुल बैठे थे।

थोड़ी ही देर में जगत्सेठ कौरोष भी अपनी प्रिया और एक दिव्य सुन्दरी ईरानी बाला के साथ आ पहुँचे। वसुमित्र ने आगे बढ़कर उनका स्वागत किया।

"आपके महत्वपूर्ण अतिथि कहाँ हैं?" कौरोष ने कक्ष में आते ही धीरे से पूछा।

"वे कामक्रीड़ा आरम्भ हो जाने से कुछ पहले ही यहाँ पहुँचेंगे। मैंने यही व्यवस्था उचित समझी।"

"कौन हैं वे लोग?—आर्य नारद तो नहीं?"

"हाँ और नाग सेनापति भी। अभी घड़ी भर पहले ही वे लोग छद्मवेश में मेरे यहाँ पहुँचे थे, और आज रात में ही नगर के फाटक बन्द होने से पहले चले भी जाएँगे।"

"नारदजी को यहाँ बुलाना उचित न था।"

"मैं करता भी क्या। भृगुवत्स के कई भेदिये नारदजी को पहचानते हैं। उनके छद्मवेश में भी मेरे द्वारपाल तक को उन्हें पहचानने में कठिनाई नहीं हुई। जब तुमने कहलाया कि तुम्हारा यहाँ आना अत्यावश्यक है, तो मुझे भी लगा कि उनके लिए इससे अधिक सुरक्षित स्थल इस समय और कोई नहीं है।"

"चाचा, आप उस मुण्डे को जितना चतुर समझते हैं, उतना वह नहीं है। दुष्टों में भी बड़े ऊँचे पाए के लोग मैंने देखे हैं, भृगुवत्स उनके सामने कुछ भी नहीं है। अच्छा, होगा। आइए एक बार सम्राट से मिल आएँ।"

"चलो। क्यों लोना, यह वही लड़की है?" वसुमित्र ने ईरानी सुन्दरी को देखकर पूछा।

"हाँ आर्य! यह शाहगुल बसरे के धीवर का जाल है।" कहकर लवणा हँसी। कौरोष भी हँसने लगे।

महाराज अपनी छोटी यवनी रानी और अपनी सिरचढ़ी नर्तकी वेगा के साथ बैठे मैरेय पान कर रहे थे। आगन्तुकों को देखकर महाराज प्रसन्न मुद्रा में बोले : "अहो, लोनी के सलोने आये हैं। चार दिनों में आज पहली बार हम देख रहे हैं तुम्हें।"

राजरमणियों के वैभव को लजानेवाले बहुमूल्य रत्नाभूषणों से सजी हुई लवणशोभिका को ईर्ष्या तथा कौरोष को लोभभरी पैनी कनखी से चटपट ताक कर फिर महाराज पर अपनी मुस्कान का जादू डालती हुई वेगा बोली : "देवपुत्र इसके लिए आर्य कौरोष को दोष न दें। ये बड़भागी दुष्टा ही दोषी है।"

जगत् सेठ वसुमित्र की सरसता लहरा उठी, कहने लगे : "वेगाबाई, यह न भूलो कि हम व्यापारी अपनी गृहणियों और रमणियों के रूप में नारी के विवश आसक्त होने पर भी नारियों में श्रेष्ठ लक्ष्मी माता के विनम्र दास हम पहले हैं। लवणा बेचारी को दोष क्यों देती हो?"

चषक हाथ में था, प्रौढ़ वय के कुषाण नंदन महाराज मजे में आ गए थे; हँसकर बोले: "बेचारी! जगत्सेठ गणिका और गणक अपना पंचांग दिखाकर तुम्हारी लक्ष्मी सेवा और हमारी शक्ति सेवा का मुहूर्त भी बना-बिगाड़ देते हैं। वेश्या विषकन्या है और हम उसके मारे बेचारे हैं।"

"प्रभु, दासी की वाचालता क्षमा की जाए। वेश्याएँ लोककल्याणार्थ विष पीनेवाले नीलकण्ठेश्वर भगवान् की पुत्रियाँ हैं। हमारे परम पिता ने तो उसे कण्ठ से नीचे न उतरने दिया, पर वह विष हम विवश मानुषियों के सीधे हृदय ही में पैठता है।"

"साधु, यह लवणा हमारे राज्य की शोभा है। कौरोष, तुम सचमुच भाग्यवान् हो। तुम्हारी अनुपस्थिति में भी यह तुम्हारे ही नाम की माला जपती है। वह रूपभक्षी भेड़िया, हमारा धर्मगुरु भृगुवत्स भी इसका भक्षण नहीं कर पाया।" कहकर वे हँसे। सभी हँस पड़े।

"वक्र चंद्र को राहु भी नहीं ग्रस पाता दयानिधान। बिग्गो और लोना दोनों ही इस दृष्टि से अपनी उपमा बस आप ही हैं।" लवंगलता की प्रशंसा से सन्तुष्ट वेगा ने सम्राट् की आँखों में आँखें डालकर अपना प्यार जतलाना चाहा। यद्यपि वह जानती थी कि सम्राट् को उसके तथा अपनी पटरानी और मँझली रानी के भृगुवत्स भोग्या होने की आशंका है। सम्राट् उससे कन्ना काटकर ईरानी बाला को देखने लगे। बातों की शृंखला को बढ़ने से बचाने के लिए जगत् सेठ कौरोष मैदान की ओर हाथ उठाकर बोले : "देवपुत्र साही साहानुसाही प्रसन्न हों। यह बेचारे गज-गजीवृन्द मिलनातुर होकर सम्राट् से अपना न्याय माँग रहे हैं।"

हाथी-हथिनियों के बीच टट्टी की ओट थी। टट्टी के दोनों ओर जंजीरों से बँधे

नरमादा एक दूसरे की उपस्थिति को सूँघकर मिलन बावले होकर खूँटे खींच रहे थे। पिछले दिन इन्हें आहार के साथ कामोद्दीपक औषधियाँ भी खिलाई गई थीं और आज सारे दिन यह भूखे प्यासे रखे गए । उनकी भूख प्यास इस समय मिलन भूख और काम तृष्णा बनकर क्रमशः प्रबल हो चुकी थी।

सम्राट् बोले : "जाओ लवणा, तीन महाद्वीपों और सात में से पाँच सागरों की लक्ष्मी लादनेवाला गज तुमसे मिलने के लिए आतुर हो रहा है। कोई है? क्रीड़ा आरंभ हो। आर्य कौरोष, तुम्हारे साथ यह अपरिचित बाला कौन है?"

"देवपुत्र, यह आपके नगर निवासी सेठ गुस्तास्प की भानजी है। बसरे में इसके स्वर्गीय पिता मेरे मित्र थे। माता-पिता दोनों के न रहने के कारण यह मेरे साथ यहाँ आ गई, अब आपकी प्रजा है।"

सम्राट् ने अपनी यवनी रानी की ओर देखकर कहा : "हेलेना, तुम्हें इस सुंदरी को महलों में आमन्त्रित करना चाहिए।"

लवणशोभिका तुरन्त बोल उठी : "शाहगुल को लेकर यह दासी शीघ्र ही सेवा में उपस्थित होगी।"

महाराज ने लवणशोभिका को पैनी दृष्टि से देखा, फिर मुस्कुराए, बोले : "लवण दो ही स्थितियों में बुरा लगता है, एक तो अधिक होने पर और दूसरे वह जब धोखे से अथवा जानबूझकर शर्करा में मिल जाता है।"

"सेठ गुस्तास्प साही साहानुसाहीय देवपुत्र के प्रति अनन्य श्रद्धा रखते हैं और यह शाहगुल अभी केवल भगवान् तथागत के दिये हुए संस्कारों को ही जानती है।" कौरोष ने सम्राट् की बहकती लालसाओं को अपनी सीमा की याद दिलाई। सम्राट् चुप रहे, शाहगुल को देखते रहे, वह झुक कर प्रणाम करती हुई कक्ष से बाहर जा रही थी, सम्राट् कौरोष की ओर बिना देखे ही बोले : "देखना आर्य, यहाँ किसी कक्ष में अपने को प्रत्यक्ष बोधिसत्व मानने वाला मेरा धर्मगुरु भी किसी छद्मवेश में अपनी शिष्याओं के साथ बैठा होगा, उसकी दृष्टि इस पर पड़ने से बचाना।"

सम्राट् के कक्ष से बाहर निकलने पर कौरोष ने वसुमित्र से कान में पूछा : "आपके अतिथि आये नहीं?"

"द्वार से लगे पहले कक्ष में ही मैंने उन्हें बैठाने की व्यवस्था कर दी है। मैं वहीं बैठूँगा। कहिए तो उन्हें जाकर आपके कक्ष में भेज दूँ?"

"नहीं आर्य, मैं स्वयं वहाँ जा रहा हूँ। आप मेरे ऊपर एक अनुग्रह करें जिसके लिए ही मैंने आपको यहाँ आने का कष्ट दिया है। आप महासेनापति को भृगुवत्स के कक्ष में न जाने दें। लोना पट्ट महादेवी को प्रणाम करने के लिए शाहगुल को लेकर उन्हीं के कक्ष में जाएगी। प्रत्यक्ष बोधिसत्व वहीं नारी वेश में बैठा है। सेनापति निश्चय ही थोड़ी देर बाद वहाँ पहुँचेगा। मैं नहीं चाहता कि शाहगुल को लेकर अभी इन दो दुष्टों में लालसाओं की होड़ लगे।"

वसुमित्र बोले : "ठीक सोचते हैं आप। निचले खण्ड में चले जाएँ। कहें तो लौंगी को साथ कर दूँ?"

कौरोष किंचित् हँसे कहा : "आओ काकी, काका के स्वास्थ्य को देखते हुए इस समय तुम दोनों का साथ रहना उचित नहीं होगा।"

प्रथम कक्ष में दो अपरिचित व्यक्ति बैठे थे। एक की वेशभूषा बाबुली थी और दूसरे की गान्धारी। जगत्सेठ कौरोष ने लवंगलता के साथ कक्ष में प्रवेश करते हुए बाहर खड़े वसुमित्र के परिचायक को कापिशायनी सुरा लाने और प्रवेश द्वार का पर्दा गिराने का आदेश दिया।

अन्दर पहुँचते ही बाबुली वेशधारी नारद ने पारसी भाषा में कहा : "खुशामदीद हर कौरोष।"

"ओह! आपके तो एक ही जन्म में दो जन्म हुए लगते हैं।"

नारद ने मुस्कुराकर कहा : "नारायण जो न करा दें थोड़ा है, किन्तु आपने तो इस ब्रह्मचारी संन्यासी की बड़ी ही कठिन परीक्षा ली है आर्य। मिलने के लिए भला कहाँ बुलाया?"

कौरोष हँसकर बोले : "सोना सदा आँच में तपकर ही निखरता है। वैसे सच तो यह है कि वसुमित्रजी के सँदेसे से मैं यह न समझा था कि मुझसे मिलने को उत्सुक दो महानुभावों में एक स्वयम् आप होंगे। अस्तु, अपने प्रतिष्ठित साथी का परिचय दीजिए।"

"यह सेनापति नागषेण हैं, आर्य विन्ध्यशक्ति के गौरवशाली शिष्य। महाराज गणपति नाग ने इन्हें आप ही की सेवा में भेजा है।" सुरा, पात्र और चषक आ गए। कौरोष ने लवंगलता से कहा : "काकी, गौख के पास बैठकर सुरापान करो और गजों की कामक्रीड़ा देखो। आर्य नारद उस ओर तो पीठ किये बैठे हैं, पर हम मद्यपियों का मुख देखने के लिए अवश्य बाध्य हैं।" कहकर वे हँस पड़े।

नारद भी हँसे पर कहा : "सद्‌गृहस्थों को सुरापान करते देखना मुझे इतना अटपटा नहीं लगता, किन्तु मैदान का दृश्य तो—नारायण, नारायण! सभ्य मनुष्य भला ऐसे खेल क्योंकर सहन कर पाते हैं ?"

"यह सब लक्ष्मी की माया है आर्य। योगी इसका रस ग्रहण नहीं कर सकता। आर्य सेनापति, मैंने सुना है कि आप आज लौट जाएँगे।" कौरोष ने कच्ची पक्की हिन्दी भाषा में नागषेण से पूछा।

"महात्मा नारदजी को अहिच्छत्रा ले जाना आवश्यक है। हमारे पूज्य गिरा गुरुमहाराज गणपति जी ने अहिच्छत्रा नरेश को राजी करने का कार्य इन्हें ही सौंपा है।"

नारद ने पारसी भाषा में कहा : "सेनापति ठीक कह रहे हैं। अहिच्छत्रा नरेश अच्युत नाग कुछ वर्षों पहले मथुरा को अपने राज्य में मिलाना चाहते थे, किन्तु नागवंश के सर्वश्रेष्ठ और ज्येष्ठ पुरुष विद्वद्वर गणपतिजी ने उन्हें ऐसा करने से रोक दिया था। उन दिनों कुणिन्द और यौधेयगण कुषाण सम्राट वासुदेव के समर्थक थे। अब दूसरी स्थिति है। राजाधिराज अच्युतनाग यदि अहिच्छत्रा और मथुरा जैसी दो अति सम्पन्न महानगरियों के अधिपति बन जाएँगे तो नाग साम्राज्य का आन्तरिक शक्ति-सन्तुलन बिगड़ने की सम्भावनाएँ बढ़ जाएँगी।"

"तब आप किसको राजा बनाना चाहते हैं?"

"इसी सम्बन्ध में हम आप और अन्य प्रतिष्ठित माथुरों का मन्तव्य जानने के लिए ही यहाँ भेजे गये हैं।"

"मैं यहाँ का नागरिक नहीं हूँ तथापि जगत्सेठ वसुमित्र के मत से पूर्ण परिचित हूँ।

मथुरा के व्यापारी स्वच्छ शासन चाहते हैं। किसी व्यक्ति विशेष के प्रति उनका आग्रह नहीं है।"

"गिरागुरु गणपति महाराज यह सुनकर निश्चय ही सन्तुष्ट होंगे। वैसे उन्होंने एक स्थानीय योग्य व्यक्ति को ही राजतिलक करने की मंत्रणा हमें दी है।"

"क्या आप हमें उनका परिचय दे सकेंगे?"

उत्तर नागषेण के बजाय नारद ने दिया; कहा : "गोकुल ग्राम का यदुनागवंश कनिष्क और वनस्पर के समय से ही इन विदेशियों के प्रति अपने विद्रोह के लिए सुख्यात है। भार्गव सोमाहुति के अग्रज को वनस्पर द्वारा शूली दिये जाने पर गोकुल के यदुनागों ने ही वनस्पर के आवास गृह में आग लगा कर उसे जीवित जलाने का प्रयत्न किंया था। उसी वंश के वीर कीर्तिसेन इस समय अच्युतजी के जामाता होकर अहिच्छत्रा में निवास कर रहे हैं।"

"यदि जगत्सेठ वसुमित्र को यह प्रस्ताव स्वीकार होगा तो मुझे इसमें भला क्या आपत्ति हो सकती है।"

"जगत्सेठ इस नाम से प्रसन्न हैं। हमारी बात हो चुकी है।"

"तो ठीक है। कीर्तिसेन को ही यहाँ का राज्य मिले। केवल एक शंका मेरे मन में है, छोटी स्थिति से सहसा बड़ी स्थिति पा जाने वाला व्यक्ति प्रायः अपना बुद्धि संतुलन खो बैठता है।"

"कीर्तिसेन अहिच्छत्रा के श्रेष्ठ अश्वारोही धनुर्धर और अर्थनीतिज्ञ हैं। वे सुख्यात रत्नपारखी भी हैं। अहिच्छत्रा की अर्थनीति उन्हीं की मंत्रणा से निर्धारित होती है। उनकी इस विशेषता के कारण गणपतिजी ने विशेष रूप से उन्हें ही चुना है। व्यक्तिगत रूप से मैं उन्हें नहीं जानता, पर यह अवश्य जानता हूँ कि वे गणपति जी और यहाँ तक कि जगत्सेठ वसुमित्र के प्रशंसापात्र हैं।"

"सेठ वसुमित्र मथुरा के महाजनों के मुखिया हैं, मेरे लिए उनका मत सादर मान्य है।—तो फिर आपकी सेना यहाँ कब पहुँचेगी?"

"ज्येष्ठ के अन्त अथवा देर से देर आषाढ़ के पहले सतवारे में। किन्तु इसका निर्णय भी आप ही को करना होगा।"

"हम चाहते हैं कि साँप मरे पर लाठी न टूटे। दिन कोलाहल में व्यर्थ न जाए। मैं जानता हूँ कि यहाँ का शासनतंत्र इतना बिगड़ चुका है कि हम युक्तिसंगत ढंग से रक्त की एक बूँद बहाए बिना ही शासन परिवर्तित कर सकते हैं।"

नारद गंभीर स्वर में बोले : "जगत्सेठ, द्वंद्व तो होना ही चाहिए। द्वंद्वात्मक क्रियाओं को संचालित किये बिना व्यक्ति को जो सिद्धि सम्पदा मिलती है, वह उसकी दृष्टि में प्रायः अपना मूल्य खो देती है; एक समूचे नगर के लिए तो यह और भी आवश्यक है।"

"मैं आपका तात्पर्य नहीं समझा आर्य नारद।"

"मेरी इच्छा है कि नागसेनाओं के आने से पूर्व राजधानी की आर्त प्रजा और उनके आततायी वर्ग के बीच में संघर्ष तीव्रतर हो जाय तो भला होगा। रक्तहीन शासन परिवर्तनों में यद्यपि सामूहिक रक्तपात नहीं होता, पर अनेक व्यक्तियों के बलिदानों के बिना वह सम्भव भी नहीं होता। नये को स्वीकार करने के लिए यह नितान्त आवश्यक है कि पुराने

के प्रति मनुष्य के मन में अतीव घृणा जाग उठे।"

"आर्य, आप श्रेष्ठ नीतिज्ञ हैं। मेरी लवणशोभिका जीवहत्या से घृणा करती है। उसी की प्रेरणा से मैंने रक्तहीन परिवर्तन लाने के लिए यहाँ के शासन तंत्र पर अपना जाल फैला रखा है—"

"किन्तु आपका साधन है, धन। धन देकर निस्सन्देह आप सैनिकों, राजकर्मचारियों आदि में अधिकतर लोगों को अपने वश में कर लेंगे, पर वे बिके हुए पशुमात्र ही होंगे। इन्हीं कर्मचारियों से जब नये शासन को काम लेना पड़ेगा, तब उनकी नैतिक शक्ति पूरी तरह से टूट चुकी होगी। मैं यह चाहता हूँ कि स्वयम् उनके मन में भी शासन परिवर्तन की इच्छा जागे। तभी उनका कर्म जाग सकेगा।"

"सहमत हूँ। ऐसा ही होगा। केवल इस नाममात्र के कुषाण सम्राट् को मैं जन घृणा अथवा आक्रोश का आधार नहीं बनाऊँगा। बेचारा इन दुष्टों के हाथ का विवश खिलौना है। मुझे मानता भी है।"

"मैं वचन देता हूँ, हमारी नयी शासन-व्यवस्था कुषाण सम्राट् के प्रति आपकी इन भावनाओं का आदर करेगी। अच्छा, अब कृपया हमारे यहाँ से बाहर जाने की व्यवस्था कीजिए।" सेनापति नागषेण ने कहा।

"आर्य नारद, मैं आपके मित्र भार्गव ऋषि से अब तक नहीं मिल पाया। सन्त बुरबुज़ से उनकी इतनी प्रशंसा सुनी है कि मिलने के लिए अत्यन्त उत्सुक हूँ। आप आज रुक जाएँ। परसों तड़के ही आपको अहिच्छत्रा पहुँचाने की व्यवस्था हो जाएगी। सुनता हूँ कि भार्गव जी भी आपके लिए प्रतीक्षाकुल हो रहे हैं।"

"मेरे घाव से पट्टी न हटाएँ आर्य! मैं और सोमाहुति पिछले पंद्रह वर्षों के बिछुड़े हुए हैं। उन्हीं के निमित्त इस प्रपंच में फँसा हूँ—पर अब तो फँस ही चुका हूँ। महाराज अच्युतनाग को सहमत करने का दायित्व महाराज गणपति नाग ने मुझे ही सौंपा है। उन्हें छोड़कर उनके जामाता को यहाँ की राजगद्दी देने का निर्णय किया गया है। महाराज अच्युतनाग से इसे मनवाना सरल कार्य नहीं है। हाँ, भार्गव से मेरा यह संदेश अवश्य कह दें कि यदि नारायण की कृपा हो गई, तो एक सप्ताह के बाद मथुरा लौट आऊँगा।"

"ठीक है, पर इस बार भृगुवत्स के भय से वेश परिवर्तित करके आने की आवश्यकता नहीं। जिसकी संगठन-शक्ति से आप आतंकित हैं, वह अत्यन्त नीच और कायर भृगुवत्स तो इस समय नारीवेश में पट्ट महादेवी के साथ बैठा गजक्रीड़ा देख रहा है। ऐसे कायर के संगठन जाल के सभी तंतु निर्बल होते हैं।"

"एवमस्तु! नारायण आप सबका मंगल करें।"

गजक्रीड़ा समाप्त होने से पहले ही नारद और नागषेण आलोक मन्दिर से बाहर चले गए।

२९

●

●

कल लवणशोभिका और शाहगुल के बेरोकटोक पट्ट महादेवी के कक्ष में घुस आने से महास्थविर भृगुवत्स के मन में बड़ी हलचल मच गई थी। एक तो 'दुश्मन' ने उन्हें देख लिया, दूजे एक ऐसा चेहरा दिखा गई कि अब उसे देखे बिना चैन नहीं पड़ता। लवणा ने भृगुवत्स को पहचानकर उन्हें नटखट आँखें तो अवश्य दिखलाई थीं, पर न तो शाहगुल से कुछ कहा और न पट्ट महादेवी को यह आभास होने दिया कि उसने भृगुवत्स को पहचान लिया है। महारानी को शाहगुल की बातें बतलाते, उनकी मीठी बातों के बीच दुभाषिया बनकर वह बीच-बीच में ऐसी फुर्ती से भृगुवत्स की चोर आँखों को ताककर पकड़ लेती थी कि जैसे बिल्ली चूहे को उछाल-उछालकर दबोचती है। भृगुवत्स रुँधा जा रहा था। लवणा ने पट्ट महादेवी को अपनी बागवाली कोठी में आमंत्रित किया। कौरोष बड़े सुंदर और गठीले बदन का एक यवनदास लाये हैं। साक्षात् कामदेव का अवतार है। उसे देखकर तीन सेठानियाँ ललच चुकी हैं, मुँहमाँगे दामों पर उनका सौदा करने को तैयार हैं, पर लवणा की राय में श्रेष्ठ रत्न राजा-रानियों ही के द्वारा धारण किये जाने चाहिए। शाहगुल को सेठ गुस्तास्प की भांजी बतलाकर कहा कि बड़ी पवित्र है। भगवान् तथागत के ध्यान में ऐसी लवलीन रहती है कि देख-देखकर श्रद्धा उमड़ती है। इतनी सरल है कि अभी तक उसमें अपना आयुबोध ही नहीं पनपा। लवणा जानबूझ कर उसे गजक्रीड़ा दिखाने ले आयी है जिससे कि उसके अतिधर्मग्रस्त मन में सरल जीवन की पहेलियाँ जागें। गुस्तास्प मिहिरदास के बेटे से इसके ब्याह चलाने की बात सोचते हैं, पर यह लवणा के द्वारा उन्हें कहलाना चाहती थी कि ब्याह नहीं करेगी, भिक्षुणी बनेगी। वह एक महान् दीक्षागुरु की तलाश में है। लवणा ने त्रिपिटकाचार्य भिक्षु धर्मरक्षित से दीक्षा दिलाने की मंत्रणा दी थी, पर कठिनाई यह है कि सेठ गुस्तास्प और सरल वृद्ध त्रिपिटकाचार्य दोनों ही महास्थविर से पूछे बिना कुछ नहीं करना चाहते . . ."और मैं यह समझती हूँ कि महास्थविर को इसे दीक्षित नहीं करना चाहिए, उन्हें तो आप जानती हैं। सम्राट् भी इसे रानी हेलेना के महल में आमंत्रित करना चाहते हैं। अभी-अभी बड़ा आग्रह किया, पर मैंने चुपके से आर्यपुत्र की उँगली दबाकर उन्हें बरज दिया। दोनों ही बातों के लिए आपका आदेश पाना मेरे लिए आवश्यक था। नारी की समस्या नारी ही समझ सकती है।" यह सब कहकर लवणशोभिका ने पट्ट महादेवी के कलेजे में ठीक-ठिकाने बत्ती सुलगा दी थी। महादेवी भृगुवत्स या सम्राट् में से एक को भी अपने हाथों से नहीं जाने देना चाहती थीं। उन्होंने लवणा को यह आश्वासन दिया कि वे भिक्षु धर्मरक्षित को शाहगुल का धर्मगुरु नियुक्त करा देंगी। मुँह फेरे बैठे नारी वेशधारी महास्थविर के कलेजे में भी लवणा कौरोष की मनचाही लालसाग्नि भड़का चुकी थी।

बाह्याली समाप्त होने पर अपने स्थान पर आते ही भृगुवत्स ने भिक्षु धर्मरक्षित को

बुलाकर कहा : "आचार्य, सेठ गुस्तास्प के यहाँ से यदि कोई आपको प्रवचनार्थ न्यौता देने आये, तो स्पष्ट कह दें कि महास्थविर से आदेश मिले बिना संघ का कोई भिक्षु किसी का निमंत्रण स्वीकार नहीं कर सकता।"

सरल किन्तु गंभीर त्रिपिटकाचार्य ने खड़े-खड़े सुना, सिर हिलाकर आदेश स्वीकारा और चले गए।

सेठ गुस्तास्प पर अपना असीम कृपाभाव जतलाने के लिए महास्थविर ने अपने उद्यान की लीचियाँ भेजीं। तीन वर्ष पहले रेशम के व्यापारी एक चीनी भक्त ने चीन देश के मधुरतम फल ली-चू के बीच भिजवाये थे। इस वर्ष मथुरा में पहली बार लीची फली थी। कुछ विशिष्ट राज़-पुरुषों और भृगुवत्स के कृपापात्र दो-तीन सेठ-सेठानियों को ही संघाराम की थोड़ी सी लीचियाँ पाने का सौभाग्य अब तक प्राप्त हुआ था। वह सौभाग्य आज सेठ गुस्तास्प को भी प्राप्त हुआ। लीचियों का प्रसाद छिले हुए गूदे के रूप में ही भेजा गया, बीज नहीं भेजे गए। इसके अतिरिक्त दक्षिण भारत के चोल महाराज के द्वारा मथुरा के हुविष्क विहार को भेंट में भेजा गया एक स्वर्णहार, जिसमें छोटी-छोटी कलात्मक बुद्ध प्रतिमाएँ कड़ियों में जुड़ी हुई थीं, भृगुवत्स ने सेठ गुस्तास्प की बौद्ध धर्मी भांजी शाहगुल के लिए भिजवाया।

सेठ गुस्तास्प के घर से यह सूचना जिस समय लवणशोभिका के यहाँ पहुँची, उस समय अन्तःपुर के प्रमदवन में जगत्सेठ कौरोष और व्यास सोमाहुति भार्गव अमराई की छाया में स्फटिक की चौकियों पर बैठे पारस्परिक परिचय का आदान-प्रदान कर रहे थे। लवणशोभिका दोनों के बीच दुभाषिये का काम कर रही थी। वातावरण गंभीर देखकर दासी पेड़ के पीछे ही थम गई। लोना पुरुषों की चौकियों के बीच में मोतियों की सुन्दर बेल-फूल कढ़े रेशमी आसन पर बैठी थी। संलाप संस्कृत और पारसी भाषाओं में हो रहा था। कौरोष यों तो कच्ची पक्की शौरसेनी प्रायः धाराप्रवाह ही बोल लेते हैं, परन्तु भार्गव से बातें करने के लिए शौरसेनी को माध्यम न बनाया। आज प्रातःकाल महन्त जी का सँदेसा आया कि भार्गव ऋषि जगत्सेठ से मिलने का आग्रह कर रहे हैं। कौरोष ने अपना रथ आठ सवारों सहित भेजकर उन्हें यहाँ बुलवा लिया था।

जगत्सेठ कौरोष का जन्म एक अत्यन्त प्राचीन और महान् राजकुल में हुआ था, जो कालचक्र के प्रभाव से अपना साम्राज्य वैभव खोकर कई पीढ़ियों से अब वसुरा नगरी में व्यापार करने लगा है। कई सौ वर्ष पहले भगवान् बुद्ध के बाल्यकाल के दिनों में पारस देश के अखामनशी जनपद के मुखिया अखामन के वंश में कुरव अथवा कौरोष नाम के एक अति प्रतापी पुरुष हुए थे। उन्होंने विशाल अखामनी साम्राज्य स्थापित किया था। कुरव की माता माद्री थीं। मद्रों ने कश्यप सागर से लेकर बावेरु, एलम और मिस्र तक के कुछ भाग पर अपना प्रभुत्व स्थापित कर लिया था। उनके प्रतापी राजा देवक मद्र का देहावसान होने पर कुरव ने अपने मातृकुल की सत्ता भी उनके निर्बल उत्तराधिकारियों से ग्रहण कर ली और एक महान् साम्राज्य स्थापित किया। अपने वंश का इतिहास बतलाते हुए कौरोष ने कहा : "हमारा अग्निपूजकों का वंश है, किन्तु मेरे नामराशि पूर्वज सम्राट् कौरोष ने जब बाबुल जीता, तो वहाँ के प्रधान देवता बलमर्दुक के आगे भी अपना शीश नवाया था। मैं आपके उन सभी देवतों के प्रति नत होता हूँ जिन्हें मेरी यह लोनी पूजती है। वासुदेव, पार्श्व महावीर, बुद्ध, बल, अहुर्मज्द, शिव, लात, वासुकि—रूपों की अनेकता से क्या अन्तर पड़ता

है, श्रद्धा एक है।"

"सच है, निर्बोध का बोध श्रद्धा ही होती है। उसे केवल अन्धी होने से बचाते रहना चाहिए।"

"महात्मा बुरुबुज़ ने एक बार मुझसे कहा था कि भक्ति भावना मनुष्य की नैसर्गिक वृत्ति है। वह किसी को अपने से कुछ बढ़कर मानना चाहता है, अपने आपको उस पर निछावर कर देना चाहता है। और निछावर होनेवाली वस्तु में निछावर होनेवाला व्यक्ति कोई बुराई देख ही नहीं सकता।"

"पूर्णत्व सदा अव्यक्त ही में अपना आभास दे पाता है आर्य; व्यक्त ससीम है अतः अपूर्ण है। संतजी प्रतिक्षण अपने ससीम व्यक्त को अपने असीम अव्यक्त के प्रसार में लय करते रहते हैं। उनकी श्रद्धा चक्षुवती है। मैं भी अपने देश की श्रद्धा शक्ति को ससीमता से असीमता में प्रसारित करना चाहता हूँ। मेरा योग सामूहिक योग है। मेरा धर्म लोकधर्म है।"

दासी लवणशोभिका के पास देर से आकर खड़ी थी। भार्गव की बात का अनुवाद करके लवणा अपने प्रिय के हेतु पान लगाने के लिए मुड़ी, तो उसकी दृष्टि दासी के स्तंभित पगों पर पड़ी। सिर उठाकर उसे देखा। दासी ने झुककर उसके कानों में कुछ कहा। लवणा का चेहरा सरस होकर खिल उठा; उठी, भार्गव को सविनय हाथ जोड़े और फिर कौरोष के पास आकर उनके कान में धीरे से कहा : "भच्छ जाल में फँस गया है। सेठ गुस्तास्प के यहाँ लीचियों का प्रसाद और शाहगुल के लिए सोने की बद्ध माला पहुँची है।" कौरोष लवणा की ओर देखकर मुस्कुराए और फिर भार्गव से कहा : "आर्य! आपकी बातों में हमने व्याघात डाला, क्षमा करें। आप लौकधर्म के सम्बन्ध में हमें बतला रहे थे।"

कौरोष की बात का अनुवाद करते हुए लवणा ने स्वयं भी उनसे क्षमाप्रार्थना की और अपने आसन पर बैठकर व्यासजी की ओर देखने लगी।

व्यास सोमाहुति गंभीर स्वर में बोले : "सन्तजी का भक्तिभाव मनुष्य मात्र का स्वभाव है, किन्तु प्रत्येक पुरुष अहर्निश इस भाव का भजन उस प्रकार से नहीं कर सकता, जैसे वह करते हैं। इसी प्रकार ज्ञान जो मुझे निरन्तर अपने ही लिए चलाता रहता है, प्रत्येक व्यक्ति की भूख है; किंतु हर एक अपना प्रतिक्षण ज्ञान के प्रति इस प्रकार समर्पित नहीं कर सकता। यज्ञकर्ता तांत्रिक और जादू-टोनेवाले कर्मकाण्ड में विश्वास रखते हैं। प्रत्येक औसत मनुष्य भी ऐसे पारलौकिक उपयोग के कर्मकाण्ड में भयजनित आस्था तो रखता है, किन्तु केवल उसी से उसे आध्यात्मिक मनःशान्ति नहीं मिलती। अतः मेरा मत है कि ज्ञान, भक्ति और कर्म का उचित समन्वय ही लोक के लिए कल्याणकारी हो सकता है। जब अदृश्य के प्रति समर्पित नाना प्रकार के क्रियाकर्मादि करने की बात ही को सर्वश्रेष्ठ माना जाता है, तब किसी न किसी स्थिति पर आकर जन मानस उसे नकारने लगता है। उसकी आस्था के बंधन टूटने लगते हैं। केवल ब्राह्मणों को बड़ी-बड़ी दक्षिणाएँ देने से, दिन-रात स्वाहा-स्वाहा कहकर अग्निदेव को प्रज्ज्वलित करने से, अथवा अन्धाधुन्ध बलि अर्पित करने से क्या ईश्वर प्रसन्न होता है?—ईश्वर क्या केवल कुछ ही वर्गों के मनुष्यों का है, सबका नहीं है? तब फिर वह ईश्वर कैसा है? इस प्रकार मानसिक ऊहापोह से ज्ञानमार्ग पर चल कर ही मुक्ति पाई जा सकती है और यही हुआ भी था। औद्दालक आरुणि ने यज्ञों के विरुद्ध एक प्रचण्ड वैचारिक आन्दोलन का सूत्रपात किया था। आर्य महावीर वर्द्धमान और आर्य शाक्य मुनि ने इस वैदिकी हिंसा और वैदिक ब्राह्मणों की क्रूरता तथा अहम्मन्यता से चिढ़कर ही ज्ञानमार्ग का

अनुसरण किया था। महावीर ने निरन्तर तम को ही ज्ञान का स्रोत माना। उन्होंने सर्वेन्द्रियजित होकर केवल ज्ञान के दर्शन किये। योग भी यही राह दिखलाता है। किन्तु ज्ञान एक जगह निर्गुण रूप में ही विद्यमान रहता है, इसीलिए संसार के सब प्राणी योगी, बुद्ध, महावीर, किम्वा उपनिषद्‌कार आदि नहीं बन सकते। उनके ज्ञानी बनने की भी सीमा है। लोकजन प्रेम भाव को सहज पहचानते हैं। देवी लवणशोभिका जो भाव आर्य कौरोष को उनके परोक्ष अथवा अपरोक्ष होने पर अर्पित करती हैं, वह भाव थोड़ा या बहुत प्रत्येक नर-नारी का जाना-पहचाना और बरता हुआ है। भजन से भक्ति जागती है, तप और भय से ज्ञान जागता है और भक्ति भी। अतः भक्ति, ज्ञान और कर्म तीनों का उचित समन्वय ही लोकधर्म है। हमें इसी सिद्धान्त को लेकर धर्ममार्ग पर आगे बढ़ना चाहिए।"

कौरोष ने गंभीर होकर अपनी सहमति प्रकट करते हुए कहा : "हे आर्य, आपकी बातें मेरे मन को सुहाती हैं, आपका चिन्तन यथार्थ है। हम ज़रथुस धर्मी अग्निपूजकों की गाथा से एक मंत्र आता है, जिसमें अहुर्मज़दा से हम भौतिक और आध्यात्मिक दोनों ही प्रकार की सिद्धियों के हेतु प्रार्थना करते हैं—" कहकर कौरोष दत्तचित्त होकर बड़े भाव से अपना गाथा मंत्र पढ़ने लगे—

"ये वाओ मज़दा अहुरा। पइरी जसाइ वोहू मनंघहा।
मइब्यो दाबोइ अव्हाओ। अस्त्वतसचा ह्यत चा मनंघहो॥
अयप्ता अषात् हचा। याइश रथन्तो दइदीत् ख्वाथ्रे।

कौरोष ने जैसे ही अपना मंत्रपाठ पूरा किया, वैसे ही आनन्दमग्न होकर व्यास सोमाहुति सुनाने लगे—

यः वः मेधा असुर! परिजस वसुमनस्तमभ्यम् धावे अस्वोः।
अस्थ्वतश्च यत् च मनसः आयप्ता अषात् सचा। यैः रभन्तो दधीत स्वात्रे।

"हे मेधा असुर, मैं पवित्र मन से आपकी प्रार्थना करता हूँ। आप मुझे भौतिक एवम् आध्यात्मिक दोनों ही प्रकार की सिद्धियाँ पाने के लिए मन की पवित्रता प्रदान करें, क्योंकि उसी के द्वारा हम अपने अन्तःकरण में जागती ज्योति के दर्शन कर सकते हैं।"

कौरोष और लवणशोभिका दोनों ही आश्चर्यचकित और आनन्दमग्न होकर व्यासजी को देखते रहे। लवणा बोली : "कहीं भी तो अन्तर नहीं, न शब्द में न अर्थ में।"

"केवल उच्चारण ही का अन्तर है, जो सहज स्वाभाविक है। किंतु आर्य, हम ज़रथुस्त्रधर्मी अग्निपूजक हों अथवा वेदधर्मी अग्निपूजक—हम दोनों ही अपने मूल आर्यधर्म से च्युत हो गये हैं।"

"तथागत बुद्ध भी यही कहते थे। धर्म को देशकालानुसार अपनी समीक्षा करनी ही चाहिए, अन्यथा वह रूढ़ होकर अर्थहीन हो जाता है। इससे भी घातक परिणाम यह होता है कि हम रूढ़ियों से लड़ने की अपनी स्वाभाविक प्रवृत्ति के कारण निरन्तर फूटते चले जाते हैं। आज कस्सप समुन्दर, बल्कि उसके पार कसकस्थान से लेकर अरबया, मुद्र (मिस्र) और थ्रेस (योरप) और आपके हफ्त हिन्दू (सप्तसिन्धु) यानी बरतनों (भरतों) के देश तक पूरे इलाके को मैं तो आर्यनेम वैजा (आर्य-भूमि) मानता हूँ। पहले (असुर) आर्यों ने तहज़ीब को फैलाया। दूर उत्तर के देशों ने फिर उन्हें हराकर अपनी माया फैलानी शुरू कर दी। चारों ओर फूट के झमेले ही झमेले फैल गये।"

सोमाहुति ने मुस्कुराकर कहा : "आर्य कौरोष, आप देवों और असुरों के झगड़े में न

पड़ें, वस्तुतः दोनों ही एक हैं। एक ही स्रोत की दो धाराएँ, जिनमें एक बहुत पहले बही और दूसरी कालान्तर में अन्य मार्ग से बहते-बहते पूर्वधारा ही में आ मिली। दोनों के आदिस्रोत को देखो, दोनों का संगमस्थल देखो और बीच के सारे झगड़े को भूल जाओ। आर्यों की असुर सभ्यता ने मुण्डा, खशी, कोल, किरात, आग्नेय, शमी आदि अनेक वंशों के मनुष्यों को अपने साथ मिलाकर मानव सभ्यता का विकास किया था। हल उन्होंने ही आविष्कृत किया, धातुओं का परिचय उन्होंने ही कराया। उत्तर के देवगण उन्हीं के आक्रमणों से चेते और स्वयम् भी आक्रामक बने। वे घुमन्तू व्रात्यों से आर्य बने। उन्होंने हलिः अर्थात् बड़े हल से खेती की। यह हलम् और हलि का भेद लेकर आर्यों के हरवंश और हरिवंश चले। हरि-हर का द्वन्द्व चला। बात एक, अर्थ एक, किन्तु विजित विजेता का पारस्परिक कुण्ठित एवम् उच्छृंखल दम्भ, ज्ञान और पाण्डित्य के मुखौटे लगा-लगाकर परस्पर जूझते हुए महत् आर्य सत्य का हनन करने लगे। आज हरिहर को एक किये बिना हमारा काम नहीं चलेगा। अब तो मेरे ध्यान में वासुदेव और शिव एक होकर आने लगे हैं आर्य! और इनके बीच में बिखरे आर्य सत्य के टुकड़ों को बीन-बीनकर एक साथ जोड़ना ही होगा। एकता के बिना गति नहीं। आर्यावर्त की अनेकता में उसकी मूल एकता को पुनःस्थापित करना ही होगा।"

"आपका यह व्रत पूर्ण हो आर्य भार्गव, मैं तो व्यावसायिक दृष्टि से देखता हूँ। इस भूमंडल में जितनी ही शांति फैलेगी, वाणिज्य-व्यवसाय के लिए उतना ही हमारा मार्ग प्रशस्त होगा।"

"मैं आज आपसे कुछ मंत्रणा करने आया हूँ। मैं चाहता हूँ कि मथुरा के महावीर पार्श्वनाथ पूजकों एवम् सद्भिक्षुओं, शैवों, शाक्तों और वैष्णवों के प्रमुख आचार्यों से मिलकर उन्हें इस अनाचारी शासन के प्रति विद्रोह करने को संगठित करूँ। मैं यह भी चाहता हूँ कि कल से केशवजी के मन्दिर में मैं नियमित रूप से अपने प्रवचन देना भी आरंभ करूँ। इस समय जन की कुण्ठाओं को विद्रोह की वाणी देना आवश्यक है—ऐसा विद्रोह, जो जन को अन्धकार से प्रकाश की ओर ले जाए।"

"अवश्य कीजिए ऋषिवर, मथुरा में दिन-रात जहाँ चाहे घूमिए, मेरे रहते कोई आपका बाल तक बाँका न कर सकेगा।" जगत्सेठ कौरोष के स्वर में उनकी सत्ता बोल रही थी।

भार्गव को बाहर तक जाकर सादर बिदा करने के बाद घर में लौटते हुए कौरोष ने सहसा लवणा के कन्धे पर हाथ रखकर प्रसन्न मुख से कहा : "लोनी, व्यासजी ने अच्छी प्रेरणा दी है। गुस्तास्प के घर पर शास्त्रार्थ होना चाहिए। व्यासजी को भी उसमें बुलाया जाए।"

"तब भृगुवत्स वहाँ न आएगा।"

"यही तो मैं चाहता हूँ। भृगुवत्स आमंत्रित अवश्य किया जाए, पर आ न सके, तभी तो उसके कलेजे में भड़के उठेंगे? तू अपनी शाहगुल को बिल्ली बना दे बिल्ली, जो चूहे को उछाल-उछालकर दबोचती है और इच्छामत खिलवाड़ करने के बाद उसे हड़प जाती है।"

लवणशोभिका हँसी, जगत्सेठ का हाथ पकड़कर झुलाते हुए बोली : "मैं तुम्हें तो अपना वेश्यारूप न दिखला सकी, किन्तु शाहगुल के रूप में तुम्हें अपनी परंपरा के सारे करतब दिखला दूँगी।" लवणा की आँखों में एक नटखट खिलाड़िन नाच रही थी, जिसे देखकर बसरा के अरबपति का मनमोर भी नाचने लगा। दोनों हँस पड़े।

३०

●

●

सेठ गुस्तास्प की हवेली के दूसरे आँगन में नगर के प्रायः सभी देशी-विदेशी धनी-धोरी और कई राजपुरुष भी उपस्थित थे। मथुरा के रहने वाले अनेक आजीवक श्रावक और वैष्णवधर्मी विद्वान् उपस्थित थे। केवल बौद्ध भिक्खु ही वहाँ नहीं दिखाई दे रहे थे। गुस्तास्प सेठ स्वयं बौद्ध थे, इसलिए किसी भिक्षु का वहाँ पर न होना बौद्ध धर्मावलंबी सेठों, महाजनों और ऊपर के खण्ड में बैठी हुई उनकी स्त्रियों को तो खल ही रहा था, दूसरों के लिए भी आश्चर्यकारी बन गया था। गुस्तास्प सेठ ने सभा के आरंभ ही में सबको यह बतला दिया कि महासंघ स्थविर भृगुवत्स, भिक्षु धर्मरक्षित तथा नगर के अनेक जाने माने भिक्खु आमंत्रित किये गये थे। इसलिए उनके यहाँ अनुपस्थित होने का कारण स्वयं महास्थविर ही बतला सकते हैं; सेठ गुस्तास्प अन्य सद्धर्मावलम्बियों के साथ-साथ इस बात पर दुःख ही प्रकट कर सकते हैं कि उनके धर्म गुरु यहाँ नहीं पधारे। ऋषिवर भार्गव और श्रावक आचार्य जिनभद्र सभा में मान्य अतिथियों के रूप में उच्चासनों पर प्रतिष्ठित थे। मथुरा में ऐसी विद्वद्गोष्ठी का आयोजन अनेक वर्षों के बाद हुआ था। कुषाण सम्राट् वासुदेव के काल में ऐसे समारोह प्रायः हुआ करते थे। भार्गव व्यास ने तभी से मथुरा में चामत्कारिक ख्याति अर्जित कर रखी थी। यति जिनभद्रजी का तेजस्वी व्यक्तित्व भी सभा के आकर्षण का केन्द्र था।

यह विचार यज्ञ एक आजीवक विद्वान् के प्रवचन से आरंभ हुआ। उन्होंने आत्मा के अस्तित्व पर प्रबल प्रहार करते हुए अपनी विचारधारा प्रवाहित की : "आत्मा—आत्मा—कोरी बकवास है तुम्हारी आत्मा। जैसे महुआ, गुड़ और जल आदि के मिलने से उसमें मादकता का एक विशिष्ट गुण उत्पन्न हो जाता है, वैसे ही पृथ्वी, जल, वायु, अग्नि आदि के मिलने से उनमें एक विशिष्ट प्रकार की संचेतना उत्पन्न हो जाती है। मनुष्य की आत्मा और मदिरा का मद एक समान है। शरीर का अन्त होते ही आत्मा का भी अन्त हो जाता है, जो व्यक्ति आत्मा के चक्कर में रहते हुए इस लोक के प्रत्यक्ष सुख को त्यागकर परलोक के सुखों की कल्पना करने में मगन रहते हैं, उन्हें कुछ भी नहीं मिलता।"

आचार्यों की अनुपस्थिति के कारण एक अनाज के व्यापारी ने, जो अपने बौद्ध धर्माध्ययन के लिए नगर में प्रसिद्ध थे तथा अपने आपको बौद्ध न कहकर शून्यवादी कहते थे, बोलने की इच्छा प्रकट की। सुन्न सेठ ने आत्मा का खण्डन करते हुए कहा : "यह समस्त जगत् का शून्य रूप है, इसमें विचरनेवाले नाना रूपों के मनुष्य, पशु-पक्षी आदि जितने पदार्थ हमें प्रतिभासित होते हैं, वे वस्तुतः मिथ्या हैं। उनमें आत्मा का अस्तित्व खोजना बहुत बड़ी भ्रान्ति है। आत्मा स्वप्न या इन्द्रजाल के कौतुक से अधिक और कुछ भी नहीं। जैसे स्वप्न में अथवा इन्द्रजाल से बँधी हुई दृष्टि में बहुत से आकार आ जाते हैं और फिर सहसा विलीन हो जाते हैं, वैसे ही इस जगत् का सारा क्रियाकलाप भी होता रहता है;

ग्रीष्म ऋतु में मरुभूमि की सूर्य किरणों से चमकती सिकता को जल मानकर प्यासा हिरन जैसे दौड़ता है, वैसे ही यह आत्माभिमानी भोगाभिलाषी मनुष्य भी परलोक के सुखों की मिथ्या कल्पना को सत्य मान कर उसे पाने हेतु दौड़ते-दौड़ते अन्त में तृषा और थकावट से टूटकर हताश मर जाते हैं।"

सुन्न सेठ के भाषण ने एक अन्य 'विद्वान्' सेठपुत्र को भी बोलने के लिए उकसाया। उन्होंने भी जीव या आत्मा के स्वतंत्र अस्तित्व को बड़े जोरदार शब्दों में नकारा और कहा : "यह जगत् विज्ञान मात्र है, ज्ञान का विकार है, और कुछ भी नहीं। यहाँ सब कुछ क्षणभंगुर है। क्षणभंगुर पदार्थ में हमें जो प्रत्यभिज्ञान होता है, वह कोरा छलावा भर है। आप सब अपने केशों और नखों को कटवाते रहते हैं। वे जब बढ़ते हैं तो आप कहते हैं कि आपके वही केश और नख फिर से बढ़ आए हैं, जिन्हें आपने पहले कटवा दिया था। वस्तुतः यह धारणा भ्रान्त है, नितान्त भ्रान्त है। अरे, जो पहले बढ़े थे, वे पहले ही कट भी चुके और जो अब बढ़े हैं, वो एकदम नये हैं। पहले कट जानेवाले केशों और नखों से भला इन केशों और नखों का सम्बन्ध जुड़ ही क्योंकर सकता है? सब कुछ नया जन्मता है और पुराना होकर मर जाता है। नए पुराने के बीच में कोई अविच्छिन्न परम्परा नहीं होती।"

सभा में पण्डिताई के पहाड़ पर पहाड़ उठते चले गए और सुनने वालों की बुद्धि तर्कचकित होकर छोटी होती गई। ज्ञान मनुष्य के लिए तभी सहायक होता है जब वह उसे अपने साथ-साथ ऊँचा उठाने की सामर्थ्य रखता है। श्रोताओं में, विशेष रूप से नारी-मण्डप में धीरे-धीरे ऊब फैलने लगी थी। श्रावकों के पूज्य आचार्य जिनभद्र तब अपना प्रवचन करने के लिए सादर आमंत्रित किए गए। उनकी वाणी में ओज था, उनका व्यक्तित्व तेजपुंज था। अचेलक आचार्य सहज ही सबकी श्रद्धा के पात्र थे। इसलिए जब उनका प्रवचन प्रारंभ हुआ तो सभा में शान्ति स्थापित हो गई।

आचार्यजी ने सभा में प्रस्तुत किए गए विचारों पर अपना मत प्रकट करते हुए कहा : "जो विद्वान् आत्मा को नकारते हैं, वे यह क्यों भूल जाते हैं कि पृथिवी आदि भूत चतुष्टय के अतिरिक्त हमें ज्ञान रूप दर्शन की भी प्रतीति होती है। चैतन्य, चित्स्वरूप, ज्ञानदर्शन रूप है और शरीर अचिन्त्य रूप जड़ है। जड़ता में चेतना उसी प्रकार रहती है, जैसे म्यान में तलवार। तलवार म्यान में रहती अवश्य है, पर वह म्यान से उत्पन्न नहीं होती। इसी प्रकार चैतन्य न तो पृथिवी, जल, अग्नि आदि भूतचतुष्टय से निर्मित है और न वह उनमें से किसी भूत का विशिष्ट गुण ही है। शरीर और चैतन्य दो अलग-अलग पदार्थ हैं, यद्यपि शरीर चैतन्य के निवासार्थ ही निर्मित्त होता है। जैसे वर्तमान शरीर में चेतना का अस्तित्व है, वैसे ही अगले पिछले शरीरों में भी था, यह सिद्ध होता है।"

उन्होंने कहा : "विज्ञान पदार्थों को मानता है, इसलिए कुछ लोग इस पदार्थमय जगत् को विज्ञान मानते हैं। आपके मतानुसार विज्ञान ही साध्य भी है और साधन भी। ऐसी स्थिति में फिर तत्व का निश्चय कैसे होगा ? संसार में बाह्य पदार्थों की सिद्धि वाक्यों के प्रयोग से होती है, किन्तु यदि वाक्यों का प्रयोग बन्द हो जाए, तो फिर आप पदार्थों की सिद्धि किस प्रकार से करेंगे? वाक्य यदि विज्ञान से भिन्न है तो वाक्यों का प्रयोग रहते विज्ञान द्वैत सिद्ध नहीं हो सकता और यदि वाक्य भी विज्ञान ही है तो बतलाइए भला, आपके सिद्धान्त 'यह संसार विज्ञान मात्र है' से इस अद्वैत की सिद्धि फिर किसके द्वारा होगी?"

"इसी प्रकार कृपा करके यह भी विचारें कि शून्यत्व का प्रतिपादन करनेवालों के वचन अथवा उनसे उत्पन्न होने वाला ज्ञान है या नहीं है। यदि आप शून्यता प्रतिपादक वचन और विज्ञान को स्वीकार करते हैं, तो वचन और विज्ञान के विषयभूत जीवादि समस्त पदार्थों को भी स्वीकार करना पड़ेगा। यदि यह करेंगे तो आपका शून्यवाद ही नष्ट हो जाएगा। और यदि वचन को नकारते हैं, तो अपने शून्यवाद का प्रतिपादन और मनन किस प्रकार से करेंगे? इस प्रकार सब तरह से विचार करके यही सिद्ध होता है कि जीव शरीरादि से पृथक् पदार्थ है तथा दया, संयम आदि लक्षणोंवाला उसका धर्म भी अवश्य है। अतएव हे श्रेष्ठिजन, जैसे मेघ के बिना वर्षा, दीपक के बिना प्रकाश और छत के बिना छाया नहीं होती, उसी प्रकार धर्म के बिना सम्पदाएँ भी कभी प्राप्त नहीं हो सकतीं। धर्म वही है जिसका मूल दया हो।"

"अहिंसा दया आदि का उपदेश तो स्वयं तथागत ही दे गए थे। उसका यश आप क्यों लेना चाहते हैं?" सुन्न सेठ ने जैनाचार्य पर व्यंग प्रहार किया।

"भगवान् महावीर स्वामी तथागत भगवान् से आयु में बड़े थे। पहले उन्होंने यह ज्ञानोपदेश दिया। सुन्न सेठ ने तो केवल एक पेटी विद्या ही पढ़ी है, वे ज्ञान के समुद्र हमारे पूज्य आचार्य जी की बातों को भला क्या समझेंगे?"एक जैन सेठ बुरा मानकर बोल उठे।

आचार्य जिनभद्र ने हाथ उठाकर शान्त भाव से कहा : "अहिंसा के उपासकों को यह पारस्परिक कटूक्तियाँ शोभा नहीं देतीं। यह 'मैं-मैं' कहनेवाला जीव हमारे सबके जीवन कालों का चिर उद्वेलित केन्द्र है। यह 'मैं' बोधयुक्त जीव अनंत है, नित्य है। यह सत्य है कि पुद्गल निर्मित काया अपनी स्पर्श, गन्ध, स्वाद, श्रव्य, दृष्टि आदि शक्तियों से 'मैं' की शक्ति को प्रायः बन्दी बनाकर अपनी अंधी राह पर उसे चलाती है, परन्तु यह न भूलें कि आपकी यह पुद्गल निर्मित काया एक दिन विरूप हो जायेगी, किन्तु आपके भीतर रमनेवाला यह 'मैं' सदा अपने चेतन स्वरूप में ही रहेगा। उसे अपने मिथ्याभिमान से क्यों उद्वेलित करते हैं ?"

"यह मेरा मिथ्याभिमान नहीं, आत्माभिमान है। अचेलक आचार्य अपने पुद्गल-पुद्गल की रट लगाकर सत्य को झुठला रहे हैं। इंद्रियाँ क्या हैं, पुद्गल ही तो हैं, इनमें क्या ज्ञान-चेतना नहीं है?" सुन्न सेठ ने फिर अपने ज्ञान के तेवर चढ़ाकर दिखाए।

आचार्य जिनभद्र शान्त भाव से बोले : "इंद्रियों के द्वारा भोगी जानेवाली वस्तु पुद्गल है और जैसा कि अभी आपको बतलाया जा चुका है कि पुद्गल में स्पर्श, स्वाद, दृष्ट गन्धादि तो है, पर चेतना नहीं है। चेतना जीव अथवा आत्मा का ही अनिवार्य गुण है। वह केवल ज्ञानगम्य है। मैं इस घर में इस चौकी पर बैठकर बोल रहा हूँ। यह चौकी, यह दीवारें, खंभे, द्वार आदि सब पुद्गल हैं, किन्तु यह नहीं जानते कि इनके घेरे में इस समय 'मैं' क्या बोल रहा हूँ। पुद्गल, काल, धर्म-अधर्म और आकाश चेतन तत्व नहीं, धर्म भी केवल गति तत्व ही है। धर्म वह कारण है जिसके द्वारा गति करना सम्भव होता है। पानी के बिना जैसे मछली गति नहीं कर सकती, वैसे ही जीव अथवा पुद्गल को धर्म स्वयं गति नहीं देता, वरन् यदि वह चाहे तो उनका सहायक बन सकता है। पुद्गल कुरूप, क्रूर अथवा कठोर भी हो सकता है, किन्तु उसमें निहित आत्मा या जीव अति सुन्दर है। उदाहरणार्थ प्रजनन की संभोग क्रिया कुरूप भी है और कठोर भी, किन्तु भोगनेवालों के द्वारा अतीव सुंदर और आनन्दकारी मानी जाती है। इसका कारण यही है कि उक्त पौद्गलिक क्रिया से

जीव एक नवकाया पाकर जन्म लेता है। अतएव हे श्रेष्ठिजन, धर्म से गति लेकर, महावीर प्रभु के बतलाए मार्ग पर चलकर अपने आत्मा को सिद्ध बनाइए। आत्मा या तो सिद्ध अर्थात् मुक्त है अथवा ऐहिक है, अर्थात् कर्म पुद्गलों से निर्मित हिरण्यगर्भ है। हम पूर्ण नहीं, किन्तु पूर्णता सिद्ध कर सकते हैं— अहिंसा उसी सिद्धि का प्रवेशद्वार है।"

आचार्य जिनभद्रजी के प्रवचन का इतना अच्छा प्रभाव पड़ा कि उसकी प्रतिक्रियावश सभा में उपस्थित बुद्ध भक्त नरनारी वृन्द आमतौर से आपस में यह कहते-सुनते दिखाई दिए कि सुन्न सेठ और सेठपुत्र ने अपने धर्म की व्याख्या उचित ढंग से नहीं की, कोरी पंडिताई छौंकने के चक्कर में पड़े रहे। बहुतों को भिक्षु धर्मरक्षित की याद आयी। कइयों ने दबे मुँह से अपने सर्वोच्च गुरु भृगुवत्स के प्रति कटुक वचन भी कहे। श्रावकगण प्रसन्न थे और वासुदेव भक्त व्यासजी का प्रवचन सुनने को उत्सुक।

व्यास सोमाहुति ने सभा का मिश्रित मानस देखा। उन्हें इस समय बिखराव नहीं, संगठित मनोबल की चाह है। उन्हें अन्याय से लड़ना है, न्याय से कदापि नहीं। वासुदेव की जन्मभूमि में बुद्ध, पार्श्वनाथ, निर्ग्रन्थ ज्ञातृपुत्र यदि पूजा पाते हैं, तो इसमें अनोखापन क्या है? यह सभी धर्मप्रवर्तक आचार्य उच्चकोटि के अनुभवी महायोगी हुए हैं। सांख्ययोग की तरह ही इनका ध्येय भी असंप्रज्ञात समाधि है। हम उस कैवल्यस्थिति को शुद्ध परब्रह्मस्वरूप देखते हैं, और यह आचार्य उसे इस शब्द के साथ नहीं जोड़ते। बुद्ध कहते हैं कि 'अत्ता हि अत्तनो नाथो कोहि नाथो परोसिया. . . .।'—आत्मा स्वयं अपना ही नाथ है। उसके अतिरिक्त उसका और कोई स्वामी नहीं है। स्याद्वादी 'स्यात् अस्ति, स्यात् नास्ति' के उद्वेल में भले अपने कैवल्य को स्थित करें, पर इन शाब्दिक भेदों से मूल स्थिति में कोई अन्तर नहीं पड़ता है। स्थूल शब्दों के माया-भ्रमजाल में फँसकर प्रायः प्रमादियों ने इनके वास्तविक स्वरूप को समझने में धोखा खाया और दिया है। इन कोटि-कोटि ब्रह्माण्डों में, आकाश-गंगा में, सर्वत्र नारायण ही नारायण हैं। मुझे सूक्ष्म दृष्टि से इनके मन्तव्यों और यौगिक साधनों में भी कोई विशेष अन्तर नहीं दिखलाई देता। नारायण वासुदेव का ध्यान करके वे सुस्थिर शांत स्वर में प्रवचन करने लगे : "कुत्रापि कोपि सुखीति—क्या कहीं कोई सुखी है? जिसे आप जगत् व्यवहार में सुख मानकर चलते हैं, क्या उस सुख में भी दुःख नहीं समाया हुआ है? सांख्यकार के समान ही तथागत भी बतलाते हैं कि हे भिक्षुगण दुःख प्रथम आर्यसत्य है। जन्म दुःख है। बुढ़ापा दुःख है। मरण भी दुःख है। शोक, परिवेदना, दौर्मनस्य, उपायास सब दुःख है। अप्रिय वस्तु के साथ समागम दुःख है। प्रिय का वियोग दुःख है। इच्छित वस्तु का न मिलना दुःख है। अर्थात राग से उत्पन्न रूप, वेदना, संज्ञा, संस्कार तथा विज्ञान, यह पाँचों स्कन्ध भी दुःख हैं। 'को नु हासो किमानंदो निच्चं पज्जलिते सति।' यह संसार नित्य जलते हुए घर के समान है, यहाँ हँसना और आनंद मनाना भला क्योंकर संभव है। दुःख का हेतु तृष्णा है। तृष्णा की धाराएँ प्राणियों को बड़ी प्रिय और मनोहर क्यों न लगें, पर उन्हीं में पड़ने के कारण उन्हें बार-बार जन्म और जरा के चक्र में नाचना पड़ता है। मज्झिम निकाय में कहा है कि यही तृष्णा जगत के समस्त विद्रोह तथा विरोधों की जननी है। इसी के कारण राजा राजा से लड़ता है। ब्राह्मण से ब्राह्मण, क्षत्रिय से क्षत्रिय, माता से पुत्र और पुत्र से माता लड़ती है। चोर इसीलिए चोरी, कामुक परस्त्रीगमन और धनी गरीबों को चूसते हैं। यह तृष्णा ही दुःख का कारण है। इसका समुच्छेद ही प्रत्येक प्राणी का कर्तव्य है, अतएव बुद्ध भगवान् कहते हैं कि 'इदम् खोपन भिक्खवे दुक्खनिरोधम्

अरिय सच्चं। सो तस्सायेव तण्हाय असेस विराग निरोधो चागो परि निस्सागो मुक्ति अनालयी।'—अर्थात् दुःखनिरोध आर्यसत्य, तृष्णा से अशेष होने का नाम है, सम्पूर्ण वैराग्य का नाम है। तृष्णा त्यागी निर्वाण-पदप्राप्त व्यक्ति भी रूप, रस, गन्धादि के प्रबल थपेड़े खाकर अखण्ड शान्ति का अनुभव करता है। कहने का तात्पर्य यह है कि बौद्ध दर्शन ही अथवा श्रावक दर्शन, हमारे योगदर्शन अथवा वैदिक दर्शन से भिन्न होते हुए भी अन्ततोगत्वा भिन्न नहीं है। अलग-अलग सम्प्रदायों के आचार्य अपने प्रतिपक्षी आचार्यों के शब्दों और अर्थों में खींचतान कर-करके प्रमादवश जहाँ सुई नहीं समाती, वहाँ फावड़ा चलाते रहते हैं। बौद्ध धर्म के योगदर्शन, योगदर्शन के पंच यम और जैन धर्म के पंच महाव्रतों में भला कहीं कोई अंतर है? जैनों के अहिंसा सच्च, अतेगण बंभचरिय, अपरिग्रह में तथा योग के अहिंसा, सत्य अस्तेय, ब्रह्मचर्य और अपरिग्रह में एक बात का भी हेरफेर नहीं। बुद्ध केवल पाँचवें शील के रूप में अपरिग्रह के स्थान पर मद्यनिषेध का आदेश देते हैं। भगवान महावीर का यह वाक्य कि 'सब्बे जीवा वि इच्छन्ति जीवियुं न मरिज्जियुं। ताहा पाणि वहं घोरं निग्गंथा वज्जपंतिणं।' अर्थात् सभी जीव जीना चाहते हैं, मरना कोई नहीं चाहता। अतएव निर्ग्रन्थ मुनि घोर प्राणिवध का सर्वथा परित्याग करने को कहते हैं। धर्म से किसी का वैर नहीं।

यह सचराचर जगत् सत्यस्वरूप वासुदेव का ब्रजमण्डल है। उनकी अंतर्वंशी की प्राणाकर्षण करनेवाली मोहक धुन सुनकर विभिन्न देशों और कालों की असंख्य गलियों में निवास करनेवाली भक्ति धर्म भावनामयी गोपिकाएँ मिलनातुर विरह बावली होकर लीलाभूमि की ओर भागी चली आ रही हैं। सब गोपियाँ यही मान रही हैं कि श्याम ने केवल उन्हें ही पुकारा है। दौड़-भाग में किसी को किसी का धक्का लगता है। अपने को पिया की प्यारी सुहागिन मानकर प्रत्येक मानिनी ईर्ष्यावश एक-दूसरे से कुछ बिगड़ भी लेती है, पर उन्हें लड़ने का अवकाश कहाँ? वे तो पियामिलन की उतावली में हैं। महारास में प्रत्येक गोपी प्रतिक्षण यही अनुभव कर रही है कि कृष्ण भगवान् उसी के साथ नाच रहे हैं, रास की उद्दाम गति में, आनन्दातिरेक में अनंत गोपिकाएँ और अनन्त कृष्ण एक गोपी, एक कृष्ण ही प्रतीत होने लगते हैं। अतः रीझो! रीझो! शिवपर, शक्तिपर, राम कृष्ण बुद्ध महावीर पर—जो जिसका इष्ट हो, उस पर रीझो। रीझोगे तो बराबर अपने आराध्य को देखने की इच्छा होगी। देख-देखकर मन आँखों की प्यास ही न बुझेगी। मेरे आराध्य से बढ़कर सुन्दर और कोई नहीं। हर सुन्दरता में तो उसी की सुन्दरता है। जिसके मन में भक्ति दया करुणा है, उसे केवल सुन्दरता ही दिखाई देती है। धर्म उसे सत्यगति देनेवाली मित्र शक्ति है।"

सभा सोमाहुति के मीठे रसवाही शब्दों के प्रवाह में बह चली। नर-नारी वृन्द के मुखों पर उनका मुग्ध भाव प्रकट हो रहा था। सभा-कुशल व्यास सोमाहुति ने सभा का मन पहचान कर अपनी बात आगे बढ़ाई, कहा : "अधर्म सबका शत्रु है। कभी-कभी देश-काल और स्वयुक्तियों के प्रभाव से अधर्म धर्म का वेश धारण करके, किसी धर्म संघ की सर्वोच्च सत्ता हस्तगत करके यदि धर्म का रूप बिगाड़े, अपने हीन व्यक्तित्व से अपने पद की मान-मर्यादा आदर्श को आघात पहुँचाए तो उससे युद्ध करना, उसे परास्त करना प्रत्येक मनुष्य का धर्म है। मथुरा का बौद्ध धर्मावलम्बी नागरिक समुदाय भिक्षु धर्म-रक्षितजी को हृदय से पूजता है। बौद्ध भिक्षुसंघ के सभी सद्‌साधक इस समय उपेक्षित जीवन बिता रहे हैं

और अपने चीवर का अपमान करनेवाले कुटिल भिक्खु बड़े-बड़े धर्माचार्यों के मुखौटे लगाये अपने हीन कर्मों से भक्तजन समुदाय की मानसिक घृणा के पात्र बन चुके हैं। फिर भी मथुरा के छोटे-बड़े, सभी धर्मों के माननेवाले सज्जन वृन्द ऐसे कुटिलों को मन से घृणा और ऊपर से श्रद्धा भाव दे रहे हैं। क्यों ? केवल इसीलिए न कि वर्तमान कुषाण राजा तथा अन्य कई प्रभावशाली राजपुरुष इस समय जाने या अनजाने उस परम पापपुंज भृगुवत्स की युक्ति शक्ति के अधीन हैं। जैसा वह अधर्मी पाप कर्मी नचाता है, राजतंत्र की पुतली इस समय वैसे ही नाच रही है। प्रत्येक धर्मवान् व्यक्ति से मेरा यह प्रश्न है, क्या अधर्म की धर्म पर इस प्रकार विजय होनी चाहिए ? पाप का प्रतिकार करना क्या धर्म नहीं है। अतएव मथुरावासी धर्मप्राण नर-नारी वृन्द सचेत हों, अपनी क्लीवता को त्यागें। धर्म को पहचानें और अधर्म का नाश करने के हेतु कृतसंकल्प हो जाएँ। यतोधर्मस्ततो जयः ।"

व्यास सोमाहुति भार्गव का प्रवचन उस मशाल के समान था, जिसके द्वारा सँजोये हुए अनेक दीपक प्रज्ज्वलित होकर एक साथ उजाला देने लगे। जगत्सेठ कौरोष भार्गव के भाषण से बड़े सन्तुष्ट थे, यद्यपि उन्होंने उस समय उनसे कुछ कहना उचित न समझा। जगत्सेठ वसुमित्र ने अलबत्त बड़े ही भक्ति भाव से उनके चरणों पर अपना मस्तक टेककर कहा : "व्यासजी, आप निश्चय ही भगवान् आदिवेद व्यासजी के अंशावतार हैं। वर्षों से महामोहान्धकार में रहते हुए हम मथुरावासियों को आज आपके उपदेश का उजाला पाकर कितना सुख, कितनी मुक्ति मिली है, यह मैं किन शब्दों में निवेदन करूँ।"

कुछ अन्य राजपुरुषों और सेठों ने भी भार्गव के प्रति अपने श्रद्धायुक्त वचन कहे। आचार्य जिनभद्र की शिष्य मण्डली में एक पीछे रह जानेवाला तरुण साधक अपनी किसी चलती-फिरती हीन भावना से ग्रस्त होकर यह समझ बैठा कि व्यासजी के प्रवचन का गुणगान करके सब लोग आचार्यजी के सुन्दर ज्ञानगम्य प्रवचन के प्रति अपनी उपेक्षा प्रकट कर रहे हैं। उसके मन में तर्क से व्यास को उनके भक्तों के सामने ही पराजित करने की इच्छा जागी। बड़ी शालीनता के साथ उसने कहा : "ऋषिवर, यदि आप निष्पक्ष भाव से विचारेंगे तो स्वयं आपको भी यह मानना पड़ेगा कि हमारा श्रावक धर्म आपके वैदिक धर्म से अधिक सुसंस्कृत है।"

"किस प्रकार से ?"

"वैदिक धर्म में देवता दाता है और मनुष्य भिखारी, जबकि निग्गंथ नातपुत्त मनुष्य को ही अनन्तश्री-विभूषित मानते हैं। श्रमण श्रम के द्वारा ही कैवल्य प्राप्त कर लेता है, उसे आप वासुदेव परब्रह्म की कृपा से प्राप्त करने की कल्पना करते हैं।"

"प्रातः स्मरणीय भगवान् आदिव्यासजी ने भी मनुष्य को ही श्रेष्ठतम बतलाता है।"

"हाँ ! भागवतधर्म की आड़ लेकर इधर वैदिक कर्मकाण्डियों की बुराइयाँ ढँकने का एक सुनियोजित कार्यक्रम अवश्य चल पड़ा है, परन्तु उससे क्या होगा। नीति कोरी नीति ही होती है, उसमें भला सत्य कहाँ, प्राण कहाँ ?"

भार्गव ने पैनी दृष्टि से उसे देखा, मुस्कुराये, फिर कहा : "आपकी कथन शैली में मुझे आपकी साम्प्रदायिकता का आरोपण दिखलाई पड़ रहा है। इससे चिंतन क्रिया सीमित चक्र में परिचालित होने की यातना भोगती है।"

"किस प्रकार से ?"

"यदि आप ठंडे मन से विचार करेंगे तो यह पाएँगे कि निर्ग्रन्थ ज्ञातृपुत्र के काल तक

वैदिकों ने भी चिंतन के नवीन संस्कार अर्जित कर लिये थे। उनके यहाँ भी वैचारिक संघर्ष आरंभ हो गया था। अनेक सुविचारक ब्रह्मज्ञान को यज्ञादि से श्रेष्ठ मानने लगे थे। उपनिषद्‌कार ऋषिगण, महावीर, गौतमबुद्ध आदि महानुभाव इस भरतखंड में व्याप्त एक ही वैचारिक आन्दोलन की पृष्ठभूमि से विभिन्न प्रकाश-रूपों में उपजे थे। सभी एक दूसरे को सुसंस्कृत बना रहे थे। उनकी धर्म-दृष्टियाँ अलग थीं तो क्या हुआ, उनका समाज एक ही था। अतएव भारतवर्ष के आर्य समाज को इन सभी ऋषियों और आचार्यों से सुसंस्कार दिये हैं। सभी श्रद्धेय हैं, प्रणम्य हैं।"

आसपास खड़े भार्गव भक्तों में फिर समर्थन की आनन्द लहरी उठी, पर श्रावक साधक नमित न हुआ, बोला : "आर्य, मेरी वाचालता क्षमा करें, आपके उत्तर से मुझे संतोष नहीं मिला।"

"कारण ?"

"भागवतों ने मनुष्यों की श्रेष्ठता को स्वीकार तो अवश्य किया, किन्तु उसके श्रेष्ठत्व का आधार किसी न किसी देवता को ही बनाया है। इष्टदेव के मोह में अपने आपको लिप्त करके मनुष्य श्रम के द्वारा कैवल्य स्थिति को सिद्ध तो अवश्य कर लेता है, किन्तु अपने देवता मोह के कारण वह अनेक तत्वों के सम्मिलन चमत्कार को नहीं देख पाता।"

"क्यों ?"

"इसलिए कि आरम्भ से ही साधक की चेतना अपने ऊपर यह आरोपित करके चलती है कि मूलतत्व एक है, वही उसका इष्ट है, उसका गंतव्य है। वह स्वतंत्र रूप से और कुछ सोच ही नहीं सकता। भागवत बेचारा ईश्वर रूपी अंधकार में ही मरण पाता है। अपना स्वामी बनकर वह उस अंधकार से मुक्ति नहीं पा सकता।"

भार्गव ने शान्त भाव से उत्तर दिया : "हे मुनि, मनुष्य महत्व का भूखा है। जिस आलंबन के द्वारा उसे अपने बाहर-भीतर रमे हुए महत्व की अनुभूति होती है, उसके प्रति दीन होकर, अनुरक्त होकर वह उसका भक्त बन ही जाता है। आर्यश्रेष्ठ ऋषभ देव पार्श्वनाथ महावीर आदि के प्रति आप भी उसी प्रकार से भक्तिभीने हैं जिस प्रकार से मैं वासुदेव के प्रति हूँ। फिर झगड़ा कैसा ? और झगड़ना ही है तो कुरूपता से, अधर्म से झगड़ो भाई ! तुम्हारे चारों ओर जब धर्म सौंदर्य ही रह जाएगा, तब यह मेरे तुम्हारे-पन का अंतर भी अशेष हो जाएगा। जीव अनन्त भले हो, पर एक भी है या हो सकता है, इसे आप भी मानते हैं। आप तनिक शंकालु हैं और हम पूर्ण आश्वस्त। यह खाई छोटी है, प्रेम से पाटी जा सकती है।"

युवा मुनि को विचारमग्न देखकर भार्गव ने स्निग्ध स्वर में कहा : "ज्ञान का साम्राज्य अखंड, अनंत और सर्वव्यापी है। उसे केवल अपनी-अपनी साम्प्रदायिक, जातीय अथवा राष्ट्रीय सीमाओं में ही बाँधकर देखना उचित नहीं है आर्य ! हमें अपनी विभिन्नता का ध्यान भले ही रहे, पर अपनी एकरूपता को भी हमें निरन्तर देखना चाहिए। भेद रहते हुए भी जो अभेद भाव को भजता है, उसकी आस्था दोहरी कसौटी पर चढ़कर खरी सिद्ध होती है और द्वन्द्व मिट जाता है।"

व्यास सोमाहुति भार्गव ने अपने प्रेम और मृदुवाणी से सबको जीत लिया।

●

३१

●

●

सभा के बाद सेठ गुस्तास्प से यथोचित सम्मान पाकर जब सब लोग चले गये तो गुस्तास्प, उनकी सेठानी, कौरोष और लवणशोभिका एकांत में बैठे। शाहगुल भी बुला ली गई। शाहगुल सचमुच ईरानी गुलाब का फूल थी। सेठानी ने कौरोष सेठ से पारसी भाषा में कहा : "कल हमारे यहाँ सामुद्रिक विचारनेवाली एक भिक्खुनी आई थी। इसका हाथ देखकर कहा कि यह दुर्भाग्य रूपी काक के घोंसले में पलनेवाली कोकिला है। कहने लगी कि यह किसी बहुत बड़े कुल की कन्या है और एक बहुत बड़े कुल की वधू बनेगी। इसकी कोख से उत्पन्न होने वाला एक बहुत बड़ा व्यवसायी और दूसरा बहुत बड़ा वीतरागी संन्यासी बनेगा।"

कौरोष ने एक बार प्रशंसाभरी दृष्टि से शाहगुल को देखा : "दासों के व्यापारी ने जब इसके लिए दस हजार सोने के दीनार माँगे तो एक बार सोचा कि सौदा न करूँ। मैं तो केवल यहाँ उपहार में देने के लिए ही कुछ गुलाम खरीद रहा था। पर इसकी आँखों में ऐसी करुण याचना देखी कि ले लिया। यह सुन्दर नृत्य कर लेती है। सोचा, लोनी को दे दूँगा, वह इसे किसी योग्य बना देगी। अब तो मैं तुझे वचन देता हूँ शाहगुल, उस महापापी को यदि तूने उसी के पानी की थाह दिखला दी तो मैं तेरे लिए भिक्षुणी की भविष्यवाणी सत्य सिद्ध कर दूँगा।"

"अरे, मनचेरजी मोतीवाले की सेठानी ने आज ही मुझसे अपने बेटे खुरशेद के लिए इसे माँगा। मुझे चट से वोड्डा भिक्खुनी की बात याद आयी। मैंने कहा, 'ये' इसके मामा अवश्य हैं, पर कौरोष सेठ से भी एक बार सलाह लेनी पड़ेगी। बसरा में वही इसके अभिभावक थे।"

"विवाह की बात बाद में करना, अभी तो मुझे यही भय सता रहा है कि भृगुवत्स आज की सभा के लिए जाने मुझसे कैसा व्यवहार करेगा। वह पूरा राक्षस है राक्षस।" गुस्तास्प सेठ के स्वर में घबराहट थी।

लवणशोभिका हँस पड़ी, बोली : "जब तक उस राक्षस के प्राण इस लालमुनियाँ में बसे हैं, तब तक आपको तनिक भी चिंता नहीं होनी चाहिए। पर मुझे आपसे एक भीख माँगनी है सेठानीजी, इसके साथ जो द्विभाषिणी दासी यास्मीन मैंने यहाँ भेजी है, उसे दासियोंवाली कोठी से हटाकर अपने बिचले खण्ड की उस कोठरी में रहने दें, जो शाहगुल के कक्ष के बायीं ओर धुर कोने में है। दूसरी भीख यह माँगती हूँ, शाहगुल की सेवा में नियुक्त होनेवाले दास-दासियों का चुनाव यास्मीन को ही करने दें।"

सेठानी से पहले गुस्तास्प ही बोल उठे : "ठीक है। यही होगा।"

चलने से पहले लवणा ने यास्मीन को अलग ले जाकर धीरे से कुछ आदेश दिया।

रात के पहले पहर में सेठ गुस्तास्प की हवेली पर हुविष्क विहार का हरकारा और लवणशोभिका की दासी यास्मीन लगभग साथ ही साथ पहुँचे। सेठ कौरोष की ओर से पूर्ण आश्वासन पाने पर भी सेठ गुस्तास्प के मन में बुलाहट से खलबली मच गई थी।

पवित्र और भव्य हुविष्क विहार में जो बड़े-छोटे घरों की सुन्दरी युवतियाँ बराबर आया-जाया करती थीं, उनके सम्बन्ध में लोगों की धारणा अच्छी नहीं बँधती थी। फिर भी, बड़े-बड़े घरों के स्त्री-पुरुष वहाँ जाते ही थे। संघ के महास्थविर को प्रसन्न रखना बहुतों को अपने आर्थिक लाभ के लिए अति आवश्यक प्रतीत होता था। इन नकटों को चूँकि नाकवाले बहुत खलते थे, इसलिए नगर के व्यवसाय क्षेत्र में, छोटे-मोटे राजकर्मचारियों के बीच में ईर्ष्याजनित षड्यंत्रों के अनेक चक्र रात-दिन नाचा ही करते थे। विपक्षी को राजद्रोही सिद्ध करके उसका घर लूट लेना, बड़े-बड़ों की हवेलियाँ खुदवाकर उस धरती पर गधों से हल चलवाना, उन्हें नाना प्रकार से त्रस्त और अपमानित करना मथुरा में अब आये दिन का खेल हो गया था। मंत्री, सेनापति और भृगुवत्स के भेदिये दास-दासियों, मालिनों, भड़ुरियों और भिक्खुनी-योगिनियों के भेस में घर-घर में पैठ गये थे। नगर समाज भयजड़ित कुण्ठा में जी रहा था। इसीलिए रात के पहले पहर में जब गुस्तास्प सेठ के लिए हुविष्क विहार से बुलावा आया तो उनकी हवेली में रोवारायी मच गई। स्वयं गुस्तास्प भी मन ही मन दहल उठे, यद्यपि व्यास-प्रवचन के बाद गुस्तास्प के घर से बिदा लेते समय जगत्सेठ कौरोष ने उन्हें ऐसी सम्भावना के प्रति सचेत कर दिया था।

यास्मीन ने सेठानी से कहा : "महास्थविर स्वामी से कहेगा कि शाहगुल को दर्शन करने भेज दो। स्वामी यदि मुझ पर कृपा करके उनसे यह कहें कि शाहगुल तो स्वयं यह इच्छा करती है, पर जगत्सेठ जी उसे संत बुरबुज़ की सेवा में भेजना चाहते हैं। इस पर वह स्वामी से आग्रह करेगा। बहुत आग्रह करने पर स्वामी सहमत हो जाएँ।"

सेठानी ने सेठ को भीतर बुलवा लिया। यह सुनकर गुस्तास्प ने यास्मीन से पूछा : "क्या तू हुविष्क विहार गई थी?"

"हाँ स्वामी, लोना स्वामिनी के आदेशानुसार मैंने उसे यह बतलाया कि शाहगुल बौद्ध धर्म की शिक्षा लेना चाहती है, किंतु जगत्सेठ के कहने में आकर आप उसे नहीं आने दे रहे।"

गुस्तास्प हँस पड़े, कहा : "समझ गया। ऐसा ही होगा।"

●

दूसरे दिन बड़े भोरहरे से ही मथुरा में यह समाचार फैलने लगा कि आधी रात में राजा के सिपाही व्यासजी को पकड़ ले गए हैं। सूर्य देव ज्यों-ज्यों आकाश में चढ़ते चले, त्यों-त्यों अफवाहें भी ऊँची चढ़ती चली गईं। कोई कहता कि कल की सभा में व्यासजी ने सम्राट् की निंदा की थी, इसलिए पकड़े गए हैं, कोई कहता कि महास्थविर ने सेनापति से कहकर उसे पकड़वाया है। कोई खबर लाता कि व्यासजी मार डाले गये। कोई कहता कि राजाज्ञा से वे सूली पर चढ़ाये जाएँगे जैसे उनके बड़े भाई चढ़ाये गये थे। गली-गली घर-घर में यही गुपचुप चर्चा जनमानस पर कोहराम छायी हुई थी। सम्राट, उनकी पट्टमहिषी, मंत्री, सेनापति, महास्थविर आदि समूचे राजतंत्र के लिए जनसाधारण के मनों में पलने वाली

घृणा में ताजा उबाल आ गया, फिर भी अपने प्राणों के भय से कोई उजागर बात नहीं कर रहा था। मथुरा के नागरिकों में, विशेष रूप से वैष्णवों में इस बात को लेकर अत्यन्त क्षोभ व्याप्त था।

जिन्होंने व्यासजी के प्रवचन कभी सुने थे, उन्हें दुःख का सीधा आघात लगा था, और जो उनसे अपरिचित थे, वे महन्तजी के जमाई के पकड़े जाने से दुखी थे। नगर के बड़े-बड़ों ने अपनी यह जानकारी भी फिर से ताजी कर दी कि इन्हीं व्यासजी के बड़े भाई को क्रूर क्षत्रप ने सूली पर चढ़वाया था। जाने किधर से भार्गव के प्रति किए भृगुवत्स के जघन्य पापों की बात भी छूत के रोग-सी फैलने लगी। धनी-मानी वैष्णव समाज तो डर के मारे अपने घरों में ही शोक मनाता रह गया पर फटे-हाल भक्तों के ठट्ठ के ठट्ठ केशवजी के मंदिर में जुड़ गए। वृद्ध महंतजी के प्रति लोगों में बड़ा आदर था।

जगत्सेठ वसुमित्र के मन को ऐसा करारा आघात लगा कि वह अपनी निर्वीर्य स्थिति से सहसा महावीर्यवान बन गए। उन्होंने यह प्रण कर लिया कि व्यासजी को मुक्त कराये बिना अन्न-जल ग्रहण नहीं करूँगा।

जगत्सेठ कौरोष की योजनाकारी अहंता को धक्का लगा। भृगुवत्स और सेनापति ने मंदिर पर अपनी पिछली चढ़ाई की लज्जाजनक असफलता का बदला इस प्रकार से ले लिया। सेनापति के आदमी सई-साँझ से ही मंदिर में घुस रहे थे। रात में मंदिर के फाटक बन्द हो गए, रात के तीसरे पहर वे इधर-उधर प्रकट हो गए और कौरोष के असुर पहरुए औचक में घेर लिए गए। फाटक के बाहर वाले पहरुओं को भीतर की हलचल तक न मिल सकी। महन्त जी के निवास स्थान पर चुनौतियाँ और धमकियाँ ललकारी गईं। भार्गव स्वयं बाहर आ गए और बन्दी बना लिए गए। फाटक के बाहर निकलने पर जब बाहर के पहरुये चौंककर चुस्त हुए तो सेनापति के आदमियों ने भार्गव को अपने सामने करके कहा कि लो, मारो। भार्गव बन्दी होकर चले गए और कौरोष के सैनिक किंकर्त्तव्यविमूढ़ बने खड़े रहे। इस घटना की सूचना कौरोष सेठ को रात के चौथे पहर में ही लग गई थी, और तभी से उनका मस्तिष्क चक्र तेजी से नाच रहा था। दिन का उजाला फैलने तक कौरोष के आदमी छोटे-छोटे व्यापारियों, फेरीवालों, कारीगरों आदि की पंचायतों के चौधरियों को घेर चुके थे: 'मथुरा में आज सारे कामकाज बंद रहे; भिखारी तक भीख न माँगे।' अपनी नित्य की कमाई पर ही जीनेवाले लोगों को हड़ताल करने के लिए पैसे मिल गए। डेढ़ पहर दिन चढ़ते तक जगत्सेठ वसुमित्र और जगत्सेठ कौरोष के सम्मिलित प्रभाव से मथुरा के श्रेष्ठि महाजनों ने सम्राट् की सेवा में उपस्थित होने के लिए अपने शिष्टमंडल का चुनाव कर लिया। इस शिष्टमंडल का नेतृत्व जगत्सेठ वसुमित्र करेंगे। जगत्सेठ कौरोष अलग रहेंगे।

जगत्सेठ कौरोष ने बदला लेने के लिए और भी तीखे वार किए। शिष्टमंडलवालों की सवारियाँ अभी राजप्रासाद पहुँच भी न पाई थीं कि नगर में बड़ी जोर से यह सूचना फैली कि सम्राट् की परम प्रिया नर्तकी वेगा, महामंत्री का जामाता अर्यमदत्त, और सेनापति का इकलौता पुत्र नरसिंह उड़ा दिये गए हैं।

खबरों पर खबरें फैलने लगीं। कोई कहता कि पट्टमहिषी और सेनापति की नाकें काट ली गई हैं और कोई कहता कि भृगुवत्स और मँझली रानी की नाकें कटी हैं। किस पापी जोड़े की नाकें कटीं, इस पर मतभेद भले ही चला हो, पर लोगों की गुपचुप आपसी बातों का अंत इन सत्ताधारी पापियों के प्रति अतीव घृणा से ही होता था। बौद्ध धर्म का श्रेष्ठ

पदवीधारी भिक्खु और उसके साथ ही कुछ और भिक्खुओं के गंदे आचरण के कारण किसी समय सद्धर्म कहलानेवाला बौद्ध धर्म मथुरा में एक मुख से जननिन्दा का पात्र हो गया। आज तो यह दशा थी कि बौद्ध धर्मावलम्बी गृहस्थों को यह सारी बातें सुन-सुनकर आत्मग्लानि के दौरे से पड़ रहे थे।

जिस समय जगत्सेठ वसुमित्र के नेतृत्व में शिष्टमंडल कोट पहुँचा, उस समय महल के आधे से अधिक पहरेदार अपने चौकी पहरे छोड़कर किले के मैदान में आ गए और कृष्ण-बलदेव की जय-जयकारों से आकाश गुँजाने लगे। कोट में भय की लहर सी दौड़ गई। राजमहलों में रोना-पीटना मच गया।

नाममात्र के सम्राट् अपनी यवनी प्रिया हेलेन के महल में थे। दिन दोपहर, अंतःपुर के अंदर से वेगा उड़ गई, तभी से सम्राट् हेलेन के महल में आ गए थे। वेगा गयी, भाड़ में जाए; सारा रनिवास उजड़ जाए तो और भला, पर मेरी इस यूनानी चिड़िया पर कोई आँच न आये। हेलेन के महल पर दुगने चौकी पहरे बाँधकर सम्राट् अपनी तलवार पास में रखकर हेलेन से मीठी-मीठी बातें करते रहे, खाते रहे, पीते रहे, यूनानी गीतों का सानुवाद सुख लेते रहे। पूरा कोट, एक-एक महल सनसनी भरी सूचनाओं से इतना भर गया था कि सच-झूठ की कहीं कोई थाह ही नहीं मिलती थी। इसीलिए शिष्टमंडल के आने की सूचना कोटपाल ने यद्यपि सम्राट् को पहले ही से दे दी थी, पर दुविधा में वे मिलने के लिए प्रस्तुत नहीं हुए थे। हेलेन के साथ कठपुतलियों का खेल देख रहे थे।

कोटपाल ने दूसरी सूचना यह दी कि शिष्टमंडल के आने की खबर पाते ही कोट के आधे से भी अधिक सैनिक पहरे छोड़कर मैदान में इकट्ठे हो गए हैं। सम्राट् का महल असुरक्षित है। मट्टमहिषी और मँझली महारानी के महलों पर तो एक भी पहरेदार नहीं हैं। स्थिति का परिचय पाकर सम्राट् पहले तो भयभीत हुए; हेलेन की ओर निरीह दृष्टि से देखकर उसके हाथ पर अपना हाथ रख दिया; कुछ पलों के लिए आँखें मीच लीं, फिर सहसा आवेश आया, सीधे-सीधे बैठ गए। हेलेन से कहने लगे : "कजाक स्थान से लेकर भारत तक एकछत्र शासन करने वाले सम्राट् कनिष्क का यह वंशधर तुम्हारी रक्षा करने के लिए अपने प्राण उत्सर्ग कर देगा। घबराना मत हेलेन। कोटपाल, आगन्तुकों को बुलाया जाय। हम प्रस्तुत हैं।"

महामंत्री को छोड़कर सम्राट् आज तक इस प्रकार अनौपचारिक रूप से किसी से नहीं मिले। चषक सुरा से फिर भरवा लिया। हेलेन उठकर चली; सम्राट् ने उससे कहा : "भीतर जाने की आवश्यकता नहीं हमारे पीछेवाले कक्ष में बैठो।" कठपुतलियों वालों को भी खेल दिखलाने का आदेश हुआ।

पिछले कक्ष के द्वार पर तलवार धारिणी यवनियाँ खड़ी हो गईं। दो दासियाँ सम्राट् को पंखे और दो मोरछलें झल रही थीं। एक बीच-बीच में केवड़ा जल छिड़कती चलती थी। एक दासी सम्राट् का फैला हुआ बायाँ पैर दबा रही थी, और एक सुरापात्र के पास खड़ी थी। शिष्टमंडल ने कक्ष में प्रवेश किया; वसुमित्र सम्राट् की यह अनौपचारिक मुद्रा देखकर चौखट पर ही ठिठक गए, किन्तु कोटपाल ने उन्हें हाथ से प्रवेश करने के लिए संकेत किया। सेठ गण दबे पाँव सादर आगे बढ़े। सम्राट् ने चषक होंठों से लगाया और दो बड़े घूँट बाँधकर उसे रीता कर दिया, फिर भरने के लिए दासी की ओर बढ़ा दिया। कठपुतलियों के दरबार में कठपुतले राजा-दरबारियों के आगे दो नर्तकियों का नाच चल रहा

था। सूत्रधार पति के साथ पर्दे के पीछे बैठी हुई नटनी रसीला गीत गा रही थी। सेठ गण हाथ बाँधे खड़े हो गए। दूसरा चषक भी उतनी ही फुर्ती से रीत गया। फिर चषक हाथ से ढलका दिया गया। वस्त्र से सम्राट् का मुख पोंछकर ताम्बूलवाहिनी ने पान का बीड़ा सम्राट् के मुख में रखा। यह ताम्बूलवाहिनी राजकुल की एक कुषाण गोत्रीय आश्रिता थी। सम्राट् के संग बचपन में खेली थी। सुंदरी न होने पर भी अपनी बातों के कारण सम्राट् की बड़ी मनभावनी, मुँहलगी और अति विश्वसनीय सहचरी थी। मुँह में पान लेते हुए सम्राट् ने उसे बड़ी प्यार भरी दृष्टि से देखा। वह अपनी आँखों से नेह की बिजली कौंधाकर पीछे हट गई। सम्राट् कुछ देर गोल तकिये का सहारा लिये नीची दृष्टि किए बैठे रहे। सेठ गण हाथ बाँधे यथावत् खड़े रहे।

"कहो जगत्सेठ, किस लिए आना हुआ?"

"सम्राट् का यशोवैभव और साम्राज्य दिनदूना रात चौगुना बढ़े—"

"तुम लोग भटक गए हो वसुमित्र! सम्राट् अब शृंगार हाट में रहते हैं। वहीं जाओ और हमारा समय नष्ट न करो।" सम्राट् ने बिना उन लोगों की ओर देखे ही कहा।

जगत्सेठ चुप खड़े रहे। सेठ गण हाथ बाँधे सिर झुकाए, दबी कनखियों से एक दूसरे को संकेतात्मक ढंग से देखते रहे। सम्राट् ने फिर कहा : "वेगा कहाँ है?"

"सेवक अनभिज्ञ है अन्नदाता! हम वैष्णवगण तो अपने परम पूज्य गुरुदेव व्यासजी के अकस्मात् बंदी बना लिये जाने से दुःखी होकर महाबली की शरण में आये हैं।"

"महाबली! हः हः! ये शिष्टाचार के शब्द छोड़ो जगत्सेठ, महाबली वह है, जो धन की रेशम डोरियों से संसार को कठपुतलियों के समान नचाता है। हम तो बैठे-बैठे नाच देखते ही रह गए।" कहकर सम्राट् ने हँसकर आँखें मूँद लीं और गोल तकिये पर अपने हाथ फैला दिये। ताम्बूलवाहिनी के संकेत पर कठपुतली का खेल बंद हो गया। सन्नाटा छा गया। सूत्रधार, नटी और वादक अपना तमाशा वहीं छोड़कर चले गये। राजा-रानी, दरबारी, नर्तकियाँ सब बेजान होकर ढह गईं।

जगत्सेठ ने अपने उत्तर को दूसरे ढंग का मोड़ दिया, सविनय बोले : "सम्राट् साही साहानुसाहीय देवपुत्र हर प्रकार से समर्थ हैं। सेना व्यासजी के बन्दी होने से केवल धर्मभाव के कारण अपने दुःख का मौन प्रदर्शन मात्र कर रही है। अत्र भवान् स्वयं न्याय करें, गोलोकवासी वासुदेव सम्राट् के काल से मथुरा में समस्त सम्प्रदायों के गुरुदेवों के प्रति अभद्र व्यवहार का निषेध हो चुका था। इस उदारता के लिए प्रजा आपके देवकुलीन शासन की जय-जयकार मनाती है, धर्म प्रतिपालक! हमारे व्यासदेव के प्रति हुए इस अन्याय से केवल वैष्णव ही नहीं, बौद्ध, श्रावक और शैव सभी अत्यन्त दुखी हैं। आज आपकी राजधानी के सहस्रों नर-नारी रो रहे हैं, उपवास कर रहे हैं। इस अन्याय को रुकवाएँ, अन्यायी को दण्ड दें। सेना आपके साथ है। प्रजा आपके साथ है।"

सम्राट् वैसे ही बैठे रहे, विचार करते रहे, फिर आँखें मूँदे हुए ही आदेश दिया: "कोटपाल, हमारे विद्रोही सैनिकों से कहो कि सेनापति और पट्टमहिषी को तुरत बंदी बनाने की आज्ञा है। हमारे गुरुघण्टाल महास्थविर को यह संदेश भिजवाया जाए कि यदि आधी घड़ी के भीतर वैष्णवों के गुरु अक्षत् मुक्त न हुए तो आज का सूर्यास्त उसे सूली पर ही देखने को मिलेगा। जगत्सेठ, उस ईरानी प्रपंची से कह दो कि वेगा को छोड़ने के

मूल्यस्वरूप हम अपने षड्यंत्रकारी धर्मगुरु और अपनी पति-शत्रु मँझली रानी को बेचते हैं। वेगा भी आधी घड़ी के भीतर ही हमारी आँखों के सामने आ जानी चाहिए। आप लोग अब जा सकते हैं।"

ससम्भ्रम स्वर में देवपुत्र साही साहानुसाहीय की जयजयकार करते हुए उनके आगे हाथ बाँधे, आँखें और कमर झुकाए द्वार की ओर पीठ किए सेठ गण पीछे चलने लगे। देखते ही देखते 'राजदरबार' फिर घर बन गया। सम्राट् ने अब आँखें खोलीं, अपनी ताम्बूलवाहिनी को देखा, फीकी मुस्कुराहट के साथ होंठ खुले, कहा : "सखी !"

ताम्बूलवाहिनी अपने सखा के स्वर का हर उतार-चढ़ाव पहचानती है, पास आकर दाहिनी ओर सटकर बैठ गई। देवपुत्र ने उसके बायें कान की ओर अपनी गर्दन ढलकाकर पूछा : "ठीक किया न ?"

"साहस किया। वसुमित्र को कुछ दिनों के लिए राजकोष सम्हालने का भार दे दो सखा ! षड्यंत्र ध्वस्त हो जाएगा। धम्मरक्खित को पद पर बिठला दो।"

"भृगुवत्स ?"

"तुमने तो अभी-अभी इन चारों सिंह-सिंहनियों को कुत्ते-कुतियाँ बनाया है सखा। झूठे आत्माभिमान और मिथ्या प्रतिष्ठाडम्बर को तोड़ना आत्मवीरों का ही काम है। सेना और सेठ महाजन तुम्हारे साथ रहें, अनाचार थोड़ा दब जाए, फिर कौन तुम्हें दबा सकेगा सखे ? शासन सूत्रों को हाथ में लेने का यह सुवर्ण अवसर है।"

होंठों को सखा के कानों से सँटाये सखी प्रेरणा के बोल घोल रही थी। सहसा सम्राट् ने मुड़कर होंठ उसके होंठों पर रख दिए, प्यार से उसे देखकर उसके सिर पर हाथ फेरकर बोले : "चल कुसमी, अब कहीं अलग चलके अपना वृन्दावन बसायें।"

सम्राट् की बात को अपने उत्तर से दूसरा मोड़ देते कुसमी सखी बोली : "रनिवास में अब कोई हेरफेर न करना। जो आज तिरस्कृत हुईं सो हुईं।"

सखा की त्योरियाँ चढ़ गईं, स्वर भी फुसफुसाहट से कुछ ऊँचा हो गया, बोले : "तुम समझती हो कि हमने वेगा को प्रेम के कारण बुलाया है ? नीतिवश वेश्याओं का सौदा वेश्या से—"

सखी ने सखा के मुँह पर हाथ रख दिया : "मुझसे चूक हुई, क्षमा करो।" सम्राट् ने अपनी सखी का हाथ पकड़कर अपनी छाती पर रख लिया, बोले : "जानती हो, मुझे आज क्या लगता है—लगता है कि जैसे मैं प्राण हूँ और अपनी साम्राज्य रूपी काया से बाहर निकल चुका हूँ।. . . तुमसे एक वचन चाहता हूँ कुसमी, यदि मेरे लिए अपमानपूर्वक मरने का क्षण आये, तो मुझे पहले ही पान में महानाग विष दे देना और हेलेन को लोनी की सुरक्षा में सौंप देना। वचन दो।"

"वचन देती हूँ।" सखी का स्वर अश्रुकंपित था, पर एक क्षण रुककर उसे कठोरतापूर्वक संयत करके बोली : "मुझे लगता है कि जो जो होना था, सो हो चुका। आगे तथागत सब भला करेंगे।" कहकर उठी, कक्ष के सम्मुख खड़ी दासी से कहा : "नई महारानी को यहाँ भेज दो। देवपुत्र, मैं व्यास जी के समाचार ले आऊँ।"

३२

•

•

गहन अंधकार में व्यास सोमाहुति भार्गव को बैठे हुए चार पहर से अधिक बीच चुके हैं। गहन अंधकार में अब तक एक प्रकाश भी दृष्टि में सध गया है। भार्गव के दाहिनी ओर अगम बावड़ी है; पीछे कोठरी है जहाँ से मलमूत्र गंध के भभके कभी-कभी बड़ा विकट आक्रमण करते रहते हैं; ऊँची छत में बाँईं ओर एक मोखा है, जिससे बाहरी प्रकाश का एक आभास मात्र इस सीलन-गंध भरे तलघर में हवा और कभी-कभी बाहरी दुनिया के अस्पष्ट स्वरों के साथ आता रहता है। भार्गव ने इसी से अनुमान लगा रखा है कि वे किसी चलती गली सड़क के नीचे बंद हैं। आँखों में पट्टी बाँधकर यहाँ लाये गए थे। तब से अब तक कोई यह देखने भी न आया कि बंदी जीता है या मर गया। कोने में दो बड़े-बड़े मटकों में जल रखा है। ताँबे का एक लोटा और लुटिया भी स्वच्छ मँजे धोये रखे थे। सबेरे जब वे यहाँ लाये गए, उन्हें चौकी पर बिठलाकर उनके हाथ-पैरों के बंधन और आँखों की पट्टी खोली गई तो विकराल आकृति और भारी भरकम कायावाले सैनिक ने मशाल घुमाकर जगहें बतलाते हुए, पीने और नहाने के पानी भरे मटके, शौचगृह और कारामुक्ति के सुगम उपाय स्वरूप वह बंद बावड़ी दिखला दी थी।

एकांत होने पर भार्गव हँसे। पहले संयम-सहज बने रहे; थोड़ी देर बाद नहाये, यौगिक क्रियाएँ संपन्न कीं; दुर्गंध के झोंकों से प्राणायाम क्रिया में परम कष्ट हुआ। अब नियमित यज्ञकर्म कैसे हो?—मन ही अग्नि है, वही घृत और स्रुवा भी है; दूर तक सधनेवाली कल्पना शक्ति उनके पास है, और वह भावयुक्त है— फिर यज्ञ क्यों न हो! उनके मंत्र गूँजकर एक स्वर से अनेक स्वर बन गए। भार्गव ने यज्ञ किया। दुर्गंध के झोंके मंत्र उच्चारते मुख में ऐसे भरते थे कि जैसे अचानक कपड़ा ठूँसकर उनके शब्द घोंट दिये गए हों। भाव ने अभाव से संघर्ष किया। दुर्गंध की ओर से मन को कसा। क्रमशः वह जड़ होकर बस गई।

अपने ब्रह्मकर्म सम्पादित करने के उपरान्त भार्गव ने जब अपना आसन छोड़ा, तब उनकी सहज उमंग थकन और चिढ़ से घिर चुकी थी। ब्रह्मकर्म उनके प्रति प्रातःकाल का जीवन-स्रोत है। आज उन्हें जीवन नहीं मिला। सत्व पर तम का आवरण पड़ा ही रहा। तम में कुछ देर दृष्टि साधने पर प्रकाश ग्रहण करने की जितनी शक्ति उत्पन्न हो जाती है, उतनी ही रजोशक्ति भी उदित हुई; सत्व पूर्व का घना परिचित तो अवश्य बना रहा, पर जालीदार दीवार के उस पार ही रह गया, मिल न सका। खीझ भर गई। पशुता मनुष्यता पर विजय प्राप्त करती है। भृगुवत्स उनके आश्रम को ध्वंस करा सकता है, उनकी अमूल्य ग्रंथनिधि को जलाकर उसे राख का ढेर बना सकता है, महाभारत इस पृथ्वी पर अब प्रचारित न हो सके, इसलिए सोमाहुति को यों घुटा-घुटाकर मार डालना चाहता है। भृगुवत्स अधर्म-विजेता है

और सोमाहुति धर्म-धूर्तता से पराजित, कुण्ठित और मरणोन्मुख. . .

बदन के एक-एक रोयें में ऐसा लगा कि मानों लाल चींटियाँ चिपट कर काट रही हैं। जलन से तन-मन भर गया।

पलटने के लिए ध्यान उधर से हटाना चाहा। ऊपर मोखे से बच्चों का दूरागत स्वर सुनाई दिया—झाँ झाँ झाँ झाँ. . . भार्गव को लगा कि बच्चा पूछ रहा है : "बोल मेरी मछली, कित्ता पानी ?"

—इत्ता पानी !

—इत्ता पानी ! !

—इत्ता पानी ! ! !"

ओरे, मेरे मन-मत्स्य, बोल, तू कितने पानी में है ? तल स्पर्श पाकर सुख से बैठ गया या अभी बाहर-भीतर की तरंगों के थपेड़े ही खा रहा है। जल में बड़े तिमि-तिंमिगल, जल-सिंह आदि क्या अंततोगत्वा तुझे लील जाएँगे। तू जीतेगा या वे जंतु ? बोल रे बोल, तू अब कितने पानी में है ?

—प्राण जाने में कष्ट नहीं। वह तो कभी न कभी जाएँगे ही। चिंता है महाभारत लिखाने की; चिंता इज्या की ओर से भी है।. . . महाभारत लिखाने की इच्छा पवित्रता का असीम घेरा बन गई; वह घेरा नाचता रहा, और नाचते हुए ही एक से दो, दो से तीन होते हुए कई दायरे दर दायरों में बँटकर फिर उनके हृत्पुरुष के चारों ओर परिक्रमा करने लगा। बाहर-भीतर की साँसों के समान ही वह पवित्र इच्छा ससीम और असीम थी। पवित्र कर्तव्य भार एक ओर दुःख की चुभन और दूसरी ओर आस्था का सुहृद आधार बनकर इस समय मानस में प्रतिष्ठित था। दुःख चुभता था, उसकी चुभन पास की बावड़ी सी अगम और भयप्रद थी, परन्तु पवित्रता का निश्चल निस्पन्द जल मानो भय का पत्थर पड़ते ही उछलकर पास, दूर और फिर दूर से पास तक तेजी से आती-जाती अनन्त हिलोरें उठा-उठा कर कहता है : 'वह' है ! 'वह' है ! है, है, है. . .। वह है तब भय नहीं है। जिस निष्ठा से साठ वर्ष की आयु में पिता ने सोमाहुति को जन्म दिया, जिस लगन नीति से उन्होंने अबोध बालक को महाभारत का बोध देना आरम्भ किया और अठारह वर्षों तक अन्य विषयों का अध्ययन कराते हुए भी महाभारत का एक-एक शब्द कण्ठस्थ कराया। 'चलते फिरते खाली बैठे जैसे भी बने, महाभारत का क्रमबद्ध स्मृति पारायण करते रहना। साँस के साथ ही यह क्रम समाप्त हो।' व्यास सोमाहुति ने व्यासेन्द्र सोमवर्णजी के इस उपदेश का सतत पालन किया है। सोमवर्णजी ने महाभारत कथा का बड़ा प्रचार किया था। सूत परम्परा के कथावाचक भारत महाकाव्य के अनेक अंश जनसमुदाय को सुनाया तो करते थे, पर महर्षि वैशम्पायन रचित पूरा महाकाव्य केवल सोमाहुति की वंशपरम्परा में पुरखों के समय से प्राप्त था। मौर्य सम्राट् चन्द्रगुप्त के काल में सोमाहुति के पुरखों ने भोजपत्रों पर ग्रन्थ लिखाकर संग्रह करने की परंपरा डाली। उन्होंने ही घूम-घूमकर भारत संहिता सुनी और करते-करते उनकी तपस्या सफल हुई। टुकड़े-टुकड़े जोड़कर उन्होंने पूरी भारत संहिता सिद्ध कर ली। सम्राट् अशोक के काल में उनके एक पुरखे ने देशकाल की स्थिति को ध्यान में रखते हुए भारत संहिता में अपने द्वारा अध्ययन की हुई अनेक प्राचीन सामग्री और अपने वर्तमान में भगवान्

आदिव्यासजी के भागवत धर्म को सुप्रतिष्ठित रखने के लिए नारायणीय धर्म का समावेश करके भारत संहिता को भागवत धर्म और ज्ञान का विश्वकोष—महाभारत संहिता बना दिया। सोमाहुति के पितामह ने आदिव्यास के अवतारस्वरूप स्वयं महर्षि बादरायण से ब्रह्मसूत्र का ज्ञान सिद्ध किया और काव्य कामधेनु के दूध में उसे भी मिसरी की तरह मिलाकर महाभारत रूपी क्षीरसागर में अर्पित कर गए। कई सौ वर्षों से जो अखंड ज्ञानयज्ञ उनके यहाँ चल रहा है, वह क्या सहसा इस प्रकार एक कुटिल गोत्र शत्रु की ईर्ष्या से खण्डित हो जाएगा ?—कदापि नहीं।

. . . और यदि हो गया? भाई तीन-चार दिनों का प्रखर शूली तम भोगकर ही इस लोक का मंगल मनाकर चले गये थे। मुझे मुक्ति और कर्तव्यपालन की अनन्त आशा में वीरासन साधे ही साधे कदाचित् बहुत देर में मृत्यु प्राप्त हो। परन्तु मैं भी भृगुवत्स की इच्छा पूरी न होने दूँगा। मैं भूत बनकर किसी लिपिक की खोपड़ी पर चढ़कर उससे महाभारत लिखाऊँगा। काया मरती है, कर्म नहीं मरता।

सहसा पीछेवाली कोठरी में कहीं ऊपर से पनाला बहने का शोर हुआ। पानी ऊपर से कोठरी में और कोठरी की नाली से कुएँ में गिरता हुआ बड़ी दूर तक शोर मचाता रहा। पानी बहाये जाने के संबंध में बहुत से 'क्यों' उनके मन में उभरे, पर शीघ्र ही बिसर भी गए, क्योंकि वातावरण में एक आश्चर्यजनक परिवर्तन हो गया था, दुर्गन्ध समाप्त हो चुकी थी और ताजी हवा के बड़े तेज झोंके आ रहे थे। सोमाहुति का मन इतने ही से हरा हो गया। दिन भर में पहली बार उनका मन अपनी अनुशासित सहजता से परे होकर सहज-स्वभाव से हरा हुआ। सोमाहुति के सहज और अनुशासित सहज में प्राय: बहुत कम अन्तर है, पर द्वैत अवश्य है। इस सहजता में उन्हें इज्या की याद आई।

●

इज्या भार्गवी अपने पति के बन्दी बनाये जाने के क्षण से गूँगी हो गई थी। न वह आशा जाने, न निराशा। न कोई प्रश्न उठता है, न उत्तर। महन्तजी ने रोते हुए उसके मस्तक पर हाथ रखकर कहा : "घबरा मत बेटी, तेरा सुहाग अचल है।" परन्तु उसे जैसे किसी आश्वासन की आवश्यकता ही नहीं। वह केवल शून्य है जिसमें एक नाद गूँज रहा है। वह अगम पानी में डूबी हुई बैठी है और धू-धू जल रही है। कुछ बूझ ही नहीं पड़ता।

प्रज्ञा का हिया पछाड़ें खा रहा है, पर न तो वह भारत की रोगशैया की पाटी छोड़ना चाहती है और न इज्या का साथ। सोमाहुति के बंदी बनाये जाने से पहले जो हुल्लड़ मचा था, भारत की नींद तभी टूट गई थी। जब भार्गव गये तब महन्तजी की पत्नी फुक्का फाड़कर रो उठी थीं। भारत उस रुदन से चौंककर सहसा चीखने लगे थे और बड़ी देर तक चीखते ही रहे। प्रज्ञा जो सब घरवालों के पास बाहर दालान में चली आई थी, तुरंत पति के पास दौड़ी हुई पहुँची। उनकी भय से फटी आँखें, उनका दोनों हाथों से कलेजा पकड़े हुए बैठना और हाँफना देखकर प्रज्ञा ने तुरंत उन्हें अपने कलेजे से लिपटा लिया और उनके साथ लेटकर ऐसे प्यार करने लगी, जैसे माँ अपने बेटे को करती है। बड़ी देर में भारत की धड़कनें काबू में आ सकीं। बड़ी देर बाद उन्होंने भयभीत स्वर में हकलाते हुए पूछा : "गुरुजी म-र-मारे—"

"नहीं-नहीं। मेरी जीजी का सुहाग अचल है। आप चिंता न करें । मैया अंधेरे में डरकर चीखी थीं।"

"और वह कोलाहल?"

"सैनिक कदाचित् भंग पीकर आपस में लड़ पड़े थे। तुम अभी एक झपकी और ले लो।"

भारत फटी आँखों कहीं दूर देखने लगे। पत्नी की बातें उनके जी को पतिया नहीं पाई थीं। कुछ न समझने के कारण उन्होंने घबराकर अपनी पत्नी को बाँहों में और कस लिया। फिर बोले : "प्रज्ञा!"

"जी?"

"अनेक वर्ष तुम मेरा साथ छोड़े रहीं।"

"मैं?"

"वह-वह शक्ति जिसका नाम तुम धारण किये हो। देखो प्रिये, यह व्यास महाराज का प्रश्न है, भारत के गुरुदेव, भारत की प्रज्ञा के रक्षक।"

"वे तपस्वी और परम वीर हैं। स्वयं शेष भगवान् उनके छत्र बनेंगे, रामजी सदा सहाय रहेंगे। तुम चिंता न करो।"

करवट बदलकर भारत सीधे हो गये, फीकी हँसी हँसकर कहा : "भय ही अब मेरा भयहारी बन रहा है प्रिये, तुम चन्दनपट्टी और पत्ती ले आओ कहीं से।"

प्रज्ञा उलझन में पड़ी। महाशोकमग्न घर में इस समय वह लिखने की सामग्री किससे लाये? दूसरी ओर भारत ने पिछले सात वर्षों में आज पहली बार लेखन सामग्री माँगी थी। प्रज्ञा के मन में इससे एक तरह का संतोष, विश्वास और उत्साह भी जागा था। दुविधा में पड़ी वह कोई उपाय सोच ही रही थी कि भारत ने गंभीर स्वर में कहा : "जाने दो। जाने दो। मुझे केवल बैठा भर दो। . . . ना-ना, घबराओ मत। प्रज्ञा अब फिर से मेरी शक्ति है।"

"मैं घबरा नहीं रही। ये मेरे आनन्दाश्रु हैं। आज वर्षों के बाद आपकी मुद्रा और स्वर में यह सहजता देखी है।" प्रज्ञा ने उन्हें बैठाते हुए कहा।

"किसी पुष्प का नाम लो जो पहले मन में आये।"

"जूही।"

"हूँ : एक फूल और चुनो।"

"मल्लिका।"

"एक और।"

"चमेली।"

आँखें बंद किए, ध्यानमग्न, झूमते हुए भारत स्वगत बोलने लगे : "जूही, जूही. . .यूथी! चनन मनन चनन—प्रज्ञा, गुरुजी एक पशुवत् मानस समूह के द्वारा पकड़ ले जाये गए हैं। अब मैं समझा—यह सारा कोलाहल और मैया का आर्तनाद इसीलिए था: हूँ:. . .चनन मनन चनन मनन. . . एक बड़ी ऐश्वर्यशालिनी सुन्दरी, गोलमुखवाली, किंचित् रक्तवर्णा पशु-प्रकृति की स्त्री के घर में बन्दी होंगे। अभी रथ में हैं। रथ भागा जा रहा है। च न न. . .महल है महल। पश्चिम दिशा है। वहीं जा रहे हैं। ऊपर जल है, नीचे जल है. . .चनन मनन . . .

वज्रांग वज्रतुण्ड कपिल पिंगल तुम्हारी शरण !—मायाचक्र में बंदी होंगे। उसका एक द्वार यूथी के कक्ष में और दूसरा जल में है। उपाय करने से आज सूर्यास्त से पहले ही वे मुक्त किए जा सकते हैं। दुर्भाग्यवश यदि न हो सके तो-तो चमेली कल से मुरझाने लग जायगी। . . . पर मेरा सिर अब चकराने लगा। मुझे लिटा दो. . . बस। जाओ, जाओ, गुरुजी को बचाओ।"

प्रज्ञा इस समय बहुत ही आनन्दित थी। उसने अपने महापण्डित पति को आज लगभग सात-सवा-सात वर्षों के बाद अपनी स्वाभाविक मुद्रा में देखा था। इज्या के महान् दुःख का क्षण प्रज्ञा के परमानन्द का क्षण था। यह दोनों भाव पति की भविष्यवाणी से एक हो गए—अपना सुख था ही, साथ ही इज्या के सुख-सौभाग्य की सुरक्षा का आश्वासन भी मिल गया था। दौड़ी-दौड़ी बाहर आयी। महन्तजी बाहर आ चुके थे। मैया दालान में ही एक ओर पड़ी-पड़ी विलाप और प्रार्थना मिश्रित बड़बड़ाहट में लीन थीं। इज्या खम्भे के पास मूर्तिवत् बैठी थी।

प्रज्ञा पास आयी, इज्या के कंधे पर हाथ रखा, बोली : "जीजी, निष्क्रिय चिंता मूर्खों का काम है। उपाय करो। उन्होंने अभी-अभी प्रश्न विचार किया है। जीजाजी एक बड़ी ऐश्वर्यशालिनी सुंदरी, गोलमुखवाली, किंचित् रक्तवर्णा दुष्टा स्त्री के प्रासाद में बंदी हैं। बाबा को बतलाओ। वे समझ जाएँगे। सूर्यास्त के पहले उन्हें ढूँढ़ ही निकालना है। तुम मंदिर में जाके बाबा से कहो। वे वहीं गये होंगे।"

"राम जाने। वही कर्ता हैं।"

"राम भी किसी मानव काया के द्वारा ही कर्मशील होते हैं। इनकी काल-गणना-शक्ति अचूक है। वर्षों के बाद आज सहज होकर बोले हैं। तुम बाबा के पास जाओ। मेरा विश्वास है, कार्य अवश्य सिद्ध होगा। दुःख से पत्थर न बनो बहन! उठो उठो, अपना कर्म सिद्ध करो।"

सूचना मिलते ही महंतजी ने इस दिशा में भी विचार करना आरंभ किया। किले के महलों में ऐसा कोई स्थान नहीं था और वह पश्चिम दिशा भी न थी। हाँ, नगर से दो कोस दूर रानीजी के रमने में अवश्य ही कुछ पुष्करिणियाँ आदि थीं, दिशा भी पश्चिम ही थी। वह रानी का रमना (प्रमदवन) पट्टमहिषी का ही था। कौरोष सेठ और महंतजी के आदमियों ने रमने से लगी बस्ती में एक वृद्ध जानकार से अंत में यह सूचना पा ही ली कि महल के पिछवाड़े घुड़साल के सामने सौ घोड़ों के एक साथ खड़े होकर पानी पीने लायक पक्की चरही है। उसकी मोरी मोटे तवे से ढँकी है। जब-तब चरही स्वच्छ करते समय तवा हटाया जाता है और पानी पाताल सोत में जाकर मिल जाता है। वह मोरी केवल पानी निकालने के लिए ही नहीं, वरन् एक गुप्तद्वार भी है।

व्यास सोमाहुति भार्गव सूर्यास्त से ढाई घड़ी पहले ही मुक्त हो गए।

अब इज्या प्रज्ञा सुख में एक थीं।

●

३३

●

●

अति वैभवशाली हुविष्क विहार का महास्थविर कक्ष। संगमर्मर के बने एक छोटे कक्ष में स्फटिक की चौकी पर संघस्थविर आचार्य भृगुवत्स विराजमान हैं। नीचे शाहगुल और यास्मीन बैठी हैं। शाहगुल रूप की खान है। यास्मीन वैसी तो कदापि नहीं, फिर भी यदि उसकी एक आँख में फूल न होता, तो वह निश्चय ही सुन्दरियों में गिनी जाती। तीस-बत्तीस वर्ष की आयु होने पर भी उसका शरीर ऐसा कसा, साँचे में ढला है कि जब तक उसके चक्षुदोष पर दृष्टि न जाय, तब तक अच्छे-अच्छे रूपपारखी कामुकों की काँचें भी ढीली पड़ने लगती हैं।

शाहगुल अपने 'गुरु' को एकटक ऐसे देख रही है, जैसे दर्शन-प्यासा भक्त अपने भगवान् को निहारता है। उसकी यह दृष्टि परम चिंताकुल भृगुवत्स के बड़े ही बिखरे हुए ध्यान को अपने से बाँधकर उन्हें बरबस प्रमुदित कर रही है। यास्मीन भी अति श्रद्धालु और वाचाल भाव से इतराती हुई कह रही थी : "कल सबेरे तो यह सचमुच नाच रही थी कि आज मेरे गुरु भगवान् आएँगे, गुरु भगवान् आएँगे। पर जब आप सभा में न पधारे तो उदास हो गई। ये तो बसरे से ही आपका नाम सुनती आई है। कल सबेरे मुझसे लिपट के बोली कि अब मेरा मुक्तिदाता मुझे मिल जाएगा। मैं उसकी मेहर से अर्हत बन जाऊँगी।"

जैसे ही यास्मीन ने अर्हत शब्द कहा, वैसे ही मानो संकेत पाकर शाहगुल ऐसी याचनाभरी प्यासी आँखों से उन्हें निहारने लगी कि भृगुवत्स की आँखों में भी चाह लपक उठी। भावुक शाहगुल ने बढ़कर उनके चरणों में अपना मस्तक नवा दिया। नाजुक उँगलियों का स्पर्श पाते ही आचार्य जी भीतर से बाहर तक गुलगुला उठे। प्यार से उसका मस्तक पकड़कर उठाते हुए उनकी हथेलियाँ मानो अनजाने में शाहगुल के गालों पर फिरीं, बड़े ही स्निग्ध स्वर में बोले : "दासी, इसे बतला दे कि इसके श्रद्धाभाव को देखकर मैं परम प्रसन्न हूँ। इसकी आत्मा इसकी लुभावनी काया से भी बढ़कर सुन्दर है। परन्तु यह अभी से भिक्षुणी बनने की इच्छा क्यों करती है?"

यास्मीन दुभाषिया बनी बातों की दलाली करने लगी। शाहगुल ने उत्तर देते हुए पारसी भाषा में जो कहा सो कहा, यास्मीन ने उसमें अपनी बातों के चार चाँद भी जोड़ दिये। बोली : "यह कहती है कि मैं अनाथ हूँ। बसरे से यही निश्चय करके आयी हूँ कि आपकी शरण में रहकर धर्मलाभ करूँगी। न मुझे मामा के घर रहना है, न कौरोष सेठ की छत्रच्छाया में—"

"कौरोष काला नाग है। उसके समान पतित और अनाचारी कोई नहीं है। वह मधुसनी कटार है। उससे इस कोमल फूल को दस हाथ दूर रखना यास्मीन।" भृगुवत्स के

गम्भीर वैभवशाली मुख पर घृणा मानो पके फोड़े-सी फूट पड़ी।

यास्मीन उचक कर आगे बढ़ आई और भेद भरे बतरस का जाल फैलाती हुई हाथ और आँखें मटका कर धीमे स्वर में कहा : "आप दूरदर्शी हैं। आपके एक-एक शब्द में सचाई है। अब आपसे क्या कहूँ, कल मुझे अलग ले जाके सेठ ने कहा, यास्मीन इसे मेरे साथ बसरे लौट चलने के लिए राजी कर ले। चार माह बाद लौट के जाऊँगा। वहीं हमारा ब्याह होगा। राजी कर दे तो तुझे लखपती बना दूँगा।"

"तो तुमने क्या कहा?" भृगुवत्स के स्वर में ईर्ष्या प्रखर हो उठी।

"मैंने शाहगुल से कहा तो लिपट के रोने लगी, बोली, अग्निपूजक से ब्याह नहीं करूँगी। मैं किसी से ब्याह नहीं करूँगी। मुझे भिखुनी बनना है, अर्हत बनना है। तू मेरे गुरुदेव से मुझे मिला दे। तभी तो संझा बेला मैं छिप के आपके पास आयी थी महाराज।"

शाहगुल पारसी में बोली : "कौरोष सेठ के मन में हमारे धर्म के लिए द्वेष है। आज भी वे मामा से आपकी निंदा कर रहे थे। कह रहे थे कि लाखों लुटा दूँगा और उसे बदनाम कर दूँगा। कह रहे थे कि हिन्दी साधू को आपने पकड़वाया है। और वह कह रहे थे कि आपको गली-गली में लांछित करवाएँगे।"

यास्मीन के द्वारा शाहगुल की बातें भृगुवत्स को उद्विग्न करने लगीं, किन्तु ऊपरी दिखावे में वे हँसे और कहा : "द्विभाषिणी, इससे कह कि हे उपासिके, तेरे गुरु के समान शील, ज्ञान और दर्शन में सूक्ष्म गति करनेवाला और कोई नहीं है। उनकी तांत्रिक और मांत्रिक शक्तियों से सम्राट्, सम्राज्ञी, मंत्रिगण, श्रेष्ठिगण आदि सभी प्रभावित हैं। जिसके पास भगवान् शाक्यसिंह के बतलाए हुए धर्ममार्ग का बल हो, वह भला किसी लम्पट कुचाली ऋषि से अथवा उसके पिट्ठू पिशाच कौरोष से भयभीत हो सकता है।"

यास्मीन अपनी एक आँख की रीझ, और भावभीनी मुस्कान को एकरस मुद्रा पर टिकाये बीच-बीच में अपनी जाँघ खुजलाती हुई आचार्य प्रवर की बात सुनती रही। बात पूरी होने पर भी उसने पहले तो अपनी मुस्कान और टकटकी न तोड़ी, फिर पल भर बाद मानो एकाएक बाहरी चेतना में आते हुए वैसी ही रीझ भरी अदा से देख कर बोली : "महाराज, आपके स्वर में जैसा जादू है, वैसा मैंने और किसी में नहीं देखा। कल भी सरावगी बहमन दोनों साधू बोले, मगर ऐसा प्रभाव उनमें नहीं था।"

गुरुवाक्यों के अर्थ की प्यासी शाहगुल टकटकी लगाकर यास्मीन को देख रही थी। भृगुवत्स अपने आप पर बड़ा संयम रखने का प्रयत्न कर रहे थे, पर उनकी दृष्टि शाहगुल के चेहरे पर फिसल-फिसल जाती थी। यास्मीन की बात के उत्तर में कहा : "पहले उपासिका को मेरी बात तो समझाओ। बेचारी उत्सुक हो रही है।"

यास्मीन ने शाहगुल से पारसी भाषा में कुछ कहा जिसे सुनकर शाहगुल फिर गद्गद भाव से गुरुचरणों में झुक गई; फिर स्पर्श के जादू ने असर डाला; गुरुजी ने फिर चेली को उठाया और उनकी हथेलियाँ उसके गालों पर दौड़ीं। आँसूभरी आँखों से अपने गुरु को देखते हुए शाहगुल ने गद्गद स्वर में कुछ कहा, परन्तु उसका अनुवाद सुनाने के बजाय यास्मीन ने शाहगुल को भृगुवत्स की अपरिचित भाषा में भिड़का शाहगुल मुँह लटका कर बैठ गई। भृगुवत्स को बुरा लगा, पूछा : "क्या कह रही थी उपासिका?"

"कुछ नहीं आर्य ! अभी नासमझ है, कुछ भी कह डालती है। अच्छा, अब आज्ञा दें महाराज, हमें अब जाना चाहिए। इसे कृपा करके यह समझा दें कि अभी इसके भिक्षुणी बनने का समय नहीं आया। कौरोष सेठ के यहाँ रहते इसकी इच्छा पूरी न हो पाएगी।"

"कौरोष मेरा क्या कर सकता है ?"

"आप तो देवता हैं महाराज, किंतु हम लोग उसके विरुद्ध जाने से धूल में मिल जाएँगे। गुस्तास्प सेठ ने मुझसे कहा था कि कौरोष सेठ को. . ."

एक प्रौढ़ भिक्षु कक्ष के द्वार पर आकर खड़ा हो गया। भृगुवत्स ने उसे देखकर कहा : "क्या है भन्ते ?"

"एक आवश्यक सूचना है आचार्य।"

भृगुवत्स चौकी से उठकर उसके पास आये। दोनों कक्ष से बाहर चले गये। यास्मीन शाहगुल के पास खिसक आई और धीरे से कहा : "उदास देखो तो एक बार रहने का हठ फिर ठानना। चिंताकुल पुरुष को कामिनी कठपुतला बना लेती है।"

"तुझसे ज्यादा समझती हूँ।" शाहगुल ने आँखें नचाकर कहा।

"निगोड़ी, ये तेरे बसरे-बगदाद की बुद्धू नहीं, हिन्द का असली काला नाग है।"

"काला तो नहीं, यों दुश्मनी में चाहे जो कहो।"

"मर मिटी मुण्डो ?" यास्मीन ने चुटकी काटी।

"वह काम तो लोनी मलिका ने तुझे सौंपा है। मैं जिस पर मरती हूँ, वह मुझे अभी नहीं मिलेगा।" कहते हुए दुःख और लाज भार से शाहगुल की आँखें झुक गईं।

यास्मीन मुस्कुराई, बोली : "हुस्न चाँद-सूरज को भी नीचे उतार लाता है। काम बनाके मौके से भीख माँगेगी तो बसरे का बेताज का बादशाह तुझे अपने साथ ले जाएगा। नज़्रेबद्दूर, इंसान तो क्या, फरिश्ते भी तेरी परस्तिश करेंगे।"

"वह लोनी मलिका के मुरीद हैं। हिन्दुस्तान आते वक्त दो बार अपने खिदमत में बुलाया और लौटा दिया, कहा कि मथुरा में अपनी मलिका की खिदमत करना। मामूली कनीजों से अपना काम चला लिया।"

"तब तो वे तुझे जरूर ले जाएँगे। आते वक्त उनके मन में तेरे और लोनी के बीच टक्करें चल रही थीं। उन्हें डर था कि तुझे पाकर कहीं उसे भूल न जाएँ।"

"हट ! साँवलेपन में भी कितना हुस्न होता है, यह लोनी मलिका को देखकर ही समझ सकी। खुदा ने उन्हें सब कुछ दिया है, हुस्न, फन, ज़ेहन—"

"तू मुझे अपने साथ ले चलने का वादा कर तो तेरा काम बना दूँगी। हाय, वतन से बिछुड़े मुझे चौदह बरस हो गये । सोलहवाँ साल था जब यहाँ—"

"चुप, परछाइयाँ देख।" कहकर शाहगुल पवित्रता और ध्यानमग्नता की मूर्ति बन गई। यास्मीन ने सर से आँचल ढलका कर अपना जूड़ा खोल के बाँधना शुरू कर दिया।

लौटते समय आचार्य भृगुवत्स गहन चिंतालीन थे। रानी के रमने से सोमाहुति मुक्त हो गया है; सम्राट् ने पटरानी और मँझली रानी को त्याग दिया है। सेनापति बन्दी हो चुके हैं और शिष्टमण्डल के सामने सम्राट् ने भृगुवत्स के लिए भी तीखी बातें कही हैं। अपनी सेना का मनोबल पाने के लिए उन्होंने भृगुवत्स को शूली देने की धमकी तक दे डाली है।

धर्मरक्षित को संघस्थविर बनाने का प्रस्ताव भी हवा में उड़ चुका है। भृगुवत्स के चारों ओर अँधेरा है। कुछ समझ में नहीं आता।

यास्मीन अपनी अदाओं का चटपटा बघार लगा रही थी। हाय, जल्दी जूड़ा बाँधना भी क्या मुसीबत है कि जो बाँधने चलो तो और भी खुला-खुला पड़ता है। बाँईं ओर आगे की घुँघराली लटें कुछ इस तरह से मुँह पर गिरीं कि फूलनेवाली आँख ढँक गई, और मानो यह सोचकर कि जूड़ा सम्हालने से पहले सिर का पल्ला सम्हालना जरूरी है, वह ढलकी लटों को यों ही छोड़ बैठी। यास्मीन ने अपनी आँख के ऐब को ढँकने के लिए लटों की खूबसूरत गिरावट को बरसों की मेहनत से साधा है और लटें गिरते ही वह शौकीनों के लिए लज़ीज़ लुक्मा बन जाती है।

शाहगुल बेसुधी में भावभूखी दृष्टि से अपने भगवान् को एकटक निहार रही है। भृगुवत्स को लौट आया देखकर उसका चेहरा यों खिल उठा है कि जैसे सूरज को देखकर कमल खिला हो। घनीभूत चिन्ताओं और भय की विकट पर्त्तों में लिपटा हुआ भृगुवत्स का मन कक्ष के इस कामकला रंजित वातावरण में कहीं पर तरावट भी पाने लगा। वे कुछ थके से अपनी चौकी पर बैठ गए। यास्मीन कंपित स्वर में कहने लगी : "महाप्रभु, वसन्त में सहसा यह सावन की काली घटाएँ देखकर मुझ दुर्बल दासी का मन डूब रहा है। दुःखशोकरहित वीतराग अर्हतों पर भी क्या कभी. . ."

"हाँ द्विभाषिणी, लोक की पीड़ा पचानेवाले शास्ता का धर्म बड़ा ही कठोर होता है। (निःश्वास) इस राज्य का पाप उदय हुआ है। तथागत की माया ! तारा ! तारा ! तू ही है।"

शाहगुल ने घबराकर यास्मीन से कुछ पूछा और उत्तर सुनकर वह बावली हो गई, आँसुओं का सागर उमड़ पड़ा। डूबते-उतराते शब्दों में यास्मीन को कुछ बतलाने लगी। भृगुवत्स की उत्सुकता बढ़ गई। यास्मीन की बातें सुनकर मानो एकदम से घबरा उठी, भृगुवत्स की चौकी के पास सरक कर धीरे से कहा : "कहती है कि कल इसके मामा यहाँ के जगत्सेठ और कौरोष आका में यह बातें हो रही थीं कि राज का तख्ता पलट दिया जाए। बुद्ध परस्तों के हाथों से व्यापार-वाणिज्य के सूत्र छीन लिये जाएँ और कौरोष आका यहाँ के ताजदार पादशाह बनें। इस पर इनके मामा ने कहा, मैं बुतपरस्त हूँ, अपने दीन को नहीं छोड़ूँगा। कौरोष आका रूठ गए कहा कि विलायतियों में अरबया, सिरिया और शकस्तान वाले बैपारी तो लात महादेव के पुजारी हैं, वे यहाँ वालों का साथ देंगे। जो पारसी अग्निपूजक हैं, वे भी बुद्ध के पुजारियों के विरुद्ध जाएँगे, क्योंकि कौरोष आका—"

"स्वयं भी अग्निपूजक हैं। कोई बात नहीं। इस पवित्र भोली उपासिका से कहो कि यह सूचना देकर उसने सद्धर्म का परम कल्याण किया है। कल तक मथुरा में मेरा भी भक्तसमुदाय संगठित हो जाएगा।" भृगुवत्स के मुख पर क्रोध और दर्प का तेज दमक उठा। यास्मीन ने शाहगुल को जब यह बात बतलाई, तो वह फिर से उनके चरणों पर लोट गई।

यास्मीन ने झिड़का : "शाहगुल, बार-बार पराये पुरुष का यों अंग स्पर्श नहीं करते, भले वह महाप्रभु तेरे मेरे भगवान् ही क्यों न हों।" आश्चर्य यह था कि यास्मीन शाहगुल को हिन्दी में डाँट रही थी। भृगुवत्स को यह अच्छा नहीं लगा। शाहगुल के झुके सिर पर हाथ फेरते हुए यास्मीन से बोले : "यह सारे सामाजिक नियम-बंधन लोक-व्यवहारी स्त्री-पुरुषों के लिए हैं। दिव्यात्माओं को इन झूठे प्रतिबंधों का ध्यान तक नहीं दिलाना

चाहिए। इससे कहो हे उपासिके, तुम्हारी अनन्य श्रद्धा के कारण शास्ता तुमसे परम संतुष्ट हैं। परमपद प्राप्त करने के हेतु तुम्हारी उत्कट अभिलाषा और योग्यता देखकर हम इतने आनन्दित हुए हैं कि तंत्र के द्वारा हम एक मास में तुम्हें वे सिद्धियाँ प्रदान करेंगे, जो पैंतालिस वर्षों की सतत साधना के उपरान्त भी वह बूढ़ा धर्मरक्षित आज तक सिद्ध नहीं कर पाया। अच्छा, अब तुम लोग जाओ। कल अपराह्नकाल में इसे ले आना।" कहकर भृगुवत्स उठ खड़े हुए। यास्मीन शाहगुल को उनकी बातों का अनुवाद करके सुनाती रही। बात पूरी होने पर भोली बच्ची की तरह बड़े आनन्दाश्चर्य से उसने अपने गुरु को देखा। चिन्ताग्रस्त गुरु की आँखों में लोभ की लपटें लपक उठीं, शाहगुल की आँखों ने भी वैसी ही लपटें लौकाईं। कुछ पलों के लिए चार आँखें बँध गईं, बेसुधी में ऐसी लड़खड़ाई कि गुरु पर गिरने सी लगी। बेचारे गुरुजी को बचानेवाली बाँह उसके हल्के स्तन स्पर्श से जल उठी। यास्मीन ने शाहगुल को हाथ पकड़कर पीछे ढकेला और हाथ जोड़कर बोली : "महाप्रभु, चौदह वर्षों से इस नगर में रहते हुए आपकी महिमा सुन-सुन कर जो भाव इस अकिंचन दासी के मन में उठते थे, वे कल और आज में आपके दर्शन मात्र से ही राई से सुमेरु बन गए हैं। इस अभागिन की बाँह भी गहें देव, इन चरणों में मुझे भी शरण मिले।"

महाप्रभु ने उसके सिर पर भी हाथ फेरने की कृपा की। चलते-चलते शाहगुल ने अपने गुरुदेव को फिर ऐसे अमिय-मतभरे भोले नैनों से देखा कि उनके निर्द्वन्द्व जीवन में कौरोष आदि के द्वारा घोला गया हलाहल कुछ देर के लिए प्रभावहीन बन गया। शत्रुओं के प्रबल घेराव को तोड़ने के लिए शाहगुल का आकर्षण उन्हें अमोघ शक्ति के रूप में प्राप्त हो गया था। शाहगुल से पाई हुई सूचनाओं से प्रेरित होकर भृगुवत्स ने अपनी मोर्चेबन्दी आरम्भ कर दी। धर्मरक्षित रातों-रात रथ पर बिठलाकर गोकुल भेज दिये गये। नगर के बौद्ध व्यापारियों और सामंतों में शाहगुल की बतलाई हुई बातों का प्रचार किया जाने लगा। विहार के विरोधी भिक्खु-भिक्खुनियों पर स्वपक्ष के भिक्खु-भिक्खुनियों के द्वारा कड़ी निगरानी रखे जाने का प्रबन्ध किया गया। नगर की निर्धन जनता को द्रव्य से द्रवित करके अपनी ओर मिलाने के प्रयत्न होने लगे। सम्राट् को अंकुश में रखने के लिए सेना पर सोने की बौछार की योजना भी बनने लगी। महाघाघ भृगुवत्स अपने से बड़े घाघ कौरोष की जादुई हथेली पर खिलौना बनकर नाचने लगे।

शाहगुल और यास्मीन नित्य प्रति अपराह्न में आतीं, नित्य प्रति उनसे नई सूचनाएँ प्राप्त होतीं, नित्य प्रति शाहगुल के प्रति भृगुवत्स का आकर्षण किसी न किसी बहाने अधिकाधिक प्रबल होता, और नित्य प्रति यास्मीन बाधा बनकर अड़ जाती थी। भृगुवत्स अपनी मनभावती चेली को एकान्त में तंत्र दीक्षा न दे सके। भृगुवत्स की भृकुटियाँ चढ़ जातीं, शाहगुल रो-रोकर झगड़ने लगती, पर यास्मीन टस से मस न होती थी। भृगुवत्स समझे कि यह यास्मीन का सौतिया डाह है, वह भी उन्हें चाहती है, परन्तु शाहगुल के समान दिव्य सुन्दरी के सामने वह भला फुल्लीदार आँखवाली पर क्योंकर रीझ सकते थे।

केशवजी के मंदिर में होनेवाले व्यासजी के प्रवचनों की धूम दिनों दिन बढ़ती जा रही थी। भृगुवत्स के कारागार से उनके मुक्त होने की कथा इतने चामत्कारिक ढंग से फैलाई गई थी कि जनदृष्टि में वे देवता हो गये थे।

३४

●

●

दूसरे दिन अपराह्ण काल में व्यासजी का प्रवचन सुनने के लिए केशवमन्दिर के कथा-मण्डप में इतनी भीड़ थी कि हजार खम्भोंवाले विशाल मण्डप और उसके सामने वाले आँगन में कहीं तिलभर भी बैठने को जगह नहीं बच पाई थी। मन्दिर की सीढ़ियों से लेकर बाहरी गली तक दर्शन करने के लिए जाती उत्सुक भीड़ और बैठने का स्थान न पाने के कारण निराश लौटती भीड़ की धक्का-मुक्की भरी आवाजाही वैसी ही असंख्य अणुओं के प्रवाह-सी थी, जैसी अधखुले किवाड़े से भीतर आनेवाली सूर्य किरण में दिखलाई पड़ती है।

महन्तजी की पत्नी के लिए परमानन्द का दृश्य था। इज्या के लिए यह विशाल जनसमूह आश्चर्यजनक था। भारत कुछ चकित और कुछ गम्भीर भाव से इस सभा में बैठे थे। उनका शरीर अब भी रुग्ण और दुबला था। उनका हठ देखकर उन्हें यहाँ लाया गया और गोल तकिये के सहारे आराम से बिठला दिया गया था। प्रजा सभा से अधिक अपने पति को निहार रही थी।

महन्तजी तथा पुजारियों के परिवार व्यासपीठ के बाईं ओर बैठे थे, पंडित समुदाय दक्षिण भाग में था और सामने की प्रथम पंक्ति में जगत्सेठ कौरोष, जगत्सेठ वसुमित्र और मथुरा के धनी-मानी कुलों के अनेक व्यक्ति उपस्थित थे। आज कई सेनानायक और अमात्यगण भी खुलेआम सभा में आये थे। कौरोष के लिए भी यह विशाल जनसमूह दर्शन एक नया अनुभव था। कल जो कुछ भी हुआ था, वह सुनियोजित कार्यक्रम था, किन्तु आज का यह आयोजन बिना प्रयास के हो रहा है। कल मुक्त होने पर व्यासजी ने रानी के रमने में उनकी मुक्ति हेतु एकत्र भीड़ के उल्लास को यह घोषित करके और बढ़ा दिया था कि मन्दिर में मेरा प्रवचन होगा। आज उस बात का इतना बड़ा परिणाम निकलेगा, यह कल्पना उन्होंने नहीं की थी। आज प्रातःकाल जगत्सेठ वसुमित्र ने कौरोष और लवणा को इस सभा में आने का न्यौता भेजा था। कौरोष के मन में था कि संभ्रान्त जन और जन साधारण की सब मिला के हजार पाँच सौ की भीड़भाड़ होगी। सेठ वसुमित्र प्रसन्न थे।

महन्तजी और सौति के साथ व्यास सोमाहुति भार्गव ने पूर्व द्वार से प्रवेश किया। सभा ने खड़े होकर हजारों कंठों से 'बोलो कृष्ण बलदेव की जय' तीन बार निनादित हुआ, फिर 'बैठ जाओ, बैठो बैठो' का रौरा मचा। मन्दिर के सिपाही पीछेवाली भीड़ को बैठाने लगे। सेठ वसुमित्र तथा अन्य माथुर महाजनों ने व्यासजी की पूजा की। दक्षिणा में एक लाख रौप्य टंकों से कुछ अधिक ही धनराशि अर्पित हुई। फिर सौति ने सुमधुर स्वर में वासुदेव वन्दना का संगीतात्मक पाठ आरम्भ किया। सौति उग्रश्रवा का कंठ कुछ तो दैवी वरदान था और कुछ उनकी कठिन साधना से निखरा था। ऐसा दीपदार कंठ था कि दस-बीस हजार के मजमे को बड़ी सरलता से बाँध लेता था। सौति द्वारा मंगलपाठ आरंभ

होते ही सभा उनके स्वर के जादू से बँधने लगी। "हे कृष्ण यदुनन्दन वासुदेव, मेरी वाणी केवल आप ही के गुणकीर्तन में लगी रहे। मेरे कान सदा आपकी कथा ही सुना करें। मेरे ये हाथ सदा आप ही की सेवा करते रहें और मन आपके श्री चरणारविन्दों में लीन रहे। आपके निवास इस अखिल जगत् को प्रणाम करते हुए मेरा मस्तक नत हो और मेरी आँखें संतों के रूप में सदा आपके स्वरूप को निहारती रहें।"

भार्गव के सामने अनंत शीशों, अनंत हाथों और पैरोंवाला वासुदेव परब्रह्म आसीन था। इस सर्वशक्तिमान से भला कौन जीत सकता है? जहाँ तक दिखलाई पड़ते थे, भार्गव बड़े भाव से चेहरे ही चेहरे पढ़ते जाते थे। यह लोकनारायण त्रिकाल में बाल, युवा, प्रौढ़ और वृद्ध इन चारों अवस्थाओं में सदा एक साथ रहते हैं। इनकी कल्पना खेलना चाहती है, इनका उत्साह कर्मरत होना चाहता है, बुद्धि ज्ञान और भावना दर्शन की सतत आकांक्षिणी है। "चल रे मेरे मन, इन चारों दिशाओं पर एक साथ चल। लोकनारायण को प्रसन्न और प्रेरित करने के लिए इन्हें चमत्कारों से भर; सबल अन्यायी से लड़ने की उमंगों से भर; इन्हें इनके ही अनुभवों का सार तत्व सौंपकर ज्ञानप्रौढ़ बना—फिर यह आत्म दर्शन करने लग जाएँगे।"

भार्गव का प्रवचन आरम्भ हुआ— "यह स्थान जहाँ सब लोग बैठे हैं, किसी समय कंस का कारागार था। उसने अंधक और वृष्णि दो राजन्य कुलों की सम्मिलित पंचायती सरकार को समाप्त किया; अंधक सरदार अपने पिता उग्रसेन को और वृष्णियों के मुखिया अपने बहनोई वसुदेव को बंदी बना लिया और ब्रजभूमि का एकछत्र राजा बन बैठा। अंधक कुल का अधिकारी तो वह स्वयं ही था, किन्तु वृष्णि कुल की ओर से कोई राजसिंहासन का दावेदार न हो, इसलिए वह अपनी बहन देवकी और बहनोई वसुदेव की संतानों को जनमते ही मार डालता था। जब कोई राजा स्वार्थवश ऐसा अत्याचारी हो जाता है, प्रजा को नाना प्रकार से संकट झेलने पड़ते हैं। किसान खेती नहीं कर पाते; वणिज-व्यापार आतंक और भय की छायाओं से घिरकर रुग्ण हो जाते हैं। पुत्रीवान पिता और सिद्धहस्त शिल्पी गुणी जन आठों पहर इस चिंता में घुलते हैं कि कोई लुटेरा हमारी सरजी हुई सुन्दरता को हमसे छीन न ले जाए। साधु-संत, योगी, यती जनसमाज को छोड़कर जंगलों में चले जाते हैं और कुटिल कुचाली भण्ड साधु झूठे धर्म का आतंक जमाकर जनता को लूटते हैं। . . जैसा सब कुछ आज हो रहा है, वैसा ही कंस राजा के राज में भी हो रहा था। प्रजा दुखारी, बहन-बहनोई, वृद्ध पिता और संतजन आदि सब लोग त्रस्त! घुटते-घुटते कोटि-कोटि जन जब एक स्वर से पुकार उठे कि भगवान् पधारो, अब आ भी जाओ, हमारी शक्तियाँ क्षीण हो गई हैं, हमारा विश्वास लुप्त हो चला है, उसके बिना हम निराधार हो जाएँगे। इसलिए हे जीवनाधार, अब अवतार धारण करो। आओ, मनमोहन, संकटमोचन दीनबंधु अब देर न करो। आओ, आओ।"

व्यासजी भावविभोर होकर ईश-वंदना करने लगे। उनके शब्दों में चमत्कार उत्पन्न होने लगा। योगमाया फैली, कृष्ण अवतरित हुए, वसुदेव की हथकड़ी-बेड़ियाँ खुल गईं, कारागार के ताले खुल गये, बढ़ी हुई यमुना ने मार्ग दिया और देवकीपुत्र गोकुल की यशोदा मैया की गोद में पहुँच गए।

सौति बड़े चकित भाव से व्यास कथा सुन रहे थे। व्यासजी ने जब सौति को यही बातें बतलाई थीं, तब उन्होंने बुद्धिवादी रीति से परिस्थितियों का निरूपण किया था, किन्तु इस समय वे दृश्य और भाव के चमत्कारों से श्रोता समुदाय को आत्मविभोर कर रहे थे। आकाश से अनेक धारों और असंख्य बूँदों में जल बरसता है, पर वह सारा जल एकत्र होकर जैसे सागर में जा मिलता है, वैसे ही किसी देवता को माना, किसी भी धर्म के अनुयायी बनके अपने प्रभु को प्रणाम करो वह 'सर्व देव नमस्कारः केशवं प्रति गच्छति।' भार्गव कभी राम की महिमा सुनाते, कभी विष्णु, शिव, सूर्य, ऋषभ, भरत, महावीर, बुद्ध का गुणगान करने लगते और सब ओर श्रद्धा की बंदनवारें बाँधकर फिर केशव वासुदेव का गुणगान करने लगते। घड़ी भर में व्यासजी ने सभा के प्रत्येक व्यक्ति का आपा भुला कर एकरस एकरूप बना दिया।

इज्या के लिए भी यह एक नया अनुभव था। राम, शिव, केशव, सूर्य, विष्णु, महत्तत्व हर रूप में वह था, जो व्यास पीठ पर बैठा प्रवचन कर रहा था। सुनते-सुनते वह बेसुध सी हो गई थी, आँखें अंगद के पाँवों सी एक ठाँव जमकर प्रिय का रूप रसपान कर रही थीं। उसकी यह मनोस्थिति जड़वत् हो गई थी, जीव बुड़की मारकर आनन्दलीन हो गया था।

भारत पहले तो ध्यान से सुनते रहे, प्रसन्न भी थे, किन्तु जब भावातिरेक से थकन अनुभव करने लगे, तो बैठे ही बैठे धीरे-धीरे पीछे खिसक कर खम्भे के आड़ में अपने लिए पहले ही से बिछाई गई गद्दी पर लेट रहे। प्रज्ञा भी उसी प्रकार उनके पास चली गई।

और एक व्यक्ति व्यास की चमत्कारी सभा में भीड़ में प्रवेश न पा सकने के कारण राजकीय साधुशाला में बैठा, प्रवचन समाप्त होने की प्रतीक्षा कर रहा था। उसका नाम नारद था।

●

घड़ी भर बाद सोमाहुति और नारद दो अथाह जलभरी वेगवती नदियों के समान मिले। महन्तजी के घर में उत्सव-सा हो रहा था। इज्या की माँग में सिंदूर देखकर नारद आँखें नचाते हुए बोले : "अहो, यह हिरण्यवर्णा हरिणाक्षी काश्यपी से भार्गवी हो गई और अइया का तीसरा पुत्र देश में रहते हुए भी न्यौता तक न गया? नारायण! यदि संन्यासी न होता तो क्षोभ के मारे अब हो जाता।"

इज्या बोली : "तो ऐसा कीजिये देवरजी कि इस क्षोभ में आप संन्यासी से गृहस्थ हो जाइए।"

सोमाहुति खिलखिलाकर हँस पड़े : "कहो देवा, मिल गया न सेर को सवा सेर।"

"अरे, वह तो रेणुका में ही मिल गया था मुझे। तुम्हारी कुटिल कथा सुनाकर इन्होंने मेरा ऐसा ब्याह रचाया कि अब तो 'चाहे अनेक ब्याह रचाता फिरूँ,' पर जो एक रचाऊँ तो कान पकड़ूँ।"

"चल, यह बातें छोड़। तेरा म्लान मुख कहता है कि तू भूखा है।"

"मेरा भोजन कार्य आज बहुविधि सुचारु रूप से सम्पन्न हुआ है। चिंता मत करो।"

"क्या सीमावर्ती किसी गाँव में ब्रह्मभोज हो रहा था?"

"मैं प्रातःकाल से इस नगर में हूँ भाई।"

"और यहाँ अब पहुँचे?" इज्या ने अचरज प्रकट करते हुए कहा : "क्या आपको इनके यहाँ होने की सूचना नहीं मिली थी?"

"अरे देवी, यह सब न पूछो। जाओ, कुछ पानी-पिलाव का प्रबंध करो मेरे लिए।" इज्या बात का मर्म समझकर टल गई। नारद कहने लगे : "हाँ तो, स्नान-ध्यान से निश्चिन्त होकर वहीं घाट ही पर थोड़ा हरिनाम संकीर्तन करके भक्त-भक्तिनों का मेला जुटाया, नगर के हाल चाल जाने। एक वैष्णवी बड़े प्रेम से अपने घर लिवा ले गई, वहीं फल दूध अरोगा, फिर बातों में गोलोकवासिनी अइया के चौथे पुत्र की चर्चा चल पड़ी तो सोचा कि पहले उससे ही मिल आऊँ।"

"तुम भृगुवत्स के यहाँ गये थे?"

"हाँ भाई, तुमसे बिछुड़े तो पन्द्रह-सोलह वर्ष ही हुए, पर वह बेचारा मेरा गुरुभाई तो उससे भी दो वर्ष पहले बिछुड़ा था। मैंने सोचा कि उस पुत्र को भी अइया के मरण का समाचार देना उचित है, जिसे गुरुजी की मार पड़ने पर अइया अकेले में अपने कलेजे से लगा कर सांत्वना और उपदेश दिया करती थी; जिसे प्रसन्न करने के लिए अइया उसके दूध के कटोरे में हमसे दो बतासे अधिक डाला करती थी।"

"तुम्हें देखकर चौंका होगा?"

"नहीं, सहम गया। पर मैंने मित्रता निभाई, कहा कि पहली बार जब इज्या देवी को महन्तजी के यहाँ शरण दिलाने आया था, तब भी एक बार तुमसे मिलने की इच्छा की थी, पर बालक न बने। इस पर वह व्यंग से बोला कि तुम्हारी वेश्या शिष्या के संरक्षक ने मना कर दिया होगा। यह बतलाओ कि आज किस घात में यहाँ आये हो? मैंने कहा, संन्यासी सबका भला चाहता है। तुम्हारी जड़ हठभरी विकृत अहंता को पहचानने के कारण ही मैंने सोचा कि अपने पुराने गुरुभाई को सचेत कर आऊँ, अन्यथा वह उजड़ जाएगा।"

"तो—क्या बोला?"

"कहने लगा देवा, कौरोष से तेरा परिचय यहाँ हुआ या बसरे में? मैंने नीतिवश झूठ कहा कि कौरोष का पिता मेरा भक्त था। उनके मरणोपरान्त पिछले आठ वर्षों से आवश्यकता पड़ने पर यही मेरी यात्राओं की व्यवस्था करता रहा है। पूछने लगा, कौरोष ने अकारण मुझसे बैर क्यों साधा? मैंने बतलाया कि महन्तजी संयोगवश इज्या देवी के सगोत्री निकले। उनके मुख से वीरमाता अइया के आत्म-बलिदान का समाचार सुनकर उन्होंने तुमसे कुपित होकर लवणशोभिका के संरक्षक की शरण ली। कौरोष ने मुझसे पूछा तो मैंने जो कुछ आँखों देखा था, सुना दिया। फिर मैं देशभ्रमण करने निकल गया। आज आया तो सुना कि तुम्हारे सम्राट् शिष्य ने कल यहाँ तक कह दिया था कि यदि भृगुवत्स ने व्यास जी को सकुशल मुक्त न किया, तो उसे सूली पर चढ़ा दिया जाएगा। वह बोला, सम्राट् मूर्ख है, वह मेरा कुछ भी नहीं बिगाड़ सकता। मैंने कहा कि बिगड़ तो चुका ही भृगुवत्स, अब तो तुम्हारी साख तभी ऊँची उठ सकती है जब तुम सेनापति, पट्टमहिषी और अपनी प्रिया मँझली रानी को मुक्त कराके पुनर्प्रतिष्ठित करवा लो। मैंने कहा, घाट पर सुन आया हूँ कि आज व्यासपीठ से सोमा का प्रवचन होगा। हम तुम उसकी इस शक्ति को छुटपन से जानते हैं। कौरोष और सोमाहुति के रूप में प्रतिभा और युक्ति की कतरनी तुम्हें कतर डालेगी।"

"इतनी खरी सुनाने पर भी उसने तुम्हें अपने साथ भोजन कराया? पहले से बहुत उदार हो गया है भृगुवत्स !"

"तुम कभी न समझोगे सोमाहुति। व्यवहार जगत् में रहते हुए भी तुम केवल विचार जगत् के नागरिक ही हो। अरे, ये सारी बातें जो मैं तुम्हें सुना गया, कोई ऐसे ही थोड़े हो गई थीं। पुराने गुरुभाई और सखा मिले थे, एक दूसरे के स्वभाव से परिचित थे। थोड़ा बहुत अपना दुःख सुख कहा सुना। दोनों ही बेचारे कुँआरे संन्यासी ठहरे, चेली चर्चाएँ हुईं। कश्यप सागर की ज्वाला माई में एक सिद्ध मांत्रिक गुरु से सीखा हुआ वशीकरण मंत्र मैंने उसे सिखलाने का वचन दिया—कहने का तात्पर्य यह कि घात करने से पहले हम लोग अपनी अपनी तर्क की कटारों पर बड़े प्रेम से मधु भी लपटाते रहे थे। सिद्ध प्रपंची है हमारा भृगुवत्स। मैंने कई ठगों को धर्माचार्य बनकर पुजते हुए और भी कई एक देशों में देखा है, यह हमारा ठग उनमें बहुतों से पैना है। तुम्हें पता है सोमा, भृगुवत्स ने आज तक अपने संघ की गोष्ठियों में कभी भाग नहीं लिया, किन्तु अलग-अलग वह बड़े-बड़े आचार्यों, धर्मरक्षितजी जैसों के भी कान कुतर लेता है। सचमुच राजरत्न है भृगुवत्स। मुझे उससे सहानुभूति है।"

भार्गव ने हँसकर कहा : "तुम द्वन्द्व उभारने में बड़े निपुण हो गए हो देवा। तुम्हारे समस्त मनसुखापन में निहित यह गंभीर तथ्य अब मेरे सामने स्पष्ट है।"

"द्वन्द्व प्रक्रिया सिद्ध किए बिना महामाया के दर्शन नहीं होते और उनके बिना मायापति के श्रीचरणों में गति नहीं मिलती।"

"साधु ! मननीय विषय है। और कहो, कहाँ तक निरखी प्रभु की माया?"

"क्या पूछते हो सखा, सप्तनद से सप्तसिंधु तक, कश्यपसागर के भी उत्तर से लेकर भारत महासागर तक, थ्रेस, मुद्र अरबया तक आर्य महिमा ही व्याप्त है। बहुत देखा, पर थोड़ा ही देखा। फिर भी लगता है, इस यात्रा में यह एक शीश, दो हाथ, दो पगोंवाला साधारण मानव अपनी भावना में अनन्त शीश, अनन्त बाहु, अनन्त चरण होकर लौटा है। भारत के व्यापारी दूर-दूर तक फैले हैं। अरे, भारत का माल नदियों-नदियों, नहरों-नहरों केवल सात दिनों में ही कश्यपसागर के तट तक पहुँच जाता है। किन्तु सामाजिक स्थिति इस समय सब कहीं डावाँडोल है। जंबूद्वीप को फिर एक दार्युष, एक चन्द्रगुप्त की आवश्यकता है, क्योंकि प्रशासनिक शांति के बिना लक्ष्मी लुटेरों के हाथों में जा पड़ती है। लक्ष्मी के बिना संस्कृति का प्रसारण रुक जाता है।"

"इस बात में केवल अर्द्ध सत्य है। मैं अब यह स्पष्ट देखने लगा हूँ नारद कि सामाजिक भाव-क्रांति का कार्य सम्पन्न हुए बिना कुशल से कुशल प्रशासक भी भरतखण्ड की रक्षा नहीं कर सकेगा और न तुम्हारी दुर्बल लक्ष्मी ही कोई काम आएगी। असंगठित, अव्यवस्थित समाज सदा दुर्बल रहता है, भले ही उसके व्यक्तियों में भीम, कर्ण और अर्जुन से महायोद्धा ही क्यों न हों। कलिकाल में संघ ही शक्ति है। तुम कहते हो कि पश्चिमोत्तरीय देशों में सामाजिक अशान्ति है। यह मेरी चिंता का कारण है। जब-जब हिमालय पार की उस भूमि में उखाड़-पछाड़ मचती है, तब-तब उसका अंतिम परिणाम हमारे देश को ही भुगतना पड़ता है। हमें सचेत होना पड़ेगा।"

"यहाँ मैं तुमसे दूर नहीं हूँ किंतु कोई शुभ कार्य करने से पहले विघ्नों के देवता पूजे जाते हैं। पहले अर्थ और काम को स्वधर्म की व्यवस्था दे लो। राजतंत्र और अर्थतंत्र में महोद्देश्यता के संस्कार जागते ही आज दिखलाई पड़नेवाली अनेक विसंगतियाँ अपने आप ही समाप्त हो जाएँगी।"

"नाग सेनाएँ यहाँ कब आ रही हैं?"

"जन्माष्टमी से ठीक एक मास पूर्व।"

"अर्थात् आज के आठवें दिन?"

"सातवें दिन समझो, श्रावण के पहले सोमवार को शैव साधुओं का पहला जत्था यहाँ आ जाएगा। केशवजी के दर्शन करके मंगलवार को वह ब्रज चौरासी की परिक्रमा करने निकल जाएगा। इसी प्रकार श्रावण के चारों सोमवारों को यह मथुरा जनपद अहिच्छत्रा और पवायाँ के छद्मवेश धारी रणबाँकुरों से घिर जाएगा। जन्माष्टमी के दिन मध्य रात्रि के समय मथुरा के नये महाराज यदुनाग कीर्तिसेन जनमोत्सव के दर्शन करेंगे, उसके बाद राजमहलों में पधारेंगे।"

"और यह कुषाणवंशी सम्राट् नामधारी निरीह व्यक्ति?"

"उसका भाग्य निर्णय जगत्सेठ कौरोष करेंगे। उनसे मिल लूँ तो तुम्हें बतलाऊँ। पर हमारी यह निश्चित नीति है कि रक्त की एक भी बूँद, जहाँ तक बने, न बहे। यदि रस्सी को पीटने से ही धमक में साँप मर जाए, तो लाठी का प्रयोग करने से लाभ ही क्या है?"

"उचित है। घरेलू मारकाट के कारण ही हमारे देश ने आत्मघात किया है। इस समय घरवाले ही घरवालों के अधिक शत्रु बन गए हैं। इस प्रवृत्ति को रोकना चाहिए।"

"गिरागुरु गणपतिजी भी यही कहते थे। तुम उनसे मिलकर प्रसन्न होगे। मथुरा विजय के उपरान्त तुम पवायाँ जाकर उनसे मिलना। महाभारत लिखाने के लिए तुम्हें उनसे श्रेष्ठ लिपिक नहीं मिल सकता।"

"तक्षकवंशीय महाराज गणपति नाग के संबंध में पहले भी किसी से प्रशंसा भरी बातें सुन चुका हूँ। सुना है, उन्होंने ब्राह्मी अक्षरों का परिष्कार करके उन्हें शिरोरेखायुक्त सुन्दर रूप दे दिया है।"

"हाँ नागों में उनसे श्रेष्ठ और सुलझा हुआ विद्वान और निष्ठावान पुरुष मैंने नहीं देखा। उनकी चलती तो भारशिवों का साम्राज्य प्रबल रूप से सुगठित हो जाता।"

"भारशिवों की मूर्खता भरी धार्मिकता का प्रभाव अयोध्या और काशी में अभी देख आया हूँ। और उभरती हुई राष्ट्रशक्ति तो मगध के चंद्रगुप्त में देखी। वह इन नागों को एक दिन अवश्य ही नष्ट कर देगा।"

"संभव है कि भविष्य में कर सके, पर अभी तो एक बार नागशक्ति संगठित होकर ही रहेगी। गिरागुरु गणपतिजी, महासेनापति विन्ध्यशक्ति और उनके पुत्र शिष्यादि धीर, वीर और सुलझे हुए व्यक्ति हैं। तुम मिल कर प्रसन्न होगे। अच्छा, अब बुलाओ भौजी को। थोड़ा पानी-पिलाव कर लूँ तो कौरोष सेठ के यहाँ जाऊँ।"

भार्गव इज्या को जलपान लाने का आदेश देने द्वार तक गये। लौटते हुए नारद से कहा : "लौट आओ तो तुम्हारी भेंट एक मनोरोगी नाग से कराऊँगा। विलक्षण पंडित है वह।"

"कल मिला देना।"

"आज कहीं और टिकोगे?"

"कल विश्रामघाट पर कहीं अपनी कुटी छवाना चाहता हूँ। मुझे अब एक महीने तक कहीं रहना होगा।"

"और आज?"

नारद पहले कुछ लजाये, फिर मुस्कुराकर कहा : "एक गोपी वैष्णवी अनाथ स्वाधीन है। साधुसेवाव्रती, बड़ी मिठबोली, भावुक और सलोनी है। सबेरे चलते समय कहने लगी, जिन ऊँची पहुँचवाले महात्माओं को कायाधर्म पालन करने की इच्छा होती है, उनकी सेवा कर देती हूँ। उनकी दया से भगवान मुझे तार देंगे। मेरा मोह विकार तब से जाग उठा है, फिर पापी के संग रसचर्चा करनी पड़ी।...मैंने सोचा कि भजन में बाधक होने की धमकी देने से पहले ही इस विकार को शांत कर लूँ। उसे वचन दे आया हूँ।"

भार्गव ने यह सुनकर पहले कुछ कहना चाहा, फिर चुप मार गए।

●

३५

●

●

जगत्सेठ कौरोष और महामति नारद की धारणानुसार ही भृगुवत्स ने अपनी स्थिति को सुदृढ़ बनाने के लिए सचमुच तुर्तीफुर्ती में बड़ा आयोजन कर लिया था। मथुरा के पड़ोसी क्षेत्र के मत्स्यों, कुकुरों और राजन्यों के पास उसके हरकारे भाड़े पर सैनिक सहायता लेने पहुँचे। मत्स्यों और कुकुरों के तीन हजार सैनिक श्रावणी कृष्ण द्वितीया के दिन मथुरा पहुँच गए। ब्रज मण्डल के अनेक गाँवों से भी भाड़े के लड़वये बुला लिये गये। हुविष्क विहार की लक्ष्मी धर्म-प्रसार के बजाय सेना-प्रसारण के काम आने लगी। मथुरा के अनेक बौद्धधर्मी व्यापारी उसके कहे में थे। तीन-चार दिनों के भीतर ही भृगुवत्स ने यह दिखला दिया कि आवश्यकता पड़ने पर वह वैष्णवों के द्वारा बहकाई गई सेना से लोहा ले सकता है। महामन्त्री प्रकट रूप में भृगुवत्स के साथ आ गए। नगर में सूचनाएँ ही सूचनाएँ फैल रही थीं। भृगुवत्स की सहायता के लिए वृष्णि, आभीर और महाराज जनपदों की सेनाएँ भी आ रही हैं, अहिच्छत्रा के नाग उसके वश में हैं; काशी-कौशाम्बी विजेता चंद्रगुप्त भी कुषाण सम्राट् की रक्षार्थ अपनी सेना भेज रहे हैं। दुर्बल सम्राट् ने अपने धर्मगुरु का पल्ला फिर भारी देखा तो इधर दुबक गए। भृगुवत्स की इच्छानुसार पट्टमहिषी और मँझली रानी कारामुक्त होकर फिर से अपने पद गौरव को सम्हालने लगीं। महलों में 'विजयोत्सव' मनने लगा।

किले के मैदान में सेनापति आई हुई सेनाओं की सामूहिक कवायद कराने लगे, तो

पुराने सैनिकों ने किले के बाहरवाले मैदान में अपनी नियमित प्रशिक्षण क्रियाएँ आरंभ कर दीं। सेना में तनातनी बढ़ रही थी। भृगुवत्स स्थिति को अपने अनुकूल ढालने में सक्रिय था।

गुस्तास्प सेठ की भांजी शाहगुल अपनी दासी यास्मीन के साथ नित्य प्रति अपरान्ह काल में शिविका पर बैठकर हुविष्क विहार जाया करती थीं। विहार में धर्म-कर्म की धूम मच गई थी। भृगुवत्स ने अपनी सच्चरित्रता और तंत्र शक्तियों की चामत्कारिक कथाएँ सप्रयत्न चारों ओर फैलाईं। चेली शाहगुल की बात न्यारी थी, यों इन दिनों वह विहार की कलंकित भिक्षुणियों, धर्मगुरु की नेहदीवानी रसीली भक्तिनों और रनिवास की भोगांगनाओं को प्रायः अपने पास नहीं फटकने देता था।

केशव मंदिर में भार्गव के प्रवचन नित्यप्रति हो रहे थे। श्रावण कृष्ण चतुर्थी को संत बुरुबुज के चालीस दिवसीय उपवास पूरे हुए। कौरोष सेठ ने बड़ा भण्डारा किया। छठ के दिन भार्गव और नारद के साथ संतजी भगवान के दर्शन करने पधारे। उनका प्रवचन भी हुआ। संतजी अपने 'आ' भगवान के प्रति आशिकी रंग का भाव प्रकट करते थे। प्रभु के विरह में रोते, करुणा भरे शब्दों में उन्हें पुकारते, उनकी चिरौरियाँ करते हुए काव्य की मोहिनी भाषा बोलते, और नारदजी उनके 'आ' भगवान का जनसाधारण के लिए कृष्ण भगवान बनाकर अपनी रसीली लच्छेदार ब्रजभाषा में वैसा ही मोहिनी समा बाँधते चलते। नगर में व्यास, बुरुबुज और नारद की धूम मच गई थी।

दूसरे दिन शाहगुल ने यास्मीन के द्वारा गुरुजी से निवेदन किया कि आज वे बुद्ध भगवान के संबंध में वैसा ही मादक प्रवचन करें। अपनी चेली को संतोष देने के लिए भृगुवत्स ने भी वैसा ही प्रवचन किया। उस दिन यास्मीन और शाहगुल दोनों ही आचार्यजी की 'दीवानी' बन गईं।

गुस्तास्प के शील, सौजन्य और सद्व्यवहार की साख पुजती थी, इसीलिए बहुतों ने अपने-अपने ढंग से उन्हें यह समझाया कि भृगुवत्स के समान दुश्चरित्र व्यक्ति के पास शाहगुल का नित्यप्रति आना-जाना ठीक नहीं है।

सेठ गुस्तास्प लोगों के सम्मुख अपनी विवशता प्रकट करते हुए कहते कि लड़की अत्यन्त भोली और भावुक होने के साथ बड़ी हठीली भी है। उनके मन में दुर्भाग्यवश यह विश्वास जम गया है कि भृगुवत्स सद्धर्म का बड़ा पहुँचा हुआ विद्वान है। जब तक उसकी इस धारणा को किसी प्रकार की ठेस नहीं लगेगी, तब तक उसका मन परिवर्तित करना कठिन होगा। गुस्तास्प कहते : "वैसे इस लड़की को चरित्रभ्रष्ट करना असम्भव है। भृगुवत्स यदि तनिक भी बेसमझा-बूझा व्यवहार उसके साथ करेगा, तो वह कृपाली से एकदम कराली हो जाएगी, भृगुवत्स क्षणभर ही में बदनाम हो जाएगा। इसके अतिरिक्त उसके साथ जानेवाली द्विभाषिणी यास्मीन लवणशोभिका की अति विश्वस्त और पुरानी दासी है। चतुरचोर को शाहगुल का पहरेदार बनाया गया है। यास्मीन के रहते हुए भृगुवत्स शाहगुल का कुछ बिगाड़ नहीं सकता।"

सच तो यह था कि शाहगुल तथा यास्मीन ही मिलकर नित्यप्रति भृगुवत्स को

जनमपत्री बिगाड़ रही थीं। भृगुवत्स की चिंताएँ ज्यों-ज्यों बढ़ती जा रही थीं, त्यों-त्यों उसके प्रति शाहगुल की भक्ति भी दिनोंदिन बढ़ती जा रही थी। जितनी देर तक वह उसके सामने रहती, उतनी देर तक भक्तिभाव-भीनी रसमग्न दृष्टि से एकटक होकर अपने गुरु को निहारती रहती। नित्यप्रति अपने गुरुजी के लिए बड़े-बड़े उपहार लेकर जाती थी। बात-बात में भावविभोर होकर वह उनके चरणों में अपना मत्था टेकती, चरणों से अपने गालों को बेहोशी में रगड़ती। कभी बड़े भोले भावावेश में उनका अँगूठा अपने होंठों पर फिराती और कभी-कभी अपने आँसुओं से उनके चरणों को पखार भी दिया करती थी। चालीस वर्षीय कँचढिल्ले महास्थविर केवल उसकी उपस्थिति के समय ही नहीं, वरन आठों याम शाहगुल के लिए व्यथित रहने लगे। उनका दुर्भाग्य यह था कि उनकी भक्तिमग्ना प्रिया उनका एक भी संकेत ग्रहण ही नहीं करती थी। वह तो उन्हें साक्षात् बुद्ध का अवतार मानती थी और उनके हर व्यवहार को धर्म का रूप दे देती थी। वे मन ही मन बड़े पीड़ित और चिन्तित थे।

उनकी पीड़ा का दूसरा कारण यास्मीन थी। उन्हें शंका थी कि यास्मीन शाहगुल को उनकी पूरी बात नहीं बताती। भृगुवत्स यह जानता था कि यास्मीन उसके मन्मथ भाव को समझती है और उसे स्वयम् अपनी ओर आकृष्ट करने का प्रयत्न करती है। भृगुवत्स ने अनेक बार कामों का बहाना बतलाकर यास्मीन को थोड़ी देर के लिए अपने और शाहगुल के बीच से टालने के लिए बड़े प्रयत्न किए, पर वह पट्ठी कभी टस से मस न हुई।

मथुरा राज्य की सीमा पर सिंहपुर के यादवों ने पवायाँ के गणपति महाराज से संकेत पाकर विद्रोह भड़का दिया। कुकुर और मत्स्य सेनाएँ सेनापति की हड़बड़ी में उधर चली गई थीं। भृगुवत्स सेनापति की इस मूर्खता से झुँझला उठा। अहिच्छत्रा राज से दूत यह समाचार लेकर लौटा कि चन्द्रगुप्त की ओर से चढ़ाई की आशंका होने के कारण सैनिक सहायता नहीं दी जा सकती। चन्द्रगुप्त के दरबार में जानेवाले दो दूत आज तक लौटकर ही नहीं आये। इन सारी चिंताओं में एक शाहगुल का चेहरा ही प्राणों का सहारा था, परन्तु उसमें भी यास्मीन बाधा बनकर खड़ी थी। गुस्तास्प ने अपनी 'भांजी' के रहने के लिए एक स्वतंत्र घर की व्यवस्था की थी। शाहगुल का नया घर रँगा-चुना और सजाया जा रहा था। एक दिन शाहगुल के आग्रह से महास्थविर घर की सजावट आदि की व्यवस्था देखने के लिए पधारे। शाहगुल ने दौड़कर उन्हें ऐसे आलिंगन बद्ध किया कि मानो बेटी अपने बाप से लिपटी हो। इधर-उधर कोठे-परकोठों की सजावट दिखलाते हुए उमंग भरी शाहगुल ने अल्हड़पन का बहाना साधकर विविध रूपों से भृगुवत्स के शरीर से अपना अंगस्पर्श कराया। भृगुवत्स का तन-मन बावला हो उठा। इस चरम बिन्दु पर उल्लास-बावली बनी शाहगुल सहसा किसी बड़े आवश्यक काम की याद आने पर बाहर चली गई और एकान्त पाकर कामविह्वला यास्मीन गुरुजी से लिपट गई। उनसे रतिदान प्राप्त किए बिना अब वह जीवित नहीं बच सकती। गुरुजी चाहे तारें, चाहे मारें।

भृगुवत्स का मन यास्मीन के प्रति उपेक्षा और क्रोध से भर उठा। तब तिरस्कृता यास्मीन ने भी अपनी त्यौरियाँ चढ़ाईं, बोली : "अगर मेरा प्रेम इस तरह से ठुकराओगे

गुरुजी, तो मैं शाहगुल के आगे तुम्हारे असली रूप को उजागर कर दूँगी।"

भृगुवत्स नरम पड़ा, बोला : "मैंने न तो तुम्हारी उपेक्षा ही की है और न तुमसे वैर ही साधना चाहता हूँ, पर यह भी झूठ नहीं कि शाहगुल के रूप में 'मार' (काम) ने मुझे अपने वश में कर लिया है, मैं उसके बिना नहीं रह सकता।"

भृगुवत्स की छाती से लगकर प्यासी आँखों उसे देखते हुए यास्मीन बोली : "मार ने आपके रूप में मुझे भी डस लिया है। मैं भी अब आपके बिना रह नहीं सकती।" वह फिर कसकर लिपट गई।

भृगुवत्स के मन में घृणा की सिहरन उठी, पर तत्काल ही नीति वश थम भी गई। उसने यास्मीन का चुंबन लेकर मीठे शब्दों में कहा : "मैं तुम्हारी कामना अवश्य पूरी करूँगा, पर पहले तुम भी तो मेरा प्रिय करो।"

"कर सकती हूँ, मैंने उपाय भी सोच लिया है। गृहप्रवेश के दिन भर यहाँ पूजा, पाठ, सहभोज आदि का व्यस्त कार्यक्रम चलेगा। और सायंकाल में यहाँ के गिन-चुने प्रतिष्ठित महाजनों को प्रीतिभोज के लिए बुलाया जाएगा। गीत नृत्यादि का आयोजन भी रक्खा गया है। अपरान्ह में पहले आपका प्रवचन होगा, फिर भोज, फिर नाच-गाना। भोजन के बाद विश्राम के बहाने एक प्रकोष्ठ में ले जाकर वहाँ से अपनी कोठरी में ले जाऊँगी। यदि आप मुझे उपकृत कर देंगे, तो फिर तंत्रसाधना के बहाने कट्टर धार्मिक और वज्रभोली शाहगुल को आपके हाथों में सौंप देना मेरे बाएँ हाथ का खेल होगा। बोलिए, स्वीकार है ?"

उछाह भरे आलिंगन में यास्मीन को लेकर बिलासी भृगुवत्स उससे लाड़ लड़ाता हुआ बोला : "तुम मुझे प्राणों से भी प्यारी लगती हो। बस मेरा प्रिय कर दो, मैं आजीवन तुम्हारा बड़ा सत्कार करता रहूँगा।"

यास्मीन ने अपने आलिंगन, चुम्बनादि विविध काम-कौतुकों से भृगुवत्स को उस समय तक तपा-तपा डाला जब तक कि बाहर के दालान में शाहगुल की आवाज न सुनाई पड़ी। आवाज़ सुनते ही वह खट् से नाटक साधकर गुरुचरणों में लीन हो गई। शाहगुल के आने पर बड़े भाव से उसने बतलाया : "आज गुरुजी ने मुझे तन्त्र की एक ऐसी गुप्त साधना का भेद बतलाया है कि जिसे साधकर मनुष्य एक सप्ताह में ही अर्हत पद पा सकता है।"

"सच ! वह गुप्त साधना तो गुरुजी को मुझे अवश्य ही सिखलानी पड़ेगी। यास्मीन, गुरुजी से कहो कि इसके लिए मुझे वचन दें।"

यास्मीन कहती रही, शाहगुल रसलीन दृष्टि से निहारती रही और चतुराचार्य चूकते रहे।

३६

●

●

कृष्ण पक्ष की एकादशी का दिन था, श्रावण का दूसरा सोमवार। विश्रामघाट के निकट अपने लिए विशेष रूप से छवाई गई पर्णकुटी के बाहर नारद एक चौकी पर विराजमान थे। पास ही बालुका तट पर एक विशाल तृण-मण्डप में कई रसोइए अपनी पाक विद्या का कौशल दिखलाने में जुटे हुए थे। दूसरी ओर चालीस-पचास सिलों पर पण्डा प्रद्युम्न चौबे के संड-मुसण्ड चेले भाँग को पीस-पीसकर सुरमा बनाने की कला दिखला रहे थे। नारदजी ने बाहर से आए हुए एक सौ आठ साधुओं की टोली को भोजन कराने की व्यवस्था की थी। यह साधु मण्डली वासुदेवार्जुन सम्प्रदाय की थी, जो हृदय में वासुदेव और अपनी भुजाओं में अर्जुन का बल धारण करती थी। साधु मण्डली धनुष-बाण, त्रिशूल, तलवार आदि धारण किए हुए भगवान् वासुदेव की महिमा गाते हुए कटरा केशवदेव के जन्मस्थान मन्दिर में दर्शनार्थ गयी हुई थी। लौटकर आते ही उनकी भंग छनेगी, फिर भोजन होगा और फिर यमुना रेणु की शीतलपाटी पर मण्डली विश्राम करेगी। घाट पर चर्चा हो रही थी कि नारदजी इस बार दूर-दूर के साधु-सम्प्रदायों को जन्माष्टमी के उत्सव में सम्मिलित होने के लिए आमंत्रित कर आए हैं तथा उनकी इच्छानुसार जगत्सेठ कौरोष की ओर से सबकी सुख-सुविधा का प्रबन्ध होगा। एक रात से अधिक कहीं न रुकनेवाले नारदजी जन्माष्टमी तक मथुरावासी बने रहेंगे।

यह टोली छद्मवेषधारी सैनिकों की थी, जो अपने अग्नि संयुक्त सम्मोहनास्त्रों के चमत्कार पूर्ण प्रदर्शनों से मथुरा के नागरिकों को सम्मोहित करने के लिए ही अग्रिम टुकड़ी के रूप में भेजी गई थी। आषाढ़ शुक्ल त्रयोदशी की रात के प्रथम प्रहर में मथुरा के नागरिकों ने देखा कि आकाश में अग्नि-बिन्दुओं से भगवान् केशव की मूर्ति क्रमशः बनी और पूर्ण होते ही सहसा लोप हो गई। प्रति दिन आकाश में कभी केशव, कभी बालमुकुन्द, कभी चतुर्भुज विष्णु और कभी शिवजी प्रकट होने लगे। मथुरा के नागरिकों के लिए यमुना तट के मैदान में प्रति दिन सम्मोहनास्त्रों के चमत्कारों का प्रदर्शन अनोखा तमाश बन गया था। वासुदेव और वैष्णव धर्म संबंधी नारद के सुन्दर प्रवचनों से जन्माष्टमी के लगभग डेढ़ मास पूर्व ही से मथुरा गूँजने लगी थी। प्रति दिन साधुओं की नई-नई जमातें नगर में आ रही थीं। मथुरा नगर की सीमाओं के बाहर बसे आस-पास के गाँवों तक में यह टोलियाँ सादर और सुव्यवस्थित रूप से टिकाई जा रही थीं। लोगबाग कहते कि महर्षि नारद तथा विदेशी महात्मा बुरुबुज की इच्छानुसार ही विदेशी जगत्सेठ तथा माथुर महाजनों ने इस वर्ष जन्माष्टमी के उत्सव को भव्य रूप से मनाने का आयोजन किया था। मथुरा के सुप्रसिद्ध मल्लों का दंगल होगा। दूर-दूर के नट बाजीगर आएँगे, बड़े-बड़े गवैये और नर्तक आएँगे। बड़ा मंगल मनेगा। जनता में इन सूचनाओं से एक अपूर्व चेतना की लहर दौड़ने लगी।

इस मथुरा विजय के षड्यंत्र में लवणशोभिका को अपने खेल की चिंता सबसे अधिक थी। भृगुवत्स का नाटक भी उसी समय पूरा हो, यह उसकी इच्छा थी। कौरोष से पूछकर उसने शाहगुल को सूचित कर दिया कि अपने नूतन गृहप्रवेश का दिन वह भादों बदी आठम को निश्चित करे तथा उसकी पापलीला का उद्घाटन उस दिन अर्धरात्रि से ठीक एक घड़ी पहले होना चाहिए।

भाद्रकृष्ण अष्टमी का दिन आ गया। वह दिन मथुरा का राष्ट्रीय पर्व दिवस। पंचवृष्णि पूजक पंचरात्रधर्मी और नववैष्णव तो श्रीकृष्ण जन्मोत्सव मनाते ही थे; किन्तु मथुरा के बौद्ध-जैन-धर्मी नागरिकों का एक बहुत बड़ा जनवर्ग भी अपने प्राचीनकाल के लोकनायक को अपनी श्रद्धा अर्पित करता था। कुषाण राजाओं विशेष रूप से वासुदेव के राज्यकाल से कटरा केशवदेव में स्थित जन्मस्थान मन्दिर की चहल-पहल बढ़ गई थी, जो उसके बाद के कुषाण राजाओं के समय में बढ़ते-घटते हुए भी अब तक बराबर बनी हुई थी। इस बार लगभग एक मास पूर्व से ही मन्दिर की सजावट का कार्य आरंभ कर दिया गया था।

इन सब तैयारियों के कारण अष्टमी के दिन मथुरा में विशेष हलचल थी। दूर-दूर के नामी पहलवानों का दंगल हुआ। मथुरा के पहलवान उस समय भी सरनाम थे। वहाँ मल्लपुरा नामक उनका एक टोला ही बसा हुआ था। केशवदास के मन्दिर पर रंगबिरंगी पताकाएँ लहरा रही थीं। मन्दिर के कोठे, दालान और बड़े-बड़े मण्डप आदि फूल-पत्तियों की बन्दनवारों से बड़ी सुरुचि के साथ सजाए गए थे। जिस जगह वासुदेव की मूर्ति प्रतिष्ठित थी, वहाँ ताँबे और पीतल के सैकड़ों दीपाधारों का प्रकाश करके रात को दिन बनाने की व्यवस्था की गई थी। मुख्य मन्दिर की सजावट बहुमूल्य थी। वहाँ तो सोने-चाँदी और मणि-माणिक्यों की अनुपम छटा छहरा रही थी। सारे नगर में जगह-जगह तोरण बने थे। इस बार नगर के सभी सेठों ने जगत्सेठ के आग्रह से जन्मोत्सव को सफल बनाने के लिए अपनी-अपनी थैलियों के मुँह खोल दिए थे। दंगलों के पुरस्कारस्वरूप पहलवानों को खूब रुपया बँटा था। हलवाइयों की दूकानों पर जाइए और मनमानी मिठाइयाँ छककर खाइए। किसी को उसके लिए एक धेला भी खर्च करने की आवश्यकता नहीं। नगर के बाहर चारों दिशाओं में एक-एक कोस तक थोड़ी-थोड़ी दूर पर मशालें ही मशालें जल रही थीं। मथुरा के आस-पास के गाँवों तक में, विशेष रूप से पद्मावती से आनेवाले मार्ग की दिशा में दंगल, नृत्य-गान, डंडारास आदि का आयोजन किया गया था। इसी भीड़भाड़ में दिन भर नाग सैनिक अलग-अलग छोटी-छोटी टुकड़ियों में आ-आकर मथुरा नगरी की गली-गली में समाते रहे। कुषाण राज्य की मथुरा स्थित सेना में भी उस दिन उत्सव के बहाने सारे दिन भंग और सुरा की नदियाँ बहती रहीं। नृत्यगान और खानपान से मदमस्त सैनिकों को उस दिन अपने मालिकों को बचाने की चिन्ता ही नहीं रह गई थी। जगत्सेठ और नागराज के षड्यंत्र में अधिकांश ऊँचे राज्याधिकारी सम्मिलित थे। निर्बल कुषाण सम्राट् को ठीक मध्यरात्रि में बन्दी बनाकर मथुरा से कुषाणों का लगभग डेढ़ शताब्दी पुराना प्रभुत्व समाप्त होने की घोषणा की जाएगी। महाराज कीर्तिसेन भगवान् केशवदेव के मन्दिर में जन्मोत्सव मनाकर 'अपने' प्रासाद में विश्राम करने के लिए पधारेंगे। नए राजा की अगवानी और पुराने शासक को बन्दी बनाने की सतर्क योजना और भी अधिक सतर्कता के साथ उस दिन

जगह-जगह पर क्रियान्वित की जा रही थी। अधिकारियों के कान में यह डाल दिया गया था कि नया मालिक अत्यधिक व्यवस्थाप्रिय है, इसलिए नए शासक में कुशल व्यवस्थापकों की ही पदोन्नति होगी। षड्यंत्र में सम्मिलित सभी अधिकारी अपनी कुशलता दिखलाने के लिए प्रयत्नशील थे।

उस दिन गृहप्रवेश के निमित्त से शाहगुल के यहाँ भी दिन भर बड़ी भीड़-भाड़ रही। यों ब्राह्मण और जैन साधुओं को भी भोजन मिला, पर विशेष सत्कार बौद्ध भिक्खुओं और भिक्खुणियों को ही मिला। साँझ के समय शाहगुल के तथाकथित मामा गुस्तास्प ने नगर के सभी उच्च श्रेणी के व्यवसायी महाजनों और राज्याधिकारियों को आमन्त्रित किया था। शाहगुल के विशेष आग्रह पर महास्थविर भृगुवत्स का धार्मिक प्रवचन हुआ। उसके बाद सभाकक्ष पानालय बनने लगा। शाहगुल अपने 'गुरु' जी का उपदेशामृत और अधिक पान करने और उन्हें फलों का रसपान कराने के लिए बुलाने आयी। उनके चलते समय कौरोष ने छेड़कर कहा : "महास्थविर कापिशायन के द्राक्ष आपके प्रवचन के समान ही सुरा बनकर बड़े नशीले बन जाते हैं। इस कापिशायिनी सुरा की अवहेलना न करें।"

"शान्तम् पापम्—शान्तम् पापम्! जगत्सेट्ठि, मुझ वीतरागी को अब इस प्रौढ़ आयु में मद्यपी बनने का प्रलोभन न दें।"

"प्रलुब्ध करने से क्या आप हमारे साथ मद्यपान कर लेंगे? यदि इच्छा हो तो आपको कापिशायनी पान कराने के लिए मैं शकस्थान से लाई हुई एक सुन्दर दासी भी नियुक्त कर सकता हूँ।"

"शान्तम् पापम्—शान्तम् पापम्। जगत्सेट्ठि आप बड़े ही विनोदी हैं।" कहकर भृगुवत्स चले गए। उसके जाने के बाद उनके प्रति दबे स्वरों में थोड़ी-बहुत टीका-टिप्पणियाँ हुईं। भृगुवत्स के वास्तविक चरित्र को जाननेवाले व्यक्ति वहाँ पर कम न थे, किन्तु कतिपय बड़े प्रभावशाली कट्टर बौद्ध सेठों की उपस्थिति के कारण यह प्रसंग बहुत आगे न बढ़ाया गया।

लगभग आधी पौन घड़ी के बाद एक दासी ने आकर गुस्तास्प सेठ के कान में कुछ कहा। हल्के नशे में झूमते हुए हँसकर वे जगत्सेठ को सम्बोधित करते हुए ऊँचे स्वर में बोले : "महास्थविर अभी इस घर से गये नहीं हैं कौरोष सेठ। वे भी सुरापान कर रहे हैं। शाहगुल उनके लिए फलों का रस स्वयं लाने गई थी, लौटकर आयी तो कक्ष में नहीं थे। और अब यह सूचना मिली है कि वे भी एकान्त में पी रहे हैं।"

"सच? मैं मान नहीं सकता। मेरे द्वारा कापिशायनी का नाम मात्र लिए जाने से ही वे अपने पापों को शान्त करने लगे थे।"

"मेरी दासी मुझे झूठी सूचना नहीं दे गई है। आप चाहें तो जाकर देख भी सकते हैं और यदि बुरा न मानें, तो यह भी कहूँ कि आप ही की एक दासी को भी उन्होंने अपनी सेवा में नियुक्त कर रक्खा है!"

"शान्तम् पापम्—शान्तम् पापम्! आओ मित्रो, महास्थविर को हम लोग अपने साथ यहीं घसीट लाएँ। वे अकेले में अपने पापों को क्यों शान्त करें, हम सब पापियों का साथ क्यों न दें?"

जगत्सेठ उठ खड़े हुए और उनके साथ ही चार छह सेठ तथा उनकी वेश्याएँ झूमती चल पड़ीं।

यास्मीन के कोठरी के द्वार उड़के हुए थे। किवाड़ के पट एक दूसरे से पूरी तरह जुड़े तक न थे। कौरोष के द्वारा हल्का सा धक्का दिये जाते ही पट खुल गए। वेश्याएँ सामने का दृश्य देखकर लजाती-मुस्कुराती या खिलखिलाती हुई पीछे हट गईं।

कौरोष बोले : "शान्तम् पापम्। महास्थविर तथागत को छोड़कर मार को भज रहे हैं?"

संभोगरत भृगुवत्स और यास्मीन झटपट अलग हुए। यास्मीन निर्लज्जता से सबके सामने तनिक हँसकर बोली : "महास्थविर की इच्छानुसार ही उनकी सेवा कर रही थी।"

आनन्द में विघ्न पड़ने तथा इस प्रकार से पकड़े जाने के कारण मदोन्मत्त भृगुवत्स क्रोध से लाल हो उठा। बोला : "आप लोग मेरे विरुद्ध षड्यंत्र रच रहे हैं? परन्तु यह न भूलिए कि इसका परिणाम अत्यन्त भयंकर होगा। मैं औरोष-कौरोष किसी को भी कुछ नहीं समझता। मैं तुम सबका सत्यानाश कर डालूँगा। एक-एक को समझ लूँगा।"

सेठ लोग अपने अपमान से उत्तेजित हो गए। शाहगुल भी मानो सूचना पाकर ही वहाँ आ गई और क्रोध भरे स्वर में चिल्लाकर बोली : "मेरे घर में मेरी ही दासी से यह पापाचार और मैं इनके प्रति इतनी भक्ति रखती थी? यास्मीन, तूने मुझे धोखा दिया?"

"मैं क्या करूँ स्वामिनी! आप इनके लिए जब रस लाने गईं तो ये मुझसे बोले कि जगत्सेठ ने कापिशायनी का नाम लेकर मेरा मन लहरा दिया है। मैं उसका स्वाद लेना चाहता हूँ। तू चुपके से कहीं एकान्त में थोड़ी सी पिला दे। किसी से कहना मत। तो फिर मैं क्या करती? इन्हें अपनी कोठरी में ले आई। यहाँ आने पर तो ये चषक पर चषक ढालते ही चले गये। मुझसे भी आग्रह किया और बाद में कहने लगे कि मेरी सेज सेवा करने से भगवान तुझ पर बड़े प्रसन्न होंगे। फिर मैं क्या करती? दासी को तो केवल आज्ञा पालन करना भर ही आता है।" भृगुवत्स क्रोध से बावला होकर यास्मीन को मारने के लिए झपटा, किन्तु कौरोष ने आगे बढ़कर उसे पकड़ लिया। उसने कौरोष को मारने के लिए हाथ उठाया। उपस्थित लोग, यहाँ तक कि बौद्धगण भी भृगवत्स के विरुद्ध हो गए। कौरोष बोला : "यह कानी कौड़ी का लम्पट हम प्रतिष्ठित सेट्ठियों का अपमान करने का दम्भ रखता है। इसे सम्राट् और बड़े राज्याधिकारियों का बल प्राप्त होने का गर्व है? अच्छा तो वह दर्प इसी समय चूर्ण किया जाएगा। मैं देखता हूँ कि कौन क्षत्रप और कौन-सा राज्याधिकारी तुम्हें बचाने के लिए मेरे सम्मुख आता है। लवणा, इस हवेली के तथा मेरे सभी भृत्यों को आदेश दो कि मशालें जला लें और इन दोनों अपराधियों को बाँधकर गली-गली में घुमाएँ तथा इनके पाप को घोषित करते चलें। यह दुष्ट समझता था कि इसके पापों का घड़ा कभी भर ही न पाएगा, किन्तु भक्तवर बुरुबुज़ और महात्मा भार्गव जैसे दिव्य पुरुषों को सतानेवाला पापी अधिक दिनों तक कदापि फल-फूल नहीं सकता था।"

बुरुबुज़ और भार्गव का नाम सुनते ही भृगुवत्स कौरोष के प्रति कटु से कटुतम हो गया, जिसका परिणाम यह हुआ कि क्रोध में आकर कौरोष ने उसके मुख पर थूक दिया और कहा : "ले जाओ इस नीच को हमारी आँखों के आगे से। मथुरा के प्रतिष्ठित महाजन वर्ग का अपमान करनेवाला नीच दुराचारी अब महास्थविर के पवित्र आसन पर कल से न बैठ पाएगा।"

भृगुवत्स से उस समय सभी बड़े-बड़े लोग क्रुद्ध हो गये थे। नौकर धक्के मार-मारकर बाहर ले गए। षड्यन्त्र में सम्मिलित कुछ दासों ने यास्मीन को भी साथ ले लिया।

रात का समय, इतनी मशालें, और 'पापियों को देख लो' का नारा लोगों को कौतूहलवश बाहर ले आया। एक भृत्य बड़े रसीले ढंग से 'महात्मा' जी की विलास साधना और उनकी सहभागिनी की कुरूपता पर व्यंगविनोद भरी टीका-टिप्पणियाँ करके भीड़ को हँसाता चला। गली-गली की भीड़ बढ़कर एक लम्बे जुलूस का रूप लेने लगी। जनसाधारण में ऐसे अनेक निरीह व्यक्ति भी निकल आए, जिन्होंने भृगुवत्स से किसी न किसी प्रकार का संत्रास पाया था। जो भृगुवत्स के प्रभाव के कारण अब तक उसके विरुद्ध कुछ बोल न पाते थे, वे लोग इस समय मुखर होकर निन्दा करने लगे।

प्रकाश और मेले का अभूतपूर्व आयोजन होने के कारण मथुरा नगरी अर्धरात्रि के समय मध्यान्ह के समान ही गूँज और चमक रही थी। वासुदेव के मन्दिर का विशाल प्रांगण ठसाठस भरा हुआ था। अर्धरात्रि के समय तुरही शंखभेरी आदि के तुमुलनाद के साथ ही मंदिर के प्रांगण में खड़े हुए लोगों ने एक आकाशी चमत्कार देखा, मनमोहन मुरलीधर को ज्योतिस्फुलिंगों से निर्मित आकृति मन्दिर की छत के ऊपर सहसा प्रकट हुई। जनसाधारण इस दृश्य को देखकर मन्त्रमुग्ध हो गए।

कि इसी समय राजप्रासाद के ऊपर लोगों ने शिव के दर्शन किए और उसी के बाद सहसा राजप्रासाद, मथुरा के मुख्य मार्गों और नगर के द्वारों पर असंख्य कंठों से 'हर-हर महादेव' की ध्वनि गूँज उठी। लोगों ने देखा कि नगर सहसा सिपाहियों से भर उठा है।

राजप्रासाद के पास थोड़ा बहुत सैनिक संघर्ष हुआ, किन्तु शत्रुओं की सेना प्रबल जानकर कुषाण सरकार के सिपाहियों ने अपने हथियार डाल दिए। कुषाण सम्राट् को जगाने के लिए बाध्य तांबूलवाहिनी सखी चित्रसारी में आयी।

सम्राट् की बाल्यकालीन सखी राजकुमारी कुसुम्भी ने पहले सोई हुई दासियों को दबी ठोकरों जगाकर बाहर किया। सम्राट् की छाती पर बाँह रखे पहली नींद सोती हेलेन का हाथ धीरे से हटाया ही था कि सम्राट् बोले : "बाहर यह हुल्लड़ कैसा है कुसुमी? क्या समय आ गया।"

कुसुमी सखी की आँसुओं लदी आँखें सावन-भादों सी बरस पड़ी। वह टूटकर पलँग पर गिर पड़ी। हेलेन नींद से चौंककर चीख उठी। सम्राट् वैसे ही पड़े रहे, मुँह पर कोई हलचल न थी, कुछ क्षणों के बाद कहा : "जो जन्म लेता, वह मरता भी है—चाहे व्यक्ति हो या बड़े-बड़े साम्राज्य हों। महाबली कुजुल, वीम और कनिष्क की शक्ति और योग्यता ने जिस साम्राज्य को स्थापित किया और बढ़ाया, उसे हुविष्क और वासुदेव ही भोग सके—फिर तो हम अपने ही वंश में परस्पर बँटते-बँटते सम्राट् पदवीधारी छोटे-छोटे राजा मात्र ही रह गये थे। अब बचा ही क्या था हममें? चलो ठीक हुआ? जिस होनी की आशंका थी, वह सामने आ गई। सखी ताम्बूलवाहिनी, अपना वचन पूरा कर। परलोक विजय के लिए जानेवाले कनिष्क तृतीय के इस भ्रातुष्पुत्र को विजय तिलक कर पान का बीड़ा दे।"

कुछ ही देर बाद पलँग पर तीन लाशें आपस में लिपटी पड़ी थीं। रनिवास में क्रन्दन कोलाहल आरंभ हुआ। नगर में खबर फैल गई कि मथुरा से लगभग डेढ़ शताब्दी पुराना

कुषाण राज्य समाप्त हो चुका है और सम्राट् ने आत्महत्या कर ली है। मंत्री सेनापति आदि बंदी बनाये जा चुके थे।

जगह-जगह पर यह घोषणा होने लगी कि जनता तनिक भी आतंकित न हो तथा नये महाराज गोब्राह्मण प्रतिपालक यदुनाग कीर्तिसेन के स्वागतार्थ तैयार हो जाए।

परिवर्तन इतना अचानक हुआ था कि लोग जहाँ-तहाँ ठगे से खड़े रह गए। एक बूँद रक्त न बहा और इतिहास पलट गया। नगर के बड़े-बड़े सेठ-महाजन और राज्याधिकारी नगर द्वार के बाहर नयें शासक का स्वागत करने के लिए खड़े थे। लोहे की साँकलों में जकड़े मंत्री, सेनापति और उनके कुछ अति विश्वस्त सहयोगी बन्दी के रूप में फाटक पर ही ले आये गये थे। फाटक के बाहर दूर-दूर तक मशालों का प्रकाश फैला हुआ था, और फाटक पर तो इतना उजाला था कि दिन और रात का भेद ही न मालूम पड़ता था। थोड़ी देर में भजन गाते हुए साधुओं की एक बहुत बड़ी टोली फाटक की ओर आती दिखलाई पड़ने लगी। द्वार पर आते ही साधुओं पर पुष्प-वर्षा हुई। 'हर-हर महादेव' 'कृष्ण बलदेव की जय' के नारों से उत्साह की एक नई लहर दौड़ गई। साधुओं ने नगर के अन्दर प्रवेश किया। सिपाहियों की अग्रिम टोली भी उनके पीछे ही पीछे नगर में प्रविष्ट हो गई। उसके बाद पूरी हाँक-गुहार के साथ मथुरा के प्राचीन राजवंश के रत्न, अहिच्छत्रा नरेश के जामाता, निपुण अर्थशास्त्री, विद्यानुरागी प्रतापी कीर्तिसेन का रथ आया। जय-जयकारों से आकाश गूँज उठा। मंगलवाद्य बजने लगे। ब्राह्मण-बौद्ध और क्षपणक मण्डली का स्वस्तिवाचन होने लगा। हर एक के मुख पर उत्साह और आनन्द का तेज दमक रहा था।

नये राजा की सवारी अपने दाएँ-बाएँ जयजयकार करती हुई भीड़ पर पंचमेल मुद्राओं और रत्नों की वर्षा करती हुई कटरा केशवदेव की ओर बढ़ रही थी।

एक शक्तियुक्त महान् समन्वयकारी नवीन राष्ट्रधर्म का प्रथम जन्मोत्सव जन-जन के मन में एक नया उल्लास भर रहा था।

३७

●

●

भार्गव और इज्या पद्मावती नगरी में प्रवेश कर रहे थे। वे मथुरा से विजयादशमी के दिन चले थे। अपनी चिकित्सा के लिए भारत को अभी कुछ महीनों तक मथुरा में ही रहना पड़ेगा। प्रज्ञा सहित वे यथावत् ही महन्तजी के अतिथि रहेंगे। भारत के शारीरिक और मानसिक स्वास्थ्य में अब बड़ा आशाप्रद परिवर्तन हो रहा है। संत बुरुबुज़ और सौति के साथ उनका मन रम गया है। परन्तु नारद और सौति शरद पूर्णिमा के दिन मथुरा से नैमिषारण्य के लिए चल देंगे। नारदजी एक व्यापारी दल के साथ सिंहल द्वीप, यव, कटाह, चंपा आदि द्वीपों की यात्रा के लिए जाना चाहते थे, किन्तु भार्गव ने उन्हें नैमिष जाने को कहा। नैमिष में संगठन कार्य के हेतु नारदजी का ठहरना आवश्यक था। भार्गव भी भारशिव साम्राज्य के मण्डलाधीश धारापति गणपति नाग से महाभारत लिखाने के सम्बन्ध में

बात निश्चित करके एक बार सौति द्वारा सत्रारंभ कराने की व्यवस्था के संबंध में शौनकजी से मिलने नैमिषारण्य जाएँगे।

मथुरा के बाद इज्या अब यह दूसरी महानगरी देख रही थी। प्रशस्त राजमार्गों पर रथ और घोड़े दौड़ रहे थे; उत्तम वस्त्रालंकारों से शोभित नर-नारी नगरी को सजीवता प्रदान कर रहे थे। हाटों में बड़ी चहल-पहल थी। कौड़ी के चूने से पुते हुए स्वच्छ, शुभ्र और गगनचुम्बी भवनों की पंक्तियाँ देखकर इज्या आनन्दचकित थी। हँसकर पति से बोली : "मथुरा की तरह यह विचित्र महावन भी भव्य है। यह तुषार मंडित पर्वत शृंखलाएँ, ये चलते-दौड़ते वृक्ष, पुष्प और लताएँ देखने में आकर्षक भी हैं और भयानक भी। परन्तु पवन यहाँ कितना घुटता है स्वामिन्! इस बँधी हवा में लोग साँस कैसे लेते हैं?"

"नगरों में लोग जीते नहीं हैं प्रिये, केवल चलते हैं। इसीलिए उनका मनोरंजन भी यांत्रिक होता है। नगर मूलतः लक्ष्मी अर्जन के हेतु निर्मित होते हैं। हमारे तपोवनों में जो विचार और दर्शन उपजता है, वह यहाँ आकर बिकता है।"

"छिः छिः!"

"नहीं, इतना खिन्न होने की आवश्यकता नहीं इज्या! सत्य की गति सदा अनेक स्तरों पर होती है। व्यक्ति से व्यक्ति तक पहुँचने से सत्य के रूप बदलने लगते हैं। यह अनेकता ही तो साधक की कसौटी है कि वह सत्य के मूल स्वरूप पर ही अपना दृष्टि बिन्दु कहाँ तक साध पाया।"

राह चलते नागरिक इन दो तापस वेशधारी तेजवान स्वरूपों को देखकर आदर से प्रणाम करते थे। नगर में संभ्रम और व्यवस्था की स्पष्ट छाप दिखलाई पड़ती थी। महल पहुँचने के मार्ग में नगर के प्रमुख चौराहे के पास ही स्वर्णबिन्दु महादेव का विशाल और अति कलापूर्ण मन्दिर दीख पड़ा। नन्दी की मूर्ति को देखते ही भार्गव के मन में नारद द्वारा एलम पारस उरु अक्काद आदि देशों की देव मूर्तियों का आकार एक विरोधाभास के साथ ही प्रत्यक्ष हुआ। नारद ने बतलाया था कि उन देशों में गाय-बैल आदि शरीरोंवाली मूर्तियों के मुख मनुष्यवत् अंकित किये जाते हैं, किन्तु यहाँ के नन्दी को मनुष्य के धड़ पर साँड़ का सिर देकर स्थापित किया गया है।

धारापति गिरागुरु महाराज गणपति नाग उन दिनों साम्राज्य मंडल की राजधानी पद्मावती में ही विराजते थे। महल पर उनका वृषभ ध्वज लहरा रहा था।

एक परम प्राचीन और पूज्य वंश के तापस दम्पति का शुभागमन सुनकर महाराज गणपति स्वयं अगवानी के लिए उठकर आये। अतिथि पूजा के उपरान्त उनकी सुख-सुविधा की व्यवस्था करके महाराज चले गए। तब तक सूर्यास्त हो चुका था। बातों के लिए अगला दिन नियत हुआ।

तापसी इज्या के लिए इतना सुख-वैभव देखने का अवसर पहली बार ही आया। कुशासन पर कथरी बिछाकर सोनेवाली, पिता के घर पर दोने-पत्तलों में और भार्गव तथा महन्तजी के घर में ताँबा, पीतल, राँगे और फूल के बर्तनों का उपयोग जाननेवाली सरला वनवासिनी के लिए सोने, चाँदी के बर्तनों के षट्रस भोजन करना अपने आप में एक नया अनुभव था, जो अच्छा लगने पर भी उसे अटपटा अवश्य लग रहा था। सोने के पायेवाले गुलगुले गद्देदार पलंग पर वह उस रात भली-भाँति सो न पाई।

●

प्रातःकाल में भार्गव की गणपति से भेंट हुई। भारी भरकम तुन्दिल काया, दीर्घ कपाल और लम्बी मोटी नासिका, गम्भीर मुखवाले तेजवान गणपतिजी महल के उद्यान में स्फटिक की सुन्दर चौकी पर विराजमान थे। भार्गव ने अमूल्य ग्रंथों की भस्म भरा ताँबे का कलश उनके सामने रखकर कहा : "असुरों के द्वारा जलाए गए तीन हज़ार अमूल्य प्राचीन ग्रंथों की भस्म है। महर्षि आदि वेदव्यास श्रीकृष्ण द्वैपायन के 'जय' नामक काव्य पर आधारित महर्षि वैशंपायन की 'भारत संहिता' तथा मेरे पुरुखों द्वारा समयानुकूल परिवर्द्धित एक लाख श्लोकोंवाली 'महाभारत संहिता' भी अब इसी भस्म में समाई हुई है। यह पावन भस्म परम शिवभक्त के हेतु लाया हूँ।"

कहकर भार्गव ने महाराज को सारी कथा विस्तार से सुनाई। पास ही रखे मोदकों भरे स्वर्णथाल से एक मोदक उठाकर मुँह में डाल लिया और उसे धीरे-धीरे चभलाते हुए विचार कर लेने के उपरान्त गणपति बोले : "महात्मन्, हमारे लिए आस्था का प्रश्न भी आ खड़ा हुआ है। आपके महान् पुरखे महात्मा भृगु ने देवाधिदेव शिवजी का अपमान किया था। आपके प्रस्ताव को स्वीकार करने में मुझे मूलतः यही आपत्ति है।"

भार्गव ने शान्त भाव से मुस्कराकर कहा : "राजन्, आप तो परम विज्ञ हैं, फिर मेरे प्रातःस्मरणीय पूज्य पुरखों के सम्बन्ध में अधूरी बात कहना आपके लिए उचित नहीं है। भृगु भगवान् ने यदि शिव की उपेक्षा की थी, तो विष्णु को भी लात मारकर चले आए थे। वे आत्माभिमानी सत्यार्थी ब्रह्मवेत्ता थे। उचित के लिए ही उनके मन में आग्रह था और वही संस्कार उनके पावन प्रसाद के रूप में इस ब्राह्मण को भी मिला है।"

"ब्राह्मण! मैं भी ब्राह्मण कुल में जन्मा हूँ, परन्तु सच पूछिए तो ब्राह्मण है कौन? क्या यह जीव, जो हमारी काया में रम रहा है, वह ब्राह्मण है?"

"नहीं। जन्म-जन्मान्तरों में यह जीव तो कीट-पतंग, सिंह, श्वान, चाण्डाल, वैश्य, क्षत्रियादि अनेक कायारूपों में विचरता है, इसलिए वह ब्राह्मण नहीं हो सकता।"

"तब क्या यह देह ब्राह्मण मानी जायगी?"

"नहीं राजन्, देह तो सबकी पांचभौतिक ही है। वर्ण भी किसी जाति के लिए पूर्णरूपेण निश्चित नहीं। ब्राह्मण कृष्णवर्ण का भी होता है और चमार चाण्डाल तक में भी शुभ गौर वर्ण के लोग देखने में आ ही जाते हैं, अतएव देह और वर्ण को भी ब्राह्मण नहीं माना जा सकता।"

"तब फिर महात्मन्, क्या आप जाति को ब्राह्मण मानेंगे?"

"यदि जाति ब्राह्मण हुआ करती राजन्, तो अप्सरापुत्र वशिष्ठ कभी ब्राह्मण न माने जाते। दासीपुत्र कवष और ऐलूष आदि को क्या हम यह पूज्य भाव देते? भगवान् वेदव्यास मल्लाहिन के गर्भ से जन्मे थे और पाराशर चाण्डाली के पुत्र थे। जाति इनमें से एक के भी ब्राह्मणत्व प्राप्त करने में बाधा न बन सकी।"

"तब तो निश्चय ही ज्ञानी को आप ब्राह्मण की संज्ञा देते होंगे? कर्म ही आपकी दृष्टि में ब्राह्मणत्व की कसौटी होगी?"

"हे विद्वद्वर! ज्ञान, कर्म और धर्म को भी मैं ब्राह्मण नहीं मानता। ज्ञान और धर्म अपने पूर्व-कर्मानुसार सभी को प्राप्त हो सकता है। क्षत्रियों में भी अनेक परमज्ञानी महापुरुष

हुए हैं। दान-धर्मशीलता वैश्यों और शूद्रों में भी प्रायः देखने को मिल ही जाती है। अतएव जीव, देह, जाति, धर्म, ज्ञान आदि का दम्भ नहीं कहा जा सकता। ब्राह्मण मनुष्य की वह दृष्टि है, जो काया और मानवी चेतना के विभिन्न भेदों की दीवार हटा कर विशुद्ध सत्य को देखती है। भगवान् भृगु ने उसी दृष्टि से कभी शिव और विष्णु को त्यागा था। और उसी दृष्टि से देखता हुआ यह भागवतधर्मी भार्गव सोमाहुति अब हरिहर में लय होने को ही अपना श्रेष्ठ गुण मानता है। कलियुग में संघ ही शक्ति है। मैं हरिहर का भेद मिटाकर सबको गले लगाने के महाभाव से प्रेरित होकर आपके पास आया हूँ। मैंने महामति नारद से सुना है कि प्राचीन ब्राह्मी लिपि का जीर्णोद्धार करके तथा शिरोरेखायुक्त बनाकर आपने उसे सुन्दर रूप दे दिया है।"

"आपने ठीक सुना है महात्मन्! नयी ब्राह्मी लिपि इस गणपति नाग द्वारा आविष्कृत है अतः नागरी है।"

"देवकार्य सम्पन्न करके आपकी नागरी देवनागरी हो जाएगी राजन्! मैं आपसे सहयोग की याचना करता हूँ।"

श्री गणपति नाग गम्भीर हो गए, कुछ देर चुप रहकर उन्होंने कहा : "किन्तु राजनीतिक कार्यों में व्यस्त रहने के कारण आपका लिपिक बनने के लिए मैं इतना अवकाश कहाँ से निकाल पाऊँगा महात्मन्?"

"मेरे लिपिक बनकर आप अपनी राजनीति के उद्देश्य की पूर्ति के लिए भी असीम स्फूर्ति प्राप्त करेंगे, इसका विश्वास दिलाता हूँ। मेरे पुरखों नें वृहत्तर भारत की परिकल्पना करके ही लाख श्लोकोंवाली महाभारत संहिता रची थी। आपने कुषाण साम्राज्य के इन जीर्ण खँडहरों को तो मिटा दिया, अब अनेक राष्ट्रों में बँटे हुए इस दुर्बल भूखण्ड को एक विशाल और शक्तिशाली भारत राष्ट्र बनाने का यत्न कीजिए। स्वदेश के मानसिक और कायिक स्वास्थ्य के हेतु जो यज्ञ मैं रच रहा हूँ, उसमें आपका सहयोग नितान्त आवश्यक है।"

गणपति मौन रहे। वह मौन देखकर भार्गव की आशा कुम्हलाई। उन्होंने चट से दूसरा प्रस्ताव किया, बोले : "अच्छा, मैं एक रूढ़ परम्परा तोड़ने के लिए भी तैयार हूँ। आघ अपनी आविष्कृत लिपि लिखना मुझे सिखला दें। फिर लीक तोड़कर यह रचनाकार स्वयम् ही महाभारत की पाण्डुलिपि रच लेगा। मैं अपने कुछ शिष्यों को आपकी नागरी लिपि सिखाकर अपने काम लायक बना लूँगा।"

"फिर मेरे शिष्य क्या करेंगे महात्मन्? लिपिकों के जीविकोपार्जन के हेतु कवियों तथा विद्वानों को स्वयम् ग्रन्थ नहीं लिखना चाहिए। इस रूढ़ परंपरा का यही रहस्य है।"

"किन्तु समस्या का निराकरण—?"

बात काटकर गणपति बोले : "निराकरण होगा, किन्तु मेरी दो बातें आपको भी माननी होंगी। आज ऐसा धर्म प्रचलित होना चाहिए जिसमें गण-चित्त एकरूप होकर जुड़ सके।"

"स्वीकार है। आपने मेरी ही बात कही है।"

"तब फिर उसके लिए एक प्रतीक स्थापित कीजिए महात्मन्! इन्द्रवादी ब्राह्मणों ने मस्तिष्क तो अपूर्व पाया था, किन्तु वे हृदयहीन थे। उन्होंने अपनी हृदयहीनता के कारण अपने द्वारा विजित नाना धर्म संस्कृतिशील मानव समाज को पराङ्मुख कर दिया। भक्तिमार्गी ब्राह्मण को उस मस्तिष्क में अब हृदय भी जोड़ना पड़ेगा।"

"मुझे आपका यह प्रस्ताव हृदय से स्वीकार है विद्यावारिधि! मैं स्वयम् भी यही चाहता हूँ । प्रतीक कैसा हो?"

गणपति झटके से अपने पंखा डुलानेवाले दास की ओर हाथ बढ़ाकर बोले : "यह दक्षिणनिवासी व्यक्ति अत्यन्त हीन जाति का है, इसे कोई अपने पास भी नहीं बिठलाता, परन्तु यह परम शिवभक्त परम सचेत व्यक्ति है। क्या इसके गोत्रदेव गज को आप प्रतीक स्वीकार करेंगे?"

"निस्सन्देह राजन्! भागवतधर्मी जातिभेद को नहीं मानते। आपका प्रस्ताव स्वीकार करता हूँ। इसके गोत्रदेव गज को गजपति, यक्षों के अतिपूजित वक्रतुण्ड, महाराष्ट्र के विनायक, और नररूप नारायण अपने विघ्नहर्ता नागराज गणपति के प्रति भी अपनी श्रद्धा व्यक्त करने के लिए मैं भारतीय गणचित्त के प्रतीक रूप में शिवापुत्र गणपति की वन्दना करता हूँ। इनकी पूजा सारा राष्ट्र करेगा। शैव, वैष्णवादि सभी सर्वप्रथम इस राष्ट्र-प्रतीक की वन्दना ही भविष्य में करेंगे। मेरी रचनात्मक प्रतिभा राष्ट्रीय गणमानस को प्रतीक रूप में प्रतिष्ठित करने के लिए कोई उपाय उठा न रक्खेगी। अब आपका दूसरा प्रस्ताव क्या है?"

"मैंने सुना है कि वर्तमान यशस्वी आशुकवियों में आप श्रेष्ठ माने जाते हैं और सामन्तधर्मी होते हुए भी मैं श्रेष्ठतम लिपिक हूँ। मेरी लेखन शक्ति धाराप्रवाह है, अतएव आप भी यदि धाराप्रवाह रूप में ही काव्यरचना करने का वचन देंगे, तो मैं आपका लिपिक बनना स्वीकार कर लूँगा।"

सुनकर भार्गव मुस्कराए, बोले : "अक्षर और काव्यप्रवाह में आप अन्तर नहीं रखना चाहते तो न सही। वासुदेव की कृपा से मैं आपकी इच्छा पूरी करूँगा, किन्तु आपको भी मेरी एक इच्छा पूरी करनी होगी विद्यानिधे!"

स्वर्णपात्र से एक मोदक और उठाकर गणपति ने उसे चखते हुए भार्गव की ओर जिज्ञासाभरी दृष्टि से देखा; भार्गव बोले : "महाराज, आप कोरे लिपिक ही नहीं, विद्यावारिधि भी हैं। मेरे रचे श्लोकों का अर्थ आपको भी बतलाना होगा।"

"स्वीकार है। मुझे एक पखवारे का अवकाश दें। राजकाज की कुछ आवश्यकताएँ निभा लूँ, तो आपके काम पर निश्चिन्त मन से लग जाऊँगा।"

कृतज्ञता ज्ञापन करते हुए भार्गव बोले : "आपके समान कर्त्तव्यनिष्ठ शासक ही भारत-भारती के गौरव हैं। मैं जिस विश्वास के साथ आपकी सेवा में उपस्थित हुआ था, वह सत्य ही सिद्ध हुआ। उसी आस्था की पुष्टि के हेतु मेरा एक निवेदन और भी है। क्या उसे प्रकाशित करने की अनुमति महाराज मुझे देंगे?"

"ब्रह्मन् मनीषियों और विद्वानों के सद्विचारों को निःसंकोच रूप से प्रकाश में आना ही चाहिए, कृपया अपनी इच्छा व्यक्त करें।"

"हे विद्यावारिधि, मेरी कामना है कि महाभारत के पुनर्लेखन का कार्य पुण्यतोया सरस्वती के तट पर ही होना चाहिए।"

"शुभ विचार है महात्मन् किन्तु इस पर अन्तिम निर्णय लेने से पूर्व हमें राजनैतिक परिस्थितियों को भी देखना होगा। इस पर विचार करने के लिए मुझे कुछ समय दें।"

भार्गव प्रसन्न मन अपने ठहरने के स्थान पर गये।

३८

•

•

भारशिव साम्राज्य की एक मांडलिक राजधानी, पद्मावती में स्वर्णबिन्दु महादेव का मंदिर वहाँ के राजप्रासाद से चौगुना बड़ा और अधिक कलात्मक था। भगवान की शयन-आरती का समय था। शंख, तुरही, नगाड़े आदि वाद्यों के कोलाहल, ब्राह्मणों के शिवस्तवन और पाँच सौ देवदासियों के नृत्यगीतादि की गूँज से पूरा नगर निनादित हो रहा था। स्वयं मण्डलेश्वर महाराज गिरागुरु गणपति नाग भगवान् की आरती उतार रहे थे। राजपुरुष सैनिक अधिकारी, श्रेष्ठि महाजन सभी जाने-माने लोगों की भीड़ से मंदिर का विशाल आँगन भरा हुआ था।

आरती पूरी हुई। नित्य नियमानुसार गणपति महाराज मंदिर के एक भीतरी कक्ष में जाकर बैठ गए। देश-विदेशों से भेद लेकर आने वाले गुप्तचरों से वे यहीं मिला करते थे। गुप्तचर इस ढंग से मिलाये जाते थे कि एक को दूसरे का पता न लग सके। गुप्तचरों से मिलते समय महाराज के पास बूढ़े मंत्री मृगांकदत्त को छोड़कर और कोई भी व्यक्ति उपस्थित नहीं रहता था।

कांचीपुरम् और अहिच्छत्रा से दो महत्वपूर्ण सूचनाएँ मिली थीं। चोलराज्य विजेता प्रवीर अपने पिता की नीति से चिढ़कर कांची से कांचनका लौट आये हैं। विन्ध्यशक्ति विजय का समाचार पाते ही अपनी दूसरी पत्नी कर्णाटसुंदरी शेषाम्बा के गर्भ से उत्पन्न अपने पुत्र 'वीर' का पक्ष लेने वहाँ पहुँच गये। कर्णाटकी माता का पुत्र होने के साथ ही वीर आंध्र की एक नाग सामन्त कन्या का पति भी था। उन्होंने वीर को चोल सिंहासन पर बिठलाने का निर्णय किया है। वीरसेन वीर कूर्च बनकर पल्लव राजवंश के क्षत्रिय कुमार घोषित हुए हैं। प्रवीरसेन को लगा कि उसके पिता ने चोल विजय की कूट योजना बनाते ही उसके पीछे एक अपनी भी पक्षपातपूर्ण योजना बना ली और वीर भाई को युद्ध में उनके साथ नत्थी कर दिया। वह रूठकर कांचनका लौट आये हैं और एक विशाल सेना एकत्र कर रहे हैं।

सेनापति नागषेण अहिच्छत्रा से समाचार लाये थे कि काशी, प्रयाग, कोशाम्बी और अवध के विजेता चन्द्रगुप्त के विरुद्ध युद्ध ठानने का हठ साधकर मथुरा के वर्तमान महराज कीर्तिसेन के नवयुवा जामाता, मौखरि कल्याणवर्मन अपने पितृहन्ता चन्द्रगुप्त से मगध के अपने पैतृक सिंहासन को छीन लेने के लिए अपने ससुर और ननिया-ससुर पर दबाव डाल रहे हैं। शीघ्र ही चन्द्रगुप्त का विवाह नेपाल राजकन्या के साथ होनेवाला है और अहिच्छत्रा तथा मथुरा के महाराज इसी अवसर पर आक्रमण करने का विचार कर रहे हैं। नागषेण गिरागुरु से आदेश प्राप्त करने के लिए ही यहाँ भेजे गये हैं।

समाचार सुनकर गणपति महाराज गंभीर हो गये। कुछ क्षण मौन रहने के बाद बूढ़े मंत्री की ओर देखकर कहा : "मृगांकदत्त जी, आपका क्या विचार है? विवाहव्यस्त चन्द्रगुप्त से काशी और अवध का क्षेत्र छीन लेने के लिए अवसर तो उपयुक्त जान पड़ता है।"

"नहीं अन्नदाता। काशी और कोशाम्बी का धनीवर्ग, अवध के रणबाँकुरे तथा वाशिष्ठी सरयूदेवी जब तक चन्द्रगुप्त के साथ हैं, तब तक हमारे नागराजों को ऐसा दुस्साहस नहीं करना चाहिए। लिच्छवि सेनाएँ सीधे आंध्र पर ही आक्रमण करेंगी। शुभ नहीं होगा प्रभु।"

नागषेण को इस उत्तर से उलझन हुई, बोले : "आंध्र में स्वयं आचार्यजी विराजमान हैं और अब तो प्रवीर ने चोल शक्ति का वरण भी कर लिया है। तब उस ओर से हमें भय क्यों हो? हम दो ओर से शत्रु को घेरकर मारेंगे। विन्ध्याचल के दस हजार आदिवासी लड़वैये मगध की सेनाओं को काशी और अवध की ओर बढ़ने से निश्चय ही रोक लेंगे। चन्द्रगुप्त ही नहीं, इस समय तो हम म्लेच्छ लिच्छवियों का भी मानमर्दन करने में समर्थ हैं।"

"तुम्हें अभी वास्तविक स्थिति की सूचना नहीं है वत्स! तुम्हारे आचार्य महोदय ने अपनी एक चूक से प्रवीर को असंतुष्ट कर दिया है। दूसरे, चंद्र कोई साधारण खिलाड़ी नहीं है।" महाराज ने कहा।

"प्रवीर क्यों रूठे?"

"मृगांक भाष्य अच्छा करते हैं।" गणपति की दृष्टि और हाथ चौकी के पास रखे मोदकों के थाल पर पहुँच चुके थे।

दुबले-पतले और लम्बे मृगांकदत्त के लम्बोतरे मुख की सबसे बड़ी विशेषता उनकी लम्बी सुतवाँ नाक और हीरे की तरह कौंधने वाली पैनी आँखें थीं। आयु तिरपन-चौवन के लगभग; गणपति महाराज और विन्ध्यशक्ति से चार पाँच बरस बड़े थे, किंतु यों देखने में दस-बारह वर्ष बड़े लगते थे। खोपड़ी चारों ओर किनारे से आधी मुँड़ी हुई, बीच में श्वेत शिखा, पतले होंठों पर पतली श्वेत मूँछें; और स्वर खरखरा था। महाराज की बात सुनकर मृगांकदत्त ने एक बार कनखियों से उनकी तरफ ताका, फिर कहने लगे : "प्रवरसेन ने चौमासे में आक्रमण करने की योजना बनाई। थोड़े-थोड़े सैनिक क्रमशः पहुँचते रहे। वीरसेन ने उनके गुप्त मोर्चे बाँधे। फिर प्रवरसेन ने अचानक मायावी आक्रमण किया। चोलों की शक्ति इस प्रकार दोनों भाइयों ने मिलकर समाप्त की।"

"किन्तु रणनीति का कुशल संचालन तो प्रवीर ने ही किया।" नागषेण बोला।

"हाँ हाँ, वह बात ठीक है। तो अब होता यह है कि विजय-प्राप्ति के समाचार पाते ही गर्व से भरा हुआ पिता अपने दोनों लालों को छाती से लगाने के लिए अकस्मात् कांची जा पहुँचता है। एक से कहता है, तुम मेरे कुल के रत्न हो; दूसरे से कहता है, तुम इस जीते हुए राज्य के स्वामी हो। आज से तुम्हारा नाम वीरसेन नहीं वीरकूर्च है। इस प्रकार महासेनापति कूटनीतिज्ञ विन्ध्यशक्ति को अर्द्ध दाक्षिणात्य पुत्र क्षत्रिय पल्लव वंश का प्रतिष्ठापक बनकर दक्षिण का राजा बनता है, और उनका कुलरत्न कुण्ठाजनित क्रोध से भरकर रातोंरात कांची से कांचनका लौट आता है यह बात है।"

मृगांकदत्त की बातें सुनकर नागषेण कुछ देर के लिए स्तब्ध हो गया, फिर कहा : "मेरे मथुरा और अहिच्छत्रा प्रवास में बीते इन दो ढाई महीनों में यहाँ बहुत कुछ बीत गया महाप्रभु ! किन्तु मैं समझता हूँ कि आचार्यपाद ने इसमें अवश्य ही कोई गहरी बात सोची होगी. . .पर मेरी समझ में कुछ नहीं आ रहा है। वीर भाई को दक्षिण का राज्य दिया, कदाचित् उचित ही किया, पर उनका नाम और वंश क्यों बदला ? ब्राह्मण की क्षत्राणी पत्नी का पुत्र भी ब्राह्मण ही होता है, फिर उनका वर्ण क्यों बदला गया ? यह पहेली क्या है ?"

"पहेली सीधी है भैया, विन्ध्यशक्ति एक ओर तो शिव-साम्राज्य को बढ़ते और फलते-फूलते देखना चाहते हैं और दूसरी ओर उनकी स्वामिभक्ति अपने अदूरदर्शी सम्राट् से खुला विद्रोह भी नहीं करने देती।"

"एक के बाद एक दक्षिण के दुर्बल और अनियंत्रित राज्य अब शिव साम्राज्य का भाग बन जाएँगे। इससे निश्चय ही लोकमंगल होगा।. . .पर. . .यह पल्लव क्या वीर भाई का मातृगोत्र है ?"

"भारद्वाज गोत्रीय महात्मा द्रोणाचार्यजी के यशोमंडित वंश का पल्लव ही तो है यह राजवंश। विन्ध्यशक्तिजी की दूरदर्शिता और उदार नीति की सराहना करने को जी चाहता है। दक्षिणवासी यह अनुभव नहीं करेंगे कि उनके पास किसी बाहरी विजेता का शासन आरोपित किया गया है। प्रवीर को कल ही बुला भेजो मृगांकदत्त। मूढ़मति भवनाग के प्रति अपने मिथ्या मोह के कारण विन्ध्यशक्ति जो दूसरा कार्य नहीं कर पा रहे हैं, वह अपने प्रवीर को संतोष देने के लिए हम करेंगे।" कहकर गणपति महाराज चौकी से उठे। नागषेण के मन में इस बात से फिर एक पहेली उत्पन्न हो गई, पर पूछे कैसे ? पहेली छोड़कर अपनी बात पूछी : "मगध पर आक्रमण—"

"उसकी अभी आवश्यकता नहीं। इस समय जहाँ तक बने, अपनी शक्तियों को व्यर्थ नष्ट होने से बचाओ। कुशासित दुर्बल राष्ट्रों को जहाँ तक बने, नीति अथवा माया से जीतकर उन्हें सुसंगठित, सुशासित बनाते चलो। राजतंत्र वहीं के योग्य व्यक्तियों के हाथों में सौंपो। यह मत भूलो कि हम शिव-साम्राज्य के प्रति निष्ठावान् हैं। इसी हेतु से हम सब नागवंशी शासकगण भारशिव वंश के ऐतिहासिक महत्व को पूर्ण मान्यता देते हुए भी विन्ध्य-वाकाटक वंश के ऊपर अब इतिहास को गतिशील बनाने का भार सौंपेंगे।

वृद्ध मृगांकदत्त की आँखें चमक उठीं, प्रसन्न मुद्रा में बोले : "आपने जब पल्लव राजवंश की कल्पना को सराहा और प्रवरसेन को यहाँ बुलाने की आज्ञा दी, तभी मैंने इस बात का कुछ-कुछ अनुमान कर लिया था अन्नदाता ! पर सेवक का अनुरोध है कि सम्राट् पद आप ही ग्रहण करें। आपके लिए न तो मथुरा, अहिच्छत्रा राज्यों के शासक आपत्ति करेंगे और न विन्ध्यशक्तिजी।"

"हम केवल आज ही नहीं कल को भी देख रहे हैं मृगांक। हमारा प्रवीर दोनों कालों को सम्हाल सकता है।"

"तो प्रवीरसेन नये राजवंश का प्रथम सम्राट् होगा ?" नागषेण ने पूछा।

"प्रथम सम्राट् होंगे तुम्हारे गुरुजी।" कहकर गणपति महाराज कक्ष के बाहर निकल गये।

●

३९

●

●

दूसरे दिन प्रातःकाल गणपतिजी व्यास सोमाहुति से मिलने के लिए अचानक अतिथि-कक्ष में पधारे। मृगांकदत्त उनके साथ आये थे। यथोचित रूप से आसीन होने के उपरांत महाराज ने इज्या से उसकी सुख-सुविधा आदि के संबंध में प्रश्न किया। वह बोली : "हिरण्यकशिपु (सोने की सेज) निद्रा में बाधक रहा। छप्पन भोग दो-चार दिनों के हेतु निश्चय ही भले लगेंगे। पर यह सोच भी है कि महाभारत लिखाने के दिनों में आचार्यजी यदि यही राजसी भोजन करेंगे तो कहीं बोलते-बोलते ऊँघने न लग जाएँ।"

भार्गव और महाराज जोर से हँस पड़े। फिर महाराज़ ने कहा : "मृगांक, तापसों को राज-वैभव के कष्टों से अविलंब उबारो। हरगौरी उपवन में इनके लिए मनोरम स्थान है। देवी, इस ब्राह्मण ने वर्षों से सादा भोजन नहीं किया। कल यह तुम्हारे द्वार पर भोजन की भिक्षा लेने आयेगा।" कहकर महाराज फिर भार्गव से बोले : "महर्षि, आपका काम करने के लिए हम अपने व्यस्त राजनीतिक जीवन से शीघ्र ही मुक्त होने की योजना कर रहे हैं, और उसी के सन्दर्भ में हम अवध-मगधराज चन्द्रगुप्त के संबंध में आपसे बातें करने आये हैं।"

"सहर्ष करें महाराज!"

"हमारे द्वारा प्राप्त सूचनाओं के अनुसार चन्द्रगुप्त म्लेच्छ वंश का है, क्या यह सत्य है?"

प्रश्न ने भार्गव को चौंकाया। जो व्यक्ति कल अपने दाक्षिणात्य दास के हीनतम गजगोत्र को गणचित्त का प्रतीक बनाने के लिए आग्रह कर रहा था, वही आज चन्द्रगुप्त के संबंध में ऐसा प्रश्न क्यों कर रहा है। टोह लेने के लिए उन्होंने प्रतिप्रश्न करना उचित मानकर कहा : "महाराज, चन्द्रगुप्त के वंश आदि के संबंध में पहले आपकी जानकारियों से लाभान्वित होना चाहता हूँ, तभी उनसे संबंधित अपने स्वल्प ज्ञान को आपके लाभार्थ अर्पित कर सकूँगा।"

महाराज ने कनखी से मृगांकदत्त की ओर देखा, संकेत पाकर वह बोले : "हमने सुना है कि वह कक्कड़ जाट है। क्या यह सत्य है?"

"कारापथ हिमालय के नीचे एक प्रदेश है। कारस्कर मूलतः शाल्व हैं और शाल्व मद्रों का ही एक उपगोत्र है।"

"एक ओर मगध के ब्राह्मण कारस्करों और लिच्छवियों को धर्म-विरोधी म्लेच्छ मानते हैं और दूसरी ओर अयोध्या की देवी वाशिष्ठी ने उन्हें बड़ी प्रतिष्ठा दे रखी है। इसका कारण क्या हो सकता है?"

भार्गव बोले : "हे राजन् मंत्रिवर के प्रश्न का उत्तर देते हुए यह स्मरण दिलाना असंगत

न होगा कि मद्र लोग वेदों के रचनाकाल में भी उत्तम क्षत्रिय माने जाते थे। श्वेतकेतु सरीखे ऋषिपुत्र अपने गुरुकुल की शिक्षा पूरी करने के बाद भी वैदिक यज्ञों के संबंध में विशेष ज्ञान प्राप्त करने के लिए मद्रों के यहाँ गये थे। भारतवर्ष के बाहर कश्यपसागर से मुद्र तक इनके शौर्य का सूर्य चमकता था। हाल ही में वसुरा नगरी के जिन जगत्सेठ कौरोष की सहायता से आप लोगों ने मथुरा का राज्य जीता, उनके प्राचीन पुरखों का भी मद्रों से रक्त-संबंध था। किन्तु हे राजन् आप यह जानते ही होंगे कि राजनीति के कारण अनेक प्रकार के विरोध और विभेद सदा उपजते ही रहते हैं। मद्र भी ऐसे ही विरोध चक्र में फँसकर आज मग ब्राह्मणों के द्वारा हीन माने जाते हैं। मग पहले उन लोगों के पुरोहित थे, अब नहीं हैं, अतः वे इनसे घृणा करते हैं। यह प्रजातंत्र प्रणाली के पोषक रहे हैं, अतः राजतांत्रिक इन्हें और इनके संबंधी लिच्छवियों को हीन दृष्टि से देखते हैं। किन्तु मेरी दृष्टि में चन्द्रगुप्त उच्च संस्कारों से युक्त योग्य शासक हैं। अब क्या मैं यह जान सकता हूँ कि महाराज चन्द्रगुप्त के संबंध में बात उठाने के पीछे आपका हेतु क्या है?"

"हमारे वर्द्धमान शिव-साम्राज्य को उसकी बढ़ती हुई महत्वाकांक्षाओं से आशंका है।" महाराज ने कहा।

भार्गव बात को शांत भाव से पचाकर बोले : "भगवती वाशिष्ठी की प्रेरणा से चन्द्रगुप्त रामराज्य का प्रसार करना चाहते हैं। उनके द्वारा जीते गए आपके कौशाम्बी-प्रयाग और अवध-काशी के क्षत्रों की प्रजा इतने थोड़े समय में ही चन्द्रगुप्त की शासन पद्धति से सुखी और संतुष्ट है। उनके इस सुख में नागों की मथुरा-विजय भी आशंका का विष घोल रही है। दिवंगत योगिराज और भारशिव सम्राट् के अतिचार से शैवों के प्रति लोगों के मन में घृणा और भय व्याप्त है। पाशुपतों की नरबलि प्रथा उस क्षेत्र में अब जाकर महाराज चन्द्रगुप्त के शासन में समाप्त हो पाई है।"

गिरागुरु महाराज के तेजवान मुख पर एक ताव उतरा, एक चढ़ा, सदा के शांत गंभीर स्वर में भी कुछ तेजी आई, बोले : "ब्रह्मन् हमने अर्थात् इस देश के निवासी वृषभ, नाग, तम्मुषि, हनुमान, कच्छप, मकर, अश्वत्थ आदि वंश चिह्नों वाले अग्निवंशी ब्राह्मण-क्षत्रिय-वैश्यादि ने कई शताब्दियों तक इन बाहर से आनेवाले आर्यों, शकों और यवन म्लेच्छों के प्रहार और अत्याचार सहे हैं। इनके कारण हमें धुर पश्चिमोत्तर देशों की भूमियों से उखड़कर यहाँ विंध्याटवी में, मच्छरों और रोगों से भरे सुदूर पूर्व बंग और कामरूपदेशों में, हिमालय की दुर्गम पहाड़ियों में, दक्षिणावर्त की तप्त लाल काली, जंगलों भरी भूमि में बसना पड़ा है। इन्द्र-वादियों से प्राप्त अनन्त कष्टों की कटुता हमारे मन से भला कैसे जा सकती है? इन म्लेच्छों से हमें आशंकित रहना ही पड़ता है।"

भार्गव ने अनुभव किया कि प्रसंगवश अनचाहे ही उन्होंने महाराज का दिल दुखा दिया है, पर अब तो बात बढ़ ही चुकी थी, उसी का क्रम बढ़ाते हुए शांत भाव से वे बोले : "सत्य है महाराज, किन्तु यह भी सत्य है कि आपके साथ उन सूर्य चंद्रवंशी काश्यपों, भरतों, अनु, द्रुह्य, यदुओं आदि को जो अत्यन्त प्राचीनकाल में यहाँ आकर आपसे घुल-मिल गए थे, जिन्होंने आपके साथ पृथ्वी पर दूर-दूर तक सभ्यता का प्रचार किया था, उन्हें भी इनके हाथों से, जिनके साथ उनके पुरखे कभी एक ही जन थे, नाना लांछन और अपमान कुछ कम नहीं

भोगने पड़े थे। बेचारे चन्द्रगुप्त और उनके श्वसुर कुल के लिच्छवि परम प्राचीन विश्वविजेता मद्र और इक्ष्वाकुओं की गोत्र परंपरा में हैं; सर्वगुणसंपन्न होते हुए भी ब्राह्मणों के एक वर्ग के द्वारा म्लेच्छ घोषित किये जा रहे हैं। किसने किस पर अन्याय किया, इसका निर्णय करना अति कठिन है राजन्! नागों ने कभी पारस, चीन, मुद्र, अरबया आदि दूर-दूर के देशों पर आक्रमण किया था। हे विद्यावारिधि, आपसे भला क्या बखान करूँ— आर्य शब्द में हर और हरि दोनों ही की मूल ध्वनि समाई है। दोनों ने एक दूसरे से लिया-दिया है, संस्कारों के उसी अभिसार का भजन करें। हरिहरवादियों के युद्ध को आर्य-अनार्यत्व की पृथकता न दें। इतिहास यदि उच्च चेतना का दर्शन न कराये, केवल राग-रंजित ही करे तो वह सद्पुरुषों के द्वारा सर्वथा त्याज्य होता है।"

"साधु ब्रह्मन्, आप वृद्धि में विश्वास रखते हैं, क्षय में नहीं। खरे ब्राह्मण हैं। कुछ भी कहिए, भृगु भी तो आग्नेय ही थे।" गणपतिजी प्रसन्न होकर बोले।

"हाँ महाराज! अग्निदेव के पुत्रों में भृगु ही अंगिरा और अत्रि से ज्येष्ठ माने गये हैं। उन्हीं भृगुओं की एक शाखा, जो योनद्वीप में जाकर बस गई, अब आपकी दृष्टि में म्लेच्छ है। इनके आततायी रूप से लड़ने के पक्ष में स्वयं मैं भी हूँ। पर इन स्वबांधवों को पराया कैसे मान लूँ? ज्योतिशास्त्र के प्रणेता होने के कारण वे देववत् पूज्य हैं। शक और आर्य भी इसी प्रकार से दो नहीं, एक हैं। हम अग्निवंशी वस्तुतः सूर्यवंशी आदित्यों के साथ एक ही मूल के हैं। हमारे पूर्वज सुमेरु से पहले चले और भू-मध्य तक फैले नाना मार्गों से यहाँ आये। यह आवागमन बार-बार होता रहा है। हे गिरागुरु, भविष्य की चिंता, अपने वर्तमान बिखराव, और भूतकाल के कटु अनुभवों से प्रेरित होकर यह विनम्र भागवतधर्मी आज इन महाशक्तियों को बाँटकर नष्ट करने के पक्ष में नहीं है, वह इन्हें बटोरकर एक पुंज में देखने को लालायित है। वैदिक वैष्णव और शैव संस्कृतियों में ईर्ष्या नहीं, स्पर्द्धा का भाव भरिए, इसी से भारत भूमि का कल्याण होगा।"

गणपतिजी का मुख आनन्द से चमक रहा था, उल्लसित होकर कहा, "ऋषिश्रेष्ठ, आपके विचारों और भावों से परिचित होकर हम अब यह अनुभव नहीं कर पाते कि हमारा आपका परिचय केवल दो दिनों का ही है। समस्त ऊहापोहों के साथ भी हम जिस सुफल को प्राप्त करने के इच्छुक थे, वह आपने हमें दे दिया। हम चाहते हैं कि हमारे मृगांकदत्त एक बार आपके साथ अवध-मगधपति से मिल लें। क्योंकि सरयू वाशिष्ठी के चरणकमलों में भी यह हमारी निष्ठा निवेदित करने के चन्द्रगुप्त और लिच्छविगण कौशाम्बी से बंगभूमि तक निष्कंटक राज्य करें, केवल हमारे सगोत्री निरीह भवनाग के जीवनयापन योग्य एक छोटा-सा क्षेत्र छोड़ दें। हम कायर नहीं हैं, किंतु नीतिवश निरर्थक रक्त-पात नहीं चाहते। हम भी आपके साथ ही भारत को एक राष्ट्रीय शक्तिपुंज स्वरूप देखना चाहते हैं। हमारे शिव-साम्राज्य की कल्पना में वस्तुतः आप ही का स्वप्न समाया है।"

"इस कार्य में मैं सहर्ष आपके साथ हूँ।"

दोनों ही पक्ष परम संतुष्ट थे।

●

४०

●

●

अक्षय नवमी के दिन गिरागुरु गणपतिजी की योजनानुसार वाकाटक राज्य की स्थापना हो गई। ओड़छा क्षेत्र के वाकाटक ग्राम निवासी, भारद्वाज विष्णुवृद्ध गोत्रीय महायोद्धा, यशस्वी नीतिज्ञ और कुशल संगठनकर्ता विन्ध्यशक्ति का मूर्धाभिषेक हुआ। अपनी इच्छा के विरुद्ध उन्हें गणपति महाराज की आज्ञा का पालन करना ही पड़ा : "शिव-साम्राज्य के कर्मचारी के लिए राजसिंहासन और साधारण सैनिक का पद एक समान है। उसे जब जो काम दिया जाए, करना पड़ेगा। प्रवरसेन की महान् संगठन शक्ति, उसके सांस्कारिक स्वप्न कदापि कुण्ठित नहीं किए जा सकते। नवीन राजवंश का प्रवर्तक बनना ही पड़ेगा।"

राजदरबार लगते ही नवीन शासनचक्र तीव्रगति से चल पड़ा। सौराष्ट्र कुंतल कोंकण आदि जीतने के लिए युवराज तथा महासेनापति पदों पर प्रतिष्ठित प्रवरसेन और नागषेण को, फिर समस्त दक्षिण विजय के लिए पल्लव नृपति वीरकूर्च को, अंत में वाहीक (पंजाब) विजय के लिए मथुरा के यदुनाथ कीर्तिसेन को आवश्यक मंत्रणाएँ और मंगल-कामनाएँ देकर विदा किया गया। तब सात-आठ महीनों के लिए राजकाज से सर्वथा मुक्त होकर, व्यासजी की इच्छानुसार उनकी महाभारत लिखने गणपतिजी उनके साथ ही प्राचीन नैमिषीय तीर्थ पर आ गए। पुण्यतोया सरस्वती नदी तब तक काल के गाल में समाकर लुप्त हो चुकी थी।

पवित्र नैमिषीय तीर्थ, जो व्यासकुण्ड के नाम से लोकख्यात है, अब भी विद्यमान था। कुण्ड के उत्तर में वटवृक्ष भी यथावत् था। अपने पैतृक आश्रम की अइया और थोड़ी बहुत अप्पा के श्रीमुख से सुनी हुई बातें भार्गव के मन को अतीत की कर्म यज्ञ भावना से बाँधने लगीं। मौर्य सम्राट् अशोक के काल में यहीं मेरे पूज्य पुरुष ने भारत संहिता को देश-कालानुसार महाभारत संहिता के रूप में परिवर्द्धित किया था। पांडुलिपि नष्ट हुई, किन्तु महाकाव्य अक्षय है। माघ शुक्ल वसंत पंचमी को यथाविधि सरस्वती और नवगणचित्त के प्रतीक विघ्नेष गणेश, व्यास, शुकदेव, वैशंपायनादि दिव्यात्माओं की वंदना करके, श्रीगणपति को लिखाना आरम्भ किया, "नारायणं नमस्कृत्यं नरं चैव नरोत्तमम्. . ."

जाड़े के शेष दिनों, गर्मी और बरसात भर लेखन कार्य चलता रहा।

इसी समय अयोध्या के वशिष्ठाश्रम से भार्गव को शुभ समाचार प्राप्त हुआ। श्रीराम की नगरी में श्रीकृष्ण जन्माष्टमी के बाद नवमी के दिन शुभलग्न में सौ० इज्या की कोख से भार्गव सोमाहुति के पुत्ररत्न ने जन्म पाया था। भार्गव एक बार अयोध्या जाने के लिए उत्सुक हुए। गणपतिजी भी कुछ काल के लिए अवकाश चाहते थे। पितृपक्ष में श्राद्ध के शुभ दिनों में श्री गणपति ने पद्मावती की ओर पयान किया और व्यास जी ने विजयादशमी का पर्व मनाकर जाने का निश्चय किया।

नैमिषारण्य में महात्मा सौति शौनकजी की देखरेख में, भार्गव की समन्वयवादी नीति के अनुसार शिवपुराण का नये सिरे से संकलन एवम् सम्पादन कर रहे थे। वाकाटक सम्राट् विन्ध्यशक्ति भारशिव सम्राट् भवनाग की इकलौती पुत्री से अपने पौत्र, युवराज प्रवरसेन के पुत्र का विवाह रचाने की तैयारियाँ कर रहे थे। श्रीगणपति की सलाह से महामंत्री मृगांकदत्त ने यह संबंध जुड़वाया था। माघ कृष्ण गणेश ४ के दिन कांतिपुरी में विवाह होगा। ब्राह्मण वर क्षत्रिय कन्या का वरण करेगा। व्यासजी बरात में सम्मिलित होने के लिए समय पर अयोध्या से कांतिपुरी जाएँगे। विवाह संपन्न करके श्रीगणपति व्यासजी के साथ सीधे नैमिषीय तीर्थ आएँगे। बसंत पंचमी से महाभारत का लेखन कार्य पुनः आरम्भ हो जाएगा।

विजयादशमी मनाकर भार्गव अयोध्या के लिए चल पड़े।

हरा भरा जंगल जो पलास के छितराव से आरम्भ होकर आगे बढ़ते हुए घना हो गया था, उससे होकर जानेवाला रथमार्ग भी घुमावदार होता गया। पीपल और अनगिनत पुराने जटादार वटवृक्षों की ऐसी बेढब भूलभुलैयाँ बनी हुई थीं कि अनजान व्यक्ति चक्कर खाता ही रह जाए। फिर प्रशस्त गोचर भूमि दिखाई दी, जहाँ गाय-बैलों के झुंड चर रहे थे, और गोपालों की वंशियाँ इधर-उधर से जवाबी लड़ाती बड़ा सुहावनापन बरसा रही थीं। इन मैदानों से घिरी परम पावन अयोध्या नगरी का धूलकोट (पांसु प्राकार) दिखलाई देने लगा। भार्गव का मन चहक उठा। भार्गव ऋषि हैं तो क्या हुआ, वे मनुष्य पहले हैं। गत वर्ष पति-पत्नी के रूप में वे बिछुड़े थे, अब प्रथम नवजात के माता-पिता के रूप में एक दूसरे को देखेंगे। इस विचार से उनका मन गुदगुदाने लगा। नैमिषीय तीर्थ पर अपने पुत्रवान् होने के समाचार जब मिले थे, तब उन्हें अपने माता-पिता की बड़ी याद आई थी। विशेष रूप से अइया की स्मृति ने उन्हें हिला डाला था। सुख से दुख उपजा था, पर सुख इतना गहरा और व्यापक था कि दुख समुद्र में नमक सा घुल गया। माता-पिता के न रहने से भार्गव के मन में कहीं पर जिस अनाथपने का सूना भाव था, वह भार्यासह अपने द्वारा उक्त पदप्राप्ति के समाचार पाते ही चमत्कार-सा चिड़ीफुर्र हो गया था। निमेष मात्र में वह मरुभूमि हरा-भरा बाग बन गई। सोमाहुति वयस्क होने पर भी अब तक कहीं पर बच्चे थे, अब पूर्ण वयस्क हो गये थे। अयोध्या के पास पहुँच कर उनके भीतर वाला वह शिशुपन मानो अंतिम बार चहकने के लिए मचल उठा—बीज में वृक्ष और वृक्ष में बीज समाया है। प्रातःस्मरणीय आर्य सोमवर्ण और आर्या भार्गवी अब से सोमाहुति और इज्या के रूप में फिर जी उठेंगे, इज्या और सोमाहुति अपने आपको अब कम-से-कम दिखलाई पड़ेंगे। प्रिय अब अप्पा और प्रिया अइया हो गई।

अयोध्या पिछली बार से अब की अधिक जगमग लगी। इधर-उधर नये भवनों का निर्माण हो रहा था, नगर की गति पहले जैसी सहमी-सहमी बँधी हुई न थी। अच्छा लगा। वशिष्ठ आश्रम इस समय नगर का गौरवशाली केन्द्र था। चन्द्रगुप्त महाराज के राज में सरजू मैया की महिमा बहुत बढ़ गई थी। मैया भाव से भेटीं, पर अपनी ही कहती रहीं। उन्होंने बतलाया कि महाराजाधिराज चंद्रगुप्त इस समय काशी में हैं। उनके हितैषी, सहायक और नातेदार धनिक सेठ मरणासन्न हैं। उनके उपचार के हेतु वैशाली के राजवैद्य बुलाये गये हैं। पर बुड्ढा बचेगा नहीं। चौथी पत्नी से उनका एक आठ-दस मास का पुत्र है। धनवान बच्चे

और व्यवसाय को चंद्रगुप्त का संरक्षण देना चाहता है। महारानी कुमार देवी ने विजयादशमी के दिन एक और पुत्ररत्न को जन्म दिया है। महाराज को कल ही काशी में यह शुभ सूचना मिली और उन्होंने मैया की सेवा में तुरंत ही हरकारा दौड़ा दिया। माघ में महाराजाधिराज और महारानी अपने ज्येष्ठ पुत्र युवराज समुद्र तथा नवजात पुत्र को लेकर अयोध्या पधारेंगे। मैया यही सब बातें करती रहीं, पर इज्या और उनके बेटे के कोई समाचार न सुनाये। भार्गव उनके लिए उत्सुक थे, पर पूछें कैसे। बड़ी देर तक दिवगंत नागेश्वर योगिराज की बुराइयाँ, भारशिवों नागों की बुराइयाँ और 'अपने बेटे' चन्द्रगुप्त और वैशाली के लिच्छवियों की प्रशंसाओं के पुल बाँधती रहीं। जब इन सब बातों से उनका मन हलकाया तब कहा : "तेरी बहू प्रज्ञा के घर में रहती है। उसी ने सौरी का सारा काम सम्हाला था। मथुरा में दोनों एक-दूसरे से बहुत हिलमिल गई हैं। तेरा बेटा बड़ा सुन्दर है रे ! भारत कहता था कि बालक अपने समय का श्रेष्ठ विद्वान् होगा।"

भारत और प्रज्ञा के यहाँ होने का समाचार तो भार्गव को बहुत पहले ही मिल चुका था, पर यह नहीं जानते थे कि वे लोग अपनी स्वतंत्र गृहस्थी बसा चुके हैं। प्रज्ञा अपने काका की सम्पत्ति की उत्तराधिकारिणी है। उन्हीं की हवेली में वे लोग रहते हैं। इस समाचार के पाते ही मैया की लम्बी-लम्बी बातों के मकड़जाल को कुशलता से छिन्न-भिन्न करके एक आश्रमवासी के साथ वे ब्राह्मण टोले की ओर चल पड़े।

न जाने क्यों इस बार सरजू मैया से मिलकर उन्हें प्रसन्नता न हुई। उन्हें लगा कि वे उन्हें कहीं पर अपने से बरा रही हैं। न उन्होंने महाभारत के लेखन-कार्य के संबंध में कोई प्रश्न किया, न उनके सुख-दुख की कोई बात पूछी और इज्या तथा बच्चे की राजी-खुशी के समाचार देने में उनके उमंगों भरे मन को भी कदाचित् जान-बूझकर ही देर तक अनदेखा किये रहीं, जब बतलाया भी तो वैसे न बतलाया, जैसे चन्द्रगुप्त, कुमारदेवी और उनके बच्चों से संबंधित सूचनाएँ दी थीं। कारण क्या है ?

ब्राह्मण टोला नागेश्वर मंदिर के पास ही सरयू तट पर बसा था। घरों के बरामदों में शुक-सारिकाओं के पिंजरे लटक रहे हैं। कोई पट्टे बेटू सीताराम की रट लगा रहा है। कोई मैना 'संसार नित्य है, संसार अनित्य है' की रट लगा रही है। किसी पिंजरे से वेदमंत्र, किसी से काव्य या नीति के बोल चहक रहे हैं। विद्या के वातावरण की शोभा ही न्यारी होती है। हर गुरु के द्वारे अध्ययनरत शिष्यों का समुदाय दिखाई देता है। कहीं यज्ञीय कर्मकाण्डों की बहार होती है। कहीं शिष्यगण कुशा और पलाश की समिधाएँ एकत्र कर रहे होते हैं, कहीं कुमारिकाएँ गोबर के कंडों का ढेर लगाती हैं; धूप में मृगछालाएँ बिछाकर पुरोडाश बनाने के लिए साँवा सुखाती हैं। सोमयागियों के घरों में सोम के नाम पर भाँग की हरी-हरी क्यारियाँ लगी हैं। अब कहाँ वह सुपर्णा सोमलता जिसका वर्ण हरित और सुवर्ण सा होता था ! उसके पत्ते बड़े सुन्दर होते थे। उसके डंठलों से वैसे ही रस बहता था, जैसे गाय के थनों से दूध की धार बहती है। पत्थर के चाकू से सोमलता के डंठलों के ऊपर से छिलके उतारे जाते, डंठलों को पत्थर पर कुचला जाता, ऊनी कपड़े में उसका रस छाना जाता था। सोमरस में दूध, दही या मट्ठा मिलाकर इन्द्रादि देवों को पिलाया जाता, फिर बड़ी श्रद्धा और मान-महत्व के साथ वेदस्रष्टा ऋषिगण उस सोमरस का पान करके आनन्द लोक में पहुँचा

करते थे। वह सोमलता पर्वतों में उगा करती और यह विजया सोमयागी ब्राह्मणों को सदा अपने आसपास ही सुलभ है। विजया शिवप्रिया है, परन्तु अब तो सोम मंत्रों के साथ इन्द्र, वरुण आदि श्रेष्ठ देवगण भी यज्ञकुण्डरूपी चषक में इसी का रसपान करते हैं। देश-काल के परिवर्तनों से दई-देवतों को भी उचित हेरफेर करने पड़ते हैं। परन्तु हमारा ब्राह्मण वर्ग आज भी इस नियम को नकार रहा है। यह देखो, उदात्त संस्कारों को जगानेवाले यज्ञकर्ता ऋषि ब्राह्मणों के यहाँ पशुबंध यज्ञों के हेतु लाये गये किलोलें करते यह छाग शावक! यह अबोध मेमने कल परसों किसी दिन देवों के नाम पर बलि चढ़ जाएँगे, यज्ञकर्ता फिर प्रसाद रूप में इनका भक्षण करेंगे। बुद्ध, विशेष रूप से उनके पूर्ववर्ती निर्ग्रन्थ ज्ञातपुत्र इस दिश में मानव संस्कारों को सूक्ष्म गति देकर जिस विराट् सत्य और सौंदर्य के दर्शन करा चुके हैं, उसे नकारना अब हठधर्मी है। पशुबंध यज्ञों की प्रथा अब समाप्त हो जानी चाहिए। इस देश की ब्राह्मण और श्रमण परंपराओं का उचित समन्वय अब होना ही चाहिए। भगवान् आदिव्यास और उपनिषद्कारों की चिन्तनधारा को नवगति देना ही समय की माँग है। इस संबंध में मुझे कुछ करना चाहिए—कुछ करना ही होगा।

जीवन के दृश्य देखते, चिन्तन करते और अपने को उकसावे देते हुए भार्गव अपनी जानी-पहिचानी जगह पर आ पहुँचे। नागेश्वरनाथ के मंदिर के पासवाली वह पत्थर की हवेली, जहाँ अपने काका योगिराज नागेश्वर के उत्तरकर्मों में संलग्न प्रज्ञा से मिलने के लिए वे आये थे, अब भारत और प्रज्ञा का निवासगृह बन चुकी थी। मंदिर और हवेली के बीचवाला वह मैदान, जो दो वर्ष पहले भारशिव सम्राट् के गुरु, सैनिक योगी और शासक नागेश्वरजी के तेज से अहर्निश तपा ही करता था, जहाँ उनकी पर्णकुटी के आसपास पचासों साधु सैनिक हरदम त्रिशूल और नंगी तलवारें लिये पहरा दिया करते थे, अब सूना पड़ा था।

हवेली के अंदर दाहिनी ओर के दालान में बेलबूटे कढ़ी, चंदन काष्ठ की बनी एक सुन्दर चौकी पर बैठे हुए भारत किसी ग्रन्थ का पारायण बड़े मनोयोग से कर रहे थे। पहली ही दृष्टि में भार्गव को उनका स्वास्थ्य अच्छा लगा, चिकनी काया, मुख पर कांति। भारत अपने 'गुरुजी' को देखकर परम प्रसन्न हुए। वह पैरों पर झुके, व्यास ने बीच में ही रोक लिया; दोनों एक दूसरे से लिपट गए। भारत की आँखों से आनन्द के फूल झर-झर रहे थे, मुख मानो व्यक्ति के शरीर का अंग न होकर मूर्तिमान सुख बन गया था। गद्गद हँसी भरे होंठों, गालों और कपाल पर आनन्द कांति पूर्णिमा की चाँदनी जैसी चुम्बकीय थी। भाव का अपना व्यक्तित्व होता है। उसका सौंदर्य जब किसी चेहरे पर अपनी पूर्ण छवि प्रकट करता है, तो चेहरा सामने होकर भी आँखों में नहीं धँसता, उसमें केवल रस ही समाता है। प्रतिक्रियावश भार्गव का हिया भी उमड़ पड़ा।

प्रज्ञा को खबर लगी। वह दौड़ी आई। भूमिष्ठ होकर प्रणाम किया और बोली : "आपकी प्रतीक्षा तो हम नवरात्र के दिनों से ही कर रहे थे। विजयादशमी के दिन तो मैं बारबार द्वारे झाँकने जाती थी कि आप आ तो नहीं रहे; पर इनकी कर्णदूती ने हमें निराश कर दिया।"

भारत हँसकर बोले : "पर मैंने परसों क्या यह नहीं कहा था कि चंद्रमा के कर्कराशि से सिंह में प्रवेश करने से पहले ही मेरे प्रचेता के पिता यहाँ आ जाएँगे।"

"आपने शिशु का नामकरण सुन्दर किया है। प्रचेता दशम मंडल के एक मंत्र द्रष्टा ऋषि थे।" भार्गव ने संतुष्ट होकर कहा।

"यह भार्गव प्रचेता भी श्री महाकाली-महासरस्वती-महालक्ष्मी की कृपा से एक दिन दुःस्वप्नों भरे इस भारत का उद्धार करेगा।"

"किन्तु अभी आप मेरे भतीजे के दर्शन नहीं कर पाएँगे जेठजी। मुँह दिखाई के लिए एक साम्राज्य का राजकोष चाहिए।"

"भृगु, अंगिरा, वशिष्ठ, विश्वामित्र, अत्रि, नारायणादि ब्रह्मर्षियों की उदात्त चेतना से उद्भूत भगवती भारती के विश्वव्यापी ज्ञान साम्राज्य का अक्षय कोष तुम्हारे भतीजे को मिलेगा प्रज्ञा देवी! जो मैं न दे पाऊँगा, वह उसे भारत और भारत की प्रज्ञा देगी।"

सुनकर पति-पत्नी बहुत संतुष्ट हुए।

स्नान-ध्यान-भोजनादि कृत्य सुसंपन्न हुए। इज्या और भार्गव भी मिले, पर जिसे देखने के लिए भार्गव अत्यन्त लालायित थे, उसके दर्शन न हो सके। कल ब्राह्मण न्यौते जाएँगे, यज्ञ होगा, तब पिता पुत्र का मुख-दर्शन करेगा— "सोमाहुति, आज तो बस दूर से 'कुँआं कुँआं' सुनो और सुख के उत्सुक आघात सहो।"

निश्चिंत होकर दोनों पुरुष उद्यान में जाकर बैठ गए। भार्गव बोले : "आपको स्वस्थ देखकर मेरा चित्त परमानन्द पा रहा है भारतजी। मथुरा जाना आपके लिए वरदान बन गया।"

होठों पर फीकी हँसी आई, भारत बोले : "जंबूद्वीप में आपके भृगुवंशियों से संबंधित एक फ्रिगिया नामक देश है। पन्द्रह-बीस वर्ष पहले अपने नवयुवा काल में जब मैं गया था, तब वहाँ तुर्कों का राज्य था। वे बौद्ध और शैवधर्मी हैं। भृगुवंशी अब यौन और थ्रेस आदि स्थानों में फैल गए हैं। कुछ लोग हमारे भरत खंड में भी आ बसे हैं। अस्तु! तो उसी फ्रिगिया देश के एक राजा मिदास अथवा महीदास ने अपने इष्टदेव से यह वरदान माँगा कि मैं जो कुछ छू लूँ, वह सोना हो जाए। वरदान मिल गया। अब वह अन्न, जल, पशु, पक्षी आदि जो कुछ भी छू लेता, वह सोना हो जाता। बेचारा क्या खाए, क्या पिए। एक दिन स्नेहवश अपनी बेटी को छू लिया, तो वह भी सोना हो गई। इस प्रकार उसका वरदान ही शाप बन गया।" कहकर वे हँस पड़े। हँसी खोखली थी।

भार्गव के कलेजे को वह हँसी खरोंच गई। सहानुभूति भरे स्वर में बोले : "आप पंडित हैं, बीती बातों का सोच न किया करें।"

"मैं नहीं करता, पर वह होता ही रहता है।"

"सतत अभ्यास से मस्तिष्क उधर से हट जाएगा।"

"यह पूर्वसिद्ध वरदान मेरे वर्तमान का दूसरा अभिशाप है। किशोर वय से ही साधा और सधाया गया नियम कर्म जब बर्बर शत्रुओं की मार से अचानक स्खलित हुआ, तो अब मन की ऐसी स्थिति हो गई है कि दूर से उनके प्रति तीव्र आकर्षण होता है, पर जब वे नियम कर्म पास आते हैं, तो उनके घेराव से बचने के लिए घबराकर लुकाछिपी करने लगता हूँ।"

"तब तो प्रज्ञादेवी के प्रति भी—"

"हाँ हाँ हाँ। जब वह सामने आती है तो भय और अभय एक-सा और एक साथ उभरता है।"

"बच्चे की हत्या के कारण?"

"हो सकता है।. . . बहुत सम्भव है यही कारण हो, परन्तु कुछ कह नहीं सकता। गुरुजी, मेरा निजत्व बोध एक ऐसी पाताल कोठरी में बंद है, जहाँ हवा पहुँचती तो है, पर केवल साँस लेने के लिए ही, जहाँ प्रकाश भी पहुँचता तो है, पर अंधेरी छत पर एक धब्बा बनकर टँग जाता है। उस पाताल कोठरी में जल भी है, पर इतनी गहराई में कि पिया नहीं जा सकता। बोलिए, कैसे जियूँ। आँसू जल गए हैं। रोकर भी अपना जी हल्का नहीं कर सकता।"

मन में अपने बंदीगृह की घुटन एकदम हरी हो उठी। कुछ घड़ियों के भीतर ही वे बीच-बीच में अपना मनोसंतुलन खो बैठते थे—यह व्यक्ति तो वर्षों से घुट रहा है। भारत ऊपर से शांत और स्थिर बैठे थे, पर उनके स्वर में गहरी वेदना थी। भार्गव के मन में एक प्रश्न बिजली-सा कौंधा, पूछा : "मथुरा के वैद्यों ने आपकी पुंसवन शक्ति को पुनर्गठित करने के लिए उपचार किया था। वह सफल हुआ?"

"हः हः! चेतना के द्विरागमन के समान ही वह वरदान भी मेरा दूसरा अभिशाप है।"

"मैं जानता था बंधु कि आप यही उत्तर देंगे। चिंता न कीजिए, नारायण की कृपा और अपने तपोबल से मैं आपके मृत पुत्र को लौटा सकता हूँ।"

"ठहरिए, कर्णदूती से पूछ लूँ।"

"मेरे अन्तर में विराजमान इस सचराचर जगत् के स्वामी, घट-घट-व्यापी नारायण की कही हुई बात पर अपनी किसी कर्णपिशाची से पूछने की आवश्यकता है? तंत्र की शक्तियाँ महत् होकर भी सीमित शक्ति वाली होती हैं बंधु। मंत्रशक्ति उससे बड़ी है। आप आज ही चमत्कार देखेंगे। किसी सोमयागी के घर से थोड़ी सी विजया बूटी मँगवाइए।"

"विजया घर में ही है, किंतु वह तो और भी भयभीत करती है। मैंने उसे छोड़ दिया है।"

तीव्र संवेदनशील कल्पना शक्ति विरह अथवा भय के अतिरेक में भ्रमाकार में प्रकट होती है। स्वप्न नींद में नहीं, जाग्रदवस्था में खुले नयन दिखलाई देते हैं। सत्य और भ्रम की भूलभुलैयाँ चक्कर देने लगती है। कभी सत्य भ्रम लगता है और कभी भ्रम सत्य। योगी और पागल दोनों ही को इस छविचक्र में फँसना और नाचना पड़ता है। योगी की सधी दृष्टि इस भूलभूलैयाँ में सत्य और भ्रम की मेहराबे पहचानकर अनुभव से अपनी राह निकालना सीखकर और अधिक सूक्ष्म तथा पैनी होती है। पागल अथवा अविकसित-अर्द्धविकसित मस्तिष्कवाले छविभ्रम से उबरने के लिए अपना उत्स खोकर जड़ हो जाते हैं। जो बात मन में बस गई, तो पत्थर की लकीर हो गई। वह अटल सत्य है। अपने बच्चे की हत्या भारत के जिस कुण्ठाजनित विकार ने की थी, वह अब उनींदा हो गया है, किंतु स्वस्थ होते हुए मस्तिष्क के यंत्र पर अपने बच्चे की अकारण हत्या की स्मृति जाग रही है। घर में एक बच्चे

के जन्म लेने से उस हत्या की याद पति-पत्नी को, विशेष रूप से भारत को बहुत सता रही है। इसका तात्कालिक उपचार आवश्यक है। चिंतन संस्कार के विद्युत तारों ने जुड़कर भार्गव को यथार्थ बोध दिया। उन्होंने बड़ी शांति से पूछा : "पति पत्नी के एकान्त में होते ही बच्चा सामने आता है। यही नहीं, वह आपसे घृणा-पूर्वक कहता है कि आप उसके हत्यारे हैं।"

"हाँ।"

"मेरी योग दृष्टि स्पष्ट देख रही है कि भाव आपके अनुभव से ठीक विपरीत है। आप आश्वस्त हों, आज वह नहीं कहेगा।"

"आप संम्मोहन करेंगे ?"

भार्गव प्रश्न के सीधे उत्तर को चतुराई से बरा गये, कहा : "मेरे द्वारा अभिमन्त्रित विजया आपके सुप्त ज्ञान को जगा भर देगी। आपके सम्मुख फिर तो यह स्वयं ही स्पष्ट हो जाएगा कि आपने जान-बूझकर उसकी हत्या नहीं की थी। वह दुर्दैव से आपके ऊपर आरोपित एक संत्रस्त काली छाया ने की थी।"

"यह तो मैं यों भी जानता हूँ।"

"जानते हैं पर मानते नहीं हैं, यही कमी है। तभी तो अपने पूर्वजन्म के माता-पिता के प्रति अनुरक्त जीव बेचारा अभी तक आपके पास मँडरा रहा है और आप उसकी न सुनकर उसके ऊपर अपने मिथ्या पाप की बात आरोपित करके वहीं का वही सुनने की दुष्टता बरत रहे हैं। पंडित भी और आत्मपीड़ित भी ? छिः !"

भारत चुप। भार्गव की आँखें वन-उपवनों में सहज-सुलभ एक घास विशेष को धीमे-धीमे बढ़ते हुए अंधेरे में उतावली से खोजने लगीं। खोजने में अधिक प्रयत्न भी नहीं करना पड़ा। उठकर दो मुट्ठी घास नोच ली और भारत के साथ घर के भीतर चले गये। सविधि उस काम प्रज्ज्वलता तरंगमयी घास की हरियाँध दूर की गई, भार्गव के द्वारा अभिमन्त्रित विजया के साथ उसे घी में पकाया गया। उस घृत से मेवा पाक बना। लड्डू बने। प्रज्ञा देवी को चेताने के लिए सोमाहुति ने इज्या को कुछ आदेश दिये, उनमें एक यह भी था कि प्रज्ञा देवी अपने पति से स्वप्न में अपने विगत बच्चे के आने की बात कहेंगी। एक लड्डू वह और चार भारत ग्रहण करेंगे।

भार्गव की युक्ति, औषधि की शक्ति और मंत्र के प्रभाव ने काम बना दिया। दूसरे दिन भारत और प्रज्ञा नये ब्याहुलों से चहक रहे थे। उस दिन घर में सोमाहुति और इज्या के बेटे के निमित्त से मनाया जाने वाला उत्सव भारती की लौटी हुई आस्था का जन्मोत्सव भी बन गया था। व्यासजी बड़े संतुष्ट थे।

उत्सव में मैया पधारी थीं। बालक को पिता की गोद में देने के लिए प्रज्ञा ने मैया से कहा। वे बोलीं : "लखनऊ के महन्तजी वह शुभ-कार्य सम्पन्न करें। उन्होंने जिस उत्साह से अपने चचिया ससुर का धन उड़ाकर इस बच्चे का नामकरण संस्कार किया और आज का यह उत्सव मनाया है, वह सराहनीय है। उन्हें मैं पारितोषिकस्वरूप यह अधिकार देती हूँ।"

चचिया ससुर का धन उड़ानेवाली बात प्रज्ञा और भारत ही नहीं, भार्गव के मन में भी फाँस सी चुभी। भारत को आड़ देने के लिए वह कुछ कहना ही चाहते थे कि स्वयं भारत

हीं सौम्य मुस्कान और किंचित दर्पयुक्त वाणी में बोल उठे : "मैयाजी, लखनऊ के महन्त को केवल चचिया ससुर का ही नहीं, पूरी अयोध्या का कोष उड़ाने का अधिकार शेषरूप श्री लक्ष्मण भगवान् से मिला है। अभी तो मैंने आपके द्वारा संचित धन पर आँख भी नहीं उठाई कि आपको मेरे धन उड़ाने की चिंता लग गई।"

वाशिष्ठी कुछ न बोलीं, मुस्करा के एक ओर मुँह फेर लिया। भारत फिर बोले : "तो आपकी आज्ञा का पालन करता हूँ मैया!" कहकर बिना किसी आडम्बर के प्रज्ञा से प्रचेता को लाने के लिये कहा, अपने हाथों अपने उत्तरीय और प्रज्ञा के आंचल की गाँठ जोड़ी और भार्गव के सम्मुख खड़े होकर कहा : "चैतना के इस प्रलय काल में महाभारत रूपी मनु की नाव निर्मित करने वाले हैं महाप्राण ऋषिश्रेष्ठ! हमारे घर को अपनी अवतरण स्थली बनने का सौभाग्य प्रदान करके इस भार्गव कुलभूषण आयुष्मान् ने मुझ पुत्रहन्ता अभिशप्त पुरुष को अचेतावस्था में किये गये जघन्य पाप की छाया से मुक्त किया है। हे सुब्रह्मण्य महाभागवत्, हम दोनों ही पति-पत्नी की अपने जीवनदाता के प्रति पूर्ण श्रद्धा है। चिरंजीवी प्रचेता के प्रति हमारे भाव उल्लास और उपकार भरे हैं। आपके पुत्र को आपके करकमलों में हम सुमुहूर्त में अर्पित करते हैं। श्री श्री शिवराम देवाधिदेव मेरी एक मानसग्रंथि को निर्ग्रन्थ करने वाले इस नक्षत्रधारी तेजस्वी बालक तथा सौ० इज्या देवी सहित आपका सदा कल्याण करें।"

बड़े भावभीने स्वर और सुन्दर संस्कृत भाषा में बोलकर भारतचन्द्र जी ने समस्त ब्राह्मण मंडली को इतना मुग्ध कर लिया कि सोमाहुति की बाँहों में बालक के पहुँच जाने के बाद पंडित मंडली को चौंककर मंगल वाचन करने की याद आई। उपस्थित मंडली में सभी के चेहरे आनन्द से चमके, पर मैया निर्विकार मुद्रा में बैठी रहीं। भारत ने अपनी बातों से ब्राह्मण मण्डली में सम्मान कमा लिया था। इस अनुभूति का आनन्द भारत के कलेजे से खोपड़ी तक बिजली की तरह दौड़ा, दुबारा आत्म गौरव का भार उठाकर दौड़ा। तिबाख चमत्कृत आस्था लेकर उठा। आनन्द जब स्वशक्ति पर इतनी देर टिका, तो फिर टिक ही गया। अब वही पुरानी पंडिताई की ठसक, महन्त पुत्र होने की गरिमा मानो भयानक सपने भरी रात से जागकर पिछले दिन की बीती कड़ी में सहज ढंग से जुड़ गई। परन्तु अब भी सब कुछ सहज न था, बहुत कुछ असहज भार बना अब भी मन-चन्द्र गह्वर में पड़ा रहा। हाँ, वह गह्वर पिछली एक रात और इस आधे दिन में जमती आस्था की पर्तों से इस तरह ढँक अवश्य गया था कि दिखाई नहीं पड़ता था। अस्तु, भारत के लिए आज नया दिन था। प्रज्ञा गम्भीर आनन्द की प्रतिमूर्ति थी।

भार्गव को लखनऊ के नागमण्डप का वह दिन, वह क्षण याद आ गया जब दुःखाभिभूत प्रज्ञा आत्महत्या करने आई थी। भारतचन्द्र का वह रूप ध्यान में आया, जो उन्होंने लखनकोट के मैदान में देखा था। भारत का साँवला रंग और सुघड़ शरीर इस समय आत्मविश्वास के तेज से देदीप्यमान था। भार्गव सोमाहुति को महन्त वसुनागनन्दन पंडित भारतचंद्र इस समय भद्र भव्य और नये लगे, किन्तु प्रज्ञा तो चुंबक बन गयी थी, अपूर्व थी। दुःख और आनन्द अपनी चरम सीमा पर प्रज्ञा का सौंदर्य बनता है। सोमाहुति आज बराबर उसे देखते तो थे, पर आज उनकी दृष्टि पर उनकी किसी अन्य कामना की प्रतिच्छाया नहीं गढ़ रही थी, वह सहज प्रशंसात्मक थी। परिस्थितियाँ मानव मन को सँवारने या बिगाड़ने में बड़ी सहायक होती हैं।...पर सरजू मैया इस बार उखड़ी क्यों हैं?

पुत्र के साथ आज पहली बार सोमाहुति और इज्या एक कक्ष में सोये। दोनों की खाटें अलग-अलग बिछी थीं। प्रचेता को अपनी खाट पर सुलाकर, दिये की बत्ती सुधारने के बाद इज्या पति की शय्या पर आ गई और उनके पाँव दबाने लगी।

भार्गव ने कोहनी पर सिर टेककर मुस्कराते हुए पूछा : "जीवन का यह नवानुभव तुम्हें कैसा लगा ?"

इज्या खिल उठी, कुछ लजाई भी, धीमे स्वर में उत्तर दिया : "जन्म की सार्थकता समझी।"

"तुम्हारा उत्तर सुनकर मैं धन्य हुआ प्रिये ! शुभ समाचार पाकर मैंने भी यही बोध पाया था। एक 'मैं' एक 'तुम' अब 'हम' बन गये। 'हम' फिर माता-पिता से जुड़ा, फिर वासुदेव के प्रति कृतज्ञता से भर उठा और फिर उसी आनन्द में लीन हो गया।"

"मैंने जब इसे देखा तो लगा कि आपको देख रही हूँ। मैंने फिर सहसा प्रचेता में अग्नि के दर्शन किये। लगा कि मेरी बगल में स्वयम् देदीप्यमान तेज सोया है, फिर दुबारा झलक देखी तो बालक मुझे पवन और जल सा प्रवहमान लगा। अग्नि अपने सम्पूर्ण चमत्कार के साथ ही परम शीतल थी; जीवन की ऊष्मा दाहक नहीं, मोहक थी। लगा कि मेरी कोख में ब्रह्माण्ड सो रहा है। ऐसी आनन्दित हुई कि केवल राम ही याद आए। मैंने शिशु राम को बेसुध होकर चूम लिया। प्रज्ञा जीजी की झिड़की से सुधि आई, कहने लगी : "ऐसे आँख भरके न देख बच्चे को। माँ की दृष्टि जल्दी लगती है। तब राम फिर पलक झपकते ही मुझे आपके पुत्र के रूप में दिखाई देने लगे।"

"तुम धन्य हो ! प्रकृति-कन्या निस्सन्देह पंच महाभूतों का स्पष्ट साक्षात्कार सहजरूपेण कर सकती है। मैं बुद्धिमार्ग से चलकर ही भाव तक पहुँचता हूँ।" कहकर भार्गव ने बाईं करवट लेते हुए अपनी दूसरी टाँग दबाए जाने के लिए इज्या की गोद में रख दी। फिर पूछाः "तुम्हारी प्रज्ञा देवी का व्यवहार कैसा रहा ?"

"सगी माँजाई बहनों में भी हमारे जैसा प्रेमभाव कम ही देखने को मिलता है नाथ ! अइया और मथुरावाली मैया के रूप में मुझे प्रेम का संरक्षण मिला, परन्तु प्रज्ञा जीजी से संरक्षण के अतिरिक्त जो बराबरी का भाव इतने दिनों में मिला है, वह किस विधि बखानूँ। मेरी आपसे एक प्रार्थना है, नैमिषीय तीर्थ जाने से पहले एक बार आप मुझे और मेरे प्रचेता को मथुरा अवश्य ले चलियेगा। प्रज्ञा जीजी भी चलेंगी। हम दोनों ही बहनों का अब मथुरा ही अपना पीहर लगता है; मइया और कक्का की याद आती है।"

"अवश्य चलेंगे प्रिये ! और तुम्हें सरजू मैया कैसी लगीं ?"

"अच्छी लगती हैं। बेचारी स्नेह देना तो बहुत चाहती हैं, पर दे नहीं पाती हैं। उनका हृदय मैदानों जैसा व्यापक और विशाल है, किन्तु वह ऊसर मरुभूमि है। जैसे मरुस्थल की मृग-मरीचिका दृष्टि को बाँधती है, वैसे ही सरयू मैया की करुणा भी दूर से असीम श्वेत झील सी झलकती है, पर निकट जाने पर वह कोरी मृग-मरीचिका ही सिद्ध होती है। आप मुझे जब छोड़कर यहाँ चले गये, तीन महीने मैंने बड़े एकाकी बिताए, यद्यपि सरजू मैया के प्रति अपने सेवाधर्म को मैं बड़ी लगन से निबाहती रही। प्रज्ञा जीजी के मथुरा से यहां आते ही मेरे जीवन में उल्लास आ गया, फिर उन्होंने शीघ्र ही अपनी स्वतन्त्र गृहस्थी बसा ली। राजकीय कार्यभारी से अपनी पैतृक संपत्ति का प्रबन्ध लिया और वाशिष्ठाश्रम से चलते समय मुझे भी साग्रह अपने साथ ले आईं। मुझे भी लगा कि गर्भधारिणी को इस समय ऐसे

संरक्षण की आवश्यकता है जिसमें उसका मन उत्फुल्लित रह सके। इससे मइया जी को संभवतः कुछ बुरा भी लग गया है।"

सरजू मैया के रूखेपन का कारण सोमाहुति की समझ में अब आया, बोले : "हाँ, इस बार उनके व्यवहार से स्वयम् मुझे भी आश्चर्य हुआ था। सरयू देवी—तुमने ठीक कहा—मरुभूमि के समान हैं। उस आजन्म ब्रह्मचारिणी ने मातृत्व की वेदना का कभी अनुभव नहीं किया। उन्होंने आजीवन अपनी उर्वरता को नकारा है। उसकी ऋद्धि-सिद्धियों से वे अनभिज्ञ हैं। अस्तु, चिन्ता न करो, मैया को कल मैं मना लूँगा। वे निःसन्देह खरी तपस्विनी, महापरोपकारिणी हैं, अतः परमपूजनीया हैं। दीर्घायु में बूढ़ों का स्वभाव भी बच्चों जैसा हो जाता है।"

इज्या पैर दबाती रही। कुछ देर दोनों के बीच में मौन रहा, फिर कहने लगी : "एक मास पहले नैमिषारण्य से देवरजी आये थे।"

"कुछ हाल बतलाया था वहाँ का?"

"हाँ, मथुरा से व्यास पूर्णिमा के दिन आपको प्राप्त दक्षिणा की धनराशि से वहाँ अब बड़ा काम चल पड़ा है। प्राचीन पाण्डव महाराज अधिसीम कृष्ण की बनवाई हुई ध्वस्त गढ़ी अब फिर से बन रही है। पूज्यपाद पितृव्य शौनकजी इस पार आपकी ग्रंथशाला को अब हर प्रकार से सुरक्षा और स्थायित्व देने की योजना में लगे हैं।"

भार्गव एकाएक उठकर बैठ गये, बोले : "चलो, नैमिषारण्य हो आएँ। महात्मा शौनकजी हमारे प्रचेता को देखकर परम प्रसन्न होंगे। मित्रों से भेंट हो जाएगी। व्यवस्था भी देख लेंगे।"

इज्या बोली : "मुझे तो इससे बड़ा सुख मिलेगा महाराज!" कुछ और भी कहना चाहती थी कि प्रचेता की कुँआ-कुँआ ने कक्ष गुँजा दिया। भार्गव भी सब रस भूलकर तन्मय हो गये।

●

४१

●

●

दूसरे दिन जब सोमाहुति ने नैमिषारण्य जाने का प्रस्ताव भारत के सम्मुख रखा तो वे कहने लगे : "गुरुजी, आपका प्रस्ताव सुनकर मेरे मन में भी अपने पिताजी से मिलने की इच्छा जाग उठी है और जितने ही विलम्ब से जागी है, उतनी ही इस क्षण में प्रबल भी हो उठी है।"

"साधु, साधु। हम सब लखनऊ होकर ही नैमिषारण्य चलेंगे। तब फिर आप चलने का मुहूर्त निश्चित कीजिए, और उसी के अनुसार नैमिषारण्य में पूज्यपाद महर्षि शौनकजी

तथा मेरे परम बन्धु नारद और सौति को भी हमारे आने की सूचना तुरन्त भिजवा दीजिए। मैं आज कविवर वाल्मीकिजी से भेंट करने के लिए जा रहा हूँ। अब सायंकाल को लौटूँगा, मेरा फलाहार वहीं होगा।"

भारतचन्द्र बोले : "नैमिषारण्यवालों को तो आज ही सूचना भिजवा दूँगा, किन्तु मेरी कर्णदूती कहती है कि अभी एक पखवारे तक हमारा यहाँ से जाना न हो सकेगा।"

"आपकी कर्णपिशाची से तो मैं दुखी हो गया हूँ बन्धुवर।"

"किन्तु इस समय तो वह मुझे नीति सुझाने आई थी। मैं उस नगर में, जहाँ दुर्भाग्यवश मुझे हीनता का अप्रतिष्ठित काल भी बिताना पड़ा, यदि नये सिरे से अपनी प्रतिष्ठा का चमत्कार फैलाए बिना ही पहुँचूँगा तो मुझे उचित मान-सम्मान प्राप्त न हो सकेगा। आज ही मेरा एक दूत लखनऊ भी जाएगा। हमारे वहाँ पहुँचने पर नगर की पण्डित मण्डली और श्रेष्ठि भद्रजन महाभारत प्रणेता व्यास सोमाहुति जी के सम्मानार्थ एक भव्य सभा करेंगे तथा प्रकांड तान्त्रिक, योगविद्या शास्त्री महापण्डित भारतचन्द्र नाग अपने जीवनरक्षक व्यासजी की अभ्यर्थना करेंगे। तब मेरा चमत्कार फैलेगा।" कहकर भारत हँसने लगे।

सोमाहुति भी मुस्कुराए, कहा : "भारतजी, आपने मुझे अपनी लोक व्यवहार कला से मुंग्ध किया है। मैं नहीं समझता था कि आप इतने गहरे पैठ सकते हैं।"

भारत बोले : "गुरुजी, सौभाग्य-दुर्भाग्य के दिन तो किसी न किसी रूप में सभी को देखने पड़ते हैं; किन्तु यह न भूलें कि भारत मिर्च मसाले, लौंग, इलायची, वस्त्रों और कला-कौशल की वस्तुओं के व्यापार में रमता हुआ ही दूर-दूर देशों में ज्ञान के आदान-प्रदान की जिज्ञासा लिये हुए बड़े सुख से डोला है।"

"भला, आप व्यापार भी जानते हैं?"

"मैं विशेष असंयमी कभी नहीं रहा गुरुजी, किन्तु असुविधाओं में रहना भी मुझे मन से कभी अच्छा नहीं लगता। जब सिरिया, असिरिया, एलम्, चीन आदि देशों में भ्रमण करने की मेरी इच्छा जागी, तब मेरे पिताजी ने एक सार्थवाह की कोठी में दस सहस्र स्वर्ण मुद्राएँ जमा करवा दीं और उसके द्वारा मेरी यात्रा का प्रबन्ध भी कराया। मैंने व्यापारी से कहा कि इसमें से पाँच हजार की राशि मैं व्यापार में लगाना चाहता हूँ। दक्षिण की काली मिर्चें क्रय कर लीजिए। व्यापारी सज्जन था, उसी के निर्देशन में मैं देशानुकूल वस्तुओं का क्रय-विक्रय करना सीख गया और विभिन्न सार्थों के साथ अनेक देशों का भ्रमण करके आठ वर्षों में जब घर लौटा, तो मेरे पास अठारह हज़ार स्वर्णमुद्राएँ थीं। इसके अतिरिक्त लगभग छः हज़ार के रत्नालंकार भी लाया था और इतनी राशि तो बिना अधिक श्रम किए ही मैंने अर्जित कर ली थी, वस्तुतः मेरा मूल उद्देश्य तो ज्ञानार्जन और अनुभव प्राप्त करना ही था।"

"यह बातें सुनकर आपके प्रति मेरा आदर भाव निश्चय ही बढ़ा है। नैमिषारण्य में द्वादश वर्षीय महाभारत-शिक्षा का जब महासत्र आरम्भ करूँगा, तब आप ही को उसका व्यवस्थापक बनाऊँगा।" सोमाहुति भारत के प्रति बड़े आनन्द और गौरव का भाव लेकर वाल्मीकि जी के अयोध्या स्थित आश्रम की ओर चले।

प्रकाण्ड तांत्रिक, योगविद्या-शास्त्री महापंडित भारतचंद्र नाग भार्गव ऋषि से अपनी प्रशंसा सुनकर थोड़ी ठसक में आ गए। अब उनके मन में लोकेषणा जागी थी। इच्छा हुई कि लखनऊ जाने से पहले एक बार अयोध्या में भी शास्त्रार्थ सभा आयोजित की जाए। वे वाममार्गी तांत्रिकों को पराजित करना चाहते थे। बौद्धिक टण्टा खड़ा किए बिना कोई पण्डित पुज नहीं पाता। शास्त्रार्थ के लिए विषय निश्चय किया कि तन्त्रसिद्धि के पंच मकार मद्य, मांस, मीन, मैथुन, मुद्रा अपने सशाब्दिक अर्थों में ग्रहण किए जाएँ अथवा तात्विक अर्थों में? आठ दिन बाद अपने ही घर पर इस सभा के लिए पण्डितों को आमन्त्रण भेजे। नगर में इस न्यौते की धूम मची।

बाहर भारतचन्द्र अपनी विद्या और पांडित्य को पुनर्प्रतिष्ठित करने के लिए सधे मन से युक्तियाँ सोचते और साधते थे, किन्तु अन्तःपुर में प्रवेश करते ही उनका मन काम-चंचल हो उठता था। वे घर में घुसते ही प्रज्ञा को एकान्त में पाने के लिए व्यग्र हो उठते थे। कोई न कोई बहाना बनाकर वे प्रज्ञा को अपने चौबारे में बुला लेते। प्रज्ञा पति के इस अतिचार से मन ही मन लज्जित और त्रस्त थी, पर कुछ कह न पाती थी। हर समय उसके मन में यही भय समाया रहता कि किसी बात से उसके पति का मन कहीं फिर न उचट जाए। एक दिन इज्या ने उसे सहज-सुभाव छेड़ दिया तो वह हँसने के बजाय रो पड़ी। प्रज्ञा से सारी बात सुनकर इज्या ने अपने पति से कहा। सुनकर भार्गव का अपना मन भी सनसना उठा। उनके पास संयम शक्ति भले ही कहीं अधिक है, तन-मन की व्यस्तता के हेतु विचार और कर्मशक्तियाँ भी सहज-लगनवाली बनी रहती हैं, तथापि इज्या को देखकर उनका मन अनुरंजित हो उठता है। इज्या और भार्गव दोनों ही अपने बालक के माँ का दूध पीनेवाली आयु तक अपनी वासना-तरंगों को काटने का निश्चय कर चुके हैं। वह निश्चय अपनी जगह पर अटल है, किन्तु तरंगें तो कभी-कभी उठती ही हैं। कुछ सोचकर भार्गव बोले : "पण्डितजी के रजोगुण प्रधान भोले मन को किसी उदात्त शृंगार के बिम्ब से चिपका देना चाहिए। बहके मूर्ख की साधना जितनी सरल है, उतना ही बहके पण्डित की साधना भी कठिन भी होती है। ठहरो, तनिक विचार कर लूँ तो कोई न कोई उपाय अवश्य सूझेगा।"

इसके तीसरे ही दिन की बात है। संध्या रात में ढल गई थी। पूर्णिमा का चंद्र आकांश दीप सा ऊँचा उठ गया था। भोजन इत्यादि से छककर नाग और भार्गव दम्पति हवेली के ऊपरवाले खण्ड के मण्डप में एक बड़े तखत पर विराजमान थे। प्रचेता अपनी काकी की गोद में सो रहा था। नीचे दाहिनी ओर सरयू प्रवहमान थीं और बाईं ओर ऊँघता हुआ प्रमदवन झोंके ले रहा था। चाँदनी में नहाती नदी और बगिया की चाँदनी मढ़ी हरियाली देखकर भारतजी रंग में आ गए, कहा : "अभी-अभी एक बिंब झलका है, काव्य स्फुर्णा मिल रही है।"

आशुकवि भार्गव, विशेष रूप से आशु कवयित्री इज्या भार्गवी के आग्रह से भारत के शब्द प्रेरित हो उठे, काव्य कथा सस्वर उमग उठी : "एक बौनी नायिका विराट् पुरुष पर रीझ गई। इतनी रीझी कि लोक लाज की सुधबुध खो बैठी। विराट् पुरुष ने बौनी सुन्दरी को देखा और प्रसन्न होकर संकेत दिया कि हरे सागर के बीचोंबीच बने चाँदनी के मार्ग को पारकर दाहिनी ओर मिलना। बेचारी बौनी संकेत की अर्थ अटारी पर चढ़ने के प्रयत्न करती

ही रह गई और पूनम का चन्दा ऊँची से ऊँची अगासियों से भी ऊपर चढ़ आया। बौनी ने तब अर्थ बूझा। बावली-सी गहन वन की ओर भागी। बीचोंबीच आई। चाँदनी में चमकती हुई नदी। उस पार वंशी बज रही थी। बौनी की उतावली और बढ़ी। उसने वस्त्र उतार, उनकी पोटली बनाकर सिर पर रखी और चपल मछली-सी तैरकर इस पार आयी। वंशी का स्वर अब कहीं आस ही पास था। लाज लगी, नायक ने उसे यों देख न लिया हो। झटपट बदन से पानी नितारा, हड़बड़ी में वस्त्र पहने, जल्दी-जल्दी जूड़े को खोलकर फिर से कसा। बावली के मन में वंशी मदिरा ढालती ही चली जा रही थी। जितनी ही मिलने की उतावली, उतनी ही अपनी हीनता की चेतना भी बढ़ती चली। मैं गँवार, वह चतुर नागर। मैं मृगी, वह केहरी।. . .कैसे जाऊँ?. . . परंतु गये बिन रहा भी नहीं जाता। नायिका के 'परन्तु' और नायक की वंशी के आग्रह में होड़ लग गई। दुविधा जड़ी बौनी भोर पहर बंसी के मौन होते ही मर गई। आओ हम सब मिलकर उसकी सद्‌गति की प्रार्थना करें। शांतिः शांतिः शांतिः।"

स्वर की करुणा और गांभीर्य से सबको छुआ। भारत गंभीर और मौन थे। उनके चेहरे पर वैसी ही श्रम संतोष भरी थकन थी, जैसी कि पुत्र प्रसव करने के बाद माता के मुख पर आती है। इज्या बोली : "आपका शब्द लालित्य मोहक है। बिम्बावरोह सहज हुआ, छन्द अति सुन्दर है; देवरजी, आप तो अब अपनी प्रतिभा के नये-नये पक्ष दिखाकर मुझे चमत्कृत करने लगे हैं। मैं आपके प्रति इस समय श्रद्धाभिभूत हो गई हूँ। धन्य हैं आप।"

सुनकर भारत का मन खिल उठा। स्नेह भरी दृष्टि से अपनी पत्नी को ताककर सोमाहुति प्रज्ञा से बोले : "ये जंगल की बेटी, तुम्हारी बहन भी आशु कवयित्री है प्रज्ञादेवी। यह अपने आशुकाव्य से एक बार मुझे भी हरा चुकी है।"

लजाकर इज्या सुहाग भरे मान से बोली : "जाइए भी, आप तो मेरी हँसी उड़ाने लगे।"

"ऋषि लोग अपनी हँसी को दौड़ा तो लेते हैं, पर किसी की हँसी उड़ा नहीं सकते।"

भारत की यह बात सुनकर सोमाहुति खिलखिलाकर हँस पड़े।

प्रज्ञा तुनककर बोली : "वाह! आप दोनों पुरुष मिलकर मेरी बहन को भला क्यों लजा रहे हैं?"

इज्या वैसे ही मान से बोली : "पुरुष वनवासी ऋषि हों अथवा नागर, स्त्रियों की नींद उड़ाना, हँसी उड़ाना, बात उड़ाना, इन्हें एक सा आता है।"

भार्गव बोले : "भला-भला, अब इन बातों को छोड़ो और अपनी कविता के पंख लगाओ इज्या! मेरी इच्छा है कि भारतजी की इस संशयात्मा विरहिणी के लिए महामिलन का रास रचो। अचेती को चेताओ। यह वन, नदी और राकापति तुम्हारे काव्य रूपक के भी आलम्बन बनें।"

इज्या गम्भीर हो गई। भारत ने भी आग्रह किया। प्रचेता को गोद में थपकी देते हुए प्रज्ञा ने भी उसे उकसावा दिया। भार्गव ने फिर कहा : "देखो प्रिये, ये चाँदनी की गुफा में छिपे शब्द नक्षत्र तुम्हारे स्वरालोक का सहारा पाकर चमकना चाहते हैं।" इज्या ने रसभरी एकाग्र दृष्टि से अपने पति को देखा, चार आँखों से आनन्द पुलक का झरना झरने लगा।

गीतिकाव्य धारा बह चली : "पूनी का चटक चाँद। उससे नहाई हुई नदी की श्वेत सिकता और पृष्ठभूमि में चाँदी की सड़क सी चमकती हुई प्रवहमान धारा। उस पार अन्तरिक्ष की सीमा पर चमकते हुए कृष्ण पहरुओं से वृक्षों की पाँतें इस रजत लोक में बेसुध पड़ी एक अकेली बेचारी। उसने सुना था कि यहाँ वृन्दाभिसार होगा। सिकता का कण-कण, कालिन्दी की लहर-लहर नाचेगी, पेड़-पल्लव दर्शक बनकर आनन्द से थपकियाँ देंगे, और वह केशव का रास देखेगी. . .पर कुछ भी न हुआ। पहले खड़ी रही, फिर बैठ गई। बैठे-बैठे उबासियाँ आने लगीं। बाट जोहने की व्यथा से मन भर उठा। निकम्मी तड़प में बहुत रोई और रोते-रोते बेसुध हो सो गई। सहसा घुँघरूँ बँधे पैरों की भीड़ से घिर गई। केशव के नाचते पैरों की ठोकर लगी। जागी, चारों ओर नूपुर बँधे नारी पगों में इतनी रुनझुन, इतनी गति इतनी हलचल कि लगता है, इन असंख्य कोमल पगों से प्रताड़ित होकर मेरी काया रुंद रुंदकर माटी में मिल जाएगी, फिर कौन देखेगा यह अनुपम नृत्य। यह सुन्दरता भयभीत क्यों कर रही है, रस विष होकर क्यों मिल रहा है ? केशव, क्या कर रहे हो यह ?"

क्या माँगा, क्या दे रहे हो प्रभु ! नृत्य इतना वेगवान और इतने सन्निकट हो रहा है कि मुझको अपनी काया को उठा पाने का दाँव ही नहीं मिल रहा। सिर बचाऊँ कि पैर ? अपने को सँभालूँ कि महारास देखूँ ? केशव बोले : "क्या दर्शक बनकर महारास देखने आई हो ? 'यहाँ द्रष्टा वही हो सकता है जो कर्ता भी हो।'— 'पर कैसे बनूँ कर्ता ? तुम उठने का तो दाँव ही नहीं दे रहे हो मुझे।' 'अपना दाँव आप लो सखी। यहाँ न कोई किसी को कुछ देता है, न लेता है। उमंग से महारास स्वयं रचता है, उसे कोई रचा नहीं सकता।' और महारास रचता चला गया। कण-कण अणु-अणु में केशव और गोप वृन्दाओं के नाचते चरणों की थापें पड़ने लगीं। घुँघरुओं की रुनझुन में सारी प्रार्थनाएँ और प्रश्न डूब गए। उमंग बढ़ने लगी। फिर पता ही न चला कि सखी कब उठी, कब नाचने लगी और नाचते-नाचते कब प्रिय और प्रिया एक रूप, एक प्राण, एक रस हो गए। आओ हम इस महामिलन के मंगल गीत गाएँ—मंगलम् मंगलम् कुयोत्सदा मंगलम्।"

प्रज्ञा सम्मोहित, भार्गव आनन्दचकित और भारत भावमूर्ति बनकर स्तब्ध हो गए थे। प्रज्ञा प्रशंसा करने की उमंग में जो हिली तो प्रचेता की नींद खुल गई। "कुआँ, कुआँ कुआँ. . ."

"हाँ, मेरे बेटे, यहाँ कुआँ है—पर उधर खाई भी है। मैं अब तक दोनों में से एक को भी न तो पाट पाया हूँ और न फलाँग पाया हूँ। दोनों के बीच में स्तब्ध दर्शक बना विवश बैठा हूँ।" भारत के स्वर में कातरता थी।

बच्चा रोता ही जा रहा था। प्रज्ञा ने इज्या को उसकी क्षुधा शांत करने के लिए आदेश दिया और दोनों उठकर चली गयीं। सोमाहुति ने तब भारत के कंधे पर हाथ रक्खा और कहा : "दुख करने की आवश्यकता नहीं बन्धु। दुःख और विह्वलता से चेतना के मायापट बंद हो जाते हैं।"

"मैं अब दुःखों की मार के लिए कछुये की पीठ हो चुका हूँ गुरुजी।" फीकी हँसी और सूनेपन में केन्द्रित आँखों में बात स्वर के माध्यम से अधिक बोली। भारत ने पालथी खोलकर एक टाँग फैलाई और घुटने पर हाथ फेरते हुए सिर झुका लिया, नकसोरों ने एक ज़ोर की निसाँस ढीली, खोखले गम्भीर स्वर में बोले : "कहाँ से लाऊँ वह उमंग जो इज्या भाभी द्वारा वर्णित महारास में बखानी गई है : उमंग उठती तो है, पर कामकेलि की ओर

भागती है। दूसरों के तर्कों में खोट निकालकर अपनी तार्किक प्रतिभा का चमत्कार प्रकट करने के लिए अहम् सहज उमगता है। भव्य आत्मप्रदर्शन के लिए मैं अब सदा उमंग पूरित हूँ। विजय पाकर आत्मविश्वास भी बढ़ता है।"

"खोटा है यह आत्मविश्वास। जब पानी बरसता है तब मैदान भी झील बनकर इतराने लगता है, फिर थोड़ी ही देर में उसकी वास्तविकता अनावरित हो जाती है; फिर अपनी लाज ढँकने के लिए वह मेह-मेह पुकारने लगता है। फिर पानी बरसता है, फिर इतराता है। फिर-फिर वही दो मनःस्थितियाँ सामने आती रहती हैं। अभी आत्मविश्वास बढ़ा और अभी घट गया, उस घाटे को पूरा करने के लिए कभी काम-केलि के लिए उमगे, कभी शास्त्र-विलास का सहारा लिया। छिः छिः! यह मनुष्य की गति है या कोल्हू के बैल की?"

"कोल्हू का बैल हूँ। जलमय और जलहीन मैदान हूँ। आपने मेरे मन की बेकली और इतराहट को जो शब्दचित्र प्रस्तुत किया, वह भी अक्षरशः सत्य है। परंतु करूँ क्या? खरी उमंग, खरा आत्मविश्वास कैसे पाऊँ? यह भी छोड़ दूँ तो मेरा संसार फिर खो जाएगा।"

भारत के स्वर की विह्वलता से भार्गव का तपोनिष्ठ आदर्शवादी व्यक्तित्व तुरंत सावधान हुआ। उन्होंने अपनी भूल पहचानी कि अधिक आलोचना कर दी। भारत के कंधे पर हाथ रखकर बड़े प्रेम से कहा : "मेरे रहते मेरे बंधु का संसार भला खो सकता है! कल से मेरे साथ ध्यान योग साधिएगा। ध्यान की कुदाल से आपकी जड़ीभूत अकर्मण्यता की चट्टान निश्चय ही टूटेगी और उमंग का अक्षय स्रोत फूट पड़ेगा।"

"आप मुझे बहलाते हैं गुरुजी! अब मुझमें वह शक्ति नहीं रही।"

"शक्ति बढ़ाने से बढ़ती है, घटाने से घटती है।"

"शक्ति बढ़ाने योग्य उत्साह नहीं है।"

"श्री वासुदेव नारायण और अपने माता-पिता की कृपा से वह मैंने बहुत कमा लिया है। सोमाहुति के उत्साह से मेरे बंधु और मेरा देश भारत एक न एक दिन निश्चय ही फिर अपना जीवन स्रोत पा लेगा।"

●

४२

●

●

दूसरे दिन सोमाहुति के साथ ध्यान साधना करने से भारत बहाने बनाकर कतरा गए। अपने साथ भारत की आँखमिचौनी आरंभ हो गई। प्रज्ञा से कहा कि तुम अपने को मुझसे बचाना। एकान्त होने पर उन्हें छटपटाहट होने लगी। मन में आगामी शास्त्रार्थ सभा के लिए चटपट कुछ तत्व मंथन का काम उठा लिया। फिर अपनी ही चोरी से प्रज्ञा की ओर बढ़ते रहे और प्रज्ञा उन्हें उन्हीं की चेतावनी सुनाती रही। एक रात यों बीती। दूसरा दिन अन्तःपुर

में जाने और प्रज्ञा से आँखें चुराने में बीता। तीसरे दिन किसी अचेलक से सीखा हुआ सरस्वती मंत्र जपने लगे। शास्त्रार्थ में विजय प्राप्ति के हेतु अपने उत्साह और चिन्तन को बढ़ाकर वे अपने कामज्वर को थामते रहे। उस रात बाहर ही सोए। चौथे दिन दोपहर में शास्त्रार्थ गोष्ठी थी। भारत पूरी मनःशक्ति के साथ उसी के निमित्त अधिकतर ध्यानमग्न रहे। वे आज विशाखा के पंडितों के सम्मुख वाम तंत्र के पंच मकारों-मत्स्य, मांस, मैथुन, मदिरादि का अहिंसावादी दृष्टिकोण से प्रतिपादन करके अपनी विजय से व्यास जी, सरजू मैया और रामकोट के महन्त की दृष्टि में ऊँचे उठने के लिए अपने आपसे प्रणबद्ध थे।

विजय मिली और उस विजय ने भारत के मन में तुरंत ही मांस, मदिरा और मैथुन की प्यास जगाई। बरसात की हठीली मक्खी जैसे किसी एक जगह बैठ जाने पर हटाए नहीं हटती; हटकर भी बार-बार लौटती है, वैसे ही भारत का मन भी इन इच्छाओं की ओर लौटता है। इसी संघर्ष से उबरने के लिए वे अपने और सोमाहुति के परिवारों के सहित शीघ्र ही लखनऊ के लिए चल पड़े।

लखनऊ में महन्त वसुनागजी के घर ही भार्गव और इज्या को नारदजी के दर्शन भी संयोग से मिल गए। महन्तजी के घर पर कई वर्षों के बाद आनंदमेला जुड़ गया। महन्तजी नारदजी की भक्ति-वैराग्यपूर्ण वाणी से अत्यधिक प्रभावित थे, पर भार्गव की दृष्टि को वह नारद का अतिचार लगता था। एक दिन तीसरे पहर महन्तजी के घर की बगिया में नारद, सोमाहुति और इज्या बैठे थे। प्रचेता पास ही में कृष्णाजिन पर बिछे कुशासन पर सो रहा था। भार्गव अपनी योजनाएँ सुना रहे थे। एकाएक नारद बोले : "सोमा, तुम्हारे प्रति अपने मन में मैंने विनोद के क्षण छोड़कर कभी छल-छद्म की छाया तक नहीं छुई। इसलिए अपने संबंध में मेरे मूल्यांकन का बुरा तो न मानोगे?"

"नारद बुद्धि द्वन्द्व से खिलाना चाहती है मुझे?"

"भक्त कब द्वन्द्व से रीता है सखे?"

"सच है, परन्तु एक समय वह निश्चय ही उस स्थिति को पा लेता है जब उसमें और उसके आराध्य में कोई अन्तर नहीं रहता।"

"वह स्थिति तुमने अभी नहीं पाई।"

"ठीक कहते हो।"

"न पाने का कारण?"

"कठिन प्रश्न है। माया न सत् है, न असत्, उसे कैसे बखानूँ?"

"तुम बखान भी नहीं सकते सोमा।"

"क्यों?"

"इसलिए कि तुम अपने पिता के एक नियोजित स्वप्न मात्र हो। तुम्हारा कोई स्वतंत्र अस्तित्व नहीं है।"

"तुम मुझे हँसा रहे हो देवा। तदैक्षत बहुस्यां प्रजायेयेति। परम पिता ईश्वर की इच्छा से उत्पन्न उसकी प्रजा भी इस दृष्टि से अपना स्वतंत्र अस्तित्व नहीं रखती।"

सोमाहुति के वचन सुनकर नारद निरुत्तर हो गए। इज्या ने उनसे पूछा : "देवरजी, किसी प्रसंगवश ही इनके प्रति आपके मन में यह बात आई होगी। वह प्रसग क्या है?"

"प्रसंग? हाँ है। एक वृक्ष पर पंछियों का एक जोड़ा बैठा है, एक फल खा रहा है, दूसरा उसका साक्षी है। एक पक्षी प्रकृति के फलों पर आसक्त होकर ऊँचे से ऊँचे फल पाने की कामना में संघर्षरत और अपनी असमर्थता के कारण चिंताव्यग्र तथा शोकाकुल रहता है और दूसरा अडिग आनन्दमग्न बैठा हैं। वह बाट देख रहा है, कब यह भी मिथ्या माया से छूटकर मेरे पास आयेगा, पंख से पंख जोड़कर बैठेगा, और एक रूप हो जाएगा।"

सोमाहुति ध्यानपूर्वक नारदजी का रूपक सुनते रहे, अंत में होंठों पर मुस्कान खिली, सिर उठाकर आँखों से आँखें मिलाकर अपने सखा से बोले : "देवा, तुम मुझे छल न सकोगे। यह जीव पक्षी जिन प्रकृति फलों को पा रहा है अथवा पाना चाहता है, उनकी चिंता वह ब्रह्म पक्षी के साथ पंख से पंख जोड़कर ही करता है।"

"अब तुम मुझे हँसा रहे हो सोमा। कुएँ में डूबकर भला आग कैसे तापी जा सकती है?"

"प्राण का प्रताप तुम्हारे आगे बखानूँ? हरिहर को जो जीव एक रूप देखता है, वह ब्रह्म से निश्चय ही जुड़ा हुआ है। मेरे विषय में भ्रम न रखो। भले ही मेरे व्यक्तित्व के आराध्य और आराधक रूप अभी पूर्णरूपेण दूध-मिश्री से न घुल पाये हों, परंतु बढ़ वे अभिन्नता की ओर ही रहे हैं।" सोमाहुति के स्वर में तेज दमक रहा था।

नारद उस तेज से अप्रभावित, शान्त स्वर में बोले : "उनकी गति धीमी है; और उसके धीमी होने का एकमात्र कारण यही है कि आरम्भ ही से तुम्हारी बुद्धि का स्वतंत्र विकास नहीं हो पाया। . . . मैं जो कह रहा हूँ, उसे ध्यान से सुनो। हे गुरु पुत्र व्यास ऋषि, अनन्य सखा होते हुए भी तुम्हारे प्रति मेरा आदर भाव एक जगह पर वैसा ही है, जैसा पूज्य आचार्यपाद के महान् व्यक्तित्व के प्रति था। तुम सत्यवादी, दृढ़व्रती, सुगठित, स्वस्थ मस्तिष्कशाली हो, सब प्रकार से योग्य हो। तुम यदि मुक्त मन से विचार करोगे तो इसी निष्कर्ष पर पहुँचोगे कि लोक सुधार रूपी मायाव्रत के भ्रम से मोक्ष पाकर पत्नी सहित एकांत भाव से श्री वासुदेव नारायण का भजन करना ही तुम्हारे हित में श्रेयस्कर है। निवृत्ति ही सत्य का मार्ग है।"

"किन्तु इस प्रचेता के लिए भी फिर कोई आपके समान यह आरोप लगाएगा कि तुम स्वतंत्र नहीं, अपने माता-पिता का संकल्पित स्वप्न मात्र हो।" इज्या पास ही में सोये हुए प्रचेता के आसपास मँडराती एक ढीठ मक्खी को दूर भगाने के लिए अपना दाहिना हाथ डुलाने लगी।

नारद कुछ गुमानभरी मुद्रा में बोले : "हाँऽऽ, मैं कुँआरा चिन्तक यह भूल गया था कि तुम्हारे पति नारायण की विनोद लीला में फँस चुके हैं।"

"नारद, यदि किसी गूढ़ उद्देश्य से तुम मुझे उत्तेजित करना चाहते हो तो सुनो। न तो तुम्हारी काया क्वाँरी है और न अनुभूति । तुम प्रकृति के सब फलों को चखते चलते हो। यह माना कि उन फलों की प्राप्ति के लिए उतावले नहीं दौड़ते, परन्तु बिल्ली की तरह सब अंग समेटे बैठे ब्रह्मतंद्रा में ऊँघते हुए भी अपने आखेट की ताक में ही रहते हो। तुम कहाँ मुक्त हो? तुम अपने भीतर उत्तरदायी और उत्तरदायित्वहीन दोनों ही एक साथ बने हुए हो। अपने भीतर की नाट्य लीला निहारो नारद!"

नारद बोले : "मेरे चोर को तुमने ठीक ही पकड़ा है। इसीलिए अब मैं निवत्ति पथ पर

जाना चाहता हूँ। उधर गति करना मेरे लिए अब इस द्वन्द्वमाया को झेलने से अधिक सरल है।"

"मैं भी निवृत्ति चाहता हूँ बन्धु, किन्तु केवल अपने लघु व्यक्तित्व की नहीं; मेरा विराट् व्यक्तित्व भी मोक्षकामी है, उसे कैसे छोड़ दूँ? एक कौड़ी के लिए स्वर्णमुद्रा नहीं छोड़ी जाती। चाँदनी के बिना कुंज विहार का सुख क्या? जिस भूमि ने अनेक क्षेत्रों की प्रताड़ित सभ्यताओं को समभाव से शरण दी, चतुर्वेद शिक्षा, कल्प, वेद, व्याकरण, निरुक्त, छन्द, ज्योतिष आदि अपरा विधाओं को जन्म दिया, तप और महद् कर्मों के अनेक आदर्श प्रस्तुत किए, वह पवित्र भूमि दुर्भाग्यवश पिछली कुछ शताब्दियों से दूर देशों में बसे अपने ही असभ्य किम्वा अर्थलोलुप बाँधवों शक, यवन आदि के द्वारा इस प्रकार पददलित और शक्ति-विशृंखलित कर दी गई है। उस भूमि की मुक्ति और उसके महान् व्यक्तित्व की पुनः स्थापना किये बिना भला, मेरी या किसी भारतवासी जन की मुक्ति हो ही कैसी सकती है?. . . छोड़ो नारद, यह निकम्मी निवृत्ति पथ की बातें। आओ, हम मिलकर गाएँ—
"गायन्ति देवाः किल गीतकानि धन्यास्तु ते भारत भूमि भागे।"

भार्गव के इस भावोत्तेजित भाषण से भी नारद प्रेरित न हुए। उदासीन भाव से उत्तर दिया : "लोग कहेंगे कि जब व्यास परंपरा के परमज्ञानी और तपस्वी ऋषि भी बराबर प्रवृत्ति मार्ग को ही इस प्रकार प्रमुखता प्रदान कर रहे हैं तो फिर हम लोग क्यों न करें।''

"सोचने दो, इसमें बुराई क्या है?"

"बौद्ध लोग अपने विरक्ति मार्ग को श्रेष्ठ बताकर हमारा उपहास करेंगे।"

"किसी के झूठे उपहास अथवा निंदा की चिन्ता मैं क्यों करूँ भाई? मेरा दृढ़ विश्वास है कि देश-काल को वैराग्य पथ पर बढ़ाकर ब्रह्मज्ञानी बनाना इस समय अत्यन्त अकल्याणकारी सिद्ध होगा।"

"कारण?"

"कारण स्पष्ट है, हमारा देश इस समय विपन्न है। विपन्नावस्था का वैराग्य पराजय से उत्पन्न होता है। वह हमें कर्म से दूर ले जाकर कायर बनाता है। और कायर के पास भला ब्रह्म कैसे आएगा, तुम्हीं कहो ? इस समय हमारे देश को कर्म और धन की सम्पन्नता, संगठन की एकसूत्रता तथा ज्ञान, विवेक और संयम की महाशक्ति चाहिए।"

"चाहिए तो सब कुछ, पर मिले कैसे? इस विघटन, अनास्था, शिथिलता और कलह से भरे घोर कलिकाल में तुम्हारा स्वप्न मुझे साकार होता दिखलाई नहीं पड़ता। नारायण अभी ऐसा समय हमारे लिए लाना नहीं चाहते।"

नारद की इस बात से भार्गव एकाएक उत्तेजित हो गए, कहा : "अपना निकम्मापन नारायण पर क्यों लादते हो, एक भक्त के मुख से भगवान् के प्रति ऐसा अनर्गल प्रलाप मुझसे भविष्य में सहन नहीं हो सकेगा मित्र; तुमने मुझ पर इस समय अकल्पित प्रहार किया है।"

"भावुक न बनो सोमा! किसको किसके साथ जोड़कर एक राष्ट्रीयता लाओगे? इज्या देवी, तुम्हारी जानकारी के हेतु मैं तुम्हें कुछ गणों की रीति-नीति बतलाता हूँ, सुनो। कार्तिकेय पूजक वीर यौधेयगण स्वतन्त्रता के तो प्रबल पक्षधर हैं, पर देश को प्यार नहीं

करते। वे हर किसी को युद्ध की चुनौती देने को तैयार हैं, परन्तु अपनी स्वतंत्रता के लिए वे भूमि छोड़कर अन्यत्र जा बसने में भी विश्वास करते हैं। दूसरे सुन्दरता के अनोखे पुजारी कठ, सौभूत आदि गण हैं, जो अपने राष्ट्र में व्यक्ति की सत्ता को ही नकारते हैं। राष्ट्र व्यक्ति का स्वामी है। राष्ट्र नागरिकों का है और नागरिकता का पद किसी को देना भी राष्ट्र के ही अधिकार में है।"

"अच्छा ! वहाँ सारी प्रजा दास है ?" इज्या ने साश्चर्य पूछा।

"केवल प्रजा ही नहीं, शासक भी दास हैं। वे वीर और विद्वान् हैं, पर सुन्दरता के दास हैं। उनके यहाँ असुन्दर बच्चे मार डाले जाते हैं।"

"हाय राम !"

"यह सुन्दरता का बाह्य दर्शन उनके अन्तःदर्शन में भी एक जगह भयानक धोखा बनकर पैठा हुआ है, देवी ! कठों का नचिकेता आख्यान सुना है कभी अपने पति से ?"

इज्या ने नकारात्मक सिर हिलाया। नारद बोले : "तो सुनो। एक पिता नदी तट पर अपने पूजा के पात्र भूल से छोड़ आता है। वह घर आकर अपने पुत्र नचिकेता को आज्ञा देता है कि बर्तन उठा लाओ। पुत्र जब नदी तट पर पहुँचता है तो पता लगता है कि नदी की एक लहर बर्तन बहा ले गई। वह आकर यही बात अपने पिता से कह देता है। पिता का मन उस समय किसी कारणवश झुँझलाया हुआ था। उसी झुँझलाहट में कह दिया कि जा, बर्तनों के साथ-साथ तू भी बह जा। पिता के अतिरिक्त यह नागरिक का, राष्ट्र का आदेश था, इसलिए उसका पालन करना राष्ट्रधर्म था। बेचारा नचिकेता जाकर डूब जाता है। बाद में पिता पछताता है, राष्ट्र पछताता है। इसलिए यम के साथ नचिकेता की भेंट और उसके अमर हो जाने की काव्य कल्पना कठ दार्शनिक कर लेते हैं। बहाने जैसी एक सुन्दरता से वे ऐसे कुरूप सत्य को ढँक लेते हैं।"

इज्या की आँखों में भय कम्प से आँसू आ गए। नारद ने फिर कहा : "इन सच्चे झूठे दर्शनों से बँधे हुए दुर्हठी गणों से तुम्हारे पतिदेव एक गणचित्त किस प्रकार निर्मित कर सकेंगे, तनिक विचार तो करो।"

पालथी लगाकर बैठे व्यास सोमाहुति भार्गव के सहज तने हुए वक्ष से लेकर शिर की जटा तक एक बिजली सी कौंध गई, फिर वह बिजली स्वर बनकर सतेज मुखरित हुई, कहा :

"यस्तस्तम्भ सहसा विज्यो अन्तान्

बृहस्पति स्त्रिषधस्थो रवण।... गहनतम में चेतना का जो उद्घोष आदिगुरु बृहस्पति ने किया था, वह निश्चय ही उनके देश-काल की समझ में भी न आया होगा, परन्तु वह शब्द हमारी परिपूर्णता के त्रिविध लोक में स्थित होकर अपनी शक्ति से पृथ्वी को थामने में निश्चय ही समर्थ था। एक दीपक अनेक दीपों को ज्योति प्रदान कर गया। शब्द की वह शक्ति इन हजारों वर्षों में अनेक ऋषियों की ध्यान वन्हि लेकर अब ऐसा प्रचण्ड सूर्य बन गई है कि यह तात्कालिक अन्धकार उसके आगे अधिक टिक नहीं सकता। मानव जीवन के इतिहास में सौ-दो-सौ तीन-सौ वर्षों के अंधकार की बिसात ही क्या है ?"

नारद अब भी निर्विकार मुद्रा में बैठे रहे। भार्गव की बात पूरी होने पर वे उसी मुद्रा में बोले : "तुम्हारे उत्साह के लिए मेरे मन में अपार आदर है, किन्तु अब मैं द्वंद्व मुक्त होना

चाहता हूँ। अपने लिए और बहुतों के लिए मैं बहुत भटक चुका हूँ। अब एक अड्डे पर जमकर शम-दम आदि छः गुणों की साधना में पूर्णता प्राप्त करना चाहता हूँ। पूर्ण वैराग्य अब मुझे लुभा रहा है। और किसी ओर अब जी जाना नहीं चाहता।"

"तुम्हारी निष्काम कर्म की इच्छा भी चुक गई है देवा?"

"हाँ बन्धु। उत्पाद्य, आप्य, संस्कार्य और विकार्य इन चारों प्रकार के कर्मों से मेरा निष्काम भाव प्रबल हुआ था। हस्तिनापुर के जीवन काल में हम तुम साथ ही साथ अनासक्त कर्मवादी बने थे। उसी सिद्धान्त का सूत गोला खोलते हुए मैं देश-देशान्तर में भटका। यहाँ आकर अइया की मृत्यु के कारण जीवन में पहली बार व्यक्तिगत रूप से बदला लेने की भावना जागी। उसके प्रपंच चक्र में नाचते हुए मैंने अब कर्ता नारायण की लीला देख ली है; इससे कर्म और कारण का ज्ञान भी उदय हो चुका है। अब तो सब अंग बूड़कर नारायण में लीन हो जाना चाहता हूँ—न तु द्वितीयमस्ति।" नारद की यह नकारात्मक दृढ़ता सोमाहुति के चेहरे पर अवसाद बनकर छा गई। उमंगों की अधखिली सी कलियाँ सहसा ठिठुर गईं। इज्या भी अपने पति की उदासी देखकर म्लानमुखी हो गई। प्रचेता उसी समय जागा था। बड़ी-बड़ी आँखें खोले माँ की ओर देखकर अँगड़ाई लेने लगा। इज्या का ध्यान बेटे पर गया। उसे देखते ही मन की उदासी बिसर गई। बच्चे को गोद में उठा लिया।

भार्गव का ध्यान एक बार अपने कुटुम्ब की ओर गया। क्षण भर उधर ही देखते रहे, फिर एक मध्यम सी निसाँस ढीलकर कुछ-कुछ स्वगत भाषण के ढंग से कहने लगे। "कहाँ तो मैं सोचता था कि देवा आ जाएँगे तो वे राजनीति के गदा और चक्र को हस्तगत करेंगे और मैं संस्कारों के शतदल कमल की सुरक्षा हेतु संगठन का पांचजन्य शंखनाद दिग्-दिगंत में गुंजरित करूँगा। देवा के आते ही मेरे कर्म नारायण चतुर्भुज हो जाएँगे. . . परन्तु देवा तो मुझे बीच मँझधार में छोड़कर मोक्ष पाने के लिए अब किसी गुफा में बैठ जाना चाहते हैं। मैं सोचता था यह कच्छ, मच्छ, वराह, वामन, नृसिंहादि देवों की पूजक प्राचीन आर्य जातियों को तथा यक्ष, किन्नर, नाग, द्रविड़, गंधर्व, कोल, भील, असुर, दैत्य, किरात आदि असंख्य जन-जातियों में चली आती हुई परम्परागत वैमनस्यता और भेदों को मिटाकर उन्हें अब एक मातृभूमि की भावना से बाँध दूँगा। हिमालय और समुद्र के बीच की यह महाभूमि अब विखण्डित होकर तो रह ही नहीं पाएगी। सिंधु से लेकर कामरूप तक, अमरनाथ से लेकर रामेश्वरम् तक यह सब जातियाँ शताब्दियों से एक दूसरे को आगे पीछे ढकेलती हुई अब ऐसी गूँज गई हैं कि उन्हें सुव्यवस्था दिये बिना कल्याण नहीं हो सकता।"

नारद मौन रहे, भार्गव कहते रहे : "इतना अच्छा काम कर रहे थे तुम। 'सर्वम् विश्वात्मकम् विष्णुम्' कहकर प्रत्येक लघु को कितनी विराट् एकरूपता प्रदान कर दी थी नारद कि मैं तुमसे फूला नहीं समाता था। तुम्हारे इस सहसा उदित वैराग्य मोह का कारण मेरी समझ में नहीं आता।" भार्गव सचमुच बड़ी मनोपीड़ा पा रहे थे। इज्या अपने बेटे को दूध पिलाने के हेतु जाने के लिए खड़ी हो चुकी थी। पति की मनोवेदना से पत्नी का मर्मस्पर्श हुआ। इज्या के शान्त हृदय सरोवर का भावनीर प्रिय की व्यथा से स्वरान्दोलित हो उठा।

सहसा निर्झर-सी सघोष और सवेग आशु कविता धारा प्रवाहित होने लगी। कहीं दूर से आकर स्पर्श करनेवाले शीतल पवन झकोरों के समान स्वर गति पर उसके शब्द शारदी वीणा की झन्कार से गूँजने लगे : "हे भक्ति ज्योति नारदजी, आपके प्रेरणा प्रकाश में व्यास और वाल्मीकि की महान् परंपरा के विमल साधकों ने अनेक बार सत्य पथ का दर्शन किया है। उस पर बढ़ने के लिए अग्रसर हुए हैं। कर्म के रणांगन में आपकी स्फूर्ति के अश्व जब बिजली से दौड़ते हैं तब असत्य और अकर्म रूपी दस्युओं को न तो आगे बढ़ने का मार्ग मिलता है और न पीछे हटने का ही। आपकी कुशल युक्तियों, चतुर नीतियों और गंभीर किम्वा व्यंग्ययुक्त विष बुझे तर्कों के बाण उन्हें वहीं का वहीं बींध कर डाल देते हैं। हे परानुग्रहाकांक्षी, कर्मयोगिन् हे महाब्रह्मा, बिखरी हुई समिधा सी राष्ट्रशक्ति को एकत्र करके अपनी कर्मवह्नि से उसे प्रज्जलित करो। अभी आपके लिए निवृत्ति पथगामी होने का समय नहीं आया।" वातावरण में इतनी आत्मविस्मृति आ गई थी कि नन्हा प्रचेता भी माँ की बाँहों में लेटा एकटक उसे ही देखता रहा। नारद मंत्रमुग्ध, व्यास तन्मय। श्लोक समाप्त होते ही नारद भावावेश में उठे और गोद में बालक को लिये खड़ी सौभाग्यवती तापसी के सामने दण्डवत् लेटकर प्रणाम किया, बोले : "पाहिमाम् अम्ब, तुम्हारी प्रेरणा के हेतु प्रणत हूँ।"

भार्गव का चेहरा खिल उठा। इज्या लाज के मारे थोड़ी-थोड़ी हो उठी। कहा : "रहने दो देवरजी ! यों मुझे व्यर्थ लज्जित न करो।"

नारद अब अपनी सहज लहर में बह आए, बोले : "अरे देवी, आज ही तो मेरी समझ में आया है कि हमारे मित्र इतनी अच्छी कविता कैसे लिख लेते हैं। तुम्हारे नाम का अर्थ खरा है, तुम सचमुच भार्गव की बलि हो।"

व्यास सोमाहुति भी आनन्द तरंग में लहर उठे; हँसकर कहा : "अर्थों की दृष्टि से इज्या केवल बलि ही नहीं है बन्धु, वह मेरी कुट्टनी भी है। मधुर बिम्बों से सँवारकर यही मेरी प्रतिभा को काव्य की डोली पर लाती है।" कहकर भार्गव ने इज्या को देखा। आँखों में बसी प्रिया की छवि भीतर बाहर एक ही थी। दोनों ओर इज्या भी सोमाहुति भी—एक ही ज्योति थी—और वह ज्योति फूल बनकर चार आँखों से एक सी झरी। एक ही व्यक्तित्व नर-नारी के रूप में आमने-सामने खड़े होकर भी अभिन्न ही दिखलाई दे रहा था। यह आत्मलीन सौंदर्य नारद को तन्मय कर गया। दोनों को हाथ जोड़कर भावपूर्ण शब्दों में वे बोले : "हे अग्नि और स्वाहा, ज्ञान और उपासना, तुम सदा इसी अभिन्न छवि में मेरे हृदय में विराजो। अनवरत रूप से निज के प्रति निज की बलि देते रहने की कला मैंने आज तुम दोनों से सीखी। सत्य है मित्र, प्रवृत्ति में भी निवृत्ति संभव है।"

"साधु बंधु, साधु।" कहकर भार्गव ने नारद को आलिंगनबद्ध कर लिया, बोले : "देश-काल को देखते हुए अनासक्त कर्मयोग ही स्वात्माथियों के लिए श्रेयस्कर मोक्ष मार्ग है।" भार्गव का विचारलीन तेजोमय मुखमण्डल अन्तरानंद से भर उठा था। देखकर इज्या भी दीप्त हो उठी।

४३

●

●

महापंडित भारतचंद्र नाग के लिए लखनऊ, अपना घर, स्वयं अपने ही कारण कारागार बन गया था। वे दृढ़ मन से लखनऊ में अपनी पुनर्प्रतिष्ठा प्राप्त करने के लिए कटिबद्ध थे। अपने अच्छे-से-अच्छे रूप को वे लोगों के सामने प्रस्तुत करना चाहते थे। उन्हें अपने पिता की गद्दी का लोभ भी हो आया था। इस प्रकार अनेक लोभों से काम वासना को दबाकर वे जितना ही बाहर से सध रहे थे, उतने ही भीतर से बिखर भी रहे थे। अयोध्या और लखनऊ में बीते हुए यह संघर्ष भरे दिन उँगलियों की पोरों से आगे बढ़ गये । लक्ष्मण जन्मभूमि पर बसी हुई छोटी किन्तु समृद्ध नगरी तथा उसके आसपास ही जनता के लिए व्यास और नारद के प्रवचन पूरे एक सप्ताह तक प्रबल आकर्षक बने रहे। मंदिर का आँगन प्रति दिन ठसांठस भरा रहता था। श्रीराम, लक्ष्मण, हनुमान, शेष, शिव, वासुदेव, नारायण आदि प्रभु के नामों का सहारा लेकर भक्ति रस की ऐसी मंदाकिनी दोनों वैष्णवों ने बहाई कि जन-जन मुग्ध हो गया। पहले कथाओं में विष्णु भगवान् और रामचन्द्रजी का नाता जुड़ा। फिर जनपद में शेष और लक्ष्मण के लोकप्रचलित नाते की महिमा सकारी और गाई गई। यही नहीं, जिस प्रकार लक्ष्मण रामचन्द्र के साथ कथा में उपनायक के रूप में प्रतिष्ठित हुए उसी प्रकार विष्णु वासुदेव के साथ बलरामजी शेषनाग के अवतार बन गये। जब-जब भक्तों पर संकट आता है, तब-तब विष्णु भगवान् अवतार लेते हैं। जब वेद-पुराणों की महिमा लुप्त होने लगी, धर्म आडम्बर बन गया, तब विष्णु भगवान् ने बुद्धावतार लेकर मनुष्य को कर्मज्ञान कराया। नारद सोमाहुति की समन्वयात्मक प्रतिभा और भाव को तरह-तरह से सरल और सुन्दर शब्दों में सँजोकर व्यक्त करने की सिद्ध कला देखकर बड़े मगन हुए । सुननेवालों में ऐसे ग्रामीणजनों की भीड़ भी कम नहीं होती, जो उनकी अनेक गूढ़ बातों को, शब्दों की सरलता रहते हुए भी समझ नहीं पाते, पर उनकी वाणी में ऐसा जादू है कि बूझे-अनबूझे सभी एक रस हो जाते हैं।

नारद अपने प्रवचनों में केवल गद्य का नहीं, वरन् पद्य का भी सहारा लिया करते थे। उनका सुमधुर कण्ठ और दूर-दूर तक कानों-कानों लहरानेवाला स्वर नर-नारियों को बाँध लेता था। वे अपने श्रोताओं को हँसाते भी खूब थे। सभा का अंतिम दिन था। नारद के प्रवचन से जनता बड़ी प्रभावित हो चुकी थी। भस्मासुर को वरदान दे देने के बाद भगवान् भोलानाथ असुर के वरद हस्त से बचने के लिए जैसे त्रैलोक्य में भागते फिरे थे उसका अद्भुत वर्णन करके नारद ने लोगों को इतना हँसाया था कि अब उनमें भार्गव का प्रवचन सुनने लायक गंभीरता की कमी आ चुकी थी। व्यासजी के व्यासपीठ पर विराजमान होते ही एक व्यापारी ने प्रश्न किया कि विष्णुजी की और शिवजी की तो सदा से शत्रुता थी। फिर नारदजी ने यह कैसे बखाना कि शिवजी हारकर अपनी रक्षा के निमित्त विष्णुजी के शरण में गये थे। यह तो हँसी-हँसी में महात्मा जी ने भगवान् का अपमान कर दिया।

व्यास सोमाहुति को अपनी बातों का रंग जमाने के लिए इस उत्तेजना भरे प्रश्न से सहारा मिला। उन्होंने उत्तर दिया : "हे प्रश्नकर्ता महाशय, आपकी बात और महामति भक्तशिरोमणि नारदजी के बखान में अंतर तो अवश्य है, किन्तु तथ्य दोनों में ही ठीक है। शिवजी और भगवान् विष्णु नारायण दोनों में कभी शत्रुता अवश्य थी, परन्तु इस शत्रुता का कारण जानते हैं क्या था? —अरे, इन्हीं नारदों की परम्परा के आदि पुरखे, ब्रह्माजी के मानसपुत्र देवर्षि नारद ने अपनी विशुद्ध चकल्लस के लिए दोनों में युद्ध करा दिया था। मैं आपको उसकी कथा सुनाता हूँ। एक बार देवर्षि नारद ने अपने पिता ब्रह्माजी को प्रसन्न करने के लिए बड़ा कठोर तप किया। उनकी तपस्या से सन्तुष्ट होकर ब्रह्माजी प्रकटे और कहा कि वत्स, मैं प्रसन्न हूँ, वरदान माँगो। नारदजी हाथ जोड़कर अपने पिता से बोले कि हे पिता, मुझे यह वरदान दीजिये कि जहाँ सुई न समाए, वहाँ फावड़ा चला दूँ; जिसे चाहूँ आपस में लड़ा दूँ।"

नारदजी की यह वरेच्छा सुनकर जनता में हँसी की लहर दौड़ गई। जब वह लहर तनिक थमी तो भार्गव ने कथा के सूत्र आगे बढ़ाते हुए बतलाया कि ब्रह्माजी ने नारदजी को बहुत समझाया, कोई दूसरा अच्छा सा वरदान माँगने के लिए कहा, परन्तु नारद टस से मस न हुए। हार कर ब्रह्माजी ने उन्हें वही वरदान दे दिया और अपने लोक में चले गये। —भार्गव सुनाने लगे— "वरदान पाकर नारदजी वीणा बजाते हुए पहले भगवान् विष्णु नारायण की सेवा में वैकुण्ठ पहुँचे। भगवान् और लक्ष्मी जी ने उनका बड़ा आदर-सत्कार किया, फिर पूछा कि इस समय कहाँ से पधार रहे हैं। नारदजी ने बड़ा उखड़ा सा उत्तर दिया कि कैलास पर्वत से आ रहा हूँ। भगवान विष्णु और भगवान् शिव दोनों ही एक दूसरे को भजते थे, इसलिए विष्णुजी ने शंकरजी और पार्वती जी की कुशलक्षेम के समाचार पूछे। नारदजी मुँह बनाकर बोले कि भगवान् क्या बतलाऊँ, भाँग पी-पीकर शंकरजी का भेजा पलट गया है। वे आपसे ईर्ष्या करते हैं तथा आपको मारकर लक्ष्मी और वैकुण्ठ का उपभोग करने के लिए लालायित हैं।"

भार्गव ने कथा में ईर्ष्या भाव की व्याख्या की और कहा कि मिथ्यावादियों के प्रभाव से भगवान् तक ईर्ष्या के वश में हो जाते हैं। विष्णुजी के मन में शिवजी के हेतु शत्रुता का भाव जगाकर देवर्षि नारद कैलास पहुँचे और भगवान् विष्णु के बढ़े-चढ़े घमंड की सच्ची-झूठी बातें सुनाकर शिव-पार्वती को भी उत्तेजित कर दिया। कथा सुनाते हुए उन्होंने कहा : "हरिहर लड़ने लगे और नारदजी एक टीले पर बैठ उनकी लड़ाई देखने लगे। दिग्गज डोल उठे! संसार त्राहि-त्राहि करने लगा। सारे देव ब्रह्माजी की शरण में गये और कहा कि पितामह, त्रिदेव में दो युद्धरत हैं, अब आप ही रक्षा करें। तब ब्रह्माजी ने नारदजी के वरदान की कथा सुनाकर हरिहर का झगड़ा निर्मूल किया। इस प्रकार हमारे इन महात्मा नारदजी के अनुसार यदि भस्मासुर से बचने के लिए भोला भगवान् अपने आराध्य विष्णुजी की शरण में गये तो उचित ही किया। हरिहर एक ही हैं। जो शिवभक्त विष्णु भगवान् का अपमान करता है, वर घोर नरक में जाता है, इसी प्रकार विष्णु भगवान् और उनके अवतार मच्छ-कच्छ वाराह वामन नृसिंह परशुराम रामचन्द्र कृष्ण बुद्ध आदि का अपमान करता है, वह भी नरक में जाता है। ईश्वर को चाहे किसी रूप में देखो, वह एक ही है। वह सबमें विद्यमान है।"

प्रवचन के बाद घर लौटने पर भारत ने सहसा भार्गव से पूछा : "गुरुजी, मेरी जानकारी

के अनुसार तो मत्स्य, कूर्म और वाराह, यह तीनों ही ब्रह्मा प्रजापति के अवतार हैं। आपने इन्हें विष्णु के अवतार कैसे बतला दिया ?"

नारद सुनकर हँसे, कहा : "तुम अपने गुरुजी की विद्या तक अभी पहुँच नहीं पाये भारत! इन्होंने ज्वालाजी से एक राम-कन्या पाई, केशव के घर लाकर उससे ब्याह रचाया और दहेज में मुरलीवाले की मुरलिया झटक लाये। उसे ही बजा-बजाकर ये सबको बाँध लेते हैं।" कहकर नारद और उनके साथ ही साथ भार्गव भी हँस पड़े।

भारत के मन में ईर्ष्या जागी। वह बात का यथार्थ समझते तो हैं, पर उस समझ का सहज उपयोग नहीं कर पाये। यह समन्वयात्मक बुद्धि कभी वर्षों पहले उनमें भी जागी थी, पर वे उसे विकसित नहीं कर पाये। नियति ने उन्हें अवसर नहीं दिया। भार्गव भाग्यशाली हैं। भारत अभागा है। इस विचार से भारत को लगा कि उनके रेशम जैसे मन को पैनी छुरी चीरती हुई निकल गई। हीनता का यह घाव भरने के लिए मन में मत्स्य, मांस, मदिरा और मैथुन की याद आई— 'हाँ। ना । ना। ना-हाँ । हाँ-हाँ । अभागा हूँ तो फिर यही सही। चल रे मन, तेरी घुटन तोड़ूँ।' पागलपन की अवस्था में जब वाशिष्ठी ने भारत को गुप्त रूप से लखनऊ से अयोध्या बुलवाया था, तब प्रबंधकों ने सप्तर्षि (सतरिख) नामक एक सम्पन्न मंडी की कुशल वेश्याएँ भारत की सुरक्षार्थ नियुक्त की थीं। उनमें एक बड़ी ही कटीली थी। भारत के मन में उसका बिंब खिल उठा। भारत चंचल हो उठे। क्या करें, कैसे इसी दम खट से सतरिख पहुँच जाएँ? उस वेश्या का नाम वे याद करने लगे; उसकी एक-एक भाव-भंगिमा को विस्मृति के गर्त से खींच-खींच कर ध्यान में लाने और उन पर नये सिरे से मुग्ध होने के बावलेपन में महापंडित भारतचन्द्र का मन रमने लगा।

४४

●

●

रात में भोजन के उपरांत नारद जब अपने कक्ष में सोने के लिए गये, तो अवसर ताककर भारत भी वहाँ पहुँचे। कहा : "मुनिवर, आपसे कुछ आवश्यक परामर्श करना है।"

नारद बैठ गए। भारत बोले : "आचार्यों का मत है कि योगी को तप और विलासिता दोनों ही की अति से बचना चाहिए।"

"मैं योगी नहीं, एक प्रेम भिखारी मात्र हूँ। उस मार्ग की बातों को स्वानुभव से नहीं जानता।"

"किन्तु नारदों की परम्परा में योगी भी होते तो हैं। और आप भी ब्राह्मकाल में कुछ क्रियाएँ करते हैं, मैंने देखा है।"

नारद ने टिमटिमाते दिये की लौ में एक बार भारत का चेहरा देखने का प्रयत्न किया, थोड़ा देखा बहुत भाँपा, फिर कहा : "अरे भाई दिन भर अपने प्रतिष्ठा विलास में नारायण को मुख से बाहर निकाला करता हूँ न, इसलिए सबेरे उन्हें खोज-मनाकर हृदयासन पर

प्रतिष्ठित करना पड़ता है। वही तुम्हारी बात का आत्मविलास की अति से बचने के लिए थोड़ा तप लेता हूँ।"

"हाँ, मैं भी इस संतुलन-नीति को उचित समझता हूँ। मेरा तपस्या वाला पलड़ा अब अधिक झुकने लगा है। इससे मेरा मानसिक स्वास्थ्य कहीं असंतुलित न हो जाए।"

नारद गम्भीर हो गये, समझ गये कि भार्गव से अर्थात् स्वयं से कतराकर मुझे आड़ बनाने के लिए यहाँ आये हैं। कहा : "ऋषि परंपरा में सर्वाधिक माया नारदों ही को व्यापी है, मैं भी उससे मुक्त नहीं हूँ। नारायण को समर्पित मेरी काया और मन कभी-कभी बेसुध होकर संयम से छिटक जाता है। एक रोगी दूसरे रोगी का उपचार भला कैसे कर सकता है? व्यास सोमाहुति श्रेष्ठ साधक और संयमी हैं, उन्हीं से इस विषय में मंत्रणा करें।"

भारत तुरंत चेत गए। ठठाकर हँसे। नारद चौंककर देखने लगे। भारत सावधान होकर कहने लगे : "आपने मेरे चोर को ठीक पकड़ा। वास्तव में मैं गुरुविद्या से कतराकर ही यहाँ आया हूँ। मैं जानता हूँ कि आप भी यदि अधिक न सही तो कभी-कभी अपने नारायण से कतरा कर नारी में लीन हो जाते हैं।"

"काया का भी एक धर्म होता है। जब कायावेग ध्यान भंग करने लगता है, तब उसके भी अस्तित्व को स्वीकारने से मैं नहीं कतराता।"

"आपसे स्पष्ट कथन करने में ही मुझे सुख मिलेगा। मेरा नवचेता मन अभी बहकता है। कुछ दिन पहले भार्गव ऋषि को सन्तुष्ट और स्वयं को पुनर्प्रतिष्ठित करने के लिए मैं वाममार्गी तांत्रिकों की पंचमकार साधना को दक्षिण मार्गी अर्थ दिया था। शास्त्रार्थ में मुझे विजय मिली। और उसी क्षण से मदिरा और मैथुन की कामना मुझे व्यथित कर रही है। मत्स्य मांस भक्षण भी मैंने गतवर्ष अपनें मथुरा प्रवास में छोड़ा था। उनसे प्रस्तुत व्यंजनों का स्वाद भी मन में चटक्के ले रहा है। मैं इस समय अपने भीतरं-बाहर से बड़ा व्यथित हूँ। मेरे बाह्य जीवन में उत्साह का जो चौक पुराया था, वह भीतर के हालेडोले से कहीं बिखर न जाए।"

"तुम्हारी पत्नी है—"

"परन्तु वे मांस और मत्स्य छोड़ चुकी हैं। मदिरा तो उन्होंने कभी छुई तक नहीं। मैं जिस आनन्द के लिए मचल रहा हूँ, वह स्वकीया नहीं दे सकती।"

"ठीक है, तो सोमाहुति और प्रज्ञादेवी से यह बात जाकर कह दो और जहाँ रुचे, वहाँ जाकर अपना मन भर लो। इसमें ऊहापोह की आवश्यकता ही क्या है?"

"इस ऊहापोह से आप भी मुक्त नहीं हैं मुनिवर!"

"परन्तु इस समय मेरे मन में केवल नारायण ही विराजमान हैं ।"

"किन्तु प्रवचन के बाद घर में प्रवेश करते ही जब नारी आपके हृदयासन से नारायण को ढकेलकर विराजने के प्रयत्न करने लगी थी तब?"

नारद चौंके, कहा : "मैंने अपने मनोद्वन्द्वों के विषय में तुमसे कभी चर्चा नहीं की भारत, फिर कैसे कहते हो?"

"मुझे कर्णदूती सिद्ध है। वह मेरे कान में कह जाती है।"

"भला भार्गव के मन की बात जानी कभी?"

"जानता हूँ, किन्तु उनका मन इस दिशा में नहीं दौड़ता।"

नारद को सुनकर ईर्ष्या हुई, कहा : "किन्तु वे गृहस्थ हैं।"

"वे ब्रह्मचारी हैं।" भारत ने भरी आस्था से सिर उठाकर कहा : "किसी भी प्रकार से सौन्दर्य की झलक देखकर अथवा उसका अंतःस्पर्श पाते ही उसका मन सहस्रमुखी होकर ऐसी पुलक से भर जाता है कि मानो बसंत ऋतु को देखकर असंख्य कोकिलाएँ एक लय, एक स्वर में एक साथ कुहुक उठी हों। इज्या देवी और मेरी प्रजा दोनों ही उन्हें दर्शन से तरंगित करती हैं, पर कोई कह तो ले कि उनमें काम का बेसुरापन रंचमात्र को भी है। तभी तो गुरुजी से भय करता हूँ।"

नारद को सुनकर ईर्ष्या हुई, अहम् जागा, बोले : "मैं भी ब्रह्मचारी हूँ।"

"हाँ, काया भले मायालिप्त नहीं, किन्तु आपका मन परसों से मेरी चंदना दासी को लेकर.ऊहापोह-ग्रस्त है।"

नारद नतशिर हो गये। कुछ न कहा। भारत बोले : "चंदना आपकी सेवा में अभी आ सकती है। परन्तु आपको मेरा एक काम करना पड़ेगा। मैं कल सतरिख जाना चाहता हूँ। दो दिन में मन को स्वस्थ करके लौट आऊँगा। आपसे केवल इतना ही सहयोग चाहता हूँ कि मेरे जाने के बाद आप गुरुजी को यह बतला दें।"

"स्वयं क्यों नहीं कहते?"

"बतला तो दिया, अपने मन से कतरा रहा हूँ।"

नारद बोले : "यदि मैं तुमसे एक रात्रि के लिए अपनी अभिलषित रमणी निःसंकोच भाव से माँग लूँ तो क्या प्रज्ञादेवी और व्यासजी से तुम भी वैसे ही निःसंकोच अपनी बात कह सकोगे?"

भारत एक क्षण सोचते रहे कहा : "आइए, हम दोनों ही गुरुजी के सामने अपनी लालसाएँ व्यक्त कर दें।"

"नारद मुस्कुराये, कहा : "सुनो भारत, इस देवासुर संग्राम को यहीं तक सिमटा रहने दो। उसे व्यापक क्षेत्र में फैलने से रोको। तुम्हारे प्रति, अथवा कहूँ कि तुम्हारी कर्णदूती के प्रति मैं कृतज्ञ हूँ, जो नारी की ओर बहककर जाते हुए मेरे मन को कम से कम एक बार तो खींच ही लाई। आगे की नारायण जाने।"

भारत कुछ देर मौन रहे, फिर कहा : "हाँ, पश्चात्ताप के जलधि में शेषशायी नारायण अब आँखें खोले आपसे टकटकी मिला रहे हैं।. . मेरे पश्चाताप को यों तत्काल सुख पूर्ति के क्षण नहीं मिलते। मेरा ईश्वर नहीं जागता। क्या करूँ राम।"

भारत दुखी मन से लौट आये।

दूसरे दिन यज्ञकर्म से छुट्टी पाकर जब स्वाध्याय के हेतु भार्गव अपने कक्ष में जाने लगे, तो द्वार पर भारत को दीवार से सिर टेके ऊँघते हुए पाया। देखने से ही लगता था कि वे अभी निबटे नहाये तक नहीं हैं। मलिनता ने भार्गव के मन को भी छुआ। ब्राह्ममुहूर्त स्थिर शान्त मन पर खिन्नता चढ़ी, पर दूसरे ही क्षण में उसे उतारकर वे सहज भी हो गए। नारायण वासुदेव श्री और शेष रहित थके सो रहे थे। दबे पाँव पास पहुँचने पर भी भारत की आँखें खुल गईं। 'गुरुजी' को देखकर उनके मुख पर ऐसी झेंप भरी कोमल मुस्कान

खिली, जैसी माँ को देखकर चोरी से गुड़ खाते हुए बच्चे की खिली हो। उठकर खड़े हुए। सोमाहुति ने उन्हें एक झलक पैनी दृष्टि से देखा, फिर स्वर में व्यंग का हल्का पुट देते हुए पूछा : "कहिए महापंडित, मन के किस नाले में नहा रहे थे?"

भारत ने इस व्यंग को सहज भाव से ग्रहण किया, बोले : "उसमें कई दिनों से नहा रहा हूँ गुरुजी! इस समय तो श्वान-निद्रालीन था। मेरी कर्णदूती ने जगाया।"

भार्गव सोमाहुति सुनकर गंम्भीर हो गए। कक्ष में प्रवेश किया, चौकी पर बैठ गए। उनके अगल-बगल दोनों ओर खिड़कियाँ थीं। बाईं ओर धानी साड़ी पर रुपहली गोट सी गोमती नदी चमक रही थी और दाहिनी ओर मंदिर तथा लखनकोट के काई चढ़े काले कलश कंगूरे आकाश को छापे खड़े थे। भारत चौकी के सामने धरती पर बैठ गए।

"कैसे आये?"

"पाप करने की आज्ञा माँगने?"

"साधु-साधु! यह शुभ लक्षण है, किन्तु महापंडित पाप क्यों करें?"

"महापंडित भी मनुष्य ही होता है।"

"नहीं, यों कहिए कि महापंडित ही मनुष्य होता है।"

"तब मैं इस समय अज्ञानी पशु हूँ।"

"पशुओं के पास कर्णदूती नहीं होती।"

भारत बोले : "छोड़ें यह प्रसंग। मैं आपको यह बतलाने आया हूँ कि इच्छामत मद्य, मांस और मैथुन सुख लाभ करने के लिए मैं सतरिख जा रहा हूँ।"

"सतरिख ही क्यों?"

"वहाँ की एक कंचना पर मेरा लोभ पुराना है।"

भार्गव बोले : "भारत, तुम स्वतंत्र हो।"

"अर्थात् आप आज्ञा देते हैं।"

"किस अधिकार से आज्ञा दूँ?"

"आपने यद्यपि अपने और मेरे बीच गुरु-शिष्य के नाते को नकारा है, तथापि मेरे मन में आपके लिए वैसी ही श्रद्धा है। मेरी वह श्रद्धा ही आपका अधिकार है गुरुजी।"

"बात निःसार होते हुए भी सुनने में मधुर लगी। अतः मैं भी तुम्हें एक मधुर फलदायिनी कथा सुनाये देता हूँ। एक ऋषि के दो शिष्य थे, एक देव था दूसरा दैत्य। दोनों ने कई बरसों तक ऋषि से शिक्षा ग्रहण की। जब विद्या लेने का समय आया, तो गुरुजी ने अपने दोनों चेलों से कहा कि यह कभी न भूलना कि तुम वही हो, जिसे तुम खोज रहे हो। रास्ते में देव और दैत्य दोनों गुरुभाइयों ने परस्पर विचार करके यह निष्कर्ष निकाला कि जिस ब्रह्म की हमें खोज है, वह हम ही हैं। दोनों अपने अपने घर गये। दैत्य ने सोचा कि जब मैं ही ब्रह्म हूँ तब डर किसका? खाऊँ पियूँ, मौज उड़ाऊँ और जो मेरे ब्रह्मत्व को न माने, उसकी गर्दन उड़ाऊँ। गुरु की बांत को अपने मत में ढालकर दैत्य तो प्रबल दैत्य हो गया, पर देव उस बात पर गहरा चिन्तन करता रहा। धीरे-धीरे वह समझने लगा कि हम ब्रह्म तो हैं, पर हमारी नश्वर काया ब्रह्म नहीं है। इसी तरह 'पल लोभी पल लालची, पल कामी पल चोर'—यह पल-पल में कुछ का कुछ होता रहने वाला मन भी ब्रह्म नहीं हो

सकता। इस प्रकार अपने संबंध में खोजबीन करते-करते अंत में देव ने अपने अंतर में प्रकाशित जन्म-मरण-विरहित सर्वज्ञ शक्तिमान ब्रह्म को पा लिया।"

मीठे उपदेश से भारत के मन में चिढ़ जागी—'नानी के आगे ननौरे की बातें। जैसे भारत कुछ जानता ही न हो। मैं आयु में भार्गव सोमाहुति के बराबर ही हूँ। अध्ययन मनन देशाटन किया है। अपने दुर्भाग्यग्रस्त क्षणों में इन्हें अपना गुरु माना तो इनमें अहंकार हो गया है। योग योग चिल्लाते हैं। क्या योग ही ब्रह्म तक पहुँचने का अकेला मार्ग है?' ताव में तर्क उपजने से मन फूल उठा; गर्व से छाती तनी, सिर तना, फिर बात मुँह से निकलने के पहले ही आँखों में 'विद्या ददाति विनयम्' वाली विनय भी झलक उठी, कहने लगे : "गंगा को समुद्र में समाकर ही शांति मिलती है। आपके पास आकर मुझे भी वही सुख मिलता है। किन्तु गुरुजी, श्रुति की कीर्ति दोनों प्रकार से सुख्यात है, वह वैदिकी भी है और तांत्रिकी भी। कलियुग के सारे मनुष्य व्यास सोमाहुति किंवा भगवती वाशिष्ठी के समान कठोर संयमी पारदर्शी व्यक्तित्व वाले नहीं हो सकते हैं, योगविद्या भी आप ही के समान अखण्ड साधक सिद्ध कर सकते हैं। इस दृष्टि से आपके परम बंधु महात्मा नारदजी भी पूर्णता की ओर आप भार्गव दम्पत्ति के समान सतेज गति से नहीं चल पाते, मेरी तो बात ही न्यारी है। परन्तु सिद्ध अनुभवों से मैं यह जानता हूँ कि जिसे आप पाना चाहते हैं, उसे मैं पाता रहता हूँ।"

"खोते भी रहते हैं।"

भारत की चिढ़ और बढ़ी, कहा : "तंत्रविद्या वेद की कुण्डलिनी है व्यासजी, इसे न भूलें। कुण्डलिनी जाग्रत होने पर उसे केवल ऊर्ध्ववाही गति के लिए ही क्यों बाध्य करें। उसे उसकी मौज से ऊपर-नीचे लहराने दें। हम उसे केवल अपनी तांत्रिक क्रियाओं के द्वारा दौड़ाते रहते हैं और अंत में वह साँपिन स्वेच्छा से जाके सहस दल कमल में केसर बनकर खिल उठती है।" स्वयं अपनी ही वाक्चातुरी पर मुग्ध भारतचंद्र अभी कुछ और भी कहना चाहते थे, किन्तु भार्गव ने उसी समय अपने ठंडे मीठे ढंग से हाथ का पंजा उठाकर थामा और कहा : "आपके शास्त्रानुसार मनुष्य तीन प्रकार के होते हैं, पशु, वीर और दिव्य। अयोध्या की सभा में स्वयं आपने ही बतलाया था। आप किस कोटि के कुलाचार साधते हैं? क्या सतरिख की कंचना दासी..."

"छिः! वह मेरी लाट साधना का माध्यम कदापि नहीं बन सकती।" भारत ने घृणापूर्वक कहा।

मैथुन के लिए लाट साधना सुनकर भार्गव को काशी में मिले अरब लातपूजक की याद आई। उसने कहा था, लात अल् ईलाह की पुत्री है और अपनी शक्ति लिंग से संयुक्त है। कितनी दूर तक फैली है यह तंत्र साधना ! साम्य चमत्कार का स्पर्श उनके ध्यान ने अवश्य किया, परन्तु वह भारत का मनोपचार, उपकार करने में ही लगा रहा। भार्गव सोमाहुति बोले : "साधु, मैं जानता था। और उस दिन सभा में स्वयं ब्रह्मा, कच और श्रीकृष्ण के द्वारा तांत्रिक विधि में मदिरा पीने अथवा देने-लेने की निषेधता आपके द्वारा ही सुनाई गई थी।"

भारत गम्भीर हो गए, भरे स्वर में कहा : "मेरा पशु भूखा है। आपके द्वारा जगाये ज्ञान की मार से वह तिलमिला रहा है किन्तु... क्या कहूँ गुरुजी, जिसे जानता हूँ, उसे मानता नहीं; जिसे चाहता हूँ, उसे पाने का कर्म नहीं और जहाँ कर्मरत हूँ, वहाँ रति के क्षण बीत जाने के

उपरांत पश्चात्ताप—"

"तुम्हें शारीरिक रूप से क्या अब भी कोई असन्तोष है भारत?"

"नहीं?"

"तब यह अति लिप्सा क्यों?."

"सम्भवतः कुछ वर्षों तक नपुंसक रहने की यह प्रतिक्रिया है।"

"जानता हूँ, परंतु प्रश्न यह है कि तुम्हारे ऊपर उसका प्रभाव क्यों हो?"

"यही तो मेरा प्रश्न भी है गुरुजी! उसे वर्जित करने के लिए यदि अपनी संकल्प शक्ति को संगठित करता हूँ तो सिर चकराने लगता, हृदय की धड़कनें बढ़ जाती हैं। मैं अब फिर से पागल नहीं होना चाहता। मैं अपने भूत से भयभीत हूँ।"

"जो गया सो गया, लौटकर नहीं आता।"

"इसी पर तो आस्था नहीं जमती गुरुजी! भय कुछ भी जमने नहीं देता। अपना भीतर-बाहर सँजोते-सँजोते मैं इतने ही दिनों में थक गया। यह थकन भय देती है।" भारतचंद्र का भयजड़ित अन्तर उनके मुख पर छा गया था। आँखें भरी सी थीं; बाहर निकलने से भयभीत आँसू कोरों में जम गए थे।

सोमाहुति की तीव्र संवेदना ने लपककर आर्त बंधु का मन सम्हाला; चौकी से उठकर पास आये और उन्हें बाँह पकड़कर उठाया। उठते हुए भारत ने अपनी आँखों की कोरें पोछीं। भार्गव उनके कंधे पर अपनी बाँह रखकर गोमती के सामने वाली खिड़की की ओर बढ़ते हुए बोले : "तुम्हारा यह भय का भूत अधिक भयावह नहीं है भारत! तांत्रिक सिद्धियों से भी इसे जीता जा सकता है और भक्त तो अपने भगवान् के चरणों में अपने भय की गठरी अर्पित करके तुरन्त मुक्ति पा जाता है।"

"मैं आस्थावान् हूँ किंतु आस्था से चिढ़ा हुआ भी हूँ; सरल हूँ पर सरलता से चिढ़ गया हूँ। उसी के कारण इतने कठिन पापड़ बेले।"

"ठीक है, अपनी प्रकृति से दूर होकर भी बहुत दूर नहीं हो। केवल उससे मान-मनौवल चाहते हो। सच है, धनाधीशों के बच्चे एक जगह पर सदा बच्चे ही बने रहते हैं। मेरा एक सुझाव है। प्रसंगवश कल ही नारद मुझसे कह रहे थे कि नागग्राम में एक सिद्ध कौलाचार्य रहते हैं। वे उनसे मिले थे, बतलाते थे कि प्रचण्ड अग्निज्वाला के समान हैं, किंतु सच्ची कामना लेकर जानेवाले को चामत्कारिक ढंग ने अपने पास खींच लेते हैं। और तब यह अनुभव होता है कि अग्नि दाहक नहीं, वरन शीतल है।"

"नारदजी स्वयं अपने अंतर्दाह को शीतल करने वहाँ क्यों नहीं जाते? वे भी तो मेरे ही समान पीड़ित हैं।" भारत ने किंचित् व्यंग के साथ कहा।

भार्गव मुस्कुराये, कहा : "उनकी चिंता न करो बंधु! और लोग तो केवल नदी, नाले और समुद्र ही पार कर पाते हैं, पर नारद दलदलों और अगम मरुभूमियों में भी धँसते हैं और उसे सफलतापूर्वक पार कर जाते हैं। वे भक्त-शिरोमणि हैं।"

"शिरोमणि!" भारत ने विद्रूप में कहा : "नारद परंपरा के पूर्वज ऋषि अवश्य रहे होंगे, परन्तु आपके बाल्यबंधु काण्व देवदत्तजी अभी भक्तों में शिरोमणि समान नहीं हैं। न बड़ी सही, छोटी-मोटी कई सिद्धियाँ तो इस आलसी साधक के पास भी हैं—छिः! फिर खोखला अहंकार जाग पड़ा। यह मुझे बावला बना देता है। हे राम!"

सोमाहुति अब लम्बी अवधि की घनिष्ठता से जान गये हैं कि आस्था-अनास्था की

संध्या में रहनेवाला यह सुभागा-अभागा भारत जब संत्रस्त होता है, तब राम ही का स्मरण करता है। इसकी अति रमणी रमणीयता इसके कल्पना-लोक में ज्ञानप्रखर होकर प्रतिष्ठित पौरुष के अचेत आदर्श के अनुरूप व्यवहार न होने के कारण है। इसका ज्ञान संचय का अनुराग स्थिर गतिमान से सदा बहता ही रहता है। जितना संचित करता है, उतना व्यवहार में नहीं ला पाता। व्यवहार कुछ और है। संस्कार संचयन में इसके अन्तश्चेता की आदतें बदल गई हैं, पर बहिर्चेता की आदतें तदनुरूप कम ढली हैं। इसके सुकर्मोत्साह और कुकर्मोत्साह के विस्फोट इसके अंतश्चेता के आत्मसंतुलन की प्रक्रियावश होते रहते हैं। यह अपने कुछ बूझे, कुछ अनबूझे कठोर आदर्श पुरुष से भयभीत है; भय के विद्रोह में यह फिर फिर वही काम करता है जिससे भय का उदय होता है। इसके आदर्श को ममता का स्पर्श चाहिए। यह विचारकर भार्गव बोले : "तुम माँ का स्मरण किया करो बंधु ! जगदम्बा सीता महारानी की शरण गहो। सीधे श्रीराम की शरण में जाने का निकम्मा दुःसाहसी अभ्यास छोड़ दो। जगदम्बा के बिना उस परम द्वार के भीतर तुम्हें कोई नहीं ले जा सकता। माँ तुम्हारे हर दुःख, हर भय का मोचन करेंगी। माँ परम क्षमाशीला हैं।"

आश्चर्यचकित और आनन्द से स्तब्ध होकर भारत अपने गुरुजी को देखने लगे। देखते-देखते ही चकित आँखों में शांति छा गई। उनसे अपना अन्तर भार्गव की आँखों में उँड़ेलते हुए उन्हें आलिंगनबद्ध करके बोले : "गुरुजी, आप मेरे खरे माँ-जाये भाई हैं। यह उपाय सुनते ही लगा कि मेरे कलेजे का अडिग अपार बोझ ओस की बूँद बनकर उड़ गया। सच है, माँ ही मेरी रक्षा करेंगी, और जब माँ भी नहीं मिलेगी, तब मेरे भाई ही मेरी रक्षा करेंगे।"

भारतचंद्र ने अपने भीतर सोमाहुति के प्रति ऐसा अनन्य भाव कभी नहीं पाया था और भार्गव भी ऐसा निर्मल अंतःस्पर्श पाकर वासुदेवमय हो गए।

●

४५

●

●

भारतचंद्र के समान ही काण्व नारद भी उस रात भले भले सो न सके। रह-रहकर भार्गव के प्रति ईर्ष्या मधुमक्खी के समान उनके हत्-कमल का पराग आकर चूस जाती थी और डंक चुभो जाती थी। इससे झेंप छूटती थी; मन थकता था। सोचने लगे : 'बालेपन का साथी, अकेले मन का अकेला नाता। उसकी सफलता पर प्रसन्न होना चाहिए या ईर्ष्या करनी चाहिए। उसकी परिस्थितियाँ मुझसे कितनी भिन्न हैं। वह एक महापुरुष की संकल्पोत्पन्न संतान हैं, उनके माता-पिता दोनों ही परम भागवत् एक दूसरे में पूर्णरूपेण लय थे। मेरे पिता ऋत्विक, ज्ञानी, अपने में मस्त थे, किन्तु अत्यधिक कामपिपासु थे। अपनी इस दुर्बलता के कारण वे गाँव-जवार में कलंकित थे। मेरी माता (अतीव सहसा उभर आईं—)

मेरे जन्म के उपरान्त वे कभी मेरे पिता की अंकशायिनी न बनीं। क्रोध में माता-पिता को तीखे वचन सुनाया करती थीं, और पिता कान दबाये सुना करते थे। ऐसे ही एक कलह के समय घर में नाग निकला, बाबा ने मैया से हटने को कहा, पर मैया ने अपने प्रचंड निराशावेग में यह कहते हुए उसके फन पर अपना पैर फटकारते हुए कटवा लिया कि यह तो मेरा संकटमोचन भाई है। माँ की मृत्यु के समय नारद पाँच वर्ष के थे। पिता हृदयहीन न थे, परंतु एक जगह पर वह अपनी दुर्बलता से विवश थे। विमाता चतुर और सब पर सुन्दरी और सात्विक सुगृहिणी थीं, किन्तु अपने पति के इस कलंक के कारण चार सुहागिनों के बीच हँसी और तानों से तनते-तनते, जलते-भुनते, दु:ख सहते वे क्रमशः चिड़चिड़ी और कर्कशा हो गई थीं। (बचपन में बड़ों की आपसी बातों की सोयी खोयी भनकें करवटों में चमककर) अपनी 'हुम' का दबदबा रखनेवाली स्त्री थीं। उन्होंने पाँच बरस में पिता को मार मारकर सीधा बना दिया। . . . हम दोनों की परिस्थितियों में अपार अंतर है। फिर भी किसी पूर्व जन्म के पुण्य प्रभाव से मुझे आचार्यपाद महात्मा सोमवर्णजी तथा अइया की स्नेह छत्रच्छाया मिल गई, मन की लड़त-भिड़त और विकास के लिए अँधेरे उजाले जैसे दो साथी, भृगुवत्स और सोमाहुति मिल गए। जन्म की परिस्थितियों और वातावरण के शुभाशुभ प्रभाव ने मिलकर मुझे यह मनोव्यक्तित्व प्रदान किया है। मेरे हृदय में बसे नारायण भी झूठे नहीं हैं। अब तो वर्षों से स्मृति के संस्कार अधिकतर श्रीनारायण के ध्यानलोक की ओर ही बहाने-बहाने से बढ़ा करते हैं।—फिर भी—नारीरूप कभी बाँध ही लेता है और ऐसा बाँधता है कि मेरे नारायण बिसर जाते हैं। सोमाहुति यहीं मुझसे श्रेष्ठ हैं।. . छि:, दूसरे की श्रेष्ठता से पीड़ित होगे देवव्रत, तो तुम्हें अपनी लघुता भी उतनी ही तीव्रता से पीड़ित करेगी। छोड़ो इस प्रकार से द्वन्द्व को। . . किन्तु छोड़ू कैसे? नारद और द्वन्द्व छोड़े। तब सत्यासत्य का निराकरण कैसे हो सकेगा? एक बार चाहा था, प्रवृत्ति से निवृत्ति में रमूँ, तब नारायण सोमाहुति और इज्या के रूप में लोककल्याण का आग्रह लेकर सामने आ गए और प्रेम को बाधा बनाकर अपने पास आने का द्वार चुन दिया। अच्छा तो यही सही—तुम मसखरे हो तो तुम्हारा यह भक्ति-कामी जन भी कुछ कम नहीं है। जिस सोमा के प्रेम से बाँध कर तुमने मुझे तब निवृत्तिमार्गी होने से रोका था, अब उसी के प्रति ईर्ष्या जगाकर मेरी प्रवृत्तियों को भी अपने से दूर बहाना चाहते हो? यह नहीं होगा। ना ना! नारायण नारायण नारायण. . . . नारायण. . . .'

सुचित्ते मन की आध घड़ी की नींद भी पूरी नींद का फरहरापन देती है। नारद यथासमय उठे। महन्तजी की हवेली के तीसरे खण्ड से पीछेवाली सँकड़ी सीढ़ियाँ उतरते हुए नीचे आये, छोटे-बड़े दो चौसल्ले आँगन पार किए। जब ड्योढ़ी में प्रवेश कर रहे थे, तब बाहर मुर्गा बोला। ड्योढ़ीदार ने नारदजी को झुककर पैलगी की और बड़े फाटक की खिड़की का बेड़ा हटाते हुए कहा : "आज तो महाराजजी आप कोकड़ की पहली बाँग पर ही पहुँच गए!"

"अरे भगत, यह कुक्कुट मेरे सपने में पहले ही बोल पड़ा था। अभी ऋषि महाराज तो बाहर नहीं गये होंगे ?"

"बस, अब अउतै हुइहैं । कोकड़ बोलै नहीं कि दुई कोड़ी पाँच गिनती गिनौ औ' रिसी महाराज ड्योढ़ियै पै दिखात हैं। वहिके तुरतै बाद आप पधारत हैं, पाव घड़ी पाछे महाराज केरि असवारी आई।"

नारदजी तब तक गली में आ चुके थे। ड्योढ़ीदार के इस कथन से नारद को अपार संतोष हुआ कि आज वे सोमाहुति से जीत गए।

"संतोष में ईर्ष्या को अंतःस्फूर्ति! अच्छा तो नारायण, इसे ही छनने दो। नारदीय द्वन्द्व की कसौटी पर गुरु के संकल्प-पुत्र को चढ़ने दो। यदि वह जीतेगा तो मेरे नारायण जीतेंगे। यदि वह हारेगा. . .तब? तब फिर मैं नारदीय वृत्ति छोड़कर निवृत्ति पथगामी हो जाऊँगा। अशुभ में शुभ नारायण हैं और शुभ से भी अशुभ को बीन निकालने में भक्ति-कामी को सतर्क रहना ही चाहिए। जीव की द्वन्द्वात्मक प्रक्रिया नारायण और प्रतिनारायणस्वरूप है। प्रतिपक्ष के नारायणत्व को अपने पक्ष में किए बिना ही बढ़नेवाले की द्वन्द्वात्मक प्रक्रिया में विकृतियों का भ्रमजाल फैलना नितान्त स्वाभाविक है।"

सँकड़ी गलियाँ पार हो गईं। गोमती तट का कौंडिन्य घाट सामने आ गया। राजकीय साधुशाला का आकार अँधेरे में टिमटिमा रहा था। नदीतट पर इक्का-दुक्का जटाधारी आकार भी चलते-चलते और भजन करते दीखे। सोमा भी आते होंगे, सोचकर नारद ने आज यहाँ न नहाने का निश्चय किया। नदी की धारा के साथ-साथ वे दक्षिण पश्चिम दिशा की ओर बढ़ चले। गौ घाट, फिर उसके और शिवपुरी के बीच में पाशुपत मठवालों का कुख्यात हत्यारा घाट पड़ा। पाशुपत कभी-कभी यहाँ नरबलि दिया करते थे। नारद यहाँ भी न रुके, यद्यपि उन्हें अपनी बलि दिये जाने का कोई भय न था। रामगंज के नौकाघाट के ऊपरवाली गली में उन्हें कुत्तों की भौं-भौं ने घेरा, पर वे आगे बढ़ गए। कोर्णेश्वर घाट से बौद्ध विहार तक नदी के किनारे किनारे छोटी पट्टी में गंजान बस्ती बसी थी। कोर्णेश्वर घाट ही सार्वजनिक घाट था, अतः स्नानार्थी जनों की छोटी सी भीड़ तब तक वहाँ जुड़ चुकी थी। नारद वहाँ से भी आगे बढ़ गए। बौद्ध विहार तक पहुँचते-पहुँचते प्रकृति ने उन्हें प्रातः कृत्यों से निवृत्त होने के लिए बाध्य कर दिया । निबटे नहाये, ध्यान योग साधा, किन्तु विहार के घाट पर कुछ भिक्षु-भिक्षुणियों की तीव्र कलह के कर्णकटु स्वरों ने समाधि न लगने दी। झुंझलाहट रूपी म्लेच्छ राहु उनके मनचंद्र को स्पर्श करने के लिए ठट्ठा मारकर बढ़ता गया और वे किसी प्रकार उससे बचते हुए अपने मंत्र जप की गिनती पूरी करते रहे। तब तक पौ फटने लगी थी।

आँखें खोलने पर अपने से कुछ ही दूर पर एक प्रौढ़ भिक्षु को धीमे-धीमे ताली बजाकर गुनगुनाते हुए देखा। नारद को अपनी ओर देखते देखकर भिक्षुजी मुस्कुराये। उनकी तालियों की पटपट और स्वर ऊँचा हो गया; नारद की ओर देखकर गाने लगे : "नींद में सुखकर भोगों के सुहावने सपने आये। लोभवश उन्हें भोगने के लिए मैं जो लपका तो आँख खुल गई। हाय, कोई बतलाये कि मैं दुखी होऊँ या सुखी।"

"दुख सुख की भावना में भ्रमनेवाला अपने 'मैं' के पास पहुँच ही नहीं पाता मुनिवर।"

भिक्षुजी हँसे, कहा : "यही बात है। दो भिक्षुणियाँ एक स्वस्थ सुंदर भिक्षु को अपना बनाने के प्रयत्न में द्वन्द्वरत हैं। लम्पट भिक्षु ने दोनों ही से 'मैं तेरा हूँ' कहकर सुख लूटा था। कल रात भण्डाफोड़ हुआ तब से यह चुथीचुथौवल मची है।"

"अहो ! इन भिक्षुणियों को अपने कलंक का भी भय नहीं रहा क्या ?"

"पशु में मानापमान कलंकादि की चेतना नहीं होती। यह इस नगरी की सबसे बड़ी तेलिन है। बारह कोल्हू चलते हैं, सौ बीघे की खेती है। तंत्र की आड़ में भोगलिप्सा के हेतु जिसके कारण यह भिक्षुणी वेश का आडम्बर किया, वही अब तेलिन के धन से इस बाला को मोल ले आया है और सहयोगिनी बनाकर अपने साथ सिद्धिचक्र में बैठाता है।"

"नारायण नारायण ! इस तंत्र साधना के चक्कर में पड़कर बौद्ध लोग सचमुच ही बड़े पतित हो गए हैं। पौरुषेय आगमों वाले धर्म इसी प्रकार हीनावस्था को प्राप्त होते हैं। प्रत्यक्षं किम् प्रमाणम् ?"

"हः हः हः। तो तुम अपने वेदों को अपौरुषेय मानते हो ? परन्तु तुम्हारा यास्क तो कह गया है कि ऋषि मंत्रद्रष्टा हैं। उन्होंने धर्म को देखा और जो नहीं देख पाते थे, उन्हें दिखलाया। ठीक ही कह गया है वह ऋषि। तुम लोग संसार की आँखें फोड़कर उन्हें अपनी आँख से देखने के लिए बाध्य करते हो।"

"भिक्षुजी, क्षमा करें। ये सामने घाट पर खड़े अपने मन का नरक उजागर बहानेवाले—"

"यह तो उजागर दृश्य है महात्मन्, सब धार्मिक संप्रदायों की यही दशा है। मैंने तो तुम्हारी कटूक्ति का उत्तर मात्र दिया था।"

"तब मैं आपको समझा न था। क्षमा चाहता हूँ।"

"मैं तुम्हें देखते ही पहचान गया। सोचा कि सबको विष्णु बनाने वाले नारद मुनिजी आज इसी उद्देश्य से यहाँ उपासना करने आये होंगे।"

"हाँ, एक उद्देश्य अवश्य था। कल रात भर विचार किया कि बीच-बीच में मुझे बौद्ध, अचेलक और पार्श्वनाथीय महात्माओं से मिलते रहना चाहिए।"

"क्यों ?"

"गणित में एक का विकास होता है, फिर एक ही दुगुना चौगुना दस गुना और फिर असंख्य होता है। इसी प्रकार पूर्व दर्शनों की पृष्ठभूमि से ही नवयुग दर्शन उमगता है और वह कई दृष्टियों से पूर्व दर्शनों की अपेक्षा प्रायः अधिक विकसित भी होता है। मैंने इसी लिए आप लोगों से बराबर संपर्क रखकर स्वधर्म को अधिकाधिक पहचानने का निश्चय किया है।"

भिक्षु कुछ हताश स्वर में और कुछ बात टालने की मुद्रा में बोला : "अरे, ये ऊँची पंडिताई की चाल हमसे न चली नारद मुनीजी। आज आठ दिनों से तुम दोनों महात्मा मिलकर जैसे सारे मठों की चिड़ियाँ अपने जाल में फँसा रहे हो, उसे देखने बूझने की शक्ति किसी और में भी हो सकती है।"

नारदजी ने एक बार भिक्षु पर अपनी पैनी दृष्टि डाली, फिर पूछा : "आपने क्या समझा है ?"

"मैंने यह समझा है कि जैसे आप लोगों ने बुद्ध भगवान को विष्णु बना लिया है, वैसे ही इस विहार को भी वैष्णव बनाने आये होंगे।"

"नहीं भिक्षुजी, किसी के धार्मिक स्थान को बल अथवा छल से अपनाने का प्रलोभन हमें नहीं है।"

"मैं कब कहता हूँ कि तुम्हारे जैसे महात्मा ऐसा पाप करें। यह विहार अब धार्मिक नहीं रहा, दूसरे यह मूलतः बौद्धों की सम्पत्ति भी नहीं है। यदि इसे इन दुष्टों से ले सको तो धर्मरक्षा हो जाए। मैं तुम्हारी मन वचन कर्म से सहायता करूँगा।"

नारद सचेत हो गये। प्रश्न किया : "एक बात पूछूँ, बुरा तो न मानेंगे ?"

"नहीं मैं व्यावहारिक हूँ।"

"इसमें आपका व्यक्तिगत स्वार्थ क्या है ?"

प्रौढ़ भिक्षु दो क्षण मौन रहा, फिर कहा : "ईर्ष्या भी अंततोगत्वा शक्ति ही है और मैं मूलतः शक्ति का उपासक हेतिवंशीय ब्राह्मण हूँ। मैं चाहता हूँ कि यह श्री भूमि विष्णुस्थान बन जाये।"

"श्री, अर्थात् यहाँ तारा विराजमान हैं।"

"हाँ, तारा, ललिता, षोडशी, त्रिपुरसुंदरी, लक्ष्मी यह सब माता श्री के ही नाम हैं।

"किन्तु हेति कुलवाले तो पृथ्वी माता और द्यौष्पित के उपासक हैं।"

"माँ शक्ति है। हम जिस शक्ति से जन्मते हैं, जिसमें हम नाना रूप से अनवरत लयमान रहते हैं, उस शक्ति के नामों की गणना कौन करेगा ? यह श्रीयंत्र हमारे हेतिकुल के पुरखों ने हिमालय के पार पवित्र श्रीनद पर सिद्ध किया था। वह हेतिवंश जिसमें विद्युत केश, माली, सुमाली माल्यवान पितकहन जैसे विश्व विजेता उत्पन्न हुए, जिस कुल का दौहित्र रावण उपाधिधारी महापंडित, विश्व विजेता पौलस्त्य दशानन, इस अवध देश की श्री को अपने यहाँ हर ले गया था।"

"अब समझा। रावण का ननिहाली रामजी का मंदिर नहीं बनने देना चाहता, इसलिए विष्णु का मंदिर चाहता है। हः हः हः ।"

"मैंने तो अपना दाँव पहले ही तुम्हारे सामने खोल दिया। संतों से क्या छिपाना । पर बात इतनी ही नहीं है। पिछले दिनों आप लोगों के प्रवचन सुनकर मेरे मन में भी यही विचार आया कि समाज की सद्शक्तियों का संगठन और समन्वय होना चाहिए। विष्णु इसके लिए उत्तम हैं। हमारे चंद्रगुप्त महाराज के इष्टदेव भी हैं। इसे विष्णुस्थान बनाने से ही पूर्ण संरक्षण मिलेगा।"

नारद अब धीरे-धीरे भिक्षु के मनोलोक से परिचित होकर उसमें पैठने लगे।

"आप भिक्षु कब बने ?"

"हमारे परबाबा बने थे। उनके समय से ही हमारे कुल का ज्येष्ठ पुत्र भिक्षुसंघ को समर्पित होता है, किन्तु उसका मूल कार्य मठ में स्थापित श्रीयंत्र की सेवा-साधन ही होता है। श्रीमठ में सभी धर्मों के लोग आते हैं। अपार जनसमूह यहाँ पूजा चढ़ाने आता है। मेरे प्रपितामह पाशुपतों की क्रूर हिंसा वृत्ति से घिनाकर बौद्ध हुए थे। उनके द्वारा यह भूमि पवित्र साधक भिक्खुओं के हेतु समर्पित की गई थी। आज लंपटों कामाचारियों का कलंकित अड्डा

बन गई है। परबाबा के आदेशानुसार मठ के चढ़ावे की आय का आधा भाग यह दुराचारी पाते हैं। यह पाप कल्याणक अब मठ के संचित कोष को हथियाने के हेतु अनुष्ठान कर रहा है। पर पापनिष्ठ व्यक्ति को भला कभी सिद्धि मिलती है! यह विहार धर्मविहार नहीं वरन कामविहार बन गया है। इनके कलंक के कारण मेरे अच्छे-अच्छे दर्शनार्थी यजमानों ने अब आना छोड़ दिया है।"

नारदजी के मन में सारी योजना प्रकाशित हो गई। भगवान् ने एक अयाचित लाभ का सुयोग दिया है। इस सुयोग को नगद निष्क की तरह भुनाना ही चाहिए। मस्ती में आ गये, बोले : "धन्य हो नारायण-स्वरूप भिक्षु भगवान्, हमारी तुम्हारी निभ जाएगी। पर यह बतलाइए, आप सबेरे कुछ कलेऊ भी करते हैं या नहीं।"

भिक्षुजी उत्साह में आ गए, बोले : "अरे आओ आओ। बड़े भाग हमारे, जो तुम हमारे यहाँ सबेरे-सबेरे जूठन गिराओगे। हमने तो प्रतिदिन तुम्हारे और व्यासजी के प्रवचन सुने। हमारे आगे अभी छोटे ही हो तुम दोनों महात्मा, पर वाह-वाह, मंत्रमुग्ध कर देते हो तुम लोग। औ' तुम तो भाई, बस, क्या कहें, गाते हो तो रस बरसाते हो, बोलते हो फूल झड़ते हैं। हँसते-हँसाते ऐसे ढंग से अपना माल बेचते हो कि धर्म की हाट में आज कोई तुम्हारी व्याख्यान कला की बराबरी नहीं कर सकता।"

मठ में जाकर पहले श्री माँ के दर्शन किये फिर भिक्षु शांतिरक्षित के कक्ष में बैठकर जलपान और वार्तालाप होने लगा। यजुर्वेद के अनुसार श्री और लक्ष्मी विष्णु की पत्नियाँ हैं। शाक्तों के अनुसार श्री शिव की शक्ति है। लक्ष्मी कहीं वरुण की पत्नी के रूप में बखानी गई हैं तो कहीं इन्द्र या कुबेर की पत्नी के रूप में। तारा के रूप में वह तार की शक्ति है।

नारद बाले : "भिक्षुजी, आपकी बात ही सत्य है। शक्ति के अनेक नाम और रूप हैं। हम श्री और लक्ष्मी को अब से एक रूप मानेंगे। हिरण्यगर्भा श्री प्रकृति अब हिरण्यगर्भ पुरुष की अर्द्धांगी है। इसकी कथा मैं सुनाऊँगा। आप मेरे प्रवचन की सूचना डौंड़ी पिटवाकर कराएँ। बाकी मैं सब देख लूँगा। इस स्थान पर निश्चय ही विष्णु मन्दिर बन जाएगा। निश्चिन्त रहें।"

दो घड़ी बाद महन्तजी की हवेली में एक बुद्ध भक्त संदेसा लेकर पहुँचा कि नारदजी कुछ दिन मठ में ही रहेंगे, इसलिए भारतचंद्र महाराज नारद बाबा की झोली और वीणा लेके चले आयें। उनका भोजन भी बाबा के साथ ही मठ में होगा। भारतचन्द्र उस समय आचार्य सोमाहुति के साथ बातें कर रहे थे। जब वहाँ से बाहर आये तब नारद जी का संदेसा सुना। बौद्ध मठ व्यभिचार के अड्डे के रूप में सरनाम था। नारद निश्चय ही वहाँ भोगविलास में रमने गये हैं। एकाएक थमकर हल्की-सी सीटी बजाई और अदृष्ट को देखने लगे। फिर बुदबुदाये, "समझ में नहीं आता ये नारद!"

४६

•

•

भारतचन्द्र नारद से मिलने न गये। नारद के प्रति उनके मन में अश्रद्धा जम चुकी थी। उनकी 'कर्णदूती' उनके चेतनालोक में यद्यपि नारद के प्रति कोई भी बेसुरी ध्वनि तरंग नहीं उठा पाती थी, फिर भी उनका मन आश्वस्त नहीं होता था। वस्तुतः अपने 'गुरु' सोमाहुति के प्रति श्रद्धा जमाने के लिए ही वे अपनी दासी पर आसक्त होनेवाले नारद के प्रति अश्रद्धा बढ़ा रहे थे।

भोजन के समय सोमाहुति और महन्तजी ने जब नारदजी के लिए पूछताछ की, तब बतलाया कि वे श्रीविहार में हैं और अब वहीं रहेंगे।

महन्तजी ने कहा : "हम लोगों से अवश्य कोई चूक हुई होगी। पुत्र, तुम्हें श्रीविहार जाकर उनसे विनय करनी चाहिए।"

"उन्होंने मुझे अपनी वीणा और झोली लेकर श्रीविहार आने और साथ ही भोजन करने का निमंत्रण दिया था, परन्तु मैं न गया।"

"क्यों?"

"ऐसे घृणित और कलंकित स्थान पर जाने को जी न चाहा।"

"जहाँ नारद हों वहाँ नारायण भी अवश्य होंगे। तुम्हें उनके बुलावे की उपेक्षा नहीं करनी चाहिए बंधु।"

महन्तजी भी नारदजी की बड़ी प्रशंसा करने लगे। भारत ने चुपचाप सुन लिया, पर उनका मन भीतर से पतियाया नहीं था। वे अपने को नारद से श्रेष्ठ मान रहे थे।

नगर में दूसरे दिन श्रीविहार में होनेवाले नारद-प्रवचन की सूचना डुग्गी पीटकर दी गई। भारतचन्द्र को यह सूचना भी बुरी लगी। नारद अब उनके सहयोग के बिना ही अपना धर्मचक्र प्रवर्तित करना चाहते हैं। अच्छा तो फिर मैं इनका विरोध करूँगा। नारद के पास न जाने के लिए अब उन्हें एक 'ठोस' कारण मिल गया था।

दूसरे दिन महन्तजी निमंत्रण पाकर श्रीविहार की सभा में गये थे। लौटने पर उन्होंने नारद की बड़ी प्रशंसा की। नारद ने श्री महालक्ष्मी की कथा सुनाई थी। उन्होंने भारत और सोमाहुति को वह कथा सुनाई— "एक बार देवों और दानवों में सौ वर्षों तक युद्ध चलता रहा और असुरों का राजा महिषासुर देवों को हराकर इन्द्रासन पर बैठ गया। तब देवगण ब्रह्माजी को अपना अगुआ बनाकर विष्णुजी और शिवजी की शरण में गये। दोनों देव असुरों पर कुपित होकर हुङ्कार उठे। इसी हुङ्कार से माता श्री महालक्ष्मी उत्पन्न हुईं और असुरों का संहार करके उनका वैभव देवों को प्रदान किया।"

सोमाहुति कथा सुनकर मगन हुए, परन्तु भारत ने अनेक आक्षेप किये। कहा कि धर्म

की मनमानी तोड़-मरोड़ करना उचित नहीं है। श्री तंत्रशक्ति है। मेरी माता ब्रह्मा, विष्णु, रुद्र और ईश्वर रूपी चार पावोंवाले आसन पर विराजमान हैं और सदाशिव उस आसन में पीठ के टेके जैसे शोभित हैं। इन पंच महाप्रेतों की स्वामिनी को यक्षों की लक्ष्मी-मदिरा-वारुणी से जोड़ना पातक है। आवेश में उनका पांडित्य बिफरने लगा। बहुत सी बातें बकने लगे।

भार्गव बोले : "बंधु, आप शांत होकर विचारें। नारद कोई नई बात नहीं कर रहे हैं। भगवान् पाणिनि के काल में भक्ति धर्म की महिमा फैलने से त्रैवर्णिक रूढ़ समाज में अनेक देवी देवतों के प्रति लोकपरंपरा में प्रचलित आस्था को सार्वजनिक मान्यता प्रदान की गई थी। किसी सत्य को जब दीर्घकाल तक असत्य कहकर दबाया जाता है, तो उसकी मुक्ति होने पर उसके भीतर तरह-तरह की प्रतिक्रियाएँ होना भी अनिवार्य होता है। इससे श्रद्धा एक ओर तो आकाश सी फैली, पर दूसरी ओर ग्रहों और तारों सी अपने-अपने में सिमट भी गई। उसे उच्च चेतना से परिष्कृत करके, उनकी पारस्परिक दूरी को मिटाना आवश्यक था। बौद्ध सम्राट् अशोक के काल में अमिश्रित देवों को मिश्रित करके वैदिक बौद्ध आदि उच्च धर्मीय पूजा पद्धति में घुला-मिलाकर एक किया जाने लगा। इससे श्रद्धा सुगठित हुई। अनेकता निःसंदेह माननीय है, किन्तु अनेकता में एकता के दर्शन करनेवाला ही श्रेष्ठ श्रद्धावान होता है। आज फिर श्रद्धा के इस बीहड़ अँधेरे भरे जंगल को महद् भावयुक्त श्रम से रम्य उपवन बनाने का दिन आया है। हम सभी को अपने और लोक-कल्याण के लिए इस समय इस कार्य में लगना ही चाहिए।"

महंत वसुनाग की छोटी कोटरों में बड़ी पुतलियों वाली बकरे जैसी आँखों में ऐसा आनन्द चमक रहा था कि जिससे उनकी विचित्रता और कुरूपता क्षण भर के लिए मिट गई थी। सोमाहुति के बात पूरी कर लेने पर वे गद्‌गद स्वर में बोले : "मैं आपके प्रति यों ही श्रद्धाबद्ध हूँ, तथापि आपकी तथा नारदजी महाराज की बातें सुनकर विचार करते हुए मेरी भी भक्ति धर्म में आस्था बढ़ी है और बराबर बढ़ रही है। आज तो श्रीमठ में नारदजी के प्रवचन में शैवों, रामभक्तों, सद्‌गृहस्थ बौद्धों, जिन पूजकों—क्या कहूँ महाराज— छोटे-बड़े सभी को बड़ा ही आनन्द आया। सब विष्णुमय! सब शिवमय! सब जिनमय ! सारे अवतारों में एक ही परम चेतना नव विकास ले कर उतरती है। महाराज, आज तो उन्होंने मानों जादू कर दिया। पिछले दिनों में आप दोनों ही बहुत संदर बोले, पर आज नारदजी प्रेम रस की बाढ़ ही ले आये। वाह-वाह ।" वसुनाग जी बहुत ही आनन्दमग्न थे।

भारत ने गर्दन घुमाकर धीमी सीटी बजाई और ध्वनि तरंगें कान में रम्य आनन्ददायी गति में बहने लगीं। कान में ध्वनि गूँजती है "आओ आओ आओ।" नारद के प्रति कर्णदूती के यह संकेत भारत के अंतर्हठ को सुहाये। नारद के लिए उनके मन में श्रद्धा का काँच चिटख गया है। सोमाहुति, पिता, प्रज्ञा, इज्या जिसे देखो उनकी प्रशंसा करता है। कर्णदूती भी उस ओर के मनचाहे समाचार नहीं लाती। नारद इतने भले होते तो मेरी दासी पर उनका मन क्यों डोलता!. . .भारत का कुण्ठित मन नारद-रूपी बहाने की आड़ में लाज से दुबका हुआ अपने आपको सहला रहा था, और अभी और भी सहलाना चाहता था। इसीलिए वे नारद प्रकरण से ऊबकर उठ आये।

सायंकालीन ब्रह्मकृत्यों से छुट्टी पाकर सोमाहुति और इज्या नारदजी से मिलने गये।

प्रचेता को वे लोग प्रज्ञा के पास छोड़ गये थे। सोचा था कि दो घड़ी में लौट आएँगे, पर नियति ने कुछ दूसरी ही योजना बना रखी थी। नारद के दो दिनों के प्रवचनों से विहार के लम्पट भिक्षुओं के कलेजों में क्रोध की भट्ठियाँ दहक उठी थीं। आज तो नारदजी ने उस भूमि को लम्पटों के हाथों से लेने और विहार की भूमि पर विष्णु नारायण भगवान का सुन्दर मंदिर बनवाने का प्रस्ताव किया था। श्री और नारायण का विवाह रचाने का प्रस्ताव भी इस रोचक रीति से किया था कि जनता में आनन्द और उत्साह की लहर दौड़ गई। तंत्र का आडंबर साधनेवाले लम्पट कामाचारी लोगों ने सभी से विद्रोह करने की ठान ली थी। अपने स्वार्थ पर समान रूप से संकट आया देखकर कुटिल आपसी कटुता को भूलकर एक हो गए।

उस साँझ को व्यासजी भी श्रीमठ में पधारे। उन्हें देखकर इन सब के इत्ते पित्ते जल उठे। नारद, शांतिरक्षित, सोमाहुति और इज्या मठ के भीतरी दालान में बैठे वार्तालाप कर रहे थे। आस-पास के टोलों में रहने वाले श्रद्धालु दर्शनार्थी नित्य की भाँति श्रीमाता के मठ में आ-जा रहे थे कि अचानक ही मठ के आँगन में पत्थर फेंके जाने लगे। कुछ मतवाले गुण्डे आँगन में भी घुस आये और दर्शन करके बाहर निकलते हुए कुछ नर-नारियों पर आक्रमण किया। श्रीमठ आँगन चैत्याकार बना था। सीढ़ियाँ उतर कर गर्भगृह में श्रीमाता के दर्शन होते थे। कुछ लोग और दो पुजारी बालक भीतर थे, उन्होंने सुरक्षा के लिए गर्भ गृह के पट भीतर से बंद कर लिए। उत्पातियों ने सीढ़ियों वाले मार्ग को, जो नीचे का द्वार बंद हो जाने के कारण अब कुण्डनुमा हो गया था, लकड़ियों के गट्ठर ला-ला कर पाटना आरम्भ किया। लकड़ियों में आग लगा दी गई।

गर्भगृह के दक्षिण से लगभग पचास पग पीछे भिक्षु शांतिरक्षित की कोठरी थी, उसी के आगे वाले दालान में यह चारों बैठे बातें कर रहे थे। कोलाहल सुनते ही इज्या की पूर्व-स्मृतियाँ सनक गईं। सोमाहुति की आँखें रक्त वर्ण हो उठीं, बोले : "भिक्षुजी, आपके पास लाठी, कुल्हाड़ी करवाल आदि कोई—"

"लकड़ी काटने की कुल्हाड़ियाँ चार पाँच हैं।"

"बहुत है। देवा, हम तुम दो—"

"अठारह अक्षौहिणी सेना के बराबर है। मानवी कायरों की भीड़ नारायण की इन चार भुजाओं के आगे ठहर न पाएगी। देवी भार्गवी, जाओ कोठरी में बैठो, द्वार पर भिक्षुजी तुम्हारी रक्षा करेंगे।"

श्रीमठ के गोल घेरे के एक ओर से नारद और दूसरी ओर से सोमाहुति कुल्हाड़ियाँ लेकर गर्भगृह के द्वार की ओर आये और कुल्हाड़ी के मुट्ठों की मार मारने लगे। सोमाहुति के अस्त्र-शस्त्र विद्या-निपुण हाथ ऐसे तुल कर पड़ते थे कि आतंकवादी उत्पातियों के हाथों या पैरों की हड्डियाँ तो अवश्य बेकार हुईं, पर कोई जान से न मरा। नारद के हाथ बेंड़े-ऐंड़े भी पड़ जाते थे। पचास साठ गुण्डों से दो संन्यासी चौमुखे होकर लड़ रहे थे। ईंट पत्थर लकड़ियों के चहलों और कुछ लपलपाती हुई छुरियों कटारियों के घेरे में सोमाहुति की फुर्ती देखते ही बनती थी।

आस-पास के टोलों से बहुत से लोग तलवारें और लाठियाँ लिए आ पहुँचे।

नगरी में आनन-फानन खबर दौड़ गई। महंतजी ने सुनते ही अपने पासी पहरुओं की टोली भेज दी और भारत को कोट में कोटपाल से कहने भेजा।

स्थिति शीघ्र ही बस में आ गई। हत्या किसी की न हुई, पर मठ के आँगन में थोड़ा बहुत रक्त अवश्य बहा। बहुत से गुण्डे और आक्रमणकारी लम्पट भिक्षु घेरकर बन्दी बना लिए गये। ढोंगी तंत्राचार्य भिक्षु कल्याणक अपनी नई भैरवी को लेकर नदी की राह भाग गया, पर क्रुद्ध भीड़ ने उसकी पुरानी तेलिन भिक्षुणी की बारह कोल्हुओंवाली तेलघानी को तहस-नहस कर डाला। तेल के मटके तोड़े, बैलों को हाँककर ले गए और गड़ा धन लूटने की लालच से उसका घर जगह-जगह से खोद डाला।

गर्भगृह जलने से बचा लिया गया था। भार्गव के तो कुछ खरोंचे ही लगी थीं, पर नारद की कनपटी के पास पत्थर की चोट और पीठ में छुरे का घाव लगा था। वह बहुत भयानक न होने पर भी पीड़ा और कुछ-कुछ चिन्ताकारक अवश्य था।

महंतजी और भारतचंद्र भी घटनास्थल पर पहुँच गये थे। उपचार के लिए नारद को महंतजी की हवेली में ले चलने का प्रस्ताव आया, किन्तु नारद ने अस्वीकार किया : "अब तो जब यहाँ विष्णु मंदिर बनने का कार्य आरम्भ हो जाएगा तभी जाऊँगा। मैं अपने घाव का उपचार अब तभी कराऊँगा जब कोई धनी-धोरी उठकर यह वचन देगा कि यहाँ सब धर्मों के प्रतिपालक, मच्छ कच्छ वराह वामन नृसिंह परशुराम ऋषभ राम कृष्ण बुद्ध स्वरूप, सर्वेश्वर, सदाशिव श्री विष्णु भगवान का मंदिर बन जाएगा। श्रीमाता को सदाशिव का सहारा चाहिए।"

भीड़ में उस समय नगर का कोई बड़ा सेठ उपस्थित न था। छोटे मोटे यथाशक्ति उत्साह में उभड़े। नारद हँसकर बोले : "बस बस, दिल जमई हो गई। अब मेरे घाव को पानी से धोकर पट्टी बाँधी जा सकती है, परन्तु औषधि तभी लगेगी जब यहाँ के कोई बड़े धनी धोरी आकर इन सबके धन का सदुपयोग करने का भार लेंगे।"

नारद के प्रति अपने रूखेपन की प्रतिक्रियावश भारत अब उनके प्रति प्रेमावेश में आ गये। उन्होंने पिता के हाथ को पोले पंजे से दबाकर आज्ञा ली, महंतजी ने सिर हिलाकर हुँकारी भरी। भारतचंद्र आगे बढ़कर नारद से बोले : "हे भक्त शिरोमणि, लखनकोट के शेषमठ का यह उत्तराधिकारी अपने पूज्यपाद पिताश्री की आज्ञा से आपकी माँग पूरी करने का उत्तरदायित्व ग्रहण करता है। श्रीराम मेरी सहायता करेंगे।"

नारद ने भावावेश में उठकर उन्हें कलेजे से चिपटा लिया, भरे स्वर में, कान में धीमे से कहा: "तुम्हें कब से पुकार रहा था, अब आये।"

आवेश की इस उठक-उछाल में नारद के घाव में खून फिर भल-भलाकर निकल पड़ा। भार्गव ने आगे बढ़कर नारद का हाथ पकड़ा, कहा : "बहुत हुआ। जन को शांति दो। उपचार होने दो।"

भारतचंद्र को अपनी जयकारों और वंदन-अभिनंदन से तत्क्षण ही अंत-स्फूर्ति मिली। भीतर की जिस मरुभूमि का कष्ट उन्हें अशांत रखता था, और अभाव में पंच मकार सिद्धान्त की झूठी आड़ लेकर, वासना में हठरत होकर जिस शान्तिदायक स्फूर्ति को पाने के लिए मचल रहा था, वह अब उनके अंदर झील सी लहरा रही थी।

नारद के मना करने पर भी सोमाहुति वहीं रुके। भारत ने भी रुकने का आग्रह किया, पर सोमाहुति ने इज्या को लेकर उन्हें घर जाने का आदेश दिया।

पति को खरे आनन्द में देखकर एकान्त में प्रज्ञा बोली : "मैं आपसे एक दोहद माँगती हूँ।"

अपनी संतान की गर्भधारणी प्रिया के इस शृंगार भरे आग्रह ने भारत को रिझा लिया, पूछा : "तुम्हारी चाहत क्या है ?"

"पहले अभय दीजिए।"

"वह अब तुम्हारे गर्भ में पल रहा है प्रिये, फिर क्या दूँ ?"

प्रज्ञा के चेहरे पर सुहाग चढ़ आया। कुछ लजाकर उनकी बाँह से लता की तरह लिपटी, फिर रीझे हुए पति को रीझकर देखा, और फिर उसी दृष्टि में मान चमक उठा : "मेरा दोहद पूरा करने के लिये आपको अब पाण्डित्य विलास उतना ही करना पड़ेगा जितना दाल में नोन पड़ता है।"

रीझ भरे मन में शंका की नोक उभरी अवश्य, पर विनोद का जामा पहनकर; प्रज्ञा के चिबुक पर दो उँगलियाँ रखकर पूछा : "यह कैसा पहेली सा दोहद है तुम्हारा ?"

"मेरे मन की सीधी बात यह है नाथ कि, आप अब शक्ति संगठन कार्य में लगें। चंद्रगुप्त महाराज आजकल काशी में ही हैं। कल समाचार आया है कि उनके नातेदार सेठजी मर गये हैं। आप दुःख कराने के बहाने उनसे मिलें। हो सके तो अयोध्या और लखनऊ में कर की उगाही और प्रजा पालन का अधिकार भी साथ लायें। विष्णु लोकपाल हैं; उनका भक्त भी बनें। तभी उसका वैष्णव मंदिर बनाना सार्थक होगा। बस, यही मेरी माँग है।" कहकर उनकी छाती पर अपना मत्था टेक लिया।

पत्नी के मस्तक पर प्राणस्फूर्ति भरी गति से उनका हाथ पड़ा, उसे अपनी छाती से सटा लिया। बोलना चाहते थे, पर बोल नहीं पा रहे थे। बड़ी कठिनाई से कह पाए : "मैं-मैं यही तो चाह रहा था। पर आज मिला। प्रज्ञा मिली अपनी ही प्रज्ञा से।"

भारत आज अपने आप में नया बन गया। ऊब मिटी, लम्बी थकन गई; अँधेरी रात में भी उसके लिए सूरज उग आया था।

४७

●

●

किन्तु सोमाहुति के लिए वह रात बड़ी उदास और विचारकारिणी रही। जो स्थान आधी शताब्दी या उससे भी अधिक वर्षों तक बौद्ध धर्मियों से संबद्ध रहा हो, उसे अनायास ही हथेली पर सरसों जमाकर हड़प जाना उचित बात नहीं हुई। भारत और महन्तजी का उत्तरदायित्व भार ग्रहण करना और भी बुरी बात हुई। स्थानीय सेठों में से कोई यह भार ग्रहण करता तो भार्गव को विशेष आपत्ति न होती। इस नगरी में भारत के साथ मैं और नारद अभिन्न रूप से जुड़े हुए हैं, तिस पर संयोग से आज ही मैं यहाँ आया और आज ही यह काण्ड हुआ। इससे कुछ लोगों के मन में यह शंका भी घर कर सकती है कि हमारी कुछ मिली भगत अवश्य है। लोग हमारे ऊपर धार्मिक सम्पत्तियाँ हड़पने और उन्हें बलात्

वैष्णव बना लेने का आरोपण करेंगे।. . . क्या यह उचित होगा? मेरे विष्णुं नारायण, मेरे रामकृष्ण प्रभु शंकाओं के आसन पर बैठेंगे? वे आततायी बनेंगे तो फिर लोकमानस में कैसे विराजेंगे? . . .ना। मैं इस स्थान को इस प्रकार विष्णु मंदिर बनने का समर्थन नहीं करूँगा। देवा को भी समझाऊँगा।

नारद उनके पास ही एक दूसरी चौकी पर निश्चिन्त निद्रालीन थे। उनके बाद तीसरी चौकी पर भिक्षु शांतिरक्षित करवट लिये सो रहे थे। दालान से बाहर झाँकते हुए आकाशरूपी सरोवर में तारे हंसों के समान धीरे-धीरे तैरते हुए बड़े सुहाने लग रहे थे।

दूसरे दिन नारद अपेक्षाकृत चंगे थे। भिक्षु शांतिरक्षित मठ में पुजारियों से पिछले दिन की चढ़त का हिसाब लेने गये थे। नारद निश्चित रूप से थके और रुग्ण तो थे ही, परन्तु आत्मविश्वास की एक सुखद तरावट उनकी थकान और पीड़ा को अपनी चमक से दबा रही थी।

सोमाहुति ने उन्हें देखकर कहा : "नगर की चाल पर कहूँ तो मन से सौ टके चंगे दीखते हो।"

"बढ़ोत्तरी करके बोलो, एक सौ एक टके।"

"ना, वह टका मेरा है।"

नारद के गुलाबी मन पर एक काला धब्बा पड़ा, व्यंग भरी मुस्कान की आड़ लेकर बोले : "मेरी बढ़ोत्तरी रोककर अपना टका कमाओगे?"

"तुम्हारी बढ़ोत्तरी का पुण्य होता, तो तुम्हें अर्पित करने में मुझे आनाकानी न होती।"

नारद एक क्षण चुप रहे, फिर शांत स्वर में कहा : "तुम्हारी इस बात में या तो ईर्ष्या का भाव है या फिर तपस्या का मूल्यांकन। दोनों में से क्या मानूँ?"

"तुम्हारी पहली शंका निमूल है।"

"इसके अर्थ यह हुए कि तुम्हारा तप और भक्ति मुझसे श्रेष्ठ है।" नारद के स्वर में तनिक उत्तेजना थी।

भार्गव वैसे ही शान्त स्वर में बोले : "यह शंका भी व्यर्थ है, तुम जानते हो। प्रतीक के एक टके को जो मैंने अपना कहा, तो इस कारण से कि समाज में महाभाव जगाने के हेतु मेरी चिंतन पद्धति मुझे अधिक वैष्णव जँचती है। तुमने अपने शारीरिक घाव के मोल पर जन-भावना को इतने सस्ते में तुलवा लिया।"

नारद हँसे : "नारायण नारायण, तुम पाण्डित्य में मुझसे निश्चय ही श्रेष्ठ हो सोमा, पर जन-जन में भक्ति भावना की कन्दुक क्रीड़ा कराते हुए उसे क्रमशः महाभाव प्रेरित करने की कला का श्रेष्ठ अनुभव नारायण ने मुझे ही दिया है।"

"प्रभु तुम्हारे प्रति और कृपालु हों बंधु। परंतु इस प्रसंग में वैष्णव धर्म को श्रद्धा की कसौटी पर तुम्हारा इस प्रकार आरोपित करके लाना मेरी दृष्टि में उचित कार्य नहीं है।"

"इसमें अनुचित क्या है? सब जानते हैं, वह विहार अब धर्मस्थान नहीं है। श्री माता के दर्शनार्थियों, विशेष रूप से स्त्रियों को दुष्टों की कटूक्तियाँ और छेड़छाड़ सहनी पड़ती थीं। कल भी सारा उत्पात उन्हीं लोगों ने आरम्भ किया था। मैंने तो घृणा और क्षोभ के वातावरण को श्रद्धापूरित किया है। यहाँ नारायण का मंदिर बनेगा, श्री नारायण का विवाह

रचेगा, जन-मानस यहाँ निर्विघ्न भाव से अपनी श्रद्धा बढ़ाने के लिये आएगा। यह सब तम से प्रकाश में गति करने की सहज क्रिया है। अथवा तम पर प्रकाश का आरोपण? बोलो।"

"यह सद्‌गति नहीं है बंधु, यह रजोगुण प्रधान है। सम्राट् पुष्यमित्र शुंग का सहारा लेकर ब्राह्मण धर्म फैला। उसी प्रतिक्रिया में फिर कुषाण सम्राट् कनिष्क का सहारा लेकर बौद्ध धर्म फैलाया गया। अब तुम अपने मन में महाराज चंद्रगुप्त के वैष्णव होने का सहारा लेकर काशी कोसल के क्षेत्र को वैष्णव क्षेत्र बनाने का सपना सँजो रहे हो। हीरे मोती जड़ी सोने की बैसाखियाँ पाने की लालच में अपनी टाँगें तोड़नेवाले को बुद्धिमान नहीं कहा जाएगा।"

नारद कुछ तुनुक कर बोले : "तुम्हारे यह तर्क भले ही अकाट्य लगें। परन्तु तुम्हारे ईर्ष्याभाव से संयुक्त होने के कारण यह मेरे लिए निष्फल है।"

"ईर्ष्या? बंधु, मेरे पुरखे ने अपने ब्रह्म तेजवश जब हरि को लात मारी और भगवान् यह कहकर उनका तलुआ सहलाने लगे कि आपको चोट लगी होगी तब से ही राग द्वेषादि के कुसंस्कार हमारे वंश में क्षीर-सागर में निरंतर धोये जाते हैं। तुम्हें भी यह संस्कार हमारे घर से मिला तो था, उसे क्यों बिसारते हो?"

"अच्छा सोमा, कल मेरी जगह तुम होते तो क्या करते?"

"चुपचाप घाव पर पट्टी बँधवाता और सबको आशीर्वाद देकर सो रहता।"

"और मंदिर, जिसके लिए मेरी जगह यदि तुम शांतिरक्षित से प्रतिबद्ध होते तो?"

"अवश्य बनता, परन्तु उसके पहले मैं यहाँ के जनमानस में उस मंदिर का निर्माण करता।"

"मैंने यही तो किया?"

"हाँ, किन्तु दलदल में नींव बनाई। भिक्षु शांतिरक्षित का उद्देश्य शुभ है। उसके प्रति तुम्हारा सहयोग भी उचित है, शुभ है, किन्तु तुम्हें यह एक क्षण के लिए भी न भूलना चाहिए कि हमें इन प्रचलित संप्रदायगत धार्मिक संगठनों का ताना-बाना अपने लिए ग्राह्य नहीं है। भक्ति बीज है। उससे नाना प्रकार की समन्वयात्मक शक्तियों का एकनिष्ठ रूप देना ही हमारा उद्देश्य है। इन राजनीतिक धर्मों के झकोले में हमारा जन-मानस बुरी तरह से बिखर गया है। इस बिखराव में वह अपने मूल से ही उखड़ा जा रहा है। हमें उसके आस्थागत रूप को सुरक्षित रखना ही है, दूसरा कोई उपाय नहीं। भक्ति आंदोलन को हम किसी भी प्रचलित धर्म किंवा उसकी राजनीति का प्रतिद्वंद्वी नहीं बनाना चाहते। लघु अपने विराट् को पहचाने। जो मनुष्य इस धरती पर जन्म ले उसे एक ही हरि की भक्ति मिले। धनी-निर्धन में, जाति-पांति में और ऐसे किसी भी प्रकार के क्षुद्र बंधन में न मेरे नारायण वासुदेव बँधे हैं और न बँध सकते हैं। मेरे नारायण सबके पालक होने चाहिए। तुम्हारे शब्दों में सब कुछ विष्णुमय बन जाना चाहिए। प्रेम ही सार तत्व है, घृणा के बूते पर वैष्णव कभी फल-फूल न सकेगा।"

नारद खिलखिलाकर हँसे। फिर कहा : "सोमा, नारायण जीत गये। यहाँ आने से पहले एक रात मैंने तुमसे लड़ते बिताई। तुम्हारी ध्यानसिद्धि के प्रति भारत की बातें सुनकर

मुझे अपने प्रति ग्लानि और तुम्हारे प्रति ईर्ष्या हुई थी। जब इन वृत्तियों के जागरण से उठे ऊहापोह में कोई निर्णय न ले पाया तो यही निश्चय किया था कि ईर्ष्या को अपनी ही गति पर बढ़ने दूँगा। देखूँ वह बड़ी है या मेरा भाव बड़ा है। अपनी उस वृत्ति के इसी अन्त की मैंने कल्पना की थी, सोमा। मेरा विश्वास था कि कभी-न-कभी तुम अपने प्रेम से मेरी ईर्ष्या को निरस्त्र कर दोगे।"

भार्गव सुनकर गंभीर हुए, फिर कहा : "किंतु तुम्हारी इस ईर्ष्यालीला से अपने उद्देश्य के प्रति एक अपकार हो गया है। उसे तुम्हें स्वीकार करना ही होगा।"

"मैं स्वीकार करता हूँ, सोमा। और प्रायश्चित स्वरूप जो कर्मदंड तुम मुझे देना चाहोगे, उसे भी स्वीकार करूँगा।"

भार्गव बोले : "तुम्हारा अगला प्रवचन बौद्धाबतार की महिमा पर ही होगा। तुम ब्राह्मण-अब्राह्मण सभी मतों की उपासना-पद्धति का माहात्म्य बखानोगे। तुम अपने प्रेम से पहले समाज को बाँधो, फिर चंद्रगुप्त, भारत-चंद्र, सेठ-महाजन आदि आप-से-आप खिंचे चले आएँगे।"

"मेरी इच्छा हो रही है कि एक बार अयोध्या से लंका द्वीप तक की यात्रा करूँ। हो सका तो वहीं से सिंहद्वीप, यवद्वीप, सुमात्रा, कम्बुद्वीप आदि द्वीपों में भी अपनी सालिगराम की बटिया पहुँचा आऊँगा। यह रावण का ननिहाली, हेतिवंशीय भिक्षु शांतिरक्षित मुझे पंडितराज रावण के व्यक्तित्व की ओर आकर्षित करने में यथेष्ट सफल रहा है। सोचता हूँ, राम को समझने के हेतु एक बार प्रति-राम को भी समझ आऊँ।"

"देवा, तुमको छह महीने से लेकर एक वर्ष तक यहीं रुकना होगा। नैमिषारण्य में महासत्र की तैयारियों के लिए धन की कमी तनिक भी न पड़नी चाहिए।"

"नारायण! नारायण! सोमा, नारद बंधन ही तो नहीं चाहता।"

"चाहने से केवल प्रभु-कर्म की भक्ति ही मिलती है बंधु, और कुछ भी नहीं मिलता। तुम्हें यह कार्य करना ही होगा। भारत को अपने विष्णु मंदिर के कार्य में न डालो। उसे अवध के दो प्रमुख गढ़ों का सूत्रधार बनाकर जन-मानस को अधिकाधिक राममय बनाओ। राम ही हमें धन देंगे। महाराज चंद्रगुप्त निस्सन्देह हमारे सहायक हैं। महाराज गणपति नाग की कृपा से अहिच्छत्रा, मथुरा, सिंहपुर और कांचनका के नाग राजे और सम्राट् भी हमें भरपूर सहायता का वचन दे चुके हैं। इनका सहारा तो है ही, पर राम के सहारे के बिना यह आस्था का प्रासाद खड़ा ही नहीं हो सकता।"

"नारद एकाएक स्फूर्तिवंत होकर बोले : "गुरुपुत्र, कुटियों के निर्माण में तुम यहाँ की उस जाति से सहयोग क्यों नहीं लेते, जिसने तुम्हारे एक सगोती भृगुवंशी बालक को अपने बीच पाल-पोस कर वाल्मीकि बना दिया।"

आश्चर्य से भार्गव ने नारद को देखा। कहा : "वाल्मीकि भार्गव थे?"

"हाँ"

"अच्छा, उनकी बात पीछे करूँगा। तुम डोमों से कुछ सहायता माँगने की बात कर रहे थे।"

"इनकी बँसोर जाति को वैष्णव बनाओ। तुम इन्हें राम दो, यह तुम्हें महासत्र में

आनेवाले ऋषि-मुनियों के लिए बाँस की कुटियाँ बना कर देंगे।"

भार्गव हँसे। कहा : "योजना अच्छी है, किंतु हम इन्हें केवल रामराम जपाकर ही अपने स्वार्थ के लिए लूट नहीं सकते, बंधु।"

"इनके लिए धन लाने का भार तो तुमने मुझे सौंपा है न। अपनी इच्छा पूरी करो सोमा। जन-जन को श्री-युक्त करो ।"

"ठीक कहते हो, देवा। सम्पन्नता के बिना आस्था उत्पन्न नहीं होती। किन्तु सम्पन्नता प्राप्त करने के हेतु भी कर्म की आस्था तो जगानी ही पड़ती है। अच्छा, अब यह क्षेत्र तुम्हें और तुमको वासुदेव के हाथ में सौंपकर मैं नैमिषारण्य जाता हूँ। सौति मेरी प्रतीक्षा में होंगे। इज्या अपने पितिया ससुर के दर्शन करेगी। वह भी वहाँ शीघ्रातिशीघ्र पहुँचने के लिए उत्कंठित है।"

लखनऊ से नैमिषारण्य के लिए चलने से पहले सोमाहुति ने भारत चंद्र से कहा : "बंधु, अपने सम्बन्ध में तुम्हारी योजना सुनकर अत्यन्त संतुष्ट हूँ। तुम लोकपाल ही बनो। तुम्हारे माध्यम से गुण, ज्ञान और ऐश्वर्य सदा राज छत्रच्छाया पाकर निर्विघ्न फल-फूल सकें, यही तुम्हारे जीवन का उद्देश्य होना चाहिए; यही तुम्हारे पांडित्य की सार्थकता भी होगी।"

भारत ने कहा : "गुरुजी, इस समय मेरा और आपका मन एक धारा में बह रहा है। राम चाहेंगे तो मैं दिखाऊँगा कि भारत शक्ति संगठन करना भी जानता है।"

"महाराज चंद्रगुप्त से मिलने जाओ तो मेरे आशीर्वाद देना और कहना कि यह ब्राह्मण उनके राज्य की बहुत सारी वन-भूमि खेती के लिए चाहता है।"

"आप कितनी खेती करायेंगे, गुरुजी ?"

"तुम्हारे इस अहिवन से लेकर नैमिषारण्य तक। लखनकोट से रामकोट अयोध्या तक कितनी ही ऐसी जन-जातियाँ हैं, जो बिखरे दाने और कन्दमूल बटोर कर अपना भरण-पोषण करती हैं। कहना, आवश्यक जंगलों को काटें और उस भूमि को ऐसे जनों को खेती के लिए प्रदान करें। भूमि राजा की है, खेत किसान का। राम कृपा से जब धरती सोना उगलेगी, तब राजा और प्रजा दोनों का ही घर भरेगा।"

"धन्य गुरुजी! आपकी यह बात मेरे लिए बात चलाने का बहाना बन जाएगी। इसके लिए मैं आपका बड़ा कृतज्ञ हूँ। दुर्भाग्यवश महाराज चंद्रगुप्त ने मुझे उन्मत्त मुद्रा में देखा था। उन्हें अपने वास्तविक रूप के प्रति विश्वास दिलाने में मुझे पहले तो एड़ी-चोटी का पसीना बहाना ही पड़ेगा, गुरुजी।"

"कोई बात नहीं। श्रम-साध्य पसीना मोती की बूँद बनता है, भारत। वासुदेव तुम्हारा कल्याण करें। निश्चिन्त रहो, मैं भी कल से तीन महीने तक नित्य तुम्हारी ओर से सम्मोहन मंत्र का एक सौ आठ बार जप करता रहूँगा। तुम्हें निश्चय ही सफलता मिलेगी।"

४८

●

●

मार्गशीर्ष शुक्ला दशमी का दिन था। जंगल में मंगल मन रहा था। नैमिषारण्य में गोमती नदी के तट पर कुलपति शौनकजी के आश्रम वाले टीले के नीचे बने हुए पक्के घाट और उसके आसपास के बलुए स्थान पर सैकड़ों बूढ़े और अधेड़ तापस बैठे अथवा खड़े हुए लखनऊ से आनेवाली नौका की प्रतीक्षा में चौचौं-झौंझौं-रत थे। 'व्यासजी महाराज पधार रहे हैं। यह महाराज बूढ़े कुलपति महाराज के भतीजे हैं। राजे-महाराजों के गुरु हैं। सूत मुनि के गुरु हैं। यही अगले कुलपति होंगे। अब देखो, यह क्या-क्या नियम-बंधन हमारे ऊपर लगाएँगे। बुढ़ऊ ने तो दुखी कर डाला है। ये राजा का कार्यभारी भी पक्का रावण का बेटा ही है।'

बहुत से पुराने बनवासी तापस कूलधमग, शंखधमग आदि अब कुछ महीनों से अपनी मनमानियाँ नहीं कर पा रहे। हाथी का मांस खाकर तपस्या करनेबाले हत्थितावसों को राजा के चाकरों ने डण्डे मारकर जंगल से बाहर ही निकाल दिया है। राजा ने पुराने निष्फल पेड़ों को कटवाकर सैकड़ों नये-नये वृक्ष तो अवश्य लगा दिये हैं परन्तु हर समय फल तोड़ने पर रोक लगा दी है। कुलपति महाराज की आज्ञा से एक पहर सबेरे और दो पहर दिन ढले हर वनवासी को सूतजी से कथा सुननी पड़ती है। लड़ाई-झगड़ा करने वाले भिक्षुओं को कुलपति महाराज की आज्ञा से एक बाड़े में बंद करके उपवास कराया जाता है। यह उपवास-दण्ड तीन दिनों से कम का नहीं होता। सैकड़ों बार हाथ धोने के व्रती तापसों के जो दो गुरुजन शौनक जी के टीले पर ही रहते थे, अपने व्रत अथवा स्थान को छोड़ने के लिए बाध्य किए गए। एक गुरु ताव में आके चेलों सहित जंगल ही छोड़कर चले गये; दूसरे ने पापी पेट वश कान दबाकर कुलपति का आदेश सुना और हाथ-धोवन-व्रती तापसों के लिये निर्दिष्ट स्थान में जाकर रहने लगे। इधर कुछ दिनों से नये जवानों की भरती हो रही है। अनेक सम्प्रदायों के सूतगण यहाँ बुलाकर बसाये गये हैं। वे उग्रश्रवा सौति मुनि को अपनी अपनी कथाएँ और अपने सनातन जातीय धर्म-कर्मों के क्रिया-कलाप सुनाते हैं। सौति मुनि उनमें से अनेक कथाओं पर वैष्णवी माया का मुलम्मा चढ़ा कर उन्हें फिर उन्हीं सूतों को सुनाते हैं। यह कथाएँ लिपिकों के द्वारा हिमालय के उत्तम भोजपत्रों अथवा सुमात्रा और यवद्वीप के श्रेष्ठ राजताल तथा स्वरताल नामक तालपत्रों पर प्राचीन ब्राह्मी लिपि में लिखी जाती हैं। व्यासजी की इच्छा जानने के कारण सूतजी ने शौनकजी के ब्राह्मी लिपि लिखनेवाले कायस्थ ही माँगे थे। शौनकजी के आदेशानुसार श्रावस्ती के चार कुशल वृद्ध कायस्थ महाराज चंद्रगुप्त के काशीस्थित सचिवालय से मुक्त करके यहाँ बसा दिये गए हैं। वे पिछले तीन मास से ब्राह्मी लिखने वाले नये लिपिक तैयार कर रहे हैं। इस समय भी सोलह कायस्थ तरुण वायुपुराण और उसी के कुछ परिवर्तित रूप शिवपुराण का लेखन कार्य

कर रहे हैं। ग्रंथों की लिखाई का बड़ा धंधा आरंभ होने की बात सुनकर लकड़ी के फलक बनाने वाले कुछ बढ़ई और दो चितेरे भी वानप्रस्थी होकर यहीं बस गए हैं। चक्रतीर्थ और पाण्डवगढ़ी के बीच में इन पुराणिकों और लिपिकों के कार्यालय हैं। जो पुराणी सौतिजी से अपनी कथाओं का वैष्णवीकरण करा चुके हैं, वे जिस मण्डप में बैठकर लिखाते हैं वह अपने चारों ओर लगी घनी चमेली से महमह महकता है। चौकियों पर पट्टियाँ टिकाये हुए लिपिक खड़िया अथवा छुई मिट्टी की बत्तियों से बोली जानेवाली कथाएँ लिखते जाते हैं, और यह पट्टियाँ पासवाले दूसरे मण्डप में बैठे हुए लिपिकों के पास भेज दी जाती हैं। ये ताल-भोज-पत्रों पर उन्हें स्याही से लिखते हैं। लिखे हुए पत्रों को क्रम से रखने के हेतु पत्रों के बीच में आरपार के एक या दो छेद बनाकर उन्हें बेल-बूटे बने काठ फलकों से डोरी के द्वारा बाँध दिया जाता है। इस तरह लिखे और काष्ठ से ग्रथित किये जाकर यह पत्रे ग्रंथ बन जाते हैं और कुलपतिजी के ग्रंथागार में भेज दिये जाते हैं।

कुछ महीनों पहले सौति और नारद के साथ-साथ मथुरा से सोमाहुति की भेजी दो लाख सोने की मोहरें नैमिषारण्य में क्या आई थीं कि शौनक जी की अस्सी पार की आयु में नई जवानी आ गई थी। पिछले वर्ष के अंत में सोमाहुति शौनक से जब शरण माँगने आये थे तब शौनकजी यहाँ केवल नाममात्र के ही कुलपति थे। कुषाणों के राज्य में जब अनेक प्राचीन गुरुकुल उजड़े थे, तब मिस्सकवन के शौनकाश्रम को भी उजड़ना पड़ा था। बाद में मघों, फिर भारशिवों का राज आने पर शौनक जी यहाँ लौट आये, उनके आश्रम के लिए दान दक्षिणा भी थोड़ी बहुत बँध गई, पर दुर्भाग्य से प्रबुद्ध साधक यहाँ कम और उठल्लू-निठल्लू साधक बहुत पहुँचे। अतः आश्रम से उदासीन होकर केवल कर्तव्य भर निबाहते हुए वे आत्मलीन हो गए थे। सोमाहुति की सहायता करने का वचन देकर शौनक जी ने यह सोचा था कि इतनी शीघ्रता से नैमिषारण्य में काल का पट-परिवर्तन हो जाएगा। राजनीतिक परिस्थितियाँ इतनी शीघ्रता से बदलीं कि लोकोपकारी महात्मा शौनक के मन और काया में प्रतिपल कर्मोत्सव मनने लगा है। वे इस समय अपने सभामण्डप के आगे, नीम तले पत्थर की चौकी पर कृष्णाजिन मढ़े पुआल के गोल तकिये का सहारा लिये बाघाम्बर पर विराजमान हैं और माला फेरते हुए अपने सामने ही नये सिरे से निर्मित होनेवाले पाण्डव कोट की चढ़ती दीवालों पर काम करते राजों थवइयों और मचानों पर गारे के तसले लेकर चढ़ते-उतरते मजदूरों की पाँतें निहार रहे हैं। कदली खंभों का एक तोरणद्वार सीढ़ियों के नीचे और एक ऊपर आते ही समतल भूमि पर बना है। वंदनवारों और गेंदे की लड़ियों से कुलपति आश्रम उछाह भरे मन सा उमग रहा है।

नीचे घाट पर प्रचण्ड शंखनाद गूँज उठा। राजा रामचंद्र जी की जै और हर-हर महादेव के स्वर उद्घोषित होने लगे। शौनकजी के श्वेत जटा-दाढ़ीयुक्त गंभीर और तेजस्वी मुखमण्डल पर हर्ष का वेग चढ़ आया। तभी एक युवा ब्रह्मचारी नीचे से दौड़ता हुआ आया और हाथ जोड़कर खिले मुख से बोला। "व्यास मुनि सपरिवार पधारे हैं, प्रभु।"

"हाँ-हाँ; जयघोषों की भनक हमारे कानों में भी पड़ चुकी है। जब तीर्थ कर्म सम्पादित करके इधर आने लगें, तब पहले आकर सूचित करना।"

"जो आज्ञा प्रभु।"

"कार्यभारी ईशानदत्त घाट पर ही था न?"

"हाँ प्रभु। वे ही उन्हें लेकर चक्रतीर्थ जा रहे हैं।"

"संतुष्ट हुआ। जाओ, समय पर आकर सूचित करना।"

"जो आज्ञा" कह कर वह दस पाँच पग चला ही था कि कुलपति जी ने फिर पुकारा : "नागमणी !"

"आया प्रभु। नागमणि हाथ जोड़े हुए दौड़कर आया। कुलपति जी ने कौतूहल भरी स्निग्ध दृष्टि से उसे देखकर पूछा : "भार्गवी बंहू की गोद में बेटा देखा था?"

"हाँ प्रभु।"

"कितना बड़ा है?"

"नान्ह-सा है प्रभु। ऐसा गोरा औ' सुन्नर कि देख के सुर्ज भगवानौ लजावैं।" चाटुकारी में नागमणि का चेहरा फूल-सा खिल गया।

बूढ़े कुलपति जी के चेहरे पर आनन्द छा गया। शिष्य के बहाने अपने वीतराग मन को अधिक राग रंजित होने से बरजा और उसे विदा किया।

चक्रतीर्थ पर मुख्य कार्यभारी ईशानदत्त ने अपनी राजकीय लचक के साथ झुककर व्यासजी की सेवा में धीरे से निवेदन किया : "कुलपति जी की इच्छा है कि आप सविधि तीर्थकर्मों को संपादित करें। यहाँ का पंडा सेवा में उपस्थित है। नाऊ भी यहीं है।"

मुण्डन के बाद भार्गव का जटा-दाढ़ीविहीन चेहरा अजब लग रहा था। दाढ़ी मूँछों में केवल उनके सुन्दर चेहरे की गंभीरता ही उभार पाती थी, अब उसका सरल बालापन भी अपनी ओर खींचता था। इज्या ने चोरी या बहाने से जब भी पति को देखा, तभी मन हाथ से निकल गया। गठजोड़े से स्नान और पवित्र तीर्थ कर्म सम्पादित करके भार्गव दम्पत्ति अपने पुत्र प्रचेता के साथ कुलपति के स्थान पर गये। आम के पत्तों की वन्दनवारों और गेंदे की लड़ियों से सजे सभामण्डप के आगे कुलपति महाराज अपने नीमतले के शिलासन पर विराजमान थे। उनके आस-पास और पीछे उग्रश्रवा तथा सूत मण्डली, लिपिक गण, प्रमुख शिष्य और व्यवस्थापक मण्डली के लोग हाथ जोड़े स्वस्तिवाचन करते हुए खड़े थे। सोमाहुति ने आर्य पितृव्य के समक्ष भूमिष्ठ होकर दण्डवत् प्रणाम किया। शौनकजी ने उन्हें उठाकर गले से लगा लिया और प्रेम से उनका मस्तक सूँघा। इज्या ने प्रचेता को अपने पितिया ससुर के पैरों में डालकर आँचल की खूँट दबाकर भूमि पर मत्था टेककर प्रणाम किया। आशीर्वाद आँखों और हँसी से मिला क्योंकि बाबा प्रचेता में मग्न थे। बाबा ने पोते को दोनों हाथों से उठाकर बड़े मीठे तेवर के साथ उससे आँख मिलाई। चकित मुद्रा में कजरारी आँखों की पुतलियाँ बाबा से एकटक हुईं। कमल दल से होठ पर लार की बूँद चढ़ी। नई पुरानी आँखों की चमक समतल पर आई और प्रचेता का सारा शरीर हँस उठा, हँसी भरे होंठ से लार टपक कर बाबा की छाती पर टपकी। सोमाहुति चट से गीला अंगौछा लेकर बढ़े, पर बाबा ने झिड़क दिया। उन्होंने प्रचेता के दोनों गालों को अपनी दाढ़ी से गुदगुदा कर उसे प्यार किया। महात्मा सौति ने अपने गुरु और गुरुपत्नी को प्रणाम किया। वैदिक ब्राह्मणों ने अपना स्वस्तिवाचन समाप्त किया, तदुपरांत कुलपति जी के साथ सभा-मण्डप में गये। इज्या और प्रचेता को लेकर नागमणि उनके निवास गृह की ओर बढ़ा।

शौनकजी की कुटी से कुछ हट कर धूप में सुखाई हुई ईंटों का छोटा-सा सुन्दर घर बना था। दीवार पर गज कमल आदि शुभ-चिह्न चित्रित थे। दो वनवासिनी स्थानीय शुभ चिह्न मछली तथा कलश लिये खड़ी थीं। द्वार केले के खम्भों और बंदनवार से सजा था। गृहस्थी के लिए आवश्यक सभी वस्तुएँ वहाँ यथास्थान संजो दी गई थीं। प्रचेता के लिए शौनकजी ने पास के छितियापुर की हाट से एक रंगीन हिंडोलना विशेषरूप से मँगवाया था। उसकी बिछावन भी राजसी थी। आँगन में तुलसी चौरा था। एकबार नागमणि ने इज्या को वहाँ की हर वस्तु दिखा समझा दी, फिर उसके जाने के बाद प्रचेता को गोद में लेकर घरैतिन अपनी नई गृहस्थी को टहल टहलकर आप देखने लगी। घर आँगन का कोना-कोना धुयें की लहरियाँ उठाती हुई चंदन गंध से महक रहा था। रेणुका तीर्थ के बाद यह इज्या का अपना घर था। एक बार रेणुकाश्रम की, सास की याद बड़ी जोर से आई. . .पर यह घर भी बुरा नहीं है।

सभा-मण्डप में कुलपतिजी व्यासजी का औपचारिक अभिनन्दन करते हुए उन्हें नैमिषारण्य का इतिहास बतला रहे थे— "यह प्राचीनतम ऋषि स्थली है। अप्सरा उर्वशी के प्रियतम ऐलपुत्र पुरुरवस ने अपनी प्रबल धन तृष्णा के कारण यहाँ के ऋषियों को एक बार बहुत सताया। तब ऋषियों ने इन्द्र से प्रार्थना की। इन्द्र ने अपने वज्र से उस धनलोभी आततायी को यहीं मारकर ऋषियों का तथा अयुजाति के समस्त प्रजाजनों का परम कल्याण किया था। फिर एक बार यहीं पर ऋषि गौरमुख ने असुरों का संहार किया था। अयोध्यापति चक्रवर्ती महाराज श्री रामचंद्र ने यहीं अश्वमेध यज्ञ किया; यहीं अपने पुत्रों, लव और कुश से महर्षि वाल्मीकि रचित रामायण सुनी। भृगुकुल भूषण महात्मा शुनक जी अपने ऋषियों के साथ प्रयाग से यहाँ आकर बसे और उनके तथा उनके वंशजों के समय में यहाँ अनेक आरण्यक रचे गये। पाण्डव कुलभूषण महाराज अधिसीम कृष्ण ने यहीं पर भागवतों का प्रथम महासत्र आयोजित किया था। हे भृगुवंशावतंस व्यास श्रेष्ठ सोमाहुति, इस पावन तपोवन में हम आपका स्वागत करते हैं। आप यहाँ सुख से रहें। आपके ज्ञानमय सहयोग से हम यहाँ द्वितीय महासत्र का आयोजन कर सकें। एक बार फिर यहीं से धर्मचक्र प्रवर्तन हो। लोक कल्याण हो। देवाधिदेव शंकर सबका मंगल करें। "ॐ शान्तिः शान्तिः शान्तिः।"

कुलपतिजी के शिष्टाचार का उत्तर देते हुए व्यास सोमाहुति ने कहा : "हे महर्षि कुलपतिजी, आप आयु तप अनुभव और ज्ञान में मुझसे श्रेष्ठ हैं। आपने कृपापूर्वक मुझे यहाँ शरण प्रदान की है। महाभारत के द्वादशवर्षीय महासत्र का आयोजन तथा धर्मचक्र को पुनः प्रवर्तित करने की आज्ञा प्रदान करके आपने अपनी जिस महत्ता को उजागर किया है, वह आप जैसे महात्मा के योग्य ही है।"

"हे तपोमूर्ति, आप त्रिकालदर्शी हैं। इस समय की दशा पर कृपा पूर्वक विचार करें। अस्थिर लोक मानस को जीने के लिए आस्था का चुम्बन चाहिए। वैदिक धर्म और यज्ञाचार करने के अधिकारी केवल द्विजाति के लोग ही हैं। उनमें भी साधारण जनसमाज श्रेष्ठ मूल्यवान् यज्ञों का पुण्य लाभ नहीं कर पाता। उनके द्वारा हीन मानी जाने वाली अन्य ज़ातियों के लोग वेदोच्चार सुनने मात्र ही से मृत्यु दण्ड के अधिकारी माने जाते हैं। वह धर्म कैसा जो एक के लिए जीवन स्फूर्तिदायी और दूसरे के लिए मरण त्रासदायक हो ! यह सृष्टि ब्रह्म की रचना है, सभी ब्रह्म की संतान हैं।"

"बौद्ध धर्म ने आरंभ में निःसंदेह सर्वसाधारण के लिए आस्था के द्वार मुक्त किये थे किन्तु जब से वह विदेशी राजों के हाथ का खिलौना बना तब से स्वदेशवासियों के लिए वह घृणा और आतंक का प्रतीक बन गया है। सचेलक अचेलक अहिंसावादी जैनों का धर्म इतना व्यक्तिपरक है कि अभी तक अपने आपको सामाजिक रूप से संगठित करने का प्रयत्न उनके द्वारा अधिक नहीं हो पाया, यद्यपि अब वे भी मथुरा में अपना महासत्र करने जा रहे हैं। ग्रामों महाजनपदों और छोटे-छोटे राष्ट्रिकों के जन साधारण के अनन्त आस्था बिन्दु युग की अनास्था के प्रखर ताप में ओस की बूँदों के समान सूखे जा रहे हैं। ऐसे काल में एक ऐसे धर्म की आवश्यकता है जो राजा और प्रजा, धनी और निर्धन सबके लिये समान रूप से सुलभ हो, शक्तिसंपन्न और मंगलकारी हो।

"इस भरत खण्ड में बसे मानव की हजारों वर्षों की सभ्यता अनेक विजातीय सांस्कृतिक अपस्मारों और अभिसारों की क्रांतियों से निर्मित हुई है। ऐसे युग आये हैं और आते रहते हैं जब उनके नव समन्वय की आवश्यकता होती है। हम आसेतु हिमांचल इस महादेश की नाना जातियों के संस्कारों, इतिहास, पुराण और वेदों के सारमत से भगवान् लोकनारायण के पाद पद्म पखारने की भावना लेकर आपकी छत्रच्छाया में यहाँ यज्ञ रचाने आये हैं। महात्मा उग्रश्रवा आपकी कृपा से ही अल्पावधि में इतने पौराणिक सूतजनों का सहयोग प्राप्त कर सके। हमारे पैतृक ग्रंथ संग्रह को अनेकानेक संकटों से उबारकर अब आपके आश्रम में सुरक्षा प्राप्त हुई है। हे ज्ञानमूर्ति तपोधन, हम बारम्बार आपकी वन्दना करते हैं।"

व्यासजी के शुभागमन से सम्बन्धित कार्यक्रमों के कारण शौनकाश्रम का दैनिक कार्यक्रम समय से आगे पीछे हो रहा था। दो हजार तापस उड्डुंडग, सम्मज्जक, निमज्जक, कूलधमग, शंखधमग आदि आदि टीले के नीचे भुखा रहे थे। यदि दंडधर सिपाहियों का नियंत्रण न होता तो इनका कोलाहल कभी ऊपर की सभा को शांतिपूर्वक संपन्न न होने देता। आरंभ में मनमाने ढंग से रहने, खाने और मोटानेवाले अरण्यवासियों को कुलपति के नियमानुशासन इतने खले थे कि डंडा उठाकर चलने वाले तापसों के नेतृत्व में उन्होंने कुलपति महाराज के निवास पर आक्रमण तक कर दिया था। प्रचेता को गोद में लेकर बूढ़े बाबा अपने दूर के भतीजे और अब मानस पुत्र तथा पतोहू के साथ जीमने के लिए आज ऐसे जा रहे थे, जैसे एक कबीले का मुखिया अपने कुटुम्ब के साथ सहभोज में सम्मिलित होने जा रहा हो। आगे-आगे यह चारों, पीछे दासी बहनें जाई-जुई। उनसे दस पाँच डग पीछे उग्रश्रवा अपनी सूत-मण्डली के साथ; उनके पीछे शिष्य मंडली, फिर लिपिक और सबके बाद, लगभग दस डग पीछे गढ़ी निर्माण और आश्रम की व्यवस्था देखने के लिए गुप्त शासन की ओर से नियुक्त मुख्य कार्यभारी अपने मातहतों के दबदबे भरे घेरे में धीरे-धीरे कुछ आदेशात्मक मुद्रा में कहता हुआ चला जा रहा था।

टीले से उतरते हुए कुलपति महाराज को देखते ही नीचे चिड़ी चुप हो गई। फिर तापसों की पंगतें 'हर हर महादेव, जै जै सीताराम' का जय घोष तीन बार करके चुपचाप हाथ जोड़े खड़ी हो गईं।

कुलपतिजी जब शिला पर हाथ पैर धोने चले तो सोमाहुति ने प्रचेता को उनकी गोद

से लेकर उसे जाई-जुई की ओर बढ़ा दिया। सालिगराम की बटियों जैसे गोल मुखवाली कृष्णवर्ण की जाई-जुई दाँतों के मोती ढलकाती दौड़ीं। कुलपतिजी हाथ पैर मुँह धोकर अंगौछे से अपना मुँह पोंछ रहे थे। सोमाहुति हाथ धुलाने वाली की ओर बढ़ रहे थे, सहसा उनका ध्यान गया कि तापस चुपचाप खड़े हैं, उन्होंने कुलपतिजी से कहा : "आपने तो इन तापसों का पुनर्जन्म कर दिया है। पिछली बार जब मैंने देखा था—"

"यह मेरा ही पाप था पुत्र ! काशी कोसल में हरिकेश ब्रह्म के चेले भरों का, जिन्हें उन्होंने भारशिव की उपाधि दे रखी थी, आधिपत्य होने पर नागेश्वर के गुरु के कहने से ही मैं यहाँ आया। परंपरागत आरण्यक कुल का कुलपति होने के नाते मेरे पास लगभग चार-पाँच सहस्र मूर्तियों को भोजन कराने योग्य धनराशि भी प्रतिवर्ष आने लगी। परन्तु लाख चाहने पर वैसी तापस ऋषि विद्वन्मण्डली को यहाँ न ला सका, जैसी मेरे पूर्वजों के आरण्यक रचना काल में यहाँ थी। अतः उदासीन होकर मैं निवृत्ति पथगामी हो गया। काशी, प्रयाग, अयोध्या आदि जाने कहाँ-कहाँ से जुट आई इन भोला के भूतों की भीड़ को भरपेट भोजन कराने के अतिरिक्त और किसी बात पर मैंने ध्यान ही न दिया। इस परिवर्तन के निमित्त तो ललिता-लोकेश्वर की कृपा से तुम बने पुत्र। तुम्हारे महायज्ञ के लिए ही मुझे यह भूमि सिद्ध करने की चिंता जागी थी। अब देखो सारे विघ्न शांत हैं।"

लगभग दो हजार व्यक्ति पेड़ों के नीचे पंगतों में बैठे थे। कुलपति तथा उनकी सूत ऋषि मण्डली ईंट चूने के बने पक्के मण्डप में विराजती थी, बाकी सब बरसात को छोड़कर खुले में बैठते थे। बरसात में अस्थायी छप्पर छवा दिये जाते थे। सामूहिक प्रार्थना हुई और भोजन आरंभ होते ही फिर सन्नाटा हो गया। महीनों से सधते-सधते यह मौन का नियम भी ऐसा सध गया है कि कहीं चुकारा नहीं सुनाई देता। भोजन करते समय सोमाहुति शौनकजी की व्यवस्था के प्रति श्रद्धाभिभूत थे।

वृद्ध शौनक के भरे बुढ़ापे में उनकी खरी जवानी आयी थी। जिस दिन नारद और सौति मथुरा से दो लाख स्वर्ण मुद्राएँ लेकर यहाँ पहुँचे, उसी दिन से उनके जीवन में उत्साह का सोता फूट पड़ा। सबसे पहले उन्होंने मिस्सकवन के आसपास बसी कहार अरख पासी भर असुर दैत डोम गंधरव आदि जातियों के चौधरियों को बुलवाया। सबको अन्न धन वस्त्र आदि से संतुष्ट किया। फिर एक-एक जाति के जनों को बुलाकर उन्हें नैमिषारण्य नदीस्नान का अधिकार दिया। हर एक के लिए नहाने के लिए स्थान नियुक्त किया। दूर से यज्ञ देखने और मंत्र सुनकर अपने कान पवित्र करने का अधिकार दिया, अन्न, वस्त्र और जड़ावल बाँटी। सब लोग कुलपति जी की जै-जैकार करते हुए गये। इसके बाद शौनकजी ने पहले पासी और भर जातियों के लठैत भरती किए और वनवासी समाज को नियमानुशासन में बाँधा।

आरंभ में जब खाने-पीने आदि के समयों पर प्रतिबंध, प्रातःकाल और तीसरे पहर उपदेश और कथा-पुराण सुनने का बंधन तथा और भी नये-नये बंधन लगे और न माननेवालों को भूखे बाड़े में बंद रखकर उपवास कराने का नियम डंडे के बल पर चला, तो एक बार उडुंडगों के नेतृत्व में तापसों की भीड़ ने कुलपति आश्रम पर धावा बोला। टीला पाँच सौ सिपाहियों से घिरा था। नीचे लगभग चार सौ लठैत आड़ में और टीले के ऊपर

सौ धनुर्धर खड़े थे। शौनकजी का आदेश था कि यथासम्भव बिना रक्तपात किए, जिन जुगतों से बंदरों के झुण्ड खदेड़े जाते हों, उन्हीं से इन्हें भी खदेड़ना। इसलिए भीड़ के पास आते ही पासी धनुर्धरों ने अपने धनुषों से कुमकुमे बँधे बिना नोक के बाण अंधाधुंध बरसाना आरंभ कर दिए। कुमकुमे जिसके शरीर से टकराकर फूटते, वही अपना बदन खुजलाने को विवश हो जाता था। जिस पर चार छह कुमकुमे फूट गए, वह तो बावला नाच नाचने लगा। इस खुजहे नाच के बीच लठैत कूद पड़े। बस भीड़ के पाँव उखड़ गए। विद्रोहियों को जंगल से बाहर खदेड़ दिया गया, बाकी शरणागत हुए।

सौति के प्रस्ताव पर नाना जातीय पुराणियों और धर्माचार्यों को एकत्र करने के लिए उन्होंने दूर-दूर तक के राजदरबारों में अपने प्रशिक्षित ब्रह्मचारी दूत भेजे हैं। काशी, प्रयाग और अयोध्या आदि आसपास के अनेक क्षेत्रीय पुराणिकों के कुलों का पता लगवाया और उनमें से अनेक को यहाँ बसाने में वे सफल भी हो गए हैं। लिपिक, लकड़ी के फलक और पट्टियाँ बनानेवाले बढ़ई, स्याही बनानेवाले, सभी अब यहाँ एकत्र कर लिये गये हैं।

भार्गव सोमाहुति के कहने से महाराज गणपति नाग ने विन्ध्यशक्ति के सम्राट् बनने पर उनसे एक लाख स्वर्ण मुद्राएँ दिखाईं तथा स्वयं दो लाख रजत मुद्राएँ दीं। गुप्त शासन और अहिच्छत्रा के नागशासन की ओर से अन्न भण्डार आते हैं। शौनक जी धन और जन की व्यवस्था करने में कितने कुशल हैं, इस बात का पता सोमाहुति को एक ही दिन में चारों ओर थोड़ा-बहुत देखने-भालने और लोगों की बातों में लग गया।

नये घर में पैतृक अग्नि प्रतिष्ठित करनी थी। ताँबे का अग्निकुंड शौनकजी की यज्ञशाला से लाकर पति-पत्नी ने अपने नये घर की यज्ञशाला में प्रतिष्ठित की, नियमित यज्ञ कार्य सम्पन्न किए। पूर्णाहुति देकर मुक्त होने पर दोनों ने एक दूसरे को देखा, रस बरस पड़ा, इज्या की आँखें लाज से झुक गईं सोमाहुति अपनी पत्नी का लाजभरा सौंदर्य देखकर मुग्ध हो गए।

प्रचेता जाई के साथ अपने बाबा के पास गया था। जुई आँगन के उस पार कुएँ से पानी भर रही थी। इज्या लाज की लाली से तमतमाया मुख लिये जल्दी से बाहर जाने लगी। भार्गव ने उसकी बाँह थाम ली और स्निग्ध स्वर में कहा : "लजाई क्यों?"

"कुछ नहीं, ऐसे ही।"

"कोई भी वृत्ति अकारण ही प्राणों में स्पंदित नहीं होती।"

"लाज अपने को अपने से लगती है।"

"पर अकारण नहीं।"

इज्या की आँखों में रसभरी ढिठाई आई, पति का हाथ अपनी बाँह से हटाते हुए बोली : "आनन्द अपने आपमें ही एक कारण है। छोड़िए, जुई सामने है।"

किन्तु भार्गव के सामने तो उस समय मूर्तिमान अनुराग ही था, चारों ओर उसी की लाली का आवरण पड़ा था। मन अनन्त लहरियों से थिरक रहा था, हर लहरी दूसरी से टकराकर उमंग बनती थी और उमंग इन टकराहटों से ऊँची उठ रही थी। जुई के सामने होने की बात उनके ध्यान में धँस तक न सकी, पत्नी की बात के पहले अंश का उत्तर देने के लिए उनके जी की उतावली मचल उठी, मुस्कुरा के बोले : "आनन्दित मैं भी हूँ, पर मुझे तो तुमसे लाज न लगी।"

लीला के मान से भरी इज्या की आँखें नाच उठीं, कुछ-कुछ इतरा कर कहा : "पर मेरे लिए तो यह प्रश्न ही नहीं उठता महाशय—मेरी लाज भी आप ही की है।"

"प्रश्न शेष है; मेरी लाज तुम क्यों लजाई ?"

'कार्येषु मंत्री, करणेषु दासी, भोज्येषु माता, शयनेषु रंभा'—के अनुसार इज्या का मंत्रित्व, दासीत्व और मातृत्व भाव इस समय सती के रंभा रूप को सँवारने में ही लगा था। होंठों की कोरों में हँसी दबाये, ढीठ स्वर में बोली : "कन्दुक मेरा तेरा नहीं होता, दो खिलाड़ियों का होता है।"

इज्या के इस उत्तर से सोमाहुति खिलखिलाकर हँस पड़े। इज्या का रतिरंजित मन भार्गव के मदन वेग से मोर्चा लेकर फिर अपने संसार की ओर ध्यान देने लायक स्फूर्ति में आकर रस्सी बँधी कलसिया का पानी गंगाल में डालती हुई जुई की ओर गया। दिन के रीते समय में इज्या ने जुई की तो चोटी कर दी थी, जाई प्रचेता को लिये बैठनेवाले दालान में बैठी थी, उसकी चोटी बाकी रह गई, ध्यान गया, प्रचेता की याद आयी—और आते ही सती का रंभा भाव मातृत्व के कोठे पर चढ़ कर सहज बन गया। स्नेह भरे स्वर में पुकारा : "अरी जुई, एक बार प्रचेता को देख आ बेटी, यदि वह बाबाजी के पास हो तो वहीं बैठ जाना और जाई को यहाँ भेज देना, बाकी पानी वह भर लेगी।"

जुई खाली कलसी कुएँ की जगत पर रखकर स्वामिनी की बात पूरी होते-होते अपने हाथों का पानी झटकारते पास आ चुकी थी। सोमाहुति यज्ञशाला से निकलकर आँगन में खड़े अपने दोनों हाथों को सिर के ऊपर बाँधकर आकाश की ओर देखते हुए रसमग्न अँगड़ाई ले रहे थे। उन पर दृष्टि पड़ते ही इज्या की दृष्टि में फिर रीझ समा गई, उतावली में जुई से बोली : "चल, मैं द्वारे पै अड़कना लगा लूँ और अब तुम में से जो भी आये, वो नीचे से आये, अच्छा।"

'अच्छा' कहते हुए जुई खिल उठी। देखकर गृहिणी का आनन्दित मन एक लहर और चढ़ गया, जुई को लेकर द्वार की ओर जाते-जाते मुड़कर स्वामी से कहा : "आपने अपना अध्ययन कक्ष और बैठका तो अभी देखा ही नहीं। कुएँ से इधरवाले द्वार की सीढ़ियाँ उतर जाइए। मैं वहीं आती हूँ।"

भार्गव के मन में आज पहली बार गृहस्थी का मद चढ़ा था। इस समय और सब भूले हुए वे अपने में मगन थे। घरैतिन ने जिधर कहा, उधर ही चल पड़े। आठ पगथियों की घुमावदार सीढ़ी उतरकर भार्गव ने द्वार की कुण्डी खोली; भीतर गये। छोटा-सा लिपा-पुता कक्ष, जिसके तीन द्वारों की झिरियों से हल्का प्रकाश छनकर आ रहा था। बढ़कर पासवाला द्वार खोला, आगे छज्जेदार दालान था। सामने गोमती बह रही थीं। सोमाहुति भार्गव दोनों किवाड़ों पर हाथ टेक कर खड़े-खड़े सामने की सुरम्य छटा देखने लगे। तब तक इज्या आ गई। उसने बगलवाला दूसरा और व्यासजी की चौकी के पीछे वाला तीसरा द्वार भी खोल दिया। गोमती और पार की हरियाली का सुहानापन हर द्वार से कक्ष में घुस आया। पति ने मुड़कर देखा, पत्नी ने उमंग में दोनों हाथ फैलाते हुए चहक कर कहा : "यह है हमारा घर।"

"विश्वमित्र ऋषि जाया को ही घर बताते हैं।"

बात को अनसुनी सी करके इज्या ने कहा : "काकाजी ने हमारे लिए इतना सुन्दर घर बनवाया है कि मैं तो मथुरा और पद्मावती के महल-दुमहले भूल गई। और वे स्वयं कुटी में ही रहते हैं।"

"आर्य पितृव्य के जीवन में अब लौकिक रस आया है। दिन में जब अग्निकुण्ड उठा लाने की आज्ञा लेने गया तो मुझसे बोले कि तुम्हारे आने से पहले मैं सोचता था कि अब बहुत जी लिया, फिर सौति नारद के साथ तुमसे धनशक्ति पाकर मुझे लगा कि अभी जीना है, कम से कम महासत्र के संपन्न होने तक, परन्तु प्रचेता को देखकर यह इच्छा होती है कि इसके योग्य होने तक जियूँ और इसे अपनी गद्दी पर बैठाकर मरूँ।" कहते हुए भार्गव पैर पोंछकर अपनी चौकी पर चढ़ गये और गावतकिये का सहारा लेकर गोमती की ओर देखने लगे। उस चौकी पर एक चंदन पेटी रखी हुई थी। पेटी के अन्दर शौनकजी तथा स्वयं उनके आग से बच जानेवाले पैतृक ग्रंथ-संग्रह की सभी पुस्तकों की एक वृहत् सूची रखी थी। उसे देखकर व्यासजी ग्रंथागार से ग्रंथ मँगा सकते थे। यही पेटी पुस्तक पढ़ते समय ग्रंथ रखने के पीढ़े का काम भी दे सकती है। चौकी के नीचे घुटनों पर टिकी बैठी इज्या ने पति के सामने पेटी को खिसकाकर पीछेवाली स्थिति में रखा। सोमाहुति पेटी से अधिक इज्या के उत्साह को देख और सराह रहे थे। उसका पेटी सरकानेवाला हाथ पकड़कर उसे उठाने के लिए खींचा।

"नहीं-नहीं, यह ्यासजी की गद्दी है।"

इज्या को खींचकर अपने पास बिठलाते हुए व्यास सोमाहुति ने कहा : "प्रकृति और पुरुष ही वस्तुतः एक दूसरे के व्यास हैं। तुम्हीं कहो, क्या हममें से कोई भी परस्पर सहयोग के बिना अपना फैलाव पा सकता है ?"

सिर झुकाए हुए इज्या मगन मन मौन बैठी रही। उसके मुख पर दमकते सुहाग-तेज में क्रीड़ा का चांचल्य और समर्पण की गंभीरता दोनों ही अपनी छटा छहरा रही थीं। पतिदेव भी अपनी बात कहकर रीझी हुई दृष्टि से अपनी पत्नी को देख रहे थे। उस समय दोनों के लिए एक दुनियाँ बाहर थी और एक उनके मनों के भीतर। बाहर की दुनिया मात्र माध्यम थी, उस गली के समान, जो उद्देश्य रूपी घर के द्वार तक पहुँचा देती है, और उनके भीतर के जगत् दो होकर भी दो आँगनों वाले एक घर थे। उनके मन में एक ही प्रकार की तरंगें उठ रही थीं। नरनारी का मन अपनी काया की गंध लिये कामना के कस्तूरी मृगों सा दौड़ रहा था। दो क्षण का मौन प्यासे पति को युगों की चुप्पी जितना लम्बा लगने लगा। धैर्य का मंगल घट लिए खड़ी पुरुष की उतावली अपनी प्रिया की अनुरागमयी दृष्टि के अपनी ओर आने की प्रतीक्षा करती हुई ऐसी लग रही थी जैसे तेज चालवाली मनमानी घोड़ी अपने मालिक के द्वारा कसी लगाम से त्रस्त होकर ठिठकने के लिए बाध्य हुई हो और दौड़ने के जोश में अपने पाँव पटक रही हो।

इसी मौन में पर्त दर पर्त कहीं कुछ स्वरों की हलचल भी व्यास सोमाहुति के अन्तर्मन को सुनाई पड़ रही थी, पर उन्हें वे इस समय सुनना नहीं चाहते थे या सुन नहीं सकते थे। उनकी स्थूल क्रियाएँ प्रायः रुक सी गई थीं। वह केवल उन्हीं सूक्ष्म स्पंदनों में रम रहे थे, जिनसे उनकी कामन गति पा रही थी।

तनिक सा सिर उठाकर इज्या ने कनखी से देखा। प्रतीक्षा में टकटकी बाँधे प्रिय की दृष्टि को अपनी ओर देखते ही इज्या के मन की रीझ कनखी की कंजूसी छोड़कर उदार हो गई। आँखें आँखों से गूँगी बतियाँ करने के लिए मानो दो गुइयों सी अपने-अपने द्वारे पे खड़ी हो गईं। इस क्षण में उनके लिए सारा ब्रह्माण्ड केवल कामना की तरंगों से ही लहर-लहर लहरा रहा है। मन जानता है, कब एक-दूसरे को ताकें कि आँखें मिलते ही काल रीझकर स्तब्ध हो जाए; कब मुस्कुराएँ कि हँसी बिना स्वर के खिलखिला उठे; कब गम्भीर हो जाएँ कि मन मन की बिथा बूझकर एक-दूसरे के प्रति सहानुभूति से भर उठें। कामना जब मन से उठती है तो खण्डों में बँटकर, रंगों की विविधता में विभाजित होकर, परन्तु दृष्टिपथ पर आते ही सप्तरंग एक रंग बन जाते हैं, खण्डों में कामना की शक्ति एक होती है, वह अखण्ड होती है और उसका प्रभाव पूर्ण होता है।

पति के कपाल पर एक मक्खी को मँडलाते हुए देखकर इज्या ने सोमाहुति की ओर झुककर उसे उड़ाने के लिए अपना हाथ उठाया। सोमाहुति अपना ज्ञान-विज्ञान फलांग कर आनन्दमय कोष को अन्नमय कोष के स्तर तक उतार लाये। इज्या के उठे हुए हाथ को अधर ही में पकड़कर खींच लिया, वे उसके शरीर से कसकर लिपट गए और उसके अधरों का चुम्बन करना चाहा।

प्रिय मुख की साँसें ठोड़ी, होंठों को छूने लगीं। छाती धचके के साथ छाती से जुड़ी।—और इस धचके से अचानक मन का पट परिवर्तन हो गया। एक गुलाबी रंग-गंध-भार जो सारे दिन रूई के फाहों-सा उड़ता आकर, परस्पर जुड़-जुड़कर इतना बढ़ गया था कि लगता था, रात में अपनी रसगति पाकर ही हलकाएगा—किन्तु इस धचके ने निमिष मात्र में उस रंगजगत् को ऐसा विलीन किया, मानो कहीं और कभी था ही नहीं। मिलन के पहले ही दिन से जब भार्गव ने आक्रमणकारी से उसकी रक्षा की थी, इज्या का मन का यह भाव बँधा कि 'यह मेरे राम रखवारे हैं।' वह भाव प्रचेता के जन्म के बाद पिछले कुछ महीनों में बड़ी सामर्थ्य लेकर जागा था। कल तक वही भाव सहज प्राकृतिक था, आज दिन भर असहज, अप्राकृतिक रहा; किन्तु अब फिर वही का वही। प्रिय का ज्ञानमंडित तेजोमय सरल गम्भीर मुखड़ा अब फिर 'राम प्रिय' का हो गया। धचके से जादू की तरह एक धरती से दूसरी धरती पर आकर खड़ी हो गई। इज्या की गर्दन तनकर पीछे हटी, सोमाहुति के कन्धे पर पड़ा हुआ उसका हाथ उनके होंठों पर आकर मुहर सा लग गया, उसकी अन्तश्चेतना अधीर होकर बोली : "ना ना, रामप्रिय हम बाहर हैं।"

अकेले में इज्या भार्गव को इसी संबोधन से पुकारती है।

"बाहर हैं।" —

रस रूपी हिमालय की दूर-दूर तक फैली हुई रंगारंग चोटियों के बीच इर्द-गिर्द वासना की नदियों से घिरी हुई एक मंत्रमुग्ध पहाड़ी पर बैठे चैन की बंसी बजाते हुए सोमाहुति के कानों में इज्या के शब्द अपनी असंख्य प्रतिध्वनियों के साथ गूँजे। चैन-बेचैन हो गया भूचाल आ गया। रंगों का नगर, कामनाओं के कलस-कँगूरे धूलकण बनकर ऐसे भूमिसात् हुए कि आकाश स्वच्छ हो गया। संकल्प का सूर्य आँखों में फिर से चमक उठा। सोमाहुति का संसार फिर से सहज हो गया। इज्या वैसे ही सामने थी, पर अब वह उनकी 'प्रिया सहधर्मिणी' के रूप में थी। वह अब भी कामिनी थी, किंतु कामना अब अपने नये अर्थबोध

के साथ झलक रही थी। सोमाहुति को लगा कि मानो उनके हृदय में प्रवाहित होनेवाला आनन्द-नद अब सहसा दो धाराओं में बँटकर बहने लगा है। एक धारा जो उनके पग-नखों तक दौड़कर उनके सिर चढ़ रही थी, अब वहीं से उपजी दूसरी धारा के चक्रव्यूह में फँसकर अपनी गति भूल गई। शीश की नदी बड़ी तेजी से दूसरी का सारा जल खींचकर अपने में मिला रही है; नदी दो से फिर एक हो रही है। सामने अब इज्या नहीं, वासुदेव की माया प्रिया सहधर्मिणी है। वासुदेव उस माया में लिपटे हुए मुस्करा रहे हैं। सोमाहुति के अन्तर में श्रम तप से बना कर्म-लोक, जो वासना के महोदधि में डूब गया था, सहसा फिर उसी तरह ऊपर उठ आया। लगा कि जैसे वराह भगवान् ने पृथ्वी को रसातल से उबार लिया। इज्या अब वही पुरानी की पुंरानी थी, पवित्रता की संचारिणी थी। उसका क्षणिक नयापन पुराना पड़कर धज्जी-धज्जी बिखेर गया था। सोमाहुति इज्या से अलग होकर बैठ गये, उनके तेजस्वी चेहरे पर खिसियान का फीकापन आ गया था। फीकी हँसी हँसकर वे बोले : "नारद कहते थे कि भारतचन्द्र की कर्णदूती मेरे मन में वासना की तरंगों का कोलाहल कभी नहीं सुन पाई : किन्तु आज उसने सुन लिया होगा। मैं सहसा इतना कापुरुष कैसे बन गया ?"

इज्या बोली : "दोष मेरा है। आज चक्रतीर्थ पर क्षौरकर्म कराने के बाद आपका स्वरूप देखकर मेरा मन चाहों से भर गया था। इस नये घर के आनन्द में मैं फिर और बह गई। कभी न देखी बोरिया सपने आई खाट। वन की इस निपट मूढ़ा ने तपोनिधि का रत्न भण्डार अपनी बहक में लुटा दिया। मैं बड़ी लज्जित हूँ।" उसकी आँखें भर आईं।

"पश्चात्ताप से बढ़कर और कोई पाप नहीं होता प्रिये! हम थोड़ी देर के लिए केवल भटके ही तो थे। काम की प्रवृत्ति में मिलन, सृजन और आनन्द यह तीनों गुण होते हैं। हमारे मन अपने दोनों छोरों पर एक ही तत्व को छूते हैं, भले ही उनका भाव-बोध अलग-अलग हो। हमने खोया कुछ नहीं, वरन् पाया ही है।"

लेकिन इज्या के मन में पछतावे की एक लहर अब तक तीव्र उछालें ले रही थी। उसे देखकर भार्गव ने कहा : "पुरुष और प्रकृति तत्वों के मिलन और सृजन से उत्पन्न आनन्द का बोध हमें क्या इस समय अपनी पूर्णता में प्राप्त नहीं हुआ प्रिये? हम क्यों पश्चात्ताप करें? हम आज इस समय मिले तो थे अपनी रात बनाने के लिए, पर हमने मिलकर अचानक दिन को सिरज लिया। तुम घाटे में कहाँ रहीं जो दुखी होती हो?"

"आपके समान मुक्त मन कहाँ से लाऊँ? इस समय मेरा मन डूब मरने को होता है।" कहकर इज्या फूट-फूटकर रोने लगी।

भार्गव उसकी ओर देखकर हँसे, कहा : "अरी पगली, तुम तो डूबने चली थीं, रोने क्यों बैठ गई? डूबो, डूबो न आनन्द के सिन्धु में। उसी को जीवन मिलता है, जो उसमें अपने को सर्वांग रूप से डुबा देता है। और जो इस प्रकार नहीं डूबता, वह अपने भाग्य को रसातल में डुबा देता है। फिर हमने पाप ही क्या किया जो पश्चात्ताप करें? अरे, कौन पति-पत्नी अपने सुख के क्षण में इस प्रकार अनुराग-रंजित नहीं होता ?"

इज्या ने मौखिक रूप से कोई उत्तर नहीं दिया, किन्तु उसका मन निश्चित कारणों से बँधा था। नैमिषीय से भार्गव जब अयोध्या पहुँचे थे, तब इज्या ही ने तो उनसे यह माँग की थी कि जब तक उसका नन्हा मुन्ना माँ का दूध पीता रहे, तब तक उसकी काया को केवल मातृत्व का ही सतत स्पर्श मिलना चाहिए। मन में कोई ऐसा भाव न आये, जो दूध के साथ बच्चे के संस्कारों में पहुँचे। आज वह स्वयम् ही ऐसी स्वार्थिन बनी कि अपनी महत् कामना

को क्षुद्र वासना के पीछे बिसार बैठी। अब वह केवल अपने प्राण देकर ही इसका प्रायश्चित कर सकती है।

लेकिन उसके प्राण अब भी सोमाहुति के प्राणों में ही स्पन्दित हो रहे थे। इज्या का मन भले ही पछतावे से जुड़ गया हो, किन्तु सोमाहुति का मन अब भी अपनी अर्धांगिनी से जुड़ा हुआ था। उनके मन में अन्तर केवल इतना ही आया था कि वह अब पाने के बजाय देना ही देना चाहता था।

भार्गव के संयत व्यक्तित्व ने आत्मदान की इस भावना को प्रतिक्रिया की भावना तनिक भी न बनने दिया। उनके मन में देने की इच्छा अब भी उसी उत्साह में रम रही थी, जिसमें वह पाने की चाहत के साथ-साथ दौड़ रही थी। अन्तर केवल इतना ही आया था कि अब देना ही पाना भी था। इज्या की उदास मुद्रा देखकर वे कहने लगे : "यह भी श्रीराम वासुदेव की कृपा ही हुई समझो। मैं कहीं पर समझने लगा था कि मैं और तुम हिमालय के उत्तुंग शिखर पर जा बैठे हैं और मेरे साथी अभी मुझसे तुझसे कोसों नीचे हैं। मेरा यह दम्भ यदि आज धुल न जाता तो मेरे सारे चिन्तन और कर्म में कहीं न कहीं वह अपनी मलिनता की छाया अवश्य ही छोड़ता। तुमने वासुदेव की माया और भक्ति के समान सुषुप्ति और जागरण दोनों ही देकर क्षण भर में मेरे मिथ्या दम्भ का संहार कर डाला। मैं सुखी हूँ प्रिये, तुम इस समय मुझ पर वासुदेव की कृपा सी बरसी हो।"

भार्गव चौकी से उठ खड़े हुए। चौकी पर एक हाथ टेके गम्भीर बैठी हुई इज्या को हाथ पकड़कर उठाया और उसे बाँह में बाँधकर बाहरी दालान के द्वार की ओर आते हुए प्यार से बोले : "कब तक यह सोचती रहोगी कि जो करती हूँ सो मैं करती हूँ। वृत्तियों के आकार परिवर्तन क्रम में कभी-कभी कुछ अनायास भी घटा करता है, उससे चौंकना नहीं चाहिए। दुख-सुख असंयमी का नरक है। संयमी गिरता है, चढ़ता है और अंत में वांछित सिद्धि पा लेता है। लो, वह चला आ रहा है हमारा प्रचेता। बड़ा मस्त है पट्ठा। हर वातावरण में अपनी मस्ती का झंडा ही ऊँचा रखता है। लगता है कि मानो उसके लिए कोई भी स्थान, व्यक्ति अथवा वातावरण अपरिचित नहीं है। सबकी गोद उसकी चिरपरिचित है।"

जुई की गोद में प्रचेता आ रहा था। बिखरे बालोंवाली जाई अपनी बहन से कुछ कहती और हँसती हुई चली आ रही थी। पति के समझाने और बेटे को देखने से इज्या का भोलापन भी अब अपने ठीहे पर आ चला था, जाई-जुई का कृष्ण सौंदर्य और उनके हृदय की दिन भर में पहचानी हुई सरलता इज्या के मन को सहजता देने में और भी सहायक हुई। पति की बात पर बड़े भोलेपन से चहककर कहा : "ये लड़कियाँ भी कुछ कम नहीं हैं। इतनी ही देर में मेरा नन्हा इतना हिल गया है कि देखो न, तब से इन्हीं दोनों के पास तो है!"

जाई-जुई शौनकजी के निवास स्थान को पार करके अब क्रमशः घर के पास आ रही थीं। प्रचेता जुई के कन्धे से चिपका हुआ था। माँ का जी उसका मुखड़ा पास से देखने के लिए ललकने लगा। वह आ रहा है, वह आ रहा है, आ रहा है।

४९

●

●

नैमिषारण्य में सोमाहुति को आये अभी पूरा एक सप्ताह भी नहीं बीता था कि बाहर से आनेवाली तरह-तरह की सूचनाओं से उनके मन पर एक भार पड़ने लगा। सबसे अधिक चिन्ताजनक समाचार यह मिला था कि अहिच्छत्रा की सेनाएँ लखीमपुर के पास अचानक जमा हो रही हैं; उनकी गतिविधियाँ एक रहस्यमय ढंग से बराबर आगे बढ़ रही हैं। दूसरी सूचना यह थी कि सम्राट् विंध्यशक्ति के देहान्त के बाद नाग राजे आपस में फूट गए। प्रवरसेन के स्थान पर उनके पुत्र रुद्रसेन को ही गद्दी देने की बात विन्ध्यशक्ति के समय से ही निश्चितप्राय थी, किन्तु प्रवरसेन ने विन्ध्यशक्ति के दम तोड़ने से पहले ही वाकाटक सेना को इस प्रकार अपने बस में कर लिया था कि वे प्राण छोड़ भी न पाये थे कि प्रवरसेन के राजतिलक की तैयारियाँ होने लगीं। सुना जाता है कि महाराज गणपति नाग 'प्रवीर' के सम्राट् बनने से सन्तुष्ट नहीं हैं। यह भी सुना कि सम्राट् प्रवरसेन ने महाराजाधिराज चन्द्रगुप्त के पास यह सन्देशा भेजा है कि भारशिव सम्राट् भगवान से छीने हुए काशी, कोशल आदि क्षेत्र स्वेच्छा से प्रवरसेन को अर्पित कर दें, अन्यथा युद्ध के लिए प्रस्तुत हो जाएँ। महाराज चन्द्रगुप्त क्या करने वाले हैं, यह पता नहीं चलता।

युद्ध की आशंका से नैमिषारण्य के आसपास का क्षेत्र खाली होने लगा था। बहुत से परिवार यह सोचकर ही जंगल में आ बसे थे कि तपोवन पर कोई भी राजा आक्रमण नहीं करेगा। युद्ध की आशंका ने बहुत सी गतिविधियों को एकाएक ठप्प कर दिया था। शौनक चिन्तित होकर बोले : "प्रभु की माया समझ में नहीं आती। लक्ष्मी जब चार हाथ से स्वयम् अपना ही मुँह पीटेगी, तो विष्णु का कार्य कौन करेगा ?"

सोमाहुति बोले : "यदि यह कार्य देवता का है, तो निश्चय ही सम्पन्न होगा आर्य पितृव्य।"

शौनक मुस्कुराये, कहने लगे, 'कार्य तो देवता का ही है, किन्तु देवगण अपनी इच्छा पूर्ति उस प्रकार नहीं करते, जैसे मनुष्य करते हैं। जब अयोध्या से यहाँ आकर बैठा था तब देवकार्य सम्पादित करने के लिए मैंने कितने प्रयत्न किए, परन्तु सफल न हो पाये। वर्षों यों ही बीत गए और एक दिन तुम अचानक आये। देवकार्य चल पड़ा, किन्तु अब देखो क्या होगा।"

"देवकार्य सम्पन्न होगा आर्य पितृव्य ! सम्राट् प्रवरसेन को यदि आत्मघात नहीं करना है, तो वह महाराज चन्द्रगुप्त पर आक्रमण नहीं करेंगे।"

"प्रवीर हठी है पुत्र! वह अपने पिता की बात भी नहीं मानता था। भवनाग से सम्बन्ध करते ही, तुम देख लेना, एक वर्ष के भीतर ही भीतर प्रवीर 'भव' को संन्यासी

बनाकर कन्तित से निकालकर बाहर करेगा।"

"किन्तु रुद्रसेन—"

"रुद्रसेन मिट्टी का माधो है बेटा! द्रोणाचार्य के वंश में बस यह विन्ध्यशक्ति ही एकमात्र नक्षत्रधारी व्यक्ति हुआ। बड़ा ही सन्तुलित बुद्धि का व्यक्ति था, परन्तु अपनी सीमाओं में बँधा हुआ भी था। न तो वह अपने पुत्र, न अपने सम्राट् ही को पूरी तरह से अंकुश में रख सका, जब कि विन्ध्यशक्ति की स्वामिनिष्ठा एवम् पुत्र प्रेम में कोई कमी नहीं थी। उसका वह दक्षिणी स्त्रीवाला बेटा वीर पिता से सब कुछ प्राप्त करके भी उसके प्रति वैसा कृतज्ञ नहीं हुआ, जैसा कि होना चाहिए था। बेचारा विन्ध्यशक्ति सारा जीवन होम करके अपना ही हाथ जलाता रहा। द्रोणाचार्य और अश्वत्थामा से लेकर विन्ध्यशक्ति और प्रवरसेन तक इस वंश का इतिहास देख लो। पूरे हड्डे पेलकर भी इस वंश के लोगों को कभी यश नहीं मिला।"

"पर भृगुवंश यशस्वी है आर्य! आपकी तपस्या, मेरे गोलोकवासी पूज्यपाद पिता और पितामह की मनोकामना कदापि निष्फल नहीं जाएगी। महासत्र होगा। इस अनेक फनोंवाली नागशक्ति को नारायण की शेषशय्या बनने के लिए बिछना ही पड़ेगा। मेरा भारत देश अब अपने अन्तःसंघर्ष से पक चुका है। उसे अब प्रौढ़ता और शान्ति मिलनी ही चाहिए। तात! अपने सूत्रों के द्वारा यदि किसी प्रकार यह पता लगा लें कि अहिच्छत्रा वाले अपने किसी कारण से चन्द्रगुप्त पर आक्रमण करना चाहते हैं अथवा प्रवरसेन के संकेत पर ऐसा कर रहे हैं, तो मैं आगे की नीति निर्धारित करने की दिशा में महाराज को सुझाव दे सकूँ।"

श्रावस्ती के सोड्ढण कायस्थ ने गुप्त शासन के नैमिषारण्य स्थित मुख्य कार्यभारी ईशानदत्त से कहीं अधिक प्रतिभा एवम् कुशलता का परिचय दिया। सोड्ढण यह समाचार लाये कि सम्राट् प्रवरसेन ने अपने श्रीहत समधी भारशिव सम्राट् को अपनी सेनाएँ बढ़ाने के लिए बाध्य किया। उन्होंने नागसेन को अपना प्रतिनिधि बनाकर कन्तित भेजा। नागसेन कन्तित, मीरजापुर क्षेत्र के धनुर्धर आदिवासियों को सम्राट् प्रवरसेन के लिए संगठित कर रहा है। अहिच्छत्रा नरेश ने सम्राट् के आदेश से ही अपनी सेनाएँ एकत्रित की हैं। सुना है कि प्रवरसेन ने अपने दाक्षिणात्य अनुज पल्लव नरेश वीर कूर्च को कलिंग और बंग पर आक्रमण करने के लिए भी प्रस्तुत किया है। सुना जाता है कि नेपालाधीश तथा प्रतापी लिच्छवियों के जामाता चन्द्रगुप्त को उसके ससुरालियों समेत समाप्त करने के लिए प्रवरसेन ने बीड़ा उठा लिया।

व्यास सोमाहुति के सामने अब यह प्रश्न था कि महाराज गणपतिनाग क्या सम्राट् प्रवरसेन की इस योजना के समर्थक हैं? एक दूसरा प्रश्न जो उनके मन में उठा, वह इससे भी अधिक महत्वपूर्ण था। इस देश को संगठित करने के लिए चन्द्रगुप्त और प्रवरसेन में कौन अधिक चतुर और शक्ति-संगठनकर्ता है? अंधेरे में भार्गव कोई उत्तर नहीं पा रहे थे। प्रवरसेन को वे व्यक्तिगत रूप से नहीं जानते। चन्द्रगुप्त निःसन्देह योग्य व्यक्ति है। उसके सम्बन्ध में कही हुई देवी वाशिष्ठी की यह बात उनके ध्यान में आयी कि यह चन्द्रगुप्त प्राचीन काल के मौर्य सम्राट् चन्द्रगुप्त और उनके परम कूटनीतिज्ञ महामंत्री चाणक्य का

सम्मिलित अंशावतार है। नारद और गिरागुरु गणपतिजी के मुख से प्रवरसेन के सम्बन्ध में सुनी हुई बातों का ध्यान करके उन्हें लगा कि प्रवरसेन उद्धत और दम्भी है। ऐसा व्यक्ति चाहे और हर प्रकार से योग्य क्यों न हो, किसी महान् कार्य का आयोजक कदापि नहीं बन सकता। कोरी लड़ाइयों से यह देश एक न होगा और इस आसेतु हिमांचल व्याप्त भूखण्ड के तप, ज्ञान और अर्थ-सम्पदा की सुरक्षा के हेतु इस समय भारत की एकता अनिवार्य है। सब कुछ सोच-विचारकर भार्गव ने काशी जाकर चन्द्रगुप्त से मिलने का निश्चय किया, किन्तु किसी निर्णय पर पहुँचने से पहले वे गिरागुरु महाराज गणपति नाग के मन की थाह पा लेना चाहते थे। कुलपति शौनकजी से सलाह करके उन्होंने सोड्ढण कायस्थ को धारा नगरी भेजा। इन दिनों महाराज अपनी पैतृक राजधानी धारा नगरी में थे।

दिन भर वातावरण में एक सनसनी सी बनी रहती थी। गढ़ी के निर्माण का कार्य और तेजी से चल पड़ा। रात में मशालें जला-जला कर दीवालों की चुनाई होती थी। केवल इन गढ़ी-निर्माता मजूरों तथा कुलपति शौनक को छोड़कर पूरे नैमिषारण्य में और कोई भी आजकल इतने उत्साह में दिखाई नहीं देता था। सभी के चेहरे चिन्ता से फकफकाये हुए थे। और इस चिन्ता के वातावरण में आश्रमवासियों का दमित विद्रोह भी अपना सिर तानने की धमकियाँ देने लगा था।

एक दिन वन में शरणागत हुए एक शबर दैत्य परिवार के कारण आश्रम की प्रतिष्ठा पर आश्रम के कुछ तापसों ने करारा आघात किया। ढोंढू शबर की पत्नी और तीन कन्याओं ने मिलकर जंगल के किसी कोने में कच्ची दारू बनाई। उसकी लड़कियों ने आश्रम के कुछ साधकों और भण्डारी के बेटे को अपने जादू में बाँध लिया था। एक दिन रात को आश्रम के भण्डारी ने कोठार की दीवार पर ठक-ठक का मद्धिम स्वर सुनकर टोह ली, तो देखा कि कुछ चोर सेंध लगा रहे हैं। भंडारी चतुर था। वह बिना आहट किए बाहर जाकर पासियों को चेता आया और पासियों ने सेंध फोड़ने तक चोरों को अपना काम करने दिया, बाद में कुछ को कोठार के भीतर और कुछ को बाहर बन्दी बना लिया। पकड़े जानेवालों में भण्डारी का बेटा तो था ही, ढोंढू और उसकी पत्नी भी थे। चोरों में अपने बेटे को देखकर भण्डारी ढोंढू और उसकी पत्नी पर इतना बिगड़ा कि उन्हें मारते-मारते बेदम ही कर डाला। पता चला कि ढोंढू दैत्य अहिच्छत्रा वालों के संकेत पर भण्डार घर में चोरी कराने आया था।

सबेरे कुलपति महाराज की कचेहरी में चोरों को बाँधकर लाया गया। लखना भण्डारी बड़ा ही दुखी था कि उसका पुत्र भी इस षड्यंत्र में पकड़ा गया। परन्तु जब शौनकजी के सम्मुख यह मामला चल रहा था, तभी लगभग पन्द्रह-बीस ब्रह्मचारी कहलाने वाले नई भरती के नवयुवक तथा कुछ पुराने आश्रमवासी युवक ढोंढू की दो कन्याओं के साथ मतवाली मुद्रा में गालियाँ बकते चले आ रहे थे। उन दो लड़कियों में से एक की बगल में कच्ची दारू का घड़ा दबा था और दूसरी मतवालों की कुज्जियाँ भरती जाती थी। यह विद्रोही दल बहुत दूर न जा सका था कि घड़े पर तीर पड़ा और वह फूटकर बह चला। मतवाले टूटे घड़े से बहती हुई मदिरा के नीचे झुककर चुल्लू बाँधने और आप ही सब पीने के फेर में एक दूसरे को धक्के मारने में व्यस्त हुए। ढोंढू की बिटिया ऐसे खड़ी हो गई, मानो कुतिया अपने पिल्लों को दूध पिलाने के लिए खड़ी हो गई हो। बस, इसी मदिरा के ठहराव में वह

गिरोह भी तापसों और वनरक्षक पासियों के द्वारा पकड़ लिया गया। ढोंढू की दोनों लड़कियाँ भाग निकलीं।

ढोंढू दैत्य की दोनों लड़कियाँ बड़ी ही चालाक निकलीं। अपने माता-पिता और प्रेमियों के पकड़े जाने के प्रतिकार स्वरूप उन शबरियों ने न जाने कहाँ छिपकर अपना अड्डा बनाया और प्रातः नित्य सबेरे सामूहिक प्रार्थना के समय कुछ मतवाले कुछ न कुछ गड़बड़ करते हुए पकड़े जाने लगे। तीन-चार दिनों तक लगातार इस प्रकार के काण्ड होने के कारण अनुशासन में यद्यपि ऊपर से तो अधिक ढील न आ सकी, परन्तु भीतर ही भीतर वह टूटने लगा। दो लड़कियों ने मिलकर बहुत से जंगलवालों के दिलों में आग लगा दी थी और उनकी देखादेखी दूसरी शरणागत शबरियों, बेड़िनों आदि ने भी अपने हुनर की बानगी दिखलाना आरम्भ किया।

शौनकजी के सामने सबसे बड़ा प्रश्न यह था कि इन शरणागतों को निकाला क्योंकर जाए। उनके सामने सचमुच बड़ा ही धर्मसंकट था। यदि इन्हें निकालते हैं तो इहलोक में कलंक और परलोक में पाप के भागी बनते हैं और यदि नहीं निकालते तो आश्रम की नैतिकता में घुन लग जाएँगे। बहुत से ऐसे आश्रमवासी, जो स्वयं कायर होने के कारण कुलपतिजी के अनुशासन के आगे झुक गए थे, अब अवसर पाकर अनुशासन तोड़ने वालों को तरह-तरह से प्रोत्साहित करते नहीं अघाते थे।

एक दिन शौनक ने भार्गव से कहा, यह घुन बुरा लग रहा है, समझ में नहीं आता कि इसे रोका कैसे जाए। यह प्रश्न व्यास सोमाहुति को भी मन ही मन चैन नहीं लेने दे रहा था। सोड्ढण कायस्थ अभी तक धारा नगरी से लौटकर नहीं आये थे। व्यासजी के लिए आठो याम प्रतीक्षा, चिन्ता और प्रार्थना के अतिरिक्त और कोई काम हो न रह गया था। न जी भर के भोजन ही करते, न पत्नी-बच्चे से बोल पाते। अधिकतर गुमसुम अपने अध्ययन कक्ष के एकान्त में बैठे-बैठे गोमती के सौन्दर्य की ओर सूनी आँखों से ताका ही करते थे। कुछ सूतगण उन्हें भी अपनी कथाएँ सुनाने के लिए आया करते थे। व्यासजी जब तक उन कथाओं का वैष्णवीकरण करके सूतों के सम्मुख अपना उद्देश्य और उसकी पूर्ति की विधि की व्याख्या करते रहते, तब तक तो एक प्रकार की आत्मविस्मृति उन पर छाई रहती थी, किन्तु उसके बाद उनका समय बड़े ही अंधेरे में बीत रहा था। समझ में नहीं आता था कि भविष्य रूपी ऊँट किस करवट से बैठेगा।

अनुशासन सम्बन्धी एक नई समस्या और उपस्थित हुई। तापसों में दो दल हो गए थे, एक उनका था जो दोपहर ढलते ही मद बनाने वाली शरणागत पुंश्चली स्त्रियों के पीछे-पीछे क्वार के कुत्तों से डोलने लगते थे। तीसरे पहर कथा-मंडप में तापसों की उपस्थिति कम होने लगी थी। तापसों का दूसरा वर्ग वह था, जो इन नये मद्यपियों एवं दुश्चरित्रा स्त्रियों के कारण केवल इन्हीं लोगों से नहीं, वरन् कुलपतिजी से भी क्षुब्ध था कि वे ऐसों को जंगल से निकाल क्यों नहीं देते। मुख्य कार्यभारी ईशानदत्त शान्त दिनों में जितना ही कुशल एवम् कठोर नियामक लगता था, संकट काल में वह उतना ही कायर प्रमाणित हुआ। वह आजकल प्रायः बनती हुई गढ़ी के भीतर ही रहता था। चार-छः दिन से उसने रात में वहीं सोना भी आरम्भ कर दिया था। बनवासी तापसों के बीच में वह इन दिनों कम से कम

दिखलाई देता था। अपने वनरक्षकों के ऊपर भी उसे पूरा भरोसा नहीं था। गढ़ी निर्माण करनेवाले कारीगर मजूरों में कुरमी, कहार जाति के लोग अधिक थे और कुछ असुर लोग भी थे। असुर और दैत शबरों की परम्परागत लड़ाई चली आती थी। अतः असुरों को इस आपतकाल में वे अपना प्रधान रक्षक मानकर उन्हीं के बीच में सोते थे।

कथा-मण्डप में अनुपस्थित रहनेवालों के लिए शौनकजी ने अपना अनुशासन दण्ड सम्भाल तो रक्खा था, किन्तु वह दण्ड नीति इस समय प्रभावहीन हो रही थी। भूखे बाड़े में बन्दियों की संख्या बढ़ गई, परन्तु न किसी ने क्षमा माँगी और न खाना देने का आग्रह ही किया। ईशानदत्त कुलपति जी के पास नित्य प्रति यह सूचना लाता कि भूखे बाड़े में बन्दियों को रखने की जगह अब कम होती जा रही है, किन्तु उन पर पहले की तरह नियन्त्रण रखना इस बार न जाने क्यों संभव नहीं लगता। शौनकजी ने यह भी अनुभव किया कि भूखे बाड़े में बन्द किए जानेवाले अपराधी प्रायः मद्यपों की तरह प्रलाप करते हैं। उन्होंने अपने पहरेदारों में जो सबसे अधिक विश्वस्त व्यक्ति थे, उन्हें भूखे बाड़े की चौकसी पर लगा दिया। पहले दिन यह युक्ति बहुत ही सफल रही। भूखे बाड़े वाले बन्दी उस दिन, रात को सनाका खाये बैठे रहे। दूसरे दिन शाम होते न होते तक पासी पहरेदारों में ही दो दल हो गए थे। तीसरे पहर कुछ पासियों में परस्पर लाठियाँ भी चल गईं, तब पता चला कि महुएवालियों ने पियक्कड़ पासियों में से भी बहुतों को मोह लिया है।

शौनकजी अत्यधिक गम्भीर मुद्रा में आ गए थे। उनके मुख को देखकर भार्गव को लगा कि शौनकजी के मन पर व्यथा का असहनीय भार पड़ रहा है। दोपहर में भोजन के समय से पहले कुलपतिजी के कानों में यह भनक पड़ चुकी थी कि आज पत्तलें परोसते समय लूट-पाट होगी। कुलपतिजी इसी चिन्ता से व्यग्र थे। सोमाहुति के पूछने पर बोले : "करुणामयि ने आज मेरी कठिन परीक्षा का क्षण उपस्थित किया है। दण्डनीति असफल हो रही है। यह मदिरा और मदिराक्षियों का युग है वत्स! ऐसा लगता है कि तुम्हारी कल्पना का भारत देश अभी निर्मित न हो सकेगा।"

सोमाहुति के कलेजे में यदि कोई बात आजकल धक्के सी लगती है तो यही कि उनका स्वप्न पूरा न हो सकेगा। उनका स्पप्न क्या उनका अपना है। यह वासुदेव कृष्ण का है, जिन्होंने छोटे-छोटे दरिद्री गणतन्त्रों और राज्यों के फूट के फोड़ों से सड़ते हुए भारत को नीरोग करने के लिए महाभारत रूपी युद्ध से शल्य चिकित्सा की थी; वह स्वप्न आदि वेदव्यास का है जिन्होंने युद्ध जर्जर नये बनते हुए भारत को स्फुर्णा देने के लिए ज्ञान, कर्म और उपासना का सम्मिलित मार्ग देकर कृष्ण की राजनैतिक एकता को आध्यात्मिक स्तर प्रदान किया था; यह स्वप्न वैशम्पायन का है जिन्होंने अपने पूज्य गुरु की जय को भारत जाति की जय कहकर बखाना; और यह स्वप्न है नारायण धर्मी, जाति से महाजाति तक की भावना तक उठनेवाले मेरे उन ऋषि पुरुषों का जिन्होंने भारत को महाभारत का स्वरूप दिया। यह सपना युग का है। इस स्वप्न को साकार करना सत्य का यथार्थ बोध करना है। प्रतिक्षण व्यापक और प्रतिक्षण ही सिमटनेवाला जीवन जब कभी अपने ही कारणों से रोगी पड़ता है, तो महामाया उसका वैसे ही उपचार करती हैं, जैसे किसी राजा के पालतू सिंह की शल्य चिकित्सा की जाती है। उपचार करनेवालों के लिए एक ओर स्वयं मृत्यु के मुख में

जाने का भय रहता है और दूसरी ओर ठीक स्थल पर रोग की जड़ को काटकर घावों को गुड़ टपकाकर चींटों के टाँकों से सीना पड़ता है। जब तक घाव भर न जाए तब तक शेर की माँद में घुसकर उसका उपचार करना पड़ता है। स्वास्थ्य का संकेत पाकर हिंस्र पशु भी अपने उपकारी के प्रति विनम्र हो जाता है : मैं अपना सपना तोड़ने वाली इस प्रतिक्षण संकुचित और प्रसारित होते रहनेवाले हिंस्र और रोगी जीवन पशु को चुनौती दूँगा।"

और भार्गव ने पहली चुनौती दी। वे विश्वस्त रक्षकों के आगे स्वयं अस्त्र-शस्त्रों से सज्जित होकर खड़े हो गए। उन्होंने आश्रमवासियों और पहरुओं को संबोधित करते हुए कहा : "यह पाप और पुण्य की लड़ाई है। जो अन्न हम यहाँ खाते हैं, वह उन दोनों ही राजों का है, जो इस समय परस्पर लड़ने की धमकियाँ दे रहे हैं। लड़ाई उनका पाप है, परंतु यह अन्न जो उन्होंने हमको दिया है, उनका पुण्य है। पुण्य पुण्यात्माओं को ही मिलना चाहिए। क्योंकि पापियों के पास जाने से पुण्य भी पाप बन जाता है। इसलिए जिनका अपना पुण्य हो, जिसके अपने धर्म भगवान् हों और जो अपने मन में चाहे किसी भी राज का भक्त हो, चाहे नागराज का अथवा गुप्त राज का, अपने राजा के दिये पुण्य रूपी अन्न को पापियों के पेट में कदापि न जाने दे। जो ऐसा करने दे, वह पुरुष नहीं, कापुरुष है। उसे जाकर स्त्रियों की टोली में बैठ जाना चाहिए।" भोजन के समय से आधे पहर पहले ही भार्गव की यह ललकार और उनका धनुर्धारी रूप लोगों के मनों को आस्थावान बनाने लगा। उस दिन कुलपति की आज्ञा से अनुशासन सोमाहुति के हाथों में था। भोजन निर्विघ्न सम्पन्न हुआ, कहीं कोई गड़बड़ी न हो सकी। भार्गव ने तापसों, शरणार्थियों, मजूरों और पहरुओं सबको भोजन कराया। तब तक वे स्वयं भूखे रहे और उनके साथ उनकी प्रिया सहधर्मिणी भी। भूखे बाड़े में अन्न पहुँच सका। आज विद्रोहियों की संख्या में नये न जुड़े। 'भगवान् सब जगह है। जो गड़बड़ी करेगा, उसी का राजा हारेगा।' इस बात का चतुर्दिक् प्रचार दिन-रात किया जाने लगा। आश्रम की शिष्य मण्डली तथा उग्रश्रवा की सूतमण्डली के लोग व्यासजी के निदेशन में जन के मनोबल को बाँधने और प्रबुद्ध करने के लिए सैनिक बन गये थे।

उपाय कारगर हुआ। राजाओं की हारजीत से अन्न की महिमा बढ़ी। तापसों में सभी क्षेत्र के लोग थे। उनके मन इस युद्ध के वातावरण में दो हो गए थे, किन्तु कुलपतिजी के अनुशासन-भय से वे खुलकर जी की बात न कह पाने की प्रतिक्रियावश ही घुटन की गुफा पार करके इस प्रकार विद्रोह के रूप में खुल रहे थे। तापसों के मनों की यह व्यर्थ की क्रिया-प्रक्रियाएँ शान्त हो गईं। उनकी राजभक्ति अपनी जगह पर सुरक्षित थी और आश्रम के अन्न के साथ उसका सम्बन्ध जुड़ गया था। अन्न का महत्व बढ़ते ही अहिच्छत्रा के भेदियों का रचा हुआ जाल टूट गया। उनकी महुआ चुआनेवाली नटनियाँ और बेड़िनें अपने प्रभाव क्षेत्र को बढ़ाने में असफल होने लगीं और इसी कारण जो पासी पहरेदार कच्चे घड़े की पीने की लालच में बहक गये थे, वे अब उस स्थिति में पहुँच चुके थे, जहाँ या तो वे कुलपतिजी और अपनी जाति के बड़े बूढ़ों के पक्षधर रहें अथवा वामा वारुणी के प्रलोभन में विद्रोही बन जाएँ। सौभाग्यवश केवल इसके लिए विद्रोह करने का हौसला उन पहरुओं के मनों में भी न उठ सका। अपनी बिरादरी से कट जाने पर फिर गति कहाँ मिलेगी ? जीवन उल्लुओं सा मारा-मारा हो जाएगा।

उग्रश्रवा सौति के सिखाये नये चेले सचमुच बड़ा काम कर रहे थे। जिन लोगों के विद्रोही होने की आशंका की जाती थी, उनके आस-पास ऐसे विचार प्रचारित करते रहने थे जिनसे उनके विद्रोह की शक्ति अपने आप ही में लड़खड़ाने लगती थी। पासियों में बारबार यह प्रचारित किया जाता कि तुम्हें पीने से तो रोका नहीं गया। हाँ, जब काम पर रहो तब न पियो जब पियो तब भी किसी के बहकाये में आकर भगवान् का काम न बिगाड़ो। नशा तो ढाई पहर का है, भगवान् आठों पहर के हैं। जिन्हें पीना हो, अपने बिरादरी के बड़े बूढ़ों से पूछें और जंगल के किसी कोने में अपना मंगल मना आवें, कौन रोकता है? तापसों में भी जिन्हें वामा वारुणी का प्रलोभन हो, वे अपना तापस वेष तजकर ईमानदारी से गृहस्थ बन जाएँ। हम उन्हें आश्रम के दूसरे कामों में लगा लें। सद्गृहस्थ की तरह वे अपनी मेहनत की कमाई का अन्न खाएँ और जब कामकाज से अवकाश हो तब वे भी औसत गृहस्थों की तरह, जिनमें पाप-पुण्य का अधिक विवेक नहीं होता, कभी-कभी नटनियों के पुरवे में जाकर 'भद्रता' के साथ अपना मुँह काला कर आया करें। उन्हें भी कौन रोकता है। बाकी यह तपोवन है। यहाँ भगवान् साक्षात् विराजमान रहते हैं। कुलपति शौनकजी के समान महातपस्वी और परम ज्ञानी, सबके ऊपर सदा करुणा बरसाने वाले ऋषि तथा अनेक तपस्वी जहाँ राजाओं के राजा और सम्राटों के सम्राट् भगवान् रामचन्द्रजी और शंकरजी का भजन कर रहे हैं, वहाँ जो गड़बड़ी करेगा, वह निश्चय ही भगवान् के कोप का भाजन बनेगा। कुलपतिजी का अनुशासन तुम्हें भगवान् के कोप से बचाने के लिए है। वह तुम्हारे भले के लिए है। अगर अपना भला न विचारोगे तो तुम्हारा निश्चय ही बुरा होगा।

इस प्रकार के विचार मन्थन चक्र को वन के तापस कर्मचारी और शरणार्थी समाज में इतनी तीव्रता से चलाया गया कि वनवासी जन समाज स्वयं ही सुनीति का चेता बन गया। यह बातें अब किसी गुरु का दिया हुआ उपदेश नहीं, वरन स्वयं व्यक्ति के अपने जी से उपजा हुआ न्याय थीं। एक पखवारे में ही वातावरण ऐसा बन गया कि कुचालियों की चाल न चल पाती थी। आश्रम का अनुशासन विधिवत् चलने लगा। भूखे बेड़े-वाले उदासी बन्दियों को फिर से अनुशासन में बँधने के लिए झुकना ही पड़ा।

सोड्ढण कायस्थ धारा पुरी से लौट आये। वे आदेशित काम तो कर ही आये थे, परन्तु उससे भी अधिक महत्व के समाचारों का संग्रह करके लौटे थे। सबसे पहले कुलपति और व्यासजी के सम्मुख सोड्ढण ने भारशिव साम्राज्य के माण्डलिक महाराज गिरागुरु श्री गणपतिनाग का यह सन्देश सुनाया : "महाराज ने महर्षि कुलपतिजी तथा व्यासजी के चरणों में अपना प्रणाम निवेदन करने के बाद मुझे यह प्रार्थना करने का आदेश दिया है कि जहाँ तक बने, इस युद्ध को रोकें। प्रवीर अपने स्वार्थ के लिए विष वर्षा कर रहा है। व्यास सोमाहुतिजी से कहना कि इस विष का पान करने के लिए एक नीलकंठ चाहिए।"

सोड्ढण यह समाचार लाये थे कि सम्राट् प्रवरसेन क्षेत्रीयता के सिद्धान्त पर चलकर अपनी सेना का संगठन कर रहे हैं, उन्होंने दण्डकारण्य महाकोसल वालों को अयोध्या जीतने के लिए ललकारा है। अहिच्छत्रा के महाराज अच्युत नाग को उन्होंने लखनऊ से लेकर तराई तक का सारा भाग देने का प्रलोभन दिया है। कान्तिपुरी के पुराने और वर्तमान में वाकाटक साम्राज्य के प्रधान सेनापति नागषेण आजकल कान्तित में ही हैं और वहाँ की वनवासी आदिजातियों को वाकाटक साम्राज्य के लिए संगठित कर रहे हैं। मगध इस समय महाराजाधिराज चन्द्रगुप्त से अप्रसन्न है। सम्राट् प्रवरसेन पाटलिपुत्र से चन्द्रगुप्त की

अनुपस्थिति का लाभ उठाकर वहाँ अपने षड्यन्त्र का जाल फैला रहे हैं। अपने सौतेले बड़े भाई दक्षिण के पल्लव नरेश वीरकूर्च को उन्होंने यह प्रलोभन दिया है कि यदि वे कलिंग की ओर से लिच्छवियों पर आक्रमण करें, तो वैशाली की लूट का सारा धन और कलिंग का राज्य उन्हें सौंप दिया जाएगा। प्रवरसेन यह सारे कार्य शिवजी के नाम पर कर रहा है। प्रवरसेन अपने साम्राज्य की बात नहीं कहता, वरन् शिव साम्राज्य की बात कहता है। उसने वीरकूर्च और अच्युत नाग से भी इसी शिव साम्राज्य के लिए समझौते किए हैं। उसने शैव प्रचारकों का एक ऐसा दल खड़ा कर लिया है, जो उसके, वीरकूर्च अथवा किसी भी नागराजा के राज्य में जाकर पड़ोसी राज्यों के विरुद्ध जनता में घृणा का प्रचार करता है। वहाँ के जन पर करुणा बरसाते हुए कहता है कि बेचारे अशिव धर्मों में पड़े हैं। इन्हें इनके दुष्ट राजे-महाराजों से मुक्त करके शिव साम्राज्य में लाओ। प्रवरसेन जगह-जगह ब्राह्मणों से यज्ञ करा रहा है और यज्ञ-मण्डपों में दूसरों के लिए घृणाभरा अन्ध धार्मिक प्रचार कर रहा है।

सुनकर शौनक बोले : "यह तो आँधी आ रही है वत्स, प्रलय की आँधी सोमाहुति, वत्स, तुम्हारे स्वप्न के लिए यह और भी बड़ी कसौटी आयी है। क्या तुम उस पर अपनी आस्था का सोना कसने के लिए प्रस्तुत हो ?"

गम्भीर होकर सोमाहुति बोले, "आर्य पितृव्य, मैं जन्मा ही उसके लिए हूँ। मेरे राम वासुदेव ने इसी का प्रण ठाना है, मैं तो निमित्त मात्र हूँ। कसौटी पर मैं नहीं, वे स्वयं चढ़ेंगे।"

"साधु वत्स! मेरा भी मन कहता है कि यहाँ का महासत्र आरम्भ हो जाने के बाद ही मैं मरूँगा।"

"अभी मरने का नाम न लीजिए काकाजी। जब आँधियाँ आती हैं तभी अंगद को अपना पाँव टिकाने में सुख मिलता है। आपके आशीर्वाद से मेरे लिए यह दिन तो आया। और यह दिन आया है तो वह दिन भी अवश्य ही आएगा।" सोमाहुति की आस्था अजेय थी।

●

५०

●

●

सोमाहुति नदी मार्ग से काशी के लिए चल पड़े। महाराज गणपति नाग का मन जान लेने के उपरान्त व्यास सोमाहुति चन्द्रगुप्त से भेंट करने के लिए व्यग्र होने लगे। उन्हें यह विश्वास था कि चन्द्रगुप्त अपने सम्मिलित शत्रुओं को भी साम दाम दण्ड और भेद की नीतियों का उपयुक्त प्रयोग करके पराजित करने की क्षमता रखते हैं। सोमाहुति अपने महायज्ञ के संपन्न और फलीभूत होने के लिए संगठन और शांतिमय वातावरण के केवल

पचीस वर्ष चाहते हैं। वे नगर-नगर, गाँव-गाँव, एक-एक तपोवन में—भारत देश के कोने-कोने में इस अतिमिश्रित बहुधर्मी और बहुजातीय समाज को एक महाभावयुक्त देखना चाहते हैं। सनातन संकोच से बँधे जनहृदय को युगानुकूल उसके व्यापक होने के गण का बोध यदि एक बार करा दिया जाए तो फिर वह आप ही अपनी स्फूर्ति से संचालित होकर सही दिशा में बढ़ने लगेगा। इस अति सूक्ष्म दृष्टि से परिचालित होनेवाले कार्य के लिए प्रवरसेन से चन्द्रगुप्त का सहयोग ही श्रेयस्कर है। देवी वाशिष्ठी ने चन्द्रगुप्त को एक बार बड़े स्नेह और गर्व से भरतखण्ड का उज्ज्वल भविष्य कहकर संबोधित किया था। सोमाहुति चन्द्रगुप्त से बड़ी-बड़ी आशाएँ लगाये थे।

नाव गोमती गंगा के संगम पर पहुँची। रात वहीं बिताकर सबेरे काशी जाना था। व्यासजी की सेवा का भार एक परिचित घाटवाले को सौंपकर नाववाला पास के गाँव में अपने एक नातेदार से मिलने चला गया। नाववाला ऋषि महाराज के प्रातःकालीन स्नानादि ब्रह्मकर्म सम्पन्न कराने का भार उसे ही सौंप गया था। यहाँ वही एक परिचित था। सबेरे जब नाववाले के लौटने में देर हुई तो सोमाहुति उसी घाटवाले के घाट पर जाकर बैठ गये। स्नानार्थियों की एक छोटी-सी भीड़ आसपास इकट्ठा थी।

एक बूढ़ा किन्तु शरीर से तगड़ा गौरवर्ण का रौबीला सा व्यक्ति पास ही तखत पर पालथी मारे बैठा हुआ चंपी करा रहा था। अटाला के सुप्रसिद्ध चमेली के तेल की महक आसपास के वातावरण को गमगमा रही थी। ठाकुर मान्धाता सिंह अपने सफेद गलमुच्छों भरे रौबीले चेहरे को कसे हुए बैठे थे। किनारे-किनारे झुर्रियों और चिंता की काली गोट टँकी उनकी आँखें इस समय बन्द होने पर भी अपने बड़प्पन का गुमान करा रही थीं। कपाल पर पड़ी हुई सीधी-आड़ी रेखाओं की बहुलता भी उनके लम्बे चिंतनग्रस्त जीवन की गवाही दे रही थी। नउआ तगड़ा जवान; जैसे ही चुटकी मुक्की घिस्से थपकी मछली-उछाल, गदेनी-दबान आदि चंपी विधियों में उसके हाथ इन्द्र के घोड़ों से दौड़ते थे, वैसे ही उसकी जीभ और बुद्धि कपीन्द्र की तरह छलाँगें ले-लेकर किसी की आबरू की बगिया उजाड़ने में अपना चमत्कार दिखाती थी। चंपी करते हुए कह रहा था : "कोई कहे कि हमार ठाकुर महाराज के घर में अब एक ही दासी रह गई है—तौ का ? अरे, इनके पुरखन के राज में इनके महल में दो सौ चाकर टहलुए और सौ दासियाँ थीं। मुदा तब समै कैसा था, बत्तीस पैसे में एक गऊ और पैंतीस पैसे में एक दासी मिलती थी। अब दोनों के भाव अस्सी हो गये हैं। ठाकुर महाराज बिचारे कहाँ से दूध-घी खाएँ और कहाँ से मोल लें।"

सुननेवाले लोग मंद-मंद हँस रहे हैं। नाऊ भी लोगों की ओर देख-देखकर आँखें मटकाता और अपनी बत्तीसी दिखलाता है। एक दूसरे बुढ़ऊ जो अपने घर से तीन कोस चलकर नित्य गंगा गोमती के संगम पर नहाने आते हैं, नदी की ओर जाते-जाते रुककर नाऊ की बात पर बोले : "पैसे में पचीस से लेकर बाईस सेर तक गेहूँ तो हमने अपने बालपने में अपने इन्हीं हाथों मोल लिया है भैया, और अब देखो, पैसे में बीस सेर के भाव से गेहूँ और चावल बिक रहा है। दस-पाँच सेर की बढ़-घट में ठाकुरजू ऐसे बड़े लोग, लाख लट गये हों तौ भी नहीं बिलटेंगे, पर दीन-दरिद्री चौपट ही हो गये हैं।"

"ना-हीं, वैसे तो हमारे ठाकुर महाराज अब भी पोढ़े हैं। इनके पास चाँदी के दस 'पुराण' सिक्के और सोने के दस दीनार रहे, सो पारसाल बड़ी ठकुराइन का भतीज आया

रहा, इनकी चरपैया के नीचे धरती खोदकर आधी—

"चुप बे छत्तीसे। मेरी आधी गई तो क्या हुआ। चन्द्रगुप्त महाराजाधिराज के हाथ से भी तो मगध का राज निकल गया। वे भी आधे ही रह गये. . . . "

यह बातों की छेड़छाड़ यों तो आगे भी चलती रही, परंतु सोमाहुति के लिए क्षणिक रस की इन बातों में अब तनिक भी आकर्षण बाकी नहीं रह गया था। चन्द्रगुप्त के हाथ से मगध निकल गया। वे और उनकी ससुराल वाले प्रतापी लोग कुछ न कर सके? मगध पर किसका अधिकार हुआ? क्या प्रवरसेन यहाँ तक अपनी कूटनीतियों में सफल हो चुका है? सोमाहुति के मन में सहसा कई प्रश्न और कई चिंताएँ एक साथ व्यापकर खलभली मचाने लगीं। अपने प्रश्नों का उत्तर वे काशी पहुँचकर किसी प्रामाणिक व्यक्ति से ही पा सकते हैं। दिवाकर पृथ्वीपुत्र ही उनकी सहायता कर सकेंगे। इस बार वे स्वेच्छा से बिना कोई पूर्व सूचना भेजे ही उनके अतिथि बनने जा रहे हैं।

आचार्य दिवाकर पृथ्वीपुत्र व्यास सोमाहुति भार्गव के अनायास दर्शन पाकर बड़े ही प्रसन्न हुए। पति-पत्नी दोनों ही ने उनका हार्दिक स्वागत किया। तीसरे पहर का समय था। वृक्षों की छाया तले अलग-अलग अनेक विद्यार्थी समूह अध्ययनरत थे। जिन पुराने परिचित अध्यापकों ने उन्हें प्रवेश करते देख लिया था, वे भी भेंटने के लिए दौड़े आये। जब मधुर मिलन के आवश्यक शिष्टाचार पूरे हुए, तो एकांत में सोमाहुति ने अपने काशी आने का कारण बतलाकर मार्ग में सुनी हुई बात की प्रामाणिकता के संबंध में प्रश्न किया।

आचार्य दिवाकर गंभीर हो गये, फिर फीकी हँसी हँसकर कहा : "पुरूरवा और विश्वामित्र को उर्वशी मेनका मिली थी, चंद्र के भाग्य में रम्भा आयी है। जैसे वे चौपट हुए, तैसे ही यह भी हो रहे हैं। मगध गया; महारानी राजकुमार को लेकर जैसे-तैसे यहाँ आयी हैं, और महाराज रम्भा सेठानी को लेकर कहीं अलोप हो गये हैं। क्या कहा जाए?"

रम्भा! रम्भा सेठानी!—सोमाहुति के स्वप्न को चूर चूर करने वाली एक दुष्टा नारी! सोमाहुति के कलेजे में रम्भा सेठानी जंगल की सर्वग्रासिनी आग की तरह धू-धू लपटें उठाने लगी। 'गंगा सिंधु सरस्वती च यमुना गोदावरी गण्डकी, कावेरी, सरयू, महेन्द्रतनया, चर्मण्वती वेत्रिका. . .' इन सारी नदियों से सींची जानेवाली पावन भूमि, जिसने संसार को सभ्यता के संस्कार दिये, ज्ञानविज्ञान के तेज से मंडित किया, जिसके सिद्ध तापसों और महामनीषियों ने कल्याण पथ प्रशस्त किया, उसी की उन्नति की आड़ में यह क्षुद्र वासना की पुतली इस समय अजेय बाधा बनी पड़ी है। इसे कैसे हटाया जाए? दलदल में क्रमशः धँसते हुए अपने सुनहरे स्वप्न को कैसे उबारा जाए? अविराम चिन्ता का जितना ही अधिक बोझ उनके मन पर पड़ता, उतना ही स्पष्टता से उनके ध्यानसिद्ध वासुदेव का बिम्ब अभय मुद्रा में हाथ उठाये मुस्कुराता हुआ दिखलाई देता। चिंता हल्की होकर फिर नये उत्स के साथ अपना मुक्ति पथ पाने के लिए गतिशील हो जाती थी।

व्यास सोमाहुति भार्गव के समान एक सुप्रतिष्ठित ऋषि के नगर में शुभागमन की सूचना आचार्य दिवाकर ने मंत्री असित देवल को भेज दी। दूत का समाचार सुनकर उसे बिदा कर दिया गया। किन्तु भारतचन्द्र के लिए, जो उस समय वहीं बैठे थे, गुरुजी का आगमन सुनकर क्षणमात्र भी चुप बैठना संभव नहीं था। वे उल्लसित हो उठे। उन्होंने

मंत्रीजी से कहा : "इस राज्य का पुण्यबल अभी क्षीण नहीं हुआ है देवलजी। महाराजाधिराज के परम शुभाकांक्षी और मेरे गुरुतुल्य धर्मभाई ऋषिश्रेष्ठ व्यासजी महाराज के चरण जिस भूमि पर पड़ते हैं, वह मंगलमयी हो जाती है।" यह कहते हुए भारतचन्द्र साक्षात् श्रद्धामूर्ति बन गये थे। इसी श्रद्धा की तरंग में उनकी आँखें मिचीं, होंठों से मद्धिम सीटी की ध्वनि निकली और वे ध्यान-मग्न हो गये, फिर आँखें खोलने पर कहा : "हमारे शुभग्रह इस समय पापग्रह की दुष्ट छाया से लगभग बीस कोस दूर हैं। गंगातट पर एक उजड़े मठ की कोठरी में ध्यानमग्न बैठे हैं।"

"क्या उन्हें वहाँ किसी ने—?"

"नहीं-नहीं, संभवतः किसी अन्य प्रिया की प्रतीक्षा में पलक पाँवड़े बिछाए बैठे हैं।"

प्रौढ़ आयु के मंत्री का चेहरा उदास हो गया। एक निसाँस डालकर वे बोले : "पता नहीं, हमारे भाग्य में अभी क्या देखना बदा है। मेरी समझ में यह नहीं आता है भारतचन्द्रजी कि कोई मनुष्य किसी रमणी के फेर में इतना मोहांध क्योंकर हो जाता है कि अपना धर्म और विवेक तक खो बैठता है। मैंने अड़तालीस वर्षों की आयु में आज तक अपनी पत्नी का मुख नहीं देखा। घर में मेरे माता और पिता दोनों ही विद्यमान हैं, इसलिए लाज करती है। वह मेरे पाँच पुत्रों की माता है इसीलिए वह मुझे प्राणाधिक प्रिय है, परन्तु अपने जीवन कर्मों और न्याय विवेक को मैंने आज तक उसके हाथों का खिलौना बनने नहीं दिया!"

"स्वकीया प्राणप्रिया और बुद्धि विवेक को एक साथ प्रतिष्ठित करना सरल होता है देवलजी, भाग्य सराहिए कि अब तक किसी परकीया के पाले नहीं पड़े। अच्छा, छोड़ें इस प्रसंग को, मेरे लिए कृपा करके एक रथ की व्यवस्था करा दें। गुरुजी से मिलने के लिए मेरे प्राण उत्कण्ठित हैं।"

"महाराजाधिराज के पूज्य और आपके गुरुतुल्य महर्षि की सेवा में उपस्थित होना मेरा कर्तव्य है, साथ ही उनके दर्शन करने की इच्छा भी होती है. . . किन्तु अब सूर्यास्त हो रहा है—"

"गंगा नहाने के लिए यों तो ब्रह्मकाल ही उत्तम होता है, पर नहाने वाला चाहे जब जाये, गंगा उसे निराश नहीं करती। वैसे आपकी बात से मेरे स्वार्थ को कुछ संकोच अवश्य होने लगा है। क्या यह अच्छा न होगा कि आप उनसे कल मिलें और मुझे उनके पास आज का एकान्त प्रदान करें।"

"आपदकाल में आपने राज्य को शक्ति प्रदान की है। महाराजाधिराज ने अपने रहस्यमय प्रस्थान से दो दिन पहले मुझे आपके तथा आपके साथी भिक्षुजी के सम्बन्ध में व्यवहार सम्बन्धी आदेश दिये थे। आपको उन्होंने अपना मित्र और भिक्षुओं को अपना आदरणीय सहायक बतलाया था। मैं महाराजाधिराज के मित्र का सेवक हूँ, आपके दोनों आदेशों का पालन होगा।"

दिवाकराश्रम की ओर रथ पर बैठकर जाते हुए भारत ने फिर एक बार सीटी बजाकर अपना मन सजग किया। ध्यान में कुछ छाया-लहरियों का आकार लेना और कुछ ध्वनि तरंगों का संचालन आरम्भ हो गया।. . . .

"विन्ध्यवासिनी देवी के मन्दिर से लगभग तीन-चार कोस दूर वन में गंगातट पर एक जराजीर्ण उजड़े मठ की गंगामुखी कोठरी में पाशुपत साधु के वेश में भस्मीभूत रुद्राक्ष की मालाओं और नाग-नागिन के जोड़े से अलंकृत, कमर से लेकर छाती तक रस्सी लपेटे हुए महाराजाधिराज चन्द्रगुप्त भारशिव सम्राट् भवनाग के महामंत्री यज्ञदत्तजी से बातें कर रहे थे।"

चन्द्रगुप्त कह रहे थे : "आपसे सहायता माँगने का विचार मेरे स्वामी नेपालेश्वर के मन में दो कारणों से आया है। एक तो न्यायनिष्ठ परमविज्ञ और अनुभवी राजनीतिज्ञ के नाते उन्होंने आपकी ख्याति सुनी है, दूसरे उनकी योजना के अनुसार आप ही चन्द्रगुप्त को सुपथ पर ला सकते हैं।"

"चन्द्रगुप्त मेरे सम्राट् के शत्रु हैं। नेपालाधीश के लिए उनके सेठानी दास जामाता को सुपथ पर लाने की चिंता मैं क्यों करूँ : और यदि ऐसा करूँ तो मेरे सम्राट् मुझे क्या कहेंगे ?" यज्ञदत्त बोले।

"वे कहेंगे, महामंत्री, अपने सेवक के पौत्र और मन में शत्रुता रखने वाले व्यक्ति के पुत्र को अपना मान्य बनाकर पैर पूजने की जिस स्थिति में मैं पड़ गया हूँ, उसे वहीं तक सीमित करके आपने मुझे ससम्मान जीने का जो अवसर प्रदान कर दिया है, उसके लिए मैं इहलोक से लेकर परलोक तक आपका ऋणी रहूँगा।"

"आप बड़े कुशल दूत हैं। अपनी बात तनिक स्पष्टता से कहें।"

चन्द्रगुप्त ने भारशिव राज्य के महामंत्री को आकर्षित करने के लिए और अधिक आत्मीयता बरती, कहा : "हे ब्राह्मण श्रेष्ठ महामंत्रिन्, सम्राट् भवनाग के बाद आपका राज्य प्रवरसेन के अधीन तो हो ही जाएगा, परन्तु नागषेण को यहाँ भेजकर विंध्यशक्ति के प्रवीर ने आपके सम्राट् को वस्तुतः आजीवन बन्दी बना रखने की योजना बनाई है। वह एक चाल से तीन काम सिद्ध कर रहा है। आपके सम्राट् पर अंकुश रख कर वह तात्कालिक रूप में चन्द्रगुप्त और कालांतर में मेरे स्वामी का राज्य हड़पने की चाल चल रहा है। जहाँ तक आपका प्रश्न है वह तो, क्षमा करें, यह विवाह संपन्न होते ही आपको यहाँ से हटा दिया जाएगा। चन्द्रगुप्त भी नागषेण की चिंता में ग्रस्त होने के कारण ही उस सेठानी के मायाजाल में फँसकर नेपालाधीश की प्राणप्यारी सुता को विषम विरह दुख दे रहा है। जब वह सुनेगा कि उसका संकट टल गया और आपकी तथा मेरे स्वामी की अनुकंपा से टला, तो वह आप ही सुपथगामी होकर दोनों का उपकार मानेगा। उससे आप और तपस्वी सम्राट् भवनाग भी आजीवन प्रवीर के दास बनकर न रह पाएँगे। मैं अपने स्वामी की बात यथामति बिना कुछ छिपाये स्पष्ट शब्दों में निवेदन कर चुका। आप विचार कर लें। सहमति प्रदान करते ही जिस महाजनी कोठी के लिए आदेश देंगे, उसी के द्वारा एक लाख स्वर्ण दीनारें आपकी हवेली में पहुँचा दी जाएँगी।"

महामंत्री यज्ञदत्त थोड़ी देर तक ऊँचे उठे घुटने पर बँधी मुट्ठी और मुट्ठी पर ठोड़ी टिकाए बहुत गहरे में सोचते रहे, फिर कहा : "इसमें संदेह नहीं कि योजना हम तीनों राज्यों के लिए उपयोगी है; किन्तु आपके श्रेष्ठ विचारवान महाराज ने क्या यह भी सोचा है कि नागषेण यदि इस समय हमारे राज्य में मारा जाए अथवा उसे अलोप कर दिया जाए, तो

आगामी मास में होने वाले हमारी राजकुमारी के विवाह सम्बन्ध पर आँच आ सकती है ?"

"मेरे परम उदार स्वामी मानवीय पक्ष पर पहले विचार करते हैं महामंत्रिन् ! नागषेण प्रतिमास शुक्ल पक्ष की सप्तमी को सायंकाल विंध्यवासिनी माता के दर्शनार्थ जाता है, अष्टमी का पूरा दिन यज्ञ बलि आदि धर्मकार्य सम्पन्न करता है और नवमी के प्रातःकाल भगवती के दर्शन करके लौट जाता है। क्या यह ठीक बात है मंत्रिवर ?"

"हाँ।"

"यज्ञ में पूर्णाहुति देते समय वह उन्मत्त हो जाएगा। फिर उसका चाहे जो हो, आपके अथवा सम्राट् के ऊपर कोई शंका की उँगली भी न उठा सकेगा।"

"ठीक है। कंतित के हरदत्त विशाखदत्त महाजन के यहाँ धन जमा करा दें। मिति कब तक की चाहते हैं ?"

"आपने सौभाग्य से ऐसी कोठी का नाम लिया, जिनसे हमारे प्रयाग स्थित महाजन का व्यवहार है। उनसे आज ही भुगतान करने को कह दूँगा।" चन्द्रगुप्त के स्वर में अब उत्साह दमक रहा था। सौदा पक्का होते ही दूसरा प्रस्ताव किया, कहा : "एक कष्ट और देना है। माता के मंदिर में आपका जो अत्यन्त विश्वस्त व्यक्ति हो, उसका परिचय हमारे भिक्षुजी से करा दीजिएगा।"

"ऊँह, यह विषय चिंत्य नहीं है। भिक्षु कल तीसरे पहर मेरे पास आ जाए।... और तनिक वह मुँदरी, जो आपने अपने परिचय के हेतु मुझे दिखलाई थी, एक बार फिर दिखलाइए।"

चन्द्रगुप्त ने महाराज नेपाल की अँगूठी अपनी झोली से निकाल कर यज्ञदत्त के हाथ में रख दी। यज्ञदत्त ने एक बार ध्यान से उसे देखा, फिर पूछा : "आप अपना विशेष परिचय दें।"

"मैं नेपालाधीश की जम्मूवाली रानी का भतीजा हूँ।"

"हूँः तभी यह अँगूठी का प्रमाण आपको दिया गया है। आश्वस्त हुआ। आप अब यहाँ कब तक ठहरेंगे ?"

"आपके प्रश्न ने मेरे भीतर भी यही प्रश्न जगा दिया। ऐसा करें, यह अँगूठी अभी आपके पास ही रहे। हरदत्त जब आपके यहाँ से भुगतान करने लगे, तो उसके हाथों इसे मेरे पास भेज दीजिएगा। इसे पाते ही मैं भरोसे के साथ बिदा हो जाऊँगा।"

यह अँगूठी चन्द्रगुप्त को अपने नेपाली श्वसुर से उपहार में मिली थी। इसी अँगूठी के बल पर ही वह यहाँ आने की योजना बना सका था।...

भारतचन्द्र की कर्णदूती उनके मन को भली-बुरी, अनुकूल अथवा प्रतिकूल तरंगें उठाकर संकेत तो दे सकती है, पर किसी को पूरी बात नहीं सुना सकती। तरंगें अनुकूल दिशा में बह रही थीं। इससे भारत को प्रसन्नता हुई। उनका रथ दिवाकराश्रम की ओर दौड़ रहा था।

व्यासजी के लखनऊ से नैमिषारण्य जाने के तीन-चार दिन बाद ही नारदजी अचानक आंध्र के सुप्रसिद्ध और सिद्धपीठ श्री शैलम् जाने के लिए मचल उठे और चले भी गए। उसके कुछ ही दिनों बाद अहिच्छत्रा वालों की सेना के लखीमपुर के पास जमा होने का

समाचार मिला। प्रज्ञा ने भारत से कहा कि आपद्काल में चन्द्रगुप्त का साथ दो। भारत ने अपने पिता को सहमत करके एक सौ चालीस गाँवों के भरों तथा अन्य नागों के चौधरियों को बुलाकर उनसे बातें कीं, समझाया तथा शेष मंदिर में सब को शपथ दिलाई। अवध के नागों का यह एका अवध की अन्य जातीय पंचायतों के लिए ईंट के उत्तर में पत्थर बन गया। पिता को इस संगठन की सब विधि रक्षा करने और इसे बढ़ाने की बात कहकर भारत ने अपनी काशी यात्रा के लिए एक दिन उत्तम मुहूर्त साधा। भिक्षु शांतिरक्षित यह कहकर साथ हो लिया कि महाराजाधिराज के दर्शन करके अपने प्रस्तावित विष्णु-मंदिर के हेतु उनके संरक्षण की याचना करूँगा, हो सकता है कि तुम्हारे भी किसी काम आ जाऊँ।

भारत के काशी पहुँचने से पहले ही राज्य के गुप्तचरों ने उनके संगठन का समाचार राजदरबार में पहुँचा दिया था। चन्द्रगुप्त के लिए वे दिन बड़े संकट के थे। रोहिताश्व और अमरकंटक के मध्य भाग में बसे हुए शवर जाति के लोगों ने विद्रोह किया था। काशी में धनक सेठ के मरणासन्न होने का समाचार मिला था। चन्द्रगुप्त पाटलिपुत्र छोड़ने के लिए बाध्य हो गये थे। अनुभवी और विश्वस्त मंत्री असित देवल को उन्होंने काशी भेजा जिससे कि यह धनक और राज्य की लक्ष्मियों को उनके लिए सम्हाल रखे और स्वयं विद्रोह शांत करने के लिए रोहतास की ओर बढ़ गये। विद्रोह शांत करने के बाद लौटते समय धनक के देहान्त का समाचार पाकर वे काशी चले आये।

पाटलिपुत्र के कुछ प्रतिष्ठित ब्राह्मण और क्षत्रिय लोग चन्द्रगुप्त और उनके ससुराली लिच्छवियों से घृणा करते थे। चन्द्रगुप्त ने अनेक नागरिकों को अपने विरुद्ध षड्यंत्र करने के कारण कारावास में डाल रखा था, किन्तु यह सारी युक्तियाँ धरी रह गईं। षड्यंत्रकारियों ने कल्याण वर्म्मन को अकस्मात् पाटलिपुत्र में प्रकट करके उसे अपने पिता के सिंहासन पर बिठला दिया। महारानी कुमारदेवी अपने पुत्र सहित पाटलिपुत्र से काशी आने के लिए जिस दिन चलनेवाली थीं, उसी दिन वहाँ यह राजनीतिक भूकम्प आया था। चन्द्रगुप्त को उनकी सुरक्षा के सम्बन्ध में कोई समाचार न मिल पाया था, इसलिए उनकी चिन्ता का वारापार न था। भारतचन्द्र देवी वाशिष्ठी का हवाला देकर मिलने गये। भेंट हुई। भेंट के समय महाराज को अनमना पाकर भारत ने अपनी कर्णदूती का सहारा लिया और जाना कि महाराजाधिराज पुत्र की चिन्ता में हैं। चट से बोल उठे : "राजकुमार सकुशल हैं प्रजावत्सल। आज रात के डेढ़ पहर बीतते ही वे नगर की सीमा में प्रवेश करेंगे।"

चन्द्रगुप्त चौंक गये, भारत को ध्यान से देखा, बोले : "तुम हमें अयोध्या में मिले थे?"

"हाँ महाराज, कालवश उस समय आपने मुझे और ही रूप में देखा था।"

"हाँ, यही स्मरण आ रहा है हमें।"

"वह क्षण बीत गया अन्नदाता! आपके दर्शनमात्र से ही मेरी मनोव्याधि दूर हो गई।"

"हम तुमसे बहुत प्रसन्न हैं भारतचन्द्र! तुमने हमारी ओर से अहिच्छत्रा के अच्युत नाग को अच्छा मुक्का दिखलाया है, किन्तु अभी हमारी समस्याएँ सुलझी नहीं हैं।"

"नागषेण आपके लिए कोई बड़ी चिन्ता का विषय नहीं है राज-राजेश्वर।"

"तुमने कैसे जाना ?"

"गणना के द्वारा पृथ्वीवल्लभ ! यदि वह शांत हो जाए तो महाराजाधिराज के शत्रुओं का षड्यंत्र विफल हो जाएगा।"

"तुमने कोई उपाय सोचा ?"

"उपाय सरल है दीनानाथ, कंतित का महामंत्री ब्राह्मण यज्ञदत्त नागषेण तथा प्रवरसेन का परम शत्रु है। वह धन का लोभी स्वर्ण दीनारों का ढेर देखकर यह काम करने के लिए सहमत हो जाएगा।"

"इतना सरल नहीं है भारतचन्द्र ! नागषेण की हत्या से भवनाग और यज्ञदत्त दोनों ही गहरे संकट में पड़ सकते हैं।"

"मेरे साथ एक भिक्षु आया है प्रभु। वह विषों और औषधियों का ज्ञाता है। एक बार उसने मुझसे कहा था कि आप जिसे कहें, उसे मैं विक्षिप्त बना सकता हूँ, गलित कुष्ठ का रोगी बना सकता हूँ, मेरी औषधि की एक मात्रा उसे विकट कामातुर, मद्यपी, क्षयरोगी, जो कहिए वह बना देगी। मैं आज्ञा पाते ही उसे यहाँ ले आऊँगा। नागषेण के अशक्त होते ही इस क्षेत्र में प्रवरसेन फिर सहसा अपनी मनचाही नहीं कर पाएगा कृपानिधान।"

चन्द्रगुप्त सचमुच नागषेण से आतंकित था। मगध के छिन जाने पर अब यह कंतित की चुनौतियाँ चन्द्रगुप्त के लिए सचमुच बहुत भारी पड़ रही थीं। नागषेण ने सहस्त्रों धनुर्धर आदिवासियों की सेना संगठित कर ली है। नागषेण इस क्षेत्र का पुराना निवासी है। उसके सम्पर्क गहरे हैं। महा. भारतचन्द्र के सहयोग से वह अपने राज्य की पश्चिमी सीमा के घेराव से अवश्य बच गया है, किन्तु यह कांतिपुरी का फोड़ा बहुत भयानक है। कांतिपुरी और पाटलिपुत्र यदि सम्मिलित रूप से मेरे ऊपर आक्रमण करेंगे, तो भला कितने दिन टिक पाऊँगा ? लिच्छवि अब वे नहीं रहे, जिनका अस्त्र-शस्त्रों में अपार बल था। अब केवल उनका भरम भर रह गया है, भीतर से खोखले हैं। दूसरे उन्हें भी इस समय दक्षिण के पल्लवराज वीरकूर्च के आक्रमण करने की आशंका है। पाटलिपुत्र का कल्याण वर्मा कांचनका में वाकाटक प्रवरसेन के संरक्षण में आ गया है, ऐसा सुना जाता है। यह प्रवरसेन बड़ा ही कूटनीतिज्ञ है, गज को फँसाने के लिए यह गड्ढा खोद रहा है। मुझे इसके तंत्र को छिन्न-भिन्न करना ही होगा। नेपालेश्वर अपनी राजकन्या की मेरे द्वारा हुई उपेक्षा से थोड़ा रुष्ट हैं। वह स्थिति तो सँभाली जा सकती है, परन्तु इस नागषेण का अन्त करने के लिए स्वयं मैं भारतचन्द्र के मायावी भिक्षु को लेकर जाऊँगा। साहस कभी-कभी महाफल प्रदान करता है, असंभव संभव हो जाता है। श्रीराम ने मुझे जब यहाँ तक सहारा दिया है, तो आगे भी वही कृपा करेंगे। उनकी कृपा के भरोसे यह काम मैं स्वयं ही करूँगा, ऐसा निपुण मेरे पास और कोई है भी नहीं। भारतचन्द्र देवी वाशिष्ठी के सम्पर्क से चन्द्रगुप्त के लिए अधिक अपरिचित नहीं थे और अब उनके आपत्काल में सहायक बनकर आये थे। चन्द्रगुप्त ने भिक्षु शांतिरक्षित को साथ लेकर अपनी योजना-सिद्धि के लिए कांतिपुरी जाने का निश्चय किया। इस योजना को अत्यन्त गोपनीयता प्रदान करने के लिए उन्होंने एक नाटक यह भी रचा कि रम्भा सेठानी को अपने साथ प्रयाग तक ले जाने का निश्चय किया। प्रयाग में वह उसे कहीं छोड़कर अपने महाजन से कांतिपुरी की किसी महाजनी कोठी के लिए चार-पाँच

लाख तक नकद धनराशि के हेरे-फेरे का प्रबंध करेगा। भारतचन्द्र से कहा : "आपका यह भिक्षु-सहचर मेरे साथ जाएगा, महंतजी ! आप इस योजना को जितना ही गोपनीय रखने में सहायक बनेंगे, उतना ही हम आपसे अधिक संतुष्ट होंगे। आप अपनी ज्योतिष विद्या और सिद्धियों से यदि मेरे सम्बन्ध में थोड़ा-बहुत रम्भा-भ्रम ही फैलाएँ तो अच्छा होगा। हम एक सप्ताह में आ जाएँगे। विश्वास रखें, आपकी सुख-सुविधा के लिए यहाँ किसी प्रकार की कमी अनुभव न होगी।"

भारतचन्द्र अपने गोपन-भेद को लेकर इस ऊहापोह में पड़े कि गुरुजी को यह भेद बतलाऊँ या नहीं। उनके मन में हाँ-ना दोनों ही बातें चल रही थीं। महाराजाधिराज ने कहा है कि किसी से न कहना। अब ऐसा करना वचन-भंग करना होगा। किन्तु गुरुजी भी क्या उस 'किसी' वाली कोटि के अन्तर्गत आते हैं? नहीं, वे इस कोटि से ऊपर उठे हुए हैं। उन्हें बतलाकर संभवतः कोई उपयोगी सुझाव भी मिल सकता है।

दिवाकर आश्रम में पहुँचते ही भारतचन्द्र गुरुजी के पास पहुँचने के लिए एकदम उत्सुक हो उठे। किन्तु व्यवस्थापक महोदय ने सारथी से यह जानकार भी कि यह महाराजाधिराज के अतिथि हैं, और स्वयं मंत्रीजी के रथ पर आये हैं, उन्हें प्रवेश द्वार के पास प्रतीक्षा-मंडप में सविनय बैठने को बाध्य किया। इस आश्रम में आचार्यों के बहुमूल्य समय पर सहसा कोई आक्रमण नहीं कर सकता। व्यवस्थापक महोदय ने पहले एक चाकर यह देखने के लिए भेजा कि महर्षि उनसे मिलने का समय देने की सुविधा में हैं या नहीं। इस आश्रम में मान्य अतिथियों की सुख-सुविधा पर यथाशक्ति ध्यान दिया जाता है।

उत्तर में महर्षि स्वयं दास के साथ लम्बे डग भरते चले आये। भारतचन्द्र आनंदमग्न हो गये। दोनों जन प्रेम से भेंटे। उन्हें लेकर अपनी कुटी की ओर चलते हुए भार्गव ने कहा : "तुम यहाँ कितने दिनों से हो, बंधु ?"

"मुझे आये आज छठा दिन है, गुरुजी ! मैं महाराजाधिराज को अपने पूज्य पिताजी द्वारा दिये गये समर्थन का समाचार लेकर आया था। अभी एक सौ चालीस गाँवों के नाग चौधरियों की पंचायत शेष मंदिर में करके आ रहा हूँ, गुरुजी ! सबने शपथ लेकर महाराजाधिराज का पक्ष-समर्थन करने का प्रण किया है।"

"साधु ! साधु ! महापंडित, तुम तो अब एकदम नये रूप में आ गए। किन्तु सच कहो, इसे चेताया किसने?"

हँसकर भारत बोले : "आपने जब जान लिया तो क्यों पूछते हैं?"

"हाँ, मैं भी यही समझता था कि प्रज्ञादेवी ने तुम्हारा जीवन इस ओर ढाला है। मेरे विचार से आपके लिए यह आवश्यक भी था। भारत में शासन क्षमता होनी ही चाहिए। उसके बिना न ज्ञान टिकेगा, न शौर्य और न धन-लक्ष्मी के भंडार ही। किन्तु, बतलाओ, बंधु, काशी में तुम्हारी महाराजाधिराज से भेंट हुई थी ?"

"हाँ-हाँ, गुरुजी, अंतरंग भेंट हुई। बहुत सुन्दर मुहूर्त शोधकर घर से चला था।"

"यह सुन रहा हूँ कि महाराजाधिराज रम्भा सेठानी को लेकर यहाँ से अलोप हुए हैं?"

"अरे, वह तो परसों की बात है, गुरुजी ! केवल रम्भा सेठानी ही नहीं, मेरे साथवाले

भिक्षु को भी हर ले गये हैं। वह हेति कुल का ब्राह्मण मायाशास्त्र में बड़ा पारंगत है। कामसुख-वर्धक कुछ अमोघ औषधियाँ भी वह जानता है। कदाचित् इसीलिए महाराज उसे अपने साथ ले गये हैं।"

सुनकर सोमाहुति खिन्न हुए, कहने लगे : "भाई, कुछ घड़ियों से मैं इसी प्रकार की बातें सुन रहा हूँ। सुनकर दुख का आभास होता है, पर विश्वास नहीं होता। चन्द्रगुप्त नामक जिस व्यक्ति को मैं थोड़ा बहुत जानता हूँ, उसमें और चाहे जो गुण-दोष हों, परन्तु अपने दायित्वभार को निष्ठा से वहन करने की लगन सच्ची है। वह प्रबल महत्वाकांक्षी है भारत !"

भारतचन्द्र को लगा कि 'गुरुजी' मंत्रीजी तथा राज्य के अन्य बड़े-बड़े सयानों से कितना भिन्न और स्पष्ट सोचते हैं। भार्गव कह रहे थे : "एक साधारण अधिराज के बेटे ने प्रतापी लिच्छवियों से संबंध किया। लिच्छवि अपने जामाता को अपना आश्रित समझकर गर्व न करें इसलिए नेपालेश्वर को भी अपना श्वसुर बनाया। काशी का राज्य पाने के लिए उसने बूढ़े धनक की कामविह्वला नवयुवती पत्नी को अपने वश में किया था, यह तो उन दिनों यहाँ रहने के कारण आचार्य दिवाकरजी से ही मुझे विदित हुआ था। इन सब प्रमाणों के रहते मैं सहसा कैसे मानूँ कि वह अब इतना बदल गया है।"

भारत हँसने लगे, कहा : "आपको ठगना कठिन है गुरुजी !"

सोमाहुति आनन्दचकित भाव से देखकर बोले : "यह सब झूठ है न भारत ?"

"गुरुजी, आपका प्रश्न मुझे धर्मसंकट में डाल रहा है। झूठ बोलने में हिचक होती है और सच कह नहीं सकता। मैं वचनबद्ध हूँ।"

"आश्वस्त हुआ बन्धु, अपने द्वारा दिये गये वचन की रक्षा करके भी तुमने मेरे मन का व्यर्थ चिंताभार हर लिया, इसलिए तुम्हारे प्रति कृतज्ञता का अनुभव कर रहा हूँ।"

५१

●

●

दिवाकर जी के आश्रम में प्रायः ऐसे विद्वानों को स्थान मिला था, जो ब्राह्मण न होने के कारण अन्य गुरुकुलों में सामाजिक दृष्टि से श्रेष्ठ ब्राह्मण स्थान प्रायः नहीं पाते थे। प्रायः चार-पाँच-सौ वर्षों से, जब से सम्राट-मित्र शुंग के काल में ब्राह्मण धर्म का पुनरुत्थान हुआ, तब से ब्राह्मणों में राजमद के कारण दम्भ की मात्रा कुछ विशेष हो गई थी। उन्होंने ब्राह्मण-साम्राज्य में यज्ञों की धूम मचा दी और दान-दक्षिणा का बँटवारा केवल कुछ वंशों के बीच में, अधिक से अधिक उनके चेले-चाँटियों तक धन का वितरण होने लगा। इन ब्रह्मधर्मियों के सामाजिक वर्गीकरण आर्थिक मर्यादा से होने लगे। ब्राह्मणेतर जातियों में ज्ञान की वृत्ति को फिर से हीन किया जाने लगा। भोग विलासी श्रेष्ठ ब्राह्मण आचार्यों की

दासियों से उत्पन्न सन्तानें भी उनकी सवर्ण पत्नियों की सन्तानों से हीन मानी जाकर पैतृक विद्या का अधिकार खोने लगीं। इसके प्रति तीक्ष्ण विरोध होना स्वाभाविक ही था। कुषाणों के काल में इन श्रेष्ठ ब्राह्मणों तथा क्षत्रियों का जब दमन किया गया, तो बौद्धिक समाज का तीव्र मानस-मन्थन होने लगा था। आचार्य दिवाकर पृथ्वीपुत्र मानो विगत कुछ शताब्दियों के उसी मनोसिन्धु-मन्थन से उपजे एक दिव्य रत्न थे। उन्होंने अपनी बुद्धि, प्रतिभा और ज्ञान के बल से काशी के ऋषि समाज में आदर का स्थान प्राप्त किया था। कतिपय कठोर अहंवादी गुरुओं को छोड़कर और कोई भी उनकी उपेक्षा नहीं करता था। किसी यज्ञकर्ता श्रेष्ठ ब्राह्मण के दासीपुत्र आचार्य दिवाकर को यद्यपि अब तक किसी यज्ञ का पौरोहित्य तो प्रदान नहीं किया गया था, किन्तु काशी के सम्पन्न समाज से उन्हें यथेष्ट आर्थिक सहायता मिलती थी। अब चंद्रगुप्त के राज में सरजू मैया की कृपा से आश्रम का बड़ा विकास हुआ था। उनके आश्रम में प्रायः ऐसे ही विद्वान् और छात्र अधिक थे, जिन्हें अब्राह्मण माना जाता है। इसके अतिरिक्त उन्होंने पार्श्वनाथपंथी, और अचेलक श्रावकों, हीनयानी वज्रयानी बौद्धों, पाशुपतों, तमिलनाडु के आलवारों, आजीवकों आदि भारत के प्रायः सभी मतों और दर्शनों का सदाबहार मेला अपने यहाँ लगाया था। काशी सारी दुनिया से बँधी थी और दिवाकर आश्रम काशी का एक अनोखा वैभव था, इसलिए दुनिया के लोग यहाँ आते रहते थे।

ब्राह्म मुहूर्त में एक स्वर सहसा वातावरण में संगीत की तान भरता है और निमिष मात्र में दूर-दूर से समवेत प्रार्थना संगीत के स्वर लहराने लगते हैं। इस आश्रम के निवासी कभी मुर्गों के जगाये नहीं जागे, अपने ही स्वर से जागते हैं।

कहीं पर शब्दों के शुद्ध उच्चारण सिखाये जा रहे हैं, कहीं मंत्रों एवम् सूत्रों का शुद्ध पाठ पढ़ाया जा रहा है, कहीं उनकी विषद् व्याख्या हो रही है, कहीं उस व्याख्या रूपी रुई से काते गए नये सूत्रों के ताने-बाने बुने जा रहे हैं। विद्यार्थी आपस में वाद-विवाद और विचार-विमर्श कर रहे हैं। विद्यार्थी ही आश्रम की गायें चराते हैं, दुहते हैं, गुरुओं की सेवा करते हैं। आपस में स्वयं एक दूसरे की सेवा भी करते हैं। पन्द्रह सौ व्यक्तियों का दिवाकर आश्रम पूर्णतया अपने विद्यार्थियों के अनुशासन में ही चलता है। राजनीति और प्रशासनिक शास्त्र विभाग की उच्चतम कक्षा के विद्यार्थी ही आश्रम के मुख्य व्यवस्थापक होते हैं। आश्रम के सब विभागों के विद्यार्थियों को मर्यादा में रखना, कार्यों का वितरण करना, उनको सविधि सम्पन्न कराना आदि सारा उत्तरदायित्व विद्यार्थियों का ही था। हाँ, अन्न भाण्डार और धन आदि की रक्षा के लिए काशी के एक सुप्रतिष्ठित वैश्य नियुक्त थे। वे वानप्रस्थी हो गए थे और आचार्य दिवाकर के अन्यतम भक्तों में से थे। आचार्य दिवाकर ने उन्हें यह मंत्र दिया था, "तुम ईश्वर, धर्म, दर्शन, परलोक आदि के विषय में तनिक भी न सोचो, केवल इतने विद्यार्थियों एवम् विद्वानों की जीवनगति को अबाध गति से बढ़ने में अपने सम्पूर्ण हृदय से योगदान देते रहो। तुम्हें ईश्वर, धर्म, मुक्ति सब कुछ एक साथ मिल जाएगा।" वानप्रस्थी वैश्य इसी योग के साधक हैं। दिवाकर आश्रम की उस सुव्यवस्था में स्वयम् आचार्य दिवाकर उसी प्रकार कहीं भी दृष्टिगोचर नहीं होते, जैसे ईश्वर अपनी सृष्टि में नहीं दिखलाई देता है।

व्यास सोमाहुति पिछली बार भी यहाँ आकर प्रसन्न हुए थे और इस बार भी उन्हें

अपार सुख और मनःस्फूर्ति मिली। आश्रम में एक यूनानी विद्वान् मिदास उन दिनों कुछ महीनों से रहते थे। वे दूसरे ही दिन व्यासजी से परिचित एक आचार्य के साथ दिवाकरजी के घर पर पधारे। व्यासजी यहीं ठहरे थे। संयोग से आचार्य दिवाकर भी उस समय व्यासजी के कक्ष में बैठे हुए थे। प्रसंगवश मिदास ने अपने नामराशि यूनान के एक पुराने भार्गव राजा मिदास की बात सुनाई और कहा, "हमारे आपके उच्चारण मात्र ही में अन्तर है। आपके देशवासी भृगु कहते हैं, हम फृगि कहते हैं।"

भार्गव बोले, "हाँ, मुझे इन बातों के सम्बन्ध में अपने परम मित्र नारद जी से बहुत कुछ जानकारी प्राप्त हो चुकी है।"

"परन्तु मूल फृगिया देश हमारे यवन द्वीपों में नहीं है महाशय।"

"जानता हूँ आर्य, किन्तु एक बात और भी है। भृगुओं का मूल देश वहीं हो सकता है, जहाँ उन्हें भृगु ही कहा जाता हो। जिस स्थान पर जाकर उनका नामोच्चारण बदल जाता है, वहाँ उन्होंने निश्चय ही कभी अपना दूसरा घर बसाया होगा।"

सुनकर मिदास सहसा गम्भीर हो गए, कहने लगे : "आपकी बात मेरी अब तक की सुनिश्चित जानकारी को एक धक्का तो अवश्य दे गई, किन्तु मेरे मन में न्याय के लिए आगे का पथ भी खोल गई है। वैसे मैंने अपने पिछले आठ वर्षों के भारत प्रवास में अपने यहाँ और यहाँ बसी अनेक जातियों में बड़ा साम्य पाया है। हमारे मित्र अरबी महानुभाव अम्रबिन हारीत ने हमारे ऊखू और उनके पुत्र बेकस अथवा बकुस देवता को भी आपके इक्ष्वाकु और उनके पुत्र विकुक्षि ही बतलाया था। वैसे हमारे पुराणों में यवन द्वीप से भारत तक 'बेकस' का आना-जाना निश्चय ही बखाना गया है।"

भार्गव हँसे, कहा : "एक तरह से विचार करके देखने से यह विशाल पृथ्वी सहसा बहुत छोटी सी बन जाती है। संकुचन और प्रसार का महानियम अद्‌भुत है। आपके देशवालों ने सौ वर्ष पहले हमारी अयोध्या और काशी को विजातीय समझकर उजाड़ा था। हमने भी आपको म्लेच्छ और अपना शत्रु समझा था। इस समय उन्हीं पावन और म्लेच्छ जातियों के दो मनुष्य, शुद्ध मनुष्य की तरह एक दूसरे को बरत रहे हैं। जब महाराज इक्ष्वाकु और विकुक्षि आपके और हमारे देश के स्वामी बने होंगे, तब यहाँ वहाँ के मूल निवासियों ने भी उन्हें ऐसी ही घृणा की दृष्टि से देखा होगा, किन्तु अब आपके देश के मूल निवासी और हमारे देश के मूल निवासी इक्ष्वाकुओं, विकुक्षियों, भृगुओं और अनेक महापुरुषों के साथ जुड़कर यहाँ से वहाँ तक एक रूप में भी देखे जा सकते हैं और अनेक रूपों में भी। भेद ही देखने बैठें तो वे अनन्त हैं, किन्तु एकता के प्रमाण भी कम नहीं हैं। वैसे अपने ज्योतिषज्ञान की अभिवृद्धि के लिए हम आपके देश के विद्वानों के प्रति बड़े कृतज्ञ हैं।"

"प्रश्न यह है व्यासजी, कि एकता के सूत्रों को बटोरकर क्या हम पृथ्वी पर फैली इस महान् अशान्ति और संघर्ष को समाप्त नहीं कर सकते? विश्व के कुछ सभ्य राजे-महाराजे यदि सम्मिलित रूप से यह कार्य करें, तो क्या मानव सभ्यता को नयी चेतना के धरातल पर प्रतिष्ठित नहीं कर सकते हैं?"

"कर क्यों नहीं सकते, किन्तु प्रश्न तो म्याऊँ के ठौर का है। ये राजे सम्राट् परायों की लूटपाट न करें, तो इनका अपना घर कैसे भरेगा?"

भार्गव की बात सुनकर मिदास ने सहमति सूचक सिर हिलाते हुए कहा : "ठीक कहा आपने, लुटेरे भला अपना धंधा छोड़ सकते हैं? परन्तु हमारा इतिहास साक्षी है कि पीड़ित जनसमूह भी यातनाओं से पककर ऐसा पोढ़ा होता है कि एक दिन इनकी सत्ता ही उलट देता है। स्पार्ता देश में लाइकागोरस नामक एक ऐसा बुद्धिमान और दयालु नेता उत्पन्न हुआ था। उन्होंने देखा कि रागद्वेषादि विकार भोग-विलास का जीवन बितानेवालों के बीच से उपजते हैं और सारे समाज को विषाक्त करते हैं। इसे रोकने के लिए उन्होंने जनसभा में प्रस्ताव किया कि देश की भूमि कुछ कुनबों के हाथों में नहीं रहनी चाहिए वरन् हर कुटुम्ब को देश की धरती का एक भाग जोतने और खाने कमाने के लिए मिलना चाहिए।"

"तो क्या वह अधिकार जन-जन को मिल सका?" आचार्य दिवाकर ने प्रश्न किया।

"मिलता कैसे नहीं आचार्य, सारे देश के निर्धन लोग लाइकागोरस के साथ थे। स्पार्ता की भूमि ३९ हजार कुनबों में बँट गई। फिर सोने-चाँदी पर इनके अधिकार को समाप्त करने के लिए उसने एक अनोखा विधान रचा। सोने-चाँदी के सिक्के शासन ने अपने कोष में लौटा लिये और लोहे के सिक्के चलवा दिए। थोड़े ही दिनों में सोने-चाँदी का भाव गिर गया और वह धातुएँ भी क्रमशः सबके पास पहुँच गईं। इस प्रकार जन बल जब चेत जाता है, तब उसके लिए कुछ भी प्राप्त करना असंभव नहीं होता।"

"साधु, आपके विचार श्रेष्ठ हैं, किन्तु हमारा देश भी अनेक शासन-प्रणालियों से सम्पन्न है। हमारी समस्या यह है कि देश-कालानुकूल किस प्रणाली को हम व्यापक प्रयोग के लिए अपनाएँ।"

"आप किस शासन प्रणाली को श्रेष्ठ मानते हैं?"

"वह जिसमें अधिकाधिक जनों का कल्याण हो।"

"हमारे लाइकागोरस ने राष्ट्र के एक-एक बच्चे को भविष्य की सुरक्षा का सुदृढ़ आधार स्तम्भ बना दिया था। उन्होंने नागरिक समाज के सामने मधुमक्खियों का आदर्श रक्खा, जो केवल अपने लिए नहीं, वरन् अपने छत्ते के संगठन के लिए श्रम करती हैं। हम समझते हैं कि यह प्रजातंत्र ही श्रेष्ठतम राजतंत्र है।"

"ठीक है। आपका स्पार्तीय प्रजातंत्र जैसे एक कुशल व्यक्ति के योग्य निदेशन में सफल हो सका, वैसे ही नेतृत्व की आवश्यकता हमारे पुरखों को प्राचीन काल के देवासुर संग्रामों में हुई थी।"

"क्या आप कृपा करके उसके सम्बन्ध में हमें कुछ बतलाएँगे?"

"हाँ। राजा के पद की आवश्यकता तभी अनुभव की गई थी। ऐतरेयब्राह्मण में उल्लेख आया है कि देवासुर संग्राम में असुर ही बार बार जीतते हैं। यह देखकर देवों ने कहा, असुरों के समाज में एक राजा होता है। देवों के समाज में कोई राजा नहीं है। कोई ऐसा व्यक्ति नहीं है, जो पूरे समाज पर एक साथ नियंत्रण रखे। इसके बिना हमारा संगठन कभी सुदृढ़ न होगा। हमें एक राजा चाहिए और इसके लिए सब सम्मत हो गए। छोटे-छोटे प्रजातंत्र अपने आपमें संगठित होकर भी बहु मानव समाज में असंगठित इकाई ही बन जाते हैं। हमारा यह देश इन छोटे-छोटे प्रजातन्त्रों से भरा हुआ है। परन्तु इन्हीं के कारण हम अशक्त हो रहे हैं। हमारे यहाँ व्यक्ति अपने आपमें श्रेष्ठ है और उसका समाज गौण,

जबकि प्रजातांत्रिक संस्कार के कारण इन छोटे-छोटे प्रजातन्त्रों का प्रत्येक व्यक्ति अपने प्रजातन्त्र को सम्मान देता है। व्यक्ति और समाज के नाते का यह विरोधाभास ही हमारे राष्ट्र का अभिशाप बन गया है। देखो न भाई, जब किसी राष्ट्र पर आक्रमण की संभावनाएँ हों, वह राष्ट्र भला कभी निश्चित मन से फल-फूल सकता है? हमें अपने देश में राष्ट्र की परिभाषा को व्यापक बनाना ही होगा। हमें वह संस्कार अपने भीतर जगाना ही होगा जिससे सिन्धु तट पर होनेवाले आक्रमण की बात सुनकर काशी का नागरिक कह उठे कि मेरे देश पर आक्रमण हुआ। जब तक देश अथवा राष्ट्र की यह महाभावना हमारे अन्दर उत्पन्न नहीं होती तब तक हमारा कल्याण नहीं है।"

व्यास सोमाहुति की बातों से सभी सहमत हुए। यवन मिदास के साथ आये हुए आचार्य बोले, "किन्तु हमारा कोई व्यक्ति यदि किसी नारी के आकर्षण में इतना बावला हो जाए कि अपने देश को ही भूल जाए, तब हम क्या करेंगे महर्षि?"

"राष्ट्र जब शक्तिशाली और संगठित होता है, तब उसका कोई एक व्यक्ति सर्वथा अपनी मनमानी नहीं कर सकता। यह तो तभी सम्भव है जबकि व्यक्ति के संस्कारों में महत्वेतना के संस्कार ठीक-ठीक उदय न हुए हों। यह भवनाग और प्रवरसेन के बखाने शिव साम्राज्य में जीवन के श्रेष्ठतम मूल्यों एवम् मानों को लेकर जो विरोधाभास उत्पन्न हो गया है, वही मिथ्या दम्भ का पोषण भी कर रहा है। यह शिव साम्राज्य सच पूछिए तो अशिव है।"

राज शासन सम्बन्धी बातों को करते हुए प्रत्येक व्यक्ति अपने वर्तमान राजा चन्द्रगुप्त की चर्चा को कतरा जाता था। विचारों के आदान-प्रदान के हेतु यह स्थिति उचित नहीं थी, इसलिए सोमाहुति ने बात के प्रसंग को शीघ्र ही बदल दिया। उनका मन चंद्रगुप्त में पड़ा हुआ था। भारत से यह हल्का-सा संकेत पाकर महाराजाधिराज रम्भा सेठानी के कारण नहीं भागे हैं, उनका मन यह जानने के लिए व्यग्र हो रहा था कि वे इस समय कहाँ होंगे। महाराजाधिराज इस समय पाटलिपुत्र और कन्तित की ओर से ही सबसे अधिक चिन्तित हैं। उन्हें इन्हीं दो स्थानों में से किसी एक जगह पर होना चाहिए। कहाँ हो सकते हैं? रम्भा को वे मात्र इसी उद्देश्य से ले गये हैं कि लोग बाग भ्रम में पड़ जाएँ, किन्तु फिर अपने साथ एक नितान्त अपरिचित, लखनऊ के उस भिक्षु के ले जाने का अर्थ क्या है? वे निश्चय ही किसी षड्यंत्र योजना को लेकर कहीं गये हैं और हजार हाथ वे पाटलिपुत्र की ओर न जाकर कन्तित अथवा कान्तिपुरी की ही ओर गये होंगे। भारतचन्द्र जब उनसे मिलने के लिये आये, तो व्यास सोमाहुति ने उनसे एकान्त में पूछा, "महाराजाधिराज क्या नागषेण की हत्या करने के लिए गये हैं?"

"आपने कैसे जाना गुरुजी?"

"योगबल से।"

भारत बोले, "मैं आपकी बात का उत्तर देकर अपना वचन भंग नहीं करूँगा गुरुजी! यह उचित नहीं होगा। हाँ, यह संकेत अवश्य दे सकता हूँ कि मेरे गुरुजी से कोई बात छिपी नहीं रह सकती।" बात कहने के उपरान्त भारत की मद्धिक सीटी बजी और वे ध्यानमग्न हो गए।

●

●

अष्टमी के दिन देवी विन्ध्यवासिनी के मन्दिर में वाकाटक साम्राज्य के महासेनापति नागषेण ने सदा की भाँति यज्ञ किया। यज्ञ सविधि पूरा हुआ और सेनापति नागषेण यज्ञ में पूर्णाहुति देने के लिए खड़े हो गए। केले का वह पत्ता, जिस पर हवन सामग्री का शेषांश रक्खा हुआ था, धरती से हाथों तक उठाया जाने पर कैसे बदल गया, यह कोई न देख सका। मंत्रोच्चार करती हुई ब्राह्मण मण्डली यज्ञ की वेदी से सहसा दूर क्यों खड़ी हो गई, इस पर भी किसी का ध्यान न गया। हवन सामग्री का पत्ता नागषेण के हाथों में रखनेवाला ब्राह्मण भी पत्ता देकर चतुराई से आगे-पीछे हो गया और महासेनापति नागषेण ब्राह्मणों के मंत्रों से श्रद्धाभिभूत होकर यज्ञकुण्ड में पूर्णाहुति डालने लगे। अग्नि की लौ ऊँची उठी। धुँआ लपककर उठा। नागषेण धुएँ की मीठी महक से बँध गए, उनका चेहरा आनन्द से खिला। वे हाथ जोड़े खड़े हुए थे, सहसा हँसने लगे और फिर हँसते-हँसते ऐसी उत्तेजना में आए कि अपना उत्तरीय आभूषण, फिर अपनी धोती तक उतारकर यज्ञकुण्ड में स्वाहा कर दी। वे हँसते जाते थे और अपने शरीर को नोचते जाते थे, मानों उसे भी वे अपने वस्त्रों एवम् आभूषणों के समान नोचकर अग्नि में डाल देंगे। वाकाटक साम्राज्य के महासेनापति, सम्राट् प्रवरसेन के परममित्र, यज्ञ मण्डप में पागल होकर नाच रहे थे। चन्द्रगुप्त का काम सिद्ध हो गया था।

वाकाटक साम्राज्य का महासेनापति औषधि उपचार के बहाने, निस्तेज सम्राट के महामन्त्री यज्ञदत्त के द्वारा ऐसा प्रबल उन्मत्त बना दिया गया कि अब उसका जीवन सुधरने की कोई आशा ही नहीं रह गई थी। उसके भक्त आदिवासियों में इस बात का खूब प्रचार किया गया कि देवी ने नागषेण की पूजा स्वीकार नहीं की; नागषेण पर देवी का कोप हुआ है। सम्राट् का होनेवाला समधी सम्राट् के जीते-जी उनके राज्य पर अधिकार करना चाहता था। भगवती ने नागषेण को इसी अन्याय के कारण दण्ड दिया।

काशी, प्रयाग, कोशाम्बी और अयोध्या आदि नगरों में इस बात का जोरदार प्रचार हुआ कि अयोध्या की माता वाशिष्ठी और नैमिषारण्य के व्यासजी के पुण्य-प्रताप से महाराजाधिराज चन्द्रगुप्त के राज्य को कोई भी शत्रु तनिक सा भी नुकसान नहीं पहुँचा सकता। मगध का राज्य छिन जाने की बात का भी उल्टा ही प्रचार किया जा रहा था। यह प्रचारित किया जा रहा था कि कल्याण वर्मन के पिता सुन्दर वर्मन ने कल्याण के जन्म से पूर्व चूँकि चन्द्रगुप्त को गोद लिया था, इसलिए न्यायी महाराजाधिराज ने इस गोद सम्बन्ध के नाते अपने छोटे भाई कल्याण वर्मन को मगध का राजा बना दिया है। वह चन्द्रगुप्त के ही अधीन है। छिन जाने की बात शत्रुओं के झूठे प्रचार के कारण ही फैली है।

इस प्रकार चन्द्रगुप्त कान्तिपुरी से लौटते ही अपने प्रचार और राज्य संगठन के कार्यों में लग गया।

कुछ दिन रहस्यमय ढंग से अलोप रहने के बाद काशी आने पर चन्द्रगुप्त सबसे पहले कुमारदेवी के महलों में गया। उन्हें अपने प्रेम-व्यवहार से रिझाकर उनके मन के मैल को राजनीति के साबुन से धोकर चन्द्रगुप्त ने न केवल अपने ही प्रति, वरन् अपनी नेपालिन रानी के प्रति भी वैशाली की राजपुत्री के विशाल हृदय में ममता की खिड़की खोल दी।

नेपालिन रानी पर भी अपना जादू डालने से चन्द्रगुप्त न चूके। काशी आने के दिन ही रात में धनक सेठ की हवेली में साँप के काटने से रम्भा की मृत्यु हो गई। नेपालिन के लिए चन्द्रगुप्त का यह सबसे बड़ा प्रेमोपहार था। रम्भा अनमोल रत्नों की स्वामिनी थी। धनक की बड़ी चहेती होने के कारण उसे उनका सर्वोत्तम रत्नसंग्रह मिला। उसके पिता का कुल भी प्राचीन और धनाढ्य था। इसलिए उसके पैतृक रत्नभण्डार में भी कई अनमोल मासियाँ थीं। गोरी नेपालिन को पन्ने के अति मूल्यवान आभूषणों से सजाकर चन्द्रगुप्त ने बार-बार उसकी बलैयाँ लीं और कहा कि रम्भा के अनाथ बेटे को वह अपनी सुरक्षा में लेकर नेपाल भेज दें। चन्द्रगुप्त ने अपनी नेपालिन रानी को सब प्रकार से सन्तुष्ट करके उसे कुमारदेवी की सेवा में जाकर प्रणाम करने के लिए सहमत कर लिया। इस प्रकार भारशिव वाकाटकों की ओर से आगे हुए चिन्ताभार को तनिक हल्का करते ही चन्द्रगुप्त अपने दोनों ससुरालियों को अपनी पत्नियों के माध्यम से सन्तुष्ट करने में लग गया।

कुमारदेवी सुविज्ञ, गम्भीर और चतुर युवती थी। नेपाल राजनन्दिनी को उसने शीघ्र ही अपने साँचे में ढाल लिया। यहाँ तक कि दोनों सौतें बहनों की तरह एक ही महल में रहीं। चन्द्रगुप्त जब अपनी दोनों रानियों के साथ अपने पुत्रों को देवाधिदेव विश्वेश्वर के दर्शन कराने गया, तो पुजारी से आशीर्वाद प्राप्त करते समय कुमार देवी का बड़ा बेटा, राज्य का भावी उत्तराधिकारी अपनी सौतेली माता के साथ था। इस बात ने चारों ओर वाह-वाह, धन्य-धन्य की उमंगलहरी उठा दी थी।

व्यास सोमाहुति भार्गव और भारतचन्द्र तब तक वहीं थे। काशी में ही बस जानेवाले अरबी शैव अम्रबिन हारीत भी काशी में व्यासजी का आगमन सुनकर उनसे दो तीन बार मिलने के लिए आ चुके थे। भारतचन्द्र से तो उनकी खूब ही पट गई थी। जिस दिन महाराजाधिराज अपने पुत्रों को विश्वेश्वर के दर्शन कराने ले गए थे, उसी दिन सायंकाल के समय सोमाहुति और चन्द्रगुप्त की एकान्त में बातें हुईं। सोमाहुति ने महाराज गणपति नाग का सन्देश चन्द्रगुप्त को दिया। वे बोले : "हे ऋषिवर, प्रवरसेन की इस नीति में कोई अनोखापन तो नहीं है। मैंने भी भारशिवों द्वारा शासित मगध का पश्चिमी भाग और यह काशी कोशाम्बी कोसल का क्षेत्र भी इन्हीं क्षेत्रीयता और जातीयता की वृत्तियों को उभारकर ही जीता था। मैं तभी समझ गया था कि यह नीति काठ की हँड़िया के समान है, जो पेंदे में गीली मिट्टी थोपकर केवल एक ही बार आग पर चढ़ाई जा सकती है। प्रवरसेन ने मेरे इस प्रयोग से प्रेरणा तो ली, किन्तु पाठ नहीं सीखा। वह अपनी ही सुलगाई हुई आग में कभी न कभी अपने आप ही भस्म हो जाएगा महात्मन्, यह मैं भलीभाँति जानता हूँ।"

"एक व्यक्ति की उन्नति अथवा पराभव से मेरी तटस्थ बुद्धि को कोई कष्ट नहीं होता

पृथ्वीपति! मेरा कष्ट तो यह कि यदि यह क्षेत्रीयता और जातीयता की आग अधिक भड़काई गई, तो मेरा यह महादेश सदा के लिए भस्मीभूत हो जाएगा। इसे फिर कोई उबार न सकेगा राजन्, धर्म और ईश्वर भी नहीं।"

चन्द्रगुप्त यह सुनकर गम्भीर हो गए और बोले : "किन्तु इसका उपाय क्या है ? यह तो जंगल की आग है, एक व्यक्ति के बुझाने से बुझ नहीं सकती।"

"आग जब एक व्यक्ति के लगाये लग सकती है, तो एक ही युक्तिशाली बुद्धिमान मनुष्य उसे बुझा भी लेता है। यदि अकेला नहीं बुझा सकता, तो समाज को अपना सहयोगी बना लेता है। देखिए, वासुदेव श्रीकृष्ण ने अपनी युक्ति से ही गिरि गोबर्द्धन रूपी बाँध का निर्माण कराके अतिवर्षा से ब्रज की रक्षा कर ली थी और इस प्रकार अन्धविश्वासियों के मन से इन्द्र के भय का भूत भगा दिया था। युक्ति व्यक्ति की होती है और शक्ति समाज की। इस प्रसंग में आपको ऐतरेय ब्राह्मण का एक दृष्टान्त देता हूँ। देवासुर-संग्रामों में जब कई बार देव हारे तो उन्हें अपनी पराजय का कारण जानने की इच्छा हुई। देव धार्मिक थे। व्यक्तिगत रूप से उनमें एक से एक बड़े शक्तिशाली पुरुष थे, सब बातें थीं, फिर भी वे हारते थे। देवों ने कहा, असुरों के द्वारा हमारी हार होने का कारण यही है कि हम लोगों में असुरों के समान कोई राजा नहीं है। 'देवा अब्रुवन्नराजतया वै नो जयंति राजानं करवामहा इति तथेति।'—देवों को भी अपना एक राजा चुनना चाहिए। बिना नेता के समाज अनेक गुणों की खान होते हुए भी कभी अपनी विशेषताएँ न तो भलीभाँति पहचान पाता है और न उसका उचित उपयोग ही कर पाता है। इस देश में सब कुछ है महाराजाधिराज, उसे केवल एक सक्षम नेता चाहिए।"

यह नेतृत्व की समस्या भार्गव को देश की सबसे बड़ी समस्या लग रही थी। उचित नेता न मिलने पर इस देश को एक सूत्र में बाँधा नहीं जा सकता। चाणक्य एवं चन्द्रगुप्त के संयुक्त नेतृत्व बिना यह देश एक नहीं हो सकता था, किन्तु उनके बाद वह एकता जब नयी शक्ति न पा सकी तो छिन्न-भिन्न हो गई। वाशिष्ठी कहती है कि इस चन्द्र में मौर्य चन्द्र और चाण्क्य दोनों ही का सम्मिलित व्यक्तित्व विद्यमान है। क्या सचमुच ऐसा है ?

नेतृत्व की चुनौती चन्द्रगुप्त को तब से बराबर चुभती ही रही।

चिंताकुल क्षणों की अनन्त सी भासमान मरुभूमि में उनींदी रात में घुटते-घुटते मनुष्य को कभी-कभी स्मृति की परछाइयाँ घेरती हैं। महाराजाधिराज बन जानेवाला व्यक्ति भी अपनी उन्नति के प्रारंभिक क्रम के चिंतन से स्फूर्ति ले रहा था।

परिस्थितियों ने गुप्त वंश के बेटे और मौखरि वंश के दत्तक पुत्र चन्द्र को एक नया आदमी बना दिया था। एक साधारण से अधिराजा का बेटा संयोग से मगधराज मौखरि सुन्दर वर्मन के द्वारा गोद लिया जाता है। वह पाटलिपुत्र का राजकुमार कहलाने लगता है। उसे गोद लेनेवाले धर्मपिता और राज्यकर्मचारी उसे फिर युवराज कहकर सम्बोधित करने लगते हैं। नवजवान चन्द्रगुप्त को राज-काज सिखाया जाता है। सुन्दर वर्मन की अभिलाषा थी कि अपने गोद लिये हुए बेटे 'चन्द्रसेन' का विवाह वह वैशाली के लिच्छवियों में करें। चन्द्र आरम्भ से ही कठोर अनुशासक बनता है। उसकी कठोरता आरम्भ ही से बहुत से राज्यकर्मचारियों और राजपुरुषों के लिए आतंककारिणी बन जाती है, किन्तु राजा सुन्दर बर्मन अपने गोद लिये हुए बेटे से सन्तुष्ट हैं क्योंकि वह राज्य की सम्पदा बढ़ा रहा है। आरम्भ में

सब कुछ बहुत अच्छी तरह से चला। किन्तु अचानक भाग्य का पाँसा पलट गया। सुन्दर वर्मन की एक रानी केवल गर्भवती ही नहीं बनी, वरन् उसने राजा सुन्दर वर्मन को पुत्रवान भी बनाया। बुढ़ापे में यह सुख सुन्दर वर्मन के लिए अप्रत्याशित था। राजा सुन्दर वर्मन ने बड़ा मंगल मनाया। चन्द्र को भरोसा था कि वह बेटा राजा की औरस संतान नहीं है। बेटा होते ही चन्द्र के विरोधी सुन्दर वर्मन के कान भरने लगे। चन्द्र के लिए पाटलिपुत्र का राजमहल और राजधानी का वातावरण पहले जैसा न रहा। राजा सुन्दर वर्मन ने यद्यपि सार्वजनिक रूप से यह घोषित कर दिया था कि वे अपना आधा राज्य चन्द्रगुप्त को देंगे, तथापि चन्द्रगुप्त के जी की खौलन मिट नहीं सकी। सुन्दर वर्मन ने अपने बेटे का नाम कल्याण वर्मन रक्खा। किन्तु वह अभी घुटनों भी न सरक पाया था कि मगध राज्य की सीमा पर विद्रोह उठ खड़ा हुआ। विप्लव इतना प्रचण्ड था कि उसे दबाने के लिए स्वयम् राजा सुन्दर वर्मन सेना लेकर गये। उनका दत्तक पुत्र चन्द्रसेन जिसने इस प्रकार के विद्रोहों को दबाने में पहले भी अपनी योग्यता का परिचय दिया था, उनके साथ हो गया था। विद्रोह तो दब गया, किन्तु राज सुन्दर वर्मन युद्ध-भूमि से लौट न सके, वहीं उनके दत्तक पुत्र के द्वारा उनकी मृत देह का दाह संस्कार हुआ। लोगों का कहना था कि राजा को शत्रु ने नहीं, वर् चन्द्र के आदमियों ने मारा। इस समाचार से पाटलिपुत्र का वातावरण जादू की तरह बदल गया। चन्द्रगुप्त के पाटलिपुत्र लौटने से पहले ही शिशु कल्याण वर्मन किसी सुरक्षित स्थान पर भेज दिया गया। पाटलिपुत्र की गली-गली में सभी एक मुँह में यही कह रहे थे कि नीच कुल के चन्द्रगुप्त ने राजगद्दी के लिए अपने गोद लेनेवाले पिता को मार डाला। चन्द्रगुप्त के लिए चारों ओर से एक घृणा की लहर सी फैल गई थी, किन्तु क्षत्रधारी राजा के आगे भला कौन सिर उठाने का साहस कर सकता था?

तब से चन्द्रगुप्त का भाग्य दिनोंदिन सीढ़ियाँ चढ़ता चला। उसने शीघ्र ही मगध का वह भाग भी जीत लिया, जो भारशिवों के अधीन था। वह काशी, कोसल, प्रयाग और कोशाम्बी का स्वामी भी बना; महाराजाधिराज की उपाधि धारण की। वह वैशाली के लिच्छवियों और वैभवशाली नेपालेश्वर का जामाता बना, साथ ही साथ जगत्सेठ धनक की लक्ष्मी भी उसके पैरों से आकर लिपट गईं। सफलता के इतने ऊँचे-ऊँचे शिखरों पर चढ़ चुकने के बाद अब अचानक यह भूकम्प आया है। चन्द्र ने अब तक जो चमत्कार कमाया है, वह सबका सब उसके हाथ से सरका जा रहा है। मगध, गया, अवध पर अहिच्छत्रा के नाग अपना फन फैलाए बैठे हैं, यद्यपि भारतचन्द्र और उनके पिता महन्त वसुनाग ने चन्द्रगुप्त को इस समय बड़ा बल दे रखा है, तथा चन्द्रगुप्त की चिन्ताओं का वारा-पार नहीं है। यह क्षेत्र उसके हाथ से नहीं निकलना चाहिए। रम्भा के कारण उनकी नेपाली प्रिया को कुछ असन्तोष हुआ था; उसके असन्तोष के कारण नेपालाधीश चन्द्रगुप्त से असन्तुष्ट थे; और नेपालाधीश की कन्या से विवाह कर लेने के कारण वैशाली के लिच्छवि असन्तुष्ट थे। चन्द्रगुप्त को अपने चारों ओर के असन्तोषों से जूझना है। उसे अपने शत्रुओं को यह सिद्ध कर दिखाना है कि प्रवरसेन का कोई भी गुड्डा, अच्युतनाग, नागषेण, कल्याण वर्मन उसका कुछ भी नहीं बिगाड़ सकता। अपनी प्रजा का मनोबल ऊँचा उठाने के लिए महाराजाधिराज चन्द्रगुप्त ने अपने बचे हुए राज्य क्षेत्र में चारों सीमाओं पर भ्रमण और निरीक्षण करने का निश्चय किया।

५३

भार्गव सोमाहुति ने भारत के अनुरोध पर चन्द्रगुप्त से यह आग्रह किया था कि अयोध्या से वे लखनऊ की ओर भी पधारने की कृपा करें। महन्त वसुनाग अपने जीते-जी भारत को अपनी गद्दी सौंप देना चाहते हैं। वे भविष्य में जीवन-पर्यन्त नैमिषारण्य में रहेंगे। महन्त पद पर विराजते समय महाराजाधिराज के उपस्थित रहने से भारतचन्द्र का महत्व उचित और आवश्यक रूप से बढ़ जाएगा। महाराजाधिराज ने यह प्रस्ताव स्वीकार कर लिया था।

मंत्री असित देवल ने इसके बाद ही भारतचन्द्र को माण्डलिक राजा का पद भी देने का प्रस्ताव किया। चन्द्रगुप्त ने इस प्रस्ताव के प्रति भी अपनी सहमति जतलाई। भारतचन्द्र यह सूचना पाते ही घर लौटने के लिए उतावले हो उठे।

भार्गव ने उनसे कहा : "बंधु, मैं चाहता हूँ कि दोनों महारानियों सहित महाराजाधिराज के अयोध्या पहुँचने से पूर्व यदि मेरी और तुम्हारी पत्नियाँ अयोध्या में पहुँच जाएँ, तो महारानियों के लिए बोलने-चालने को दो समवयस्का स्त्रियाँ मिल जाएँगी।"

भारत प्रसन्न होकर बोले : "गुरुजी, आप कभी-कभी ऐसी व्यावहारिक बातें भी सोच लेते हैं, यह सचमुच आपके ऋषि जीवन को देखते हुए आश्चर्यजनक बात है। प्रज्ञा और भाभी के संग रहने से महारानियाँ पूरे सौ टके अपनी चेलियाँ बनी रहेंगी, और जब दोनों महारानियाँ ऐसी स्थिति में हो जाएँगी तो महाराजाधिराज आपके प्रति तो चेले समान हैं ही, मेरे प्रति भी उनका भाव कुछ-कुछ वैसा ही हो जाएगा।"

भार्गव मुस्कुराकर बोले : "दो गुरुओं का चेला कभी-कभी बड़ा चांई बन जाता है बन्धुवर, वह फिर वस्तुतः दोनों गुरुओं को स्वयं अपना ही चेला मूँड़ने के चक्कर में लग जाता है।"

सुनकर भारत को हँसी आ गई। कहने लगे : "आपके चेले को मैं अधिक मूड़ने का विचार नहीं करता गुरुजी, मैं तो केवल राजा का पद चाहता हूँ। उसके बाद की गुरुआई का भार आप ही वहन करेंगे।"

भारत फिर महाराजाधिराज से विदा लेकर अयोध्या गये। माता वाशिष्ठी को महाराजाधिराज के आने की सूचना दी और उनसे मंत्रणा करके अयोध्या में उनके स्वागत का प्रबन्ध कार्य संपादित किया। अयोध्या लखनऊ मार्ग में उन्होंने कुछ विशिष्ट जातीय पंचों से मिलकर स्थानीय स्वागत प्रबन्ध में विचार-विमर्श किया। यात्रा में कहाँ-कहाँ रात्रि के पड़ाव पड़ेंगे, यह भी निश्चित किया। लखनऊ पहुँचकर तो मानो वे राजा ही बन गए। कोटपाल को इतने आदेश दिये कि बेचारे को सब बातों का स्मरण रखने में भी पंचायत

पड़ी होगी। प्रज्ञा और महन्तजी भारत से प्राप्त सूचनाओं से बड़े ही सन्तुष्ट थे। प्रज्ञा के गर्भवती होने के कारण महन्तजी को उसके यात्रा करने में संकोच था, किन्तु भार्गव की बात कई दृष्टियों से उन्हें उपयुक्त लगी। प्रज्ञा के लिए तो इज्या से मिलने का प्रयत्न आवश्यक था ही, अतएव वह तो चलने के लिए उतावली हो उठी।

नैमिषारण्य तक उन्हें जगह-जगह गोमती के दोनों तटों पर अपने संगठन की सैनिक टोलियाँ चौकस मिलीं। भारतचन्द्र अपने पिता की संगठन कुशलता को इस रूप में देख-देखकर अपने लिये रास्तेभर प्रेरणाएँ ग्रहण करते रहे। नैमिषारण्य में शौनकजी को महाराजाधिराज के पधारने की सूचना दी, साथ ही भार्गव की ओर से इज्या के अयोध्या ले जाने की आज्ञा माँगी। नैमिषारण्य के मुख्य अधिकारी को गढ़ी निर्माण के काम में और भी अधिक शीघ्रता करने का आदेश दिया। आश्रम के प्रबन्ध के सम्बन्ध में भी कुछ आदेश दिये। भारतचन्द्र के सारे व्यवहारों में अब रजोगुण की प्रधानता स्पष्ट रूप से झलकने लगी थी। नैमिषारण्य से चौकाघाट की ओर चलकर उन्होंने नदी मार्ग से अयोध्या पहुँचने की योजना बनाई। प्रचेता और इज्या से विदा लेते समय महर्षि शौनक का हृदय भर आया, कहने लगे : "अपनी आयुष्य के अंतिम काल में मोह ने मुझे बाँधकर जीवन के नये आयाम खोल दिये हैं। कुछ दिनों तक यह बूढ़ा प्रचेता को गोद में लिये बिना प्रबन्ध सम्बन्धी विचार करेगा, तो उसमें निश्चय ही चूकें भी होंगी। बहू के द्वारा स्वच्छ की जानेवाली मेरी कुटिया अब उसके हाथों के स्पर्श का अभाव पाकर सुख न अनुभव करने देगी।"

बच्चे की देखभाल के लिए महर्षि की आज्ञा से जाई-जुई साथ ही गई थीं। भारतचन्द्र के चार विश्वस्त जन उनके नैमिषारण्य से चलने के दो दिन पहले ही चल पड़े थे। मार्ग में जहाँ-जहाँ भारत के पड़ाव पड़ेंगे, वहाँ-वहाँ प्रमुख जनों से उनके प्रबन्ध सम्बन्धी विचार-विमर्श भी होते चलेंगे। भारत, प्रज्ञा और इज्या बड़े ही सुख के साथ स्थान-स्थान पर नाना प्रकार के स्वागत-सत्कार ग्रहण करते हुए नदी मार्ग से अयोध्या की ओर बढ़ रहे थे।

नाव वाराह क्षेत्र में प्रवेश कर गई। ढलती दोपहरी का समय था। घाघरा के किनारे बसी हुई बस्तियों में चूँकि आदमी एक दिन पहले जाकर सूचना दे देते थे, इसलिए बस्तियों के घाटों पर भीड़ भी शंखघोष करती हुई एकत्र हो जाती थी। नाग जाति के लोगों में अपने धार्मिक महापुरुषों के लिए अपार आदर था। वे समझते थे कि उनकी श्रम और आर्थिक सम्पन्नता का कारण उनके पूज्य पुरुषों का पुण्य-प्रताप ही था। अवध के नाग कपास और नील के श्रेष्ठ उत्पादक और व्यापारी थे। वस्त्रों और बर्तनों का व्यापार भी अधिकांश में उन्हीं के हाथों में था। नागों का बहुत बड़ा वर्ग उन दिनों भगवान् पार्श्वनाथ अथवा भगवान् बुद्ध का पुजारी था, किन्तु अपने मूल धर्म में उनकी आस्था यथावत् बनी हुई थी। शेष और वासुकि नाग इस क्षेत्र में विशेष रूप से पूजे जाते थे। पितृयों के श्राद्ध और व्रत उपवासादि में उनकी निष्ठा प्रबल थी। यही कारण था कि शेष मठ के महन्त नाग समाज में देवता के समान पूजे जाते थे। भावी महन्त महापंडित भारतचन्द्र अपनी इस जल्दी की यात्रा में भी जगह-जगह अपने पैर पुजवाने के लिए ऐसा बढ़िया प्रबन्ध करने में सफल हुए कि उन्हें हर प्रमुख बस्ती के घाट पर भीड़ मिली। मार्ग भर वे केवल एक ही बात पर घुमा-फिराकर जोर देते चले गये—शेष भगवान् विष्णु भगवान की योगनिन्द्रा के आधार हैं। शेषजी के भक्त

विष्णुजी का यदि निरादर करेंगे तो शेषजी अपनी क्रोध भरी फुंकार से उन्हें भस्म कर देंगे। शेष और विष्णु का यह गहरा नाता शिव के कंठ और बाँहों में विराजते नागों को अपने आप छोटा बना गया। शिव के जितने नाग हैं, वह शेष की प्रजा हैं और शेषजी विष्णु भगवान की प्रजा हैं, यह नाता भारत, प्रत्येक जन के मन में युक्तिपूर्वक डालते चले। शिव और विष्णु दोनों एक दूसरे के अभिन्न मित्र हैं। जो विष्णु भगवान का अनादर करता है, वह शिवजी के कोप से बच ही नहीं सकता। शिव और विष्णु की पुरानी लड़ाई का असली रहस्य बतलाने के लिए भारतचन्द्र व्यासजी से सुनी हुई हरिहर युद्ध की कथा सुनाकर नारदजी के वरदान पर उसका बोझ भी डाले देते थे। राम और विष्णु एक ही हैं; लक्ष्मण और शेष भी एक ही हैं—इस बात का उन्होंने धुआँधार प्रचार किया। इन धार्मिक कथाओं और उपदेशों के बहाने भारत चन्द्रगुप्त का बखान करने चले। सरजू मइया चन्द्रगुप्त को बेटे की तरह चाहती हैं। व्यास और नारद जैसे मुनि उनका अभिनन्दन करते हैं। जो यह कहता है कि चन्द्रगुप्त नीच जाति का है अथवा चन्द्रगुप्त ने अपने गोद वाले पिता को मार डाला, वह निश्चय ही पापियों के बहकावे में आकर एक ऐसा पाप कर रहा है जिसे न विष्णु भगवान क्षमा करेंगे, न शंकर भगवान ही। अवध में रहकर जो रामचन्द्र का शत्रु बनेगा, उसकी सात पीढ़ियों का सत्यानाश हो जाएगा।

भारत का यह प्रचार-कार्य इतनी तेजी और सफलता से चला कि नाव के वाराह क्षेत्र में प्रवेश करने तक उन्हें एक अनजान 'पागल' से यह धमकी मिली कि यदि वह भगवान रामचन्द्रजी और शिवजी की मित्रता में अपने विष्णुजी को लाकर इस प्रकार भेद-भाव डालेंगे, तो उनका सर्वनाश कर दिया जाएगा। भारत के भक्तों की भीड़ ने उस पागल को पकड़कर मारना चाहा, किन्तु भारत ने यह कहकर उसे छुड़वा दिया कि इसे विष्णु भगवान के अवतार राजा रामचन्द्र जी की महिमा का पता नहीं है, अन्यथा यह पागल ही क्यों होता। विष्णु रूपी भगवान रामचन्द्र जी ने जब शिवजी के भक्त रावण को मारने का विचार किया, तो पहले उन्होंने शंकर भगवान को प्रसन्न करके उन्हीं से पूछा कि भगवान, आपके इस दुष्ट भक्त को मारूँ या न मारूँ? शिवजी ने कहा, हे भगवान विष्णु रूपी रामचन्द्रजी, जो आपका शत्रु है वह मेरा शत्रु है। आप रावण को अवश्य मारिये। इसलिए अहिच्छत्रा महाराजा अच्युत नाग अपने आपको भले ही शिवजी का भक्त मानें; परन्तु जब तक वे रामभक्त महाराजाधिराज चन्द्रगुप्त को अपना शत्रु मानते रहेंगे, तब तक उनका कल्याण नहीं होगा। और जो लोग अवध में रहकर भी भगवान रामचन्द्रजी के भक्त को अपना राजा न मानकर अच्युतनाग के बहकावे में आएँगे उनके पुरखे स्वर्ग से नरक में ढकेल दिये जाएँगे और उनकी आनेवाली सात पीढ़ियाँ भी जन्म लेकर नरक की यातना के समान कष्ट भोगती रहेंगी।

नरक और स्वर्ग की पुरानी कल्पनाओं में बाबुल, हुवरज्मियाँ, अत्रिपत्तन और सुषा आदि स्थानों में प्रचलित लोक-कथाओं के रंगों को मिलाकर वे एक चमत्कारी चित्र अपने भक्तों के सामने प्रस्तुत कर देते थे। और इस स्वर्ग-नरक का बँटवारा उन्होंने चन्द्रगुप्त के मित्रों और शत्रुओं में कर दिया। जो चन्द्रगुप्त का पक्षधर है, वह श्रीराम शंकर और शेषजी का पक्षधर है, स्वर्ग उसी के हिस्से में आएगा। जो उनका विरोधी है, वह अपने पुरखों और आनेवाली सात पीढ़ियों के साथ नरक वास करेगा। यह स्वर्ग और नरक की कल्पना जादू

की छड़ी-सी लोगों के मनों को छू-छूकर नचाने लगी। भारत की नाव तो घाट-घाट पर ही लगती थी, परन्तु उनकी यह स्वर्ग-नरक वाली बात घर-घर, गाँवों-गाँवों में फैल गई। हाट-बाट में, गाँव, जवार, खेतों-खलिहानों में, कुएँ पर या नदी किनारे पानी भरती हुई स्त्रियों, ढोर चराते हुए नवजवानों में दिन रात की चर्चा का विषय बन गई। यह बातें महन्तजी के उस बेटे ने कही हैं, जो महापंडित है, जिसने दूर-दूर तक भ्रमण किया है। यह सारी बातें ऐसे नियोजित ढंग से बढ़ीं कि अहिच्छत्रा नरेश की महीनों और मेहनत से अवध के नागों में प्रचार की गई सारी धारणाओं को पलट गयीं। नागों की बिरादरी को एक रहना चाहिए, यह ठीक बात है। हर बिरादरी के लिए यह नियम बड़ा ही उत्तम है, पर बिरादरी के अर्थ क्या होते हैं? बिरादरियाँ केवल दो ही हैं। एक पुण्यात्माओं की बिरादरी, दूसरी पापियों की। नाग हो चाहे इक्ष्वाकु, असुर हो चाहे दैत्य, शबर, डोम आदि, जो विष्णु भगवान के अवतार रामचन्द्र जी का भक्त है, जो उनके भक्तों का भला चाहता है, वह कोई भी हो, पुण्यात्मा है, अपनी अपनी बिरादरियों में रहते हुए भी उनकी बिरादरी एक है। जिन्हें श्री राम और उनके भक्तजन प्रिय नहीं हैं, जो उनका सपने में भी बुरा चेतते हैं, वे किसी भी ऊँची या नीची बिरादरी के हों, उनकी बिरादरी पापियों की है। यह बातें इतनी स्पष्टता और सरलता से प्रचारित की गई थीं कि अवध के प्रत्येक गाँव में, विशेष रूप से नाग जाति के लोगों और इतर निम्न मानी जानेवाली जातियों के लोगों में पापी और पुण्यात्माओं की दो बिरादरियाँ खटाखट बनाने लगीं। सोयी हुई चेतना जाग उठी। नैमिषारण्य में सूत शौनक के साथ भार्गव के दिये हुए विचार सूत्रों से भारत ने प्रचार कार्य का जैसा तानाबाना बुना था, वैसा ही सूत के द्वारा प्रशिक्षित ब्रह्मचारियों और कायस्थ सोड्ढण के द्वारा प्रशिक्षित इतर जन-जातियों के चतुर गुप्तचरों द्वारा व्यापक क्षेत्र में सुनियोजित ढंग से बुना जा रहा था।

सायंकाल का समय था। सूर्यनारायण अस्ताचल की ओर बढ़ रहे थे। नदी के दोनों तट जंगलों से घिरे थे। सायं प्रार्थना के उपरान्त प्रज्ञा सबके भोजन की व्यवस्था कर रही थी और इज्या पास ही में प्रचेता को अपनी गोद में लिटाये हुए उसे थपक कर सुला रही थी। भारत नाव में बाहर बैठे हुए थे। जाई उन्हें बुलाने गई थी और जुई बाहर ही थी। खिड़की से खुले अन्तरिक्ष पर सूर्य के अध गोले पर इज्या की दृष्टि टकटकी बाँधकर लगी हुई थी। सूर्य की लाली अपने आप ही में सिमटकर नाचती हुई डूब रही थी। सूर्य का गोला देखते ही अन्तरिक्ष में डूब गया। इज्या सहसा बोल पड़ी : "मेरा मन ऐसे ही डूब रहा है।"

भारत के लिए पीढ़ा बिछाते हुए प्रज्ञा बोली : "क्या कहा जीजी?"

चौंककर इज्या बोली : "हैं?—कुछ नहीं। देख री, सूर्यास्त में मेरे पिता की चिता चल रही है।"

प्रज्ञा को अटपटा लगा, बोली। "सूर्यदेव जगत्पिता हैं। उन्हें प्रणाम करो। व्यर्थ के भाव प्रलाप में" —

"मैं पूर्ण रूप से संयत हूँ जीजी, वह बिम्ब अब भी मेरे आगे प्रत्यक्ष है। यह सूर्य नहीं, मेरे पिता का शव है।"

"नहीं, सूर्यदेव अपनी दाहक शक्ति से केवल अंधकार का दहन करते हैं, जीवन को मृत्यु के रूप में क्यों देखती हो? पिता को प्रणाम करो, माता यही आदेश दे रही है।" प्रज्ञा

के स्वर में हल्की सी झिड़की भी थी। इज्या चुप हो गई। उसके चेहरे पर ही उसके अन्तर का भाव स्पष्ट था, ऐसा लगता था, जैसे बहुत कहना चाहनेवाला मन अपने ही अदृश्य हाथों से कसकर अपना गला घोंट रहा हो। उसने अपनी आँखें मीच लीं और अपने आपको जड़ बना लिया। प्रज्ञा पत्तलें परोस रही थी, इज्या उसका हाथ बँटा रही थी। यह एकाएक क्या हो गया? जीजी कभी असंयत बात नहीं करती। प्रज्ञा एक क्षण टकटकी बाँधकर उसे देखती रही, फिर मृदुल स्वर में कहा : "स्वयं अनुभव से तो नहीं जानती जीजी, पर सुना है कि ब्रह्मचर्य साधनेवालों को अपने क्रम में चेतना के स्फोटों से नया बोध प्राप्त होता है। कदाचित् कोई ऐसा ही सुनहरा क्षण तुम्हारे पास आ रहा होगा।"

इज्या नें अपनी आँखें खोलीं और ऐसे मुस्कराई, मानो अन्धकार भरे विशाल मैदान में एक दिया टिमटिमाया हो। कहने लगी : "तेरी ही बात सच होगी जीजी! कभी-कभी मन बोलता है, पर अपनी बात स्वयं ही नहीं समझ पाता।. . . तेरी बात से मेरा मन संयत हुआ है। आश्चर्य है कि तू इस समय मुझे दुख में सुख सी लग रही है।"

"पर दुख काहे का? देख अब मैं लड़ पड़ूँगी। अपने को संयत कर। अपने ध्यान से कह कि इस समय समाधि न लगाए। बड़ी आई जोगिन कहीं की! पुरुषों को ठंडा भोजन कराएगी?"

"हाँ जीजी। मैं बहक गई थी, ला तू दूसरी पत्तल सँजो। मैं इस पत्तल को पुरखों के प्रति समर्पित करके बीते क्षण के साथ नदी में प्रवाहित किए देती हूँ।" इज्या अब इतनी सहज हो गई जैसे कुछ हुआ ही न हो, बोली : "तू परोस मैं लालाजी को बुलाकर लाती हूँ।" बजरे में बने कक्ष में भारत के पीछे-पीछे आकर इज्या ने एक दूसरा नाटक आरम्भ किया बोली : "लालाजी, आज तुम और जीजी साथ-साथ भोजन करो, मैं परोसूँगी।"

सकोरे में दाल परोसते हुए प्रज्ञा ने फिर इज्या की ओर तरेरकर देखा, कहा : "इज्या, तुझे हो क्या गया है आज?"

"कुछ भी नहीं जीजी! मैंने अपने जीवन में एक दम्पत्ति को कभी साथ भोजन करते नहीं देखा। आज अपनी साध पूरी करना चाहती हूँ।" कहकर इज्या दूसरा पीढ़ा और चौकी उठाकर भारत के पीढ़े चौकी के पास ही रखने लगी। भारत आसन पर बैठते हुए यह देखकर मुस्कुराये। प्रज्ञा से बोले : "भाभी की साध पूरी कर दो न।"

प्रज्ञा तुनककर बोली : "मैंने इसे कभी मारा नहीं है, आज मारूँगी।"

इज्या गड्डी से दूसरी पत्तल निकालकर कोने की खिड़की पर उसे धोने चली गई थी। बात सुनते समय उसकी पीठ इधर थी, पर जब मुखड़ा इधर पलटा तो वह मुस्करा रही थी, उसने भारत से कहा : "जीजी का नाम तो है प्रज्ञा, पर काव्य सौन्दर्य के प्रति यह निपट अचेत हैं। (प्रज्ञा की ओर देखकर) उठो उठो, आँखें न तरेरो। तुम मेरी जीजी भले ही हो किन्तु तुम्हारे पूज्य पतिदेव मेरे उनको गुरु जी कहते हैं। उठो, गुरु पत्नी का आदेश मानो।" कहकर इज्या प्रज्ञा की बाँह पकड़कर उठाने लगी। भारत को इन दोनों की झड़प में बड़ा आनन्द आ रहा था, हँसकर बोले : "अरे भाई, भाभी मुझे और तुम्हें साथ जीमते नहीं देखना चाहतीं—"

बात काटकर प्रज्ञा सरोष बोली : "तो निगोड़ी और कह क्या रही है इस समय?"

"अरे भाई, यह हमारे नामों को एक साथ जिमाना चाहती है। भाभी के मन की बात तो समझो। आज गुरुपत्नी के आदेश से एक शुभ काम के प्रतीक बनकर हमारा जीवन सार्थक हो जाएगा।"

बात इज्या की ही रही। प्रज्ञा को उठना पड़ा। भारत खिलखिला कर हँस पड़े, बोले : "भाभी जब भारत और प्रज्ञा को साथ जिमा रही हो, तब फिर यह दो पत्तलों का झमेला क्यों?"

इज्या खिलखिला उठी। प्रज्ञा और तपी, पर उसकी तपन को इज्या और भारत के खिलवाड़ के आगे भाप बनकर उड़ना ही पड़ा। एक पत्तल में जेंवाया, ठूँस-ठूँसकर खिलाया। प्रज्ञा बीच-बीच में तपती रही, भारत खिलखिलाते रहे और इज्या हँस-हँसकर खिलाती रही।

भोजन करके भारतचन्द्र फिर अपने कक्ष में चले गए। प्रज्ञा बाहर से प्रचेता को गोद में लेकर भीतर लौटी। माँ को देखकर बच्चा हँसा तो अवश्य, पर आने के लिये हाथ न बढ़ाया। प्रज्ञा बोली : "अब तू भी भोजन कर ले" — "मैं आप परोस लूँगी जीजी, तुम बैठी रहो।. . . हाय मेरी दीठ में राई-नोन और भटकटइया के काँटे। उस दिन तुम सचमुच बड़ी सुन्दर लगोगी जीजी, जिस दिन तुम्हारी दोनों गोदों में ये और इसका आने वाला भाई बैठा होगा।" प्रज्ञा का मुख लाज-पुलक से खिल उठा, बोली : "अच्छा अब तू बैठ, मैं परोसती हूँ।"

इज्या भोजन करने लगी। प्रचेता प्रज्ञा की बाईं गोद में अधलेटा सा अपना अँगूठा चूस रहा था। चढ़ते जाड़े से बचाने के लिए प्रज्ञा प्रचेता को रुई के कपड़ों से सबेरे शाम बराबर मढ़कर ही रखती है। कन्टोप पहने कपाल पर काजल का टोटका लगाये प्रज्ञा की गोद में चुपचाप पड़ा अँगूठा चूसता हुआ अपना बेटा इज्या को प्यारा लग रहा था। खाते-खाते उसकी ओर देखकर बोली : "देख लेना दीदी, बड़ा होने पर यह तुम्हें ही अपनी माँ मानेगा?"

"हाँ-हाँ, एक तो अपने आप ही मानेगा, दूसरे मैं उसे बरस भर बाद अपने पास ही रख भी लूँगी। दो बच्चों के साथ रहने से दोनों का विकास बड़ा अच्छा होता है।"

जाड़े की रात का अँधेरा बड़ी तेजी से गहरा होने लगा। तभी मशाल उठाये हुए एक छोटी नाव से किनारे की ओर से आता हुआ एक आदमी ऊँचे स्वर में बोला : "महंतजी जा रहे हैं? यह महंतजी का बजरा है ?"

"हाँ।"

"आगे सम्हल के जायो।"

"काहे का बात है?" नाववाले ने पूछा।

"आगे कौनव षडयन्त्र बाँधा गा है, हमका देवपुर के ठाकुर पठइन हैं।" कहकर मशालवाले मनुष्य ने अपनी नौका खेनेवाले को लौटने का आदेश दिया।

बजरे का मुख्य केवट बोला : "ठहरो, हम महाराज ते कह आई।"

"हमका बस यहै बात बतावा गा रहै और हम कुछु नाहीं जानिति है। हमसे ठाकुर कहिनि कि यती बात कहि कर लौटि आयो।"

यह समाचार सुनकर भारत एकाएक चक्कर में पड़ गए। वे सहसा यह निर्णय न कर पाये कि नावों को आगे बढ़ाना चाहिए अथवा दिन उगने तक यहीं कहीं किनारे पर लगा लेना चाहिए। पर दोनों किनारे सुनसान थे। बस्ती यहाँ से लगभग एक कोस आगे थी। भारत को यह शंका भी थी कि किसी ने आगे षड्यन्त्र का भय दिखाकर हमें यहीं रोकने का षड्यन्त्र न किया हो। किनारे पर तो शत्रु यदि सौ दो सौ लड़वैयों की भीड़ लेकर आ जाए, तो हम सुरक्षित नहीं रह सकेंगे। हाँ, नावों पर आक्रमण करनेवाले लोग भी हमारे सैनिकों की संख्या से अधिक नहीं हो सकते।. . . परन्तु यदि कुछ षड्यन्त्र है तो वह किसका रचा हुआ हो सकता है? मेरे कैलाशवासी चचिया श्वसुर के चेलों में से कोई कदाचित् हमसे बदला लेना चाहता हो? कौन होगा वह चेला? भारत का चिन्ताचक्र बड़ी तीव्रता से चल रहा था। वे निश्चय और अनिश्चय के बीच में थे। बाहर कुछ बातें—पहेली भरी बातें—ऊँचे स्वर में सुनकर उत्सुकतावश प्रज्ञा अपने पति के कक्ष के पास ही कान लगाये बैठी सुन रही थी। केवट की बात पर अपने पति को मौन देखकर प्रज्ञा आड़ में बैठी हुई बोली : "अनजाने तट पर नाव न रुकवाइए। इससे तो अच्छा है कि धीरे-धीरे धारा में ही नावों को बहने दीजिए और एक नाव को टोह लेने के लिए आगे दौड़ा दीजिए।"

केवट को स्वामिनी की सलाह उचित लगी। भारत ने भी उसी का अनुमोदन कर दिया। एक नाव तेजी से खेई जाकर आगे की बस्ती तक खोज करने के लिये कुछ सैनिकों के साथ गई। बाकी नावें और बजरा बिना पतवार चलाए अपने आप धारा में बहते चले। मुख्य केवट ने शेष तीन नावों में से दो नावों को आगे बढ़ने के लिए आदेश दिया। उन नावों की पतवारें सक्रिय हो उठीं और वे बजरे से कतराकर उससे आगे बढ़ने लगीं, किन्तु तभी सहसा यह लगा कि जल के नीचे से बजरे में अँकड़ा डालकर कोई उसे खींच रहा है। जब तक केवट और पतवार वाले सँभलें तब तक बज़रे की नोक के पास से जाती हुई एक नाव उससे टकराई। एकाएक हाहाकार मच गया। बजरा यूँ नाच उठा, जैसे भँवर में तिनका पड़ गया हो। बजरे के मुख्य केवट ने तुरन्त ही अपने गोतेखोर आदमी पानी में कुदा दिये। छप्-छप्-छप् पानी में गोतेखोर कूदने लगे। पानी के भीतर की हलचल बढ़ चली। आगेवाली नाव जो पहली टकराहट से टेढ़ी हुई थी, एकाएक पानी से निकलनेवाले हाथों ने उलट दी और अँधेरे तटों से एकाएक कहीं से दौड़ती मशालें पेड़ों के पीछे से निकल आईं। बजरे पर प्रचण्ड वर्षा होने लगी। छोटी शतघ्नियों से जलती मशालें नावों पर फेंकी जाने लगीं। एक बची-खुची नाव के दस पंद्रह तीर कमानधारी सैनिक भला इनसे लड़ ही कैसे सकते थे! घबराहट भरी हलचल में भारतचन्द्र के अंगरक्षकों की वह नौका भी डगमगा उठी। भारतचन्द्र के बजरे पर कई जगह आग लग चुकी थी। प्रत्येक प्राणी सुरक्षा के लिये तड़पता हुआ ही दिखलाई दे रहा था। भारतचन्द्र की समझ में नहीं आ रहा था कि किया क्या जाये। उनके बजरे की छत जलने लगी है, ऊपर आग है, नीचे पानी। इस विषम परिस्थिति में मृत्यु दोनों ही ओर से उन्हें घेर रही है। प्रज्ञा का चेहरा फीका फक हो गया। प्रचेता उसी की गोद में चौकन्ना सा अबोध भाव से देख रहा है। जाई-जुई रो रही हैं और इज्या मौन है। बजरा फिर नीचे से आगे की ओर खींचा जाने लगा है। दोनों कक्ष की दीवारों तक आग पहुँच गई है। अपनी जान बचाने के लिये बहुत से खिवैये पानी में कूद पड़े हैं। तैरने वाले सिपाही क्रोधावेश i एक दूसरे को पानी में ही पछाड़ने का प्रयत्न

जी-जान से कर रहे हैं। बजरा नीचे से टूटता है और उसमें बड़ी तेजी से पानी भरने लगता है। भारत की विवश आँखें प्रज्ञा को, इज्या को देखती हैं। एकाएक वे बोले : "मेरे महान् गुरु का पवित्र वंश नहीं डूब सकता। प्रज्ञा, बच्चे को मुझे दो। तुम दोनों को राम के हाथों सौंपा।" कहकर उन्होंने प्रचेता को अपनी गोद में लेने के लिए हाथ बढ़ाया। हताश आँखों से प्रज्ञा अपने पति से बोली : "अपनी सिद्धि से पूछिए न!"

"मेरी सिद्धि इतनी महान् नहीं कि आपत्ति में मेरे पास टिक सके। राम करे सो होय। मैं नाव पकड़कर पानी में उतरता हूँ। तुम प्रचेता को फिर मुझे पकड़ा देना। जब तक पीछे और बाईं ओर युद्ध चलता है, मैं इसे निकाल ले जाऊँगा।" कहकर फिर प्रज्ञा और इज्या की ओर एक बार भी देखे बिना भारतचन्द्र पानी में कूद पड़े, प्रज्ञा ने बच्चे को पकड़ाया। सोता बच्चा पैरों में पानी लगने से रोया, परन्तु फिर बिना और कोई चिन्ता किये खड़ी पैराकी करते एक हाथ से तैरते हुए वे धारा की ओर बह चले। किनारों पर खड़े दैत्यों से पेड़, जहाँ-तहाँ लपलपाती मशालें और पानी में हलचल! चारों ओर मृत्यु का तांडव हो रहा था। अँधेरे में पता नहीं चलता था कि कौन मरा, कौन जिया।

●

५४

●

●

नौका दुर्घटना का समाचार लेकर स्वयं सरयू मैया काशी आयी थीं। उनका दिवाकराश्रम में अचानक पहुँचना सबके लिये आश्चर्य और घबराहट का कारण बन गया। अस्सी से ऊपर आयुवाली देवी वाशिष्ठी वर्षों से अयोध्या छोड़कर कहीं नहीं जातीं, इसलिये उनका अकस्मात् आना परम आश्चर्यकारी था। व्यास सोमाहुति भार्गव आश्रम के विद्यार्थियों के सम्मुख महाभारत की विशेषताएँ बखान रहे थे। स्वयं दिवाकर पृथ्वीपुत्र तथा आश्रम के समस्त आचार्य वहीं उपस्थित थे। देवी के आदेशानुसार वे सीधी वहीं ले जाई गईं। दिवाकर जी की दृष्टि सबसे पहले उन पर पड़ी। वे अपने आसन से उठने के लिये पहले तो उचके, फिर व्यास वाणी के आदर का ध्यान करके थम गये। देवी विभूति सी आगे बढ़ती चली आ रही थीं। बोलते-बोलते स्वयं सोमाहुति की दृष्टि भी उधर गई। उनकी आँखों में आनन्द और आश्चर्य चमक उठा। जो वाक्य पूरा हुआ था, उसके बाद उसका प्रसंग सहसा छूट गया। छूटे हुए प्रसंग को दूसरे दिन सुनाने की बात अचानक कहकर आसन छोड़ने से पहले उन्होंने समस्त विद्यार्थियों को देवी वाशिष्ठी की अभ्यर्थना में उठ खड़े होने का आदेश दिया और फिर दौड़कर सरयू मैया के पास पहुँचे। दण्डवत भूमिष्ठ होकर प्रणाम किया। शरीर ने धरती की शीतलता का स्पर्श करते ही क्षण के अंशों में मानो अपने भीतर हृदय-स्पंदन ही लुप्तमान अनुभव किया। उन्हें लगा कि जैसे शीतल

धरती उनके प्राणों को अपनी ओर खींच रही है। भार्गत्र पूर्ण आत्मबल लगाकर ही उठ सके थे और उनका चेहरा एकाएक फीका पड़ गया था। सरयू मैया ने अपना बायाँ हाथ उनके हाथ में दे दिया और दाहिने से लठिया टेकते हुए आगे बढ़ीं और चेहरा इतना गम्भीर था कि दिवाकर पृथ्वीपुत्र के मन में एकाएक अनेक आशंकाएँ द्वन्द्व मचाने लगीं।

थोड़ी देर बाद सारा आश्रम शोकमग्न दिखलाई पड़ने लगा। देवी वाशिष्ठी के आगमन की सूचना महाराजाधिराज को अपने गुप्तचरों और आश्रम के संदेशवाहक के द्वारा प्रायः साथ ही साथ मिली थी। नौका दुर्घटना का समाचार उन्हें दिया जा चुका था। दुर्घटना के पूरे क्षेत्र में खोजबीन करने के आदेश चन्द्रगुप्त स्वयं अश्वारूढ़ होकर सवेग आश्रम की ओर भागे। घड़ी भर में सारा नगर इस दुर्घटना की बात सुनकर सुन्न हो गया।

सोमाहुति ने सुना। हृदय उछला, मस्तिष्क सहसा ऐसा लड़खड़ाया कि आँखों के आगे तारे नाच उठे। अपने ऊपर संयम रखने की बात होश में आते-आते ही खो गई। सहसा चारों ओर अँधेरा छा गया। मूर्च्छित होकर भार्गव का शरीर लुढ़क पड़ा। उपचार से आँखें खुल गईं, थोड़ी देर बाद उठकर बैठ भी गये, पर अंतश्चेतना स्तब्ध ही रही। भीतर दर भीतर इज्या और प्रचेता की जीवन्त झाँकियाँ वसन्त के फूलों सी खिल रही हैं। उनकी कोमलता को मन जब स्पर्श करने के लिए लपकता है, तो भयंकर हिम-झंझावात में फँस जाता है। हिम में उसकी जीवित समाधि बन जाती है, तन से लेकर दृष्टि और श्वास तक मानो हिम होकर जड़ बन जाती है। स्मृति दो बिंबों में झलकती है : प्रचेता को जब अयोध्या में बड़े समारोह में प्रज्ञा और भारत के हाथों से अपनी गोद में पाया था और इज्या के साथ नैमिषारण्य के बैठकवाले कक्ष में। कानों में स्वर गूँजता है : "ना-ना राम प्रिय, हम बाहर हैं।" आँसू बड़ी तीव्रता से कलेजे में उगते हैं, पर आँखों तक चढ़ नहीं पाते। यह क्या हो गया? वह स्वप्न था या यह स्वप्न है? कुछ समझ में नहीं आता। चेतना पर काले भूरे बादलों का घटाटोप छाता है। भार्गत्र फिर मूर्च्छित हो जाते हैं।

दूसरे दिन लगभग तीसरे पहर अयोध्या से सरकारी हरकारा समाचार लाता है कि भारतचन्द्रजी प्रचेता के साथ सकुशल अयोध्या पहुँच गये हैं। प्रचेता तीव्र ज्वर में हैं; श्रेष्ठ वैद्य उपचार कर रहे हैं।

गंगा तट की एक रम्य वाटिका में सरयू मैया के रहने की व्यवस्था हुई थी। दिवाकर पृथ्वीपुत्र के आश्रम से सोमाहुति को वे अपने साथ ही लिवा लाई थीं। स्वयं मंत्री असित देवल यह शुभ समाचार लेकर पहुँचा। सरयू मैया का चेहरा आशा के उजेले से खिला। भार्गव की पीठ पर हाथ फेरकर बोली : "तेरा वंश यशस्वी और प्रतापी है। देवों ने मेरी बड़ी लाज रखी। यज्ञेश्वर का जमाई भी बच गया, पर मेरी बेटियों का पता न चला अब तक! राम ही रखवारे हैं।"

बेटे के जीवित होने का समाचार सोमाहुति के भीतर प्राण संचार कर गया। यह आशा जागी कि इज्या और प्रज्ञादेवी के सुरक्षित होने का समाचार भी शीघ्र ही आएगा! साँस लेने को बहाना मिल गया। मन मुक्त हो और अपने काम में लगे, यह इच्छा भी जागी। काम बहुत है, बहुत है। बस, मेरी इज्या को सकुशल लौटा दो राम वासुदेव। उसके बिना यह महास्वप्न साकार क्योंकर कर पाऊँगा? (मन की तरह गरजी : 'वह नहीं रही')

वह नहीं तो फिर मैं कहाँ? जिस सरयू ने इज्या के इष्टदेव श्रीराम को और इज्या को अपने में लीन किया, वही इस काया को अपने में समोकर इस जीव को भी मुक्ति प्रदान करेगी। ('और कार्य?') प्रचेता करेगा। उसका जीवित बचना ही इसका प्रमाण है। ('तुम्हारे पिता कितना कठिन आघात सहकर भी तुम्हें प्रशिक्षित और कर्म-दीक्षित करने के लिये जिये, ध्यान करो।') ध्यान सब कुछ है, पर इज्या का ध्यान कैसे बिसरे? इज्या मेरी प्रिया सहधर्मिणी. . . ('कर्तव्य, कर्तव्य') नहीं नहीं, इज्या—मेरी प्राण—इज्या!

भार्गव की कर्मचेतना और मोह भरा मन उनके जीव की दोहरी फाँसी बन गया—कर्म से चिढ़, इज्या की हुड़क! अरे, बड़ी बेबस कर देनेवाली हुड़क उठी, गिंड़गिड़ाकर वासुदेव याद आये। कलेजा आँखों में आ गया और फिर आता रहा, आता रहा। सोमाहुति कल से अब तक मूर्च्छित तो दो बार अवश्य हुए, पर रो नहीं पाये थे; पहली बार अपनी कर्मचेतना के घेराव से तड़पकर अपनी इज्या के लिए बिलखते ही बना।

सरयू मैया ने आगे बढ़कर उन्हें अपनी बाँहों में भर लिया। मातृत्व की छाया पाकर मन की पीर कचोटें ले-लेकर उमड़ी। संयम, ज्ञान, गुरुत्व सब आँसुओं में डूब गया। दुःख में वासुदेव भी बिसर गये। जैसे बच्चा अपना प्यारा खिलौना बाहर किसी शक्तिशाली के द्वारा छीने जाने पर घर आकर माँ की गोद में बिलखता है, सरजू मैया से लिपट-कर भार्गव हूबहू वैसे ही बिलखते रहे। स्वयं मैया की आँखें गंगा-यमुना बहाने लगीं।

दूसरे दिन तड़के ही देवी वाशिष्ठी और भार्गव सोमाहुति अयोध्या चले गए। महाराजाधिराज चन्द्रगुप्त ने अब अपना कार्यक्रम बदल दिया। अपने प्रियजनों पर घटी इस महान् दुर्घटना का बदला लेने के लिए वे अच्युत नाग को बंदी बनाने का सुनियोजित जाल फैलाना चाहते थे। कंतित (कान्तिपुरी) में प्रवरसेन के बेटे की बरात पहुँचने पर भारशिव राज की उत्तरी सीमा पर नेपाली सेना का जोरदार जमाव कराने की योजना भी उसके मन में चल रही थी। अपने राज्य में अपने प्रियजनों पर छिपे हुए शत्रुओं के द्वारा किये जाने वाले इस निर्मम प्रहार ने महाराजाधिराज के मन में बदले की प्रचण्ड आग भड़का दी थी। वाकाटक प्रवरसेन और उसकी नागशक्ति को कुचले बिना चन्द्रगुप्त अब चैन नहीं पा सकते थे।

अयोध्या नगर में प्रवेश करते ही रामकोट के एक साधु मिल गये। उन्होंने मैया को बतलाया कि भारत की पत्नी भी सकुशल लौट आई है। मैया सोमाहुति को लेकर सीधे भारतचन्द्र के घर गईं।

घर में प्रवेश करते ही अंतःपुर के द्वार पर लगा कि इज्या आई है। एक क्षण के लिए भार्गव का मन अपने ही छलावे से आश्चर्यचकित होकर बँध गया—फिर कहीं कुछ नहीं, नजर खाली, मन खाली, बची केवल एक खिसियान।

भारतचन्द्र मिले। प्रज्ञादेवी को भी देखा। वह ज्वर और सन्निपात ग्रस्त थीं। नैमिष की जाई-जुई भी दिखलाई पड़ीं, वे उदास थीं, पर चंगी थीं। भीतरी कक्ष में पलंग पर ज्वर-ग्रस्त सोते हुए अपने लाल को भी देखा। 'जियो मेरे लाल! तुम सब अपने संसार में लौट आए, कितने अच्छे लगते हो।. . . पर मेरा संसार अभी नहीं लौटा।' दुःख-ताप से गलकर मन फिर बहा-बहा-सा हो गया, आँखें गीली हो आईं!

भारत और प्रज्ञा के बचने की कहानी सुनी। बच्चे को एक कंधे से चिपकाए एक हाथ

से तैरते हुए भारत बहाव में बढ़ चले। प्रचेता के पैर तो पानी में डूबने के लिए बाध्य थे, किन्तु यथाशक्ति उन्होंने उसे पानी स्पर्श से बचाया। तैरते, जब थकते तो अपने आपको बहाव में बहाते, राम-नाम जपते जगदम्बा को गोहारते थे। आध पौन कोस आगे बढ़ जाने के बाद जब थकने लगे, तब राम ने बचा लिया। भारत की जो नाव आगे जाँच के लिए गई थी, एक जगह लौटती मिली। अंधेरे में पतवारों की छपाछप से भारत दहले कि कहीं शत्रु की नाव न हो। संयोगवश उस समय प्रचेता रो पड़ा। पानी में बच्चे के रोने से नाववालों का ध्यान भारत की बहती छाया की ओर आकृष्ट किया। एक आदमी आपस ही में किसी से बोला कि बहा जाता है ! भारत ने पहचान लिया, चैतू केवट की आवाज़ थी। बस, तो फिर भारत के चैतू नाम ले के पुकारते ही सुरक्षा मिल गई। प्रचेता की सुरक्षा का विचार करके भारत ने फिर नाव को पीछे न लौटने दिया। उसी पर अयोध्या चले आये। रास्ते भर प्रचेता बिलखता रहा, नाव में ही उसे तीव्र ज्वर चढ़ा, उसी से बेसुध होकर वह चुप हुआ। ज्वर का यह चौथा दिन है, अब पहले से बहुत कम है। प्रज्ञा का स्पर्श पाकर उसे कुछ मनःसंतोष भी मिला है।

प्रज्ञादेवी की कथा भारत और जाई-जुई से सुनने पर पता लगा कि भारतचन्द्र और प्रचेता के आँखों से ओझल होते ही बजरे का जलता हुआ भाग टूट गया। जल के ऊपर जलते हुए काठ के तख्ते कुछ तैरने लगे, कुछ डूब गये। जिधर यह चारों खड़ी थीं, वह भाग झुककर डूबने लगा। इन चारों में केवल इज्या ही तैरना जानती थी। उसने प्रज्ञा और लड़कियों को कुछ आदेश दिये और दोनों लड़कियों को बीच में करके हाथ बाँधकर वे सब जैसे खड़ी थीं, वैसे ही इज्या के आदेशानुसार डूबती नाव से कूद पड़ीं।

पानी के लड़वैये पीछे जलती लकड़ियों के कारण अपने युद्ध जोश में विघ्न पड़ते देख, एक दूसरे को गोते देते, डूबते उतराते झपट्टे मार कर पानी को मथते हुए आगे आ रहे थे। जैसे ही ये लोग कूदीं, वैसे ही किसी गोताखोर तैराक ने पानी के भीतर से ऊपर आना चाहा। जाई और इज्या के बँधे हाथों में उसकी गर्दन अटकी—'औरतें, महंतिन' यह दो शब्द सहसा उसके मुँह से फूटे और उसके बिजली भरे हाथों के एक ही झटके से जाई का हाथ इज्या से छूट गया। और इज्या देखते ही देखते पानी में घिसटती हुई अलोप हो गई। उसका अंतिम सुनाई पड़ने वाला शब्द था 'रामप्रिय।' जिस समय इज्या का साथ छुटा, तो यह तीनों बहाव में बह चलीं। भय के कारण लड़कियाँ चीखने लगी थीं। कोई तैराक आगे बढ़कर आया और इन्हें हाथ पकड़ कर किनारे की ओर बढ़ा। यह लोग तट से कुछ दूर थे, तभी किसी ने इनका पीछा किया। तैराक इनकी रक्षा करना भूलकर पीछा करने वाले की ओर झपटा। प्रज्ञा किसी तरह लड़कियों को लेकर किनारे पहुँच ही गई। भय जर्जर, थकन से चूर गर्भवती प्रज्ञा बेदम सी हो रही लड़कियों को पानी से भीगे ठण्ड से काँपती, सनसनाती हवा में आगे बढ़ने लगी। एक भग्न मंदिर की सीढ़ियों पर बैठकर रात बिताई। सवेरे गाँव में पहुँची। डर के मारे प्रज्ञा ने अपना परिचय न दिया, कहा कि नाव उलट गई। अयोध्या का मार्ग पूछा। 'अयोध्या में किसके यहाँ जाना है,' यह पूछे जाने पर प्रज्ञा के मुख से सहज ही सरजू मैया का नाम निकला। सरजू मैया की आश्रिताओं को अयोध्या पहुँचाने के लिए कई लोग तत्पर हो गये। और इस तरह भार्गव की इज्या को छोड़कर और सभी जीवित बच गये।

चौथे दिन तड़के ही समाचार मिला कि नाव पर आक्रमण करने वाले दल के बचे हुए लोग पकड़ लिये गये हैं। मुख्य षड्यंत्रकारी व्यक्ति अहिच्छत्रा का एक नाग सरदार था। उसने यह स्वीकार कर लिया है कि वह महन्त पुत्र भारतचन्द्र और उनकी पत्नी का नाश करने के लिये भेजा गया था। बजरे का अग्निकांड और नदी-युद्ध के बाद भी उसके जन भारत को न पकड़ सके तथा भारत-भार्या के धोखे में जिस स्त्री को उसके आदमी पकड़ पाये थे, उसका देहान्त हो गया। इस समाचार ने अयोध्यावासियों को क्रोध से बावला बना दिया। महन्त वसुनाग इस वृद्धावस्था में भी अयोध्या आये। वे अत्यन्त क्षुब्ध और क्रुद्ध थे।

भार्गव इस समय इन सारी बातों और योजनाओं से विरक्त थे। इन बातों और महन्तजी की योजनाओं से उन्हें केवल इतना ही लाभ हुआ था कि उनका मन एक झूठी आशा से अवश्य मुक्त हो चुका था। वे अब जानते थे कि मनुष्य की घृणा और वैमनस्य की बलिवेदी पर उनकी प्रिया सहधर्मिणी बलि होकर अपना इज्या नाम सार्थक कर चुकी है। परन्तु इस बोध से उनका मन मोहमुक्त न हो सका। इज्या बालू पर खींची हुई रेखा नहीं, जिसके ऊपर ज्ञानरूपी हाथ फेरकर उसका अस्तित्व मिटाया जा सके। भार्गव के जीवन में जो अचानक आई थी और अचानक ही चली भी गई, वह क्या उन्हें केवल प्रचेता का पिता बनाने ही आयी थी? नहीं, इज्या ने उन्हें जीवन का अर्थबोध भी कराया। वह अर्थबोध क्या है?...भार्गव का अंतस्तल उसे बूझता तो है, इज्या जीवित होती तो कदाचित् उसे बिना किसी कठिनाई के व्यक्त भी कर सकते थे, परन्तु इस समय हर प्रश्न का उत्तर इज्या है, हर भाव जब बिम्ब का रूप धारण करता है तो इज्या बन जाता है। अयोध्या में कहीं जाओ, वह अब सर्वत्र इज्यामय ही दिखलाई देती है। इज्या के इष्टदेव राम अब इज्या के बहाने से ही याद आते हैं, और अपने वासुदेव भी अब इज्या के गाये कीर्तनों की स्वर-गूँज के साथ ही स्मृति में आते हैं।—भार्गवी इज्या गाया करती थी, 'आकाश से बरसने वाला जल जिस प्रकार बहुविधि बहकर सागर में जाता है, उसी प्रकार भले ही किसी देवता को नमन् करो, किन्तु तुम्हारा वह नमस्कार केशव के प्रति ही समर्पित होता है।' अब भार्गव भी यही अनुभव करते थे। कोई बात करो, कोई प्रसंग उठाओ, भार्गव घूम-फिरकर उसे इज्या से किसी न किसी तरह जोड़ ही लेते हैं। जब ब्राह्मकर्म करते हैं तो समिधा सामग्री आदि सँजोई हुई देखकर यही कल्पना करते हैं कि इज्या उन्हें सँजो गई है। यज्ञ करते हैं तो इन्द्रादि देवगणों के मंत्र उच्चरित करते हुए ऐसा लगता है, मानों दर्द भरा उलाहना दे रहे हों कि मेरी इज्या को मुझसे क्यों छीन लिया। जब घर से कहीं बाहर जाने लगते हैं तो अभ्यासवश मुँह तक यह बात आती है : 'प्रिये, मैं अमुक जगह जा रहा हूँ।' बड़ी कठिनाई से बात अनकही रह पाती है। प्राण विगलित होकर कण्ठ तक चढ़कर फिर घुट-घुटकर रह जाते हैं। हर परिचित दृष्टि से जब दृष्टि मिलती है, तो सहानुभूति के ताने-बाने से इज्या का चित्र बुन जाता है; केवल प्रज्ञा देवी को देखकर उनका हिया कठोर होने लगता है—'मैं इसे बचाने का निमित्त बना और यह मेरी इज्या की मृत्यु का कारण बनी। इसी के धोखे में मेरी इज्या मारी गई।' अपने इस कुभाव को दबाने में उन्हें बड़ा श्रम करना पड़ता है। प्रत्येक जीव के लिए जन्म और मृत्यु का क्षण उसका अपना नियत क्षण होता है। बेचारी प्रज्ञादेवी का इसमें क्या दोष है?

प्रज्ञा अब स्वस्थ है, उसकी गर्भस्थ संतान भी दाई और वैद्यों के अनुसार सकुशल है। प्रज्ञा स्वयं भी इस अपराधजनित भावना से कम त्रस्त नहीं रहती कि "मेरे ही कारण जीजी की जान गई। मैं कितनी अभागी हूँ। जिसने मुझे और मेरे पति को नवजीवन प्रदान किया, उसी महापुरुष का घर मेरे ही कारण उजड़ा।" प्रज्ञा का अन्तःकरण यह जानता है कि भार्गव का मन उसके प्रति यही भाव रखता है। प्रज्ञा इस कारण से और भी अधिक दुःखी रहती है। जहाँ तक बनता है, उनके सामने नहीं आती। वह अदृश्य में रहकर उनकी सेवा-सुविधा का प्रबन्ध ठीक वैसे ही करवाया करती है, जैसे इज्या करती थी। प्रचेता उसका जीव-प्राण हो गया है, पहले भी कुछ कम नहीं था। प्रचेता भी केवल उसी के पास रहता है। उस अबोध जीव को भी मानो यह बोध है कि उसका कुछ अति महत्वपूर्ण खो गया है और उस खोयेपन को अब वह केवल प्रज्ञा की गोद में ही पा सकता है। जाई-जुई उसका दूसरा सहारा है।

भारतचन्द्र नाग का मन इस समय अग्निशिखा बना हुआ है। वह अच्युत नाग से बदला लेने के लिए छटपटा रहे हैं। महन्त वसुनाग अपने बेटे और बहू को शीघ्रातिशीघ्र लखनऊ ले जाना चाहते हैं। वे उन्हें अब एक क्षण के लिए भी अपनी आँखों से ओझल नहीं करना चाहते। किन्तु भारत अभी कहीं और जाना चाहते हैं। वे जानते हैं कि महाराजाधिराज अपनी नेपाली रानी को लेकर नेपाल गये हैं। पट्ट महादेवी और कुमार इस समय प्रयाग के किले में हैं। उनका यह अनुमान भी था कि उनका माया विशारद साथी भिक्षु शांतिरक्षित उन्हीं के साथ गया है, किन्तु एक दिन अचानक उसे अयोध्या में अपने घर पर देखा। पूछा : "भिक्षुजी, तुम यहाँ कैसे ?"

"आपको लखनऊ ले चलने के लिए आया हूँ।"

"कारण ?"

"महाराजाधिराज का आदेश है। पट्ट महिषी और कुमार मेरे श्री नारायण मंदिर का निर्माण अपनी ओर से करा रहे हैं। महाराजाधिराज की इच्छानुसार नींवपूजा युवराज के हाथों से होगी। वे ही आपका राजतिलक करेंगे।"

"नहीं, उसका समय अभी नहीं आया। आपको मेरे साथ प्रयाग चलना होगा।" भारत प्रयाग चले गये।

नई हलचलें सामने आ गईं। भार्गव इस समय इन राजनीतिक हलचलों में भाग नहीं ले सकते थे। वे एकांत चाहते थे। उन्होंने सरजू मैया से कहा : "अम्ब, मैं नैमिष जाना चाहता हूँ।"

"तू मेरे आश्रम में चला आ सोमा, कुछ दिन मेरे ही पास रह।"

"नैमिष में कामकाज के वातावरण से मेरा मन कदाचित् रम सकेगा। जो हुआ सो हुआ, उसे अब बदला नहीं जा सकता। अभी मुझे महाभारत लिखानी है। महासत्र के आयोजन में सक्रिय भाग लेना है। यहाँ रहकर मेरा मन और भी अधिक निकम्मा होता जा रहा है।"

सरजू मैया एक क्षण मौन रहीं, फिर शांत स्वर में कहा : "माया चेतन शक्ति का ही विकृत प्रतिबिम्ब है वत्स ! जिसे अब तक बाहर देखते थे, उसे अब अपने इष्ट के भीतर देखो।"

किसी और पर यदि ऐसी ही विपदा पड़ी होती तो भार्गव भी ऐसी बातें ही कह सकते थे, परन्तु वह अहर्निश कमाया हुआ ज्ञान इस समय स्वयं उनके काम नहीं आ रहा था। जी कहीं नहीं लगता। वाल्मीकि इन दिनों अपने परिसर स्थित आश्रम में निवास करते थे। नारद की बड़ी याद आ रही है, किन्तु वह आंध्रप्रदेश के श्रीशैलम् में रमे हुए हैं। कहाँ जाएँ—इस समय तो जीव को भार्गव सोमाहुति के नाम से पुकारी जानेवाली देह में रहना भी अच्छा नहीं लगता। निशिवासर देदीप्यमान नक्षत्र सी एकमात्र इज्या ही उनके मन में जगमगाती रहती है, पर वह लाखों करोड़ों अरबों खरबों कोस दूर है और उस एक के बिना भार्गव का मन एक नहीं मानता।

●

५५

●

●

तंत्रशास्त्र के प्रख्यात क्षेत्र श्रीशैलम् में नारद को आशातीत सफलता मिली थी। उन दिनों श्रीशैलम् बौद्ध तंत्राचार्यों का गढ़ था। सात वाहनों के मंत्री, महान् तांत्रिक बौद्धाचार्य नागार्जुन ने वहाँ सिद्धि पायी थी। बहुत से लोग श्रीशैलम् को नागार्जुन कोंड भी कहने लगे थे। नारदजी भगवान बुद्ध को विष्णु का अवतार सिद्ध करने में सफल हो गए। एक बौद्धाचार्य ने मायामायूरी मंत्र सिद्ध किया, इस मंत्र में उन्होंने द्वारकानाथ श्रीविष्णु को नमन किया था। केवल विशुद्ध यज्ञवादियों और कोरे तार्किकों को छोड़कर भक्तिधर्म प्रचारक लोग सभी से बड़ी दूर तक सहज भाव से घुल-मिल जाते थे। उनका अद्वेषी होना ही उनकी इस मानवमैत्री का कारण था।

सदियों पहले राजा अधिसीम कृष्ण के समय में नैमिष में आयोजित प्रथम महासत्र में अवतारवाद का बीज रोपा गया था। उससे भक्ति आन्दोलन उपनिषद-काल में ही प्रस्फुटित हो चला था। श्वेताश्वर आदि कई उपनिषदों में भक्तिरूपी पौधे के अंकुये फूट चले थे। बुद्ध और महावीर के प्रति भक्ति-निष्ठा के प्रचार से बल पाकर, सभ्य वैदिक समाज द्वारा सदियों तिरस्कृत किए जाने पर भी जीवित रह जाने वाले, असंख्य सनातन किन्तु गँवारू दई-देवतों के प्रति जनश्रद्धा का विशाल जंगल उग आया था। शुंगों के काल में यज्ञवादियों ने उस जंगल को बहुत काटना चाहा, पर वे आप ही कुषाणों और यवनों से कट गए। अब बौद्ध धर्म भी यज्ञवादियों के धर्म की तरह ही निन्दा का पात्र हो गया था। इसलिए इस बौद्धिक अनास्था के काल में जन साधारण की अंध आस्था का घटाटोप जंगल फिर से उग आने का भय था। व्यक्ति की निष्ठा इतनी बँट गई थी कि किसी को किसी से लगाव ही नहीं रह गया था। राजनीति, धर्मनीति, समाजनीति, हर दृष्टि से यह रुई के रेशों-सी उड़ी-उड़ी फिरने वाली भक्तिभावना अत्यन्त निकम्मी और निष्प्राण थी। उससे बँध कुछ भी नहीं पाता

था और बिखराव बढ़ता जाता। राजे-महाराजों से लेकर जन-साधारण तक अपनी-अपनी विकृत अहंता के शिकार बन-बनकर अपने उत्तरदायित्व और कर्तव्य को बिसाकर एक दूसरे को कुचलने तथा अपनों ही को अपना शत्रु बनाने में प्राणपण से जुटे हुए थे। धार्मिक और आध्यात्मिक क्षेत्र में एकरूपता लाने के लिए 'सर्व विश्वात्मकं विष्णुम्' और अवतारवाद का सिद्धान्त तथा राजनीतिक रूप से अत्यन्त दुर्बल तथा अशान्तिपूर्ण छोटे बड़े गणराज्यों और राज्यों में एकता लाने के लिए भारतवर्ष की नैसर्गिक एकता का बखान करके नारद और भार्गव एक ऐसी भक्तिभावना जगा रहे थे, जिसमें ईश्वर और राष्ट्र में नहीं के बराबर अन्तर रह जाता था। भक्ति विराट् के प्रति समर्पित होकर मानवता का नया और उच्च आदर्श स्थापित कर रही थी।

श्रीशैलम् में कुछ दिन बिताकर नारद वाकाटक सम्राट् प्रवरसेन से मिलने के लिए उनकी राजधानी कांचनका गये। कांचनकापुरी बोलचाल की भाषा में नचनापुरी कहलाती थी। कला तथा शिल्प के वैभव से संपन्न यह नगरी नाचती हुई परी जैसी ही लुभानेवाली थी। भव्य अट्टालिकाओं, कलात्मक गौखों, छज्जों, हवेली के ढंग के चौकोर, साथ ही उन्नत उभार शिखरों वाले मन्दिरों, द्वारों की चौखटों पर सुन्दर बेलबूटे लिपटे हुए साँपों की मनोहर आकृतियों, सुन्दर मूर्तियों, पक्के प्रशस्त मार्गों और संसार भर की वस्तुओं से भरे हुए हाट-बाजारों को देखकर नारद के मन में प्रवरसेन के लिए आदर उत्पन्न हुआ।

सम्राट् ने नारदजी का देवता के समान सत्कार किया। बातें होने पर नारद बोले : "हे धर्मावतार, आपके साम्राज्य में धर्म की प्रतिष्ठा देखकर मेरे सुख और संतोष का पारावार नहीं है। आपने संस्कृत भाषा और प्राचीन कलाओं को फिर से नवजीवन प्रदान किया है। गंगा को अपना राजचिह्न बनाकर आपने मानो इस पावन देवभूमि की चिर प्रवहमान् सांस्कृतिक धारा को ही प्रतिष्ठा प्रदान की है। समाज को दासताकाल में दूषणों से मुक्त करने के लिए आपने जो प्रचण्ड आन्दोलन चला रखा है, वह निःसंदेह स्तुत्य है।"

नारद की बातों से संतुष्ट होकर प्रवरसेन ने कहा : "महामुने, साम्राज्य विस्तार करने की लालसा हमारे मन में केवल इसीलिए जागती है कि यह आंदोलन सर्वत्र प्रबल हो उठे और आर्यावर्त पुनः एक बार देवों-ऋषियों की निवासभूमि बन जाए।"

"साधु। वह विचार आप जैसे महापुरुषों के योग्य ही है, किन्तु हे राजन्, मेरे मन में एक शंका है। मुझे स्मरण है कि आप अपने होनेवाले समधी, महामान्य भारशिव सम्राट् की अति यज्ञवादिता से क्षुब्ध हुए थे, परन्तु अब आपके शासन-काल में इतना अधिक यज्ञ प्रचार क्यों हो रहा है? आपके राज्य में आते हुए मैंने देखा कि कहीं अग्निष्टोम यज्ञ हो रहा है, तो कहीं अप्तोर्याम यज्ञ। उकथ्य, षोडशिन्, आतिरात्र, वाजपेय, साद्यस्क, वृहस्पतिसव आदि प्राचीनतम यज्ञ आपकी प्रेरणा से सजीव हो उठे हैं। अश्वमेधों की महिमा भी बढ़ी है, किन्तु क्या बीते हुए कल को पूरी तरह फिर से आज में प्रतिष्ठित कर देना ही उन्नति का मार्ग है? बीते हुए कल को आज में आवश्यक रूप से प्रतिष्ठित करना तो उचित है, किन्तु हमें आज के स्वतन्त्र अस्तित्व को भी मान्यता देनी चाहिए। वर्तमान भूत का दास नहीं होता है।"

प्रवरसेन हँसे, कहा : "मुनिवर, मैं गुप्तवंश के चंद्र राजा के समान हीन कुल का नहीं हूँ, ब्राह्मण हूँ। वर्णाश्रम धर्म की पूर्ण प्रतिष्ठा मेरा ध्येय है। यज्ञों के बहाने से धर्मप्रचार और

समाज-सुधार के कार्यों में मुझे सहायता मिलती है, इसलिए उनका पोषक हूँ। यह मेरी राजनीति के साधन हैं।"

"चातुर्वर्ण्य व्यवस्था प्राचीन है, उपयोगी है, किन्तु अपने सनातन रूप में वह जड़ भी हो गई है। शूद्र और अंत्यज ही हमारे समाज का सबसे बड़ा भाग है और इस व्यवस्था में वे ही अधिक पीसे जा रहे हैं। जन की पीड़ा देखकर जनार्दन, सर्वभूतरत माहेश्वर क्या पीड़ित न होते होंगे ?"

"शूद्रों अथवा इतरों की पीड़ा गर्भिणी की प्रसव पीड़ा के समान ही चिंता की वस्तु नहीं है आर्य ! यह पीड़ा जितनी ही तीव्र होगी, उतनी की सुगमता से त्रिवर्ण के घरों में सुसंस्कारों का जन्म होगा।"

"किंतु शूद्र उन संस्कारों से वंचित क्यों रखे जाएँ? उन्हें भी तो उसी सच्चिदानन्द परब्रह्म ने सिरजा है।"

प्रवरसेन कुछ चिढ़ गए, गर्दन को झटकारते हुए कहा : "महात्मन्, इन तर्कों की आड़ लेकर आप जिसे सुरक्षा देना चाहते हैं, उसे मैं पहचानता हूँ। वह हीन कारस्कर का बेटा चंद्र मेरा और वर्णाश्रम धर्म का परम शत्रु है। मैं उसे मिट्टी में मिलाकर ही रहूँगा, भले ही आप और आपके सखा महर्षि भार्गव तथा अयोध्या की देवी वाशिष्ठी उसकी प्रतिष्ठा बढ़ाने के लिए कृतसंकल्प हों।"

प्रवरसेन की यह हठमुद्रा देखकर नारद चुप रहे। सम्राट् ने फिर कहा : "आप जानते हैं, उस हीन-जन्मा ने अपने दत्तक लेने वाले पिता की हत्या की, देवी विन्ध्यवासिनी के पुजारियों को धन का लोभ देकर मेरे अनन्य सखा नागषेण को उन्मत्त बनाया। अच्युत के राज्य पर उसके श्वसुर नेपालेश्वर ने आक्रमण किया है और चंद्र ने अवध के नागों में पारस्परिक फूट डलवा दी है।. . . देवी भार्गवी की हत्या का दुःख हमें भी बहुत है, किन्तु किसी मूर्ख नाविक के भ्रमजनित अपराध का दोष अहिच्छत्रा नरेश के मत्थे मढ़नेवाले नीच को मैं उचित दण्ड दिये बिना न मानूँगा।"

प्रवरसेन की बात पूरी होने तक नारद के लिए मन को रोकना दूभर हो गया था। इज्या देवी नहीं रहीं ! नारद ने बात समाप्त होते ही उनके संबंध में प्रश्न किया और उत्तर में इज्या की मृत्यु की बात सम्राट् के मुख से इस प्रकार सुनी, मानो वह एक अत्यन्त साधारण घटना हो।

इसके बाद नारद फिर कांचनकापुरी में अधिक रुक न सके। भार्गव को भेंटने के लिए उनके प्राण मचल उठे थे।

भार्गव तब तक नैमिषारण्य पहुँच चुके थे। एक बार अपने घर में प्रवेश करने पर उन्हें लगा कि प्रिया सहधर्मिणी कहीं अलक्ष्य से कह रही है : 'स्वागतम्'। वे चौंक पड़े, पर इस बार हृदय दुःख से न भरा, वरन् उल्लास जागा। शौनकजी ने बहुत आग्रह किया कि वे उन्हीं की कुटी में निवास करें। सौति चाहते थे कि गुरुजी उनके पास रहें जिससे कि उन्हें उनकी सेवा करने का सौभाग्य प्राप्त हो सके, परन्तु सोमाहुति ने अपने घर में अकेले ही रहने की इच्छा प्रकट की। वे मुस्कुरा कर स्वतः ही बोल पड़े : "मैं जानता हूँ, वह वहीं मिलेगी।"

नैमिषारण्य उनके लिए मानसिक दृष्टि से स्वास्थ्यदायक रहा। इस घर में उन्हें सचमुच

यही लगता था कि इज्या मरी नहीं है, बस, यहीं कहीं गई है, आती ही होगी। प्रचेता का स्मरण आता है और नहीं भी आता। प्रचेता का ध्यान आते ही इज्या का ध्यान आ जाता है और मन को इज्या वासुदेव नारायण के वक्ष पर श्रीवत्स के स्थान पर दिखलाई देने लगती है। इज्या वहाँ उन्हें रुलाती नहीं, सुहाती है। इज्या उन्हें नैमिषारण्य के रूप में भी दिखलाई देती है। यह परम रमणीय बलुहे टीलों से भरा पहाड़ियों का भ्रम करानेवाला सुन्दर वन महासत्र के निमित्त निर्माण कार्य व्यस्त है मानो इज्या ही कार्यव्यस्त सी हिरती फिरती दिखाई दे रही है। जहाँ भी वे सौन्दर्य, करुणा, हास्य और सेवा भाव के प्रसंग देखते हैं, उन्हें इज्या दिखलाई देती है। यह सारी प्रकृति इज्या ही तो है। रूप रस गंध स्वर और स्पर्श तक में वह बावले के समान श्रीवत्स-सरीखी इज्या ही इज्या को देखते हैं और यह दर्शन उन्हें संतोष देता है।

वृद्ध शौनकजी को प्रचेता का अपने पास न रहना खलता है। प्रायः कहा भी करते हैं : "जिसके निमित्त यह सारा आयोजन हो रहा है, उसे यहीं होना चाहिये था। कुलपति की गद्दी पर जिस दिन महात्मा सोमवर्ण और शौनक का पुत्र प्रचेता बैठेगा, उसी दिन से कुलपति की गद्दी व्यास गद्दी कही जाने लगेगी। वही भारत में महाभावयुक्त गणचित्त का प्रेरक निर्माता होगा।"

शौनक सोमाहुति के मन में सदा प्रचेता का ध्यान जगाते हैं, किंतु सोमाहुति बस, यहीं तो कतराते हैं, प्रचेता इज्या के कारण ही उनके पास नहीं है। प्रचेता उनका घाव कुरेद देता है और इसीलिये वे तुरंत ही उसकी माता को वासुदेव नारायण के वक्ष पर श्रीवत्स के स्थान पर देखकर आध्यात्मिक शांति पाने को ललकते हैं।

राजनीतिक स्थिति बहुत बिगड़ गई। यों नैमिषारण्य में तो अब किसी भी प्रकार की गड़बड़ी नहीं है, किंतु नैमिषारण्य क्षेत्र से कुछ ही दूर पर चन्द्रगुप्त की सेनाएँ डटी हुई हैं। नेपाल की ओर से भी सेनाएँ बढ़ती आ रही हैं। बराबर यह सुनने में आ रहा है कि वाकाटक सम्राट् प्रवरसेन अपने पुत्र के विवाह के बहाने से एक विशाल सेना लेकर आ रहा है। मथुरा के महाराज यदुनाग चंद्रगुप्त के गोद-भाई कल्याण वर्मन के ससुर हैं। उनकी सेनाएँ अहिच्छत्रा की सेनाओं के साथ पश्चिम से आक्रमण करेंगी। सुनने में आ रहा था कि वाकाटक सम्राट् का सौतेला भाई पल्लवेन्द्र वीरकूर्च कलिंग पर आक्रमण करके चंद्रगुप्त के ससुराली लिच्छवियों की ओर बढ़ेगा। तब तक मगध से राजा कल्याण वर्मन को सहायता देने के बहाने नाग सेनाएँ वैशाली पर आक्रमण करेंगी। इस प्रकार लिच्छवियों को दो चक्की के पाटों में पीसने की तैयारियाँ हो रही हैं। राजनीति में सूझबूझ रखनेवाले लोगों को आशंका थी कि चंद्रगुप्त और उनके सहायक उत्तर के वाकाटकों और दक्षिण के पल्लवों का सम्मिलित आक्रमण सह न पाएँगे। दक्षिण में सोने की खान है, वाकाटक लक्ष्मी अनन्त है, जबकि चंद्रगुप्त धनक सेठ की लक्ष्मी और अपनी राज्यश्री के साथ जुड़कर भी ससीम है। लिच्छवि अब वे नहीं रहे जिनके नाम से शत्रु थर्राते थे। नेपाल जन और धन शक्ति में इतना सम्पन्न नहीं है कि अकेले ही अपने जामाता की रक्षा कर सके। इन बातों से भय और आशंकाओं का एक वातावरण चंद्रगुप्त के राज में सर्वत्र प्रस्तुत हो गया था।

महापंडित भारतचंद्र अपनी प्रबल संगठन शक्ति का परिचय दे रहे थे। पूरा अवध

क्षेत्र इस समय उनके साथ था। प्रयाग तक रघुवंशियों और भरों के गाँव चन्द्रगुप्त, भारतचन्द्र और देवी वाशिष्ठी के प्रभाव में थे। काशी, प्रयाग और कौशाम्बी जैसे नगरों की संपन्न प्रजा से चंद्रगुप्त ने आरम्भ ही से सीधा सम्पर्क रखा था, इसलिए काशी, प्रयाग, कोशांबी और अवध इतने संगठित और युद्ध मुद्रा में थे कि बड़ी से बड़ी शक्ति को भी उनसे मोर्चा लेने में लोहे के चने चबाने पड़ते।

एक दिन नैमिष में सूचना आई कि वाकाटक सम्राट् अपने बेटे की बरात लेकर पाटलिपुत्र पहुँच चुके हैं। उसके साथ अपार सेना है। दूसरे दिन सूचना मिली कि कांतिपुरी के सम्राट् भवनाग अपने महलों से कहीं ले जाए गए हैं। उसके दूसरे ही दिन उनका मंत्री यज्ञदत्त भी अपने ही घर में मार डाला गया। सबेरे उसकी शैया पर केवल उसका रक्तरंजित मुण्ड ही मिला, धड़ का पता नहीं चला। इसके अतिरिक्त महामंत्री के गुप्त खजाने से उसकी लाखों की रत्न-स्वर्ण सम्पदा भी कोई उड़ा ले गया। कांतिपुर में बड़ा आतंक फैला हुआ है। काशी मगध की सीमा पर चंद्रगुप्त की सेनाएँ लोहे की दीवाल बनकर खड़ी हैं। दूसरी ओर नेपाल की सेनाएँ अहिच्छत्रा और कांतिपुरी की सीमाओं तक बढ़ आई हैं। यही नहीं, अहिच्छत्रा राज के तराई वाले कुछ भाग को उन्होंने अपने अधिकार में ले लिया है। इन सूचनाओं से यह स्पष्ट था कि चन्द्रगुप्त वाकाटक सम्राट् को युद्ध के लिए खुली चुनौती दे रहा है। युद्ध की आशंका से नैमिष स्तब्ध था। शौनक के मन में सबसे बड़ी चिंता यह थी कि आश्रमवासियों में फिर कोई विद्रोह न फैले, और युद्ध होने पर कोई दुष्ट क्षुद्र हिंसा की भावना में आकर यहाँ का ग्रन्थागार नष्ट न कर दे अथवा कोई हत्याकांड न हो जाये। भार्गव इतने वीतराग हो रहे हैं कि उनके मन में इस समय कोई समस्या सहज रीति से समा ही नहीं पाती। सौति उग्रश्रवा जो कुछ पूछते-ताछते रहते हैं; उसका उत्तर तो सध कर देते हैं, किन्तु व्यवस्था अथवा राजनीति के संबंध में उन्हें अब तनिक भी रुचि नहीं रही। सारा समय अपने अध्ययन-कक्ष में बैठे हुए अध्ययन किया करते हैं। अन्नाहार छोड़ दिया है, अतः भोजनशाला में भी नहीं जाते। दूध-फल उनके घर पर ही भिजवा दिये जाते हैं। जब अध्ययन अध्यापन नहीं करते तब कल्पना में इज्या से बातें करते हुए उसके सान्निध्य का संतोष प्राप्त किया करते हैं।

एक दिन नारद नैमिषारण्य जा पहुँचे। सौति से भेंट हुई, भार्गव का हाल जाना। उनको साथ लेकर पहले कुलपतिजी को प्रणाम करने पहुँचे। वृद्ध महापुरुष उन्हें देखकर बड़े प्रसन्न हुए, बोले : "सती का शव लेकर डोलनेवाले विरह दग्ध शिव को फिर से कल्याण पथ पर लाओ वत्स! मेरा, महात्मा सोमवर्णजी का और स्वयं तुम्हारा और सोमाहुति का स्वप्न-शिशु अपने प्रसव के क्षण में ही मृत्यु की आशंकाओं से ग्रस्त हो रहा है। राजनीतिक स्थिति ऐसी विषम हो रही है कि यह द्वितीय महासत्र हो भी पायेगा अथवा नहीं, यह कहना असम्भव है। शिवेच्छा। जो हो।"

शौनकजी का अन्तरकष्ट नारद को भी सता गया। कुलपतिजी को सविनय आश्वासन देकर नारदजी उग्रश्रवा के साथ सोमाहुति के आवास पर गये। शौनकजी के स्थान से बाहर निकलते समय सहसा कुछ सोचकर नारद ने अपनी वीणा और झोली सौति को दे दी। भार्गव उस समय अपने अध्ययन-कक्ष के बाहर वाले बरामदे में चौकी पर बैठे गोमती और

हरे-भरे वन-प्रान्तर की शान्त शोभा निरख रहे थे। नारद को आते हुए देखकर उनमें उत्साह आ गया, चौकी से उछलकर उठे और बाँहें पसारकर झपटे, मानो उड़े जा रहे हों। नारद और भार्गव एक दूसरे को अपनी बाँहों में बाँध कर कुछ देर के लिए अपना आपा खो बैठे। भार्गव ने नारद के कन्धे पर अपनी गर्दन डाल दी। नारद की पीठ पर आँसू ढुलक पड़े; स्वयं उनकी आँखें भी कटोरी-सी भर आयी थीं। कुछ क्षणों के बाद अलग होकर अपनी आँखें पोंछते हुए नारद ने कहा : "कभी सोचा तक न था कि मोहपाश में बाँधकर भाभी इतनी अचानक चली जाएँगी।"

आँखें रोती रहीं, किन्तु मुख से खोखली हँसी फूट पड़ी। भार्गव बोले : "वह गई कहाँ है भइया, केवल इतना ही हुआ है कि इस बार शिव ने मन्मथ को नहीं, वरन् रति को अनंग बना दिया है।"

"जब हैं तो रोते क्यों हो? उत्साह क्यों मंद पड़ गया तुम्हारा?" नारद के रूखे स्वर और सीधे प्रश्न ने भार्गव की बहती भाव-सरिता को मानो हठात् बाँध दिया। इस अवरोध से बहता-मन अचानक थम गया। वे ठगे से नारद को देखने लगे।

नारद ने बिना दृष्टि मिलाये भीतर के कमरे में प्रवेश करते हुए कहा : "वाह रे प्रेमी! अपनी पूजा से आराध्या प्रिया को समाज में कलंकित करनेवाले आराधक श्रेष्ठ, युगान्तरकारी व्यासजी महाराज को नमस्कार है। आपके द्वारा निरुद्देश्यता और मिथ्या प्रेम का अच्छा फैलाव होगा।" नारद बात कहते हुए ही चौकी पर बैठ गये थे। उन्होंने अपनी गर्दन झुकाये रखी, दृष्टि न मिलाई। भार्गव कक्ष में आ गये थे; खड़े-खड़े सुनते रहे। सौति उनके पीछे गम्भीर मुख-मुद्रा धारण किये हुए खड़े थे।

कुछ पल चुप खड़े रहने के बाद भार्गव एक निःश्वास छोड़कर बोले : "जन जानता सब कुछ है, पर मानता एक नहीं। काल की अपेक्षा है, वही धैर्य देगा।"

"ठीक है, तब तक लिच्छवियों, काशी, कोसल वालों और नेपालाधीश की शक्तियाँ नागों से घमासान करके चौपट हो जाएँगी। नाग भी इतने टूट चुके होंगे कि पारस्य (फारस) के शश सम्राट् शापुर और उपगणस्थान (अफगानिस्तान) तथा कश्मीर के किदार कुषाण मिलकर तुम्हारी भारतम् प्रिय भारतम् गानवाली महाभूमि को फिर से महाश्मशान बना डालेंगे। वाह री भाभी, भली डूबीं। तुम्हारे साथ ही यह देश भी अब..."

सोमाहुति आगे बढ़ आये और अपने आसन पर बैठते-बैठते हाथ बढ़ाकर कहा : "अपने यह उपालम्भ बन्द करो देवा। न मैं कभी कर्तव्यविमुख हुआ और न मेरी इज्या ही ऐसी थी। काल का प्रभाव है। मुझे निरर्थक चुभन न दो, मन दुखता है।"

"अभी नहीं, जब यह देश उजड़ चुका होगा तब दुखेगा। क्या तुम यह जानते हो कि कंतित (कांतिपुरी) के सम्राट् भारत के मायापाश में बँधकर अदृश्यमान् हुए हैं?"

"यह भारत का काम था?"

"हाँ, भारत और मेरा वह माया विद्या विशारद श्रीमठवाला सखा—अरे, वही रावण का ननिहाली!"

"हमारे भारतचन्द्र सचमुच वर्तमान भारतवर्ष के समान ही हैं। महापंडित, महामूढ़, साधक, असाधक, कामी, विक्षिप्त, कर्मठ, आलसी—एकता में अनेकता का विकृत प्रतीक।

छिः!. . तो क्या तुम लखनऊ होकर आ रहे हो?"

"तुम्हारा पता पाने के लिए मैंने पहले वहीं जाना उचित समझा।"

"तब तो इज्यापुत्र को देख आये होगे?"

"हाँ, वह स्वस्थ और सानन्द है। प्रज्ञादेवी ने उसे ऐसा हिला लिया है कि उसे अब अपनी माता की तनिक भी हुड़क नहीं आती?"

सुनकर भार्गव का कलेजा इज्या के लिये एक बार हुड़का, पर तुरंत ही उधर से रूखे हो गये और प्रसंग बदलकर पूछा : "भारत वहीं हैं?"

"नहीं, वे आजकल काशी और प्रयाग के बीच में बस दौड़ते ही रहते हैं।"

"किसने बतलाया है?"

"महन्तजी ने।"

"चंद्र महाराज की आज्ञा से ही भारत ने भवनाग को पकड़ा होगा।"

"चन्द्रगुप्त ने शांतिरक्षित से अहिच्छत्रा में किसी को पकड़ने की बात कही थी। चन्द्रगुप्त नेपाल से लौटकर कदाचित् अच्युत को बन्दी बनाने की बात सोच रहे थे। शांतिरक्षित ने भारत से यह बात कही और भारत की ज्योतिष विद्यारूपिणी कर्णदूती ने उसे भवनाग पर फंदा फेंकने की प्रेरणा दी। युवराज और महामात्य को पढ़ाकर, फिर यज्ञदत्त को धन से पटाकर सम्राट् को महल के भीतर उनके शयनागार से सोते में उठा लिया। फिर यज्ञदत्त को मारा और उसके कोषागार से बहुत से रत्नादि उड़ाये। अब उसी धन से कंतित की प्रजा में यह भ्रम फैला रहे हैं कि सम्राट् भवनाग प्रवरसेन के पुत्र से अपनी बेटी का सम्बन्ध नहीं करना चाहते थे। वे प्रवरसेन पर आक्रमण करने के लिए चन्द्रगुप्त और नेपाल नरेश से गुप्त वार्ता करने कहीं गये हैं। उनके विरुद्ध षड्यन्त्र करनेवाले धनलोभी मंत्री नीच यज्ञदत्त को स्वयं महाराज ने अपने हाथों से मारा है।"

"अद्भुत व्यक्ति है यह हमारा भारत। किंतु बड़ा भारी जुआ खेला है, चंद्र महाराज का भाग्य ही दाँव पर रख दिया है उसने। इसके परिणाम घातक भी हो सकते हैं।"

भार्गव की इस बात को सुनकर सौति ने कहा : "गुरुजी, कुलपति महोदय और सोड्ढणजी कल यही बात कह रहे थे। उनका अनुमान था कि महाराजाधिराज के संकेत पर ही यह काम हुआ होगा।"

"स्वयं महन्तजी भी भारत के इस कृत्य से बहुत दुःखी थे। स्वजाति के सम्राट् का अपने ही पुत्र के द्वारा होनेवाला अपमान उन्हें पीड़ित कर रहा है।" नारद ने कहा।

"उन्हें यह सारी सूचनाएँ कैसे मिलीं?" भार्गव ने पूछा।

"महन्तजी के गुप्तचरों और हरकारों का ऐसा जाल फैला है कि चाहे कंतित अहिच्छत्रा में कंकड़ मारो या काशी प्रयाग में, उसकी खनक पहले लखनऊ में ही सुनाई पड़ती है। उन्होंने अपने पुत्र का मत परिवर्तित करने के लिए बड़े प्रयत्न किये, पर तुम्हारा शिष्य कहता है कि मैं ठीक कर रहा हूँ।"

सौति बोले : "परन्तु सोड्ढण कहते थे कि चन्द्र महाराज के इस काण्ड से विंध्याचल क्षेत्र की प्रजा उनके लिए विस्फोटक स्थिति उत्पन्न कर देगी। उसका प्रभाव काशी और

प्रयाग तक की नाग प्रजा पर अवश्य पड़ेगा।"

"भारत ने यदि केवल अपनी ज्योतिष गणना के आधार पर ही यह कार्य नहीं किया है, तो मैं कहूँगा कि उन्होंने अपनी विलक्षण कूटनीतिक बुद्धि का परिचय दिया है।"

"वह किस प्रकार से गुरुजी?"

"भवनाग और प्रवीर का वैमनस्य लोक उजागर है। यज्ञदत्त प्रजा के भय और घृणा का पात्र था। भारत अपनी प्रचार नीति से वहाँ की प्रजा को स्वपक्ष के प्रति विस्फोटक होने से बचा ले गये हैं। अब तो नेपाल की सेनाएँ हर-हर करती हुई मगध पर टूटेंगी। वाकाटक दो पाटों में पिस जाएगा, और पल्लवों के विरुद्ध लड़नेवाले लिच्छवियों को बल मिलेगा।"

"साधु! मैंने भी महन्तजी से यही कहा था, किन्तु चित्र को एक दूसरे दृष्टिकोण से भी देखना होगा।"

"हाँ, देखता हूँ कंतित में भारत का यह प्रचार रहस्य खुल जाने पर चन्द्र महाराज के लिये अत्यन्त घातक भी हो सकता है। कहा तो जुवा है, पर पाँसा इसी पक्ष में पड़ेगा, यदि भारत अपनी प्रचार माता को सजीव बनाये रख सके तो।"

"अरे, वह रावण का ननिहाली बड़ा काँइयाँ है। तुम्हारे प्रोत्साहन भरे दो वाक्य यदि भारत तक पहुँच जाएँगे, तो सच मानो, वह भी भारत में महाभारत हो जाएगा।"

भार्गव खिलखिलाकर हँस पड़े। बहुत दिनों बाद उन्हें ऐसी मुक्त हँसी आई थी। यह देखकर नारद अपने से संतुष्ट हुए, किन्तु बाद में उन्होंने देखा कि युद्ध की चिन्ता से भार्गव अति पीड़ित और गम्भीर विचारमग्न हो गये हैं। एक से बँधा हृदय अनन्त हृदयों की धड़कनों से बँध गया है। घटनाएँ बड़ी तेजी से आपस में टकराने के लिये बढ़ रही थीं। अपने समधी के अपहृत कर लिये जाने के कारण प्रवरसेन क्रोध से उन्मत्त हो उठा। उसने पाटलिपुत्र से बड़ी तीव्रता के साथ कांतिपुरी की ओर बढ़ना आरंभ किया है। उसने अच्युत नाग को सन्देश भेजा कि अब बचाव नीति छोड़कर आक्रामक नीति अपनाओ। मथुरा और अहिच्छत्रा के श्रेष्ठियों से धन खींचो और गाँव दर गाँव के लड़वैयों को धन से संतुष्ट करके चन्द्रगुप्त की प्रजा को उसके विरुद्ध कर दो। सन्मुख रणनीति छोड़कर यत्र-तत्र-गुप्त धावे आरम्भ कर दो।

गणपति नाग बरात के साथ नहीं गये थे। वे व्यवस्थात्मक कार्यों के लिए रुक गये थे और सीधे कांतिपुरी पहुँचनेवाले थे। प्रवरसेन ने उन्हें महाकोसल की ओर से प्रयाग और काशी पर आक्रमण करने का न्योता भेजा।

महाराज गणपति नाग सारी स्थिति से चिंताकुल हो उठे थे। महानाश के एक बावले ताण्डव का दृश्य उनके सामने था। भार्गवी इज्या के बलिदान का पाप समस्त नाग जाति की ओर से उनके मन में व्याप कर उन्हें किसी अमंगल से सहमा रहा था। कांतिपुरी इस समय अनाथ है, सौभाग्यकांक्षिणी राजनंदिनी इस समय असुरक्षित हैं। यह सारी चिंताएँ उन्हें आठों पहर सता रही थीं। अपने गुप्तचरों के द्वारा उन्होंने यह भी जान लिया था कि भवनाग का अपहरण शेषमंठ के महन्त वसुनाग के पुत्र के द्वारा किया गया है। गणपति महाराज ने गुप्त रूप से महंतजी से सम्पर्क स्थापित किया। तय हुआ कि वे लखनऊ में उजागर रूप से प्रवेश करेंगे और ऋषि भार्गव सोमाहुति के प्रति अपना दुःख निवेदन करने के लिये वहीं से

नैमिषारण्य जाएँगे। उन्होंने महंत वसुनागजी को ही अपने नैमिषारण्य जाने की सूचना अनौपचारिक रूप से चन्द्रगुप्त को भिजवाने का भार सौंपा। उन्होंने अपने निश्चय की सूचना मथुरा और अहिच्छत्रा भिजवा दी। साथ ही यह आदेश भी दिया कि वे लोग अवध पर आक्रमण न करें। प्रवीर के आदेश को टाल जाएँ। भारत को लखनऊ से यह कठोर आदेश भेजा गया कि प्रयाग के अक्षयवट की गुफा में छिपाकर रखे गये सम्राट् भवनाग को तुरंत ससम्मान कांतिपुर भेज दिया जाये। सम्राट् के लिये यह सन्देश भेजा गया कि समस्त नाग जाति की सुरक्षा का विचार करके वे यह प्रचारित करें कि गुप्त रूप से अपना दुःख प्रकट करने के हेतु वे भार्गव ऋषि से मिलने नैमिषारण्य गये थे।

महन्तजी ने पूरे राजकीय वैभव के साथ गिरागुरु महाराज गणपति जी का लखनऊ में स्वागत किया। नागों के गाँव के गाँव शेष मंदिर में उमड़ पड़े। नैमिषारण्य जाने से पहले गणपतिजी ने महाराजाधिराज चन्द्रगुप्त और सम्राट् प्रवरसेन को यह संदेश भिजवाये कि जब तक वे नैमिषारण्य में रहें, तब तक सेनाएँ आपस में न उलझें।

कांतिपुरी सम्राट् भवनाग को फिर से पाकर हर्षोल्लास से भर उठी। वाकाटक प्रवरसेन गणपतिजी के नैमिषारण्य जाने और अच्युत नाग के अवध पर आक्रमण न करने के कारण क्रोध से भर उठे। भवनाग ने गणपतिजी के आदेशानुसार ही कार्य किया। प्रवरसेन अपने समधी से भी इसी से विक्षुब्ध हो उठे। गणपति महाराज के कारण उनकी युद्ध की सारी पैंतरेबाजियाँ धरी की धरी रह गईं। अपनी भावी नीतियों को लेकर अनिश्चय के झूले में उनका मन भयंकर खीझ भरी पेंगें भरने लगा। आगे बढ़ने की गति धीमी कर दी, और सूचनाएँ प्राप्त करते हुए तिलमिलाते रहे।

गणपतिजी तब तक नैमिषारण्य पहुँच चुके थे। महंतजी और भारत उनके साथ आये थे। उनकी इच्छानुसार भव्य औपचारिक स्वागत नहीं किया गया था, केवल नारद और सौति उग्रश्रवा ही आश्रम की व्यवस्थापक मण्डली के साथ उनकी अभ्यर्थनार्थ पहुँचे थे। राजकीय कर्मचारी को जानबूझकर आने से रोक दिया गया था। गिरागुरु गणपति जी कुलपति शौनकजी के चरणों में अपना प्रणाम निवेदित करके व्यासजी से मिलने गये।

भेंट, शिष्टाचार समवेदना आदि व्यक्त किए जाने के उपरान्त सोमाहुति ने कहा : "आपके यहाँ पधारने से मेरी भार्गवी का बलिदान सार्थक हुआ। अब कदाचित् अहिच्छत्रा से लेकर कलिंग तक लाखों प्रचेता मातृ-पितृ विहीन होने से बच जाएँगे।"

अलक्ष्य के प्रति हाथ जोड़कर गणपति जी बोले : "देवाधिदेव ऋषि वाणी को फलीभूत करें। आर्यावर्त का यह युद्ध किसी के लिए भी लाभप्रद न होगा। यह बहुत सम्भव है कि प्रवीर ही इस युद्ध में विजयी हों, किन्तु यह विजय उन्हें बहुत महँगी पड़ेगी। चन्द्रगुप्त के पराजित होते ही नाग शासक फिर आपस में लड़ पड़ेंगे। प्रवरसेन की उग्र हठवादिता और अतिशय अहंकार से सब असंतुष्ट हैं। भारतीय प्रजा की सुरक्षा और सम्पन्नता को ध्यान में रखकर आप महाराज चन्द्रगुप्त को युद्ध विरत करें।"

युद्ध न चाहते हुए भी भार्गव चन्द्रगुप्त को मनाने के लिए सहसा हामी न भर सके। कुछ विचार कर उन्होंने कहा : "यह कार्य देवी वाशिष्ठी के द्वारा ही सम्भव हो सकता है :

किन्तु जहाँ तक मेरा अनुमान है, मगध के सम्बन्ध में कुछ समझौता हुए बिना वे अपना युद्ध-हठ त्याग न पायेंगे।"

"तब तो कठिनाई होगी महात्मन्। हम समझते हैं कि पिता के सिंहासन पर पुत्र के नैसर्गिक अधिकार को आप भी अस्वीकार न करेंगे।"

गणपतिजी की इस बात का उत्तर नारद ने दिया, वे बोले : "यह तो उचित ही है महाराज, किन्तु मैं समझता हूँ, कल्याण वर्मन को महाराजाधिराज चन्द्रगुप्त के अधीन रहना चाहिए। सुन्दर वर्मन के दत्तक पुत्र होने के नाते महाराजाधिराज उनके अग्रज भी हैं।"

गणपतिजी सुनकर कुछ देर चुप रहे, फिर पूछा : "आप अपने विचार प्रकट कर रहे हैं?"

"यह प्रौढ़ तर्क उठाया जा सकता है महाराज, मेरी यह आशंका निराधार नहीं है।" नारद बोले।

"ब्रह्मन्, प्रवीर किंचित् अतिदम्भी होते हुए भी शिव साम्राज्य के सार्थक प्रतीक हैं। लौकिक त्याग की दृष्टि से वह संन्यासी हैं। वह परम उदार और दानी हैं। राजचिह्नों को छोड़कर वे किसी प्रकार की निजी सम्पत्ति अपने पास नहीं रखते। और इन गुणों के साथ वे शिव के समान ही परम उग्र और परम घोर संहारक भी हैं। हम समझते हैं कि उन्हें ऐसे सुझावों और प्रस्तावों से न बाँधा जाए, वे स्वीकार नहीं कर सकेंगे।" नारद से यह कहकर भार्गव की ओर देखते हुए उन्होंने कहा : "ऋषिवर, आप विज्ञ हैं। हम देश की वर्तमान स्थिति की एक रूपरेखा आपके सम्मुख प्रस्तुत करते हैं। आप विचार करें और यदि उचित समझें तो चन्द्र महाराज के सम्मुख उसे प्रस्तुत करें।"

राजनीतिक दृष्टि से विचार करने पर उपगणस्थान और सिन्धु देश से लेकर कच्छ तक विदेशी शासक थे। 'प्रजास्ते भक्षयिष्यन्ति म्लेच्छाः राजन्य रूपिणः।' वे स्त्री-बाल-गो-द्विज-संहारी, परदारा और धन का अपहरण करनेवाले, झूठे, महाक्रोधी और अधार्मिक थे। प्रजा उनसे निरंतर त्रास पाती थी। दक्षिणावर्त में चोल निस्तेज थे, और पल्लव, कंग कदम्ब, मूषिक, भोजक, स्त्री राष्ट्र आदि संघर्षरत। विस्तार से सम्पूर्ण देश का राजनीतिक मानचित्र प्रस्तुत करके गिरागुरु वाले : "व्यापक राष्ट्रीय दृष्टि से सातवाहन, फिर भारशिव और अब वाकाटक ही एक ऐसी शक्ति हैं, जो उत्तर भारत को अपने शिव साम्राज्य संगठन से बाँधे हुए हैं। दक्षिण के पल्लव भी उन्हीं के वंश-पल्लव हैं। शक्ति बिना आंतरिक शांति के स्थिर नहीं रहती। सजग शंति के काल में ही दर्शन, कला, साहित्य, शिल्प-रसायनादि विद्याएँ उन्नति करती हैं। आप जैसे महामनीषियों के स्वप्न का समृद्ध समाज इसी स्थिति में निर्मित किया जाता है। आप, नारदजी, सूतजी जैसे सुविज्ञ विचारक इन परिस्थितियों पर विचार कर लें। हम प्रवीर से चन्द्र महाराज का अत्यन्त सम्मानपूर्ण समझौता करा देंगे। वे मगध का आग्रह त्याग दें। कश्मीर से लेकर धुर दक्षिणावर्त तक फैली हुई छोटी-बड़ी नागशक्ति फिर गरुड़शक्ति के पंख-पंख को डसेगी। लिच्छवि, नेपाल, और चन्द्र मिलकर भी दस वर्ष से अधिक हमारी सम्मिलित शक्ति के आगे न टिक पाएँगे चाहे फिर हम भी शक्तिहीन होकर समाप्त क्यों न हो जाएँ। आप विचार कर लें। समय अधिक नहीं है। लगभग पाँच-छह दिनों में ही दोनों सेनाएँ टकराने की स्थिति में आ जाएँगी, फिर संधि हो तब भी कटुता आ

जाएगी, इसे आप समझते ही होंगे।. . .अच्छा, तो अब हम चलेंगे। चन्द्रगुप्त यदि स्वीकार कर लें तो हमें रीवां में सूचना दें। हमारी इच्छा है कि हम अपने सम्राट् प्रवरसेन की ओर से महाराज को रुद्रसेन की वरयात्रा में सम्मिलित होने का न्योता देने आवें। चलो भारत, तुम मेरे साथ चलो।"

"देव, नाम में ही भारत चन्द्र के साथ जुड़ा है।" भारत ने उठकर हाथ जोड़कर निवेदन किया।

गणपतिजी मुस्कराकर उठ खड़े हुए। नैमिष छोड़ने के पूर्व वे शौनक जी को प्रणाम करने गये। उनसे भी संक्षेप में सारी बातें कहीं। इक्यावन हजार स्वर्ण मुद्राओं की भेंट अर्पित की। तीर्थस्नान न किया। ग्रन्थागार देखा, लिपिकों का काम देखा, कुछ सुझाव भी दिये और जीर्णोद्धार किए हुए दुर्ग में प्राचीन और विशाल हनुमान जी की मूर्ति के दर्शन करके बिदा हो गए।

उनके जाने के बाद भार्गव और नारद में बातें हुईं। भारत भी वार्ता में सम्मिलित थे।

नारद ने पूछा : "क्या कहते हो सोमा?"

सोमाहुति फीकी हँसी हँसकर बोले : "क्या कहूँ, स्थिति दिन की धूप के समान स्पष्ट है। इच्छा अथवा अनिच्छा से जैसे भी बने, चन्द्र महाराज को वाकाटकों से संधि कर ही लेनी चाहिए। दूसरी गति फिर युद्ध और विनाश ही में है।"

"चन्द्रगुप्त महाराज ही अधिक हानि में रहेंगे। सोमा, तुम भारत के साथ आज ही अयोध्या चले जाओ। देवी वाशिष्ठी को समझाना आवश्यक है। चन्द्र महाराज इस समय कहा हैं भारतजी?"

"ज्योतिष गणना करके मैं उन्हें पहले ही बतला आया था कि अशुभ तो कुछ न होगा, पर अभी आपकी उन्नति का योग नहीं है।"

"अरे महापण्डित, यह पूछ रहे हैं कि महाराज आजकल कहाँ हैं?"

"इनके उत्तर से बचने के लिए ही तो मैंने अपनी बात को मोड़ दिया था गुरुजी। आप अब चलने की तैयारी करें।"

"मैं यहीं रहूँगा। तुम और नारद जाओ।"

"नहीं सोमा, तुम्हारा साथ चलना आवश्यक है।"

सुनकर सोमाहुति के चेहरे पर अनमना भाव आया। आँखें झीनी हो गईं। खोई दृष्टि से कहीं देखते हुए उन्होंने कहा : "मैं राजनीति के पचड़े से इस समय अपना मन मुक्त रखना चाहता हूँ। कुछ दिन सौति को आवश्यक मंत्रणा देने हेतु यहाँ ठहरूँगा, फिर लखनऊ और मथुरा होते हुए शीघ्र से शीघ्र नैमिषीय तीर्थ पर चला जाऊँगा। अपनी काव्य स्फूर्ति की मनुहार करने में इस बार मुझे कुछ समय अवश्य लगेगा।"

"नहीं सोमा, तुम्हें चलना ही पड़ेगा। चन्द्र महाराज ही नहीं, सरजू मैया भी एक ऐसी ढैंयाँ हैं, जिन्हें छुए बिन बात नहीं बन सकती। वह ढैंयाँ तुम्ही छू सकते हो, मैं नहीं।"

भार्गव को सहमत होना ही पड़ा।

५६

पिता के द्वारा युद्ध का निश्चय करने पर युवराज समुद्र से अधिक और कोई भी प्रसन्न नहीं था। कोशाम्बी का नाका वही सम्हाले हुए थे। इन दिनों भारत की युवराज से बहुत पटती थी। भारतचन्द्र प्रयाग में गुप्तचरों, हरकारों और प्रचारकों का केन्द्र स्थापित करके बैठ गए थे। हर तरफ एक-एक कोस पर हरकारों का दुहरा प्रबन्ध था। जितने दिनों तक महाराजाधिराज नैपाल में रहे, उतने दिनों उनसे ऐसा सम्पर्क बना रहा कि आज दिन के पहले पहर में घटी घटना की सूचना उनके पास कल रात तक पहुँच जाती थी। काशी, कोशाम्बी, लखनऊ आदि के संदेश तो ऐसे आते-जाते थे, जैसे आमने-सामने की बातें हों। गुप्तचर जहाँ थे, वहीं से सन्देशवाहकों को अपने कूट वाक्य रटा कर दौड़ा दिया करते थे। भवनाग को बन्दी करने की बात भारत ने पहले युवराज ही से पटाई थी, फिर असित देवल को युवराज से दबाव डलवाकर, और अपनी ज्योतिष गणना का प्रभाव डालकर राजी किया था। सारा काण्ड हो जाने के बाद ही महाराजाधिराज को सूचना दी गई थी। वह सूचना उन्हें काशी की ओर लौटते हुए मार्ग में मिली थी। परन्तु काशी तक वे पहुँच भी न पाये थे कि दूसरी सूचना मिली कि भवनाग अचानक मुक्त करके अपनी राजधानी में पहुँचा दिये गये हैं और भारत अचानक लखनऊ चले गए हैं। तीसरी सूचना मिली कि धारापति महाराज गणपति नाग भार्गव ऋषि के प्रति शोक प्रकट करने नैमिषारण्य जाने के लिए लखनऊ पहुँच गए हैं।

भवनाग को मुक्त करने के संबंध में भारत ने किसी से भी न पूछा था, न युवराज से, न असित देवल से। जब भारशिव सम्राट् मुक्त कर दिये गए और भारत लखनऊ की ओर चल पड़े, तब उनके आदेशानुसार यह समाचार महत्वपूर्ण व्यक्तियों को भेजा गया। भारत कहला गए थे कि गणपति महाराज ने महाराजाधिराज के शुभचिंतक के रूप में भवनाग को अविलम्ब छोड़ देने की सलाह दी थी। गणना विचार से भी जाना कि जिस हेतु से उन्हें बन्दी बनाया गया था, वह पूरा हो चुका है।

युवराज समुद्रगुप्त यह समाचार पाकर धक् रह गए। भारतचंद्र पर उनका सहज विश्वास जम गया था। अब यह क्या? पितापुत्र क्या गणपति नाग के प्रभाव में आ गए हैं? धोखा होगा? बहुत सी शंकाएँ मन में दौड़ पड़ीं। कोशाम्बी में मोर्चे का प्रबन्ध योग्य और विश्वस्त सेनानायकों के सुपुर्द करके वे प्रयाग आ गए और सूचना एवं गुप्तचर विभाग के सारे सूत्र स्वयं सम्हाल लिये।

महाराजाधिराज तब तक काशी पहुँच गये थे। नेपाल में उन्हें ज्वर आ गया था। मार्ग में फिर रुग्ण हुए और दो दिन बाद ही वे प्रयाग जा पहुँचे। छोटी रानी को वे नेपाल में ही कुछ दिनों के लिए छोड़ आए थे। इस समय पिता, पुत्र और मंत्रीजी को गणपति महाराज के

अपने राज्य में अचानक प्रवेश करने से बड़ी चिंता पड़ गई थी। बहाना ऐसा था कि उन पर तनिक भी उँगली नहीं उठाई जा सकती थी। नैमिष में गणपति नाग से हुई वार्ता के बाद भारत ने यह संदेश भेजा कि अत्यावश्यक मंत्रणा करने के लिये व्यासजी और नारदजी अयोध्या होते हुए शीघ्र ही प्रयाग पहुँच रहे हैं। कृपया तब तक युद्ध से विरत रहें। मथुरा, अहिच्छत्रा तथा विंध्य क्षेत्र के तीनों मोर्चों की ओर से निश्चिन्त रहें। इधर से अभी कोई आक्रमण न होगा।

संदेश पाकर चन्द्रगुप्त बोले : "लगता है, संधि का प्रस्ताव आ रहा है।"

"मगध लौटाए बिना हमें किसी भी संधि के लिए सहमत नहीं किया जा सकता। तात यहाँ अपनी आन पर दृढ़ रहें।" समुद्र ने पिता से कहा।

"इन बातों का विचार करने से पहले हमें यह प्रयत्न करना चाहिए कि प्रवीर और दूसरे नाग सामंतों में दरार पड़ जाए। लकड़ियों के इस बँधे गट्ठर को तोड़े बिना मगध को पाना असम्भव है पुत्र।"

"परन्तु अब इसके लिए समय कहाँ है तात?"

एक दीर्घ निःश्वास लेकर कुछ कहते-कहते चंद्र महाराज सहसा रुक गए। क्रोध की तीव्रता, क्षोभ की उग्रता और कुण्ठा की जड़ता उनके मुखमण्डल पर तेजी से लहर लहरकर ठप हो गई। फिर एकाएक चिढ़कर कहा : "तुम्हारे मामाओं की कायरता के कारण ही मुझे यह दुश्चिन्ता भोगनी पड़ रही है। गरजते बहुत हैं, पर बरसने का नाम नहीं लेते। नेपाल जाने से पूर्व ही हमने उन्हें सन्देश भिजवाया था कि कलिंग पर समय रहते हुए आक्रमण कर दो। वीरकूर्च को झटका लगेगा तो वाकाटकों को भी उसकी रक्षा के लिए उधर आना पड़ेगा। उनकी बिखरी शक्ति को ही हम तोड़ सकते थे। नेपाल की सेनाएँ मगध में तुरन्त उतर पड़तीं। भारशिवों का क्षेत्र हमारे घेराव में आ जाता, परन्तु अब?. . . क्या कहूँ। लिच्छविगण में सामरिक-राजनीतिक सूझबूझ वाले योग्य व्यक्तियों की बड़ी कमी हो गई है।"

"किंतु वाकाटकों को हम अब भी घेर सकते हैं। नेपाली सेनाओं को वाकाटक सेना के अंत और मध्य भाग पर आक्रमण करने दिया जाए और आगे से हम लोग उन पर छापा मारेंगे।"

"नेपाली सेना केवल मरना-मारना ही जानती है, लड़ना नहीं जानती। वैशालीवाले यदि सक्रिय सहायक होते तो उनके नेतृत्व में हम इन्हें सौंपकर विजय लाभ की आशा कर सकते थे।"

"परन्तु मगध के बिना आप संधि स्वीकार न करें तात। मैं आपकी प्रतिष्ठा के विरुद्ध 'कौमुदी महोत्सव' नाटक खेलने वाले दुष्टों को अवश्य दंड दूँगा।"

"हूँः।" महाराजाधिराज ने कोई उत्तर न दिया। मगध उनके अंतर में पुण्य की शक्ति और पाप की दुर्बलता बनकर बसा था। मगध के सिंहासन ने उन्हें दुलराकर बुलाया और दुत्कारकर हँकाल दिया। मगध का राजकुमार होने के नाते ही लिच्छिवियों के यहाँ उनका विवाह हो सका था, यह सारा वैभव मगधपति होने के कारण ही वह एकत्र कर सके थे; किन्तु कल्याण के जन्म के कारण उनके भाग्य को झटका लग गया। चन्द्रगुप्त का विश्वास

था कि कल्याण सुन्दर वर्मन के वीर्य से उत्पन्न संतान नहीं है। इसीलिए जब बूढ़े सुन्दर वर्मन ने उसे अपनी संतान माना और राज्य उसे ही देने का लोभ उनके मन में जागा, तो वे क्रोधवश इसे सहन न कर सके; अपने गोद लेनेवाले पिता की हत्या कर दी। वह हत्या उनके मन का पाप है। सुन्दर वर्मन चंद्र को बहुत चाहते थे। जब से मगध हाथ से गया, तब से चंद्र को चैन नहीं है। सुना है, किसी नागकुल की कवयित्री ने एक रात में एक ही आसन पर बैठकर उनके विरुद्ध "कौमुदी महोत्सव" नामक एक नाटक रच डाला है। आज-कल जगह-जगह उसका प्रदर्शन करके चन्द्रगुप्त को कलंकित किया जा रहा है। जैसे पुत्र वैसे ही पिता भी एक बार मगध को फिर से जीतकर अपने उन सभी शत्रुओं को निर्मम दण्ड देना चाहता है, जो उनके शासन काल में उनके तलुवे चाटते थे और अब कौमुदी महोत्सव कराते हैं। मगध का नाम आते ही चंद्र महाराजाधिराज की साँसें ज्वाला बन जाती थीं, अन्तर जल उठता था। गणपति महाराज का संधि-प्रस्ताव लेकर आनेवाले भार्गव ऋषि तथा नारदजी के आने से पूर्व महाराजाधिराज हर स्थिति की ओर से चाकचौबन्द हो जाना चाहते थे, किन्तु उन्हें कोई मार्ग नहीं मिल रहा था। हठ का ऊपरी कसाव कसे रहने पर भी वे पूरी तरह से जानते थे कि मगध उन्हें लड़कर ही मिल सकता है, समझौते से नहीं। और युद्ध? क्या इस स्थिति में लड़ करके विजय पा सकेंगे? आरम्भ में अपनी विजय के लिए उन्होंने जो योजना बनाई थी, वह लिच्छवियों के अनिर्णय से बिखर गई। उन्हें रह-रहकर शत्रु वाकाटकों और अपने ससुराली लिच्छवियों पर क्रोध आ रहा था। यह क्रोध ही उन्हें आठों याम खाता रहता था। उन्हें फिर ज्वर रहने लगा था। इस प्राघात के कारण वह बड़ी तेजी से स्वयं अपने ही अन्दर से टूट रहे थे।

नारद और व्यास सोमाहुति प्रयाग पहुँच गए। ज्वरग्रस्त महाराजाधिराज की चित्रशाला में ही सभा जुड़ी। युवराज, मंत्रिमण्डल के प्रमुख सदस्य, व्यास, नारद और भारतचन्द्र उपस्थित थे। द्वार पर पहरा था, औरों के लिए चित्रशाला में प्रवेश निषेध था।

व्यासजी ने गणपति महाराज का प्रस्ताव रखा। सुनकर युवराज समुद्रगुप्त हाथ जोड़कर बोले : "महाराजाधिराज, संधि तभी हो सकती है जब मगध का राज्य हमें लौटा दिया जाए।"

"और यदि वह न मिले?" नारद ने पूछा।

"तब हमारी शक्ति का निर्णायक युद्धक्षेत्र होगा।"

"साधु, वह वचन आपके योग्य ही हैं, परन्तु युवराज, युद्ध क्रोध नहीं, वरन् क्रोध की आँच पर सिद्ध किया जानेवाला रसायन है। उसे विधिवत् सिद्ध करने के लिए आँच पर नियन्त्रण रखना ही होगा युवराज।" व्यासजी ने शान्त स्वर में कहा।

महामंत्री असित देवल ने कहा : "कोई निर्णय लेने से पहले हमें अपने व्यापारीवर्ग की दृष्टि से भी समस्या को अवश्य देखना चाहिए महाबली। कुरुक्षेत्र से लेकर काशी, अवध तक के सार्थवाह यमुना-गंगा के द्वारा समुद्र तक अपना माल आने-जाने के लिए निर्बाध गति चाहते हैं। हम यदि विजयी होते दिखलाई देंगे तब श्रेष्ठिगण निश्चय ही हमारे पक्षधर बने रहेंगे, अन्यथा वे पाँसा पलटने के लिये तुरन्त शत्रु से जा मिलेंगे।"

"केवल धन ही शक्ति नहीं है महाबली, जनशक्ति उससे भी प्रबल है। हमारा

धनीवर्ग यदि हमसे विमुख होगा तो वह लूट लिया जाएगा।" भारत ने आवेश में कहा।

"उस समय यह लूट ही हमें उखाड़ देगी भारतजी ! लड़वैया जब युद्धक्षेत्र से हटकर लूट के लिए प्रोत्साहित किया जाता है, तब युद्ध में उसका रस नहीं रहता, वह बिखरने लगता है।" महामंत्री ने कहा।

"तब निर्णय क्या हुआ ?" महाराजाधिराज ने कुछ झुँझलाकर कहा।

"निर्णय महाबली के अधीन है। हम केवल वस्तुस्थिति को यथामति पहचानने का प्रयत्न मात्र ही कर सकते हैं।" सेनापति के इस कथन के बाद मौन छा गया। यह मौन अवसाद भरा था। महाराजाधिराज का मुखमण्डल पूर्णतया निस्तेज हो गया था। समुद्रगुप्त का मुख लाल और बाहु उत्तेजनावश फड़क रही थी। मंत्रिमण्डल के सदस्य और सेनाध्यक्ष सिर झुकाये बैठे थे।

शान्त भाव से व्यास सोमाहुति ने कहना आरम्भ किया : "कालचक्र राजा और रंक को एक-सा नचाता है राजन ! एक समय प्रतापी गरुड़ देव, जो समस्त नागों को नष्ट कर सकते थे, अपनी माता की दासता के कारण उनकी इच्छामति चलने के लिये बाध्य थे। समय आने पर जब विष्णु भगवान् की कृपा से उन्होंने अपनी माता को मुक्त करा लिया, तो नाग देखते ही देखते निस्तेज हो गए। आपकी देश माता इस समय विवश है। उत्तर-पश्चिमी सीमा के पार शश सम्राट् शापुर और मध्य में वाकाटक प्रवरसेन के शक्तिशाली रहते हुए आप केवल नीति से चलकर ही अपनी शक्ति बढ़ा सकते हैं।"

"स्वामिन, यह संधि आपकी पराजय नहीं, वरन् भावी विजय की आधारशिला बनेगी। माता वाशिष्ठी का मत है।" भारत ने हाथ जोड़कर निवेदन किया, फिर कहा : "स्वामिन, यह भारत नाग शेष रूप में विष्णु प्रभु का सेवक है। मेरे पूज्य गुरु और अग्रज महात्मा व्यासजी ने ईश्वर के जिस विष्णु रूप को दर्शाया है वह राजस है, ऐश्वर्यमय है। वह भस्म रमानेवाला संन्यासी नहीं है, लोकपाल और लक्ष्मीपति है। वह चक्रधारी चक्रवर्ती है, गदाधारी सर्वशक्तिमान् है, शंख से विजय घोष करता है और कमल से वह अपनी प्रजा का रंजन करता है। भक्त जिस भाव से ईश्वर को भजता है, वह वैसा ही हो जाता है। गरुड़ध्वजधारी महाबली शेषशायी विष्णु नारायण के पाद पद्मों में अपनी श्रद्धा अटल रखें। मेरी गणना कहती है कि आप एक महान् लोकपाल राजवंश के संस्थापक हैं। यह वसुन्धरा आपकी भोग्या बनकर ही रहेगी।"

"साधु, साधु," के स्वर गूँजने लगे। नारद, व्यास, असित देवल आदि सभी ने भारतचन्द्र के उद्धारों की प्रशंसा की। युवराज गम्भीर विचारमग्न हुए, महाराजाधिराज के चेहरे पर कोई भाव प्रदर्शित न हो सका।

नारद कहने लगे। "हे राजन, यदि मुझसे पूछें तो मैं यही कहूँगा कि साम्राज्य लिप्सा का शमन करना ही श्रेष्ठ पुरुषों के लिए उचित है। बड़े-बड़े सम्राट् इस पृथ्वी को जीतकर गए कि यह मेरी है, पर यह किसी की नहीं रही—कार्तवीर्य अर्जुन, सगर, मान्धाता, रघु, रामचन्द्र सभी अब केवल कहानी भर रह गए हैं, यह पृथ्वी किसी की नहीं हुई। धिक् साम्राज्य धिक् !"

सुनकर युवराज समुद्रगुप्त का चेहरा लाल हो गया। वे तड़पकर बोले, "सम्राट् सगर ने सारी पृथ्वी जीती थी। सूर्यास्त की दिशा के अंतिम द्वीपों तक उनका ध्वज फहराया था। क्या यह मात्र उनकी साम्राज्य लिप्सा थी। उन्होंने मनुष्य को सभ्यता की चेतना दी। दुर्धर्ष हेतियों और पुलस्तियों ने अपने स्वर्ण लोभ में पड़कर आधी पृथ्वी को अपना दास बना रखा था। सम्राट् रघु ने पंचनद, सिंधु और उससे भी आगे उर पुर और एलम् देश तक से हेतियों को हँकालकर प्रजा को सुखी बनाया, यह क्या उनकी साम्राज्य लिप्सा थी? श्रीराम ने लंका विजय करके उसके अधीन समस्त द्वीपों से अत्याचारी शासन की जड़ें उखाड़कर उस रामराज्य की स्थापना की, जो आज तक हमारे मुहावरे में न्याय और सर्वसुखदायी शासन का प्रतीक बनकर स्मरण किया जाता है—तब क्या श्रीराम की यह मात्र साम्राज्य लिप्सा ही थी?"

युवराज की नवयुवकोचित उत्तेजना को शांत करने के लिए भार्गव बोले : "शांत युवराज, महामति नारदजी केवल साम्राज्य लिप्सा को ही हेय बतला रहे हैं। लोक कल्याण के लिए शक्ति संगठन, स्वच्छ प्रशासन और सामाजिक अभ्युत्थान आवश्यक है। आशीर्वाद देता हूँ, आप श्री राम के समान ही चक्रवर्ती सम्राट् हों, पृथ्वी पर रामराज्य स्थापित करें।"

महाराजाधिराज अंत तक मौन ही रहे। उनका ज्वर भी कुछ बढ़ गया था। उनके जीवन की सर्वोच्च महत्वाकांक्षा अपने अन्तिम छलावे से मुक्त होकर चकनाचूर हो चुकी थी। अब जीवन में रस ही क्या रहा? अब वे क्यों जियें? बड़ा बननेवाला छोटा बनकर कैसे जिये? चन्द्रगुप्त को अपनी गलतियाँ और अपना दुर्भाग्य ही खाये जा रहा था।

भारत से सहमति की सूचना पाकर गणपतिजी ने स्वयं चन्द्रगुप्त से मिलने आने की इच्छा प्रकट की। प्रयाग में महाराज गणपति नाग के स्वागत के लिए भव्य तैयारियाँ करने का आदेश हुआ। भारत के प्रचार विभाग ने आनन-फानन ही शत्रु-मित्र हरएक को यह सूचना दे दी कि महाराजाधिराज ने वाकाटक सम्राट् से संधि करना स्वीकार किया है।

महाराजा गणपतिजी ने चन्द्रगुप्त तथा समुद्रगुप्त दोनों ही पर अपने प्रगाढ़ पाण्डित्य और सहज मानव मैत्रीभाव का प्रभाव डाला। उन्होंने बड़े ही तटस्थ भाव से दोनों पक्षों की सामरिक शक्ति का उचित मूल्यांकन करके स्वयं महाराजाधिराज के मुख से यह स्वीकार करा लिया कि ससम्मान संधि ही उनकी सुरक्षा का एकमात्र उपाय है।

इसके बाद गणपतिजी महाराज ने बतलाया कि प्रवरसेन ने कोशाम्बी राज्य मगध नरेश के श्वसुर मथुरा नरेश महाराज यदुनाग को देने का निश्चय किया है। अतः कोशाम्बी से महाराजाधिराज को हटाना पड़ेगा। चन्द्रगुप्त प्रवीर नाग के इस विष को न पचा सके। उन्होंने तथा युवराज समुद्रगुप्त ने संधि तो झख मारकर स्वीकार की, परन्तु समुद्रगुप्त फिर जो शैया पर पड़े तो उठ न सके। वाकाटकों की बरात में युवराज समुद्रगुप्त ही महाराजाधिराज की ओर से सम्मिलित हुए थे। समुद्र के बरात में जाते ही चन्द्रगुप्त ने हठ ठाना कि उन्हें अयोध्या ले जाया जाए। उन्हें यह विश्वास हो गया था कि अब उनका अन्तकाल निकट आ गया है। असित देवल को युवराज के आने तक राज-काज सौंपकर वे भारत के साथ अयोध्या चले गये। पट्टमहिषी कुमारदेवी उनके साथ गईं। रनिवास की अन्य किसी भी रानी या रखैल को साथ नहीं लिया गया। विषय-वासना से उनका चित्त एकदम

विरक्त हो गया था। वे अपने कुल के इष्टदेव श्रीराम के ध्यान में लीन होना चाहते थे।

व्यास सोमाहुति तब तक मथुरा पहुँच चुके थे। नारद जी नैपाल गये हुए थे। होली बीत चुकी थी। चैत शुक्ल पक्ष की सप्तमी का दिन था। महाराजाधिराज उस दिन अचानक रक्तवमन करने के कारण बहुत ही निढाल हो रहे थे। पट्टमहिषी उनके पास बैठी थीं। उनका हाथ अपनी दोनों हथेलियों में दाबकर चन्द्रगुप्त बोले : "सती, मैंने तुम्हारा उचित मूल्य नहीं समझा था। और इसीलिए जीवन को पहचानने में भी असफल रहा। प्रभु से प्रार्थना करो कि अगले जन्म में इष्टदेव राम प्रभु के समान एक पत्नीव्रती होऊँ और फिर तुम्हें ही अपनी भाग्यलक्ष्मी के रूप में पाऊँ।"

उसी दिन सूर्यास्त से कुछ पहले ही युवराज समुद्रगुप्त अयोध्या आ गये। महाराजाधिराज का स्वास्थ्य गिरावट पर था। पुत्र देखकर उनके मुख पर चमक आ गई। कुशल-मंगल पूछी। बरात के हालचाल जाने। सम्राट् प्रवरसेन के मिथ्या दम्भ की बातें सुनीं। समुद्रगुप्त ने महाराज के स्वास्थ्य का ध्यान करके उन्हें ऐसी बहुत-सी बातें न बतलाईं जिनसे उन्हें चुभन होती। सम्राट् की तिरस्कृत दृष्टि देखकर समुद्रगुप्त के मन में जितनी खौलन हुई थी, उसका परिचय युवराज ने यद्यपि शब्दों के द्वारा न दिया, तथापि चन्द्रगुप्त के मन को उसका आभास हो ही गया। आँखों में आँसू भरकर कहा : "पुत्र, अब तुम राजा बनो। आशीर्वाद देता हूँ कि जहाँ मैं झुका हूँ, वहाँ तुम्हारा मस्तक तना रहे।"

उस दिन रुक-रुककर महाराजाधिराज युवराज के सामने लगभग दो ढाई घड़ी तक अपना मन उँड़ेलते रहे। उन्होंने कहा : "इन्हें भीतर से खोखला करो। नारद को संतुष्ट करके उन्हें दक्षिणावर्त में वैष्णव धर्म का प्रचार करने के लिए सहमत करो। वाकाटकों और पल्लवों ने यज्ञकर्ता और राजनीति-विशारद ब्राह्मणों तथा अपने लोगों का अतुल बल वैभव देकर इतना सम्पन्न कर दिया है कि वहाँ की साधारण प्रजा दरिद्रावस्था की चरम स्थिति पर पहुँच गई है। सम्पन्न शैवों के प्रति विपन्न वैष्णवी प्रजा का संघर्ष बढ़ाते हुए ही तुम वहाँ पाँव जमा सकोगे? त्रिपुरी, जाबालिपत्तन और नर्मदा तट के क्षेत्रों में इन्होंने यज्ञों का गढ़ बना रखा है। उसे ध्वस्त करो। यज्ञमण्डप उनके प्रचार साधन हैं, तुम वाल्मीकि आश्रम के कुशीलवों की टोलियाँ यत्र-तत्र भेजकर लीलाएँ कराओ। साधारण जन लीलाओं में यज्ञाडंबर से कहीं अधिक रस पाएगा और प्रत्यक्ष रूप में प्रवरसेन उसका विरोध भी न कर सकेगा। व्यासजी ने दो बार मुझसे आग्रह किया था कि पूर्वकाल की पददलित जातियों को भूमि देकर उन्हें कृषक बनाया जाये। मैं समझता हूँ कि यह श्रेष्ठ नीति है। इससे तुम्हारी जन और धन दोनों ही प्रकार की शक्तियाँ बढ़ेंगी। नैमिष का पुराण भागवत् आन्दोलन ही तुम्हारे भावी साम्राज्य की पूर्व पीठिका बनेगी। उसे सक्रिय और नीति पूर्ण सहायता देना।"

पुत्र से एकांत वार्ता करने के बाद एक बार महाराजाधिराज का स्वास्थ्य सुधरता-सा प्रतीत हुआ, किन्तु वह बुझते दिये की अंतिम चमक था। रामनवमी के दिन सूर्य के उदय होने पर चन्द्र अस्त हो गया। एक युग का ही अन्त हो गया, अब नया सबेरा आ रहा था।

५७

•

•

सम्राट प्रवरसेन ने समुद्रगुप्त को अपने पिता की भाँति महाराजाधिराज की उपाधि धारण करने की आज्ञा नहीं दी। वे मात्र राजा ही कहलाए। उन्होंने कोशाम्बी के समान काशी और प्रयाग पर वैधानिक रूप से तो अपना अधिकार नहीं किया था, किन्तु ऐसी परिस्थितियाँ अवश्य निर्मित कर दी थीं जिनके कारण काशी और प्रयाग के किलों में समुद्रगुप्त का जाकर बसना सम्मानजनक रीति से सम्भव नहीं रहा था। राजा समुद्रगुप्त इस समय वस्तुतः केवल अवध नरेश ही रह गए थे। पिता की मृत्यु के बाद वर्षों तक निरंतर अपमान का विष पीते और पचाते हुए भी वह भारत भर में एक लगन से ऐसी छोटी-छोटी शक्तियों को संगठित करते रहे, जो नागों अथवा कश्मीर एवं उत्तर पश्चिमी सीमान्त म यवनों, किदार-कुषाणों और मुरुण्डों के द्वारा पीसे जाकर उनसे घृणा करते थे।

उसने नारदजी को भारत के द्वारा मना और रिझाकर दक्षिणावर्त में नीतिवश शैवों-वैष्णवों में द्वन्द्व योग सधवाया। शैव धनाढ्य थे। जिन दलितों, निर्धनों का अब तक कोई धर्म नहीं था, उन्हें जप कंठी मंतर और शालग्राम की बटिया देकर वैष्णवधर्मी बना दिया। तब द्वन्द्व होना स्वाभाविक ही था। वाकाटकों की राजधानी कांचनका के निकट एक क्षेत्र को वाकाटकों का शत्रु बनाने के लिए चुना गया। स्वयं नारदजी ने ही समुद्रगुप्त को यह युक्ति सुझाई कि त्रिपुरी-जाबालिपत्तन के क्षेत्र से शैव धर्म के प्रति पूर्ण अनास्था फैलाई जाए। इसके निमित्त विष्णु का सहारा लेना नीतिवश उचित न होगा, क्योंकि उत्तर भारत में हरिहर द्वन्द्व को समाप्त करना ही उनकी सत्य नीति थी। वैष्णव धर्म की प्रच्छन्न सेवा करने के लिए नारद ने कुछ दिनों के वास्ते प्रत्यक्ष रूप से शिव विष्णु के प्रति विद्रोही होकर त्रिपुरी में जैन धर्म का प्रचारक बनना स्वीकार किया। कुछ वर्षों तक नारदजी से समुद्रगुप्त तथा भारतचन्द्र आदि का सम्पर्क बना रहा। नारद अपने कार्य में यथेष्ट रूप से सफल भी हुए थे, किन्तु फिर एकाएक ही उनका पता न चला कि कहाँ गये। भार्गव सोमाहुति ने आरम्भ से ही नारद की इस नीति को घृणा की दृष्टि से देखा था, किन्तु जब से उनकी टोह मिलनी बन्द हो गई, तब से वे दुःखी अवश्य रहने लगे थे। इज्या की स्मृति सुख भरी थी और नारद की कचोट भरी।

पाँच वर्षों के अनवरत श्रम के बाद जब महाभारत का लेखन कार्य सम्पन्न हुआ, तो अन्तिम श्लोक लिखते हुए उनकी आँखों से अविरल अश्रुधार बह चली थी। एक बहुत बड़ा दायित्व पूरा हुआ। अन्तःकरण कृतज्ञता से परिपूर्ण होकर बाहर की ओर बह चला। वासुदेव रोम-रोम से ऐसे उमगे कि उस उमंग में अपना आपा ही बिसर गया। फिर गणपति महाराज की वन्दना की। अपने माता-पिता को विगलित मन से, किन्तु संतोष के साथ स्मरण किया। फिर संतोष का वह क्षणांश न जाने कब लुप्त हो गया और मन इज्या की याद में असह्य पीड़ाभार से सहसा बूड़ने लगा। आँखें पथरा-सी गईं।

सुविज्ञ गणपतिजी से भार्गव की मनःस्थिति छिपी न रह सकी। उन्हें सावधान करने की दृष्टि से कहा : "महर्षि, यह महान् कृति के समर्पण का क्षण है। नैमिष में यह महाकाव्य बड़े समारोह के साथ ले आया जाए। अनेक राज्यों की सेनाएँ इसकी सेवा में नियुक्त होकर चलें, महाभारत संहिता आपके द्वारा महर्षि शौनक जी के कर कमलों में लोकहितार्थ समर्पित हो। आपकी क्या सम्मति है ?"

सोमाहुति ने अपनी सहमति ऐसे प्रकट की, मानो उन्हें कोई लगाव ही नहीं। कहने लगे : "अब इस ग्रन्थ से सर्वसाधारण के समान ही मेरा नाता भी रह गया है राजन् ! आप जो चाहे सो करें। मेरी सहमति आपकी तत्संबंधी इच्छा में ही निहित है।"

महाभारत संहिता छत्रधारी रथ पर पूरे शासकीय वैभव के साथ नैमिषारण्य आयी और भार्गव भी साथ आये। भार्गव फिर जमकर वहीं रहे। प्रचेता और भारत के पुत्र को उन्होंने ही प्रशिक्षित किया। ग्रंथ समाप्त होने के बाद अब वे एक मन से इन दोनों को सुशिक्षित बनाना ही अपना सबसे बड़ा धर्म समझते थे।

शौनक जी प्रथम महासत्र सम्पूर्ण होने तक ही जीवित रहे। उनके अंतिम आदेशानुसार व्यास सोमाहुति ने प्रचेता की शिक्षा के उपरांत उसे कुलपति की गद्दी पर बिठला दिया। पिछले पाँच वर्षों से व्यास प्रचेता भार्गव ही नैमिष के कुलपति हैं। शिखर स्वामी ने भी अपनी विद्वत्ता से प्रतिष्ठा पाई है। और वह प्रायः अयोध्या में ही रहा करते हैं। राजा समुद्रगुप्त इन दोनों नवयुवक विद्वानों को मान देते हैं। भारतचन्द्र अपने पिता स्वर्गीय वसुनाग की गद्दी पर अब शेष मठ के महन्त हैं, किन्तु समुद्रगुप्त के कारण वे भी अपना अधिक समय अयोध्या में ही बिताया करते हैं। प्रज्ञादेवी का अधिकांश समय नैमिष में बीतता है। और भार्गव सोमाहुति अब मुक्त होकर अधिकतर देश भ्रमण करके महाभारत और पुराण कथाओं के द्वारा वासुदेव तथा देशभक्ति का प्रचार किया करते हैं।

एक बार भ्रमण करते हुए भार्गव सोमाहुति द्रविड़ देश में कावेरी नदी के तट पर पहुँचे। वहाँ नारायण भक्तों का एक बड़ा समुदाय पाकर सोमाहुति परम प्रसन्न हुए। इन वैष्णव संतों को वहाँ आलवार कहा जाता था। द्रविड़ भाषा में इसका अर्थ है अध्यात्मज्ञान और भक्ति रूपी समुद्र का गोताखोर। इन आलवारों में ब्राह्मण, क्षत्रिय, शूद्र सभी सम्मिलित थे और जनसमाज में सम्मानभाव से पूजित थे। आण्डाल देवी की कृष्ण भक्ति रस में निमग्न रचनाएँ सुन-सुनकर भार्गव को लगा कि भक्ति का सर्वोत्तम और निखरा हुआ रूप द्रविड़ जनसमाज से ही परिलक्षित होता है। वह अपनी आराधना पद्धति को पूचे या पूजा कहते हैं। तमिल शब्द 'पू' का अर्थ पुष्प है। भक्त अपने भगवान् को पशुबलि नहीं, पुष्पबलि अर्पित करता है। दक्षिण के उत्तमोत्तम फल नारियल, सुपारी, ताम्बूल आदि अर्पित करता है। भार्गव ने निश्चय किया कि नैमिष के पुराण-प्रचारकों द्वारा दक्षिणावर्त की इसी पूजा विधि को वे समस्त भारत में प्रचलित कराएँगे।

पेरिय, तोण्डर, अडिपोडिय आदि अनेक आलवार संतों की वाणी, श्रीकृष्ण के प्रति उनका अनन्य भाव से समर्पण और उनकी भक्ति निष्ठा युक्त लोकोपकारी रूप देखकर सोमाहुति को अपने लिए बहुविधि स्फूर्ति मिली। दक्षिण के इन संतों ने भी व्यासजी के भक्ति-कर्मयोग के सिद्धान्त को बहुमान दिया।

राजा समुद्रगुप्त ने तेईस-चौबीस वर्षों की अथक लगन से अब धीरे-धीरे अवध के

बच्चे-बच्चे को अपना सच्चा भक्त बना लिया था। नये व्यास प्रचेता ने सदियों से दलित और कुछ विशिष्ट पेशों से वर्जित रखी जानेवाली, वैदिक आर्य दृष्टि से धर्महीन, आदिम या प्राचीन काल से बसी हुई जातियों को माला कंठी मंतर और नैतिक सामाजिक दृष्टि से कुछ उपयोगी बातें पुण्य फल पाने के लिए बतला दीं। राजा समुद्रगुप्त ने उन्हें बहुत से अरण्य काटकर खेती करने के लिए भाड़े पर धरती भी दे दी। इससे जनजीवन में बड़ा उत्साह आया। अवध की धरती खेती के रूप में सोना उगलने लगी। प्रजा की समृद्धि बढ़ी तो राजा की जय जयकार होने लगी। समुद्रगुप्त काशी और प्रयागवालों का हृदय जीतने और मगध के वैष्णव जनों में अपने लिए सहानुभूति और भक्ति भाव जगाने लगा। रामलीलाएँ कृष्णलीलाएँ आदि कराने वालों की टोलियाँ दर टोलियाँ अयोध्या से प्रशिक्षित होकर देश भर में फैल रही थीं। वे जहाँ जातीं, वहीं यह भी कहती चलतीं कि विष्णु भगवान् अपने भक्तों के लिए समुद्रगुप्त ऐसे दयालु राजा भी देते हैं कि जिन्होंने दलित दुखी दीन वैष्णवों को अपने राज्य की सारी भूमि बाँट दी है। मगध में तो इस प्रचार की बड़ी धूम थी। राजा समुद्रगुप्त ने धीरे-धीरे अपने पाँव अंगद के पाँव बना लिए थे। उसका आदर्श विष्णु तथा उनके अवतार अयोध्यापति रामचन्द्र थे। वह उन्हीं के समान आचरण करते और उन्हीं को अपने सारे कर्म अर्पित करते रहते थे। अपने ज्येष्ठ पुत्र का नाम उन्होंने रामगुप्त रखा था और कनिष्ठ का अपने स्वर्गीय पिता के नाम पर चन्द्रगुप्त! अपने व्यक्तिगत आचरण के कारण समुद्रगुप्त जन-जन में विष्णु का अवतार माने जाते थे।

परन्तु यह सब होने पर भी समुद्रगुप्त की मुख्य महत्वाकांक्षा अभी तक फलीभूत नहीं हो सकती थी। वह भीतर ही भीतर तड़प रहे थे। सम्राट् प्रवरसेन की मृत्यु होने पर समुद्रगुप्त ने अपनी सैनिक शक्ति तेजी से बढ़ानी आरम्भ कर दी, किन्तु सम्राट् रुद्रसेन ने धमकी देकर पड़ोस के अन्य राजे-रजवाड़े की सेवाओं में अपने गुप्तचरों और धर्म प्रचारकों के द्वारा फूट विद्रोह फैलाना आरम्भ किया है।

इस समय नैमिषारण्य का दूसरा महासत्र आरम्भ हुए दस वर्ष बीत चुके थे। दो वर्षों के बाद उसका दीक्षांत समारोह होनेवाला था। भार्गव सोमाहुति की इच्छा थी कि उक्त अवसर पर भारत भर के राजे अथवा राजकुलों के प्रतिनिधि नैमिषारण्य पधारें और उनके अनोखे कथा विश्वविद्यालय का निरीक्षण करें। वे समुद्रगुप्त से इस संबंध में बातें करने के लिए नैमिष से अयोध्या आये। समुद्रगुप्त के लिए प्रस्ताव अत्यन्त अनुकूल था। प्रतीक रूप में उन्होंने आसमुद्रक्षितीश सभी जगह के कुछ राजकुलों का आतिथ्य भार ग्रहण करना स्वीकार किया।

व्यासजी संतुष्ट होकर नैमिष आये और प्रचेता से कहा : “वत्स, मैं अब देश भ्रमण के लिए जाता हूँ। द्वितीय दीक्षांत समारोह ऐसा दिव्य निर्माणकारी और मनोरम हो कि स्वर्ग से तेरी जननी देख-देख हरखे। बस, फिर लोकधर्म त्यागकर स्वात्मार्थ भजन करूँगा। लोकधर्म तब तेरा दायित्व होगा।”

“मैं इस बँधे पानी को मुक्त प्रवाह दूँगा तात! मैं सांख्ययोग और कर्म को भक्ति रसायन से सोना बना दूँगा। मैं ऐसा काव्य रच रहा हूँ जो निष्क्रिय भारत को कर्मठ बना देगा।”

"साधु-साधु। वत्स, यह न भूलना कि तेरा हर कर्म वस्तुतः वासुदेव का है। तेरा मैं वासुदेव का मैं है।"

"भक्त भजन से भगवान् बन जाता है, आपका यह मंत्र ही मेरा जीवनमंत्र है तात!"

सोमाहुति अपने पुत्र से परम संतुष्ट थे। उसे आशीर्वाद देकर वे मथुरा, राजस्थान, सौराष्ट्र होते हुए मालवा में प्रविष्ट हुए। कुछ दिन मालवा के आभीरों में वैष्णव धर्म का प्रचार करते रहे। बहुत से शिष्य बनाये। और स्थानों की तरह वहाँ से भी उन्होंने नैमिष पुराणपीठ के लिए यथेष्ट धन भिजवाया। वे जहाँ भी जाते थे, वहीं जन समाज में विष्णु वासुदेव नारायण के प्रति भक्ति निष्ठा जगाने के साथ ही वे उनके मनों में एक विशाल भारत का मानचित्र भी सँजोते थे। उन्होंने भारत देश की प्रमुख सात नदियों, सात पुरियों आदि के नामों से संयुक्त करके अनेक श्लोक रचे। उन्हें वे लोगों को सुनाते और याद कराते थे। उन्होंने अनेकता के स्वाभाविक धर्म को साकार कर उसमें भी निहित एकत्व को तरह-तरह से उजागर और सुप्रतिष्ठित किया।

घूमते हुए त्रिपुरी पहुँचे। किसी समय की वैभव सम्पन्न नगरी आज वाकाटकों के करण विपन्न थी। वाकाटकों को वही सामन्त और श्रीमन्त प्रसन्न कर सकते थे, जो अधिक यज्ञ कराते हों। लोग सम्राट् की चाटुकारिता के लिए यज्ञ कराया करते थे। यज्ञ करानेवाले ब्राह्मणों ने सेठों सामन्तों को धमकाने का बहाना बना लिया था कि यदि यज्ञ नहीं कराओगे तो सम्राट् से कह देंगे। त्रिपुरी इसीलिए विद्रोही हुई और उसी विद्रोह में नारदीय द्वन्द्व लीला के प्रभाव में आकर जैनधर्मी बन गई।

त्रिपुरी से मिले हुए एक बड़े ग्राम में जब भार्गव पहुँचे, तो सूर्य ढलने का समय हो चला था। वे कहीं ठहरने का स्थान चाहते थे। एक व्यक्ति ने बतलाया कि जिनदास नाम के एक सम्पन्न व्यापारी ने एक साधुशाला बनवाई है, वहाँ चले जाएँ।

संयोग से भार्गव जिस समय जिनदास के द्वारे पहुँचे, उस समय उनका ज्येष्ठ पुत्र बाहर ही खड़ा था। भार्गव के स्थान माँगने पर वह सत्रह-अठारह वर्ष का लड़का बिगड़कर बोला : "जाओ जाओ, हमाई धरमसाला में हमाए धरम के साधू ही ठैर सके हैं।"

भीतर से बाप ने डाँटा : "धर्मा, मैं तुमसे हजार बार कह चुका कि किसी साधु से यों मत कहाकर। टिकाता क्यों नहीं उन्हें? कौन हैं?"

"कोई भी हो, मेरे पास दूसरे धर्मों के साधुओं को ठुँसाने के लिए पैसा नहीं है।"

"दुष्ट कहीं का। जैसे तू ही तो—" कहते कहते बूढ़ा पिता बाहर आया। साधु को देखा तो मुँह का शब्द मुँह में ही रह गया। भार्गव की जटा दाढ़ी बहुत कुछ सफेद तो अवश्य हो गई थी, पर चेहरा अधिक नहीं बदला था। बड़ी-बड़ी खिचड़ी मूँछों और केशोंवाले जिनदास के मुँह से हठात् निकल पड़ा : "सोमा!"

स्वर पर अब ध्यान अटका। केशों और घनी मूँछों के नीचे छिपा एक पुराना चेहरा झलका, भार्गव के मुँह से चमककर शब्द फूटा : "देवा!"

फिर दोनों बंधु ऐसे लपककर एक दूसरे से चिपके कि जैसे दोनों का लोहा दोनों के चुम्बक से चिपका हो। नारद अपनी ग्लानि और भार्गव अपना क्षोभ विस्मृत करके भावविभोर होकर आलिंगन बद्ध हो गए। जिनदास तनय धर्मचन्द्र अपने पिता और

अभ्यागत साधु का यह मिलन आँखें फाड़कर देखता रहा। भार्गव और नारद दोनों ही की आँखें भर आई थीं। जब एक दूसरे से अलग हुए, तो अपनी आँखों का पानी उँगलियों से झटकारते हुए भार्गव ने हँसकर कहा : "मैं तो तेरे नाम का चुल्लू उछालने लगा था रे।" —मन अपने से बोला— "हाय, कदाचित् इसी प्रकार कहीं इज्या भी तपस्या करती हुई मिल जाए और कहे कि मैं मरी नहीं—ये रही।" भार्गव कुछ देर के लिए मोह-विगलित हो गए।

सुचित होकर बैठने पर भार्गव ने नारद के जिनदास बनने की कथा सुनी। जिस घर में नारद इस समय रहते हैं, ढोंढूराम नामक एक सम्पन्न किसान का है। वह एक व्रज का स्वामी था। पाँच सौ बैलों से खेती होती थी। उसकी एकमात्र विधवा कन्या नारद के उपदेश सुनते-सुनते उनकी सुन्दर और पुष्ट देह पर रीझ गई। नारद भी उसकी साँवली सलोनी गदराई देह पर ऐसे ललचा गए कि इधर-उधर भ्रमण करके फिर जहाज के पंछी की तरह उड़ उड़कर इसी जहाज पर आ जाते थे। इसी तरह एक दिन जब आये, तो महतो ढोंढूराम ने उन्हें घर में बन्द करके उनका संन्यासी वेश धमकाकर उतरवा दिया और संसारी वेषभूषा पहनने को बाध्य किया। फिर नारद से गर्भवती हुई अपनी विधवा पुत्री को उनकी सौभाग्यवती घोषित कर दिया।

नारद बहुत कलंकित हुए। ढोंढूराम भी लज्जा के मारे नारद के संन्यासी वाले वस्त्र पहनकर एक रात भाग गए। अपनी पत्नी सहित नारद ने बाद में अपना धर्म परिवर्तन कर लिया और मनोयोग से धन और संतानें पैदा करने में जुट गए। पिछले सोलह-सत्रह वर्षों में अब उनके पास दो व्रज और हजार बैल हो गए हैं। संतानें भी आठ हैं। पत्नी कर्कशा है और नारद को गाली देकर उनसे बात करती है। लड़कों में भी वही आदत पड़ गई है। कमाऊ-धमाऊ होने पर भी घर में पिता का आदर नहीं है। सब सुनाकर नारद ने कहा : "अपने को छला करता था। नारायण बोले, अरे तू क्या छलेगा, देख मैं तुझे छलकर दिखलाता हूँ। सो देख रहा हूँ।"

सोमाहुति बड़े गम्भीर भाव से अपने बन्धु की मनोपीड़ा को आत्मसात् कर रहे थे। नारद के चुप होने पर स्निग्ध दृष्टि से उनकी ओर देखकर कहा : "आग जलाकर उसकी ऊष्मा से फूल नहीं खिलाये जा सकते बन्धु, उनके लिए सूर्यताप ही जीवनदायक है। तुम्हारे नारायण-प्रेम को नारी-वासना का दाह क्योंकर जिला सकता था? अस्तु, अब चेतो, मोह त्यागो और चलो।"

मोह त्यागना सहसा सरल नहीं था। फिर भी भार्गव बार-बार समझा-बुझाकर नारद को माया-मोह से उबार ही ले गए। कोठरी में रखी हुई वीणा वर्षों बाद कोठरी से बाहर निकली और उसी रात नारद चुपचाप घर से बाहर निकल गए। भार्गव दिन ही में उनके घर से बिदा होकर पड़ोसी गाँव में उनकी प्रतीक्षा कर रहे थे। नारद ने पुनः संन्यासी वेश धारण किया। बीच का गृहस्थ जीवन मानो एक माया-स्वप्न ही था। दोनों सखा नैमिष की ओर चल दिए।

५८

•

•

वसन्त पंचमी का दिन था। पाँच कोस के क्षेत्रफल में फैला हुआ नैमिष बन लाख-लाख कण्ठस्वरों के लाखों उद्‌गारों से निनादित हो रहा था। अतिथियों, आचार्यों, ब्रह्मचारियों, तांत्रिक-मांत्रिकों, तापसों, दर्शनार्थियों, भिखारियों और सेवकों की भीड़-भाड़ से यह महावन इस समय भरा हुआ था। द्वितीय महासत्र की समाप्ति पर आज दीक्षांत समारोह होगा। अपने निवास स्थान के पास ही एक टीले पर वटवृक्ष के नीचे चबूतरे पर बैठकर व्यासजी प्रवचन करते थे। उसी व्यास गद्दी के दायें-बायें आज अनेक राजसिंहासन सुशोभित हैं। गेंदे की झालरों और आम्रपल्लवों की वन्दनवारों से सारा स्थान सजाया गया है। यदु, आभीर, वृष्णि, कुणिंद, महाराज जनपदवाले, आर्जुनायन, काण्वायन, कंग, कदम्ब, चोल, लिच्छवि आदि अनेक गणतंत्रों, जनपदों और राजकुलों के शासक अथवा उनके प्रतिनिधि इस समारोह में आये हैं। महाराज गणपति तथा मथुरा, अहिच्छत्रा, कोट वंश और मगध के राजे भी पधारे हैं। भार्गव और नारद के आग्रह तथा राजा समुद्रगुप्त के अथक परिश्रम के फलस्वरूप नैमिषारण्य इस समय भारत का हृदय हो गया है।

व्यास प्रचेता ने नैमिष में ही अयोध्या, वृन्दावन, रामेश्वरम, बदरी, केदार आदि, सभी पुण्य क्षेत्रों के प्रतीक स्थापित कर लिए थे। भारत के समस्त तीर्थों का जल लाकर पवित्र कुण्ड में मिश्रित किया गया था। केवल तीर्थराज प्रयाग का गंगाजल ही यहाँ न आ सका। वाकाटक सम्राट् रुद्रसेन के किसी गुप्त वंश विरोधी मंत्री ने उन्हें सलाह दी कि तीर्थराज पर केवल सम्राट ही का अधिकार है। गंगा वाकाटकों का राजचिन्ह है। एक साधारण राजा तीर्थराज का जल अर्पित करने की महत्वाकांक्षा रखकर प्रच्छन्न रूप से सम्राट् का अधिकार ग्रहण करना चाहता है।

तीर्थराज का जल न आने से प्रचेता और शिखरचन्द्र विशेष रूप से दुःखी और मुखर थे। राजा समुद्रगुप्त के स्वाभिमान को करारी ठेस लगी, किंतु वे गम्भीर रूप से मौन थे। व्यास प्रचेता ने भरी सभा में, राजनीतिक शिष्टाचार की मर्यादा में रहते हुए भी खुले शब्दों में तीर्थराज की गंगा यहाँ न आने देने पर सम्राट् और उनके मंत्रदाताओं की भर्त्सना की और क्रोधावेश में आकर शाप दिया कि जो जल सम्राट् का गर्व और राजचिह्न का गौरव लेकर यहाँ नहीं आया, उसमें कीड़े पड़ जाएँगे।

महाराज गणपति नाग ने बाद में भार्गव, समुद्र, अच्युत और भारत आदि की एक छोटी-सी मण्डली में प्रचेता से कहा : "वत्स गंगा पवित्र नदी है, देवी समान पूज्या है, तुम्हें अपने भावों और शब्दों का उचित और संतुलित प्रयोग करना चाहिए, अपने पद-गौरव का ध्यान रखकर ही बात करनी चाहिए।"

प्रचेता ने सविनय, किन्तु सतेज स्वर में कहा : "पूज्यपाद, आप तपोनिष्ठ राजर्षि, विद्यागुरु हैं। आप मेरे पिता के अनन्य उपकारी बंधु और भारतीय राजनीतिक क्षेत्रों में सर्वमान्य, भीष्म पितामह के समान हैं। मेरे स्वर में मेरी आयु की बिजली भले ही कड़क रही हो, परन्तु मेरे मन में आपके प्रति किसी प्रकार की अवज्ञा का भाव स्वप्न में भी नहीं आ सकता। आप कदाचित् इसे जानते भी हैं!"

"जानता हूँ वत्स।"

"आर्य, आपको भी मेरे साथ ही साथ सम्राट् के इस खोखले दम्भ और विचारहीनता की निन्दा करनी चाहिए। गंगा सबकी हैं। कोई सम्राट यदि उन्हें अपना राजचिह्न बनाता है, तो उसको जन-जन ऐक्य विधायिका के रूप में ही उन्हें ग्रहण भी करना चाहिए। सम्राट् हो या कोई हो, जिसने अपनी प्रजा की ऐक्य भावना का निरादर किया, उसे अब जन गण मन अधिनायक होने का अधिकार भी नहीं रहा।"

"ऋषिपुत्र, हम अपने जातीय महापुरुष का अपमान नहीं सुन सकते।"

"किन्तु महाजातीय महाभावना का अपमान सह सकते हैं। वाकाटक सम्राट् विंध्यशक्ति और प्रवरसेन, सुना है, कठोर शासक थे, किंतु अन्यायी नहीं थे। आज सम्राट् पदधारी व्यक्ति करता क्या है? यज्ञों की धूम और धर्म के मिथ्याडम्बर के पीछे कितनी अधार्मिकता, कितनी क्रूरता, लूट और अपार भ्रष्टाचार बढ़ गया है! दो दिन पहले स्वयं आप भी अपना दुःख प्रकट कर रहे थे।"

"अब भी दुःखी हूँ वत्स।"

"केवल दुःखी होने से होगा क्या आर्य? आप, पिताजी, नारद काका, भारत काका और अहिच्छत्राधीश आदि वरेण्यजन जब परस्पर मिलते हैं, तब इस दुःख का सियापा अवश्य करते हैं, किंतु उसे दूर करने के उपायों पर आप लोग कभी विचार नहीं करते। वह दुःख क्या, जो अपने आपको सुख में परिवर्तित करने के लिए कर्मप्रेरित न हो सके?"

"भार्गव ने तुरन्त टोका : "प्रचेता, गिरागुरु आयु में मुझसे बड़े हैं —"

"पिताजी, आप सब बड़े पूज्य हैं। आपका पुत्र आपका पूर्ण सम्मान करता है, परंतु यदि अपना हृदय वह आप सबके सम्मुख निष्कपट भाव से खोलता है, तो आप उसे असम्मान क्यों मानते हैं?"

गिरागुरु अपने पास ही छोटी चौकी पर रखे मोदकों से भरे थाल से एक मोदक उठाकर मुस्कुराते हुए बोले : "लो वत्स, अब एक मोदक खा लो, फिर जूठे मुख से थोड़ी देर सत्य का अन्वेषण तो न कर सकोगे—हम बूढ़ों को तनिक साँस लेने का अवसर मिल जाएगा।"

"ठहाका गूँज गया। गणपति महाराज की प्रसिद्ध कमजोरी मोदकों ने थोड़ी देर के लिये गोष्ठी को मुदित कर दिया। सभी ने लड्डू खाये। लड्डू मुँह में घुलाकर भार्गव बोले : "गिरागुरु, नैमिष के ग्रंथागार में इसे वासुदेव रचित गीतों की एक प्राचीन प्रति प्राप्त हुई है। अनुपम काव्य है। जीर्ण होने के कारण प्रति कहीं-कहीं खण्डित थी। इसने उन खण्डित अंशों को बड़ी उत्तमता से पूर्ण किया है।"

प्रचेता चकित होकर अपने पिता को देख रहा था। गणपति महाराज की दृष्टि से

प्रचेता का यह भाव छिपा न रह सका। उसे अनदेखा करके भार्गव के झूठ को आदर देने के लिए दूसरा मोदक उठाते हुए कहा : "काव्य सुना जाएगा।"

"हाँ, दीक्षान्त समारोह में प्रवचन स्वरूप प्रचेता भगवान् वासुदेव की गीता ही सुनाएगा।"

जब पिता पुत्र एकान्त में मिले, तो प्रचेता ने तड़पकर पिता से कहा : "आप उस समय झूठ क्यों बोले तात?"

"क्योंकि लड्डू खा रहा था। नैतिक कारणों से भी मेरे झूठ बोलने के लिए वही अवसर उपयुक्त हो सकता था। वह काव्य वासुदेव रचित ही है. पुत्र, सर्वान्तःकरण से यही मानकर उसे लोक को समर्पित कर। नयापन उस सुन्दर काव्य की महत्ता घटा देगा उसे प्राचीन मानकर ही चल।"

पुत्र ने गम्भीर मौन का एक क्षण बिताया, फिर पिता के श्रीचरणों में साष्टांग प्रणाम करके कहा : "आपकी यह नीति ही सुनीति है। आज्ञा का पालन होगा।"

●

व्यासपीठ पर चौबीस वर्षीय ऋषि प्रचेता विराजमान थे। व्यास सोमाहुति, नारदजी और सौति उग्रश्रवा आदि गुरुजन उनके दक्षिण भाग में शुभासीन थे। मुख्य यजमान के रूप में समुद्रगुप्त भी वहीं बैठे थे। बाकी सब राजे-रजवाड़े अपनी-अपनी मर्यादा के अनुरूप आसीन थे। सामने स्नातकों, ब्रह्मचारियों, तापसों और दर्शनार्थियों की भीड़ थी। प्रचेता व्यास पढ़ रहे :

"धर्मक्षेत्रे कुरुक्षेत्रे समवेता युयुत्सवः
मामकाः पाण्डवाश्चैव किमकुर्वत संजय।"

प्रचेता का भाव भरा स्वर, शब्दों की अनुपम रस माधुरी और कर्म दर्शन का कठोर पौरुष एक साथ ऐसा सुन्दर और प्रेरक लग रहा था कि सभा में सभी की दृष्टि व्यासजी के मुख पर ही अटकी थी। प्रचेता की स्वर शैया पर गिरा और अर्थ स्रजन मग्न थे। संसार चकित था।

सभा की समाप्ति के बाद समुद्रगुप्त व्यास प्रचेता के सम्मुख सविनय प्रणाम करके बोले : "महर्षि, वासुदेव के जिस आदेश के लिए मैं तड़प रहा था, वह आज मुझे प्राप्त हो गया है। मैं अभी से देख रहा हूँ कि कौरव दल काल के मुख में समाया है। उन्हें मैं नहीं, उनका समय मारेगा।"

गणपति के कानों में समुद्रगुप्त की यह बात किसी तरह से पहुँच गई। वे अच्युत आदि महाराजों की भीड़ में तनिक दूर खड़े थे। नारद और भार्गव ऋषि प्रसन्न मुख धीरे-धीरे उधर आये। गणपति जी ने उन्हें देखकर उनके पास आते हुए मुस्कुराकर धीमे से कहा : "मैं लिपि देखने के बहाने से आपसे उस प्राचीन ग्रन्थ की माँग अब नहीं करूँगा महर्षि! आपने सत्य ही कहा था, यह काव्य स्वयं वासुदेव का ही है।"

"कथाकार हूँ न गिरागुरु, कल्पना करनी ही पड़ती है, किन्तु मेरा असत्य भी सत्यनिष्ठ होता है।" भार्गव ने सविनय कहा।

"हूँ:। किन्तु यह काव्य इसी समय महाभारत भी ला रहा है। समुद्र से और प्रचेता से कहिएगा ऋषिवर कि गणपति का हृदय तो उन्हीं के साथ है, किन्तु उसकी काया अंतिम साँस तक अपनी राजनिष्ठा के साथ ही रहेगी।"

भार्गव गम्भीर हो गये। नारद ने कहा : "लगता है, आप सचमुच भीष्म पितामह के समान ही बोल रहे हैं।"

"मैं नहीं, महाकाल बोल रहे हैं नारदजी! युद्ध अनिवार्य है। मैं चन्द्रगुप्त को रोक सका था, किन्तु समुद्रगुप्त को रोकने के लिए मेरे हाथों में अब वह सामर्थ्य नहीं रही।"

युद्ध का क्षण सचमुच ही शीघ्र आ पहुँचा। समुद्रगुप्त ने मगध पर आक्रमण करने के लिए सेना भेज दी। कोटवंश का राजा मगध की सहायता के लिए बढ़ा, पर स्वयं उसके सैनिकों में ही विद्रोह फैल गया। मगध सेना के वैष्णव लड़वैये समुद्रगुप्त के साथ आ गए। राजा कल्याण वर्मन और कोटवंश के राजा पकड़े और मारे गये। पाटलिपुत्र अब समुद्रगुप्त का था। लिच्छवि सेना ने उनके नाम पर नगर ले लिया। राजा समुद्रगुप्त महाराजाधिराज हो गए।

अपने जामाता की सहायता करने के लिए मथुरा का राजा महाराज अच्युत नाग और गणपतिजी के साथ कोशांबी आ पहुँचा। किन्तु समुद्रगुप्त की सुगठित सैन्य शक्ति के आगे यह तीनों महाराज टिक न सके। मारे गये। 'सीताराम' के जयघोष में उत्साह था; 'हर हर महादेव' की गूँज खोखले स्वरों के साथ पीछे भाग रही थी।

●

५९

●

●

सायंकालीन ब्रह्मकर्मों से मुक्त होकर भार्गव और नारद अध्ययनकक्ष के सामनेवाले मण्डप में आकर बैठ गए। सूर्यनारायण गोमती पार छोर के टीले पर अपनी बची-खुची धूप की झोली झाड़कर, दिन भर की कड़ी मेहनत के बाद चैन से घर लौटनेवाले किसान की तरह अपने घर जा रहे थे। आकाश आते-जाते पंछियों के झुण्डों और कलरव से भरा था। देखकर भार्गव चहक उठे। दोनों हाथ ऊँचे उठाकर बोले : "ओहो, नभचारियों ने तो आकाश को हाट-बाट भरी व्यस्त नगरी बना रखा है। घर की चाह कितनी प्रबल होती है—जीवन मात्र इसके पीछे बावला हो उठता है।"

"मैं तो घर शब्द ही से थर-थर काँप उठता हूँ भाई! अब कई जन्मों तक घर की चाह न करूँगा।"

"घर ने तुम्हारा क्या बिगाड़ा है?"

"ठीक कहते हो। मैंने स्वयं अपने को यह बोध कराके छला था कि रति का राग

पश्चात्ताप में प्रभु के प्रति अधिक अनुराग उत्पन्न करता है। मैंने वैष्णव, शैव और जैन दर्शनों को भी छला। मैंने जो कुछ किया, बुरा ही बुरा किया।"

"पण्डित बीती बातों का सोच नहीं करते।"

नारद के मन में अवसाद की बाढ़ आ चली थी, वे कहते ही चले गए : "अविवेकपूर्ण राजनीतिक सक्रियता ही मुझे खा गई। समुद्रगुप्त ने स्वार्थवश मुझे डुबो दिया। मरने को जी चाहता है।"

"पहले समुद्रगुप्त में डूबे थे, अब समुद्र में डूब जाओ। मोक्षार्थी डूबा करते हैं। करीषाग्नि-दहन दूसरा उपाय है। पर्वत की चोटी से कूदकर अथवा सचेलकों के समान आमरण उपवास करके भी..."

भार्गव के ठंडे-ठंडे तानों से नारद खीझ उठे, दाँत पीसकर कहा : "तुम्हारी बातों से तो जी चाहता है कि जाकर काशी करवत ले लूँ। आरे से अपना शरीर चिरवाकर ही मेरा प्रायश्चित पूरा होगा।"

"हाँ, मूढ़ मोक्षार्थियों के लिये यही श्रेष्ठ धार्मिक मरण मार्ग है।"

"सोमा, तुम मेरे मन का दाह क्यों नहीं देखते हो?" नारद हारकर दया की भीख माँगने लगे।

"वही देख रहा हूँ?"

"तुम कुछ नहीं देख रहे। मैंने अपने पाप से शताब्दियों पुरानी पवित्र नारद-परम्परा का सर्वनाश कर डाला। जैन अब नारदों को कुच्छिल कहते हैं और शैव-वैष्णव विग्रहक। एक मछली से सारा ताल गन्दा हो गया। मैंने..."

"प्राचीन वेदकालीन ऋषियों में इन्द्र के प्रथम पक्षधर होने पर अनेक ऋषियों ने नारद को वासुदेव भी कहा था, किन्तु यह निंदा उन्हें खा न सकी। उनकी दृढ़ आस्था ने इन्द्र को देवों में सर्वोपरि बनाकर भविष्य से पुजवा लिया। कदाचित् समुद्रगुप्त के इतिहास में तुम्हें भी वही स्थान मिल जाए।"

"सोमा, नारायण के लिए अब यह व्यंग्यवर्षा बन्द कर दो। उस आस्था ने सभ्यता को क्या दिया? अपने पिता को टाँग पकड़कर उछालनेवाला, विष्णु-वरुण-मनु आदि की सत्ता समाप्त करके छल और क्रूरता से शासन करनेवाला शासक बना था इन्द्र; यह समुद्रगुप्त भी वही बन रहा है। इसके कारण मैंने संन्यासी वाकाटकों के विरुद्ध षड्यन्त्र में भाग लेने का जो पाप किया था, उसी का दण्ड भोग रहा हूँ।"

तभी प्रचेता आये। उनका आना भार्गव को सदा समीर के झोंके सा लगता है। बेटे को देखते ही उनकी आँखों में स्निग्धता आ गई, बोले : "इज्यापुत्र, तुम इस समय यहाँ कैसे?"

"तात, कल प्रातःकाल मेरे कुछ विद्यार्थी आपके साथ कुछ समय बिताने का आग्रह रखते हैं। क्या उन पर आप कृपा करेंगे?"

भार्गव मुस्कुराये, बोले : "लगता है कि या तो मैं तुम्हारे विद्यार्थियों के लिये पराया हो गया हूँ अथवा देवता बन गया हूँ, तभी वे सीधे मेरे पास नहीं आये।"

प्रचेता हँसे, बोले : "आग्रह मात्र उन्हीं का नहीं है, मैं और सौति भाई भी यही चाहते हैं।"

"ऐसी कौन-सी समस्या आ पड़ी है?"

"मगध के दो विद्यार्थियों ने आज सौति भाई से यह कहा कि जब वाकाटकों और नवनागों का इतिहास पुराणों में सम्मिलित हो चुका है, तो फिर गुप्तवंश का इतिहास भी क्यों न सम्मिलित किया जाए?"

सुनकर भार्गव गम्भीर हो गए। नारद सिर झुकाये बैठे रहे। भार्गव ने पूछा : "तुम्हारा क्या मत है?"

"मैं पक्ष में हूँ, किन्तु सौति भाई कहते हैं कि गुप्तवंश का इतिहास अभी अपने निर्माण-काल में ही है। भविष्य के व्यास ही उनका इतिहास सुनाएँगे।"

"मैं सौति के विचारों से सहमत हूँ। चन्द्रगुप्त वस्तुतः कोई इतिहास बना ही नहीं पाये और समुद्रगुप्त आँधी-सा आया है। यह विनाशकारी, परधनलोलुप और क्रूर है, इतिहास-निर्माता कदापि नहीं है।" नारद की इन चिढ़भरी बातों से प्रचेता उत्तेजित हुए। उन्होंने कहा : "काका, मैंने तो पिताजी से सुना था कि आपने प्रारम्भिक काल में महाराजाधिराज समुद्रगुप्त को बड़ी सहायता दी थी फिर अब यह विक्षोभ और क्रोध किसलिए है?"

"इसलिए कि पहले मैं समझता था, समुद्रगुप्त के व्यक्तित्व में दैवी अंश है। मैंने वैष्णव साम्राज्य की स्थापना के लिए राजर्षि वाकाटकों के प्रति षड्यंत्र रचने का पाप तक इसी कारण से किया था, किन्तु समुद्रगुप्त बगुलाभगत सिद्ध हुआ। स्वयं प्रतापी लिच्छवि-प्रजातंत्र कुल से संबंधित होते हुए भी उसने इस देश को उस अत्यन्त महत्वपूर्ण परंम्परा को ही क्रूरतापूर्वक कुचल डाला है। भला, कौन क्षमा करेगा इस पापी को?"

प्रचेता मन ही मन उबल पड़े, किन्तु आत्मसंयम न खोया। यथासाध्य शांत स्वर में कहा : "काका, जिन्हें आप प्रजातंत्र कह रहे हैं, वे वस्तुतः छोटी-छोटी जातीय पंचायतें मात्र हैं। उन्हें अपनी स्वतंत्रता का अधिकार तो है, किन्तु एक महाजाति की स्वतंत्रता को संकट में डालने का अधिकार कदापि नहीं है। उन्हें एक संगठन-सूत्र में बाँधना ही होगा।"

"तब ऐसी ही एक विशाल राष्ट्रीय पंचायत क्यों नहीं बनाते, जो आसेतु हिमांचल सम्पूर्ण भारतदेश को एक महान् प्रजातांत्रिक राष्ट्र में बदल दे? इस देश से राजतंत्र ही को क्यों नहीं समाप्त कर देते?"

नारद की बात के व्यंग्यार्थ को समझकर भार्गव ने कहा : "तुम दोनों के बीच में बोलने की मेरी तनिक इच्छा न थी, पर तुम्हारी बात से स्फूर्ति पाकर फिर चुप न रह सका। यदि यह सूझ तुम्हारे निश्छल मन से उपजती, तो बड़े हृदय से मैं तुम्हें साधुवाद देता देवा, किंतु बात तुम्हारे अंतर्सत्य से नहीं फूटी है।"

"अनेक देवों को एक नारायण के अवतारों और अनेक भूखण्डों को एक देश का रूप देनेवाला जो आर्यसत्य आप दोनों महापुरुषों की कृपा से आज पुनः स्थापित हो रहा है, उसे एक बार गहरी जड़ें जमा लेने दें, तो भविष्य में कभी यह भी सम्भव हो जाएगा। आज तो बिखराव को समेटकर संगठित करना ही राजधर्म है। समुद्रगुप्त जो कर रहे हैं, वह कभी स्वयं भगवान् श्रीकृष्ण ने भी किया था। दुर्बल प्रजातंत्रों को कौरवों, कंसों और जरासंधों के द्वारा हड़पे जाने से यह कहीं अधिक अच्छा हुआ कि सारा देश नीतिवान पाण्डवों के द्वारा

सुचारु रूप से संचालित हो सका। सैनिक दृष्टि से समुद्रगुप्त ने कहीं भी अनावश्यक क्रूरता अथवा दमन नीति नहीं बरती है।"

प्रचेता की आवेशभरी बातें सुनकर गहरी चिढ़ के साथ हाथ हिलाते हुए नारद बोले : "बेचारे दक्षिणवालों को मार-मारकर उनका सोना लूट लाया और अब परमेश्वर परम वैष्णव सम्राट् बनने जा रहा है, फिर भी कहते हो कि क्रूरता नहीं बरती। छिः!"

"काका, क्या हम लोगों ने एक भी ऐसी सूचना पाई है कि समुद्रगुप्त ने दक्षिण की किसी भी जाति को दबाया है? उन्होंने दम्भी सत्ताधीशों और संभ्रान्त लुटेरों से उनका वैभव छीनकर दक्षिण से उत्तर तक की प्रजा को दान किया है। समुद्रगुप्त ने चोलों, कंगों, कदम्बों आदि की सुनीतियों को फिर से प्रोत्साहन दिया है। यही नहीं, वाकाटकों और पल्लवों की श्रेष्ठ नीतियों को भी मान लेने में वे नहीं हिचके। समुद्रगुप्त शासक के रूप में ही ऐश्वर्य भोगते हैं। वे श्रीराम के चरणचिह्नों पर चलकर व्यक्तिगत रूप से पूर्ण संयमनिष्ठ जीवन बिता रहे हैं।"

नारद हारी हुई हँसी हँसने लगे, बोले : "वह तुम्हारा चेला है न बेटा, तुम तो उसी की गाओगे ही।"

"पिताजी साक्षी हैं, मैं बात का प्रशंसक हूँ, व्यक्ति में मेरा लोभ नहीं है। मैं उस समय तक समुद्रगुप्त की कीर्ति सदा बखानूँगा जब तक कि वह निष्काम भाव से जनमंगल रूपी वैष्णव साम्राज्य स्थापित करते रहेंगे। वाकाटकों और नागों की अतिधार्मिकता में जनजनार्दन की लक्ष्मी अपहरण करके उसे स्वाहा-स्वाहा में फूँक दिया। समुद्रगुप्त सभी धर्मों को प्रोत्साहित कर रहे हैं। वे अकारण किसी का भी निरादर नहीं करते। वे कठोर न्यायनिष्ठ प्रशासक और रामभक्त देशप्रेमी हैं। मैं उन्हें भारतवर्ष का सौभाग्य-वाहक मानता हूँ।"

भार्गव बोले : "मैं तुमसे पूर्णतया सहमत हूँ इज्यापुत्र!. . .तो कल तुम लोग मुझसे मिलने के लिए आ सकते हो। और. . .लखनऊ कब जा रहो हो? तुम्हारी प्रज्ञा माँ बार-बार सन्देश भेज रही हैं। शिखर अयोध्या से वहाँ पहुँच चुका है।"

"शिखर का विवाह तो माघ शुक्ल द्वितीया को होगा और श्रीनारायण की प्राण प्रतिष्ठा बसंत पंचमी को होगी। अभी बीस-पच्चीस दिन पड़े हैं। चला जाऊँगा।"

"महाराजाधिराज माघ कृष्ण एकादशी तक अहिच्छत्रा से लखनऊ पहुँच जाएँगे। तब तक तो तेरे काका को और मुझे भी पहुँच जाना है। तुम्हें उनसे पहले जाना चाहिए। तुम्हारे भाई और परमसखा का विवाह है।"

प्रचेता कहने लगे : "सच तो यह है पिताजी की प्रज्ञा माँ जब बहुत कार्यव्यस्त हो जाएँगी तभी लखनऊ पहुँचने में मेरा कल्याण होगा, नहीं तो आठों पहर मेरे सामने अपनी ही रामरट लगाएँगी।"

भार्गव के होंठों पर मुस्कान की रेखा खिंच आई, बोले : "शिखर तुमसे कुछ महीने छोटा है। जब उसके गृहस्थ बनने का समय आ गया तब तुम्हारे लिए भी तुम्हारी प्रज्ञा माँ का चिन्तित होना स्वाभाविक ही है। तुम्हें अब अपना घर बसाना चाहिए, मेरी भी यही इच्छा है।"

"तीसरे महासत्र का दीक्षान्त समारोह पाँच वर्ष बाद होगा। उस समय तक मेरे

कथावाचकों की सेना और सम्राट समुद्रगुप्त का सुशासन हिमालय से लेकर समुद्र तक कोने-कोने में पहुँच जाए, यह मेरी महत्वाकांक्षा है। आप और एक समय में नारद काका ने भी जो स्वप्न साकार करना आरंभ किया था, वह पूर्णतया अपना लक्ष्य पा ले, तब गृहस्थी का उत्तरदायित्व भी अवश्य ग्रहण करूँगा पिताजी। प्रज्ञा माँ से मैंने सुना है कि यह नैमिष पुरापीठ स्थापित होने तक आपने भी विवाह नहीं किया था।"

भार्गव खिलखिलाकर हँस पड़े, बोले : "मेरा दृष्टांत देकर मेरा ही मोह भंग करना चाहता है रे !—अस्तु, तेरी इच्छा पूरी हो। मैं सवेरे तुम लोगों की प्रतीक्षा करूँगा और जहाँ तक बन पड़े, परसों-नरसों तक ही सुमुहूर्त में लखनऊ चला जा। मैं जानता हूँ कि तेरे यहाँ शीघ्र न पहुँचने से प्रज्ञा दुःखी होंगी।"

प्रचेता के जाने के बाद भार्गव ने नारद पर दृष्टि डाली। वे गहरी उदासी में डूबे हुए सिर झुकाये बैठे थे। देखकर भार्गव के मन में करुणा जागी। स्नेह से उनका हाथ पकड़कर खींचते हुए कहा : "देवा, मन को विश्राम दो। उसे बहुत सताना उचित नहीं है।"

नारद ने चौंककर अपने बाल्य-बंधु को देखा, फिर फीकी हँसी हँस कर कहा : "विश्राम तो अब कायामुक्त होकर ही मिलेगा भाई। एक बार निवृत्ति पथगामी होना चाहा था, तब तुम और भाभी मेरी इच्छा के आड़े आ गये थे। अब न आना।"

भार्गव सुनकर पल भर के लिए चुप रहे, फिर कहा : "ठीक है, मैं तुम्हारी इच्छा का आदर करूँगा। वैसे जनमंगल के लिए उचित तो यही था कि तुम निवृत्तियुक्त प्रवृत्ति-मार्गी ही बने रहते, पर यदि यह नहीं चाहते तो एकान्त भजो। यहाँ गोमती पार दो-एक टीलों में प्राकृतिक गुफाएँ हैं, वहाँ तुम्हारा प्रबंध किया जा सकता है।"

"नहीं, हिमालय के किसी निर्जन स्थल में जीवन बिताऊँगा। लोक के लिए नारद मर चुका। संन्यासी वेश फिर से धारण करके भी अब यहाँ मेरा जी नहीं लगता। इतने वर्षों तक मन समझाकर देख लिया। मुझे जाने ही दो सोमा।"

दूसरे दिन नारद ने प्रचेता, सौति और अपने सखा भार्गव से विदा ली। उनके जाते समय भार्गव की आँखें भर आई थीं। उन्होंने कहा था : "अब तक तुम आते जाते थे तो यह न लगता था कि हम बिछड़ रहे हैं, किन्तु अब यह आभास होता है कि इस जन्म का साथ पूरा हो चुका। जाओ बन्धु, वासुदेव धोब्री बनकर सभी आत्माओं का मैल धोते हैं। जहाँ तुम्हारा मैल था, वहाँ तुम्हें धोया और जहाँ मेरा था, वहाँ मैं पछाड़ पछाड़कर धोया गया। अब तुम्हें भी पूर्वानुभवरूपी ओदेपन से उबरकर ज्ञानसूर्य के ताप से फरहरे होने का अवसर मिले, यही कामना करता हूँ।"

नारद के जाने के बाद भार्गव ने प्रचेता और उग्रश्रवा के साथ यथासम्भव शीघ्र ही लखनऊ पहुँचने का निश्चय किया।

लखनऊ नगरी दुलहिन की तरह से सजाई जा रही थी। महाराजाधिराज अगले महीने लखनऊ पधार रहे हैं। पण्डित शिखरचन्द्र का विवाह वसन्तपंचमी के दिन होगा। उस विवाह में सम्मिलित होने के लिए दक्षिणावर्त और पश्चिमी भारत के विजेता महाराजाधिराज श्री समुद्र देवगुप्त देव स्वयं पधार रहे हैं। अयोध्या से पण्डित शिखरचन्द्र के दोनों शिष्य राजकुमार रामगुप्त और चन्द्रगुप्त भी आएँगे। विवाह से दो दिन बाद ही भगवान् श्री

नारायण जी की प्राण-प्रतिष्ठा का कार्यक्रम होगा। शांतिरक्षित और भारतचन्द्र दोनों ही महाराजाधिराज के अत्यन्त विश्वस्त सहायक और परम कृपापात्र हैं, इसलिए दोनों की इच्छा पूरी करने के हेतु महाराजाधिराज ने यहाँ पधारने का वचन दिया है। वे सौराष्ट्र, राजस्थान आदि पर अपना प्रभुत्व स्थापित करके, मथुरा और अहिच्छत्रा होते हुए लखनऊ पधारेंगे। महापण्डित महन्त भारतचन्द्र ने महाराजाधिराज के, जिन्हें अब वे 'सम्राट्' शब्द से सम्बोधित करते हैं, सम्मानार्थ एक विशाल सिंहद्वार बनवाया है, जो इस समय अपनी रंगाई-पुताई की अन्तिम स्थिति में आ पहुँचा है। फाटक बड़ा ही भव्य और आकर्षक है। शेषनाग की अनन्त जिह्वाओं की सजावट लेकर यह महाद्वार अत्यन्त कलात्मक, भव्य और आकर्षक हो गया है। यह लक्ष्मण द्वार के नाम से प्रसिद्ध होगा। महाराजाधिराज, भारत के अनुसार सम्राट्, इसी द्वार से लखनकोट और शेषमठ के क्षेत्र में प्रवेश करेंगे।

शेषमठ से लगभग कोस भर दूर नदी के दक्षिणी-पश्चिमी तट पर प्राचीन श्रीमठ और बिहार के स्थान पर श्री नारायण का मन्दिर भी आकर्षक बना था। माया विद्याविशारद शान्तिरक्षित चूँकि भारत विजय के दौरे में सम्राट के साथ थे, इसलिए उक्त मन्दिर का निर्माण कार्य भी महन्त भारतचन्द्रजी की निगरानी में ही हो रहा था। छोटी सी लखनऊ नगरी बड़े उत्साह से आनेवाले सुमुहूर्त की प्रतीक्षा में थी।

भारतचन्द्र का घर भी उसी प्रकार प्रचेता और भार्गव की अगवानी के लिए आतुर हो रहा था। इन दोनों के पहुँच जाने से प्रज्ञा और भारत परम प्रसन्न हो उठे। निश्चिन्त होकर घर के भीतर बैठने पर शिखर, प्रचेता और प्रज्ञा के सामने ही भारत ने भार्गव से कहा : "गुरुजी, सरजू मैया ने प्रचेता के लिए अपने आश्रम ही की एक ब्रह्मचारिणी का चुनाव कर लिया है। उनकी इच्छा है कि शीघ्रातिशीघ्र वह विवाह सम्पन्न हो जाए। प्रज्ञा ने तो अपनी दूसरी बहू लाने के लिए भी तैयारियाँ आरंभ कर दी हैं।"

भार्गव अपने बेटे की ओर कनखी से तानकर बोले : "इज्यापुत्र, मेरी और अपनी प्रज्ञा माँ की इच्छाओं को तो तुम स्वयं मेरे ही आगे नकार चुके हो। अब क्या अपनी दादी सरीखी सरजू मैया को भी नकार सकोगे?"

प्रज्ञादेवी बीच में ही बोल पड़ीं : "नकारेगा कैसे, इज्यापुत्र प्रज्ञापुत्र भी है।"

प्रचेता ने अपनी खिलखिलाहट से बात काट दी और कहा : "माँ, इज्या और प्रज्ञा मिलकर भक्ति बन जाती हैं। मैं भक्ति के प्रति समर्पित हूँ। 'गायन्ति देवाः किल गीतकानि धन्यास्तुये भारतभूमि भागे।' माँ का यह गीत तुम्हीं ने तो मुझे सिखलाया था। यह मुझे कर्मभाव से भर देता है। पहले स्वर्गीया जननी से उऋण हो लूँ तब तुम्हारी आज्ञा का पालन भी कर लूँगा।" कहकर बिना किसी से दृष्टि मिलाये बाहर चले गये।

●